U0354970

APERÇU DE LA LITTÉRATURE FRANÇAISE CONTEMPORAINE

当代外国文学纪事

（法国卷）

杨国政 秦海鹰◎主编

图书在版编目（CIP）数据

当代外国文学纪事．法国卷 / 杨国政 秦海鹰主编．—北京：北京大学出版社，2020.7

ISBN 978-7-301-31333-6

Ⅰ．①当… Ⅱ．①杨… ②秦… Ⅲ．①文学研究 – 法国 – 现代 Ⅳ．① I106

中国版本图书馆 CIP 数据核字 (2020) 第 104036 号

书　　名　当代外国文学纪事（法国卷）
　　　　　DANGDAI WAIGUO WENXUE JISHI (FAGUOJUAN)
著作责任者　杨国政　秦海鹰　主编
责任编辑　初艳红
标准书号　ISBN 978-7-301-31333-6
出版发行　北京大学出版社
地　　址　北京市海淀区成府路 205 号　100871
网　　址　http：// www.pup.cn　　新浪微博：@ 北京大学出版社
电子信箱　alicechu2008@163.com
电　　话　邮购部 010-62752015　发行部 010-62750672
　　　　　编辑部 010-62759634
印 刷 者　涿州市星河印刷有限公司
经 销 者　新华书店
　　　　　720 毫米 ×1020 毫米　16 开本　39.5 印张　680 千字
　　　　　2020 年 7 月第 1 版　2020 年 7 月第 1 次印刷
定　　价　168.00 元

编写人员名单

主　编： 杨国政　秦海鹰

撰写人员名单（按姓氏笔画排序）：

马洁宁　方尔平　王　迪　王佳玘　王　菁　王斯秧
王睿琦　石冬芳　田嘉伟　许予朋　吕如羽　李爱玉
李莹倩　宋心怡　吴王姣　佘沁瑒　沈绍芸　杨国政
张俊丰　张　琰　张新木　周俊平　周春悦　周　莹
罗　湉　周　皓　郑　蕾　姜丹丹　段映虹　胡博乔
索丛鑫　徐　熙　章　文　黄　荭　褚蔚霖　蔡　燕
冀可平　戴雨辰

统稿人： 杨国政

序

法国文学，悠久辉煌；法国作家，灿若星河；法国作品，名作迭出。这些溢美之词似乎不算夸张。法国以其中等偏下的人口规模为世界和人类贡献了不逊于任何人口大国的作家群体和上乘之作。在诺贝尔文学奖设立至今的一百多位获奖者中，有十五位是法国作家，法国是获奖人数最多的国家。法国文学从来不存在冲出国门走向世界的问题，它本身就是世界文学水系的干流，至少也是主要支流，在许多时候堪称世界文学的排头兵和风向标。

战后的法国在经历了“光荣的三十年”（1945—1975）后进入了“平淡的四十年”。虽然失业、移民、衰退甚至恐怖主义困扰着法国社会，并不时引发严重的社会危机，但是总体说来，进入消费和福利社会的法国波澜不惊。社会、政治领域如此，思想、文化领域亦然。在20世纪80年代初，存在主义、结构主义在知识界掀起的巨浪随着萨特和巴尔特的辞世而谢幕。在文学领域，在巴特宣判了“作者死亡”之后，不绝于耳的“小说死亡”“诗歌死亡”“戏剧死亡”等各种耸人听闻的判决之声在进入80年代之后也渐趋沉寂。随着名噪一时的新小说的偃旗息鼓，法国文学从“怀疑的时代”（萨洛特）进入“虚空的时代”（利波维斯基）或“拟真的时代”（鲍德里亚），没有了50—70年代的喧哗与骚动，没有了旗手、运动和流派，这种状况一直延续至今。虽然这一时期有四位法国作家荣膺诺贝尔文学奖，分别是西蒙（1985）、高行健（2000）、勒克雷齐奥（2008）和莫迪亚诺（2014），但是他们更多的是众多作家中被命运眷顾的幸运儿，是这一时期文学图景中的一个个标志点，而非堪称一个时代的代表的里程碑。第二次世界大战以后，以求新求异为标志的各种理论和实践对主体、历史、文学、人的概念发起了一轮又一轮的冲击，作家的先知地位被动摇，文学的救世神话被戳破，文学的样式和要素，甚至文学本身遭到动摇、质疑和解构。但是进入70年代末以后，主体和叙事有所回归，文学的及物性有所加强：写作少了激进化和挑战性，多了平和的探索与表达；少了运动性，多了个人化和多元性；少了游戏性和实验性，多了故事性和可读性；少了令人仰止的高峰，多了孤立和并立的群山。但是这种某种程度上的回归绝非也不可能回到以确定性、连贯性、整体性为标志的人文主义的原点：鸿篇巨制和宏大叙事的缺乏，人文主义、集体主义的理想和价值观的沦陷和幻灭，对现实的厌倦和对未来的焦虑，对感官感觉的沉湎和对自我的彰显，文类边界和虚实界限的模糊和相互越界，戏仿、互文式的二度写作，短小和碎片化的形式等，构成了这一阶段文学写作的某些共同特征，断裂、碎片、祛魅、形式崇拜等化为基因，内化到新时期的写作之中。

本书是北京大学外国语学院所承担的国家社科基金重点集体项目“当代外国文学纪事”（项目号：06AWW002）的“当代法国文学纪事”的主体成果。它不是一部当代文学史，我们不是按照时间顺序来呈现20世纪70年代末以来的文学创作状况。如上所言，这一时期的文学是一曲“无主题变奏”，多样性、不定性远大于共同性和确定性，如布托所说，这一时期的文学图景“就像是一个万花筒：人们一拍打它，里面彩色的小玻璃片就以另一种方式重新组合，出现在眼前的是其他一些形象”，所以我们的“纪事”以作家为单位撰写词条，形成一个个“彩色玻璃碎片”，并仿照罗兰·巴尔特在其《自述》中为了消解主题性、系统性、连续性而采取的按照字母顺序排序的方式，试图按照作家的姓氏字母顺序来全景呈现三十年来的法国文学写作概貌。

在我们收录的百余位作家中，包括了老、中、青三代作家。一是20世纪30年代之前出生的老一代作家，有32位，如端木松、萨冈、昆德拉以及新小说诸作家，他们在战后的50年代，甚至更早即已成名，其在文学史的地位早已奠定，70年代之后他们宝刀未老，笔耕不辍，新作迭出，我们主要介绍的是他们在七八十年代以来的新作；二是30—50年代出生的中生代作家，如艾什诺兹、埃尔诺、吉贝尔、莫迪亚诺、乌勒贝克、勒克雷齐奥、科尔泰斯、索莱尔斯等，有54位，占收录作家的半数，他们大约在70年代成名，是经受了时间的淘洗正在沉淀下来的作家，构成了当代作家，也是本书所收录作家的中坚力量；三是仍然处于创作盛期的“60后”甚至“70后”新生代作家，有19位，如舍维拉尔、达里厄塞克、阿尔菲利等，对他们做出恰当的评价和定位属于史家的事情，我们作为同时代的外国文学研究者提供了隔岸观火的一孔之见。在文类方面，我们力求覆盖诗歌、戏剧、小说这三大传统文类的代表性作家；当然，小说在文学生产中的一枝独大的地位，使我们的名单中小说及小说家占有压倒性优势，但是我们也把尽可能多的诗人和戏剧家加入进来。在体例上，对于大多数作家来说，除了介绍其总体写作情况和特点外，还选取其一部典型性的新近作品加以单独介绍。

姓名就是丰碑，词条就是碑文，词条撰写就是树碑立传，树碑立传需要一定的滞后性。正如要看清一幅画需要在空间上拉开一定距离一样，要判断作家的地位和成就需要拉开一定的时间距离。作家的地位和作品的价值不能等同于当时获得的奖项以及享有的荣誉、光环和读者群，时间才是检验作家、作品的唯一标准，作家、作品需要时间大浪的淘洗和时间尺度的衡量才能得到文学史上的位置。有多少红极一时的作家、名噪一时的作品被时间之水冲刷得无影无踪，成了维庸所说的“昔日之雪”。虽然入选的中生代作家从生理年龄上逐渐走入老年，但是如果从文学史的角度看，他们只能称得上刚刚取得入门证的新人。至于那些新生代作家，虽然他们已经进入知天命之年，但是他们还是在文学史门口等待进门的娃娃军。由于距离太近，这一时期的很多作家仍在创作的盛期，尚未盖棺定论，这就对我们在作家、作品的判断和取舍上造成巨大困难，再加上我们缺乏敏锐的慧眼，在作家的选择和取舍上既有遗珠之憾，也有无珠之恨，难免漏掉一些将来在文学上被经典化的作家，也难免凭其获奖选择了一些青史无名的作家。此外，一些新锐作家声名鹊起，刚刚在文坛上拥有一席之地，阅读者众而研究者少。由于学识的浅陋，我们作为二手的研究者难以找到足够的一手的研究成果，常有隔靴搔痒之感。尤其是，由于作品众多而时间有限，以及当代作品的难读性，我们难以做到在一一阅读过作品之后对其做出评价。书中存在诸多疏漏、纰漏，敬请方家理解和指正。

在项目的实施阶段，法国文学部分的负责人为秦海鹰教授，她承担了课题的规划、组织和修订，杨国政和段映虹负责词条的文字校阅和修改工作。后期的成书工作由杨国政接手，组织人力补充和增添了新近作家和作品的词条。最后由杨国政通读校阅全文，对文字进行最后的审定以及名称的统一。

本书在编写过程中，得到学界同人的鼎力相助。“当代外国文学纪事”课题的总负责人为刘意青教授，不论在前期的课题论证、申请、实施过程中，还是在后期的成书过程中，刘老师事必躬亲，正是在她的关心和督促下，课题成果才得以从数据库付梓成书。北京大学外国语学院慷慨解囊提供出版资助，课题成果才得见天日。南京大学黄荭教授、张新木教授以及广东外语外贸大学张弛教授悉闻此事，或欣然提供词条，或动员本系博士生参与；“中法同文书舍”舍主、著名藏书家朱穆先生主动提供了各位作家的汉译信息；北京大学王菁博士承担了编写附录等大量琐碎的技术性工作；巴黎第四大学的马洁宁博士利用留学国外的有利条件，动员在法国的同学、朋友参与撰写了国内较为陌生的作家的词条。北京大学出版社张冰女士、初艳红女士对于本书出版提供了诸多便利。对于以上慷慨相助的同人同事，在此一并表示诚挚的感谢。

最后，尤其感谢曾经和正在北京大学法语语言文学系就读以及其他兄弟院校被“拖下水”的各位博士生和“青椒”们，他们构成了词条撰写的主力军，如今他们之中大多数人分散在高校任教，成为法国文学研究的新生力量，在教学科研一线背负山大压力，疲于应付业绩考核、学科评估、成果评审、职称评定等诸多任务。本书的出版固然不能为其提供雪中送炭的温暖和核心论文一篇九鼎的分量，但是，如果能够为他们送去一根火柴的光和热，或如萨冈所言，送去“冷水中的一缕阳光”，那么我们所做的工作对撰写者和编者来说也是一个交代吧。

杨国政

2019年4月

目 录

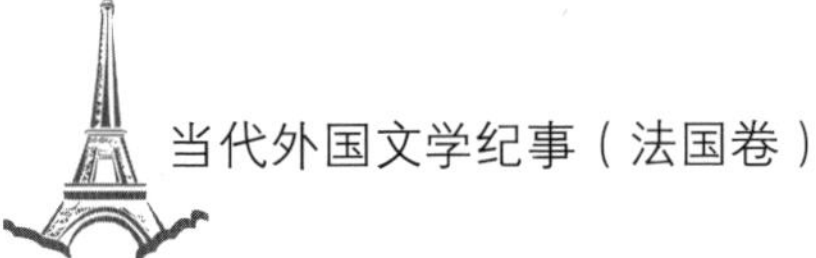

皮埃尔·阿尔菲利（Pierre Alferi）

皮埃尔·阿尔菲利（1963— ），原名皮埃尔·德里达（Pierre Derrida），诗人、小说家、随笔作家，系法国著名哲学家雅克·德里达与精神分析学家玛格丽特·欧库图里耶（Marguerite Aucouturier）的长子。

阿尔菲利1982年进入巴黎高等师范学院学习，1986年取得哲学教师资格，随后在路易·马兰（Louis Marin）的指导下完成博士论文。时逢午夜出版社筹划一套新的哲学丛书，在主编迪迪埃·弗朗克（Didier Franck）的协助下，其论文于1989年即以《独特的吉约姆·多克阿姆》（*Guillaume d' Ockham le singulier*）为题出版。他选择以外祖母的姓氏署名为皮埃尔·阿尔菲利，献词为："致爸爸，我欠你的比一个名字更多。致妈妈，我欠你的比一个名字更多。"对于这一具有强烈弑父意味的行为，他解释说如果用父亲的姓氏出书，他会感到自己像个寄居蟹。阿尔菲利声明自己所受教育并非出自父亲设定的模式，他最感兴趣的书完全不是通过父亲接触到的，他的哲学道路也并非对德里达的沿袭。如果说他对父亲有所继承的话，那便是成为作家的愿望。结束哲学学业后，阿尔菲利随即转向文学，尤其是诗歌创作。1987年，阿尔菲利获得法国国家艺术奖学金，在罗马美第奇别墅（Villa Médicis）进行为期一年的学习，所的登记职业为：作家。1989至1991年，他与苏珊娜·多佩尔（Suzanne Doppelt）共同创办文学期刊《局部》（*Détail*），共发行5期；1991至1992年，为法国洛约蒙基金（Fondation Royaumont）驻团作家（Écrivain résident）；1993至1996年，与奥利维耶·卡迪奥（Olivier Cadiot）共同创办《综合文学评论》（*Revue de littérature générale*），共发行两期。阿尔菲利现任教于巴黎国立高等美术学院（École nationale supérieure des Beaux-arts de Paris）。

阿尔菲利非常多产，截至2017年，已发表作品近二十部，主要为诗歌、小说和随笔。诗集主要有：《自然风貌》（*Les Allures naturelles*，1991）、《斗鱼的寻常路》（*Le Chemin familier du poisson combatif*，1992）、《金汤块》（*Kub Or*，1994）、《感伤时日》（*Sentimentale journée*，1997）、《气韵之道》（*La Voie des airs*，2004）、《惊人的章鱼胃》（*L'Estomac des Poulpes est étonnant*，2008）、《私密》（*Intime*，2013）。小说主要有：《女性—男性—中性》（*Fmn*，1994）、《家庭影院》（*Le Cinéma des familles*，1999）、《双筒望远镜》（*Les Jumelles*，2009）、《您先请》（*Après vous*，2010）、《奇异果》（*Kiwi*，2012）。随笔主要有：《独特的吉约姆·多克阿姆》、《觅句》（*Chercher une phrase*，1991）、《孩童及怪兽》（*Des enfants et des monstres*，2004）、《简论》（*Brefs*，2016）。2017年7月，出版戏剧作品《言谈》（*Parler*）。传统与先锋并重的创作形式、对文学的本体论思考，为阿尔菲利在文学界赢得了极高声誉。

阿尔菲利的创作旨在打破文学与其他艺术之间的界线，在文学与艺术的中间地带进行冒险。他长期与造型艺术家雅克·于连合作，已录制发行影碟《私人乒乓》（*Personal Pong*，1997）、《残障》（*Handicap*，2000）、《陌异者》（*L' Inconnu*，2004）、《从首尔开始》（*Ça Commence à Séoul*，2007）；另外，他一直与作曲家罗道尔夫·布尔瑞（Rodolphe Burger）保持密切的合作，其最早的诗论作品《觅句》就题献给了罗道尔夫。他也曾是罗道尔夫创建的Kat Onoma乐队的主要词作者之一。2004年，阿尔菲利出版了由罗道尔夫配乐的《电影诗和有声电影》（*Cinépoèmes et films parlants*）（DVD）。根据儒勒·凡尔纳的探险小说《神秘岛》改编的有声作品《在密克罗尼西亚岛上》（*En Micronésie*）由罗道尔夫配乐，于2005年1月30日在法国国家广播电台播放。

最早发表的《觅句》是一部以诗的方式对诗，进而对文学进行思考的作品，分为六个章节，分别以语言、节奏、事物、创造、明澈性、声音为题，从写作和阅读两个维度描述文学体验，进而探寻文学何以发生、何为文学本质。作者以其独有之道与文学模仿论和表达论决裂，并以现象学为路径向文学本体逼近。作者开篇便提出“文学就是句子理论的实践”，论述至一半时又提出：“思考，便意味着觅句。”在此，文学和思考结为一体，文学就是思考本身，而不是思考对象。思考即为语言对澄明之态中的万物的关注。当事物不再是客体，不再是表征对象时，事物才真正显露自身。使言说去蔽之物成为可能的语言，便是语言的语言，阿尔菲利称之为母语。觅句，则是朝着这一源头语言的回返。回返运动永无止境，因为源头被回返运动不断创建、不断加工，它永远在后退。在源头语言的这种陌生化中所产生的语言，被视为进入澄明状态的语言。觅句，便是这种在回返源头语言的运动中求得语言之澄明状态的姿态。所谓句子，便是以澄明状态中的语言言说澄明状态中的事物的冲动的节奏化。换言之，去蔽后的本真事物走向本真语言，本真语言指示本真事物，这一双重运动的实在化便是创造句子的活动。如此，句子的节奏便是事物内在韵律的形式化。澄明状态下的词和物都处于自身的潜在性中。每个物都会有多个名称，每个词都会有多个指涉。词和物进入相互召唤的游戏，形成一种毫无确定性的潜在指涉关系。这一指涉关系的潜在性、不稳定性、丰富性外显在句子上，便是处于危机状态的句法。句法，并非单指句子的语法构造，也指句子内在的语义结构，后者更具本质性意义。阿尔菲利声言："文学就是句法的焦虑不安。"词与物相遇之运动的韵律使句子得以发生，而大量具有独一性的新句子汇聚交织，便形成句子的形式编织物（tresse formelle），即所谓文本——"文本是一个非毗邻句子间的关系网"。每一个文本都有一个独特的声音（une voix），这一声音的必然性便是文学的必然性。每一个文本都朝其他文本开放。不同文本形成的网络向世界无尽蔓延，走向与整个世界的相遇。在文本网络中，文学不再是个人性的、人格化的某个秘密灵魂的弹唱；文学是非个人的、非人格化的，是世界之希音的回响。在阿尔菲利对文学之思的这一诗性描述中，我们可以听到海德格尔所谓的作为真理的艺术的回响。

阿尔菲利的诗歌实践聚焦于日常生活隐秘的小场景，以其极具实验色彩的诗歌语言形式将人们熟视无睹的生活惯常元素加以极度陌生化，邀请读者在诗歌体验中体验生活。其陌生化的最重要的手法就是他在《觅句》中谈到的跨行——诗歌最直接的句法危机标识。在他的诗歌中，跨行超越语义范畴，成为一种直观的美学体验。通过跨行，诗人打破不同艺术门类间的界线，完成了电影与诗歌的相互跨界，同时也使书写体验与阅读体验取得最大程度的统一。阿尔菲利将其称为"电影诗"（cinépoème）创作。贯穿这一诗学的，是对运动的关注：线性诗行、眨眼、跨行。一种类比关系——诗歌的写作与阅读、电影的镜头切换与蒙太奇剪辑——将诗歌和电影在这些运动中统一起来。"我不记得何时有了这怪癖／眨三次眼将真实场景／分成一组组镜头但开机打板停拍／我想标识以一次／眨眼。"（《斗鱼的寻常路》）而这也同样是诗人写作的运动过程——"眨眼"便是跳行的缘由。诗行—停拍—另起一行："一处图景—停拍—另一处"（《感伤时日》）。诗歌写作就是进行场景剪辑。一次眨眼／一个场景就是一次中断，同时也是一次缝缀。通过剪辑拼贴，语言以及日常生活都生发出新面貌、新意义。眨眼、跨行、场景剪辑是诗歌向前推进的原动力，诗歌写作是以文字捕捉生活运动轨迹的姿态。生活本身的运动形式被推进诗句句法、诗篇句法之中，诗人通过写作运动和阅读运动使之被体验。写作、阅读、诗歌／文学、生活／世界，四者觅得其共有句法，发出根源之人、根源之世界的语言之回响。人之存在也终于在身体、审美、理智的多维度中走向通达之境。

《女性—男性—中性》是阿尔菲利的第一部小说。书名*Fmn*为女性（féminin）、男性（masculin）、中性（neutre）的首字母组合。小说由四个部分构成，无论是叙述层面还是风格层面，四个部分都不尽相同。在第一部分，一个独居男子，也就是叙述者，被他想象中的女子的目光所迷困，虽为想象，但这一目光却改变着叙述者的视野及其行为。第二部分是对某种意义上的流浪的叙述——叙述者对该女子的追寻：他在巴黎游走，等待她的出现。在第三部分，叙述者找到了该女子。第四部分由两部分冗长的内心独白构成，分别为男子和女子各自思考过程的模仿。两个并无交叉的独白流最终以两者关系的告终而结束。这部小说以爱为核心母题，是文类、风格、写作技巧的大混合。一如其诗歌作品，这部小说也是聚焦于生活中的细枝末节。该技法并非阿尔菲利的原创，但其独特之处在于，聚焦平凡并非为了将其美化，而只是将其剖析，对其进行沉思，将其嵌入句子结构中、嵌入思考进程中。小说叙事如一台电子仪器，给读者呈现出混杂并纠缠的生活元素。细枝末节，却无一能少，各居其位，更不容易。这与他的诗学思想是高度统一的，是小说叙事对文学之思的赋形。

（周俊平）

乔治-让·阿尔诺（Georges-Jean Arnaud）

乔治-让·阿尔诺（1928—　），小说家，出生于法国南部的阿尔勒。学生时代即对文学情有独钟，中学毕业后进入大学学习法律和政治，同时开始文学创作。服兵役期间，完成首部小说《别向督察开枪》（*Ne tirez pas sur l' inspecteur*，1951）。为了避免与当时已功成名就的另一位作家乔治·阿尔诺（Georges Arnaud）的名字相混，他选择用家乡的名字“圣-吉尔”（Saint-Gilles）为笔名来发表作品，并相继使用了吉尔·达西（Gil Darcy）、乔治·拉莫（Georges Ramos）等十几个笔名。笔名的频繁更换也促使他对自我个性展开不断探索，“找寻身份”成为其众多作品的一个主题。自1960年起，阿尔诺开始全身心地投入写作，并重新使用自己的真名。

阿尔诺是法国最为多产的作家之一，迄今出版作品已有四百多部。他尝试多种文学题材，涉及侦探、间谍、历险、玄幻、科幻、色情文学以及历史。

在创作初期，阿尔诺明显受到比利时杰出侦探小说家乔治·西默农的影响，但很快就形成了自己的风格。他评价自己的早期侦探小说是“融合了各种心理暗示和别致场景的巧妙建构”。1965年标志着他的创作风格的转变，他以一种更为批判的眼光来观察法国社会，作品更加具有政治和社会影射意味，作家本人称其为一种“情绪化作品”，表达他对唯利是图、文化动乱等社会现象的看法。他善于以洗练的笔触表现动作场面，这一特点在其代表作《暗巡》（*Ronde funèbre*，1968）中尤为明显。他尤其偏爱描写“小人物”，其笔下的人物多是无足轻重的平庸者，不由自主地陷入各种自身无法掌控的局面中，而此间发生的种种对抗、交锋营造出各类悬念和一种阿尔诺式的紧张气氛。

阿尔诺的作品主题十分丰富，主要涉及“对身份的探寻”，如《如鬼似魅》（*Tel un fantôme*，1966）描绘了一个女人为了报复丈夫，不惜将自己变成双重身份的人；《冒充者》（*Les Imposteurs*，1980）讲述了一个男人整日为一个酷似自己的人所扰，此人如影随形，冒充他的身份与他的朋友结交，甚至比他本人更出色、更具魅力，这个男人最后陷入自觉被分裂为黑白两面的幻象中。阿尔诺还是最早触及生态主题的侦探小说家之一，他在《装潢的地狱》（*L'Enfer du décor*，1977）、《把他们全烧死！》（*Brûlez-les tous!*，1978）等作品里揭露了核武器、化工业对动植物及人类生存环境的巨大危害。此外，《文身》（*Tatouages*，1963）、《贱工》（*Basse besogne*，1972）等作品控诉了佛朗哥主义、纳粹主义、反犹主义以及战争的残酷性。阿尔诺最偏爱的一个主题是“家”，它在多部作品中以不同的方式呈现：在《黑人》（*L'Homme noir*，1975）里，“家”成为整座城市的象征；而在《伏击》（*Guet-apens*，1969）、《温柔的白蚁》（*Tendres termites*，1972）、《陷阱之家》（*La Maison piège*，1975）、《值夜者》（*Le Veilleur*，1984）里，“家”则是某个沉重秘密的承载者，它随即又化身为一个圈套，毫不留情地将试图泄密的冒失鬼拒之门外。阿尔诺作品的一个终极主题则是“逃避”，此类作品有《契约》（*Le Pacte*，1983）、《伪造的生活》（*La Vie truquée*，1997）、《该死的血》（*Maudit blood*，1998）等，表现了个人为情势所迫，不得不在各个城市间迁徙、躲藏，逃避的动机隐藏于他们的过往之中，而谜底总是到结尾才会被揭开。

在其众多的作品中，最著名的代表作是长篇系列小说《冰河公司》（*La Compagnie des glaces*，1980—1992），它融合了科幻、侦探、间谍小说等多种形式，描写的是世界末日后的地球景象。月球爆炸后喷发的灰尘笼罩着地球，阳光无法穿透大气层，新冰川时代随之降临。世界各地的幸存者被迫搬至有铁路连接的城市中居住，而掌握这一交通网络的各大铁路公司由此成为城市的主宰，拥有无上的权力。这部以星系间的铁路世家为题的传奇小说共62卷，1988年获阿波罗文学奖，2006年被搬上荧屏，被改编成26集电视连续剧。

该系列之后，阿尔诺又推出了11卷本系列小说《冰河纪事》（*Chroniques glaciaires*，1995—2000）。它作为《冰河公司》的前传，演绎了铁路公司的诞生以及当时的社会文化形式。作为结篇，作家又创作出24卷本系列小说《冰河公司，新时代》（*La Compagnie des glaces, nouvelle époque*，2001—2005），讲述了冰川消融、气候变暖背景下的人类生活，其中充满了作家对各种风云变化的原因的拷问。

在法国文坛上，阿尔诺尤以写得多和快而著称，通常十几天即能完成一部小说。这导致他的某些作品质量平庸。他的文笔不事雕琢，重在内容的准确。在动笔之前，他一边在脑中构思，一边为每个可能涉及的细节查询资料，务求现翔实。

作为一位通俗小说家，阿尔诺已有十几部作品被改编成电影或电视剧。他获过多个文学奖，除上文提及的奖项外，还包括《迷失者》（*Les Egarés*）于1966年获间谍小说金棕榈奖，《儿童幻影》（*Enfantasme*）于1977年获《神秘》杂志批评文学奖，《云磨坊》（*Les Moulins à nuages*）于1988年获RTL电台大众文学奖。他的作品在欧洲多国、拉丁美洲及日本均得到广泛译介。

（王佳玘）

皮埃尔·阿苏利纳（Pierre Assouline）

皮埃尔·阿苏利纳（1953— ），小说家、传记家、记者、评论家，生于卡萨布兰卡的一个犹太家庭，在卡萨布兰卡度过童年之后，来到巴黎求学，就读于巴黎第十大学和法国国立东方语言文化学院，毕业后开始了记者生涯。他是《历史》（*L' Histoire*）杂志的编辑委员会成员。自20世纪80年代起，阿苏利纳开始接触文学界，成为巴朗出版社（Balland）的文学顾问，并开始写作《加斯东·伽利玛：半个世纪的法国出版风云》（*Gaston Gallimard: un demi-siècle d' édition française*）。同一时期，他着眼于文化史，聚焦20世纪40年代的记者与作家，如夏尔·莫拉（Charles Maurras）、罗贝尔·布拉齐亚克（Robert Brasillach）、亨利·贝罗（Henri Béraud）等人受到的政治审查及其对个人命运的影响，完成了另一部作品《知识分子的清洗（1944—1945）》（*L' Épuration des intellectuels, 1944—1945*）。这本书旨在探讨知识分子的责任以及写作的边界，分析知识分子是否有畅所欲言的义务，知识分子是否应该对自己的言论负责。此后，阿苏利纳又陆续撰写了9部人物传记及7部小说。人物传记包括《凯恩维尔的艺术人生》（*L' Homme de l' art: D. H. Kahnweiller*，1986）、《卡迪耶·布列松：世纪之眼》（*Cartier-Bresson, l' œil du siècle*，1999）、《玫瑰扣子，又名传记碎片》（*Rosebud, éclats de biographies*，2006）等。小说包括《卢特西亚》（*Lutetia*，2005）、《肖像》（*Le Portrait*，2007）、《多面约伯》（*Vies de Job*，2011），其中《多面约伯》者获得当年的摩纳哥皮埃尔亲王文学奖、地中海文学奖及尤利西斯文学奖三个奖项。除了进行文学创作，阿苏利纳还担任过法国《读书》杂志的主编和法国国际广播电台的专栏编辑，为《世界报》《新观察家》《文学杂志》等刊物写评论专栏。2012年，阿苏利纳在为《世界报》开设的专栏的基础上创建了独立网站“书籍共和国”（La République des livres 网址为http: // larepubliquedeslivres.com / ）。如今，这个独立的文学评论园地成为阿苏利纳的工作重心。

传记是阿苏利纳文学创作的重心，是他用来思考与表达的最重要的手段。阿苏利纳认为传记不仅可以以人物为主体，还可以以一个物品、一种思想为主体，甚至可以将无主体本身作为主体。比如在《玫瑰扣子，又名传记碎片》中，作者就试图从物品出发去探讨生活隐秘的一面。小说是虚构文本，传记是纪实文本，阿苏利纳试图在创作中构建两者的平衡，《多面约伯》就是这类实践的代表。他从《圣经·约伯记》的文本出发，遍寻大大小小的图书馆、博物馆寻访约伯的痕迹。他还走访数个城市，翻阅相关的研究及后人的演绎，试图呈现这一《圣经》人物的方方面面，解释为何这个人物如此吸引古往今来无数思想家的目光，揭示其在当代文明中的意义。因其虚构性，《多面约伯》既可说是一部小说，也可说是一部传记。在阿苏利纳看来，传记是带索引的小说，是多种文学类型混杂的结果，既包含小说里的对话机制，又具有明晰的叙述风格以及随笔的概括性；传记作家不但需要掌握调查报道（journalisme d' enquête）的深究问题的技巧，还需具备一切人文科学所要求的开阔视野，像历史学家一样对文献怀有敬畏，像电影剧本作家一样善于运用简练手法（ellipse）。传记作家有别于其他作家，他们观察世界的角度不同，对事实更谦卑，对人抱有更深的怀疑。带着这份怀疑，他们深入传主的生活，陷得愈深，表达的欲望愈强烈，这种欲望不仅来自于向外窥望，更与作者自身深处被触动的某种精神相连。传记写作不再仅仅是对独立于写作主体之外的一个客体存在轨迹的呈现，它也是作者、叙述者、人物三重轨迹的呼应聚合。传记文学要求传记家挖掘一切、了解一切、陈述一切；作者要揭露人物所有神秘，甚至羞耻的一面。然而这些秘而不宣，却可能暗示着一个生命存在的终极意义的事实真的可以通过传记这种体裁被传达吗？生活的幽微暗曲，亦即生活的核心，到底能否被表达？这些问题与思考贯穿了阿苏利纳的传记文学。

（许予朋）

菲利普·贝松（Philippe Besson）

菲利普·贝松（1967— ），小说家、剧作家、专栏作家、电视主持人，出生于沙朗特省，在阿基坦地区的海滨度过童年。17岁中学毕业后进入鲁昂高等商学院学习法学。在投身文学创作之前，先后做过社会法教师、人力资源管理师。

贝松在读书期间阅读了巴尔扎克、司汤达、福楼拜等作家的作品，对文学萌生兴趣。随着“讲述故事的渴望”愈加强烈，他养成每日与朋友写信的习惯，通过书信练笔。青年时代的一次感情危机促使他动笔尝试文学创作，并把这次感情经历写成了一部爱情小说，以《由于男人都不在了》（*En l' absence des hommes*，2001）为名出版。该小说杜撰了一段发生在第一次世界大战期间文豪马塞尔·普鲁斯特、贵族少年樊尚以及士兵阿蒂尔之间的复杂情感关系，问世之后引起不小的反响。书中人物之间的书信尤其受到批评界的关注。2002年，贝松在接受采访时解释说，一次偶然的机会他读到第一次世界大战时期法国士兵的文献资料，这构成小说的灵感来源。贝松认为，“小说”作为虚构，创作故事是一种巨大的快乐，创造（包括杜撰书信）是一种惊喜的快乐。在此之后，《与往事说再见》（*Se résoudre aux adieux*，2007）沿用了虚构书信的形式，主人公露易丝与男友克雷芒分手（后者在两人分手后回到前女友克莱尔身边）后独自前往古巴、美国、意大利、奥地利、瑞士等地旅行。她每到一座城市便给克雷芒写信，倾诉旅途中的观感，也借此梳理旧日回忆。信件寄出后没有收到回复，旅行接近终点时，她终于决定走出回忆，开始新的生活。

与上述两部作品相似，《脆弱的时光》（*Les Jours fragiles*，2004）也是第一人称叙事，然而这部小说采用日记而非书信的形式。贝松受到阿尔蒂尔·兰波传记的启发，假托天才诗人的妹妹伊莎贝尔之笔，勾画出罹患重病的兰波从非洲回到法国之后在家中度过的余生。如果说《由于男人都不在了》和《脆弱的时光》均属于文学家的生平虚构，那么《情感淡季》（*L' Arrière-saison*，2002）则是从艺术作品——美国画家爱德华·霍普（Edward Hopper）的油画《夜莺》（*Nighthawks*）——出发，借助文学语言来展开想象。贝松曾多次看到这幅藏于芝加哥的霍普画作，画面上身着红色连衣裙的女子和她身边的男人们构成《情感淡季》的开头。该作品叙述了发生在一天之内的故事，在美国波士顿郊区一家海滨咖啡馆，露易丝与前夫斯蒂凡偶遇，在侍者本的撮合之下二人决定再续前缘。贝松使用视角转换技巧，不时站在露易丝、斯蒂凡和本三个人的角度展开叙事。在他看来，生活中不存在唯一、确定的真相，而文学能够揭示多重现实。小说家只有拒绝单一目光，用不同的目光去审视同一事实，才能够逐渐接近“生活的原貌”。2007年，法律专业出身的贝松根据一桩发生于1984年10月法国孚日山区的谋杀案写成小说《十月的孩子》（*L' Enfant d' octobre*）。贝松采用第一人称和第三人称交替的描写手法叙述凶案的前后经过，由于书中涉及案中当事人的真实姓名而遭到起诉，最终法院判决作家败诉并进行赔偿。

贝松以写作速度快而著称，从2001年发表处女作《由于男人都不在了》开始，截至2017年共有18部小说问世。他自称从来都是在6个月之内完成一部小说。新近出版的人物传记《一个小说人物》（*Un personnage de roman*，2017）取材于法国现任总统埃马纽埃尔·马克龙的总统竞选历程，内容涉及马克龙宣布参选，分别打败阿兰·朱佩、尼古拉·萨科齐，以及最终获胜。实际上，贝松早已酝酿在雅斯米娜·雷札（Yasmina Reza，萨科齐传记的作者）、洛朗·比内（Laurent Binet，弗朗索瓦·奥朗德传记的作者）之后为后来的法兰西总统作传。贝松与这位法国前经济部长私交甚笃，他在书中公开表明支持马克龙，反对奥朗德。这本书一问世便引起广泛的关注，首版七万册，再版售出三万册。

贝松的多部作品已被改编成电影和话剧。改编自小说《他的兄弟》（*Son frère*）的同名电影于2003年在法国公映。话剧版《情感淡季》《脆弱的时光》《海边探戈舞》（*Un tango en bord de mer*）分别在巴黎、蒙特利尔等城市上演。此外，他还为《错误的际遇》（*La Mauvaise Rencontre*，2010）、《我们的重逢》（*Nos retrouvailles*，2012）等几部电视剧编写剧本。

中译本：《十月的孩子》，余中先译，人民文学出版社，2007年；《脆弱的时光》，白睿译，上海社会科学院出版社，2012年；《由于男人都不在了》，尹霄译，上海社会科学院出版社，2012年；《情感淡季》，边静译，上海社会科学院出版社，2012年；《与往事说再见》，潘巧英译，上海社会科学院出版社，2012年。

《由于男人都不在了》（*En l' absence des hommes*）

《由于男人都不在了》（2001）讲述了少年樊尚与作家马塞尔·普鲁斯特和士兵阿蒂尔之间的情感纠葛。小说包括三章，分别题为“肉体的奉献”“肉体的分离”“肉体的消殒”。

第一章采用第一人称，以樊尚的口吻进行讲述。第一次世界大战期间的巴黎，16岁的贵族少年樊尚·德·雷图瓦在一次宴会上偶遇作家普鲁斯特，后者被少年早熟的独特气质吸引，主动向他表达好感，两人成为朋友。不久，雷图瓦的家仆布朗什夫人的儿子、20岁的士兵阿蒂尔·瓦莱斯从部队休假回家，与早年的玩伴樊尚再次相遇，两人互相倾吐爱慕之情，避开众人在阿蒂尔家中厮守数日。不久，阿蒂尔应召归队，前往凡尔登前线。第二章由樊尚致阿蒂尔以及普鲁斯特的书信构成。樊尚向作家倾诉感情方面的困惑，向他征求意见。另一方面，经过与樊尚的多番书信往来，阿蒂尔终于清醒地意识到两人难以长久，主动提出结束爱情关系。在第二章结尾，部队指挥官寄来吊唁信，宣布阿蒂尔死于一场战役。最后一章继续采用第一人称叙事，围绕阿蒂尔的家事展开。樊尚获悉恋人死讯后立刻去看望布朗什夫人，她向少年讲述了深埋于心底多年的秘密：她年轻时曾为妓女，与普鲁斯特发生关系并怀孕，阿蒂尔正是两人的儿子。事情的真相让刚刚失去恋人的樊尚再次受到打击，他决定离家远行。小说以樊尚致普鲁斯特的最后一封书信结束。

在前两章的一些段落中，两少年间的款款情愫与前线战场的残酷景象形成鲜明对比，凸显出战争给个体带来的深深焦虑、恐惧和无助。实际上，有关战争残酷性的思考曾长时间困扰贝松。他在青年时代偶然看到第一次世界大战时期的一些老照片，画面上年轻士兵的尸体令他震惊。此外，他大量阅读法国参战士兵的信件并深受触动，书名《由于男人都不在了》就摘自其中的一封信。这部作品的另一主题——“同性之恋”的出现亦非偶然。贝松对此直言不讳，他认为自己身为同性恋，谈论这个话题是自然而然的事情，而且使其叙事具有高度的真诚性。

从另一个角度来说，这部作品可以被解读为一部成长小说。故事一开头，樊尚向普鲁斯特讲述：“我只有16岁，而您，您的年纪是我的3倍。”正是这悬殊的年龄与阅历使少年与作家相互吸引，两人在交往过程中逐渐产生信任，不时就爱情、生死等话题展开探讨，普鲁斯特逐渐成为16岁少年的人生导师。在某种程度上，普鲁斯特对于樊尚的指引可以被视作贝松本人经历的缩影。贝松熟读七卷本《追忆似水年华》以及塔迪埃等学者撰写的普鲁斯特评传，多次表示自己深受普鲁斯特写作风格的影响，希望“把经历过的时间书写下来”，以个人化的方式描绘他心中的作家形象，此书是向普鲁斯特致敬之作。文学创作能够让贝松像普鲁斯特一样，在转瞬即逝的刹那重新找到已经消失的知觉和情绪。

（宋心怡）

安托万·布隆丹（Antoine Blondin）

安托万·布隆丹（1922—1991），小说家、记者，出生于巴黎。母亲是诗人，父亲是印刷厂校对员。中学读书期间是有名的问题学生，但学业出色，多次得奖，以优异成绩通过毕业会考，其后在索邦大学获得文学学士学位。1942年法国被占领期间，被遣往德国强制劳动，这段经历促成了他的处女作《荆棘中的欧洲》（*L'Europe buissonnière*）的诞生，该作品于1949年获得双叟文学奖。他由此成名，并结识了马塞尔·埃梅、罗杰·尼米埃、雅克·洛朗、米歇尔·德翁等人，与他们一道加入“轻骑兵”（Les Hussards）文学团体。其后的小说《上帝的儿女们》（*Les Enfants du bon Dieu*，1952）、《不羁的性情》（*L'Humeur vagabonde*，1955）更展现了他的才华，表现出一种兼具司汤达和于勒·勒纳尔式写作的独特风格。作为右翼记者，他与《圆桌》（*La Table ronde*）、《队报》（*L'Équipe*）等多家报社合作，撰写政治、体育类文章。从1954年起，被聘为环法自行车赛的专栏记者，并报道过七届奥运会。在他的一生中，新闻报道和小说创作占有同等重要的地位。

布隆丹不认同路易·阿拉贡和让-保罗·萨特所倡导的介入文学观，拒绝接受任何意识形态的束缚，并不无讽刺地说："他们将我们划为右翼作家，只是为了使人相信左翼作家的存在。"布隆丹的作品摆脱了政治立场的约束，文本本质上的特色更加凸显。他自称最欣赏的作家是波德莱尔、兰波及菲茨杰拉德。受他们的启发，布隆丹的作品内容新颖，形式简约，具有典型的古典主义之美：文笔明晰清澈，通过大量诗化的隐喻、戏仿、文字游戏及文学引文，作品具有一种优雅的气息，既充满讽刺意味，也流露出一种轻快的忧伤和一丝愉悦的绝望。布隆丹从不满足于使用约定俗成的表达方式，极力摆脱固有观念和陈词滥调。

在布隆丹的作品中，不仅有对虚假、伪善的揭露，更充满了对穷苦民众及社会边缘人群的关怀。在刻画他们的孤独与苦难的过程中，作家本人也感同身受，最终变为一个悲观主义者。

不过，布隆丹往往不是以完全写实的手法还原他的所见所闻，如在《荆棘中的欧洲》中，在提到集中营的那段被强制劳动的经历时，他不是以"证词"式的严峻语气来叙述，而是使用一种流浪冒险小说的口吻，夹杂一些滑稽的幻想，使叙述具有一种诙谐与悲情并存的张力。

自20世纪70年代起，布隆丹开始尝试革新小说的形式和意义，这类文体被后来的理论家称为"自撰"（autofiction）。"自撰"是介于小说和自传之间的一种文体，被不同的理论家赋予了不同的定义，但总体上指的是这两种文类的结合，即对作者真实生活的叙述以及在此基础上的虚构延伸。具体到布隆丹的作品，讲述的事件往往是真实的，但在叙事手法上则借鉴了小说的模式，混合了作者的记忆和想象，并且在很大程度上展现了作者对潜意识的发掘，此类代表作品有《冬天的猴子》（*Un singe en hiver*，1959）。《冬天的猴子》讲述了两个酗酒者的相遇，在这两人身上都有着布隆丹的部分自我写照；同时探讨了酒精对人的诱惑、对写作的影响，以及真实与虚构两个世界的碰撞。

布隆丹的另一部代表作是《雅第斯先生》（*Monsieur Jadis ou Lécole*

du soir，1970），讲述了衰老的主人公雅第斯先生在先后两次被带进警察局接受身份核查后，开始回忆度过的青春岁月。雅第斯年轻时有三个家，一个家里住着他的孩子和孩子们的母亲；另一个家里住着他的情妇和情妇的丈夫；在第三个家里，他的母亲与她的手风琴厮磨度日。但他最常去的是第四个地方，是他唯一拥有钥匙的地方，那是位于圣日耳曼街区的一家旅馆，他将自己关在屋里，以一个自由人的心态，沉浸在对过往的怀旧和感伤中："长久以来，我以为自己叫布隆丹，但我真正的名字是雅第斯。""雅第斯"（Jadis）在法语里意为"过去"，作者通过为主人公取这样一个双关的名字，展开了对激情危机的分析、对迷失灵魂的精神状态的探索。

布隆丹还写过一些短篇小说，包括《学业证书》（*Certificats d'études*，1977）、《干净的心》（*Le Cœur net*，1979）、《我的字里行间的生活》（*Ma vie entre des lignes*，1982）、《O.K.伏尔泰》（*O.K. Voltaire*，1991）、《我的日记》（*Mon journal*，1993）、《幸灾乐祸》（*Un malin plaisir*，1993）、《最初的和最后的短篇小说》（*Premières et dernières nouvelles*，2004）等。《学业证书》中包含一些随笔，阐释了他对荷马、歌德、巴尔扎克、波德莱尔、兰波、大仲马、科克托、狄更斯、欧·亨利、菲茨杰拉德等作家的看法和他们的深远影响。

布隆丹并不看重创作的数量，他曾自嘲道，他长得很瘦，他的作品也很薄。他追求思想的自由，排斥表象和谎言，他始终以一颗赤诚之心坚持自己的创作原则。他的新闻报道也富有文学性，这种独特风格使他不能被归入任何一个流派。布隆丹不但拥有众多读者，还赢得了著名批评家们的关注。他的一生都与平民为伴，书写他们的生活，直至离世。

《冬天的猴子》（*Un singe en hiver*）

《冬天的猴子》（1959）是安托万·布隆丹的一部自传体小说，讲述了两个酗酒者相遇的故事。阿尔贝·康坦曾是远东海军陆战队的一名士兵，退伍后经营一家旅馆，因为被过去的记忆包围、困扰，无法摆脱又无能为力，在戒酒十年后旧习复发。在即将走到生命的尽头时，回想起自己饱经风霜、惊险跌宕的过去，康坦开始期待意外的降临。另一主人公名叫加布里埃尔·富凯，他嗜酒如命，一朝酒精入肚，就将自己想象成一名手持利剑的英勇斗牛士。被警察拖往警局时，他幻想自己刚刚给雪弗兰公牛以致命的一击，正以胜利者的姿态走向角斗场的出口，狂热的斗牛迷们簇拥他穿过大街小巷。在这种无法自拔的迷狂中，他失去了妻子和情妇，不得不力不从心地重新担负起照料13岁女儿的责任。然而，他对女儿心不在焉，沉迷于对斗牛的想象中不能自拔。康坦亦是如此，他在醉眼朦胧中幻想自己又成为海军陆战队士兵，以至于无法分清他的军人世界和旅馆老板的世界哪一个更加“真实”。

《冬天的猴子》是一部关于堕落的小说。与左拉小说中关于慢性酒精中毒的临床病例研究不同，《冬天的猴子》是以酒精为引子，在“存在”的想象维度中，寻找文学本质的构成元素。作家在酒精的世界里注入了文学的广度。小说的字里行间几乎都弥漫着酒精的气息，酒精在生活中经常与失意联系在一起，在这里却变成一种内在的胜利，是它启示了艺术和艺术家。作家笔下的词语和句子如焰火般喷涌而出，文字变得桀骜不驯，呈现出一种混乱无序的状态，甚至标点也被废弃不用，以此来暗示醉态中的混沌。如小说中写道：“在原地打开了一个巨大的黑洞，其间各种捉摸不定的回想如鱼塘里的鳟鱼那转瞬即逝的闪光使我难以分辨是噩梦还是真实。”小说的叙事中还夹杂了诗歌，展现出一个奇妙的梦境。诗歌的插入使得整部小说恣意飞扬：“我不知他是否同我的眼睛一样看到了浪潮飞涌，如跳康康舞的女演员，将绿衣高高撩起，翻动着浪花般的裙裾，最终相互搏击，一排接一排，长长延伸开去，远远偏离了正路。”

布隆丹通过两位醉酒的主人公的言行向读者表明，一般人眼中微不足道的日常生活实际上有它自己的重要意义，每个人需要知道自己希望在哪个战场上取胜，自己看重的是什么。所以，已经戒酒的康坦一开始对富凯说“自我毁灭太蠢了”，但他在目睹富凯为斗牛而哭泣后，又说道：“你哭的那天，并不是因为你赢了斗牛比赛。我的老弟，有很多事都值得你像对待斗牛一样地去争取胜利。”作家由此解释了“斗牛”在作品中的象征意义。

《冬天的猴子》也折射出作家布隆丹的形象。他和书中的主人公富凯一样嗜酒如命，既强大又脆弱。借助富凯和康坦的形象，他向读者展示了人的精神向着地狱盘旋下坠的缓慢过程。其间思考、回想和记忆纠结在一起。该书如同一瓶陈年勃艮第葡萄酒，需小口啜饮，方能品味出其中的微妙和余韵。

《冬天的猴子》于1959年荣获法国联盟文学奖，1962年被导演亨利·维尔诺耶（Henri Verneuil）改编成同名电影。

（王佳玘）

吕西安·博达尔（Lucien Bodard）

吕西安·博达尔（1914—1998），小说家、记者。1914年1月9日出生于中国重庆，其父时任法国驻华领事，他在四川、云南度过了童年时光。1924年随母亲回法国定居、求学，毕业后获政治学学位。1944年开始记者生涯，1948年供职于《法兰西晚报》（*France-Soir*），在印度支那战争期间成为战地常驻记者，这段经历为他后来撰写系列报告文学积累了宝贵的第一手资料。从1955年起，他相继在北非、南美等地工作，撰写了大量通讯。1960年因病回到法国。1973年发表首部小说《领事先生》（*Monsieur le Consul*），一举成名，同年获法国联盟文学奖，1976年成为该奖项的评委。此后，他潜心于小说创作，接连发表了《领事之子》（*Le Fils du consul*，1975）、《玫瑰谷》（*La Vallée des roses*，1977）、《公爵夫人》（*La Duchesse*，1979）、《长城》（*Les Grandes Murailles*，1987）、《长征》（*Les Dix Mille Marches*，1991）等长篇小说。1998年博达尔去世，安葬于蒙帕纳斯公墓。

博达尔的作品具有鲜明的纪实性和自传性，主要分为两类。第一类是博达尔以记者身份所写的报告文学，代表作是反映第一次印度支那战争的战地系列，包括《受困》（*L' Enlisement*，1963）、《侮辱》（*L' Humiliation*，1965）、《历险》（*L' Aventure*，1967）、《衰竭》（*L' Epuisement*，1967）。他深入远征军内部，亲见了战争的起伏变化，记录下大量史实，并运用其出色的叙述才能，生动地刻画出越南皇帝保大、胡志明、武元甲等历史人物，再现了高平、奠边府等战争场景。更为重要的是，他以敏锐独特的视角对各种错综复杂的情况加以梳理，试图透过武力、金钱、残忍、恐惧等因素来揭示战争的灾难性根源。评论家认为，博达尔的战地报告文学比最传奇的小说更具生命力和记录价值，《侮辱》还获得了今日文学奖。

博达尔的第二类作品是小说，主要以半殖民地的中国为背景，具有现实主义色彩，表现了旧中国的满目疮痍，揭露了上流社会的黑暗虚伪以及人际关系的冷酷自私。博达尔尤其擅长运用多种方法来刻画人物，时而以第一人称的身份观察、捕捉人物的细微心理，时而通过他人的转述或评价来写人，时而又借助书信来为人物画像，用人物自己的语言和思想活动来展示各自的性格和灵魂。博达尔笔下的人物既有共同的性格，又有独特的个性，他能够在同一类型的人物中创造出互不重复、彼此各异的形象。在谈到对这些人物的态度时，博达尔说："总的说来，这是一种十分复杂的感情。没有一个人物是我完全恨的，也没有一个人物是我完全爱的，我对这些人物混合着憎与爱的感情……"同时，博达尔努力发掘人物性格的时代性，使人物成为那个屈辱苦难时代的鲜活见证。他根据自己的童年经历写成了自传体三部曲，即《领事先生》、《领事之子》《安娜・玛丽》（*Anne Marie*，1981）。这三部小说相互联系又彼此独立，被合称为"领事三部曲"。

《领事先生》讲述的是军阀混战时期发生在中国中部的一段往事。作者的父亲阿尔贝・博达尔调任法国驻成都领事。当时的成都既是川滇军阀势力角逐的核心，又是英法两国殖民利益冲突的焦点地带。围绕鸦片和军火贸易，领事先生计划建造一条连接越南河内和成都的铁路。

于是，一场触目惊心的争夺在各大势力间展开：印度支那总督梅尔兰、黑帮头目杜月笙、云南军阀唐继尧、法国政治流氓杜蒙等都纷纷卷入其中，种种阴谋就此上演。

《领事之子》以第一人称讲述了“我”以领事之子的特殊身份在云南的所见所闻，揭露了滇军各派系间你死我活的地盘争夺、各国领事间尔虞我诈的利益拼抢，向读者展现了一个间谍、流氓、妓女充斥的民不聊生的社会缩影。

《安娜·玛丽》写的是作者母亲的故事，表现了人的贪欲。1925年，法国驻云南府领事阿尔贝·博达尔的夫人安娜·玛丽与丈夫的感情貌合神离，遂以儿子的教育为名，带着10岁的吕西安离开中国，返回法国。她一回国就把儿子送进远离巴黎的贵族学校，而她自己则沉湎于各种交际活动，幻想攀附权势跻身于上流社会，成为一名贵妇人。在作者笔下，母子、夫妻之间毫无亲情可言，资产阶级家庭关系的温情面纱被彻底撕破，露出它的自私本质。作家用冷静而又充满强烈感情色彩的笔墨批判了母亲由于欲壑难填而丧失人性的丑行，鞭挞了资产阶级社会的虚伪炎凉，可以说是批判现实主义的深化与发展。这部小说荣获1981年龚古尔文学奖。

总体上看，“领事三部曲”在叙事写人、描情状物方面，运墨洒脱明快，语言丰富多变，文笔练达而奇特，显示了博达尔成熟老练的艺术功力。博达尔的妻子在谈到“领事三部曲”时说：“我丈夫跟中国的关系非常紧密。他出生在中国，在中国度过了童年，那是一个动乱的年代。他一直牵挂着它，对它有恨，也有爱。这三部小说是他的尝试，他一次又一次试图更深入地理解这个有着数千年历史的国度。”法国媒体评价说：“随着年事的增长，吕西安·博达尔脸上的那张中国面具显得愈发自然，仿佛愈是接近‘终点’，他的心愈是贴近自己的‘起点’。”

凭借对传统中国丰富而细致的描写，博达尔的小说吸引了众多读者，他的二十多部作品在世界范围内得到了广泛的译介。

中译本“领事三部曲”：《安娜·玛丽》，许钧、钱林森译，江苏人民出版社，1985年/译林出版社再版，1998年；《领事先生》，陈寒、沈珂译，上海人民出版社，2007年；《领事之子》，王殿忠译，上海人民出版社，2007年。

（王佳玘）

弗朗索瓦·邦（François Bon）

弗朗索瓦·邦（1953— ），小说家，1953年生于法国旺代省。父亲是汽车修理工，母亲是小学教师。20世纪70年代中期，求学于工程师学院，之后进入冶金工厂成为一名焊接技术专家。此后因工作需要辗转于俄罗斯、印度、荷兰和瑞典等国，借此机会深入了解了这些国家的工厂及工人状况；也是在这一时期，他重新拾起幼时的爱好，阅读了大量文学著作，开始试着写下他的梦想和学生时代的回忆，记录给他留下深刻印象的工厂现实。

20世纪80年代，邦离开工厂，回到巴黎学习哲学。不久后他创作了小说《工厂出口》（*Sortie d' usine*，1982），开始了写作生涯。《工厂出口》以邦的个人生活经验为基础，描述了重工业企业中广大工人的生存状态。1982年，该书由热罗姆· 兰东名下的午夜出版社出版。《工厂出口》使弗朗索瓦·邦走进了读者和批评界的视野。之后，他又有多部小说问世，这些作品大都篇幅不长却耐人寻味，邦由此成为20世纪80年代最为引人瞩目的年轻作家之一。20世纪90年代之后，邦开办了写作班，先后在波尔多一大、雷恩二大以及巴黎高等师范学院执教，教授文学和写作技巧。

邦的作品与现实社会联系紧密，写到了工业化都市中存在的失业、犯罪、毒品等社会问题。邦把目光聚焦于城市郊区的工人，细致地描绘了20世纪下半叶失业者和罪犯的生存境遇。他的作品对准现代社会的阴暗角落，关注被主流社会所排斥的社会边缘人群的生存状态。人的异化、弥漫在人群中的恐惧与幻灭感是其作品的主题。邦认为，城市化造成了人们精神上的漂泊无依，导致了现代生活的种种悲剧。面对工业化社会的困境，邦既是犀利的观察者也是客观的描述者，他的作品用简洁鲜明的词句，试图留住注定被历史抹去，却又曾经鲜活、真实的面孔。

邦的第一部小说《工厂出口》发表于1982年。这部小说沉淀了作家深厚而直接的工厂生活经验。邦笔下的工厂如同监狱，囚禁着工人们的精神和肉体。小说以描写工厂上班的情景开头，以描写工厂下班的情景结尾，用沉重的语调讲述了被围困在噪音、纸屑和油污中的悲惨生活：繁重的劳动、肮脏的环境、压抑的气氛，工人们没有娱乐，只能看淫秽图片、讲色情故事为乐……除此之外，工伤事故时有发生，四肢健全已是侥幸，想要身体康健就更是奢求。工人们“病病歪歪”、面色苍白、未老先衰。虽然罢工时有发生，但是在短暂的生产停顿之后，马达重新启动，机器重新运转，劳作依旧继续。1985年，邦出版小说《界限》（*Limite*），延续了《工厂出口》对工人生活的关注，着力描写了失业者的生活。一年以后，邦的另一部作品《布松之罪》（*Le Crime de Buzon*，1986）问世，讲述了罪犯及其家人的故事：犯人塞尔日·布松和米歇尔·罗同一天出狱，布松将米歇尔带到了自己在大西洋沿岸的家中。布松的母亲以养狗卖狗为生，她的堂兄布洛克靠捡废品度日，布松的妹妹路易丝性情孤僻，一家人生活困顿、了无生气。小说没有把故事局限在某一个人物身上，布松、布松的母亲、布洛克、米歇尔的内心独白交替出现，以回忆的方式追述各自往昔生活的同时，也让读者感受到他们毫无希望的未来。

邦认为，工业化社会的负面影响无所不在，但是人们对它的认识并不深刻，所以城市文化在文学创作中还有待探索。所以在《布松之罪》之后，他又发表了以贫民区作为背景的《水泥布景》（*Décor ciment*, 1988）：贫民区内一名男子被杀，警方抓了若干嫌疑人。晚上，在警察局里，四个嫌疑人——盲人、看门女人、卡车司机和一个潦倒的雕塑家讲述了他们各自的遭遇。20世纪90年代以来邦的主要作品还有：《葬礼》（*L'Enterrement*，1992）、《社会新闻》（*Un fait divers*，1994）、《监狱》（*Prison*，1997）、《大宇》（*Daewoo*，2004）、《纷乱》（*Tumulte*，2006）等。

邦以其非抒情的叙事色彩和简练的文字著称，德国《世界报》和《时代报》曾把他与让-菲利普·图森、让·艾什诺兹、埃里克·舍维拉尔等作家归类为“极简主义”（minimalisme）小说家。但实际上这些作家并未形成一个派别，他们的创作各有特色。邦注重语言的音乐性，叙述语调冷静客观，善用简单的句法和冷静的描述勾勒出一个机器般的缺乏生机的世界：“一个车站，假如必须指明地点，随便哪一个车站，时间还早，七点刚过，天还是黑的。在车站之前有一个过道，来自地铁的人们，几乎全体，向同一个方向走去，赶往巴黎……”（《工厂出口》）。

中译本：《工厂出口》，施康强、程静、康勤译，湖南文艺出版社，1999年。

《工厂出口》（*Sortie d'usine*）

《工厂出口》（1982）是弗朗索瓦·邦的第一部，也是影响较大的一部小说。在谈到该小说的创作原因时，邦在小说发表后说：“从工厂辞职几个月后，我一直有个想法，想把萦绕在心头的东西写出来，于是就有了这本书……那时候，我脑子里总浮现出这样的画面：一个工人被机器压伤了手腕，用另一只手按着伤口，弯着腰，驼着背，痛苦地伸长脖子……”

机器、噪音、工伤、罢工、解雇和幻灭是这部作品的内容。高负荷的体力劳动摧毁了工人的身体，也侵蚀着他们的精神和意志：工厂里巨大的噪音震聋了一名工人的耳朵，他两耳全聋已十来年，“对他来说，噪音……他不再感到难受”。工厂虽然很糟，但他已在这里待了大半辈子，现在终于熬到了能退休的年纪。退休是这位老工人能得到的最大安慰和最高补偿，他不戴助听器，因为“不值得带上它去听别人说话”。另一名工人，显得比实际年龄大十岁，面部肌肉痉挛，“几乎每说一个词都要把嘴向左撇，咽一口唾沫”。他年轻时是工厂运输部门的主管，略有积蓄，于是辞去工厂的工作，开了一家酒馆。但好景不长，因家庭不和，酒馆生意日渐惨淡，他不得不重回工厂，从此一蹶不振，精神萎靡，终日酗酒，最后死于肺栓塞。还有一名工人在工作时被轧断了胳膊，惨叫不止，大家将他送上救护车，他随后重新回到自己的岗位工作。在工厂里，工伤致残是司空见惯的事，再大的事故，也只是激起一阵喧哗，之后机器照样运转，一切恢复“正常”。

邦笔下的工人们大都懵懵懂懂，终年生活在机器的世界里，没有能力感知工厂外面的现实。他们没有自我意识，没有形而上的忧虑，也失去了人的尊严。工厂的劳作和上下班路上的见闻就是他们的全部世界，日复一日，周而复始……邦描述的对象是被“工业社会摧毁了的人”，他们迷失了精神，累垮了身体，甚至连生存的权利都无法保障。书中的人物“我”，是唯一拥有自我意识的人。他在离开工厂多年以后，以局外人的身份反观工厂，看到了工人的艰辛、麻木和工厂如怪兽般的骇人面孔。小说最后，“我”提到了卡夫卡的小说《城堡》：“在进厂多少年以前，由于偶然的机会，我读了《城堡》，却没有想到，那就是我今后要经历的现实……”“我”和K一样经历了异化，也和K一样受到现

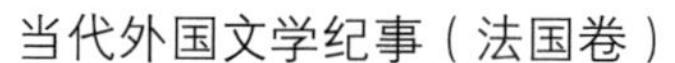

实的压抑和困扰，但是K永远没有走出城堡，而“我”却走出了工厂。如今当“我”回首工厂的往事，所有当初在那里干活时看不到、看不清的真相，都分外清晰地显露出来。

虽然是一部现实主义小说，但是《工厂出口》没有故事情节，全书是对工厂里工人日常劳动景象的照相机式的记录，语言简练，语句短促，快速的节奏给人一种紧迫感和压迫感，“像是工厂里的噪音或是钢铁发出的声响，坚硬而结实，如同机器一般”。例如：“惨叫。来自稍远处，通道另一边。后面，靠墙，那里。车床，是的，车床。大家都停下手头的活。他的目光与众人的目光一样转向同一点，已经知道了，看到了。不需要询问。又一声惨叫，拖得更长，像猫叫。”这种文体在表达效果上，突出了人物的异化。

在法国文学史上，弗朗索瓦·邦不是第一个写工厂劳作、噪音、疲惫、事故和罢工的人，他之前的许多作家也细致地描写过工人及其生活，但是邦与工厂有着深厚的和直接的渊源，他对工厂进行了全面而深刻的挖掘，因而能在“工厂文学”的广阔天地里游刃有余。

（张琰）

伊夫·博纳富瓦（Yves Bonnefoy）

伊夫·博纳富瓦（1923—2016），诗人、评论家。1923年6月24日出生于法国图尔市一个普通家庭。童年时常去洛特省图瓦拉克市的外祖父家度假，直到13岁时父亲去世，这段时光给他留下了难忘的回忆。1942年进入普瓦提埃大学学习数学，并准备去巴黎索邦大学攻读数学学位，但此时他已经萌生了献身诗歌的念头。1943年来到巴黎以后，他放弃了数学学习，完全投入了诗歌、哲学和艺术史的世界。

博纳富瓦的文艺生涯一开始是和超现实主义联系在一起的。进大学之前他就阅读过安德烈·布勒东和保罗·艾吕雅的作品，深受影响。1945—1946年间他结识了克里斯蒂安·多特蒙（Christian Dotremont）、维克多·布洛内（Victor Brauner）等超现实主义诗人和画家，并和一些朋友合作出版了一个小刊物《夜的革命》（*La Révolution de la Nuit*），发表了他最初的诗歌和评论，但他的创作倾向与超现实主义仍保持一定距离。1947年在超现实主义国际展举办之前，他拒绝在布勒东的宣言上签名，认为它会把诗歌引上一条玄奥的危险道路，从此他远离了超现实主义团体，但他始终承认布勒东和波德莱尔、兰波、马拉美、奈瓦尔一样，对自己的创作产生过重要影响。

1948年，博纳富瓦开始在索邦大学学习哲学，先后获得学士、硕士学位。来到巴黎以后他恢复童年时出行的习惯，人生从此充满了丰富的游历经验，特别是1949—1955年的意大利之行激发了他对文艺复兴和巴洛克艺术的浓厚兴趣，促使他日后进行艺术史研究。1953年博纳富瓦出版了第一本诗集《论杜弗的动与静》（*Du Mouvement et de l'immobilité de Douve*），一举成名。随后他又相继发表了《昨日笼罩荒漠》（*Hier régnant désert*，1958）、《刻字的石头》（*Pierre écrite*，1965）、《在门槛的圈套里》（*Dans le leurre du seuil*，1975）、《无光的东西》（*Ce qui fut sans lumière*，1987）、《雪的始末》（*Début et fin de la neige*，1991）、《流浪的人生》（*La Vie errante*，1993）、《弯木板》（*Les Planches courbes*，2001）等诗集和散文集。

在诗歌创作的同时，博纳富瓦也开始了他的文艺批评之路。从1954年的《哥特法国的壁画》（*Peintures murales de la France gothique*）开始，他发表了一系列对诗歌和艺术史的评论，并在1967—1972年和安德雷·迪布谢（André du Bouchet）、雅克·迪潘（Jacques Dupin）、路易·勒内·德弗莱（Louis-René des Forêts）、保罗·策兰（Paul Celan）等诗人合作创办了《瞬间》（*L'Éphémére*）杂志，发表他们的作品和对诗歌、艺术的见解。博纳富瓦的批评作品主要有：《不可能的事》（*L'Improbable*，1959）、《阿尔蒂尔·兰波》（*Rimbaud par lui-méme*，1961）、《1630年的罗马：巴洛克最初的视野》（*Rome 1630: l'horizon du premier baroque*，1970）、《隐匿的国度》（*L'Arrière-pays*，1972）、《红云》（*Le Nuage rouge*，1977）、《话语的真相》（*La Vérité de parole*，1988）、《关于诗歌的对话》（*Entretiens sur la poésie*，1990）、《绘画：色与光》（*Dessin: couleur et lumière*，1995）、《图像的所在和命运》（*Lieux et destins de l'image*，1999）、《在语言的视野下》（*Sous l'horizon du langage*，2002）

等等。

博纳富瓦翻译了英国戏剧家莎士比亚，诗人济慈、叶芝以及意大利诗人雷奥帕蒂（Leopardi）的作品。可以说他是一位涉猎甚广、笔耕不辍的诗人，他把自己在世界各地的游历、内心的体验，以及在诗歌、批评和翻译领域的实践融会并渗透到他的每一个创作时期。他一生获奖无数，是继瓦雷里之后在法兰西公学（Collège de France）享有“诗学”教席的第二位诗人。2007年，83岁高龄的博纳富瓦还获得了捷克共和国弗朗茨·卡夫卡文学奖。

博纳富瓦诗歌理论的核心概念是“在场”（présence）。“在场”既是最基本的存在经验，也是诗歌对图像的一场宣战。博纳富瓦认为：概念不可动摇，无时间性，而具体的事物则经历着不断的变化、发展乃至死亡，死亡体现了“具体的有限性”。对具体的捕捉只能靠当下的观察，一旦运用了语言，概念便将具体的人或事物从他们的“现实”背景中抽离出来。“在场”是当下的“现实”，稍纵即逝之后留下的只能是一种回忆，是“一幅在场的图像”。因此，语言表现的并非彼时彼刻的真实。言语因而是一种缺失、一次放逐。那么是不是只有沉默才能使人感知“在场”呢？在承认沉默的力量和追求“简单”的同时，博纳富瓦也相信人可以通过诗歌到达“在场的门槛”，无限地接近“在场”的状态，因为诗歌可以脱离理性逻辑和语言的约定，它是一种“希望”。诗人对字词的选择不是偶然的，而是考虑了它们整体的能指、音量、音色和顿挫。

字与词并不是终极的目的。诗歌在试图表现“真实在场”的同时，也表达了诗人投向这个世界的目光，揭示了诗人自身的存在和世界的本质。因此，诗人追求的是穿越语言的“圈套”，与“表达部分现实的图像”斗争，并寻找日常体验和超验两个层面上的“真正处所”。从这一点上看，博纳富瓦似乎继承了兰波的志向：“寻得处所与句子”（trouver le lieu et la formule）。

爱、死亡、重生和救赎是博纳富瓦诗歌世界的主题，它们经常伴随着一些简单却意义丰富的意象，如石头、树木、风、火、水、荒漠、墙壁等。1953年出版的《论杜弗的动与静》是博纳富瓦的成名作，这本诗集由一些段落短小的章节和诗歌组成，分为五部分，形式不拘一格，有些章节甚至没有标题。“杜弗”（Douve）这个名字本身就是诗人玩的一个“概念”游戏。在法语里，这个词的意思既是城堡外的护城河，也是做木桶壁的弯曲板子，还是一种体内的寄生虫。在博纳富瓦的诗中，首字母大写的单词“杜弗”变成了一个让人难以捉摸、难以界定的女性形象。她时而是诗人神秘的恋人，是具有神话色彩的女性代表；时而是动物或矿物；时而又是一个具有女性气息的处所：沉睡的护城河水、荆棘丛生的荒原和炭火之城；时而又变成了诗歌本身。博纳富瓦的诗歌追求在这本诗集中初露端倪：概念边界的模糊化、代表“具体有限性”的生死主题、对“真正处所”的寻找以及动静之间“门槛上”的微妙颤动。这些也同时存在于他日后的作品中，并且得到了不断的反思和发展。

1965年的《刻字的石头》被认为是诗人继《论杜弗的动与静》与《昨日笼罩荒漠》之后的一次思想转折，与前两本诗集流露出的强烈情绪和灰沉色调不同，爱的力量成为这本诗集的主题。诗人选用了丰富多彩的花园意象继续挖掘对“现实”的感知和对“在场”的表达，同时花园的美好也流露出了探索中的诗人积极和乐观的情绪。1975年发表的《在门槛的圈套里》与此一脉相承。博纳富瓦的前四部诗集奠定了他的诗歌坐标和语言上对“简单”的追求。他声称自己的每一部作品都是建立在前一部作品之上，他在不同年代的创作也确实体现了一种不断反思、不断深入的连贯性。2001年他又发表了一本备受关注的诗集《弯木板》，与第一本诗集《论杜弗的动与静》及其他作品相呼应，此时他已被认为是20世纪50年代以来最具代表性的法国诗人。

对艺术史的研究和对各种造型艺术的关注也在博纳富瓦的诗歌中经

常出现。他对艺术和诗歌的关系，对图像和各种造型艺术手段的思考和他对“在场”的反思紧密相连，但它们又随着诗人阅历的增长和思想的成熟不断地突破界限，充满了辩证的乐趣。博纳富瓦对于东方绘画也有涉猎，1998年他先后发表了两篇有关赵无极绘画的评论：《赵无极的思想》（La Pensée de Zao Wou-Ki）和《介绍赵无极》（Pour introduire à Zao Wou-Ki ）。

中译本：《博纳富瓦诗选》，郭宏安、树才译，北岳文艺出版社，2002年；《隐匿的国度》，杜蘅译，华东师范大学出版社，2017年。

（周皓）

阿兰·博斯凯（Alain Bosquet）

阿兰·博斯凯（1919—1998），诗人、小说家、文学评论家。1919年出生于苏联敖德萨，本名阿纳托尔·比斯科（Anatole Bisk）。乌克兰内战爆发后，他随父母迁居保加利亚，后定居比利时。博斯凯的父亲亚历山大·比斯科从事邮票买卖，也写诗，并且把马拉美、魏尔伦、兰波、亨利·德·雷尼耶（Henri de Régnier）等法国诗人的作品翻译成俄语，兴之所至即在家中对妻儿高声吟诵。家庭的熏陶让博斯凯很早就产生了对诗歌的热爱，虽然之后他亦从事小说创作，但是如他自己所说：诗歌先出现在了他的生命里，指引他走上了文学的道路。

少年的博斯凯沉静而好学，中学时代即阅读了大量诗人的作品。他喜爱奈瓦尔、波德莱尔和瓦雷里的诗歌，亦被兰波的才华和超现实主义诗人的自由诗风所吸引，也萌生了成为一名诗人的少年梦想。1938年他进入布鲁塞尔自由大学攻读哲学，很快与两位志同道合的同学一起创办了诗歌杂志《圣塔之门》（*Pylône*）。虽然这份杂志只出了六期，却充分体现了青年人的雄心壮志和质疑一切的精神。博斯凯最初的诗作——《比利时新诗选》（*Anthologie de poèmes inédits de Belgique*）亦发表于此。

1940年德军入侵比利时，博斯凯奔赴法国蒙彼利埃参军，不久在一次战役中被俘。被释放之后他留在法国继续写作，但几次被《南方杂志》（*Cahier du Sud*）拒稿使他颇感失意，加之失恋的痛苦和对贝当政府的不满，1941年他决定离开法国去美国发展。然而当他到达纽约后，第二天便发现自己的旧识罗伯特·戈凡（Robert Goffin）正是《法国之声》的主编，而该报纸正在征聘编辑秘书。博斯凯轻而易举地获得了这份工作，并在采访和编辑生涯中结识了很多当时流亡在美国的作家和艺术家，如梅特林克、安德烈·莫洛亚、于勒·罗曼、圣埃克苏佩里、马克·夏加尔（Marc Chagall）等，后者将他的诗作转交给了布勒东。他在1942年出版了第一本诗集《不可原谅的意象》（*L' Image impardonnable*），其中出现了很多博斯凯日后继续使用的词语和隐喻，如女人的身体以及男人的远行和逃避，这与他曾在巴黎邂逅的爱情不无关系。同时，作品中怪诞的比喻、自由的诗体、炫目而有力的意象都反映了超现实主义诗风对这位青年诗人的影响。

1944年，博斯凯随美国盟军参加诺曼底登陆，接着又参与组织了在柏林举行的四方会谈。1945年投向广岛的原子弹给他带来极大的震撼。亲身经历的残酷战争使博斯凯开始从对意象的痴迷转向对现实的关注和对人的反思。1945年以战争为主题、使用排比和押韵诗句的《地下生活》（*La Vie est clandestine*）标志着他的思想转变。诗歌内容上所表现的分裂乃至暴力与音律上的和谐、明快形成较大的张力，这一特点亦继续体现在之后的诗集中，如《回忆我的星球》（*A La mémoire de ma planète*，1948）、《死的语言》（*La Langue morte*，1951）等。在战争的创伤和战后的悲观焦虑中，诗人试图通过挖掘语言的潜力来构建一个变幻无穷而让人安心的世界，如《遗嘱集一》（*Premier Testament*，1957）和《遗嘱集二》（*Deuxième Testament*，1959）。这种对语言的关注和对诗之"歌"的信心受到了马拉美的影响，对诗律的回归也使博

斯凯被当时的一些评论家称为“新古典主义诗人”。

1951年博斯凯定居法国，在大学任教并活跃在出版界。对于战后流行的存在主义思潮，博斯凯承认人生的“荒诞”与“虚无”，却相信人最终能够超越。1955年他开始写寓言色彩的诗歌，按照他自己的说法，这是一个新的写作“行动”，是对“荒诞”的一种补偿。他认为，诗歌不同于科学和哲学，它能以简单、直接而超越的方式揭示新的可能性，所以诗人的任务就是创造和想象人与世界、与物质、与语言，乃至与自身的新的关系。因此，寓言之于博斯凯既是对荒诞的超越，同时也是对人类未来的预见。他的寓言诗集主要有：《哪个被遗忘的王国？》（*Quel royaume oublié?*，1955）、《物主人》（*Maître Objet*，1962）、《马儿鼓掌》（*Le Cheval applaudit*，1977）、《露珠的守护者》（*Le Gardien des rosées*，1990）、《寓言和鞭子》（*La Fable et le fouet*，1995）等等。其中，1962年出版的《物主人》最具有代表性。诗集的题目即蕴含了一种张力：“主人”与“物品”对应，但同时“主体”又让人容易联想到“客体”。因而，可以说物体一方面是主人的从属，另一方面也是引导主人逐步发现其捉摸不定的主体性的客体——这便是博斯凯这本诗集的主题。但他并没有使用抽象的哲学话语来探讨这种辩证而复杂的“主”“物”关系，而是用简单、轻松的寓言方式引导读者思考：“我的萨克斯管邻居，我的虚无朋友，我的报纸老兄，你们的故事是唯一让我清醒的闹钟。”从诗集的一开始即被拟人化的物品，将在“我”的不知不觉中通过语言建立自己的秩序，获得属于自己的自由；而言说虽然让“我”有某种凌驾于物之上的“主人”感，但这种感觉却很快遭到了质疑：“最不起眼的一个词儿也想指向别的东西”，“我的话在我和我自己中叠加”。

作为诗人，博斯凯一生获得了诸多荣誉，主要包括：吉约姆·阿波利奈尔诗歌奖（1942）、法兰西学院勒梅泰·拉里维埃尔文学奖（1968）、夏多布里昂历史文学奖（1986）、龚古尔诗歌奖（1989）、巴黎市诗歌大奖（1991）和法语文学奖（1992）等。从幼年家庭的熏陶到晚年的笔耕不辍，诗歌贯穿了博斯凯的一生，他一生对人的生存和世界的感悟通过诗歌折射出了一个世纪的精神。

博斯凯的小说创作始于1951年刚刚定居法国的时候。1952年，他在让·保兰（Jean Paulhan）的支持下出版了第一部小说《大衰退》（*La Grande éclipse*），次年又出版了《既非猴子亦非上帝》（*Ni singe ni Dieu*，1953）。这两部小说为博斯凯赢得了好评，但真正使他备受关注的却是后来的《墨西哥忏悔录》（*La Confession mexicaine*，1965）和《一位俄国母亲》（*Une mère russe*，1978）。《墨西哥忏悔录》讲述了一个画家贝尔纳·拉里的情感经历。失去灵感的画家离开妻子萨比娜，心灰意冷地来到墨西哥，在混合了神秘、残酷和原始风情的拉丁美洲重新找到对生活和艺术的感觉，与萨比娜重新开始了一段新的恋情。这部小说在出版当年为博斯凯赢得了他的第一个小说奖——联盟文学奖。而《一位俄国母亲》则为他赢得了当年的法兰西学院小说大奖。在这部自传性质的小说中，博斯凯塑造了一位占有欲极强的母亲形象，并通过对母子关系的描写回顾了他从敖德萨、布鲁塞尔、纽约到巴黎的生活和战争期间的经历和感受。小说打乱了时间顺序，在叙述中穿插叙述者现时的看法和联想，并且不时地流露出嘲讽的态度。这本传记既是为母亲而作，也是为自己而作；既是以写作对已故母亲的永久纪念，也是通过写作来解除母亲长期施加在儿子身上的压力与影响。此后博斯凯又出版了一系列自传性质的作品，主要有三部曲《前三十年》（*Les Trente premières années*），包括《曾经的孩子》（*L' Enfant que tu étais*，1982）、《不战不和》（*Ni guerre, ni paix*，1983）和《小的永恒》（*Les Petites Eternités*，1984），此外还有《记忆或遗忘》（*La Mémoire ou l'oubli*，1990）、《出发》（*Un départ*，1999）等，从而使博斯凯成为自传文学批评的研究对象。

无论是写诗或是创作小说，无论是随军转战还是从事教学，博斯凯一直都活跃在出版界，发表了大量评论文章。他不仅是《费加罗报》《世界报》《巴黎日报》《文学杂志》及《两个世界》杂志的撰稿人，同时也是一些刊物的创始者，如1942年创刊的《半球》、1980年的《B+B》和1995年的《不规则诗歌期刊》等。他精通俄语、法语、英语等多门语言，翻译发表过一些美国、罗马尼亚以及葡萄牙诗人的作品。

中译本：《博斯凯诗选》，胡小跃译，译林出版社，1994年；《我的俄国母亲》，郑永慧、边芹译，译林出版社，1997年；《墨西哥忏悔录》，徐枫译，海天出版社，1999年。

（周皓）

贝尔纳·杜布舍龙（Bernard du Boucheron）

贝尔纳·杜布舍龙（1928—　），小说家，生于巴黎，13岁时因阅读埃德蒙·罗斯唐的五幕诗体喜剧《西哈诺·德·贝热拉克》（*Cyrano de Bergerac*）而对文学产生兴趣。自巴黎政治学院毕业后，一直在工业领域工作，是一位成功的企业家，曾任欧洲宇航防务集团（EADS）商务经理20年，后在阿尔卡特公司工作13年。他领导着一个石油煤炭产品贸易集团，后出任总裁，并于1991—1994年修建了美国得克萨斯州三个主要城市间的高速铁路。杜布舍龙很晚才进入文学界，退休后才开始写作，76岁时发表的处女作《短蛇号》（*Court Serpent*，2004）获法兰西学院小说大奖。

杜布舍龙善于以古讽今，故事背景多为古代，充满奇特的想象与传奇色彩，虽非描摹现实，但都在一定程度上影射了现代社会，具有丰富的寓意。他善于描写人性的残酷，但目的并不仅仅在于展示残酷，而是透过表面探究人性的弱点。其作品用词精练考究，风格辛辣尖刻而又不失幽默。

《短蛇号》讲述的是一个虚构的中世纪的故事。过去有一小群欧洲人来到“世界的最北端”，在这片孤寂的冰天雪地中定居并顽强地生存下来。时光流逝，他们与欧洲大陆的联系日渐减少，终于在几个世纪后彻底中断，他们似乎被人抛弃和遗忘了。14世纪末，为了寻找这个失踪的部落，人们按照祖先留传下来的经验建造了“短蛇号”。在书中，此次远航的领航人——蒙塔吕斯神父讲述了途中所遭遇的种种令人难以置信的困难。这次寻找和救援之旅也是一次贯穿着宗教热情的政治之旅和精神之旅。

《国王、公主和章鱼》（*Un roi, une princesse et une pieuvre*, 2005）是杜布舍龙与尼科尔·克拉弗卢（Nicole Claveloux）合著的一本童话书。从前有一个邪恶的国王名叫于尔迪尔迪尔（Urdurdur）。国王的女儿——美丽的玛丽-埃梅爱上了一个精灵，但国王却想把她嫁给富有的邻国国王——章鱼大人。章鱼大人是一个有着八百条手臂的怪物，他的首相总是催他尽快娶妻以传宗接代。在嫁女之前，于尔迪尔迪尔要求章鱼大人经历三重考验。让玛丽-埃梅失望的是，章鱼大人最终闯过了国王的三关。婚礼如期举行，但关键时刻，长着翅膀的精灵出现，带走了章鱼大人的未婚妻。最后，公主和精灵终成眷属，生下了许多小天使。本书沿袭了童话故事的俗套，将人物分为好人和坏人两大阵营，考验看似不能逾越，结局幸福美满，等等。但该书自有其独特之处，它并不是一本单纯的童话书。书中充满各种各样的文字游戏、神奇荒诞的描写和对历史的影射，用词极为考究，有很多作者自创的词汇，字里行间流淌着尖刻的幽默，令人耳目一新。此外，书中线条简洁的丰富插图，与故事内容相辅相成，很容易使人融入作者营造的魔幻氛围中。

《鞭打》（*Coup-de-Fouet*, 2006）的故事发生在第一次世界大战前不久。瓦利尼是一名驻守巴黎北部的轻骑兵中尉，酷爱打猎并常常参加狩猎活动，很快就凭借自己可靠的直觉、勇敢的行动和精湛的骑术而名声大噪。卡斯特尔布朗什伯爵也是一名技艺超凡的猎手，常邀请瓦利尼一同打猎。瓦利尼一直追求伯爵的女儿阿埃拉。阿埃拉小姐性格倔强，对于游戏和男人有一种无法自拔的疯狂欲望。伯爵认为瓦利尼可以驯服她，制止她的放纵。然而阿埃拉并不喜欢瓦利尼，认为瓦利尼只是觊觎她所能带给他的头衔和财富。阿埃拉与伯爵的仆从热罗姆——（绰号“鞭打”的出色猎手）保持着肉体关系。热罗姆虽然聪慧勇敢，却是一介平民。战争爆发后，轻骑兵们被动员参战。热罗姆隶属于瓦利尼指挥。瓦利尼精通狩猎之术，却不善于指挥作战。在一次远征中，由于瓦利尼的指挥失误，热罗姆和大部分轻骑兵不幸遇难，瓦利尼却死里逃生。于是，为了报复瓦利尼，阿埃拉决定嫁给他。《鞭打》是杜布舍龙的第二部小说，整部作品浸润在粗野而又悲怆的气氛中。小说描写了一个以闻所未闻的暴力所统治的社会，成功地将一段残杀的历史转换成一种死亡的诗学。虽然小说中的爱情和社会关系看起来十分怪异，却隐喻着人类存在的不可克服的缺点；同时，在狩猎的世界中到处充斥的神秘、粗暴、高贵和野蛮也是对人生的强有力的隐喻。

《啃骨头的狗》（*Chien des os*，2007）讲述了一个发生在大西洋岛屿上的故事。16世纪末，西班牙人从葡萄牙人手中夺取了大西洋上的一个群岛。群岛中最大的保罗岛是一个火山岛，雾气缭绕，牧场广阔。贫穷粗野的牧民和农民住在高处，被称为“高处的人”；“低处的人”是聚居在港口的富人，从事着各种不光彩的非法交易。“高处的人”鄙夷地称“低处的人”为“啃骨头的狗”。两个群落的人互相仇恨，又不得不共同生活，因为富人需要从高原上流淌下来的宝贵的水，而水道是高原上的穷人开凿和维护的。统治该岛的西班牙人是一个贪婪残忍的总督，穷人们反抗西班牙占领者，富人们依附和利用西班牙人的权势，处于边缘地位的犹太人和摩尔人则明哲保身，以免遭到迫害。更糟糕的是，英国人也对群岛虎视眈眈，甚至西班牙市长的私人医生就是英国奸细。而且各种勾心斗角的阴谋、背叛和谋杀将这个动荡的世界推向血泊，然而最终岛上一个少女的悲剧爱情化解了所有野心和阴谋。杜布舍龙以其特有的优雅文笔描写了一个充满残酷与暴力的世界，其中没有丝毫纯朴与和睦，生活充满了创伤与痛苦，人们找不到救赎之道。为了详细展示小岛内部错综复杂的关系，作者借市长私人医生之口，通过医生与其英国盟友的通信描写了岛上的情况以及西班牙市长的暴行。贪婪、残暴、利欲熏心、寡廉鲜耻、极端排外，人类的所有恶行都得到了充分展示。杜布舍龙玩世不恭的笔调、含讥带讽的幽默，既引人发笑又给人以深刻启迪。小说语言简明清晰、辛辣尖刻，揭示了一个腐烂至极的小世界的残酷现实。作者的奇特想象使作品充满了独特的韵味，表现了作者的博学多才。

杜布舍龙的作品大多充斥着各种各样的野蛮和暴力，对此，他本人承认在对酷刑的细致描写中能获得一种快感，并说自己很有可能是一个"被压抑的暴力者"。他认为自己是人性悲观论者，"快乐的、毫无忧郁的悲观者"。杜布舍龙阅读范围十分广泛，除法语外，还通晓英语、挪威语、丹麦语、葡萄牙语和西班牙语，并阅读了大量这些语种的几个世纪前的优秀小说，这些作品对其写作产生了重要影响。

《短蛇号》（*Court Serpent*）

《短蛇号》（2004）是贝尔纳·杜布舍龙的处女作，于2004年获得法兰西学院小说大奖。

《短蛇号》讲述的是一个虚构的中世纪的故事。14世纪末，蒙塔吕斯神父受主教之命前往"世界的最北端"——北极寻找一个失踪的基督教群落。这是一个由一小群欧洲人构成的群落，几个世纪前来到格陵兰附近的新蒂莱国，在这片孤寂的冰天雪地中定居并顽强地生存下来。后来他们与欧洲大陆的联系日渐减少，在几个世纪后彻底中断。大陆的人们既不知道他们是否还有后裔，也不知道他们是否还信仰基督教。为了寻找这个失踪的部落，蒙塔吕斯神父根据祖先的经验，建造了能够在北大西洋海域破冰航行的“短蛇号”。神父的任务是重建该群落的基督教信仰，在此迷失地征收什一税。在航行过程中，“短蛇号”遇到了可怕的风暴和大雪等重重困难，全体船员经常处于巨大的危险之中。但蒙塔吕斯神父指挥“短蛇号”克服了寒冷和各种危险，终于找到遗失的群落。这些基督徒散居在一块严寒阴暗之地，极端贫困，与此地野蛮、堕落的异教徒杂居。一些人死于寒冷、饥饿和群落内部的暴力。蒙塔吕斯神父通过物质和精神的双重考验，拯救了这些基督徒的灵魂，并在那里确立了基督教的统治地位。对于神父来说，这次发现与拯救之旅也是一次贯穿着宗教热情的政治和精神之旅。

《短蛇号》以主教的一封信开始，主教在信中详细介绍了蒙塔吕斯神父的任务，让他前往位于北极的与欧洲失联多年的加尔塔尔教区。然后主教详细描写了神父生活的某些片断，说明选择他去执行此项任务的原因。这是作者的一种叙述计策，意在刻画主人公的个性，但主教在致蒙塔吕斯神父的信中详述收件人本人的生活，这种方式似乎不合常理。第二封信是神父给主教的回信，篇幅较长，中间穿插着三段斜体内容，叙述者身份不明。在这封信中，神父叙述了航行途中和在加尔塔尔教区停留期间船队遭遇的波折，以及教区居民和当地土著的贫穷和不幸、无处不在的死亡，以及恶劣的气候和生活条件所导致的人性极度退化和由此产生的暴力等。作者在写作前查阅了大量资料，使故事情节引人入胜。多个叙述者的声音交替出现，讲述着一个又一个故事，众多的故事通过书信形式串接在一起。

《短蛇号》不仅是一本奇特的历险小说，也是一部野蛮血腥的史诗。杜布舍龙表示其故事取材于真实的历史事件，他以残酷的笔调和惊人的想象，描写了一个冰封、荒谬的世界，描绘了人类的各种丑恶：乱伦、同类相残、谋杀、背教、酷刑、性伙伴交换等。与人性的卑劣和残暴相比，无处不在的可怖的寒冷只是最微不足道的痛苦。在暴力与恐怖

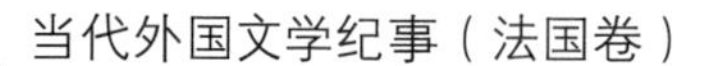

背后，隐藏着深刻的讽刺意味。《短蛇号》借古讽今，具有某种社会学意义。法国《世界报》称《短蛇号》以一个中世纪的寓言暗指伊拉克战争，是“当代人对外国干涉及文化冲突所导致的灾难的反思”。

在语言方面，整部小说模仿14世纪的语言，用“伪”古法语写成，但词汇简单，句法也不复杂，现代人理解起来毫不费力，使作品既古风盎然又易于理解。蒙塔吕斯神父叙述部分的语言较为朴素，堪称平淡，其他部分充斥着教士惯用的各种措辞和外交辞令。

（索丛鑫）

米歇尔・布托（Michel Butor）

米歇尔・布托（1926—2016），小说家、诗人、批评家。出生于法国里尔，父亲在铁路部门工作，喜爱绘画和雕刻。1929年，布托随父母迁居巴黎，在巴黎学习文学与哲学。毕业后执教于马拉美中学、曼彻斯特大学、尼斯大学和日内瓦大学。1991年退休，隐居法国和瑞士边境一带。他的作品种类繁多，包括小说、诗歌、随笔以及画论。

20世纪中期，米歇尔・布托作为“新小说”的代表作家为读者所熟悉。这一时期，布托追求文学的哲理与诗情，将文学视作一种探索，认为小说肩负着思考的责任，提出问题且叩问自身的本质。小说形式具有首要的意义，因为传统的叙述方式已经无法容纳当代社会的新的关系和全部信息，因此要打破旧习惯，期待和推进小说概念本身的改变。在小说实践中，布托通过精密的结构、诗意的语言、理性的思考和渊博的知识，探讨了叙事的种种可能，他的作品始终以“新的形式”表现错综复杂的现实和与众不同的认识。布托认为，人们的思维和语言习惯不容易改变……新的叙事方法实际上“关系到了社会问题，而并非纯粹的技巧变化”。

1950年夏，布托在埃及教授法语，受巴尔扎克、乔伊斯以及现象学的影响，开始构思第一部小说《米兰巷》（*Passage de Milan*，1954）。《米兰巷》选择20世纪40年代巴黎的一栋民居为描写对象，小说遵循“三一律”，故事的发生地即这栋楼房，时间从晚上7点到第二天早上7点，情节围绕一次生日晚会展开，楼房的结构及楼内的住户成了广袤现实的缩影。“叙述的视角从楼房的一层滑向另一层，在同一层，又由这间房滑到另一间，叙事者不停地变换观察的位置、对象和速度……”1953年6月，布托结束了在曼彻斯特大学的教学生涯，在英国的两年生活经历启发他创作了《日程表》（*L'Emploi du temps*，1956）。《日程表》采用日记体小说的形式，记录了一个法国人在英国某城市的所见所感，日记的时间安排复杂而精准，既追忆往事，也记录当前。1957年布托出版小说《变》（*La Modification*），《变》将叙事安排在一列从巴黎开往罗马的列车上，在草稿中，米歇尔·布托用A、B、C、D、E等字母区分不同的声部，第一声部A讲述从巴黎到罗马的旅程，第二声部B回顾离开巴黎前的情景，小说第一章以A—B—A的顺序推进；第二章加入一个新声部C，即男子对未来的展望，写作的顺序是A—B—C—B—A；第三章继续引进一个新声部，依此类推。车厢内外的见闻交织着人物的回忆与展望，随着时间的流逝，人物逐渐获得了新的认识。1960年布托发表《度》（*Degrés*）。中学历史老师皮埃尔计划写一本书，向自己的学生也是侄子展现大千世界的整体面貌：“地面的所有小草，隐藏在深渊腹地的各种金属，东方与南方的宝石，他无所不知，无所不晓。”1967年布托发表“随想曲”《小猴子艺术家肖像》（*Portrait de l'artiste en jeune singe*）。猴子托特（Thoth）是古埃及神话中的智慧之神和文字创造者，布托在叙事中引用了大量古籍和炼金术语，炼金术士们“在秘密实验室里，在锅炉和颈瓶间再造世界，乐此不疲……”的生活方式令他着迷。

从1958年到1996年，布托用将近四十年时间相继创作了《地灵》

（*Le Génie du lieu*）系列作品，以期通过新的文学形式，将“我想表达的一切容纳进去”。《地灵》系列打破了体裁的限制，将小说、诗歌和游记融为一体，不仅使思想得以自由流动，还试图改变读者的阅读习惯，让读者邂逅未知。《地灵》系列总共包括11部作品，形式新颖，内容涉及亚、欧、非、美几大洲的多个国家（中国、日本、意大利、埃及、加拿大、墨西哥等），铺展了一片独特而自由的文学空间。《地灵》系列的早期作品《运动体，美国描写研究》（*Mobile, étude pour une représentation des Etats-Unis*，1962）源于作家1960年的美国之行。《运动体，美国描写研究》将百科全书、广告和报刊文章片段拼接缝缀在一起，试图捕捉美国变化万端的社会现实。随后问世的《圣·马可的描写》（*Description de San Marco*，1963）以威尼斯圣·马可教堂的各组成部分命名作品的各章节，旨在“铸造”一座以文字为石材的圣·马可；1965出版的《每秒6 810 000升水》（*6 810 000 litres d' eau par seconde*）突显了尼亚加拉大瀑布的一泻千里之势。《地灵》系列晚期作品主要包括《飞去来器》（*Boomerang*，1978），《转A / 转B》（*Transit A / Transit B*，1993）和《陀螺仪》（*Gyroscope*，1996）。其中《飞去来器》记录了作家在南半球的见闻与思考：“我们的祖先对南半球知之甚少”，“对我们而言，它就更是一个秘密”，南半球如同我们的梦与无意识，虽与生俱来，但有待了解。作品是飞去来器，作家将它掷向未知，它飞回时携来新的认识。《地灵》系列的最后一部作品《陀螺仪》不仅在形式上如同陀螺仪，也以隐喻的方式提醒读者回归“旋转的智慧”，改变阅读和思考问题的习惯和方式。

20世纪60年代，布托有大量诗作相继问世，“不由自主地，诗从我身上溢出”。诗歌“柔软、流动、多变，与思想漫游同步”。这一时期，布托与画家、摄影师、音乐家及其他诗人合作，创作了一些诗画、诗图及诗乐相映成趣的作品。布托的诗作往往融“象牙塔的精致与郊区的现实”于一身，取材广泛，小广告、地铁票、扑克牌……所有扎根于现实、与人类相关的东西都被给予重视和关照："我走了这么远／但我磨不破／人间的鞋"。汇集这些诗歌的作品集于20世纪60年代后相继出版，如《彩图集（一）》（*Illustrations I*，1964）、《从拂晓到晨曦的郊区——布朗运动》（*La Banlieue de l'aube à l'aurore—Mouvement brownien*，1968）、《献词》（*Envois*，1980）。"献词"是中世纪抒情诗的结尾诗节，布托旧体新用，创作了一些献给友人的诗作，为使文意更加明了，还在每首诗前添加了解释性文字，用以说明写作该诗的缘起。1999年起，除诗歌外，布托基本终止了其他体裁的文学创作。在新世纪，布托撷取之前多部著作中诗意盎然的段落，重新组织编排，汇成诗集《流浪诗选》（*Anthologie nomade*，2004），希望借此向读者解释自己早期作品的晦涩之处。布托这样解释"流浪"的含义："我像一个背着帐篷流浪的旅人，每到一地支起帐篷，离开时再拆掉它，到另一地时，重新支起帐篷……我孜孜以求，随风飘向新的未知。"

布托另著有大量随笔和文评，他的系列批评文章《拉辛与众神》（*Racine et des dieux*）、《巴尔扎克与现实》（*Balzac et la réalité*）、《马塞尔·普鲁斯特的"时刻"》（*Les "moments" de Marcel Proust*）等，被收入五卷本的《目录》（*Répertoire I-V*，1960—1982）。

中译本：《变》，桂裕芳译，外国文学出版社，1983年/上海译文出版社，2011年再版；《变化》，朱静译，上海译文出版社，1998年；《曾几何时》，冯寿农、王化全译，漓江出版社，1991年；《时情化忆》，冯寿农译，上海译文出版社，2015年。

《陀螺仪》（*Gyroscope*）

《陀螺仪》（1996）是米歇尔·布托的一部重要作品。布托以"陀螺仪"命名这部作品，是因为"地球可以被看成一个陀螺仪，既静止也运动，我的作品也是如此”。读者也应当如陀螺般，保持“旋转的智慧”。

《陀螺仪》这本书没有通常意义上的封面、封底之分，两面都是封面，如同作家为读者设立了两个“入口”。读者可以由陀螺仪“数字门”进入作品第一页或者将书掉转过来从陀螺仪“字母口”一边的第一页开始阅读。“数字门”和“字母口”这两大部分象征着地球的两个半球。书中的每一页都分为两列，读者打开《陀螺仪》，便有四列文字现于眼前，即四个“频道”。“数字门”的四个频道是1、2、3、4，字母口则是频道A、B、C、D。用布托自己的话说，这八个频道容纳了八个电视“节目”。每个节目有一个主题，同一主题被分成若干部分，交错分布在两个“半球”，如主题“天空”包括三部分：第一部分位于数字门一边的频道3，自第7页起，至第43页终；第二部分位于字母口一边的频道B，第64页起，第114页终；第三部分回到数字门，位于频道2的第156到第198页。布托将互有联系的不同的主题分四列同时展现在读者面前，各个主题间形成了自然而随意的参照与碰撞；同一主题的交错式分布也挑战了读者的阅读习惯，读者在阅读时拥有“换台”、跳跃和组合的自由，同时也可能因这自由而“不知所措”，发现其实“所有事物都包含不为我们所知的一面”。

《陀螺仪》是布托文本复调（polyphonie textuelle）的代表作。这部作品以诸多国家和城市为支点，以古今众多文学家、科学家、音乐家和画家的部分作品为依托，在邀请读者进行一次环球之旅的同时，也将读者带进一座庞大的图书馆，里面陈列着人类文明的各类成果。《陀螺仪》不仅引用了大量经典，如拉辛、丰特奈尔（Fontenelle）、王致诚（Jean-Denis Attiret）、安徒生、阿波利奈尔（Guillaume Apollinaire）等人的著作以及玛雅圣书《波波尔·乌》（*Popol Vuh*），还收入了布托本人之前的某些作品。《陀螺仪》的八个主题之一——“天文台”以丹麦城市赫尔辛格为中心，围绕与这座城市有关的四个人物展开：王子

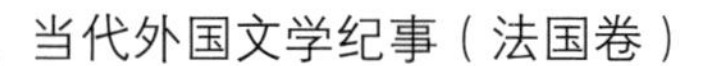

哈姆雷特、童话家安徒生、音乐家布克斯特胡德（Dietrich Buxtehude，1637—1707）以及天文学家第谷·布拉赫（Tycho Brahe，1546—1601）。主题“天空”涉及的是天文学领域；“化身”谈的是吴哥的寺院；“金字塔”的中心议题是玛雅文明；“牛头怪”以画家毕加索为中心；主题“通灵者”的旋转轴是诗人兰波；“圣景”是旧约先知的神启；八个主题中最重要的一个被称为“Cathay”，指的是中国，作家在这一部分特别模仿了十多位唐代诗人，尤其是李白、杜甫和白居易的诗。

布托称《陀螺仪》是一座迷宫，读者可以随意拆卸、拼装，幻化出无数组合。《陀螺仪》将异质素材并列呈现，体现了事物间潜在的联系，启发无限的想象。布托认为，文学的力量就在于它能够在如此紧迫的社会中创造出“自由的岛屿”，作家们的写作需要更多、更丰富的想象力，读者在阅读时也需要付出更多努力和耐心。

（张琰）

埃马纽埃尔·卡雷尔（Emmanuel Carrère）

埃马纽埃尔·卡雷尔（1957— ），小说家、电影编剧及导演。1957年12月9日出生在巴黎，俄国移民后裔，毕业于巴黎政治学院。正式出版小说之前，曾担任若干影视刊物的影评人。

20世纪80年代，卡雷尔开始发表小说。他关注日常生活中的谎言、罪恶、虚幻和恐怖，其作品旨在揭示假我与真我间的距离，突出人物的内心分裂，质疑个体身份的确定性和浮游于生命表层的社会关系，主要作品有：《白令海峡》（*Le Détroit de Behring*，1986）、《胡子》（*La Moustache*，1986）、《不受打击》（*Hors d'atteinte*，1988）、《雪中惊魂》（*La Classe de neige*，1995，获得费米娜文学奖）、《恶魔》（*L'Adversaire*，2000）和《俄国小说》（*Un roman russe*，2007）。卡雷尔被认为是一个像莫泊桑一样用小说来映照这个静谧而凶恶的时代的作家。

卡雷尔对表象和本质间的差异十分敏感，常选取日常小事挖掘人物的内在真实，这一写作倾向在其初期作品中就已露端倪。《胡子》中的年轻人刮掉留了多年的胡子，却发现亲友们竟不知他曾蓄须。《不受打击》的主人公因迷上赌博而撒谎，最终失去了一切……在卡雷尔笔下，人类历史长河中积累下来的“文明与理性”，如同“一层又薄又脆、虚幻的膜，任何一点微不足道的东西都足以使它破裂……刮掉的胡子，轮盘赌的票子，一个可怕的夜晚，童年时代的一个梦”。总的说来，卡雷尔早期作品的故事生动，风格简明，为他赢得了一定数量的读者。但他的成名作是他在20世纪90年代创作的两部小说——《雪中惊魂》与《恶魔》。

姊妹篇《雪中惊魂》与《恶魔》以震撼欧洲的真实事件——罗芒事件为背景。罗芒全名让-克洛德·罗芒（Jean-Claude Romand），曾是一名医学院的学生，学校考试当天，罗芒没有起床去参加考试，同学们也没有注意到他的缺考。事后罗芒向家人和朋友撒谎说他通过了考试，然后假装“顺利毕业”，并自称被日内瓦世界卫生组织聘用。自此，家人和朋友都以为他是一位优秀的医生、出色的研究员，正致力于尖端医药研发。亲友们信任他，把积蓄托付给他，让他把钱存到瑞士，因为他们听罗芒说，那里有家银行支付高额利息。罗芒假装去上班，甚至出差，然后带礼物回来送给父母、妻子、两个孩子和朋友。事实上，“去上班”的罗芒只是待在汽车里看报，或者去汝拉山，游荡在森林里。谎言编织的生活持续了18年。最终，罗芒花完了所有人的钱。1993年1月9日，真相大白前夕，“爱着家人”的罗芒杀死了包括父母、妻子和两个孩子在内的所有亲人。事发后，罗芒被捕接受调查，与此同时《解放报》发表了关于罗芒事件的第一篇报道，举国震惊。卡雷尔“获悉此案，大为惊讶，就此案写书的想法，随即而生”。

卡雷尔对罗芒事件的关注，不是出于“可恶的好奇心”，也不是想制造“轰动效应”，他只是想弄清日常的谎言是怎样堆积、腐烂、变质，最终演化成推人走向深渊的可怕力量。卡雷尔旁听罗芒案的审判，访问罗芒的友人，实地考察罗芒曾去过的地方，与被判终身监禁的罗芒取得了通信联系……在此过程中，作家发现，越是想深入罗芒的内心世界，越是想了解罗芒心中的秘密，他就越是痛苦难当，“以至于有段时间心里极为压抑”，并为“自己有这样极其可怕的爱好”而抑郁。为了摆脱这种心理，卡雷尔暂时放弃了罗芒案，但依旧以谎言为主题，创作了《雪中惊魂》。

《雪中惊魂》触及了家庭里的隐私和亲人间的谎言。小说的主人公是一个名叫尼古拉的孩子，他胆小、孤独、敏感、怯懦，很难与其他孩子相处却又极想吸引他人的注意。尼古拉被父亲送去参加冬令营，冬令营驻地附近有个孩子被杀。为了引起他人的关注，尼古拉编造谎言，说自己知道其中原委：器官盗贼、假肢、偷肾、挖眼珠、美人鱼、蓝仙女……一连串的事件和想象刻画出小主人公慌乱不安的内心世界，揭示了软弱、幼小却又扭曲的心灵，而书中对尼古拉的父亲就是凶手的暗示，更使故事显得愈加残忍。《雪中惊魂》出版后，读者反响热烈，狱中的罗芒也通过这本书，在尼古拉身上看到了自己的影子。他写信给卡雷尔，同意协助他将自己的故事写下来。这就是2000年发表的《恶魔》。《恶魔》历经六年的调查和酝酿，建立在翔实的资料之上，是描写罪犯罗芒的纪实小说。

作为《恶魔》的作者、叙事者和人物之一，卡雷尔客观冷静地向读者讲述了罗芒的经历以及自己与罗芒事件的关系。罗芒撒谎，是因为他害怕失败，害怕让父母失望，希望看到别人赞许的目光。他日复一日地游荡于自我的真实之外，生活在自己构筑的幻影中，不可逆转地滑向深渊……作者在将整个事件和盘托出时，也以小说人物的身份质问：当罗芒独自一人在广袤的森林里徘徊的时候，他面对自己，会想些什么？卡雷尔没有给出答案，而是向读者展示了罗芒生活中令人生畏的巨大空白。在他看来，罗芒是被一股强大力量逼到尽头的人，而他的小说试图向读者展示的，就是这种“魔鬼般的力量”。关于《恶魔》的书名，卡雷尔解释道，恶魔不是罗芒，相反，罗芒一生都在与恶魔对抗，恶魔是在我们身上撒谎的力量。在关注罗芒的同时，卡雷尔也在追问，为什么警方花了不到一小时就弄清了罗芒不是世界卫生组织的研究员，而他的家人却在长达18年的时间里对这一事实毫无察觉？罗芒曾送给家人一张大楼的照片，照片上用十字叉标出他在世界卫生组织的“办公室”窗户，难道从来就没有人有过给他那并不存在的办公室打个电话的想法？

卡雷尔的作品风格简洁、清晰、明朗。词句被认为是架在作家与读者之间的桥梁，他的简约的句子如同清除了电阻、满载电流的导体，阅读卡雷尔，读者如遭了电击，感到触痛和震撼。

卡雷尔的多部小说，如《胡子》《雪中惊魂》和《恶魔》等已被改编成电影。除小说外，他还为美国科幻小说家菲利普·迪克（Philip K. Dick，1928—1982）写过一部传记：《我活着而你们死了》（*Je suis vivant et vous êtes morts*，1993）。

中译本：《雪中惊魂》，鲍刚、周海译，海天出版社，2000年；《恶魔》，彭伟川译，海天出版社，2000年；《对面的撒旦》，胡小跃译，人民文学出版社，2011年；《搅局者》，马振骋译，文汇出版社，2017年。

《俄国小说》（*Un roman russe*）

《俄国小说》（2007）是埃马纽埃尔·卡雷尔的一部重要作品，它延续了卡雷尔在前期作品中关注的问题：个体与身份、谎言与真实、秘密与疯狂。1986年卡雷尔在小说《胡子》中描写了一位已婚五年的男子，他蓄须多年，一朝剃掉，妻子和朋友们却毫无察觉。起初他以为大家在故意开玩笑，后来才知道，在妻子的记忆里，他从未蓄过胡子。《恶魔》是一部纪实小说：主人公罗芒在持续18年的谎言将被拆穿之际，开枪杀死了所有亲人。继《恶魔》之后，卡雷尔通过《俄国小说》将自我真实娓娓道来，试图由此驱逐啮噬其心灵的东西。

为了拍摄一部电影纪录片，“我”打算回到母亲的故土俄国。纪录片的主人公是一位匈牙利士兵，1944年被捕，从此下落不明，直到53年后，才在一家精神病医院被认出。小说描写了此次俄国之行，追忆了“我”在巴黎时与索菲亚的爱情。童年的若干回忆勾勒出了“我”与母亲的关系。与此同时，小说还写了家庭的秘密——外祖父乔治的故事：乔治在德国完成学业，20世纪20年代移民法国，与一位俄国贵族女子结婚，婚后生有一男一女。第二次世界大战期间，乔治被怀疑同德军合作，与匈牙利士兵一样，1944年神秘失踪，之后杳无音讯。“母亲曾跟我提起与外祖父的最后一次见面，外祖父刮去了多年的胡子，母亲一时竟认不出他。”

卡雷尔笔下的外祖父个性偏执、癫狂、有自杀倾向，仿佛陀思妥耶夫斯基笔下的主人公。失踪的外祖父犹如幽灵，既是家庭谈话的禁忌，又始终萦绕着“我”的生活，成为挥之不去的阴影。“我遗传了外祖父的疯狂，写作这本书，其实是在逾越禁忌。”“母亲读了此书，她感到不安……在成为我的故事之前，外祖父的故事只属于母亲，母亲不许我旧事重提……”写作被卡雷尔赋予了驱魔、净化及解脱等意义。他说，在写作过程中，他感到自己的生活就是一部俄国小说。借此作品，他试图驱逐外祖父的幽灵，摆脱外祖父的影子，这个故事在他心里埋藏已久，终以文学的形式表现出来，让他得到解脱和自由。

卡雷尔称，此书虽有小说的形式，但除了一些无关紧要的细节外，讲述的全都是真实的事情。《俄国小说》将读者带进作家个人生活的私密领域。俄国之行是一次寻根之旅，作家由此出发，剥离虚假的寄生，去找寻自身的真实。小说通过童年梦魇、外祖父的阴影、爱情纠结及精神领域难以排解的困惑，塑造并展现了个体的复杂性。

（张琰）

程抱一（François Cheng）

程抱一（1929—　），原名程纪贤，华裔小说家、诗人、书法家、翻译家。出生于山东济南的一个文人家庭，祖籍江西南昌，先后在北京、南京、武汉、四川和上海生活过。1947年，程抱一进入南京金陵大学英文系，1948年在联合国教科文组织的资助下赴法国留学，但教科文组织的资助只有一年，资助中断后，程抱一的生活陷入困境。之后的十年里，程抱一的求学生活饱受贫困、孤寂之苦。他在法语联盟注册学习法语，去索邦大学听课，去圣热内维也芙图书馆阅读。在艰苦的生存环境中，他一方面努力学习法国语言与文化，另一方面加强国学知识的积累。经过十年寒窗苦读，他终于掌握了法语，开始融入法国文化中。

1960年，在法国著名汉学家戴密微院士的一个关于道家哲学的讲座上，程抱一一口流利的法语和他的深刻见解获得戴密微的赏识。在戴密微的帮助下，他进入巴黎高等研究实践学院，谋得一份为编纂汉法词典整理资料的工作，他利用这个有利的学术环境刻苦自学。20世纪60年代，结构主义和符号学理论在法国盛行一时，程抱一所在的巴黎高等研究实践学院正是这一思潮的中心，他不可避免地卷入其中。程抱一尝试用结构主义理论来分析张若虚的《春江花月夜》，并用八年时间完成了硕士论文《唐代张若虚诗之结构分析》（Analyse formelle de l'œuvre poétique d'un auteur des Tang，Zhang Ruo-xu，1969），受到了罗兰·巴尔特和列维·斯特劳斯的赏识，发表后还受到福柯、克里斯蒂娅、雅各布森和拉康等文论家的高度评价和关注。从此，程抱一逐渐进入法国知识界，有机会与法国的文化精英对话，这些对话和交流让其受益匪浅。1973年，瑟伊出版社和程抱一签约，希望他用结构主义的方法对唐诗进行系统的研究。程抱一用四年时间完成了《中国诗语言研究》（*L'Écriture poétique chinoise*，1977），出版后在学术界引起了很大反响。接下来，他又用不到一年的时间完成了《虚与实——中国画语言研究》（*Vide et plein*：*le langage pictural chinois*，1978），这是《中国诗语言研究》的姊妹篇，不仅得到文学界和学术界的认可，还得到艺术界的欣赏。在这部著作中，程抱一试图把中国思想的精髓提炼出来，并对生命的本质进行了思索。

《中国诗语言研究》以唐诗为研究主体，从中国表意文字的特点出发，以构成诗歌语言基础的宇宙论中的虚实、阴阳和人、地、天关系为依据，分别从词句、格律、意象三个层面，展现这一符号系统在对文字的探索中如何进行自我构成。在词句层，着重探讨虚词与实词之间的微妙游戏；在格律层，揭示平仄和对仗等所体现的阴阳辩证关系；在上述两个层次所导向的更高和更深的象征层，则显示诗人们如何借助“比”“兴”手法组织意向之间的关系，以实现主体与客体的交融，并充分发掘天、地、人三元关系。比如王维的诗句“木末芙蓉花”，程抱一认为即使不懂汉语的人，也能从这几个字里看到一棵树上逐渐开花的过程，也就是说从“木”这棵树逐渐开出了花蕾和花朵；而从第三个字开始，以“芙”为代表的人也在精神上具有了开花的意念；而最后一个字里的“花”，更寓意着人在参与宇宙的转化。

如果说诗歌是语言的艺术，是由字词、笔画和格律等组成的结构的话，那么中国画与语言的关系就更为抽象了。程抱一认为，中国画也植根于表意文字，与书法关系密切，与宇宙的生成化育相关相通。在《虚与实——中国画语言研究》中，程抱一论述了唐、宋、元、明、清的画派，但他的目的不是为了介绍中国绘画史，而是试图提炼中国思想的精髓。程抱一认为绘画的目标并不在于作为单纯的审美对象，而是力求成为一个小宇宙。这个小宇宙是以大宇宙的方式再造一个敞开的空间，在那里，真正的生活成为可能，人之整体和宇宙之整体互相依存并浑然一体。他还强调了绘画中"虚"的重要性："完成一幅画作的过程中，虚出现在所有层次，从一道道基本笔画直至整体构图。它是符号中的符号，它确保绘画体系的有效性和统一性。"从程抱一对绘画中"虚"的概念的论述中，可以看出他对道家学说的理解："虚不是一个毫无生气的存在，在它内部流动着把可见世界和一个不可见世界联系起来的气息。再者，在可见世界的内部（有画迹的空间），例如在构成它的两极的山和水之间，仍然流动着由云再现的虚。云，是表面看来相互矛盾的两极之间的中间状态：云产生于水的凝聚，同时它拥有山的形状；它带动山和水进入相互生成变化的过程……山有可能进入虚中以便融化为波涛，并且相应的，水，经由虚，可以升腾为山。"由此，程抱一借助道家经典等学说构成的宇宙观，对中国的绘画进行了整体的把握，又运用西方的结构主义理论进行细致入微的分析，扩大了读者的视野，超出了读者通常的理解范畴。

1975年以前，程抱一主要用中文写作，他翻译介绍了一些法国诗歌和著作，译介过波德莱尔、兰波、阿波利奈尔、勒内·夏尔、亨利·米肖等著名诗人。与此同时，他不断地将中国优秀的文化精品介绍到法国，如他翻译过老舍的《骆驼祥子》和一些中国诗词。1975年以后程抱一开始用法文写关于诗画的理论著作，20世纪80年代后开始用法文创作。他的主要文艺论著除了《中国诗语言研究》和《虚与实——中国画语言研究》外，还有《梦的空间：千年中国绘画》（*L'Espace du rêve: mille ans de peinture chinoise*，1980）、《朱耷：笔画的天才》（*Chu Ta: le génie du trait*，1986）、《石涛：世界之味》（*Shitao, 1642—1707: la saveur du monde*，1998）。主要诗集有：《水云间》（*Entre source et nuage, voix de poètes dans la Chine d' hier et d' aujourd' hui*，1990）、《情歌三十六首》（*Trente-six poèmes d' amour*，1997）、《双歌集》（*Double chant*，1998，获罗歇·卡约瓦奖）。长篇小说有：《天一言》（*Le Dit de Tianyi*，1998，获费米娜文学奖）、《此情可待》（*L' Eternité n' est pas de trop*，2002）。

1974年，程抱一被巴黎第七大学聘为教授，成为法国首位华人教授，后在东方语言文化学院执教。多年来，程抱一致力于中西文化的双向交流，被称为“中西文化交流中不知疲倦的摆渡人”。2001年，凭其全部作品而获得法语国家和地区文学大奖，2002年进入法兰西学院，成为法兰西学院自1635年成立以来的第705位院士，也是第一位华裔院士。他自己设计的佩剑上用中文刻着“天地有正气”——这句诗是南宋爱国诗人文天祥所作《正气歌》的首句，四周装饰着象征中国的竹子和象征法国的百合花，中间有一个“和”字，象征着中西文化的融合。

中译本：《天一言》，杨年熙译，山东友谊出版社，2004年；《中国诗画语言研究》，涂卫群译，江苏人民出版社，2006年；《万有之东》，朱静译，同济大学出版社，2007年；《此情可待》，刘自强译，人民文学出版社，2009年；《美的五次沉思》，朱静、牛竞凡译，人民文学出版社，2012年；《游魂归来时》，裴程译，人民文学出版社，2015年。

《天一言》（*Le Dit de Tianyi*）

《天一言》（1998）是程抱一用12年心血写成的第一部小说。该小说以艺术家天一青少年时代的坎坷与追求、漂泊巴黎的孤独与辛酸、重返故土后经受的磨难与痛苦这三段人生经历为中心，结合天一与浩郎、玉梅之间生死相依的友谊与爱情的描写，讲述了一代知识分子的生命历程与艺术追求。小说发表后引起强烈反响，获得了当年的费米娜文学奖。

“天一”这个名字本就富有哲学意味，似乎含有对天人合一的向往。天一出生于江西南昌，童年随家人居住在庐山脚下。在云雾缭绕的庐山脚下，天一发现村里的人虽然大都是文盲，但对文字有一种由衷的崇拜，以至于他从小便无意识地、深深地受到这些书写符号潜移默化的影响，对它们的象征力和造型美非常敏感，而且还学会了仔细观察大自然的各种景物——花草、树木以及梯田上的茶园，这些都为天一日后觅得艺术的真谛打下了良好的基础。几年幸福的童年生活之后，妹妹和父亲不幸早逝，留下天一和母亲相依为命。抗战爆发后，天一跟母亲一起去了四川，一路饱尝艰辛。在四川，天一邂逅了聪明美丽的玉梅并对她一见钟情，后来又遇到了来自东北的青年浩郎，两人相见恨晚，建立了纯真的友谊。可惜造化弄人，心爱的女人玉梅和最好的朋友浩郎相恋，天一一度十分痛苦，最后他选择了成全这对恋人，默默地离开了他们。

天一先去一位隐居的老画家家里学习艺术，又在这位老画家的介绍下去敦煌描摹壁画，后来有幸获得了去法国留学的奖学金，到法国钻研艺术。初到法国，天一尝到了在异国他乡的辛酸，感到自己像一个“他者”，不能完全融入法国社会，直到遇到了热情的女音乐家薇罗尼克。正当天一在法国的生活步入正轨，与薇罗尼克建立感情，并在艺术上探索出新的创作形式时，天一收到了玉梅的来信，告知浩郎已死。天一不忍心玉梅在国内独自承受失去浩郎的痛苦，毅然放弃了在法国的美好前程，踏上了回国旅途。造化再次弄人，天一本来是为了浩郎的死和玉梅的生而回到中国，可是回国后却发现浩郎还活着，正在艰苦的北大荒接受劳动改造，玉梅却因为不肯改嫁他人自杀了。天一从此又踏上了寻找浩郎的征程，为了寻找浩郎，天一故意犯错误，主动提出去北大荒接受改造。天一历尽艰辛终于找到浩郎，经受了严酷生活的挑战。经过不懈的努力，两人最终克服重重困难，浩郎成为诗人，天一成为画家，完成了他们的自我实现。这种自我实现是任何人间的苦难所无法压制的，他们在绝境中显示了人性的至美和尊严。

《天一言》有很重的自传成分，主人公天一和程抱一有很多相似之处：出生年月相仿，都来自江西，都曾经因为战争逃亡到四川等地，都从小对艺术感兴趣，都曾经到法国留学。所不同的是，天一选择了回归，而程抱一却留在了法国，也许程抱一只是把回归的渴望在天一身上体现出来，以此探讨回归的可能性。

（周莹）

埃里克·舍维拉尔（Eric Chevillard）

埃里克·舍维拉尔（1964— ），小说家，被认为与让·艾什诺兹、让-菲利普·图森、弗朗索瓦·邦等作家一道展现了20世纪末至21世纪初的法国小说新面貌。

1987年，舍维拉尔发表第一部作品《死亡使我感冒》（*Mourir m'enrhume*），主人公是一位行将就木的老人，作品篇幅短小，对话与独白交替，语言幽默。两年以后发表的《兜售商》（*Le Démarcheur*，1989），主人公是一个替客户写墓志铭的人。代表作《史前史》（*Préhistoire*，1994）的叙事者是一个史前岩洞的看守者。他被任命为岩洞看守者，但他的工作却迟迟不能开始。读者期待小说情节向前发展，但作家却故意离题、拖延，与传统小说的叙事模式相去甚远。

之后的作品延续了这种风格：大多数小说没有完整统一的故事情节，人物缺乏性格及心理特征；大量篇幅用于描写或展现心理活动，段落衔接松散；行文中常常插入“离题话”（digression），任何东西和细节都可以使作者偏离叙事主线而离题万里；既定或预想中的叙事目标被一再延迟，取而代之的是新奇的词句与精妙的隐喻，一些看似无足轻重的事件或者一个假设往往是叙事的起点，由此衍生出荒诞不经的情节。此种风格拓宽了文学的空间，也让我们重新审视与这个熟悉又陌生的世界的关系。

《帕拉福克斯》（*Palafox*，1990）写了一个奇怪的生物："帕拉福克斯"有着多变的形态，时而是飞鸟，时而是爬虫，让科学家们无法归类。《论刺猬》（*Du hérisson*，2002）的叙事者是一位不得志的作家，他打算迎合市场写一部自传，却发现一只不知从哪儿来的刺猬，在自己的书桌上咬着橡皮，把稿纸弄得七零八落，让"我"无可奈何。舍维拉尔对于自己的写作意图这样解释说：不可知的事物来自不可知的世界，"变化、失衡和眩晕是世界的本来面目，试图将生物或事物固定下来的做法是轻率和冒失的"。舍维拉尔的某些作品因其怪诞而被认为具有寓言性。《天花板上》（*Au Plafond*，1997）的主人公头上总是顶着一把椅子，原因是他幼时过于腼腆，医生建议孩子顶椅子，以防身体蜷缩，结果习惯成了自然。长大后，顶椅子的主人公和几位朋友同住一处工地。因为工地施工，一伙人搬到了主人公的女友家，最后在天花板上安顿了下来。"自从我们有了这样的高度，以往在我们看来很大、很重要的事情就恢复了它的正常尺度，我们越是朝上栖息，越是感到人间诸事皆无足轻重。这让我们想到，上帝对人世的冷漠，可能是他的生存状态使然，他住在天界的最高处。"

《没有猩猩》（*Sans l' orang-outan*，2007）也是一部寓言小说，讲述了地球上最后两只猩猩的突然死亡。叙事者是动物园的一位工作人员，非常疼爱这两只猩猩，现在猩猩死了，生物链上少了一环，工作人员开始设想猩猩灭绝可能带来的后果。"我们将为此付出惨重的代价，我预想到可怕的事情将要发生。"物种将会衰退，各种生物将相互为敌，土地将寸草不生，到处都将是"长着灰色触角、浑身有紫斑肉瘤的软体动物"……舍维拉尔顺着这一逻辑将假设推演至极限，铺陈了猩猩灭绝后将会出现的一切可能。

舍维拉尔将写作视同战斗。文学是世界的隐喻，要摧毁世间的异化。虽然语言与世界的真实相差甚远，作家不可避免地受到语言的限制，但他可以试图改造词语，从而揭示一角真实："帕拉福克斯"在清晨叫了一声，"该怎么描绘这叫声，像是叽叽喳喳，但更像猫叫或狗吠，又似乎更像咆哮，差不多找到恰当的词了，应该是狮子吼，再确切些，像是犀牛的叫声，对啦！就是这声音，是叽叽喳喳"。词语和现实的角逐体现了语言的无力、描述的困难与真实的不可捕捉。舍维拉尔常常质疑陈词旧调来颠覆语言成规，通过游戏语言来打破语言惯例，词语间的拆卸、重组以及种种修辞赋予小说斑斓的面貌，但游戏本身并不构成创作的最终目的。舍维拉尔的每部作品都因其新颖，充当着一个理想、开放和无法捕捉的存在的载体。《库克船长的缺席》（*Les Absences du capitaine Cook*，2001）初读是一本关于航海家詹姆斯·库克的探险小说，但作者却背离读者的期待，讲述郁金香花瓣做成的汤勺、第一只行走在法国土地上的长颈鹿和癞蛤蟆的眼晶状体。《勇敢的小裁缝》（*Le Vaillant petit tailleur*，2003）取材于格林童话，讲述一下子打死了七只苍蝇的小裁缝，凭着英勇无畏的精神，除掉巨人，逮住独角兽，生擒野猪，从而娶到公主，最终当上国王的故事。舍维拉尔保留了童话的主要情节，但将看似随意的联想、回忆和遐想融进小说，丰富了作品的内涵。

舍维拉尔认为，文本的存在为作家提供了离题的机会和奇遇的可能，仅凭自己的灵巧和智慧去征服世界的小裁缝，跟作家的形象有几分相似。两者都凭着一己之力，拒绝既定的成规，挑战已有的秩序，希望撼动巨人们制定的体系。舍维拉尔认为我们生活的世界充满了伪善和虚幻，而文学则通向别处，它将创造出一片触摸不到的真实，在文学这里，开放的思维邂逅新奇的感受，一如生活给我们的体验，真切而浓烈。

中译本：《史前史》，余中先译，湖南文艺出版社，2002年。

《史前史》（*Préhistoire*）

《史前史》（1994）是埃里克·舍维拉尔的代表作之一。叙事者“我”曾是一名考古学者，在一次地下爆破事故中受伤，为生计所迫，来到一处史前岩洞，被聘为导游兼看守。“我”的前任名叫波波里金，刚刚死去。“我”不仅代替了波波里金，还得穿上波波里金留下的制服和鞋子。制服太小，穿起来费劲，鞋不成套，但由于在事故中受过伤，勉强把脚塞了进去。史前人类因为崇拜野牛、毛象和野马等动物在生存中表现出的各种技能，将它们刻在岩壁上，几千年后，这些不朽的壁画引来如织的游人。史前岩洞由于波波里金的去世被迫关闭，叙事者被任命后端详岩洞壁画，沉浸在对远古人类的想象中，却一直没有做好上任的思想准备，看守岩洞和引领游人的工作被一再拖延，这一主要情节被无数看似与主题无关的叙事岔开。

舍维拉尔在一次采访中，谈到了《史前史》的创作：“我的每一部作品既讲述该作品的创作过程，也在结构肌理上对应它所叙述的对象。”《史前史》在离题打岔的同时，也在句子迂回处引入古动物的形象或关于它们的隐喻。叙述的主干和分支对应史前岩洞的主廊与侧道，而句子迂回处的动物形象，则是岩洞内的古生物壁画。文本最终替代了它要描述的对象，引领读者完成了因看守延误而不得进入的史前岩洞之旅。舍维拉尔说，人类发展到今天是一系列偶然的结果，我们完全有可能经历别样的演化过程。与历史相反，史前史是一切皆有可能的时期……写作史前史的作家可以享有绝对自由，不必进入前因后果的历史关系……叙事中的拖延与离题其实是不愿进入历史，拒绝踏进任何既成的体系，“我的小说位于历史的时间之外，处在幻梦和诗意的冥想当中”。

《史前史》体现了舍维拉尔典型的写作风格：情节破碎，离题话无处不在，行文幽默。主人公提到的史前岩洞里有一个“未完成的四肢动物的侧影”，引发了当代学者无休止的激烈争论，有人说那是“一只无角的山羊”，对手则断定那只不过是“一头没有角的鹿”，“他们互相咒骂，两人的才华能力都被对手打上问号，继而成问题的，是他们母亲和他们妻子的德行，耳光巴掌，老拳相加……”舍维拉尔认为，幽默在他的作品中是一种“武器”。幽默诙谐的美学效果，是他力求达到的写作目标之一。“幽默中饱含着力量、柔情甚至痛苦，如果我想说点什么，一定是幽幽默默地把它讲出来。”“笑，是生存的智慧，是我们在重压之下，看待虚无的方式。”

《史前史》汇聚了各种风格的词语，在产生喜剧效果的同时，也突出了语言叙事和描写的无力，以及人类作为语言持有者，在语言脆弱性面前的不适感：人类将自身的经验和情感托付给语言，而语言却与世界的真实相差甚远。语言的脆弱昭示着“史前史”对作者的意义：“人类的探索本身是个悖论：我们居住的这块土地，不再有刺骨的寒冷，不再遍地留有狼爪印记的时候，我们也就嗅到了地狱的气息……我们处在一个正在被摧毁的年代，在这个年代，谈论史前史，与其说它是一个蒙昧混沌的时期，不如认为，那时的人类起码能够对某些东西怀有确信。器物非木即石，有水在流、有雪在舞，简单而有效的动作足以让人们相互理解……对于精神而言，那是怎样的宁静！”

（张琰）

埃莱娜·西克苏（Hélène Cixous）

埃莱娜·西克苏（1937— ），小说家、散文家、戏剧家和文学理论家。在法、英、美等国家，她以诸多先锋理论和实验创作而闻名。

1937年6月5日，西克苏出生于殖民地时期的阿尔及利亚的奥兰，父亲是阿尔及利亚籍犹太人，母亲是德国籍犹太人。西克苏在阿尔及利亚度过了童年。第二次世界大战期间，父母亲相继去世。她目睹了德国法西斯对犹太人的残害。1955年，西克苏离开阿尔及利亚，只身前往巴黎深造。双亲早逝、童年的经历以及对故乡的离弃，对她的世界观和写作产生了永久而深刻的影响。1962年，她顺利通过英语教师资格考试，并开始准备题为《詹姆斯·乔伊斯的放逐，替换的艺术》（L'Exil de James Joyce ou l'art du remplacement）的博士论文。在论文中，她论述了爱尔兰作家乔伊斯如何选择以及为什么选择被放逐和死亡，他的这种选择如何成为必需的经历，如何为他的文字带来生命等问题。该文是第一篇以乔伊斯为研究对象的法语博士论文，被认为是研究乔伊斯的重要成果。同年，西克苏在波多尔大学任教。1968年获文学博士学位后，参与创办巴黎第八大学。此后，她一直在该校担任英国文学教授，1969年与托多罗夫和热奈特共同创办《诗学》（*Poétique*）杂志，该刊物在学术界至今享有很高的声誉。1974年，西克苏在巴黎第八大学创建法国第一个妇女学研究中心，并一直担任该中心的主席。西克苏还从事翻译工作，尤其是乔伊斯著作的翻译。

西克苏首先是一位文学理论家。在20世纪70年代初，她大胆地提出了“阴性书写”（écriture féminine）的理想。尽管西克苏认为“阴性书写”是无法被理论化的，但她的理想经常被后人引用、称赞或驳斥，成为讨论女性问题时无法回避的话题。

1975—1977年是她的文学理论形成的重要阶段。她发表了一系列以“阴性书写”为中心的论文和著作，探索女性文本、女性气质、女性写作与女性解放等诸多女性主义的问题，提出并实践“阴性书写”的理想。这些论述主要包括《新生女》（*La Jeune née*，1975）、《美杜莎的笑声》（*Le Rire de la méduse*，1975）、《写作的诞生》（*La Venue à l’ écriture*，1977）等，都在国际学术界引起极大关注，被公认是与朱丽娅·克里斯蒂娃、露西·伊利加雷并驾齐驱的法国女性主义学派的代表人物。

西克苏在探寻“阴性书写”的写作理想的同时，还与其他现当代著名文学批评家，如德里达、福柯展开对话，探讨性别差异、双性同体等理论问题。德里达高度评价西克苏，称其为“当今最伟大的法语作家”。1998年，西克苏与德里达合写《面纱》（*Voiles*）一文；2001年，西克苏出版了关于德里达的专著《年轻的犹太人雅克·德里达肖像》（*Portrait de Jacques Derrida en jeune juif*）。

“阴性书写”是西克苏的重要理论。她把“阴性书写”作为消除现代社会中二元对立的行动。她认为，在父权制社会里，男女的二元对立意味着男性代表正面价值，女性在二元对立关系中是被排除在男权中心之外的“他者”，她们一切应有的权利都被压抑或剥夺，被迫保持沉默。要消除这种二元对立，让女性从压抑中解放出来，就要肯定女性气质，就要对语言进行解构和批判，要从写作开始。她在《美杜莎的笑声》中，鼓励女性进行写作，反复强调女性写作的重要性和意义："女性必须参与写作，必须写自己，必须写女性……必须把自己写进文本——就像通过自己的奋斗嵌入世界和历史一样。"在西克苏看来，女性写作的意义还在于解放被束缚和压抑的女性身体，"通过写她自己，女性将返回自己的身体"，女性透过书写来与自己身体的韵律相呼应。她认为，女性内在具有一种想唱、想写的大胆和冲动，想要无拘无束爆发自己的激情。而身体是女性特有的书写工具，它可以创造出强有力的、具有破坏性的语言，颠覆理性，颠覆男权。

为了制止男性价值的单一性，为了让女性拥有"自己的房间"进行写作，进行身体写作，西克苏提出了"另一种双性特征"（une autre bisexualité）的概念。在这里，西克苏深受雅克·德里达的"延异"理论（différance）的影响。她所说的双性特征并非由两半组成，也并非传统意义上的中性（neutre），而是异质的，不断变化的，不排除差别，不抹杀任何一性的特征。她认为，女人是双性特征的，而"女性写作"实际上是一种双性特征的写作，它超越男权中心主义的话语体系，在理性支配的领域之外进行书写。由此，西克苏的"阴性书写"以及由女性身体缔造的颠覆性话语并非是对男性话语的全盘否定，如其所言，"这并不意味着与男性话语割断联系"，而是将其包容进来。这是一种具有无尽的包容性，不排斥差异的新的双性同体的语言。西克苏强调女性写作的身体性、母性和双性同体性，构建出无压迫、无性别主义、充满着女性创造力的理想国。

西克苏的贡献并不局限于女性主义文学理论上的著述。作为一个作家，她并没有将文学创作与理论研究截然分离，她一直在小说和戏剧创作中奉行和实践自由平等和女性解放的思想。

西克苏的文学创作涉及的领域很广，既从心理分析的角度探讨个性解放的必要，又沿用马克思主义理论中的等价、交换等概念强调女性的特质，表现出对女性、第三世界、集中营等群体生存状态的关注。西克苏创作的小说、故事、戏剧围绕特定的主题展开，如书写女性、身体、无意识。因此，“女性、女性写作、无意识、父亲、母亲、死亡、爱、双性同体、童年和失去的天堂”构成了西克苏文学写作的关键词。她的写作旨在讴歌女性气质、女性身体和母性，探寻女性欲望、疯狂、痛苦、焦虑的根源。在她的文学世界里，故事情节被淡化，也不重视人物性格和形象的塑造，但有一些历史人物或虚构人物反复出现在多部作品中——如德墨忒尔（Demeter）、阿丽亚娜（Ariane）、弗洛伊德、安吉拉（Angela）、克拉利斯等，这些人物的出现使西克苏的作品具有连续性。另外，西克苏的作品是开放式的，文字中经常有对现代作家作品、传统作家作品——尤其是《荷马史诗》和《圣经》中的《雅歌》——的借用、重写或者影射，作家将这些文本看作是“原材料”，对它们进行加工后融入自己的文本。因此，她的小说、故事常常是与其他文学文本的对话，对这些文本或褒奖或质疑。在她众多的对话者中，主要有爱伦·坡（Edgar Allan Poe）、让·热奈、德里达、拉康、克莱斯特（Kleist）、弗洛伊德、克拉利斯·里斯佩克托（Clarice Lispector）、乔伊斯、卡夫卡等。

西克苏的语言也很有特色。在她的作品中，“语言本身成为文本的主角”，书写是“最接近内心的冲动，然而也是经过精雕细琢的”。不论是在小说创作还是在理论著述中，她都善于在行文中将议论与抒情结合，语言流畅、生动，清新隽永，富有诗意，语言运用极度自由。她认为，写作就是充分占有语言，欢畅地或者反常地书写。这使得她的文字有很强的反理性色彩，呈现出鲜明的抗拒传统文学观的时代先锋性。这主要表现在，她在行文中打破传统的断句、分段、分章节的谋篇方式，不遵从语法规则，任意改变句法结构，不仅仅追求句子的整体意义，更注重文字的声音效果。大量使用比喻、暗喻、同音或谐音词、近音词连用、首尾缩合词，将名词、代词、副词阴性化等手法，任意组合词语，甚至把不同种语言的词汇混合在一起，根据需要创造新词。把写作看作是文字的游戏，让字、词在新的组合中产生新的意义，创造新的节律，给人以运动、奔跑甚至是飞翔的感觉，同时，也力图给读者留有想象的空间，挖掘文字的潜在力量。

西克苏的文学创作按照时间顺序大致可分为三个阶段：

第一阶段：1967—1975。从主题上看，这一阶段的作品主要围绕父亲、情人展开， 探讨爱情、死亡的力量。这一阶段的小说代表作品有：《内部》（*Dedans*，1969）、《第三个躯体》（*Le Troisième Corps*，1970）、《开始》（*Les Commencements*，1970）和《中性》（*Neutre*，1972）。

1967年她发表《上帝的名字》（*Le Prénom de Dieu*），这是一个包括7个短篇的小说集。作者从尼采著名的论断“上帝之死”出发，创建了一个“否定神学”（théologie négative）。这是作家为数不多的短篇小说，从中可以看到作家正在形成的写作风格以及很多重要的主题，如死亡、家庭关系、童年等。

1969年，自传体小说《内部》出版并于当年获美第奇文学奖。该书以一个小女孩的口吻讲述“我”的童年。“我”住在童年的老房子里，父亲早逝，母亲古怪，“我”寂寞、敏感，“我”无法接受父亲已经过世的事实，“我”生活在“里面”，死亡的阴霾弥散在每个房间，“我”知道应该走出去，但出去之后仍然无法摆脱死亡。终于有一天，父亲变成了上帝，成了“我”的情人，“我”就是父亲，父亲就是“我”。全书分两个部分：第一部分，“我” 10岁时生活在阿尔及利亚，父亲离开了“我”；第二部分，20年后，“我”长大成人，再度返回故里，寻找仙逝的父亲，最终在精神上与父亲重逢。围绕着“我”的家庭世界和父亲形象，西克苏开始思考夫妻关系、生命与死亡、内部与外部之间的矛盾冲突。这是作家唯一一部留有一定的现实元素、完整的人物形象和一定的故事情节的小说（roman）。此后的作品均非传统意

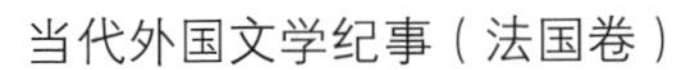

义上的小说，作家也有意将自己的作品与传统小说相区别，称它们为故事（fiction）。

1970年，西克苏出版了两部作品：《第三个躯体》和《开始》。这两部作品与《内部》一脉相承：描写家庭世界，围绕父亲（或男性形象）进行“自我解放的写作”，即通过写作来解放自我。这两部独立的作品可以被认为是一部大作品的两个章节：它们的叙述口吻相同，即西克苏惯用的梦境的口吻，只是现实与想象、自传与梦境的界限被彻底打破；它们的人物大体相同：母亲、爱娃、祖母以及一个男性形象（但最终都成为父亲形象的代言）。和前一部作品《内部》一样，这两部作品也是由“回忆、想象中的画面、现实中的画面、各种能指”构成，继续探讨爱、死亡和写作，以及这些命题之间的关系。

第二阶段：1975—1982。从写作主题的角度看，这一阶段的作品有了很大变化。女性以及女性形象成为主导，作家对女性与女性之间的关系更为关注，开始重点思考诗学与政治的关系。在这期间，西克苏接触了一个十分有争议但也很有影响力的女性团体——“精神分析和政治”（Psychanalyse et politique），结识了该团体的创始人、妇女出版社的创建人安托瓦内特·福克（Antoinette Fouque）。西克苏这一时期的作品几乎都是由妇女出版社出版。受福克“存在着两种性别”（il y a deux sexes）、创立“女性科学”（féminologie）和“女性政治”思想的影响，西克苏开始书写女性特质、母性、女性的“飞翔”。这一阶段的代表作品有：《呼吸》（*Souffles*，1975）、《那里》（*LA*，1976）、《抑郁症》（*Angst*，1977）和《伊拉》（*Illa*，1980）。

在《呼吸》中，她从母女关系的角度分析了女性写作的成因。母亲被认为是女性写作之源，女性应该从母亲那里、从自己的身体中获得写作的灵感和动力，获得解放，获得新生。西克苏向所有女性发出呼唤：“让乳汁流淌，让写作飞翔。”

《那里》描写一个女性肉体上、精神上由死到生的旅程，即从她第一次死亡，直到获得新生的全过程。在这当中，她要面对自身的秘密，找寻“她者”（elle-autre），不断地挖掘自身潜能和特质，发现自己的内心世界，直至走向一个无名地，即“那里”。为了到达“那里”，她需要借助语言工具，需要借助有别于男性的身体、性特征、欲望和内心冲动，解放无意识，打破各种禁令，证明自己，实现自我。

《抑郁症》则是作家亲身经历的写照，表达了爱情关系破裂后的痛苦和忧伤。在书中，作者讨论了女性面对爱情、面对死亡应有的态度。从母女关系、姐妹情谊的角度分析女性获得解放的途径。虽然她并不排斥男性，但是她更加坚定地认为，任何一种形式的女性解放必须来自女性自身。

《普罗米修斯之歌》（*Le Livre de Promethea*，1983）既是作家对女性情谊的歌咏，也是女性对西方经典文学中普罗米修斯神话的改写。该作品再次证明了西克苏对激情以及对语言力量的追求。

第三阶段是1982年以后。在这个阶段，除了继续对童年、女性、写作等问题的探讨之外，西克苏对戏剧的热爱以及对现代历史的热衷表现得更为突出。这个阶段的代表作品有：剧作《柬埔寨国王诺罗敦·西哈努克，一个可怕而未结束的故事》（*L' Histoire terrible mais inachevée de Norodom Sihanouk，roi du Cambodge*，1985）、剧作《印第亚德或他们梦中的印度，关于戏剧》（*L' Indiade ou l' Inde de leurs rêves et quelques écrits sur le théâtre*，1987）和小说《曼那：致曼德尔斯塔姆和曼德拉》（*Manne：aux Mandelstams aux Mandelas*，1988）。

事实上，西克苏的戏剧创作始于1976年。剧本《多拉的画像》（*Portrait de Dora*，1976）于1976年2月在奥赛剧院公演，标志着西克苏正式涉足戏剧界。精神分析是这部戏讨论的主要话题，她甚至将弗洛伊德及其病人的故事搬上舞台，将现实与梦境同台演绎。

1985年，西克苏开始与“阳光剧团”（Théâtre du soleil）合作，为后者创作剧本，其中包括历史题材剧《柬埔寨国王诺罗敦·西哈努克，一个可怕而未结束的故事》，讲述1955—1979年发生在柬埔寨的故事。该剧长达9个小时，人物多达55个，主要围绕柬埔寨国王西哈努克面对国家的内忧外患做出的各种努力，以及生活在动荡中的高棉人民所经历的艰难困苦，体现了西克苏一贯反对任何形式的肉体和精神压制的思想。

为“阳光剧团”创作的另一个重要剧作《印第亚德或他们梦中的印度，关于戏剧》讲述殖民地问题、人民的困苦、印度解放和甘地的非暴力不合作等，死亡、人性、命运再次成为讨论的话题。即便是历史题材的戏剧创作，西克苏也没有离开她一贯坚持的写作风格和理想，在剧中阐释了自己对于戏剧的理解：语言是剧本写作的主角，要给演员留有“存在的空间”。尽管戏剧中的人物不同于小说中的人物，需要有姓名、身份、行动，但西克苏试图让他们在情感上、心理上表现出不确定性。为了实现这一目标，就要对人物对白进行革新，去除语法、句法、词法的限制，给演员和语言充分的自由。

《曼那：致曼德尔斯塔姆和曼德拉》通常被归为西克苏的小说作品，实则是歌颂现代英雄的政治诗篇。作者围绕南非前总统纳尔逊·曼德拉和俄国诗人奥希普·曼德尔斯塔姆两位英雄的生平经历，颂扬现代英雄为了解放事业做出的不懈努力。

西克苏是一位与众不同的作家和理论家，她对“阴性书写”的深度思考以及具有实验意义的文学作品，成功地展现了她个人鲜明的书写风格。另外，西克苏特殊的种族身份、性别和生活经历成就了她的写作。她曾在《从潜意识这一幕到历史的那一景》（*De la scène de l'inconscient à la scène de l'histoire*）中论述了写作是如何与她的身体、家庭、文化、种族、性别、异化感融为一体的：“我的写作诞生于阿尔及利亚，一个失落的国度里，这是亡父和异国母亲的国度。这种种特征或是好运或是不幸，它们都成为我写作的动因和机会……”

西克苏是一位多产作家，自1967年第一本文学作品问世，她几乎每年都有一部甚至多部作品出版。她用清新隽永的文字书写女性气质，探讨女性解放、诗学与政治等问题。她的理论受到欧美女性主义研究者的深切关注，也经常被中国女性主义研究者提及，如张京媛主编的《当代女性主义文学批评》中就有对西克苏“阴性书写”理论的译介。

中译本：《从潜意识这一幕到历史的那一景》，李家沂译，载于《中外文学》，第24卷，第11期，1996年4月。

（王迪）

菲利普·克洛岱尔（Philippe Claudel）

菲利普·克洛岱尔（1962—　），小说家、编剧、导演。1962年出生于洛林地区的默尔特河畔东巴勒市，并在这里完成了中学学业。1981年，他在南希大学注册，但极少上课，而是将大部分时间花费在阅读和写作小说、剧本上；1983年，在妻子的鼓励下，他决定重返校园，成功取得现代文学中学教师资格，2001年获法国文学博士学位，现为南希大学电影与视听研究中心副教授，龚古尔文学奖评委会成员。此外，出于对社会边缘群体的同情和关切，他还曾在监狱里担任辅导教师，并为残疾人授课。

克洛岱尔是一位非常高产的作家，至今已有二十多部著作面世，其中尤以小说为主。他的小说专注于对人性的探究，常常设置战争、谋杀等极端场景来考察人物在此种情形下的反应。其主要小说作品有：《马斯河畔的遗忘》（*Meuse l' oubli*，1999，获小说处女作奖）、《一百个遗憾中的若干个》（*Quelques uns de cent regrets*，1999），《我放弃》（*J' abandonne*，2000，获法国电视文学奖）、《灰色的灵魂》（*Les Ames grises*，2003，获勒诺多文学奖）、《林先生的小孙女》

（*La Petite fille de M. Linh*，2005）、《波戴克报告》（*Le Rapport de Brodeck*，2007，获包括中学生龚古尔文学奖在内的多项大奖）。

克洛岱尔是一位执着于对真相的探寻、敏感于人性的晦涩的作者。《灰色的灵魂》是他第一部引起广泛反响的小说，涉及的主题就是谋杀、调查，以及作家最为擅长的战争。于克洛岱尔而言，战争是自童年起就萦绕在他心头的执念，一方面是因为他的故乡洛林地区曾是欧洲历次战争争夺的焦点，他的祖母经常为他讲述第一次世界大战中的亲身经历；另一方面则是他坚信，战争是最能展现“人类是如何自我损害”的。《灰色的灵魂》将背景设定在第一次世界大战前夕及初期，但对战争的描写较为克制，重点放在战争环伺下人们是如何像“灰色的灵魂”一样行事的。叙事者N是一座名为V的小村庄的唯一的警探。一天，村庄中唯一一家餐厅老板的小女儿——10岁的“牵牛花”被人拧断了脖子，又被抛尸在运河边。由于抛尸地点距离检察官戴斯蒂纳的大宅不远，所以N将怀疑的目光投向了这位受人敬重但平素沉默寡言的检察官，但其调查屡屡遭到米尔克法官和马特泽夫上校的阻挠。随后，第一次世界大战爆发，为了保障国防和民生物资，V作为一个工人聚居的村镇，其居民没有被派至前线，但罪恶还是再次发生了。前来担任小学教师的年轻女子莉丝亚吊死在她所借住的检察官的大宅里，死因不明；几乎与此同时，N的太太也难产死亡，留下一个孩子。N从此进入了一种混沌且质疑一切的状态：米尔克和马特泽夫逮捕了两名逃兵，指控他们谋杀了“牵牛花”，可是N却依然徘徊在抛尸现场周围，坚信是戴斯蒂纳杀死了小女孩和莉丝亚；最后，他无法排遣心中的丧妻之痛和抓住凶手的执念，恍惚中亲手掐死了自己襁褓中的儿子。但直到结尾，他的调查还是没有结果，我们仍然不知道两起死亡事件的凶手是谁。

小说的立意就在于“灰色的灵魂”。克洛岱尔想通过对人物的描写，来打破所谓的“人性二元论”，向读者展示在黑与白之间存在着许多深浅不一的灰色。其中的人物没有“完全的圣人”或“完全的混蛋”：N作为叙述者，开篇时似乎是正义的化身，但随着情节的推进，他已经将证明检察官的罪行当作一种执念，还因为精神问题杀害了亲生儿子；戴斯蒂纳在居民眼中一直是位刚正不阿的检察官，但在“牵牛花”死后，他经常去抛尸现场故地重游，有很重的杀人嫌疑；米尔克法官和马特泽夫上校作为公权力的代表，尤其是马特泽夫上校还公开为一位被指控通敌的士兵洗脱冤屈，却在谋杀案上表现出了惊人的冷酷，甚至在小女孩的葬礼现场大唱欢快的歌曲。作为背景的战争更是加剧了人性的灰暗：莉丝亚表面看来是一个善良、乐观、没有一丝缺点的小学教师，但随着战争的白热化，她开始在寄给前线未婚夫的信件中对所有善待她的村民表现出强烈的憎恨，认为去前线送死的应该是他们。值得注意的是，克洛岱尔刻意让村庄和叙述者都保持一种匿名的状态，显然是想要模糊故事的地点坐标，让它变成可以发生在世界上任一角落的故事。

继《灰色的灵魂》后，克洛岱尔又推出了《波戴克报告》。与前作相比，他对人性的拷问更为直接，故事情节也更为简洁成熟，不变的是对战争主题的执着和单一化的叙事视角。这一次，他公开宣称自己要写一本普适性的小说，要去掉所有时间上和空间上的文化印记，以便引起所有时代、所有地方的读者的共鸣。因此，他不仅模糊了叙述者和村庄的名称，甚至还创造了很多现实中根本不存在的地名，诸如亨特匹兹山（Hunterpitz）和斯多比河（Staubi），全书也没有出现一个年份和日期。读者唯一知道的是：波戴克（姓氏不详、年龄不详）与自己的妻子、养母、养女住在一座不知名的村庄里。一天，一个未给出具体姓名的异乡人在与村民的冲突中丧生，由于波戴克是村里唯一一个接受过高等教育的人，所以被委托写一份报告，报告中需说明村民是正当防卫，不应当被追究法律责任。冲突发生时，波戴克本人并不在场，所以为了还原当时的场景，他开始走访所有目击者。随着调查的深入，他被迫回忆起了自己在之前的战争中所受的迫害：当时的占领军要将所有外来人员关进集中营，村民们为了自身的安全揭发了波戴克（波戴克是两岁时移居此处的），波戴克因此在集中营里度过了一段生不如死的生活；他的妻子也被占领军和村民联手凌辱，产下一女。战争结束后，他虽然得以幸存，但他的存在本身就会提醒村民他们出卖过自己，他们希望自己这个异类消失，就像他们从一开始就看不惯那个不合群却总是用眼光审视他们的异乡人一样。意识到这一点之后，波戴克虽然并未查出异乡人丧生的真相，但他已经认识到自己不应该继续留在此处，于是他带上家人远走他乡。

与时间轴相对单一的《灰色的灵魂》相比，《波戴克报告》游走于回忆和当下之间，通过对不同时期的对比，更清晰地展示了战争对人性的考验：战前，波戴克和养母一直受到村民的照顾，甚至还得到资助上了大学；战争期间，恐惧开始滋长，在占领军长官的暗示下，村民甚至自发地逮捕了波戴克，还伙同士兵凌辱了波戴克的妻子与三个无辜的女孩；战后，他们想摆脱这种回忆，为死难者竖起了纪念碑，希望借此找回内心的宁静，但任何一个外来人都会让他们恐慌不已。作者也借镇长之口表达了对回忆的看法："在一切形式的威胁中，回忆的威胁是最为致命的。"没有人愿意直面回忆，也没有人愿意了解真实的自己，所以，同《灰色的灵魂》一样，波戴克最终也未找到一个答案，这也体现了克洛岱尔的创作观：小说的叙事者同我们一样，不应是全知全能的，而小说的写作目标也不应当是为我们揭示终极真相，来满足读者一刹那间的好奇心，而是要展现追寻过程中众人的命运轨迹和生活状态。

除小说创作外，克洛岱尔亦从事随笔写作，代表性随笔集有《香味》（*Parfums*，2012）。与小说写作的晦涩凝重不同，他的随笔清新隽永，选材多为生活中的细节，善于用想象将表面并无关联的事物连接起来，展现出一幅新颖的日常生活图像。以《香水》为例：全书以字母为序，分门别类地描述了从"合欢树"（acacia）到"旅行"（voyage）等63种香味。其中，在描绘大蒜的味道时，他会从切蒜的薄刀想到“极薄的新月”，又从新月想到孩提时祖母撒蒜蓉在牛排上的场景，接着又忆起全家进餐时的景象。就这样，他以细腻的笔触和敏锐的感知，让日常的味道有了情感的温度。

克洛岱尔还是一名电影人，2005年就参加了由伊夫·安杰罗（Yves Angelo）执导的《灰色的灵魂》的电影编剧工作，并先后为《爱你久久》（*Il y a longtemps que je t'aime*，2008）、《冬季之前》（*Avant l'hiver*，2013）、《童年》（*Une enfance*，2015）等影片担任导演。其中他个人执导的处女作、讲述一位刑满出狱的女性洗冤昭雪过程的《爱你久久》获凯撒奖最佳影片奖和金球奖两项提名，在国际上引起巨大反响。

中译本：《灰色的灵魂》，彭怡、胡小跃译，上海译文出版社，2014年；《林先生的小孙女》，尚雯婕译，译林出版社，2009年。

《林先生的小孙女》（*La Petite fille de M. Linh*）

与《灰色的灵魂》和《波戴克报告》一样，《林先生的小孙女》（2005）是菲利普·克洛岱尔的“战争三部曲”之一，讲述了战争对人类处境的践踏。但不同的是，本书的基调不再是谋杀、背叛和回忆，而是友谊、信任和希望。主人公林先生是一位来自某个不知名的亚洲国家的老人，战争夺走了他所有的家人和过往。作为战争难民，他带着自己唯一幸存的亲人、出生仅十天的小孙女桑蒂来到现在的国家，在冷酷的城市里开始了新生活。在每天例行的和小孙女的散步中，他遇到了每天都来同一张长椅上悼念亡妻的巴克先生。虽然彼此无法听懂对方的语言，但他们还是建立起深厚的友谊。之后，林先生被从临时的收容所移送至时时有人监护的养老院，无法再回去见巴克先生；但是，出于对孤独的恐惧和对朋友的思念，他还是带着孙女“越狱”逃出了养老院，沿着完全陌生的路线回到了他们日常见面的那张长椅。这时，一辆飞驰而过的汽车撞倒了正在过马路的林先生，但他还是对着朋友露出了最幸福的笑容……直到这时，读者才发现，和林先生一起摔在地上的那个不哭不闹的小孙女，其实只是一个会眨眼的布娃娃。

毫无疑问，同克洛岱尔的其他作品相同，本书的中心议题仍然是战争。由于故事背景设定在战后，所以战争对于人生理上的摧毁作用并无直接的描写，但作家还是以细腻的笔触传达了它在社交和心理上可能造成的负面影响：林先生失去的不止家人和故乡，还有他在此前的大半生中建立的身份认同感，甚至姓名对他来说也失去了意义，因为他是唯一一个知晓自己姓名的人，其余知道这件事的人都已经死去了。他在儿子、儿媳的血泊中捡到了这个布娃娃，并认定她就是自己的孙女，带着她漂洋过海，为她倾注了全部的爱，因为他已经找不到任何让自己活下去的理由。战争剥夺了他赖以生存的全部社会联系，使他进入了一种“象征意义上的死亡”状态。

除战争以外，克洛岱尔还谈及另外一种因素对人的异化作用，即现代社会中无处不在的孤独。林先生是孤独的，他象征着单纯的乡情文明在进入快节奏的城市社会后的无助感。他在这个陌生的国度里闻不到一丝熟悉的气味，后来进了养老院之后，他更是觉得周围的一切都没有生命。与此同时，巴克先生在太太过世之后，也丧失了对周围一切事情的感知力。奇妙的是，两颗孤独的灵魂相遇了，他们彼此只听得懂对方的一句“你好”，却在彼此的映照中找到了对未来的希望，林先生终于嗅到了这个国度的第一缕气息——巴克先生在酒吧递给他的饮料中的柠檬味和空气中香烟的味道，友谊让他们的灵魂重新活跃起来。

在“战争三部曲”中，《林先生的小孙女》是最有温度的一部作品。它的语言简练明快，对过往的回忆哀而不伤，处处传达着平凡的生命中所有的韧度，体现着友情和善意所能带来的温情。除此之外，它也是克洛岱尔在文体上最有特色的一部作品：它的叙事主线单一，并未像

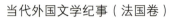

其他作品一样融入多个时间，纯粹按时间顺序和两位朋友情感的发展讲述了一个关于爱与救赎的故事；出场人物极少，只有林先生、巴克先生和自始至终都没有任何言语行动的布娃娃桑蒂；结局符合部分中短篇小说的阅读习惯，以一个出人意料的结尾来吸引读者对作品做出重新阐释。

（章文）

恩佐·高尔曼（Enzo Cormann）

恩佐·高尔曼（1953—　），戏剧家，出生于阿基坦地区的索斯镇，后定居里昂。在大学时专修哲学，从1980年起开始写作。他既是教授——先后在斯特拉斯堡高等戏剧艺术学院、LSH-里昂高等师范学院、国立高等戏剧技艺学院（ENSATT）教授戏剧，又是作家和导演——执导改编了威廉·福克纳的《我弥留之际》（*Tandis que j'agonise*）、卡尔·克劳斯（Karl Kraus）的《人类的最后时日》（*Les derniers jours de l'humanité*）等作品。

在高尔曼的创作理念中，戏剧具有一种诗学的维度，它不应被简化为对某个场景的呈现，其主要诗学功能是从真实中创造真实。他认为戏剧所使用的语言是一种欺骗性语言，并借用罗兰·巴尔特的观点，将戏剧语言视作一种有益的欺骗、一种躲闪、一种诱饵，具有了无上的权力。语言的权力，或者更确切地说是权力的语言，是分类、规则、属性、等级范畴中的语言。语言的欺骗性在于它推翻了整体格局中各种存在关系的既有排列。与我们日常生活中所使用的“真实的”语言不同，戏剧中没有真实的语言，它更像是一种虚构，它需要有现场。没有被搬上舞台的戏剧文本是未完成的、不完整的，只有将它表现出来，戏剧语言才具有了生命。表演也不仅仅是戏剧文学的附属品，它不仅具有传播（像话筒、扩音器一样）功能，更需要将戏剧文本内化为演员自身的一部分，就如同演员自己创造出来的一样（否则就成了背诵）。剧作家在这个过程中是消隐的、不存在的。表演的过程是由剧作家过渡到演员，由“合上文本”过渡到“舞台展现”，由幻想中的“我们”转变为真实的“我们”的过程。正是在这个意义上，表演将戏剧文本“现时化”，“共时化”，让观众的意识发展进程与表演进程同步。虚拟与现实的双重时间在此共存，其中还包含了时间上的省略、加速、压缩和消融，它们打破了时间的线性，被铺陈在各种层面上（心理时间、历史时间、叙述时间、戏剧时间）和不同的场景中：演员所处的时间既不同于剧中人物所处的时间，也区别于观众所处的时间状态。

因此，高尔曼的剧作往往不是真的讲述某个故事，潜意识和幻想才是他戏剧的主旨。在高尔曼看来，真实对我们并无助益，只有虚构才能拯救我们。作家所追求的，是通过“触动神经”，通过对人物潜意识的发掘，来达到某种真实。在他的首部戏剧《克雷多》（*Credo*，1982）里，一个女人一直在和一个不在场的人说话，此人可能只存在于她的想象中。这个女人大段地回忆了她的童年，诉说她未曾实现的愿望和种种矛盾，由此衍生出一个未曾言明的内心悲剧。他的第二部剧作《游荡者》（*Le Rôdeur*，1982）则是一个社会边缘人的独白，他完全通过语言来展现其内心世界的躁动。即使是在人物对话中，高尔曼也会选取一个纯主观的叙述视角来展开剧情。在《柏林，你的舞者是死亡》（*Berlin，ton danseur est la mort*，1981）里，所谓的对话实际上是一个主角的两场独白，借以表现人物内心的不确定。而戏剧的主线则是对20世纪30年代的闪回，人物潜入记忆深处，像古希腊剧作家对演员做出的演出提示一样，以第一人称的叙述口气，随自己的视角变动向观众描述当时的场景和氛围。在《Takiya! Tokaya !》（1992）中，高尔曼轮流变换“真实的”与想象的场景，将女主角——一位年老的、行将就木的女作家置身其中，以此来实现女主人公在过去和现在的重重转化。即使剧中偶尔借助了故事，那也是为了突出人物的深度探索，彰显一种犹疑和痛苦的精神状态。

高尔曼的文笔具有巴洛克式的诗意，他通过大量的隐喻，将现实与虚拟世界融会贯通，交替使用独白和对话，以挖掘潜意识作为捕捉真实的手段。他主张将一个物体放在灯下朝各个方向旋转，以找到新的表现方式。他的行文爽利急劲，一触即发，对白像角斗场上的拳头一样猛烈、有力。作家要求自己用自己的语言写身外事，创新应从肉体中诞生。

高尔曼的主要剧作有：《柏林，你的舞者是死亡》（1981）、《〈克雷多〉附〈游荡者〉》（1982）、《阴谋》（*Cabale*，1983）、《放逐，卡夫卡的梦》（*Exils*，*Rêves de Kafka*，1983）、《争吵》（*Noises*，1984）、《迷失之身》（*Corps perdu*，1985）、《血与水》（*Sang et eau*，1986）、《萨德，地狱音乐会》（*Sade*，*concert d' enfer*，1989）、《〈Takiya! Tokaya !〉附〈知己〉》（*Âme sœurs*，1992）、《〈伤口与刀〉附〈秘密殊荣〉》（*La Plaie et le couteau* suivi de *L'Apothéose secrète*，1993）、《强制》（*Diktat*，1995）、《风雨依旧》（*Toujours l' orage*，1997）、《我的名叫……》（*Je m' appelle*，1998）、《石冢》（*Cairn*，2003）、《天使之乱》（*La Révolte des anges*，2004）、《他者》（*L'Autre*，2006）等。

在其代表作《风雨依旧》（*Toujours l' orage*，1997）中，年老的戏剧演员西奥·斯坦纳离开舞台已逾二十年，隐居在一个农场里，切断了与外界的一切联系，直到一个四十多岁的名叫纳丹·高德凌的导演出现。后者决心让斯坦纳重返舞台，并为他安排了角色。但两人由于经历、观念的差异争吵不断，而争论的核心是犹太籍的身份。由此引出了斯坦纳一段不堪回首的经历：第二次世界大战期间，他曾被关押在泰瑞辛（Terezin）集中营，为了保住性命，他被迫给一个喜欢戏剧的纳粹官员表演，其后又目睹自己的亲人惨遭杀害。获得自由后，他终于无法忍受内心的拷问和挣扎，想尽一切办法寻求解脱，包括拒演、出走，甚至自杀……这部剧作充满了讽刺、幽默的对话，对厚颜无耻、个人卑微和死亡的冷酷争辩，既蕴含了作家对历史及种族屠杀的严峻反思，也体现了作者对表现人类命运的戏剧语言所能达到的力量的思考。

受吉尔·德勒兹的影响，高尔曼的戏剧基本围绕四个核心主题展开："去领土化"（déterritorialisation）、领土（territoire）、土地（terre）和"再领土化"（reterritorialisation）。为了使自己的戏剧具有某种颠覆性，作家试图将剧中人物逼至体无完肤、孤立无援的境地，人物在惊慌错愕中迷失了自我，失去了遮掩。他强调公共空间中的特异之处，不断深化自我和世界的斗争，从中揭示出个人历史和群体历史两者之间复杂多样的相互作用。

戏剧之外，高尔曼还创作小说，如《维纳斯的遗言》（*Le Testament de Vénus*，2006）、《敏感的表面》（*Surfaces sensibles*，2007）等。

高尔曼将自己定义为"戏剧工匠"，他强调剧作家的社会职能，将戏剧视为"社会关系物化的解毒剂"。《戏剧何用》（*A quoi sert le théâtre?*，2003）集合作家多年来所发表的文章、会议发言，包含了作家对戏剧艺术的不懈思考。

中译本：《风雨依旧》，李玉民译，中国传媒大学出版社，2006年。

《强制》（*Diktat*）

《强制》（1995）是恩佐·高尔曼的戏剧代表作，剧名Diktat一词为德语。

该剧创作于1995年，以当时厮杀正酣的波斯尼亚战争为背景，讲述的是两个同母异父的兄弟在战地上的相遇。两兄弟原属不同民族，生活在不同的社区，直至战争爆发，极权政府成立。哥哥皮埃原是一位出色的精神病医师，当选为温和派的代表，即将就任新一届极端主义政府的卫生部部长。弟弟瓦尔曾是个问题学生，长大后成了历史教授，后流亡他国。他在失踪25年后突然出现，并约哥哥在一处废弃的工地上见面。此时，两人已分属不同的阵营，哥哥选择了国民政府，弟弟则身在反政府军队，他打算将哥哥绑作人质。两人重逢后，一场争吵也随之爆发，话语中夹杂着心酸和怨恨，也折射出对真理的追求。面对弟弟的诘问，哥哥表现得从容有度、条理分明，尽管他的内心深处早已陷入绝望。随着对话的深入，弟弟扣在扳机上的手指渐渐松动，他开始怀疑自己行动的正当性，并逐渐忘却了自身的政治归属，他不禁自我叩问："我是谁，我何以如此强制我的命运？"最后，在黎明将至时，兄弟双双倒在了血泊中。

《强制》表现了在奉行价值二元论的背景下，一个被战争摧残得满目疮痍的世界。善与恶的界限不再截然分明，荒诞与崇高并存。荒诞性是指对人物就真理所引发的讨论，正如作家在剧中写道："真理对我们毫无助益，虚构才能拯救我们。"崇高的一面则体现在兄弟二人的唇枪舌剑中，在他们的对白中，两个民族、两个种族、人性的两极不断交锋，最终融为一体。在灵活多变的言语间，人的身份在貌似坚固的基础上摇摆不定。

与此相映照，剧中的时间也不再沿线性发展，人物的对话时而闪回到过去，时而又重返当下，作家希望通过这一打乱的时间排列来增强戏剧的悲剧力量。为了增强戏剧的冲突感，在人物对话方面，作家有意选取了一种强硬的口吻，人物彼此间不作让步，不留转圜的余地，时而令人震惊，时而充满挑衅。作家坦言："该剧讲述的是一个当代悲剧。有人说我们再也写不出悲剧，因为这一命运已不复存在。但我个人认为，从某种意义上说，它依然存在。"

在《强制》中，作家集中阐发了自己的思考，主要涉及政治上的二元论，"无辜"与"有罪"这对概念在战争中的相对性，每人必须做出的选择，以及是该终其一生为自己的选择负责，还是为未选择的生活负责。在这些主题下，作家着力表现了人物面对责任、真诚和亲情，在选择担当或摒弃时的挣扎。借由人物的争辩，作家提出了一系列追问：面对专制政权统治下的种族冲突，个人该如何抉择自己的政治立场？一个温和的从政者是否应该与极端主义政府保持距离？他应拒绝介入虚假的民主游戏中，还是应该加入极端主义政府，将其带至一条更为"理智"的道路上？

透过该剧作，高尔曼影射的是更为复杂广阔的社会背景。他直指人类的血腥现状以及各种动机，如民族冲突、劫持、恐怖主义、种族清洗和国破家亡的民族的集体流亡，从中可以窥见种族战争中的个人和家庭悲剧。一切建立在火药上的和平都是脆弱的，因为那些试图用枪炮清除"不洁种族"的人，那些鼓吹"种族同质性"的人，从来离我们都不遥远。高尔曼在剧中提出的这些反思，不仅具有现实意味，也具有永恒的、普遍的意义。

（王佳玘）

玛丽·达里厄塞克（Marie Darrieussecq）

玛丽·达里厄塞克（1969—　），小说家，1969年1月3日出生于法国南部的巴约纳。童年时即酷爱阅读，痴迷文学，尝试写作，立志成为作家。中学毕业后考入高等师范文科预备班，经过两年的刻苦学习，顺利考入巴黎高等师范学院，其硕士论文题为《艾尔维·吉贝尔，他说出了一切？》（*Hervé Guibert, l'homme qui disait tout ?*），博士论文题为《现代自传体文学中的关键时刻：塞尔日·杜勃罗夫斯基、艾尔维·吉贝尔、米歇尔·莱里斯和乔治·佩雷克作品中的悲情讽刺和自撰》（*Moments critiques dans l'autobiographie contemporaine, l'ironie tragique et l'autofiction chez Serge Doubrovsky, Hervé Guibert, Michel Leiris et Georges Perec*）。1997年，在获得巴黎高等师范学院文学博士学位后任教里尔大学。

达里厄塞克写有《小姐变成猪》（又译《母猪女郎》，*Truismes*, 1996）、《幽灵诞生》（*Naissance des fantômes*, 1998）、《晕海》（*Le Mal de mer*, 1999）、《波浪的精密度》（*Précisions sur les vagues*, 1999）、《在活人之中的短暂停留》（*Bref séjour chez les*

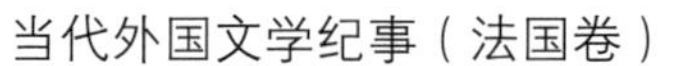

vivants，2001）、《宝贝》（*Le Bébé*，2002）、《白》（*White*，2003）等十余部作品，大多涉及女性、母亲、家庭、死亡、变形、幽灵等主题。迷失、等待、悲怆、不安分、无法忍受和非言说是她最想表达的情感。在她的笔下，现代世界经常变得混沌不清，变化无穷，人置身其中，感到无助和不知所措。她还对人与人之间的关系、陌生感、女性独立、找寻自我、身份认同等现代话题给予特殊的关注。她的语言精练、幽默，反讽是她惯用的修辞手法。

1996年，在博士论文写作期间，她用六个星期写出为她带来巨大荣誉的《小姐变成猪》。事实上，这是她的第六部小说，前五部从未发表。与此同时，她在《诗学》（*Poétique*）杂志上发表论文《自撰：一种不严肃的文类》（L'Autofiction，un genre pas sérieux）。两篇代表性作品几乎同时发表，促使很多文学研究者探讨达里厄塞克小说创作与自撰之间的关系。她在谈到《宝贝》时说："我是一个虚构作家，除了《宝贝》，这是一部没有任何自我虚构效果的纯叙事作品，想象是我的领域，尽管它（像在其他作家那里一样）肯定受到现实的滋养……"

年轻的达里厄塞克赢得法国文化界的关注，除了她本人对文学有着独特的理解外，还与她同著名出版社、文学评论家长期密切交往有关。她20岁就写出了第一部小说《索尔基纳》（*Sorgina*）（"索尔基纳"在巴斯克语中的意思是"女巫"）。自那时起，午夜出版社的热罗姆·兰东和伽利玛出版社的审读委员会就开始注意这位年轻的女作家，并不断鼓励她继续写作。她也笔耕不辍，写完后将手稿寄给出版社，并不断得到后者的专业意见。自《小姐变成猪》大获成功后，达里厄塞克又接连写出了八部小说。

《幽灵诞生》发表后成为法国当年的畅销书之一。该书以一个简单的故事向读者展现了一个即将发生改变的世界。主人公是一位少妇，一天傍晚，丈夫出去买面包未归，她找遍了整个巴黎，打遍了电话，甚至连太平间都去了，都没有丈夫的踪影。无奈之下，她只得报警。少妇在等待，读者也在等待，没有人知道接下来会发生什么。少妇在等待过程中试图从自己身上、从记忆中找回他们共同生活的痕迹。世界变得神秘莫测，不可预见。人们一直使用的符号系统失灵，就连星星和原子都改变了重量。渐渐地，丈夫的失踪使原来的现实世界土崩瓦解，读者随着叙述者进入另一个世界，一个充满了幽灵、迷幻、感性的世界，一个被迷失、缺席、虚空、混沌、不安分、无休止的等待笼罩的世界。在这起丈夫离家事件中，女性的独立性十分尖锐地凸显出来。在体会到空缺与迷失之后，女性应该继续等待还是追寻自我，成为法国新一代女作家新的尝试。

1999年，达里厄塞克出版了《晕海》。讲述了一位年轻的母亲带着年幼的女儿离开丈夫来到海边，每天无所事事地只是观看海浪，体验“晕船”的滋味，进入一种半梦半醒的状态，开始另一番生命的体验，直到被丈夫雇佣的私家侦探找到。同《幽灵诞生》一脉相承，该书仍是讲述一个迷失、等待和寻找的故事。面对着无边无际的大海，人类显得无比渺小。作者用她一贯独特的方式在伟大的自然与忧郁的人类之间、在现实与幻想之间游走，也再次触及女性解放和自我重建的话题。

2001年出版的《在活人之中的短暂停留》讲述的是一个五口之家一天之内发生的事情。五个整日生活在一起的躯体，心灵却相距很远，他们的思想意识彼此抵触，但都被同一个秘密——最小的孩子3岁时夭折——所困扰和折磨。他们越是努力控制、遮掩这种痛苦，痛苦就愈加现实和残酷。该书将人与人之间的距离感、虚空、缺失等现象表现得淋漓尽致。

2006年，达里厄塞克将20年来所写的15个短篇小说结集出版，取名《动物园》（*Zoo*）。这些短篇小说多是应各杂志、博物馆、出版社之约而写。作者将20年来游离于小说创作边缘的、不断令她魂系梦牵的东西记录下来，题材大多涉及母亲、死亡、变形、动物、克隆、幽灵等主题。

达里厄塞克说："我写我自己不会写的书。"写作对她而言是一种探险，在探险中创造新的形式，书写新的语句。我们生活的世界不断地运动，不断地超越我们人类，让我们无法理解，而写作是我们了解当代世界的唯一方式。

达里厄塞克在文学世界探险的同时，还对网络、量子理论等现代科学着迷。她认为："科学使我的想象更加丰富，为我带来画面、暗喻和各种虚构，让我认识这个世界。"她热爱音乐，喜欢搭便车环游世界，世界的尽头——巴塔哥尼亚、塔斯马尼亚、冰岛等地尤其让她欣喜若狂。她自称是"无神论者、女性主义者、欧洲女性"。2007年法国总统大选期间，她在《解放报》上发文积极支持左翼社会党女性候选人塞戈莱娜·罗亚尔夫人。

中译本：《小姐变成猪》，邱瑞銮译，皇冠出版社，1997年；《母猪女郎》，胡小跃译，重庆出版社，2006年；《幽灵》，许祖国译，海天出版社，2001年；《晕海》，周冉译，海天出版社，2001年；《宝贝》，树才译，译林出版社，2015年。

《小姐变成猪》（*Truismes*）

《小姐变成猪》（1996）是玛丽·达里厄塞克的成名作。1996年，她在撰写博士论文的同时，利用六个星期的时间写成此书。她将手稿寄出后，先后有四家出版社表示愿意出版此书。她最后选择了POL这家规模不大，但要求严格、颇受尊敬的出版社。

《小姐变成猪》是作家自认为"第一部可以发表的小说"，它使达里厄塞克一下子成为法国文坛备受瞩目的新秀。该小说三年里售出30万册，在38个国家和地区被译成34种外文出版。

故事讲的是一个妙龄少女的变形记：一个漂亮姑娘去一家化妆品店

求职，老板见她长得性感便录用了她，给了她一份店员兼按摩师的工作。生计艰难和失业的恐惧，使她天真而尽职地为顾客提供各种服务。她颇有魅力，身上散发着吸引异性的气味，吸引了不少顾客，化妆品店生意大增，而她也沉醉于各种享乐中。渐渐地，她的身体出现了异常，面容开始走样：眼睛变小，鼻子变大，身上长毛，头上掉发，胸前出现肿块，逐渐变成了小猪。顾客被吓跑了，男友原本就是爱她的美貌和她赚的钱，根本不关心她的死活，最终将她抛弃。政客埃德加利用她参加竞选，大肆宣扬“为了一个更纯洁的世界”，竞选之后一脚将她踢开。警察把她当作怪物围追堵截，她被迫躲进阴沟。经历了如此无法理解的转变，她看尽了人性的贪欲，不再渴望华衣美食，而是满足于啃食青草、在草地上打滚的快乐。母猪女郎挣扎在文明社会的淤泥里，但对人的世界还存有依恋之心，希望通过各种努力恢复原本漂亮的人形。因此，一段时间里，她时而是人，时而是猪。她邂逅狼人伊万，真正的爱情降临到她的身上，他们决定抛弃文明社会，寻找属于自己的幸福。这是她走投无路的选择，也是劫后余生。当她被人类无情地抛弃时，她又寻回了最原始的爱的方式，善良、乐观、懂得爱的母猪的爱的方式：“从此以后，我大部分时间是猪，住在森林中更方便一些，我跟一头很漂亮也很雄壮的野猪生活在一起。晚上，我常回农场，看电视，还打电话给香水店老板的母亲……我对自己的命运并没有感到不满，食物不错，林中的空地很舒服，小野猪们让我很开心。我经常想干什么就干什么。早上醒来，周围的泥土暖烘烘的，我身上的气味与腐殖土的味道混在一起，甚至不用起身就能吃上几口，梦中也能来几爪，橡栗、栗子什么的全都会滚进野猪窠中，没有比这更美好的了。”她试图找回自我，找回属于自己的生活，从中体会生存的意义。

该书的灵感来自于作者有一次照镜子，想象自己变成一只母猪。“如果我是猪的话，会有什么想法？”于是，她每天写作八个小时，一个半月之后，小说《小姐变成猪》一气呵成。故事以第一人称女叙述者

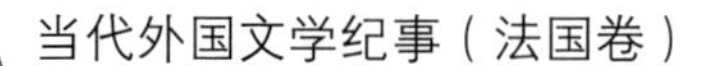

“我”展开叙述，句法简单，语言诙谐幽默，充满讽刺意味。作家模仿叙事诗和冒险小说的手法，淡化故事情节，重点描写人物身体和心灵的变化、变异和变形上。

变形记这个文学题材古已有之。达里厄塞克的叙述则更加“大胆、幽默、残忍，用她的弗洛伊德式的放荡的故事叙述方式，描绘了一个扭曲的、天真的现实主义世界”（《解放报》，1996年8月29日）。在这个残酷的变形记背后，我们看到一个物欲横流、荒淫腐败的社会，在那里，金钱主导一切，亲情湮灭，母爱丧失。作者以她年轻的女性视角对这个现实世界进行无情的讽刺和批判。达里厄塞克一直关注女性的生存状态、女性的自我坚持和追寻，对这方面不倦的思考在她的这部成名作里初见端倪。小姐变成猪是一个缓慢的变化过程，叙述者一直在做女人和做动物之间犹豫不决，长时间处于焦虑之中。她多次对人类存有留恋和幻想，然而每一次等来的都是背叛，她终于对人类彻底失望。

（王迪）

米歇尔·德吉（Michel Deguy）

米歇尔·德吉（1930—　），诗人、哲学家、文学评论家。1930年出生于巴黎，法国当代“哲学诗人”的代表人物。专修哲学，1953年获得哲学教师资格。1959年开始出版诗集，1962年成为伽利玛出版社审读委员会成员。1968年受聘于巴黎第八大学文学系教授文学课程，直至退休。1977年担任伯兰（Belin）出版社《诗》（*Poésie*）杂志主编。1989—1992年担任国际哲学院院长，创办了该院的《笛卡尔街杂志》；1992—1998年担任法国作家之家主席。他还是《现代》杂志编委会成员。

哲学与诗歌的结合从德吉的职业生涯即可窥一斑。这种结合在他的作品中表现得更为明显。但德吉并非通过诗歌来表达自己对世界、人生的哲学思考，而是将对诗歌的哲学反思作为写作的主题。换言之，作为思想载体的诗歌形式表达的正是诗人对自己或他人的创作，以及对更广泛意义上的诗歌的反思。因此，诗歌、诗学与诗歌批评在德吉的作品中往往是三位一体的。在德吉看来，这种对诗歌自身的回归正是文学现代性的特征之一。他认为，20世纪的诗歌体现了一种“犹疑”的精神，即在连续与断裂、逻辑与偶然、文字与图像、看与听等种种两极中犹豫不定（《1960—1980 诗合集》序言），虽然试图统一却最终走向模糊。这种"不确定"的态度在某种程度上说明了诗歌无法与这个世界的秩序完全协调，无法真实地触摸到根本的现实。在这种"窘困"的情况下，诗歌必须回头审视自身。

然而，对诗歌理论的关注并不意味着对现实世界的脱离。继第一本诗集《女杀人犯》（*Les Meurtrières*，1959）后，1959—1985年，德吉相继出版了《地图册的残篇》（*Fragments du cadastre*，1960）、《河段》（*Biefs*，1964）、《听说》（*Ouï dire*，1966）、《有来有往》（*Donnant donnant*，1981）和《死者卧像》（*Gisants*，1985）等15本诗集。我们从中可以看到，现实世界的种种现象依然让诗人敏感，只是不足以让他和他的诗歌栖息其间。海德格尔和荷尔德林的思想对德吉有着明显的影响，但他们的关注点和观察角度有所不同。对于德吉来说，诗人之所以注定要在世间各处流浪，是因为他的目光必须要超越世界的现象来建立诗歌的秩序，而不是以诗意的方式栖居其中。因此诗歌虽然回归自身，却未断绝与世界的关系；虽然它没有能力，也不以反映或描写现实世界为己任，却可以通过语言和修辞的手段来展现现实中的种种现象，将人与物之间的日常关系"悬置"起来，重新构建世界的面目。在批评文集《高峰时刻》（*Aux heures d' affluence*，1993）中，德吉借用保罗·利科的术语更加明确地重申了这一观点："经验的现实主义"并不从"第一参照"（référence première）出发，而是由"创造的参照"（référence produite）开始。

回归诗歌本身，反思它的创造力，需要诗人对自己拥有的语言资源和所能运用的表现方法重新进行一番探索。词语本身对德吉来说就是诗。他在《索绪尔的疯狂》（*La Folie de Saussure*，1969）中说："打乱一个词的字母顺序让它重新排列，这不仅涉及（专有）名词，而且涉及（每个）属于它自己的词语，它尚未了解自己，它也是一首诗。""什么是'流浪'，这个在此重提的词不再等我，而是正等着变成一首诗，像我此刻等着得益于它的诗化率，从而经由它转化为主体一样……”根据这一观点，词语已经不是诗歌的工具。写诗变成了词语和诗人之间互相启发、互相丰富，从而达到二者皆重新生成的过程；词语成为诗歌，诗人成为主体。在这个意义上，德吉创造了“身份自我生成”（autobiopoïèse）。在某种程度上，德吉对词语的开发和解读同德里达有相通之处，而这也在他们对彼此的评论中有所确认。

对修辞和文体的关注同样在德吉的诗歌中占有重要的位置。1966年出版的《听说》和《行动》（*Actes*）标志着这一关注的开始。类比和隐喻、联想和比较是德吉不断实践和反思的修辞和思考方式，它们虽然不具备揭示性，却有一定的创造力，能够“比较而共现”（*comparaison*，*comparution*）。当然，德吉所推崇的“共现”是对“尚未认识”（*pas-encore-connu*）的凸现，如世界、词语和主体的新的可能性和丰富性，而不是陈词滥调的复制。从德吉对诗歌语言和修辞的思考中，我们可以发现，他的思想既体现了20世纪对文学和诗歌本身资源和构成的种种探索，又与其有明显的不同。例如，他反对“如是”（Tel Quel）团体对文本过分关注，以及把诗歌简单地作为文本来分析和研究的做法，也不赞同用现实中的各种“主题”对诗歌进行划分。这些观点与他对诗歌和现实的定位不无关系。虽然诗歌因无法与现实协调而必须返回自身，但是这种返回又因为德吉赋予诗歌的“创造性”而不显得那样挫败，而是充满了希望。

1985年之后，德吉又出版了一些重要的评论集和散文集，承袭和丰富了之前的诗学观点，并对一些诗人和剧作家的作品和思想做出自己的解读，主要包括：《诗歌的事和文化的事》（*Choses de la poésie et affaire culturelle*，1987）、《诗不孤单》（*La Poésie n'est pas seule*，1987）、《高峰时刻》《致无法结束的》（*A ce qui n'en finit pas*，1995）等。继1986年出版《1960—1980诗合集》之后，1998年他又出版了1980—1995年的诗歌和评论合集，2000年以后他仍不断有新的诗集出版，如《诗理》（*La Raison poétique*，2000）、《奇数》（*Impairs*，2001）、《巴黎的忧郁》（*Spleen de Paris*，2001）、《一个没什么信仰的人》（*Un homme de peu de foi*，2002）、《一去不返》（*Sans Retour*，2004）、《估计》（*Au Jugé*，2004）等。

德吉获得的诗歌奖项包括1960年的费纳隆文学奖、1962年的马克斯·雅各布诗歌奖和1985年的马拉美诗歌奖。他的作品受到批评界的广泛关注。1995年在丰特耐高等师范学院召开了以他为主题的国际研讨会，会议论文以《我试图成为的诗人》（*Le Poète que je cherche à être*）为题结集出版；另一关于他的主题研讨会于2006年在诺曼底瑟里齐（Cerisy）国际会议中心召开，会议论文集《思考之悦：米歇尔·德吉》（*Allégresse pensive*：*Michel Deguy*）在2007年出版。

中译本：《听说》，余中先译，上海人民出版社，2009年。

（周皓）

弗洛朗斯·德莱（Florence Delay）

弗洛朗斯·德莱（1941—　），小说家、散文家、戏剧家、演员，法兰西学院院士。1941年3月19日生于巴黎。中学毕业后进入巴黎索邦大学。获得西班牙语教师资格后，在新索邦大学比较文学系任教。对巴斯克地区及其文化有着特殊的感情，热衷于西班牙文学研究。

在教学的同时，德莱开始了演艺事业。1961年，她被著名导演罗贝尔·布雷松（Robert Bresson）选中，在影片《贞德审判案》（*Procès de Jeanne d'Arc*）中饰演民族女英雄贞德。1976年，她再次涉足电影界，与克里斯·马克（Chris Marker）、雨果·圣地雅哥（Hugo Santiago）、贝努阿·雅科（Benoît Jacquot）、米歇尔·德维尔（Michel Deville）等人合作，进行电影创作。

德莱对戏剧、小说、随笔等各种文学体裁都表现出浓厚的兴趣，对戏剧理论尤为热衷。她曾在有名的老鸽巢戏剧学校（Ecole du Vieux-Colombier）学习戏剧，在阿维尼翁戏剧节期间担任过让·维拉尔（Jean Vilar）的实习总监；1963—1964年间，作为乔治·威尔逊（Georges Wilson）的助手在“国家人民剧院”（TNP）任职。理论学习之后，德莱开始戏剧创作。1978—1985年间，她在《新法兰西杂志》任戏剧专栏作家。1977—1997年，她与雅克·鲁博合作，围绕亚瑟王的传奇故事创作了系列剧《圣杯》（*Graal théâtre*）、《雾角悠悠》（*Le aïe aïe de la corne de brume*）。

《圣杯》是德莱重要的戏剧作品之一，是她与鲁博密切合作30年的成果。该剧共分十幕，每一幕都有独立的剧本，各剧本之间密切关联，构成一个协调、统一的系列主题剧。剧中人物众多，主要人物有83个，还有很多成群结队出现的孩童、老人以及生活在森林里、道路上的生灵。情节曲折跌宕，有两条叙事主线：一条描写地上（即人间）的骑士，另一条描写天上的骑士。该系列剧是基于亚瑟王的故事重写的，有对中世纪哲学、美学概念的借鉴和新解，也有对现代文学理论的参考。语言讽刺幽默，简洁明快，具有很高的理论深度和可读性。

德莱还在小说和随笔两个领域里耕耘。主要小说有《夜半游戏》（*Minuit sur les jeux*，1973）、《失败的节日》（*L' Insuccès de la fête*，1980）、《有钱的轻浮女》（*Riche et légère*，1983，费米娜文学奖）、《服丧期间的爱情追逐》（*Course d' amour pendant le deuil*，1986）、《埃特泽芒迪》（*Etxemendi*，1990，弗朗索瓦·莫里亚克文学奖）、《奈瓦尔》（*Dit Nerval*，1999，巴黎市小说大奖）；以及随笔集《爱迪生之后的散文形式》（*Petites formes en prose après Edison*，1987）。

德莱的小说和随笔作品多以叙述为主，不乏幻想成分。时间和空间感强，跨度大，既有对16世纪王公贵族、历史名人的描写；也有对小人物、贫苦生活的描写，部分故事取材于巴斯克文化。文字洗练、简洁、明快。德莱常把写作比作斗牛，主张斗牛士式的“精确、熟练、简洁”。语言具有异域特色，经常借用西班牙语或北美印第安人特有的表达方式，给现代读者带来陌生感和新鲜感。

小说《失败的节日》的故事发生于16世纪。亨利二世向群臣宣布，他打算在1558年2月17日去市政厅用餐。不巧，刚刚打败英国人夺回多来市的吉兹公爵也要在同一天到市政厅进餐。距离接待贵宾的日子只剩下四天了，巴黎市长及市政官员们聚集到一起，焦急地商量对策，因为他们只准备了一个宴会。为了使两位贵宾都满意，市政官员决定请著名诗人艾蒂安·若代尔（Etienne Jodelle）为这次宴会临时创作一部作品。若代尔欣然接受了市政府的建议。接下来讲述的是若代尔如何将亨利二世和吉兹公爵写入自己作品的过程。这既是在继续讲述故事，又是在探讨写作与阅读技巧等问题。

《有钱的轻浮女》讲述的是女主人公露西从巴黎途经塞维利亚前往马拉加一路上的所见所闻，同时，也从侧面揭示了露西由过去走向未来的心路历程。她希望时间和空间上的转变可以令自己忘记过去，建设一个美好的没有过去的未来。但是，出现在她生命中的人物，让她一次次失望。从这些人身上，露西渐渐认识到，自己的希望是不可能实现的，一个人是不能摆脱过去的。

《奈瓦尔》是一部介于散文和小说、真实与虚构之间的作品，以德莱回忆自己的父亲让·德莱的生平开篇。让·德莱生前醉心于19世纪著名诗人、精神病患者奈瓦尔的诗歌。奈瓦尔的很多作品都是他在布朗什医生的诊所里接受心理治疗时写就的，而布朗什是让·德莱的校友。作者从追忆父亲写到父亲的前辈布朗什，从这位同是心理医生的前辈写到他的病人奈瓦尔，从父亲对奈瓦尔的痴迷写到自己对这位诗人的爱戴。在作者的追忆中，三位相隔一个世纪的人物进行对话交流，他们的生活画面被重新黏合在一起，呈现出来。作家力图表现自己对父亲和奈瓦尔这两位人物的爱戴，以及他们生前的精神生活。

德莱还是一位翻译家，向法国译介了很多西班牙文学作品，尤其是西班牙戏剧作品。她先后翻译了维克多·加西亚（Victor García）的最后一部剧作《卡尔德龙的神圣行为》（*Acte sacramentel de Calderón*）、费尔南多·德·罗加斯（Fernando de Rojas）的《塞莱丝蒂纳》（*La Célestine*）以及西班牙著名散文家、诗人、剧作家何塞·本雅明（José Bergamín）的《角斗士喧嚣的孤独》（*La Solitude sonore du toreo*，1989）和《黑暗之美》（*Beau ténébreux*，1999）等多部作品。

德莱活跃于法国文学批评界，并在法国文化界占有显赫地位。她曾是费米娜文学奖评委（1978—1982）、伽利玛出版社审读委员会成员（1979—1987）、《批评》（*Critique*）杂志编委会成员（1978—1995）等；2000年，当选为法兰西学院院士。

“阅读就是写作，就是翻译。”德莱的这句话概括了她将读、写、译三种文学实践融会贯通的创作原则。

中译本：《雾角悠悠》，余中先译，上海译文出版社，2003年。

（王迪）

菲利普·德莱姆（Philippe Delerm）

菲利普·德莱姆（1950— ），小说家、散文家，出生于瓦兹河谷省的瓦兹河畔奥维尔，曾在中学教授文学。1983年，小说《第五个季节》（*La cinquième saison*）开始引起关注。1997年，散文集《第一口啤酒》（*La Première gorgée de bière et autres plaisirs minuscules*）获得了巨大成功，创下百万册的销量纪录。此外，德莱姆还是一位田径爱好者，2004年雅典奥运会期间曾为《队报》（*L' Équipe*）撰稿，开设田径项目专栏；2008年北京奥运会期间受法国电视台邀请，担任田径项目的评论员。

德莱姆的作品流露出一种“天真的神秘”（mystique naïve），他擅长刻画生活中微小的幸福和熟知的场景，例如第一口啤酒、院子里玩耍的孩童、跳跃的松鼠、火车站的滚动电梯、墨水的漏痕。他的小说没有复杂的情节或人物关系，而是表现我们熟悉的瞬间、印象、记忆以及家庭生活等在此之前容易被忽略的主题，“细微之处见乐趣”。德莱姆作品的“简单”更接近于神秘主义的“简单”，即寻找平常事物的闪光之处。

德莱姆的小说和散文经常将时间简化为片段，抓住稍纵即逝的时刻并从中发现趣味。“过去”是其写作的主要维度，伴随着怀旧的伤感，“现在”追寻着当初的幸福。他在《第一口啤酒》中写道：“苹果的气味是一道巨浪。人们怎么能长久地忽略这种童年时就闻到的艰涩而甜蜜的气味呢？”而小刀在打开与合上之间连接了“非理性的现在时”和沉睡的“过去时”，在开合的几秒钟，人们会觉得自己“既是田园诗中的白胡子老爷爷，又是待在散发着接骨木气味的水边的孩子”。

值得注意的是，德莱姆不仅写出了乐趣和幸福，也写出了乐趣的“被剥夺”之感，即乐趣之外的沮丧、尴尬、懊恼和苦涩。在《第一口啤酒》中，他细致入微地描写了面对啤酒欲饮而未饮的意识流动：首先喝下第一口啤酒的感觉是“即刻的舒适惬意”，但随后便是“对敞向无限快乐的虚假之感”；幸福是“苦涩”的，如果我们继续喝酒，是为了忘记这“第一口啤酒”。

《被打扰的午睡》（*La Sieste assassinée*，2001）延续了作家一贯的刻画日常生活琐事的写作手法。该书的题目颇为刺眼，“被打扰”（assassinée）在法语中也是“被谋杀”之意。但作品的内容却与犯罪无关，而是生活中具体入微的小烦恼和小幸福。德莱姆将“生活的光彩”展现在这本小书中，描写了将要下雨的网球场、品尝洋蓟的安静氛围、照在露天座位上的阳光、夏天的淋浴等生活小事，以及一勺蜂蜜、电话铃声、笔从口袋中滑落等瞬间感觉。德莱姆在书中使用泛指代词“on”，可理解为“人们”“我们”或“大家”，将个人的感情和记忆普遍化，以激发读者的共鸣。

《他身上的巴特勒比》（*Quelque chose en lui de Bartleby*，2009）记录了一个名叫阿尔诺德·施皮茨维格的办公室职员在巴黎漫步和观察时的思考。阿尔诺德是一个普通至极的法国人，满足于自己的生活，没有雄心壮志，在邮局从事着最简单的工作。他喜欢充满怀旧气息的巴黎，喜欢小酒馆和旧街区，喜欢观察来来往往的行人。因工作的关系，一天他决定在网上开一个微博，描写和记录他每天的所见所感。令他没有想到的是，微博大受欢迎，引来众多仰慕者甚至是媒体采访，而阿尔诺德从此也不再默默无闻。对于阿尔诺德来说，乐趣是看着时间流逝，是巴黎的旧街道。通过对身边事物的刻画，德莱姆试图唤醒我们对生活的敏感与欣赏。

德莱姆专注于日常的生活、简单的乐趣与瞬间的感觉，用文字刻画出一个微观的世界而成为"细微派"大师，引领了一股文学潮流。这一流派的作家还有皮埃尔·欧坦-格勒尼耶（Pierre Autin-Grenier）、埃里克·奥勒代尔（Éric Holder）、让-皮埃尔·奥斯坦德（Jean-Pierre Ostende）、吉尔·儒阿纳（Gil Jouanard）和弗朗索瓦·德·柯尼耶尔（François de Gornière）。他们放弃了浪漫小说的宏大主题和风格，以诙谐的笔调来描写日常小物。"细微派"的特点还体现在篇幅上，他们的散文或小说都不长，如《第一口啤酒》由34篇短文构成，长则一千多字，短不过六百字左右。作者的这种写作态度带有一定的怀疑主义色彩，建立在对"存在有限"的接受和理解之上。"细微派"的作品带有一定的诙谐和自嘲色彩，他们笔下的"英雄"实际上是反英雄，在表面的平庸下做出一些古怪的行为。

德莱姆的写作涉及小说、散文、自传等多种体裁，其代表作有《这真好》（*C'est bien*，1991）、《起飞》（*L'Envol*，1995）、《路创造了我们》（*Les Chemins nous inventent*，1997）、《水果篮》（*Panier de fruits*，1998）、《一直下雨的星期天》（*Il avait plu tout le dimanche*，2000）、《被打扰的午睡》《脆弱》（*Fragiles*，2001）、《瞬间巴黎》（*Paris l'instant*，2002）、《柱廊》（*Le Portique*，2002）、《秘密记录》（*Enregistrements pirates*，2003）、《我祖母有过一模一样的》（*Ma grand-mère avait les mêmes*，2008）、《他身上的巴特勒比》《我会被当成老笨蛋》（*Je vais passer pour un vieux con et autres petites phrases qui en disent long*，2012）、《她走在一

根线上》（*Elle marchait sur un fil*，2014）、自传《写作是一种童年》（*Écrire est une enfance*，2011）、《一个快乐男人的日记》（*Journal d'un homme heureux*，2016）等。

中译本：《第一口啤酒》，怀宇、郭昌京译，上海文艺出版社，2014年；《脆弱》，苏迪译，人民文学出版社，2015年；《并非孤独》，孙继成、韩述译，哈尔滨出版社，2002年；《一直下雨的星期天》，田晶译，南海出版公司，2015年；《这真好》，叶秀萍、董智弘译，百花洲文艺出版社，2015年；《我会被当成老笨蛋》（含《我祖母有过一模一样的》），郭昌京译，人民文学出版社，2016年。

《第一口啤酒》（*La Première Gorgée de bière et autres plaisirs minuscules*）

《第一口啤酒》是菲利普·德莱姆的成名作，1997年由伽利玛出版社出版，同年获格朗古杰文学奖。这部作品由34篇短文组成，每篇讲述一种“细微的乐趣”，如裤袋里的小刀、苹果的气味、蒙帕纳斯车站的滚梯、一杯波尔图葡萄酒等法国人熟视，但又很容易忽略的事物或场景。作者用短小的篇幅描写了微不足道的日常物品和生活情景，从中发现了巨大的乐趣；他以细致入微的刻画和高超的描写手法深化读者对生活本质的认识，提高读者对生活之美的敏感性。

现代化带来生活节奏的日益加快，人们忙忙碌碌，以至于对身边熟悉的事物渐渐麻木。德莱姆的这本散文集如同一本发现幸福的教科书，告诉人们放慢脚步并非是浪费时间，建议人们留心身边的每时每刻，在按部就班的生活中发现不同寻常的乐趣。例如，剥豌豆的有趣之处在于一种“漫不经心的、平心静气的节奏”，品尝西红柿的乐趣在于它各种颜色的变化，万花筒的动人之处在于它如同“一次前所未有的旅行”。

本书的每篇文章都很短小，不仅贴合“细微乐趣”的主题，也非常适合快节奏生活下人们的阅读习惯。在地铁中、火车上、公园里，人们可以利用零散的时间随手打开一篇，不需要劳心费神地思索，在品味生活乐趣的同时也从容地获得了阅读的乐趣。

在第十一篇《第一口啤酒》中，读者站在“观察者—品酒者”的角度，如同一位现象学家，始终意识到在感知的主体和被感知的客体间的距离。读者不仅仅看到接连变化的图像，而且体味到主体与客体相遇碰撞而产生的丰富的感觉：喉咙、嘴唇、舌头、叹气和对颜色的发掘，既有对自己身体的感知，也有对世界的感知。读者品尝的不是“一口啤酒”，而是感知的乐趣：“事实上，所有的都被写下了：就不多也不少的量正是理想的诱饵；一声叹息、舌头的咂响，或与之相当的一阵沉默强化了这种即刻的舒适：一种快意的迷惑之感敞向无限……”德莱姆不仅写出了生活中的幸福，也写出了乐趣背后的沮丧、尴尬、懊恼和苦涩。我们希望将这“第一口啤酒”的秘密保留住，但实际上越喝则兴奋度越小，这其实是一种苦涩的幸福。在喝波尔图酒时，我们每吮入一口，就如同“朝着一出热源攀升”，这其实是一种“退逝的快感”，因为我们“节制饮酒”的意识会隐隐出现，实际上我们咽下的每一口都是“假象”。在吃一份香蕉冰激凌时，我们意识到这是一份“粗野的开胃品”，会在“内疚”中吃完这份甜品，如同在童年时偷吃柜子中的果酱。德莱姆式的乐趣也显示出法国人幽默诙谐的生活态度，似乎在提醒读者，即使幸福平常可寻，也是弥足珍贵的。

（王菁）

米歇尔·德翁（Michel Déon）

米歇尔·德翁（1919—　），小说家、剧作家、记者。出生于巴黎的一个军人和官员家庭，第二次世界大战期间应征入伍，战后作为新闻记者前往瑞士和意大利，1950年前往美国学习，对加拿大和路易斯安那地区阿卡迪亚人的风俗和语言有所研究。1951年年底回国后，继续记者的工作并开始陆续出版作品，曾任普隆出版社文学顾问，主持《文学动态》（*Nouvelles littéraires*）的戏剧专栏。1978年当选为法兰西学院院士，同时还是爱尔兰大学的名誉博士和葡萄牙科学院文学部的合作院士。

德翁的早期作品有《我永远不想忘记她》（*Je ne veux jamais l'oublier*，1950）、《对世界的挚爱》（*Tout l'amour du monde*，1955）等，与罗杰·尼米埃、雅克·洛朗、安托万·布隆丹等一批被称为“轻骑兵”（Les Hussards）的作家风格十分接近。第二次世界大战后，政治生活开始对法国文学产生越来越重要的影响，这种现象遭到一些文学家的抵制。20世纪50年代初，法国文坛上出现一股右翼文学回归之风，其中就包括“轻骑兵”的出现。“轻骑兵”们反对左翼文学，反对意识形态上的霸权主义，反对存在主义，尤其反对以萨特为代表的介入型作家。他们拒绝严肃的文学形式，认为文学应该给人带来愉悦而不是说教。他们玩世不恭，语气调侃，嘲弄正统文学，因此有人指责他们的创作态度不严肃，将文学看作游戏消遣而不是一项神圣的使命。他们的作品具有丰富的想象力，也有人将其视为浪漫主义的回响或新古典派。他们的小说主题以爱情为主，主人公常常幻想疯狂的爱情，然而却往往遇到悲伤的爱情。

德翁的作品体裁多样，以小说为主。与其他“轻骑兵”一样，爱情也是德翁小说的重要主题，尽管他的小说常常没有圆满的结局，但人们可以感受到他对幸福的不断追寻，因此，德翁也被称为“幸福的小说家”。德翁丰富的旅行经历为他的创作提供了大量的素材，其作品就是以在欧洲各国和美国、加拿大的旅行生活为背景。德翁的作品充满了对希腊的热爱和爱尔兰式的幽默。爱尔兰作为德翁最后选择的定居地，在其作品中占有重要地位。这个绿色的岛国既是诗人与儿童的国度，也是一个在重要转型期需要对传统文化加以保护的社会。在他的笔下，岛屿的形象常常体现为船，这是一个诺亚方舟，是天堂也是地狱。这种理想化的爱尔兰形象使德翁产生了在这里重寻平静的意愿和希望，这一点与爱尔兰本岛的作家正好相反。爱尔兰对作为外国人的德翁来说是他在欧洲找到的避难所，是遗忘过去的土地，也是未来的希望所在。

德翁是一个多产的作家，1950年发表的小说《我永远不想忘记她》标志着德翁正式涉足文坛。小说《小种野马》（*Les Poneys sauvages*）讲述了四个年轻人的故事，他们立志要过一种有别于普通人的生活，快乐伴随着他们的愿望、孤独和牢不可破的友情。他们的命运融入历史的洪流之中，在他们的故事之中，整个世界的命运也向人们敞开。本书是西方不可逆转的衰落的一曲挽歌，获得了1970年的联盟文学奖。《一辆淡紫色出租车》（*Un taxi mauve*）以爱尔兰为背景，讲述了两男两女的爱情故事，获得了1973年的法兰西学院小说大奖，后被改编为同名电影。1976年德翁发表了儿童读物《托马与无限》（*Thomas et l' infini*）。他还发表了一系列的游记类作品，如《希腊篇章》（*Pages grecques*，1993，包括《斯派采的阳台》等）和《法国篇章》（*Pages françaises*，1999）等。1996年，《德翁文集》获得让·吉奥诺文学大奖。

《你父亲的卧室》（*La Chambre de ton père*，2004）是一部自传体作品，以泰迪的名义讲述了他2到12岁时的童年经历。在这段时间，父亲带着妻儿离开巴黎来到摩纳哥，在路易二世王子的宫廷中担任顾问。在这里，到处都能见到上流社会的名人：沙皇俄国的德米特里大公、英国的威斯敏斯特公爵、夏奈尔小姐……泰迪在这段时间认识了几个年轻女孩，其中包括绿眼睛的凯蒂。德翁在书中流露出了孤儿的感觉。

继《希腊篇章》和《法国篇章》之后，德翁发表了《骑兵，走自己的路》（*Cavalier, passe ton chemin*，2005），记录了作为一个发现者和审美者所观察到的爱尔兰，作者充满激情并饶有兴味地观察着这个国家及其国民，展现了爱尔兰的过去与现在。

2006年，伽利玛出版社出版了《德翁作品选》，证明了德翁在20世纪文学史中的地位。

中译本：《一辆淡紫色出租车》，徐和瑾译，译林出版社，1995年。

（索丛鑫）

维吉妮·德彭特（Virginie Despentes）

维吉妮·德彭特（1969— ），小说家、电影导演、译者与歌词作者。1969年6月13日生于南希。受到思想激进的父母的影响，童年即开始参与各类游行示威活动。青少年时代曾以20世纪70年代纽约无浪潮运动主将莱迪亚·浪奇为人生偶像。从事过保姆、收银员、售货员、摇滚杂志撰稿人、电影杂志评论等多种职业，与朋克群体、非政府主义者、同性恋人士过从甚密。她离经叛道、特立独行、放荡不羁、酗酒，她也热衷于将这些个人标签移植于写作中。1993年，德彭特发表了震惊法国文坛和社会的小说《强暴我》（*Baise-moi*），该书讲述了两个年轻女子在遭到强奸后因面对来自周围人的不解和敌意，从而使用暴力报复男人及社会，最后走向个人毁灭的故事。作品以其夺人眼球的标题和极强的话题性引起轩然大波。尽管在个人历史、写作主题、文学质量等各个维度广受争议，德彭特却以非主流作家和挑衅者的姿态大胆闯入公众视野，坚定保持个人特色，之后她每一部作品的出版，均能引起极大的关注和争议。2015年，她成为费米娜文学奖评委会成员；2016年1月5日获选进入龚古尔学院。这标志着德彭特从非主流文化圈的明星正式成为法

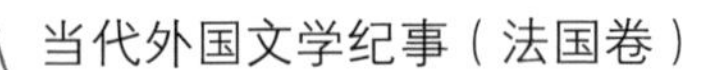

国当代文学界有广泛影响力的作家。

德彭特远非正人君子或文雅淑女式作家，她的作品直击社会最底层和最黑暗面，大胆碰触传统文学羞于启齿或浅尝辄止的主题。1993年出版处女作《强暴我》震动了整个法国社会，尖刻、锋利、粗鲁、口语化的语言，粗糙、不经修饰的文风使得文学界人士极为不适和不悦，颠覆了读者对文学与美的认知，而作者意在利用对传统和禁忌的突破来有力地实施攻击和宣明立场，两位女主角复仇施暴的旅程实为拯救人性的过程，裸露与性的表达打破了女人身体的神秘与禁忌，破除了女性的禁忌神话，让读者看到一个不平等的、充斥着暴力的社会正在蜕变瓦解。在作家看来，当今世界以男性为主导的社会局面依赖于多个世纪以来人类行为准则规范的塑造和支撑，因此她瞄准的靶子是男性霸权、男性对女性的压迫和奴役、社会不公以及当今世界的种种极端化倾向，她关注的核心为性别、身份问题。由于17岁时的个人遭遇，她尤为关注男性对女性的性骚扰和强奸。这种迫害是促使《强暴我》的两位女主角走上复仇之路的起点，而在之后2006年出版的自传随笔《金刚理论》（*King Kong Théorie*）中，作家对此也有专门论述。有评论认为《金刚理论》是"新女性主义"的宣言。她驳斥媒体对现代社会男女平权的粉饰，拒绝承认女性境遇的改善，一次又一次毫不留情地用尖刀挑开时代的隐伤。

德彭特以一种惊世骇俗的表现主义美学，使她的每次创作都成为介入式和颠覆式的作品。野心勃勃的作者不甘于让这种创作仅仅停留在文本层面。2000年，当她实施了酝酿已久的计划，将《强暴我》改编成电影搬上大银幕时，在社会各界所引发的震动则大大超过了之前出版小说时的反应。电影中充斥着赤裸和夸张的性、暴力、血腥画面，对观众造成强烈的感官刺激，最终被禁演，并在全世界多个国家和地区被禁。视言论和创作自由至上的法国评论界虽然一致肯定这是一部"作家电影"，并纷纷质疑这种道德审查，但就电影本身而言，多数评论依然认为小说的内容和文字过于露骨，本可用更加含蓄隐晦的方式表达，用影像的方式直接表现出来则更加不妥。然而也有评论认为，德彭特在这部影片里并不是为了单纯表现暴力的一代，而是以其性叛逆式的社会批判经验去剖析现代性带来的问题，重新解释或颠覆一些被视为文明基础的象征体系，诸如家庭、肉体、爱情和性。评论认为她推倒了作家电影森严壁垒的美学之墙。总之，虽然这部电影从商业角度看确是失败了，但德彭特借此赋予自己的愤怒和斗争意识以完整的形态，与之后的一系列作品形成连贯的情绪，每个新鲜产生的文字，都被挂上属于她个人的饱满的象征。

德彭特深知仅靠话题性无法延伸创作生命的长度，于是在写完《强暴我》之后，她又尝试了侦探、爱情、社会伦理等多种题材的小说创作，并涉猎图画小说、长河小说等丰富形式，作品包括：《有才的荡妇》（*Les Chiennes savantes*，1996）、《漂亮东西》（*Les Jolies Choses*，1998）、《少年心气》（*Teen Spirit*，2002）、《三颗星》（*Trois étoiles*，2002）、《拜了金发妞》（*Bye Bye Blondie*，2004）、《末日宝贝》（*Apocalypse Bébé*，2010）、《韦尔农·须卜戴克斯》（*Vernon Subutex*，2015—2017），其中大部分被改编为电影；另外，她还不间断地创作短篇小说，出版短篇小说集《一路乱咬》（*Mordre au travers*，1999）、《巴塞罗那》（*Barcelone*，2007），2015年合作发表社会学论文《法国情人》（French Lover，2015）。写作之外，她也从事翻译活动，担任电影、音乐录影带和纪录片的导演，还积极参与写歌、演出等音乐活动，并偶尔出演电影和纪录片。

《韦尔农·须卜戴克斯》（*Vernon Subutex*）

2015—2017年，维吉妮·德彭特发表了系列小说《韦尔农·须卜戴克斯》，分为三部陆续出版。该三部曲以男主人公的名字为题，以其个人境遇为主线，串联起纷繁迥异的其他人物的命运，生动并深刻展示了一幅当代法国社会的浮世绘，同时对影响和困扰着当今人类的各种现实问题进行了拷问，较之作家以前的作品从思想深度上显著加强，赢得了评论界的佳评，甚至有评论冠以“现代版《人间喜剧》”的称号。

韦尔农·须卜戴克斯是巴黎一位年近五十的唱片贩售商，因受到网络音乐的冲击，其生意难以为继，不得不关闭店铺沦为无业游民。失业后，因无法继续支付房租，他不得不开始陆续拜访那些结识于20世纪90年代摇滚乐兴盛时期的许久未见的朋友，辗转于各家短暂借宿，因此也见证了老友们迥异的生存状态。这些人分属各个社会阶层，从事着不同的职业，他们中有社交网络专家、暴力倾向的编剧、成人电影女演员、证券投机人、摇滚明星猝死案件调查员……而同时，韦尔农因手握摇滚明星在毒瘾发作时录下的神秘录音带，成为了包括明星制作人在内的众多人追捕的对象，卷入罪恶漩涡的中心。他和一个在街头露宿的女孩成为朋友，在后者的帮助下开始真正了解巴黎城市生活的真相。随后，他在巴黎伯特肖蒙公园的小树丛下安了家，当上晚会音乐的打碟，身边逐渐聚集起了一帮脱离现实的乌托邦主义者，韦尔农成为这群人的精神领袖。他们在不同的地点举行集会，将这种地下派对形式称为“联盟”（Les Convergences）。他们团结在一起，相互给予信任与真诚的友情。然而在小说的结尾，团体中所有人都在一场阴谋策划的大屠杀中丧命，只有韦尔农侥幸成为唯一的幸存者。

小说将一条主线与多重视角巧妙结合起来，韦尔农·须卜戴克斯是这个他难以融入且将他摒弃的社会的主要见证人，他的姓“须卜戴克斯”（Subutex）本是治疗阿片剂依赖的物质名称，作者以此预示着他将为这个从各个意义上患上毒瘾的社会提供解药。作品同时又采用复调小说的形式，每一章都转换不同人物的口吻来讲述，其中有法西斯分子、瘾病患者、可卡因贩子等，而作者成功拂去了人们对社会边缘人物的刻板印象，给予每一个人物形象以公允和自洽的完整篇章，使读者产生强烈的代入感。随着小说情节巨网的铺开，作者手持锋利手术刀对法国各阶层进行庖丁解牛般的剖析，猛烈针砭和抨击贫富差距、政客、资产者，之后交出一份全面的21世纪初法国社会的病痛分析报告，清晰勾勒出法国尤其是巴黎的社会地缘图景，让读者在其中找到自己的身影和自己容身的角落。因为融合了侦探小说的情节和特点，故事语言节奏紧张急促，如一首朋克乐，充满愤怒和反叛，正像作者毫不留情地投向这个社会的眼神——犀利，带着审判意味，然而内里流淌着不加修饰的忧伤，因为伴随着摇滚的鼓点，曾经摇滚一代的理想和精神归宿渐渐地沦陷、消亡。

所有评论对维吉妮·德彭特新作众口一词的赞誉集中在其时效性上——作家几乎在把着同时代的脉搏写作。借小说的形式，她详细描写了2015和2016年法国所经历的数次大规模恐怖袭击事件后每个人真实的反应，以及事件如何影响人们的日常生活，恐惧是如何逐层渗透的；也记录了法国2016年爆发的共和国广场“黑夜站立”运动——这场著名的运动呼吁新的民主和社会组织方式，反对自由资本主义制度。作家通过书写来表达政治诉求和社会观照的介入立场，在作品中缩影为韦尔农·须卜戴克斯领导下的“联盟”活动。主人公最终升华为类似耶稣基督式的人物，并开辟了一条通往灵魂深处、集结众人的道路。这是一群历经驱逐、迫害与救赎的门徒，这是一场宗教诞生的过程。

（周春悦）

米歇尔·德驰（Michel Deutsch）

米歇尔·德驰（1948—　），剧作家、翻译家、随笔作家、编剧、诗人和导演。1948年出生于斯特拉斯堡。20世纪70年代，他在斯特拉斯堡国家剧院供职的同时开始自己创作剧本。自20世纪80年代起，他开始出版多部诗歌集，同时还翻译了大量英语科幻小说和侦探小说。他的剧本政治意味强烈，其戏剧作品主要有：《星期天》（*Dimanche*，1974）、《热月》（*Thermidor*，1984）、《夜晚费罗埃》（*Féroé la nuit*，1989）、《哈姆雷特的提词者》（*Le Souffleur d'Hamlet*，1993）、《红色十年》（*La Décennie rouge*，2007年）、《中国姑娘》（*La Chinoise*，2013）等。

德驰进入戏剧界之前的1968年是法国社会的分水岭。“五月风暴”虽然轰轰烈烈，但风暴过后对历史和政治的幻灭感席卷了整个法国社会。戏剧界敏锐地捕捉到了这一变化。在20世纪70年代之前，戏剧常常是各种意识形态交锋的舞台，台上的各种角色滔滔不绝地发表着对当前世界的各种分析。社会被置于宏观的历史框架下审视，人物只是作为政治讽喻而存在，个体被淹没在大众运动之中。而从20世纪70年代之后，法国社会开始重新思考“人”，也就是作为具体的、个体的平凡人与他们的平凡故事。德驰正是戏剧界出现这一转变的第一批代表人物之一。如果说创作社会各个层面的人物的故事会让人联想到19世纪末的自然主义文学，那么德驰对他笔下人物的处理方式则带有鲜明的当代特征。比如在《斯基纳》（*Skinner*，2001）中，德驰将视线聚焦于饱受战争和各种苦难，渴望从法国北部偷渡到海峡对岸的难民身上。但是，整个剧本中完全看不出对他们的怜悯，作者显然也无意像电视报道那样有意煽情以感动读者。偷渡客在垃圾桶里翻找食物，最后掏出“黄兮兮，带着血丝的油乎乎的东西，黑黢黢的液体从上面流下来……一些肉块……”这样令人作呕的场景是为了挑战读者最敏感的神经。我们可以将这样的方式称作“极度的逾越”，逾越的是所谓的文明社会的人们对人类的生存所能接受的底线。而事实上，正是“文明社会”将“野蛮社会”的难民逼迫至此。德驰对第二次世界大战之后由资本与消费所培养起来的“文明社会”不以为然。因为“文明社会”虽然标榜尊重个性，力求让每一个个体都能够得到充分发展，但事实上，随着资本在全球的崛起，国家正在解体，个体正在过分膨胀，所谓所有个体得到发展变成了一部分个体以牺牲另一部分个体的利益而得到发展。

事实上，德驰着力关注普通人的“日常戏剧”（théâtre du quotidien）所力求反映的实为当今世界的各大宏观问题。德驰本人说：“从我开始接触戏剧开始，我的工作、我的剧本和我的演出都是在拷问历史和政治。”他拷问的方式就是反叛，对他来说，戏剧必须对既定秩序发出挑战，是得天独厚的以新驳旧的手段。因此，他关注的对象都是当代受到最多讨论的问题：历史对于当下的重要性、男女之间的关系、对身份的追求以及政治本身。他的言论常常疑似“政治不正确”，因此也常常引起公众哗然。比如他与同为剧作家和导演的乔治·拉沃当（Georges Lavaudant）合作创作的《法国历史》（*Histoires de France*）在1997年10月第一次上演时饱受非议。该戏的标题极具野心，表明作者似乎无惧可能的指责和质疑。虽然名为“法国历史”，但德驰并没有事无巨细地记录“整段法国历史”（也并无可能），而只是选取了从第二次世界大战之后到20世纪末的法国历史上的几个片段。戴高乐、斯大林、萨特、波伏瓦等第二次世界大战之后在法国思想史上留下印记的人物一一粉墨登场。然而他们的登场形式却让人大跌眼镜。他们并非由真人扮演，有些变成了玩偶，被身着黑衣的演员拖上台，面无表情，甚至连说话都不张开嘴。有些则被简化成了一些符号，比如萨特就是被用眼镜和烟斗代替。而这些大历史也与一个介于工薪阶层和中产阶级的家庭的小历史交织在了一起。标题中“历史”（histoires）一词是复数形式，表达了德驰对历史的理解：历史是集体和个体的各种事件同时进行、相互影响、交织而成的复调音乐。

对德驰来说，戏剧的基础当然是写作，但写作存在多种层面：文字、图像和音乐。20世纪是“全面艺术”（art total）的时代，所有的艺术形式都是为了构建我们的想象的基石。戏剧需要借鉴其他形式的艺术来丰富自己。身为戏剧导演，德驰对布景、音乐和人物的呈现方式也十分重视。因此，他解构了语言，模糊了文本与对话，打乱了节奏，抽象了舞台呈现，从而创造出一个新的空间，并寄希望于观众能够以自己的方式去阐释和解读。

除了戏剧创作和导演外，德驰还经常发表文章，表达他对戏剧与当前时代的思考。《论戏剧与时代气息》（Du théâtre et de l’air du temps）是其中具有代表性的一篇。该文原题为《被剥夺了艺术的戏剧》（Un théâtre privé d’art），是德驰在20世纪90年代对当代戏剧的总结与批评，同时表达了他对于当代戏剧前景的构想。

德驰认为，从20世纪80年代末到90年代初的戏剧远离了公众，而完全囿于私人生活，这就使戏剧被剥夺了艺术。而这一倾向与当时集体主义救世论的坍塌和商业社会的崛起不无关系。国际环境的深层变化对法国社会的影响是巨大的。在冷战时期，戴高乐主义主导了法国的剧院。

让·维拉（Jean Vilar）和让娜·洛朗（Jeanne Laurent）顺应国民教育的思路，让剧院走出巴黎，到外省去发展和演出，为福利国家的意识形态服务。同时，以贝克特、阿达莫夫、尤奈斯库为代表的一些剧作家则走上另一条道路，探索公共与私人之间的关系，讨论意义与语言的危机，并预料到秩序的垮台。但他们都是从个体的命运来看待社会的，实际上仍然是公共戏剧。在德驰看来，冷战结束之前的戏剧完全是政治性的，是体现国际政治的场所。

然而，随着20世纪80年代末、90年代初所发生的一系列重大变迁，公众对公共主题不再感兴趣，而是转向了个人生活的点点滴滴。这与其说是因为宏大题材失去了市场，不如说是因为公众忘记了戏剧这一古老的艺术形式是用来思考和批判的，而只有具有这两种功能的戏剧才可被称为艺术。因此，所谓“私人戏剧”（théâtre privé）不过是“被剥夺了艺术的戏剧”（théâtre privé d’art）。然而在商业社会，剧作家不得不投大众所好，创作符合大众口味、号称更为“民主”的作品。将艺术划分为雅与俗，立即会招来“政治不正确”的指责。德驰对“艺术戏剧”（théâtre d’art）的前景颇为悲观。他认为将民主解读为预设所有人都拥有相同的审美能力，并将取悦所有人或大多数人视为民主的目标，将对戏剧艺术，乃至整个艺术造成巨大伤害，甚至还会被极端党派利用，当作多数派压迫少数派的工具。在冷战刚刚结束的20世纪90年代初，西方国家正在宣告西方民主的胜利之时，德驰便毫不掩饰地表达了他的精英主义立场以及对无节制误读民主的忧虑。而他在戏剧创作中对这些政治问题的思考也一直延续到了2000年之后。

（马洁宁）

帕特里克·德维尔（Patrick Deville）

帕特里克·德维尔（1957— ），小说家，1957年出生于圣布勒万（Saint-Brévin）。曾在南特大学专修法国文学与比较文学，并获得两个硕士学位。德维尔自幼酷爱旅行，童年时便跟随凡尔纳小说中的人物在书本中游历世界。23岁开始，担任法国驻波斯湾某国的领事馆文化专员，借此机会遍游中东各国，开启了自己的旅人生涯。

作为一名旅行作家，德维尔的足迹遍布世界。在东欧剧变后，他前往俄罗斯，近距离观察解体后的政权；他还曾亲赴尼加拉瓜，与尼加拉瓜革命者亲密接触。在文学创作之余，德维尔还主管位于圣纳泽尔（Saint–Nazaire）的外国作家与翻译之家（Maison des écrivains et traducteurs étrangers，METE）并主持编辑同名杂志。每年，该协会接待来自世界各地的作家与翻译家，定期组织研讨会，评选并向外国作家及其作品译者颁发创作和翻译奖项。

德维尔的创作生涯主要分为两个阶段：午夜出版社阶段与瑟伊出版社阶段，这两个阶段标志着他的写作由青涩的尝试走向熟练的表达。

德维尔于1980年开始职业写作之路，他从未间断打磨自己的写作技巧。他说："我可不想成为一个不会演奏乐器的乐队成员。我首先做的就是尝试描写人物、场景以及周围的布景。"1987年，他完成第一部小说《蓝带》（*Cordon bleu*），将其寄给午夜出版社，社长热罗姆·兰东表示愿意出版。从此，德维尔与午夜出版社开始了长达14年的合作。期间，午夜出版社先后出版了他的四部作品：《望远镜》（*Longue vue*，1988）、《焰火》（*Le Feu d'artifice*，1992）、《完美女人》（*La Femme parfaite*，1995）、《这一对儿》（*Ces deux-là*，2000）。

长久以来，德维尔作品呈现出极简主义的风格。极简主义始于20世纪60年代的美国，是绘画、雕塑、音乐、建筑等各艺术领域出现的一个崇尚简约的流派，它主张用最少的符号、色彩、语言表达最丰富的情感，传递最深邃的思想，表现在文学创作中就是人物的去心理化、故事情节的单一化、语言文字的简略化以及叙事结构的碎片化。

德维尔于1988年发表的第二部作品《望远镜》便具有鲜明的极简主义风格。该小说是德维尔第一部赢得广泛读者的作品，被译为十几种语言。它讲述了著名鸟类学家科贝尔在望远镜中偶然瞥见亚历山大·斯科尔兹与吉尔这两个人后所发生的故事。安东·莫克塔尔请求亚历山大·斯科尔兹在暑假照看自己的女儿吉尔。吉尔名义上是莫克塔尔的女儿，实际上，她的生父是科贝尔，因为其母斯黛拉曾是科贝尔年轻时的情人。科贝尔自从第一次从望远镜的取景框内看到斯科尔兹时便不可抑制地对这位与吉尔形影不离的青年产生了憎恶之情。在《望远镜》中，作者用凝练、节制的语言为读者铺陈了一系列生活中平淡无奇的场景，地点与时空的频繁跳跃打破了传统故事的连贯性，开放式的结局使整部作品充满了极简主义的特征。

在完成《这一对儿》后，德维尔便试图摆脱极简主义的樊篱，他说："经过一段时间，我觉得自己好似被单一形式囚禁的犯人，于是，我试图寻找一种能丰富我表达的写作手法并尝试接触更多的文学形式。"于是，在热罗姆·兰东去世后，德维尔选择离开午夜出版社，签

约瑟伊出版社，开始了自己创作的另一个高峰。

德维尔在瑟伊出版社的首部作品《纯净生活》（*Pura Vida*，2004）耗时六年，被视为作家创作的新起点。与第一阶段的作品截然相反，新的作品呈现出繁复主义的面貌，标志着作者的写作手法由极简主义转向百科全书式的记述。此后，德维尔继续探索新的形式并接连创作了一系列作品：《火器的诱惑》（*La Tentation des armes à feu*，2006）、《赤道》（*Équatoria*，2009）、《柬埔寨》（*Kampuchéa*，2011）、《鼠疫与霍乱》（*Peste et Choléra*，2012），《万岁》（*Viva*，2014），《友人嗒吧》（*Taba-Taba*，2017）。其中，《鼠疫与霍乱》取得了傲人的销售成绩并荣获当年的费米娜文学奖。

德维尔的成功很大程度上得益于其独特的创作手法。他非常重视形式在一部作品中的作用，他曾明确表示，形式造就小说。而他口中至关重要的形式在其作品中主要体现在两个方面：旅行写作与非虚构写作。

德维尔称，旅行的目的是写作。在写《纯净生活》时，作家的身影出现在尼加拉瓜、洪都拉斯、哥斯达黎加以及古巴；在构思《柬埔寨》时，作家穿越湄公河三角洲，并在尼加拉瓜和墨西哥短暂停留；组成《赤道》的八个章节则向读者展现了作家旅行写作的完整路线："在加蓬""在圣多美和普林西比""在安哥拉""在特克王国""在阿尔及利亚""在刚果""在坦噶尼喀""在桑给巴尔"。对于作家来说，旅行意味着一种责任，他肩负使命走遍世界各个角落："我认为作家就是一群寻找远方的迁徙者。因为，只有在远方，他们的梦不会得到满足。所有的作家都是在迷雾中惊慌失措的航海家，只有那些最伟大的人才有能力将这场流放转化为奇异的美妙。"

非虚构也是德维尔小说的重要特征，书中出现的人物、事件、地点均有迹可循。在写作的准备阶段，他通常用几年时间搜集资料、翻阅报纸杂志、翻译档案，沉浸在各种各样、大大小小的事实中，而后将其转化为文学作品，并敢于宣称他写的是非虚构小说。德维尔还不时在作品中大段引用某些人物的回忆录中的细节，以增加小说的真实性。如在《赤道》中，我们能看到布拉柴、斯坦利回忆录的选段。此时的作家既是历史学家又是研究者，用小说这一文学形式为读者揭开真实的面纱。

纵观德维尔在瑟伊出版社出版的全部小说，“生活在别处”与“非虚构”一直是作家创作的源泉，德维尔对此并不讳言，他称他的故事都发生在远离法国本土的地方，为了完成写作，他都进行了实地考察，并往返奔波于图书馆和这些远方；然而，仅靠查阅资料或者远行都不足以创作出一部作品，写作须是两者的结合。

中译本：《望远镜》，李建新、张放、康勤、赵家鹤译，湖南文艺出版社，2000年。

《鼠疫与霍乱》（*Peste et Choléra*）

《鼠疫与霍乱》（2012）是帕特里克·德维尔最为成功的一部作品，获得2012年费米娜文学奖。在创作期间，为了全面了解主人公亚历山大·耶尔森的人生轨迹，德维尔亲赴巴黎的巴斯德研究所档案馆查阅资料，用作家本人的话说，置身于“一堆不可想象的瑰宝中”，终日与成箱的“用羽毛笔写成的信件”为伍，如书虫一般沉浸在堆积如山的文献中。终于成功地将小说、自传、历史文献与私人信件杂糅，完成了对耶尔森传奇人生的勘探。

这部传记性小说的主人公亚历山大·耶尔森曾在德维尔的旧作《柬埔寨》中两次出现。出于对这位伟大科学家的敬佩与喜爱，德维尔此次用整整一部作品来写这位功勋卓著，如今却鲜为人知的医学家、细菌学家和不知疲倦的探险家。

耶尔森1863年出生于瑞士的沃州，1887年进入巴黎巴斯德研究所工作。作为研究所年轻的研究员、巴斯德的弟子，耶尔森曾在巴黎工作学习五年之久。五年的大都会生活让耶尔森萌生去意。他说："对于离开巴黎，我一点也不感到遗憾。因为在这座城市上演的一出出戏剧令我厌倦；看似光鲜亮丽的世界令我害怕。一成不变地活着不是真正意义上的生活。"于是，在巴斯德的亲自推荐下，耶尔森来到越南，入职法国邮船公司。

在法国邮船公司工作期间，耶尔森在西贡至马尼拉航线上担任医师。这份工作满足了耶尔森远游的心愿：三天在西贡，三天在海上，三天在马尼拉。耶尔森借此机会遍游湄公河三角洲，并与船员打成一片。然而，对于耶尔森来说，唯有行走才能体现生命的价值。两年后，他选择辞职再次踏上旅程，最终在芽庄这片遗失的土地上落脚。

1894年，香港爆发鼠疫，远在芽庄的耶尔森收到埃米尔·鲁发来的电报，在电报中，鲁恳请耶尔森前往香港研究鼠疫的病因。当时的香港哀鸿遍地，医院人满为患，尸体暴露街头。耶尔森要面对的不只是疫病，还有来自日本同行的排挤和英国人的敌视。最后，在维加里奥神父的帮助下，耶尔森买通一名看守太平间的英国水兵，并从病人尸体的脓液中成功提取出了鼠疫杆菌。后来，医学界为了纪念耶尔森这一伟大发现，将此病原体命名为耶尔森鼠疫菌。

作为一名多栖天才，耶尔森的发现不止于此。他发明了可口可乐，还是第一个在印度支那种植橡胶树的人。德维尔将这一切归因于耶尔森那永不满足的好奇心。在《鼠疫与霍乱》中，德维尔为我们刻画了一个东奔西走的耶尔森、一个淡泊名利的耶尔森、一个以发现新事物为不竭动力的耶尔森。在小说中，德维尔扮演着"未来的幽灵"的角色，他须臾不离地追随着耶尔森，试图说明，现世的名誉与后人的感谢都不是耶尔森之所求，唯有对知识的渴求才是他值得做出牺牲、奉献的根本。

（李莹倩）

塞尔日·杜勃罗夫斯基（Serge Doubrovsky）

塞尔日·杜勃罗夫斯基（1928—2017），作家、文学批评家、学者。1928年5月22日出生于巴黎的一个犹太人家庭。1943年，他幸运地躲过了纳粹对犹太人的大搜捕。战后他通过苦读考入巴黎高等师范学院，获得英语教师资格后，在爱尔兰、美国的大学任教。从1966年开始在美国纽约大学担任法国文学教授，发表过关于高乃依、普鲁斯特、萨特等经典作家的论著和论文。

从20世纪60年代后期开始，杜勃罗夫斯基开始进行系列性文学创作，主要包括八部半自传半虚构性质的作品，如《S日》（*Le Jour S*，1963）、《分散》（*La Dispersion*，1969）、《儿子》（*Fils*，1977）、《一种自爱》（*Un amour de soi*，1982）、《一生一瞬》（*La Vie l' Instant*，1984）、《破裂的书》（*Le Livre brisé*，1989）、《留待讲述》（*Laissé pour conte*，1999）、《活后》（*L' Après-vivre*，1994）、《一个过客》（*Un homme de passage*，2011）、《怪物》（*Le Monstre*，2014）。除小说外，他还著有几部文学论著，如《高乃依和英雄的辩证法》（*Corneille et la dialectique du héros*，1964）、

《为何新批评：批评与客观性》（*Pourquoi la nouvelle critique: critique et objectivité*，1966）、《马德莱娜的位置：普鲁斯特著作中的书写与幻想》（*La Place de la madeleine: écriture et fantasme chez Proust*，1974）、《批评历程》（*Parcours critique*，1980）、《自传体种种：从高乃依到萨特》（*Autobiographiques, De Corneille à Sartre*，1988）、《批评历程之二》（*Parcours critique 2*，2006）等。

除了在学术生涯中取得的成就与声誉之外，杜勃罗夫斯基在文学上最为重要的贡献是创造了“自撰”（autofiction）这一新的概念，并通过自己的一系列文学创作，实践了这一新的文学类别。法国当代文学研究者多米尼克·韦亚尔认为，自1970年以来，最重要的文学潮流之一便是自我书写的回归和繁荣，它冲击并拓展了已经定型的自传书写方式。这种新的书写方式的第一个代表，就是杜勃罗夫斯基创立的自撰。

法国自传研究的理论家菲利普·勒热纳对“自传”下了一个形式主义的定义，即一个文本。只有作者明确宣称是自传而非虚构或小说，而且人物的名字与印在书的封皮上作者的名字是相同的，才可以被视作自传。所以，如果作者宣布自己的文本为小说，而作者的名字又与人物的名字相同，这样的文本在逻辑上是矛盾的。杜勃罗夫斯基与此针锋相对，在《儿子》中对自己的写作做了如下定义：“自传吗？不，自传是这个世界上大人物的特权，写于他们的晚年，用漂亮的文体写成。我写的是完全真实的事件和事实的虚构，如果可以说，是自撰，将用于讲述一种冒险的语言用来进行语言的冒险，跳出传统小说或新小说的智慧和句法。”他宣称自己的文本的性质是虚构的，所述事件又是完全真实的，而且书中人物的名字与作者的名字又是相同的。这一概念给人的直接印象是它的自相矛盾。

在西方历史上，自从奥古斯丁以来已经形成了一种持久且牢固的自传传统，就是自传应当以书写真实、坦露内心为目标。卢梭在《忏悔录》开篇的“我要把一个人的真实面目赤裸裸地揭露在世人面前”的誓言堪称自传的宣言书。因此，虽说自传本身不能意味着对真实的书写，但是对真实的追求以及声称追求真实历来是传统自传的内在要求。然而，不论从自撰一词的构成还是从杜勃罗夫斯基对它的解释来看，它明确宣称是一种虚构，是“完全真实的事件和事实的虚构”，或者说它始于真实，终于虚构。因此这个概念本身充满一种强烈的内在张力。

杜勃罗夫斯基的所有作品都是讲述他自己和身边亲人的往事，采用的都是半真实半虚构的创作方式。这不仅使他的私生活暴露于世，也给他引来道德的指责，最典型的例子是他获得美第奇奖的作品《破裂的书》。这部小说是应作家的第二任妻子伊莉丝（Ilse）的要求而写，讲述他们夫妻生活的破裂。主人公塞尔日是一位50岁左右的法国犹太人，他娶了一位20多岁的奥地利姑娘，他们婚后生活在美国。这对夫妻在两个大陆、三种语言和主人公的两个女儿之间的夹缝中踉跄而行……本书分为两部分。在前半部分，叙述者模仿萨特的小说《恶心》，准备写一部日记体的自传体小说，回想与昔日情人的过去，但是因为许多往事想不起来而倍感苦恼。在后半部分，他的妻子参与进来，发现他写的是女人的故事，包括他的情人和第一任妻子。于是妻子要求“我”把她写进书中，而且要成为书的第一个读者。“我”写到了夫妻之间的某些秘密，妻子读后竟被击垮，喝得酩酊大醉而酒精中毒而死（也不排除自杀的可能）。她的死亡令“我”大为震惊，也使“我”的生活破裂为两部分：“在我的双手之间，我的书，如同我的生活，破裂了。”杜勃罗夫斯基可以说是“用书杀死了一个女人”，他又把妻子之死写成书，公之于世。

《儿子》（*Fils*）

1968年母亲的去世以及之后第二任妻子的自杀给杜勃罗夫斯基造成

无法填补的巨大虚空和抑郁，在此后的八年里他曾求助于心理医师。心理医师让他在小本上记录做过的梦。于是从1970—1977年，他在弗洛伊德精神分析的指导下，每天记录下自己的心境和梦境。数年下来，这些文字的手写稿竟有三千页之多。他将其打印出来，取名为《怪物》，试图找到一家出版社出版，但是无一例外地遭到拒收。后来一家无名的小出版社——伽利略出版社接受了书稿，但是让其更换书名并压缩篇幅。他将原书稿压缩至450页左右，以《儿子》为题出版。而原来的书稿散乱地堆积在他在巴黎和纽约的住所，直到他功成名就成为别人的研究对象后，研究者伊莎贝尔·格雷尔（Isabell Grell）虔诚地收集了这些四散的手稿，认真地整理这些原始材料，于2014年在格拉塞出版社出版。所以，《怪物》严格来说并不是一部成形的小说，实际上是《儿子》的原始草稿。

自撰一词正是杜勃罗夫斯基为了形容《儿子》，使之有别于传统自传而量身创造的新词，它最初出现在报纸对新书的内容简介中，在该书正式出版时被出版商放在了书的封底。该书讲述的是杜勃罗夫斯基自身的私人生活经验，包括父母的经历、他的童年、青春期、学习、旅行、恋爱经验、职业经历、婚姻、离婚、母亲的死亡、梦与幻想、所受的精神分析等。作为大学文学教授的杜勃罗夫斯基熟悉《尤利西斯》并且受到它的影响。所有这些内容被安排在一天从早到晚的叙述框架内：叙述者起床、驱车前往纽约、在纽约街头漫步、向纽约大学的学生讲解拉辛的名剧《费德尔》，尤其详细记录了他接受心理治疗时与精神分析师的对话。这些内容都是虚构的，是作者煞费苦心安排的。在叙述这一天的所作所为、所思所想时，以意识流的手法穿插着叙述者前半生的真实的生活经历。

本书的书名耐人寻味，可谓一语双关。fils在法语中是“儿子”的意思，本书的写作便是因母亲去世、杜勃罗夫斯基无法走出伤痛而起；从书的内容看，其中重要的篇幅是作为儿子的杜氏对母亲、父亲以及第二次世界大战期间家人命运的追忆。但是该词也是“丝线”（fil）一词的复数形式，从这个意义上讲，它是一个隐喻，本书由无数个有头无尾的故事线索构成，这些断线如一团乱麻，引导读者顺着叙述者的意识流话语走入一个潜意识迷宫。

（余沁瑒／杨国政）

让-保罗·杜波瓦（Jean-Paul Dubois）

让-保罗·杜波瓦（1950— ），小说家、记者。曾作为《新观察家》杂志的记者在美国工作15年，对美国怀有深厚的感情，有“美国佬”之称，为报纸杂志等撰写了多篇有关美国的文章。他对美国文学情有独钟，对他来说，美国文学是让人愉悦的文学。他阅读过许多美国作家的作品，例如菲利普·罗斯和约翰·厄普代克对其写作产生了重要影响。作品多次获奖，如《您将有我的消息》（*Vous aurez de mes nouvelles*，1991）获1991年黑色幽默文学大奖，《肯尼迪和我》（*Kennedy et moi*，1996）获法国电视文学奖，《一个法国人的一生》（*Une vie française*，2004）获2004年费米娜文学奖。

杜波瓦的小说将内心世界与史诗气息融为一体，幽默中隐含着伤感忧郁。他经常描写那些与现实错位的人，尤其是艺术家的烦恼和伤痛。人物游离于社会之外，耽于幻想，反复无常，心中充满苦涩与怀旧，人际关系和感情问题无时无刻不在折磨着他们。男女关系处于作品的中心地位，这种关系从来不是波澜不惊的，女性都是一些让人痛苦的人物，既令人同情和怜悯，也让人懊恼。父母和子女的关系也是如此：孩子总是反抗父母，通常是忘恩负义的怪物和狂妄自大的叛逆；父母和子女互相观察、较量，试图驯服对方。杜波瓦认为灵感对于他来说是不存在的，他总是从生活中提取素材，作品中的人际关系是现实生活的写照，作品是作者人生经历的总结。其叙事方式深受美国文学影响，充满了对毫无意义的细节的细致描写，产生意想不到的效果。他尤其擅长用典雅的文笔描写生活中最平常的事件，充满玩世不恭的黑色幽默。

杜波瓦发表作品近二十部，包括小说、游记等。短篇小说集《有时我独自发笑》（*Parfois je ris tout seul*，1992）展现了日常生活中奇特、冷酷而又滑稽的瞬间，每个故事都是一幅生活的快照，不乏苦涩，也充满希望。

《肯尼迪和我》描写了一个失去创作热情的中年作家萨米埃尔·波拉里的遭遇。萨米埃尔的妻子安娜是正音科医生，他们有三个孩子。萨米埃尔江郎才尽，写不出东西，整个家庭靠妻子供养，而妻子却红杏出墙。家庭生活貌似和睦幸福，萨米埃尔却感觉自己是陌生人，似乎总是被排斥在家庭核心之外，像“旅店中的客人”。萨米埃尔觉得周围的世界滑稽可笑。一天，他在与心理医生会面时看到了肯尼迪总统遇刺时佩戴过的手表，产生了浓厚的兴趣，试图将手表据为己有。他的注意力都集中在手表上，对其他人和事漠不关心，甚至达到疯狂的地步。最终这块手表让他付出了沉重的代价，他也从中体味出了人生的真谛。

《美国令我担忧》（*L'Amérique m'inquiète*，1996）和《直到那时美国一切都好》（*Jusque-là tout allait bien en Amérique*，2002）是两部描写美国的作品。前者记述了他在美国的见闻，主要是一些令人忧虑的现象，如死亡、恐惧、犯罪和性等主题。作者既与美国社会保持一定距离，又被其深深吸引。后者以强烈的个人色彩和动人的笔调展示了一幅美国社会图景。虽然书中的每个故事似乎都令人难以置信，比如一小撮叛乱分子占据沙漠的一角，一个房地产公司在向公众出售月球的土地，但这些故事却勾画出了一个真实的群体。

《一个法国人的一生》是杜波瓦的代表作之一。主人公保罗·布利科出生于20世纪下半叶，父亲是西姆卡汽车特许经销商，母亲是一名校对员。保罗成为体育记者后，娶了老板的女儿安娜。安娜放弃了传统的操持家务的角色，成为一名出色的企业家，保罗代替妻子操持家务，同时他也有自己隐秘的爱情生活，并始终对树木摄影着迷。在生命行将步入尾声时，保罗不得不面对一系列的打击，他从中悟出了人生的真谛。杜波瓦以充满人情味的笔调描写了一个法国人完整的一生，似乎每个出生于那个年代的法国人都可以从中看到自己的影子。保罗·布利科是在第五共和国时期长大的，他的一生与第五共和国的历史交织在一起，因此该书也是深刻反映那个时期法国社会的一幅真实的画卷。

《您开玩笑，塔内尔先生》（*Vous plaisantez*，*Monsieur Tanner*，2006）真实地描写了一次噩梦般的房屋翻修工程。保罗·塔内尔是一名动物纪录片制作者，过着平静的生活。在继承了一栋老房子后，他卖掉了原来的房子，决定彻底修缮这幢老房子，他的生活随之变为地狱。塔内尔雇佣了一些“专业人员”：荒唐的泥瓦匠、有犯罪前科的屋面工、疯狂的电工、偏执的画家等，没有人关心工程预算和工期，人人都贬低其前任的工作并夸耀自己的才能。塔内尔每天面对这些怪人，每项修缮都变为一场噩梦：室内积水后发生了短路，电焊工技术拙劣却徒劳地试图焊接起老旧的管道，骗子们急于把房主的钱骗到手……各章篇幅短小，笔调轻快，对话风趣幽默，勾画出一个个可笑的场景。众多人物惟妙惟肖，构成一条令人啼笑皆非的肖像画廊，在笑声背后也隐含着作者的讥讽和思考。

《男人之间》（*Hommes entre eux*，2007）揭示了一个黑暗私密的内心世界，讲述的是爱上同一个女人的两个男人之间的故事。保罗·巴塞尔邦的妻子安娜有一天不辞而别，而巴塞尔邦对妻子一往情深。他虽患有绝症，每天深受病痛的折磨，对生活毫无期待，但他仍想见妻子最后一面，于是决定离家寻找安娜。唯一的线索是安娜从安大略湖地区的一个小镇寄来的一封信。巴塞尔邦长途跋涉后来到了加拿大，住进了一家肮脏的小旅馆，在这里开始了寻妻之旅。所有线索指向一个名叫帕特森的粗野的加拿大人。原来他也曾深爱过安娜，而安娜最终也离开了他。两个男人不可避免地相遇了，他们之间似乎存在着一种强烈而又微妙的关系。由于遭遇了暴风雪，两个男人被困在了山间小屋中。两人各怀心事，小屋中充满不安、恐惧、担忧和不信任的气息。最终，人身上的兽性占了上风，两人的关系随之演变成猎人与猎物的关系，最终促使他们的野性爆发。中心人物安娜始终没有现身，有关她的所有信息都是通过她交往过的人间接提供的。杜波瓦将安娜设定为一个具有普遍意义的人物，她代表着失去；她的性格、相貌都不重要，重要的是她是一个离开、抛弃他人并使人痛苦的人物。这是一部表现人的自然本性、充满哲理色彩的心理恐怖小说，书中有许多对加拿大北部地区冰雪美景的生动描写。

杜波瓦的其他作品还有：《每天早晨我起床》（*Tous les matins je me lève*，1988）、《玛丽娅死了》（*Maria est morte*，1989）、《鱼儿望着我》（*Les Poissons me regardent*，1990）、《沉默之年》（*Une Année sous silence*，1992）、《请关心我》（*Prends soin de moi*，1993），《生活让我恐惧》（*La Vie me fait peur*，1994），《另有所思》（*Je pense à autre chose*，1997）、《假如此书能让我接近你》（*Si ce livre pouvait me rapprocher de toi*，1999）等。

中译本：《一个法国人的一生》，韩一宇译，上海人民出版社，2006年。

《一个法国人的一生》（*Une vie française*）

《一个法国人的一生》（2004）是让-保罗·杜波瓦的小说代表

作，2004年获费米娜文学奖。作品中悲剧与喜剧成分并存，作者用温柔细腻而又充满人情味的笔调，描绘了20世纪下半叶的法国社会，以及出生于“婴儿潮”时期又经历了“五月风暴”的一代人的希望和幻灭。

小说以第五共和国为背景，用第一人称讲述了主人公保罗·布利科的人生经历。保罗的父亲是西姆卡汽车在图卢兹的特许经销商，母亲是一名校对员。1958年9月28日，保罗只有8岁，法国人投票通过第五共和国新宪法，这一天，被其视为偶像和榜样的哥哥樊尚突然死于阑尾炎并发症。自此之后，家庭失去了欢笑。他的父母一生未能走出丧子的阴影，这样，保罗在精神上一直有一种被遗弃的感觉，凡事只能依靠自己。保罗的家人性格、立场各异：父母因丧子之痛而郁郁寡欢；严厉的祖母支持贝当元帅，虔诚地信仰基督教；姑姑和她当过兵的丈夫怀念着法国对阿尔及利亚的殖民统治；另一个姑姑和她的情人唯利是图。保罗在这样的氛围中长大。他从一个英国女孩身上体验到性的快乐，经历了青春期的消遣和放纵，度过了动荡的大学生活，在1968年的“五月风暴”期间获得文凭，成为一名体育记者。他娶了老板的女儿安娜。安娜是一名出色的企业家，放弃了传统女性操持家务的角色。于是保罗代替妻子处理家务，成了两个孩子的保姆。保罗意外地发了财，但始终无法走出对家庭生活的失望。他对树木摄影着了迷。五十几个春秋匆匆而过，在其生命进入尾声之时，保罗遭遇了一连串打击：父亲病逝，妻子红杏出墙后与情人坠机身亡，女儿精神失常，母亲撒手人寰……他原以为至关重要的生命存在，最后只是某种完全虚无的东西。

与杜波瓦笔下的其他人物一样，保罗·布利科是一个处在家庭、社会和生活边缘的平凡人：他无力抚慰失去爱子的父母的伤痛，不能填补妻子心中的空虚，甚至对他一手带大的儿子也是那么陌生；他一生中最幸福的时刻是与树木的无声交流。小说的书名揭示了他的平庸，他只是一个碌碌无为、默默忍受的普通人。主人公保罗与作者杜波瓦的年龄相仿，当作者被问及此书是否有自传成分时，杜波瓦表示作品中是否有他的生活并不重要，该书并不指涉任何人，该故事是所有阅读此书并从中辨识出自己的人的故事。

本书贯穿着杜波瓦作品中的一些基本元素，如占支配地位的女性、不门当户对的婚姻、配偶的背叛、不和谐的父子关系等。但整体来说，小说中最基本的关系是集体与个人的关系，政治占有举足轻重的分量。虽然保罗表面上远离政治，甚至没有参加过投票，实际上却是小说中最具政治性的人物。哥哥去世后，电视里的戴高乐取代了哥哥在饭桌上的位置，从这一刻起，政治就进入了保罗的生活；之后阿尔及利亚战争又成为家庭成员们争论的话题。杜波瓦强调他所谈的是广义的政治，在个人生活中，政治是无处不在的，甚至人们所接受的教育也是政治的结果。

保罗的一生不仅是一个法国人的一生，也是那一时期法国社会的真实状况的写照。他的生活是与第五共和国的历史交织在一起的，他的54年生涯，也是20世纪下半叶法国50年的历史：小说的叙事结构遵从时间顺序，从戴高乐到蓬皮杜，从德斯坦到密特朗，再到希拉克，五位总统的姓名构成各章的标题，不仅使结构清晰明朗，也标明了人物的生活与社会大气候的关系，体现了人与其所处的社会共生共存并相互作用的关系。

杜波瓦的才华还体现在小说的叙事风格上，全书描写细腻，语言清新、睿智，轻快幽默中透露着严肃深刻，而幽默与笑声带来的不是嘲笑，更多的是思考，是与保罗同龄的一代人的感同身受。除主人公保罗外，其他次要人物，如保罗的孩子、安娜的父母，尤其是半吊子体育记者路易·阿加什，也都刻画得惟妙惟肖。

该书出版后受到了法国众多媒体的好评："《一个法国人的一生》是让-保罗·杜波瓦最好的小说。思考的深邃，令人发笑的片段，生活的严肃性，准确的写作手法。"（《星期日报》）"它像缪塞年轻时那样轻快，像缪塞年老时那样震撼人心。"（《巴黎竞赛画报》）"一位

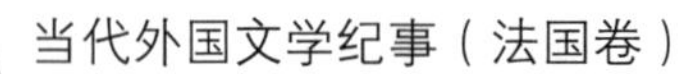

拥有伟大才智的作家让人无法抵御的优雅。”（《新观察家》）“《一个法国人的一生》描写的不是黄金时代，而是灌铅时代。但故事正是靠着这份忧郁才得以展开。”（《解放报》）

（索丛鑫）

马克·杜甘（Marc Dugain）

马克·杜甘（1957— ），小说家，1957年出生于塞内加尔。父亲为法国派往非洲的援外人员，杜甘7岁时随家人回到法国，曾就读于格勒诺布尔政治学院，学习政治学和金融，后在金融和航空运输业工作。40岁左右开始写作。

杜甘擅长写战争题材的小说，其反战小说很少正面描写残酷的战争场面，我们只能通过小说中的事件和人物的一些细节了解战争的残酷与荒诞，作品中处处流露出作者对于深受战争之苦的人们的同情。战争惨绝人寰，杜甘的小说表达了对和平与幸福的向往。小说的主人公多为被卷入战争洪流、无法掌控自己命运的普通人，他们历经腥风血雨，却从未失去追求幸福的勇气。因此，他的反战小说总存在着一缕温情，体现着作者的乐观主义态度。小说语言精练，经常使用俗语和口语，简洁流畅。

《军官病房》（*La Chambre des officiers*，1998）是杜甘的第一部小说，是为了表达对在战争中受伤的祖父的敬意而作。小说讲述的是在第一次世界大战中被毁容的中尉阿德里安·富尔尼埃的故事。战争爆发不久，阿德里安还未真正参加战斗，就在一次侦查中遭到了德军炮弹的袭击，导致半张脸毁容。整个战争期间他都是在军官病房里度过的，这里有和他一样脸部毁容的室友，他们互相扶持，勇敢地面对生活，最终熬过了痛苦的岁月，找到了各自的幸福。小说笔触细腻，字里行间流露出作者对战争的控诉和对遭受不幸的人们的同情。

在小说《英国庄园》（*Campagne anglaise*，2002）中，饱受感情创伤的英国贵族哈罗德·德莱米尔在寻找女伴的过程中，遇到了阿根廷妓女朱丽娅。这个女子深深地吸引了哈罗德，于是他邀请朱丽娅到他的英国庄园度周末。渐渐地，表面上地位悬殊的两人之间产生了一种莫名的情感，但朱丽娅突然离开庄园返回阿根廷。从伦敦到苏格兰，再到布宜诺斯艾利斯，两个生命、两个似乎毫无共同之处又同样孤独的人的命运就这样联系在了一起。故事向我们展示了爱情和友情是如何拯救这些失去希望的人的。

《幸福得如同上帝在法国》（*Heureux comme Dieu en France*，2002）是杜甘的另一代表作。“幸福得如同上帝在法国”本是一句古老的德国习语，意为法国人过着神仙般快乐逍遥的生活。小说讲述了第二次世界大战法国被占领期间的故事。主人公加尔米埃是一个善良又普通的青年，身不由已地卷入了战争，成为一名情报员。在地下工作中，他爱上上级情报员米拉，但米拉始终与他保持距离。他潜伏在小酒馆中搜集情报，与德国水兵建立了友谊，虽然心里明知这些德国水兵也是法西斯的受害者，但为了战争的胜利，他忍受着巨大的内心煎熬向盟军提供了情报，使盟军能够击沉德军的潜水艇。战争结束后，加尔米埃与他并不爱的女人结了婚，过着平凡安定的生活。他始终信守着对一个德国水兵的承诺，照顾着这个水兵的遗孀和儿子。他找到了过去深爱的米拉，并与她保持着友谊。全书以一个普通人的眼光来看待第二次世界大战，从人道主义的角度反映了战争的荒诞和残酷，也通过战争显示了人性的美德和弱点，充满了对和平、爱情和幸福生活的向往。

《埃德加的诅咒》（*La Malédiction d' Edgar*，2005）假借埃德加·胡佛的副手克莱德·托尔森之口，以回忆录的形式，回顾了这个任期最长的美国联邦调查局局长在长达近五十年的任期中的所作所为。小说从发现一份署名为克莱德·托尔森的手稿开始，叙述者在完全不了解内容的情况下，买下了这份手稿。引言之后，叙述直接进入了克莱德·托尔森的回忆，其时间跨度为1932—1972年。他是胡佛的助手和打手，同时也是他的秘密同性情人和对他钦佩有加的忠实伙伴。叙述围绕着二人从罗斯福执政到尼克松时代掌控联邦调查局的大权、电话窃听、建立秘密档案等展开。胡佛建立了强大的情报网，他知晓每个人的秘密，在幕后操纵每个事件。他利用总统私生活方面的把柄对他们进行制约，虽历经八位总统的任期，而其地位始终不可动摇，尤其是他与黑人民权领袖马丁·路德·金及肯尼迪兄弟之间的恩恩怨怨更是错综复杂。本书不是回忆录，而是小说，书中既有真实人物，也有杜撰的人物，在讲故事的同时，也为读者简略描绘了一幅美国的政治生活图景。《埃德加的诅咒》后被改编为同名连环画。

2000年8月，俄罗斯库尔斯克号核潜艇在北冰洋巴伦支海沉没。杜甘认为造成此次灾难的原因并不是技术上的欠缺，其深层原因在于俄罗斯国家的整体衰落。杜甘受该事件启发发表了以此为背景的小说《一次普通的任务》（*Une exécution ordinaire*，2007）。奥尔嘉是一名泌尿科医生，曾在斯大林时期的军队服务，她的孙子瓦尼亚后来成为一名潜艇士兵，在执行任务时遇难。巴威尔是奥尔嘉的儿子、瓦尼亚的父亲，在小说中，巴威尔以第一人称讲述了他的回忆。通过对这个家庭三代人生活轨迹的追述，本书从巴威尔这个普通人的视角描述了俄罗斯从斯大林时期到普京时期的历史事件。该书气氛阴郁，涉及俄罗斯社会的某些病态现象，但也不乏对美好爱情的描写。杜甘将真实事件和虚构情节交织在一起，达到了两者的巧妙平衡。为了使描写真实可信，杜甘查阅了大量的资料，对俄罗斯的历史文化作了深入了解与研究，甚至在俄罗斯在北极圈附近的潜艇基地附近生活了一段时间。该书荣获2007年度RTL电台—《读书》文学大奖。

中译本：《幸福得如同上帝在法国》，吴岳添译，人民文学出版社，2003年；《军官病房》，吴岳添译，人民文学出版社，2005年；《埃德加的诅咒》，周莽译，人民文学出版社，2007年。

《军官病房》（*La Chambre des officiers*）

《军官病房》（1998）是马克·杜甘的处女作，是为所有经历过第一次世界大战并顽强活下来的人而作。作品取材于作者祖父的真实经历。其祖父曾经参加第一次世界大战，在战争中负伤造成脸部毁容。杜甘童年时期很长一段时间与这位毁了容的祖父一起生活，祖父讲述的战争故事深深地印在了他的脑海中。

小说讲述了一个名叫阿德里安·富尔尼埃的工程师的故事。战争爆发不久，年轻的中尉阿德里安尚未真正参加作战，就在一次侦查行动中被德军炮弹击中，导致半边脸毁容，失去了味觉、嗅觉和语言能力，从一个英俊青年变成没有脸的怪物。自此，阿德里安开始了在军官病房里与世隔绝的生活。医院收治的都是像他一样的毁容的人，为了防止病人看到自己的脸而心生绝望，病房里连一块镜子都没有。最初的日子里，阿德里安感受到的只有痛苦。在此治疗和康复的大部分伤员都已丧失语言能力，在寂静的病房里，他们只能通过眼神交流，每个人都是他人的镜子，而每个人看到的都是令人恐怖的无脸的人。经过一次次修复，有几名伤员终于恢复了语言能力。阿德里安用简短的词句向室友们讲述了自己的遭遇，他的俏皮的、朴实的语言和不怨天尤人的态度慢慢缓解了病房里的惆怅气氛。在五年的时间里，阿德里安不断看着在战争中面部受伤的军人们来了又走，他接受了一次又一次手术，遭受着一次又一次打击，承受着巨大的痛苦。幸运的是，他与两位室友建立了深厚的友谊，在与他们的相互扶持下，他开始坚强地面对生活。他们在病房中学习和适应如何带着这终生的残疾生活和如何面对他人的目光。后来他们在医院中又结识了一位女病友。她自愿离开条件优越的家庭而参加战斗，毁容后，她没有自暴自弃，而是乐观地活着，力所能及地帮助其他伤员。在这位坚强的女病友的激励下，阿德里安和两个室友在战争结束后怀着忐忑不安的心情，带着几经修复却仍然残缺的面孔和模糊不清的发音勇敢地走出了医院。出院后，阿德里安费尽千辛万苦找到了入伍前曾与他有过一夜温存的女人，正是对她的美好回忆支撑着阿德里安熬过了痛苦的岁月。然而这个女人并不爱阿德里安，当初她接受了阿德里安只是由于男友参加战争后她感到痛苦孤独，因此她拒绝了阿德里安的感情。但阿德里安最后还是找到了自己的幸福。他结婚后，原本打算孤独终老的室友们也都找到了各自的归宿。第二次世界大战爆发后，阿德里安帮助一些犹太病友隐藏在布列塔尼的一个谷仓里，直到1944年夏他们才重获自由。1946年，在参加一位病友的葬礼时，阿德里安和朋友们看到了许多残疾的年轻飞行员，他们的神色都十分悲伤。在军官病房度过的日子使阿德里安能坦然面对战争和挚友的去世，看到这些和他们相同命运的年轻人，阿德里安和朋友们决定帮助飞行员们找回快乐并积极地面对生活。

《军官病房》因其题材的独特性而成为法国众多战争小说的翘楚。反战小说通常充满惨烈的战争场景，大篇幅地描写战场上的英雄和战壕里的鲜血，而忽视了无数残疾的士兵以及他们在战后的命运，似乎战争的结束就代表着幸福的到来。对于这些战争的直接受害者来说，如何找回生存的勇气、正确地面对自己和接受别人的目光也许并不比在战场上冲锋陷阵更加容易。《军官病房》几乎没有对战争和抵抗运动的正面描写，仅仅通过病房中伤员的生活来反映战争的面貌。这些军官饱受肉体和精神的折磨，残疾让他们在工作、生活和爱情方面都备尝艰辛，让他们感受到了常人无法体会的真情和残酷：心灵的创伤、细心慈爱的护士、不能接受现实的自杀、亲人小心翼翼的举动、历久弥坚的友情等。因此，他们对战争和生活的独特感受比常人深刻得多。他们最终接受了自己，也让别人接受了他们的勇气和力量，是大丑之后的大美。

另外，杜甘的小说表达了对人的残疾的深切同情，作品凝结着作者对战争和命运的思考。除了现实的战争外，作者还深刻揭示了内心的战争。这些伤残军官最初无法接受自己的面容，甚至有人选择结束生命，他们心中充满自卑，不敢面对别人特别是异性，每个人的心中都有一个战场，所有人都是在经历了痛苦的挣扎后战胜了自己。这种让人饱受折磨的心灵的战争，反过来证明了现实的战争的残酷与荒诞。在揭露战争的残酷和社会的不公的同时，杜甘也颂扬了军官们对故乡和亲人的热爱，以及勇敢面对人生的乐观主义精神。在这部不乏幽默感的作品中，作者证明伤口有时候也可以成为一种恩赐。

该书出版后获得过18项文学奖，其中主要有图书人文学奖、罗杰·尼米埃文学奖和双叟文学奖，并在德国、英国和美国翻译出版，部分篇章入选法国中学课本。2001年，法国导演弗朗索瓦·杜贝隆将小说改编成同名电影，入围第54届戛纳电影节，并荣获法国电影最高奖——凯撒奖的两个奖项。

（索丛鑫）

雅克·迪潘（Jacques Dupin）

雅克·迪潘（1927—2012），诗人、评论家，1927年出生于阿尔代什省普里瓦斯市。父亲是精神科医生，在他4岁时去世。之后迪潘跟随母亲回到她的故乡皮卡迪地区生活，乡间的自然风光给他留下了深刻印象。1939年战争爆发，迪潘又和母亲回到普里瓦斯，他在父亲的藏书中发现了波德莱尔、兰波、马拉美以及巴尔扎克、普鲁斯特等大作家的作品，还阅读了弗洛伊德的著作。

1944年巴黎解放，迪潘到巴黎学习政治史。他扩展了自己的文学、艺术视野，并于1947年结识了诗人勒内·夏尔。在夏尔的支持下，他在《暗店》（*Botteghe Oscure*）和《艺术期刊》（*Cahiers d' art*）上发表了最初的诗作，并先后成为杂志《恩培多克勒》（*Empédocle*）和《艺术期刊》的编辑秘书。1950年他出版了第一部诗集《旅行的烟灰缸》（*Cendrier du voyage*），勒内·夏尔为其作序。这本书并未在批评界引起大的反响，但编辑工作给他带来了另外一种收获，使他结识了一大批出色的艺术家和文学家，其中包括瑞士画家、雕塑家阿尔贝尔托·贾科梅蒂（Alberto Giacometi）、西班牙艺术家胡安·米罗（Joan Miró）、安东尼·塔皮埃斯（Antoni Tapies）以及日后与他合作创刊《转瞬即逝》（*L' Éphémère*，1967）的法国诗人安德雷·迪布谢（André Du Bouchet）、伊夫·博纳富瓦和米歇尔·莱里斯等。

1956—1981年，迪潘在玛厄格画廊出版社担任主编，这期间他深入石版画和铜版画的工作室，几乎每个星期都到贾科梅蒂的雕塑室小坐，还参与录制了专门介绍艺术家的影片。他与胡安·米罗建立起了深厚的友谊，并于1956年开始撰写关于米罗的专著。这本以艺术家名字为题的专著（*Joan Miró*）是研究胡安·米罗的重要著作。1962年他又出版了对贾科梅蒂的评论文集：《阿尔贝尔托·贾科梅蒂，一种研究方式》（*Alberto Giacometi*，*textes pour une approche*）。20世纪60年代迪潘还出版了两本诗集——《攀登》（*Gravir*，1963）和《炮眼》（*L' Embrasure*，1969），并于1971年合集再版，它们为迪潘赢得了声誉。

此后迪潘相继出版了诗集：《外面》（*Dehors*，1975）、《光的故事》（*Histoire de la lumière*，1978）、《论无处与日本》（*De nul lieu et du Japon*，1981）、《形似透气窗》（*Une apparence de soupirail*，1982）、《凹形》（*Échancré*，1991）、《什么都没有，一切就已经》（*Rien encore*，*tout déjà*，1991）、《灵感的材料》（*Matière du soufflé*，1992）、《霰》（*Le Grésil*，1996）、《间隔》（*Écart*，2001）、《榛树》（*Coudrier*，2006）等等。除了艺术评论和诗歌创作之外，他还发表过一部剧本《坍塌》（*L' Eboulement*，1977）。

迪潘的诗歌是一种"不安分"的诗歌。大量与"断裂"相关的意象，如狂风、闪电、铁铲、犁铧、刀刃、擦伤、裂口、划痕、断层等出现在他不同时期的作品中。他的诗歌语言突破了句法和修辞的常规，其文字动荡不安，充满了诱惑，似乎在语言最黑暗的底层颠簸。在诗歌的形式上，他不拘一格，进行了大胆的探索。他的整体创作表现出一种不断对传统和自身的突破。早在1949年的创作初期，迪潘就在一篇题为

《怎么说》的文章中指出："我们只能在废墟上重建"，预示了他日后"图变"的创作道路。在超现实主义诗风和抵抗运动诗歌尚存的战后，他的第一本诗集《旅行的烟灰缸》就已经开始另辟蹊径，远离超现实主义对主观性和想象的崇拜，转而关注"人与现实的过分关系"（rapport excédant de l' homme et du réel）。他的诗风刚劲有力，笔下的"现实"亦带着一种坚硬、不可同化的"矿物性"和朴拙有力的野性。随后，意象和语言上的"动荡"和"断裂"成为他20世纪60年代出版的两本诗集《攀登》和《炮眼》的主要特点，这两本诗集被诗人称为"身与心的残酷介入"，著名评论家让·皮埃尔·里夏尔将其称为读者不得不参与其中的"暴力事业"。

《外面》标志着迪潘走向形式的革命和意义的"坍塌"。在这本诗集中，他对诗歌形式进行了大胆的突破和组合，出现了类似日本俳句的短诗。出乎意料的标点和斜线打断了句法的连续性，词语有可能散布在页面的各处，意义在能指的游戏和形式的碎片中捉摸不定，使阅读变得更加困难。诗中出现的被害尸体的扭曲意象，反映了阿尔托戏剧理论对诗人的影响，同时也与诗人对文本的痛苦肢解相呼应。在《形似透气窗》中，页面空白的运用成为该诗集最鲜明的特点，大篇幅的空白将诗句分为近乎整齐划一的两部分，给人格言警句般的沉静和凝重的感觉。

20世纪80年代后期，迪潘的诗歌又出现了一种新变化。长期在他的文本中隐退的主体开始变得突出，并且出现了前所未有的抒情意味和自传色彩。这集中表现在1991年出版的《凹形》和后来的作品中。

迪潘被认为是法国20世纪50年代后期的代表性诗人，他的诗歌体现了继超现实主义诗歌之后法国诗坛半个多世纪以来的探索和追问，这与他和现代艺术广泛而深入的互动密不可分。1987年日内瓦《美文》（*Les Belles Lettres*）杂志刊发专号介绍和评论他的作品。1988年他获得国家诗歌大奖，并在马赛国际诗歌中心举办了个人展览。1995年里尔第三大学举办了关于他的研讨会，次年会议论文以《无声的指令》（*L' Injonction silencieuse*）为题结集出版。1996年格拉弗里恩（Gravelines）博物馆为他举办了大规模的个人诗展。伽利玛出版社于1998年出版了他的诗歌合集《洞彻的身体》（*Le Corps Clairvoyant*）。

（周皓）

让·艾什诺兹（Jean Echenoz）

让·艾什诺兹（1947— ），小说家，1947年12月26日出生于奥朗日，1970年起定居巴黎。自幼对文学感兴趣，7岁时阅读了雅里的《乌布王》，从此立志要当一名作家。不过他读大学时并没有选择文学，而是选择了社会学和土木工程学，因为他认为文学写作是私事。

1979年，第一部小说《格林威治子午线》（*Le Méridien de Greenwich*）写完后，试投了多家出版社，均遭拒绝，最后他决定将书稿寄给午夜出版社，这是他最为欣赏但望而却步的出版社。社长热罗姆·兰东一眼相中此书。此书由午夜出版社推出后，受到法国文学界的欢迎，标志着艾什诺兹文学创作生涯的开始。此后，他每隔几年都有新书问世，均由午夜出版社出版。主要小说有《切罗基》（*Cherokee*，1983）、《出征马来亚》（*L' Equipée malaise*，1986）、《被占用的土地》（*L' Occupation des sols*，1988）、《湖》（*Lac*，1989）、《我们仨》（*Nous trois*，1992）、《高大的金发女郎》（*Les Grandes Blondes*，1995）、《一年》（*Un an*，1997）、《我走了》（*Je m' en vais*，1999）、《热罗姆·兰东》（*Jérôme Lindon*，2001）和《拉威尔》（*Ravel*，2006）

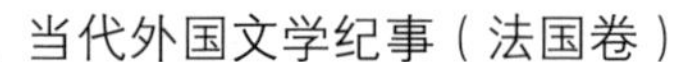

等。他的作品多次获奖，其中《切罗基》获得1983年美第奇文学奖，《我走了》获得1999年龚古尔文学奖。艾什诺兹称，他的第四部小说《被占用的土地》是他写作学习阶段的结束，之前的作品都只是习作和磨砺。

在老一辈新小说家逐渐淡出文坛之际的20世纪80年代，午夜出版社又聚集了一批年轻作家，他们拒绝固定不变的写作模式，体现了新小说的不断反抗和摧毁旧有秩序的探索精神。他们的作品属于“极简主义”写作或“漠然式”写作，是“零度写作”的变体，被称为“新一代新小说”或“新新小说”，延续了新小说不露声色的描写，并拒绝阐释的可能性。“新新小说”尝试用不同的叙述方式表现新奇感，减少以往新小说的晦涩感，代之以隐约浮现的主题、情节和人物。艾什诺兹便是“新新小说”的主要代表。艾什诺兹在叙事形式上进行新的文体实验。他喜欢边缘题材，比如《切罗基》类似于侦探小说，《出征马来亚》类似于探险小说，《湖》类似于间谍小说，而《我走了》则囊括了探险小说、侦探小说、爱情小说等多种叙事形式。艾什诺兹不仅对这些叙事类型进行戏拟，而且在充分保证叙事逻辑的基础上，对它们进行一定程度的解构，打破了叙事常规，使自己的作品介于新小说的客观性和传统小说的规约性之间。除了文体实验之外，艾什诺兹的作品还具有幽默和嘲讽的特点。他善于捕捉生活中微妙的幽默元素，不动声色地表达出来，以旁观者的态度与人物拉开距离。

艾什诺兹注重情节类型的多样性，经常将多种事件串在一起，比如小说《我们仨》将马赛地震和飞机航行相联系，《我走了》把主人公离开画廊去北极探险、艺术品的走私和盗窃以及爱情故事等情节合为一体。由于叙述的循环结构（如小说《一年》或《我走了》），故事之间往往产生相互抵消的效果。他通常写一些被称为“边角碎料”的离奇事件，如《切罗基》中的鹦鹉、《高大的金发女郎》中的神秘失踪女郎，情节进展往往出人意料，曲折起伏，走向灾难性后果。

艾什诺兹笔下的人物多为反英雄角色，如流浪汉、无能的警察、密探、无赖等。他们饱受生活的折磨，成为社会暴力的玩偶，因为社会规则就是操纵他人、弱肉强食。他们在现实面前采取逃避的态度，想出许多临阵脱逃的方案。所以艾什诺兹的小说偏爱“出走”的主题，人物常常四处奔走、探险和寻觅，在抛弃、决裂和失踪中呈现一个流动的、轻飘的和游戏的世界。女人、爱情和命运也是艾什诺兹作品的常见主题，但是爱情往往只存在于苦涩而无奈的回忆中。

艾什诺兹不注重人物的塑造，尤其极力避免心理描写。书中人物的对话从不放在引号之内，而是与叙事融为一体。他感兴趣的是当代生活“背景”，如具体物品、城市居住区、郊区居民点、市郊夜生活和高速公路，它们使小说呈现出特有的色调，这种对物的关注态度与新小说一脉相承。

与新小说不同的是，艾什诺兹的作品有某种回归现实的倾向。为了描写文化现实而不是社会现实，他巧妙地通过异国情调来影射现代文明的种种弊病。异国情调体现在一定的地理背景之下，例如《高大的金发女郎》中的马德拉斯游走于巴黎、诺曼底、悉尼和印度，《我走了》的主人公甚至走到了北极。艾什诺兹就这样把人物的活动范围扩展到了整个世界，仿佛是凡尔纳游记的后现代版本，因此他常说自己写的是“地理小说”。为了了解和掌握异国背景，他往往花费大量时间搜集资料，阅读相关地理学和民族学文献，甚至亲自去当地考察。

艾什诺兹的创作风格也受到电影的影响。他喜欢用文字来表现电影特有的手法，例如画面的变焦镜头、正反面取景镜头、画面静止、闪回（倒叙往事的镜头）等。他用非常视觉化和听觉化的文字构建故事，不时地改变代词或时态。代词的改变如同电影中的多角度镜头，丰富的时态则改变了画面的节奏。

由于熟悉爵士乐，艾什诺兹的写作具有鲜明的节奏感。他对现代生活的噪音十分敏感，所以他的叙事几乎笼罩在一片嘈杂声中，如城市的轰鸣声、汽车的转动和喇叭声、收音机里飘出的音乐、电话的刺耳响声等。例如，《切罗基》的开篇几乎是一曲噪音交响曲：咖啡馆服务生和顾客的简短对话，手表被踩烂，猫儿急促和愤怒的叫声，还有“一阵强烈的音乐膨胀着朝这个男人升上来。在台阶的底部，音乐达到极点，变得抽象，大音箱犹如在魔鬼搅拌机中滚动的机床，发出异常响亮的尖叫，人们可以在这片喧嚣中听见可怕的笑声”。这些类似于爵士乐的“反复”曲式的描写使他的小说世界具有一种怪诞色彩。他以轻松的笔调进行沉重的描述，捕捉当代难以名状的特征，展现出一个肤浅的、失去个性的和空虚的社会。

艾什诺兹作品的独特性在很大程度上与语言的游戏有关，他使用各种层次的语言，远离僵化的语言，巧妙地消除它们之间的界限和等级，学术词语和口语粗话可以同时出现，词语的不和谐组合产生令人震撼的碰撞，使叙事具有偏差、轻飘和怪诞的特点。

中译本：《高大的金发女郎》（包括《切罗基》和《出征马来亚》），车槿山、赵家鹤、安少康译，湖南文艺出版社，1999年；《我走了》，余中先译，湖南文艺出版社，2000年；《格林威治子午线》，苏文平译，湖南美术出版社，2004年；《热罗姆·兰东》，陈莉译，湖南文艺出版社，2010年。

《我走了》（*Je m'en vais*）

《我走了》（1999）是让·艾什诺兹的代表作之一，获得当年的龚古尔文学奖。作者称自己一直渴望了解艺术品市场和北极地区，萌发了撰写本书的想法，并为此搜集和阅读了关于北极的大量资料。

主人公菲利克斯·费雷是巴黎一家艺术画廊的老板，画廊生意冷清，他与妻子的感情也日趋冷淡。在故事开头，他在新年过后离开巴黎，只身前往加拿大北极圈探险，只对妻子留下一句“我走了”。他乘破冰船来到北极，在一艘半个世纪前遇难的沉船上找到了一批爱斯基摩人的艺术珍品。他将这些艺术品运回巴黎，然而不久，这些他费尽千辛万苦得来的艺术品被人偷走。费雷大病一场后，踏上了复杂而几近渺茫的追查之路。在寻宝的过程中，他遇到了年轻女子埃莱娜，费雷渴望在她身上找到一份安宁。在警方的帮助下，他在西班牙抓住了窃贼，此人竟是他原来的助手德拉艾，化名为本加特内尔。费雷决定与他私了，找回了珍贵的艺术品。但此时，费雷的感情又起波澜，埃莱娜将其抛弃。费雷独自一人无处可去，只好在除夕之夜回到原来的家，发现房子已经易主，前妻已经搬走。他对房子的新主人说了句“我走了”，便再次离开一年前他出发的地方。小说以“我走了”开篇，以“我走了”结束，以“我走了”为题，表达了作者偏爱的出走、流浪、缺席的主题。

小说在叙事时间的安排上呈对称结构。第一章的事件发生在六个月前，第二章则是六个月后，第三章是在五年前和六个月前。之后的章节在时间上完全对称：第四、六、八、十章的事件发生在六个月后的北极，第五、七、九、十一章的事件发生在六个月前的巴黎。接下来的相邻章节分别讲述费雷和本加特内尔的行踪，直至他们的故事发生交汇。

艾什诺兹引入了被新小说摒弃的人物、情节和主题等元素，但是他重视的不是情节和人物，而是物，即环境细节。他试图通过对物的详尽描述，使故事高潮因细节的铺陈而不断延宕。例如在临近小说结尾，当主人公终于抓住了盗窃艺术珍品的德拉艾时，作者却转而描写本该在小说开头交代的费雷的形象。

对于人物，他也只是从外部描述其与外界事物的接触和联系，从不进行心理描写，而是以旁观和讽刺的态度与人物拉开距离，使文字具有游戏感。例如，费雷和妻子办理离婚手续，在法庭等候厅翻阅名人杂志时，“中间的双页是某个超级明星的一幅照片，依偎在他身边的显然是他在情场上新近征服的猎物。照片的背景中，读者可以分辨出本加特

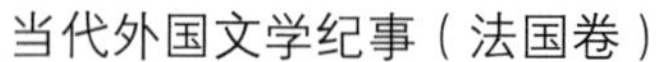

内尔的身影来，虽说稍稍有些模糊，但却完全能看出面貌。费雷将在四秒钟之后把目光落到这一页和这幅照片上，还有三秒钟、两秒钟、一秒钟，但是，苏珊娜就选择在这一瞬间露面了，他毫无遗憾地合上了周刊”。《我走了》通篇充满幽默感。作者善于捕捉生活中细微的幽默成分，巧妙地将其传达给读者。比如年轻警官叙潘到费雷的画廊谈破案进展时，看到一个石棉制作的巨大乳罩，便顿时心不在焉，草草地谈完了公事，立刻问费雷：“请你告诉我，我只是想知道，那一个，那个大乳罩，它大概要多少钱？”叙潘被价格吓倒后，只得摇摇晃晃地走了。

同艾什诺兹的其他作品一样，《我走了》也具有电影手法的某些特征，如注重文字表现的视觉化、音响化和动作化。作者经常从一个时态转入另一个时态，产生不同的时空转换效果，使画面节奏不断变化。他尤其喜欢在现在时中插入将来时，把未来发生的事情通过想象纳入现在描述的系统，最终使过去、现在和未来交织在一起。《我走了》既是探险小说、侦探小说，又是爱情小说；既是描绘商人唯利是图的讽刺小说，又是充满生命漂泊感的存在主义小说。

（徐熙）

马蒂亚斯·埃纳尔（Mathias Énard）

马蒂亚斯·埃纳尔（1972— ），小说家、翻译家、阿拉伯和波斯语言文化研究专家。1972年1月11日生于法国西部城市尼奥尔（Niort）。早年在卢浮宫学院（Ecole du Louvre）学习伊斯兰艺术史，后就读于国立东方语言文化学院（INALCO），主修阿拉伯语和波斯语，再至法国国家科学研究中心（CNRS）获得博士学位。埃纳尔曾长期行走于近东、中东地区，特别是黎巴嫩、伊朗、埃及、叙利亚。1991年夏天，他陪同一名摄影师到黎巴嫩为报道当地红十字会收集素材。1992年获奖学金资助至德黑兰沙希德·贝赫什提大学进修波斯语，后旅居埃及和威尼斯。2000年定居巴塞罗那，为包括《幻想》（*Quimera*）在内的多个西班牙文学文化杂志撰写评论文章。2010年曾在巴塞罗那自治大学翻译学院教授阿拉伯语。2004年9月，参与创立法语双月刊哲学文学杂志《荒芜》（*Inculte*），兼任杂志编委会成员。2011年，酷爱现代艺术的埃纳尔还参与创办了斯克拉维奇版画出版社（Editions d' estampes Scrawitch）及同名画廊。

自2003年推出首部小说至今，埃纳尔共出版作品十余部，主要包括：《完美射击》（*La Perfection du tir*，2003）、《溯源奥里诺科河》（*Remonter l' Orénoque*，2005）、《区域》（*Zone*，2008）、《和他们说说战争、国王和大象》（*Parle-leur de batailles, de roi et d' élépant*，2010）、《酒与乡愁》（*L' Alcool et la Nostalgie*，2011）、《贼街》（*Rue de voleurs*，2012）、《罗盘》（*Boussole*，2015）等。

《区域》是埃纳尔的第三部小说，出版后连续斩获六大文学奖项。该小说分为24章（仿照《伊利亚特》24卷的结构），近五百页，却只有一个单句。它用主人公弗朗西斯独白的形式，讲述他因受命前往梵蒂冈送交重要文件，在米兰到罗马的夜间列车上的回忆。弗朗西斯是法国退役军人、间谍，曾在地中海地区执行过多项任务，参加过巴尔干战争、阿尔及利亚暴力行动、近东地区战争……叙述背景随着他的回忆进展不断切换，种种沉重过往纷至沓来，凶手与受害者难以分辨。

《和他们说说战争、国王和大象》荣膺2010年中学生龚古尔文学奖。故事以文艺复兴巨匠米开朗基罗为主人公进行外向虚构：因对教皇不满，画家离开罗马，只身前往伊斯坦布尔，为苏丹设计建造跨海大桥。背井离乡的他与为自己担任翻译的异教诗人梅西希结下深厚友谊，同时不知情地爱上仇敌派来诱杀自己的舞女。梅西希意外得知针对好友的刺杀行动后，主动出击将舞女杀死，却不知对方已爱上米开朗基罗。失去爱情的画家误以为好友出于嫉妒行凶，愤怒地不辞而别。对此，梅西希选择了沉默，将秘密埋藏心底，躲在船后目送他安全离开是非之地。全书没有宗教、战争、权力角逐等宏大叙事，扉页引用了英国小说家、诗人吉卜林的话，除了说战争、国王和大象，“但也别忘了要和他们说说爱和诸如此类”，爱便是这部小说的主题。埃纳尔采取独白与第三人称叙事交替的模式，句子简短而富有节奏感，简洁凝练而不乏诗意。

《贼街》的主人公拉克达尔是个普通的摩洛哥穆斯林青年，喜欢读书，渴望自由，却因与表亲偷食禁果而被逐出家门，开始了失控的人生。他一路从摩洛哥流浪至西班牙，先后以当书店店员、资料打字员、渡船杂工、溺亡偷渡者入殓工来糊口。最终，他辗转至巴塞罗那，为阻止好友巴桑再次实施恐怖行动而鼓起勇气将其杀死。漂泊中，他一次次惨遭现实的当头棒喝，好在一路有书为伴，伊斯兰宗教经典、阿拉伯文学作品、法国侦探小说让困顿中的拉克达尔感受到些许自由。作者将孤独流浪与自我身份探寻的主题设置于时值动荡的地中海地区，借主人公的经历回应阿拉伯之春、愤怒者运动、西班牙经济危机等社会事件，反思暴力。该小说以长句行文，表达口语化，频用分号、逗号断句，形成独特的叙事节奏。

“东方色彩”几乎是贯穿埃纳尔作品始终的关键词，尤其是以阿拉伯世界为代表的东方构成了大多数小说的叙事背景。作家将个人的丰厚学养与丰富经历融入东方书写，在作品中大量引入历史、文学、音乐、绘画等多学科知识，塑造了多面立体的异域。但他并不满足于对异国情调的渲染，而以东方为切入点，在历史、当下与“他者”的多维度相遇中，审视、反思西方“自我”以及东西方关系。此外，埃纳尔还被法国媒体称作“当代巴尔扎克”，除形似外，他的作品同样关注社会热点问题，如战争冲突、移民融入、宗教矛盾、恐怖袭击。

埃纳尔将扎实的东方学功底、深厚的法国文学和阿拉伯文学积淀融入作品，通过多线叙事、文体杂糅、频用长句等多种手法相结合的形式，结合社会历史事件，关注个体存在、族群关系，反思战争与暴力，探寻不同形式的介入与反抗。

中译本：《和他们说说战争、国王和大象》，邹万山译，上海译文出版社，2015年；《罗盘》，安宁译，人民文学出版社，2017年。

《罗盘》（*Boussole*）

《罗盘》（2015）是埃纳尔最有代表性和影响力的作品，荣膺2015年龚古尔文学奖，并入围2017年国际布克文学奖。小说内容涉及众多门类知识，其中东西方文学、音乐知识在广度和深度上尤为突出。本书是作家经十年酝酿、五年考证、三年撰写而成，所参考书籍多达三四百本，科学文献数百篇。通过成熟的写作技巧，埃纳尔成功地将丰富的知识与复杂的故事融为一体，写就一部无生硬突兀之感的“博学”小说。无论对作者还是读者来说，与这部小说的相遇无疑是一次充满挑战的大胆冒险。

《罗盘》以主人公奥地利音乐学家弗朗茨·利特尔的视角，讲述了他得知自己身患不治之症后，在维也纳的狭小公寓里辗转反侧、思绪万千的不眠一夜。整个故事发生在23时10分至次日6时的近七个小时的时间内，由作为标题的八个确切时间点划分为九个章节。全文延续了埃纳尔擅用长句的行文风格，以近四百页的篇幅记录区区数小时的失眠中穿梭东西、跨越古今的一段短暂而绵长的特殊生命体验。在那个漫长的夜晚，弗朗茨陷入对正在婆罗洲古晋进行东方学考察研究的情人萨拉的思念，并由此回忆起自己了解或游历过的东方，特别是伊斯兰的东方，如伊斯坦布尔、阿勒颇、大马士革、帕尔米拉、德黑兰。其间闪现着古往今来出自西方的东方学研究者、音乐家、作家、艺术家、冒险家，述说着东西方在多个世纪里的一次次相遇，忧伤与热情交织。渐渐地，弗朗茨构思出了一部名为《东方的各式疯狂》的学术著作，包括“热情的东方学研究者”“坏疽与结核”“作为信徒领导的东方学研究者画像”和“死刑百科”四个部分及附记“乔装的沙漠旅队”。该目录配以致谢辞出现在小说结尾，所标各个部分的页码皆可精确对应至小说之中，形成嵌套（mise en abyme）结构。神秘、新奇、安宁、暴力、衰败、落后……东方形象不断显现其中。

小说开篇写道：“我们是两个鸦片吸食者，被笼在各自的烟雾中，根本看不见外面，孤零零的，彼此从不理解。”弗朗茨和萨拉陶醉在自造的迷雾中，全凭幻觉想象“他者”，虚构“自我”。他们的关系如此，他们所探知的东西方关系亦是如此。作为音乐学家，弗朗茨寻找着西方古典音乐中的东方。而萨拉来自巴黎，是沉迷于东方风物的冒险家、深谙东方学的研究者：“她不断朝着更远的东方前行，去发觉被自己忽略的一切，走向深层的自我，在科学与精神的探索中摆脱自身的不幸。”东方成为淫浸于西方文化之中的萨拉认识自我的途径，或者说自我之中本就蕴含着他性。而弗朗茨则将爱冒险的她视为肉体与精神的双重欲求对象，也是其对探索他者的欲望体现。在某种程度上，萨拉和弗朗茨成了东方和西方的象征，西方所设想的对东方的统治，犹如一个身体对另一身体的欲望占有，试图在自我的欢愉中抹灭他者。东方不过是西方根据自身欲望造出的他者，“它对东方人而言并无意义”。从“东方之门”维也纳出发，弗朗茨与萨拉所见的东方图景处处展现着东西方的相遇、碰撞、共存、交融。东方与西方从未单独出现，它们总是纠缠在一起，你中有我，我中有你。最后，弗朗茨看到了“光明的东方，罗盘的方向”。但这个东方并非传统意义上与西方相对存在的概念，而是“东方之东方”，是自我之中蕴含的他性。换言之，与其说光明来自对他者的探寻，不如说在于对自我的他性、未知自我的追求。

《罗盘》通过回顾东西方历史上的种种相遇，表现出“不可探知的自我”与“自我身上的他性”，找到东西方误解的沉疴痼疾之症结所在，为“年老重病的欧洲”走出困境寻得了一枚“指东针”。

（郑蕾）

安妮·埃尔诺（Annie Ernaux）

安妮·埃尔诺（1940—　），小说家，出生于诺曼底地区，在那里度过了童年和少年时光。自幼爱好读书和写作，1974年开始发表作品《空空的橱柜》（*Les Armoires vides*），写有十多部小说，其中《位置》（*La Place*，1984）获得当年的勒诺多文学奖。埃尔诺将小说写作视为“自我的实现”，视为其首要的生活计划。

埃尔诺的创作具有浓厚的自传色彩，其主要作品的素材几乎都来自她的亲身经历，包括生活中的痛苦和欢乐。例如，《他们所说的，或一无所有》（*Ce qu'ils disent ou rien*，1977）取材于青年时代的回忆，《冷漠的女人》（*La Femme gelée*，1981）取材于自己的婚姻生活，《位置》和《羞耻》（*La Honte*，1997）讲述的是父母在社会中不断向上爬的故事，《一个女人》（*Une femme*，1989）描写了母亲之死，《简单的爱》（*Passion simple*，1992）重温了一段刻骨铭心的激情岁月，《外部日记》（*Journal du dehors*，1993）讲述的是母亲罹患阿尔兹海默症的痛苦经历，《事件》（*L'Evénement*，2000）回忆的是痛苦的堕胎经历，《沉沦》（*Se perdre*，2001）记录的是与一名俄国已婚男人的不伦之恋，《照片的用途》（*L' Usage de la photo*，2005）源于身患乳腺癌的感受。但是埃尔诺的作品并不限于单纯的个人经验的叙述，而是从人类学、社会学的视角将个体经验与整个人类的共同经验联系起来，认为个人历史是社会历史和社会关系的组成部分。

在埃尔诺的诸多作品中，《位置》和《一个女人》是两部较为重要的作品。《位置》的主人公是她的父亲，《一个女人》的主人公是她的母亲，在真实而朴素地叙述父母一代贫苦生活的同时，也在不断地回忆和反思自己由“半工人半商贩”上升到中上层知识分子的身份转变，以及这一过程中所经历的蜕变、背叛、悔恨和内心流亡。

《事件》讲述的是埃尔诺四十多年前的一段往事。当时“我”还是一个文学系的大学生，意外怀孕，在20世纪60年代初的法国，不但没有避孕药，而且堕胎属于非法行为。面对身边人的冷漠，“我”只好自己承担所有的孤独、痛苦和危险。埃尔诺以坦诚而又异常冷静的笔调叙述了这桩难于启齿的“事件”，再现了她当时的忧虑和困惑，字里行间流露出对无情、冷酷世界的控诉。埃尔诺把这个“事件”细致地描写出来，认为“它就是人类的共同经历，是关于生命、死亡、时间、道德、禁欲的经历，是肉体的经历”。

《占有》（*L' Occupation*，2002）保持着她一贯简洁、流畅、细腻的写作风格，充满感染力。此时，她与一个年轻男人维持了六年之久的感情刚刚结束。她在书中细腻地描写了分手之后双方的反应、复杂的情感以及无限的思考，将个人嵌入社会和历史的大背景下，开始思考生存与写作的关系。

2003年，埃尔诺开始尝试一种新的书写形式：将图像和文字相结合。从2003年3月到2004年初，她与马克·马里一道，不间断地拍摄了一系列照片，这些照片成为他们“爱的证明”。同时，他们又分头写作，讲述他们共同的，也是属于每个人的故事。2005年，二人共同创作的《照片的用途》的出版，书中存在着两个声音，他们的叙述相互补充、呼应，文字没有经过修改和重写。

埃尔诺的作品多取材于现实生活，虽然具有强烈的自传色彩，但包含着对历史、社会、生命和人类生存状态的观照。她将自己的写作称为“社会自传”（auto-socio-biographie），即通过“我”这一个体生命透视某个群体甚至整个社会。其语言简洁流畅，句子精悍，文字质朴。用她自己的话说，即“平实写作”（écriture plate）。

中译本：《位置》（包含《位置》和《一个女人》），邱瑞銮译，皇冠出版社，2000年；《一个女人》，郭玉梅译，百花文艺出版社，2003年；《记忆无非彻底看透的一切》（即《事件》），张颖绮译，大块文化出版股份有限公司，2003年；《沉沦》，蔡孟贞译，皇冠出版社，2004年；《悠悠岁月》，吴岳添译，人民文学出版社，2010年。

《位置》（*La Place*）

《位置》（1984）是安妮·埃尔诺的成名作，获得勒诺多文学奖。故事取材于作者的亲身经历，以第一人称“我”展开回忆，以冷静、细腻的笔触叙述了父亲的一生，描写了父母所属的社会阶层，也就是父母在社会中的“位置”。“我”出身于社会中下层的一个家庭，父亲曾是工人，后来与母亲一起经营饮食杂货店。他们卑微、粗俗，没有文化，连法文都说不好，从未去过博物馆，更喜欢马戏团的音乐和田间的花草。他们在社会中艰难地生存和奋斗着，虽然只是由普通工人变为“半工人半商贩”，这在他们看来已经是一种跨越。他们在女儿，即“我”身上倾注了全部心血，让“我”阅读普鲁斯特，欣赏古典音乐，接受高等教育,而“我”也没有辜负父母的希望,经过努力顺利通过了教师资格考试,成为一名老师,进入了中产阶层,这个家庭到“我”这里终于成功地“向上流动”。但是在这一过程中,文化、教养、品位的差异成了两代人的鸿沟。女儿认为自己属于小资产者,读的是“真正的”文学,需要用文字和诗句表达自己的灵魂,而父亲只是个普通、谦卑、老实的人,他不需要读书,书籍和音乐都不能改善他的“生存”。“我”开始批评父亲吃饭、讲话的方式。两代人之间的距离越来越大,不断地出现冲突,甚至是背叛,即使亲情也无法弥合这种心灵的隔阂。最后叙述者坦言:“我写作,或许因为我们之间再没什么好说的了。”

小说以倒叙的手法,先讲述了在“我”取得教师资格整整两个月后父亲的去世。之后,“我”开始回顾父亲的一生,同时也是在回忆和反思“我”从下层社会向上层知识界流动的过程。父亲去世后,“我”结婚生子,离开乡下住到了城里,正式成为中产阶级。这是女儿对自己出身、对父母的背离、否定和解脱。别人再也不知道她卑微的出身,她如今也无法接受她曾经生活过的、属于父母的那个狭小世界,她将独自去社会上寻找自己的“位置”。“我”在回忆中不断插入写作时的各种想法、情感,使童年的“我”与成年的“我”不断对话。

然而,在寻找自己的定位时,“我”无法完全摆脱出身的影响,而是不断往来于“现实”与“过去”之间,似乎生活在两个不相容的世界的夹缝中。“我”对于自己的背叛和“向上流动”有一种负罪感。正如作者借让·热内的话所言:“我尝试一种解释:当我们背叛时,写作是最后的方法。”作者是怀着一颗悔罪之心开始回忆的。再现父亲生前的生活细节是祭奠父亲的最好方式,也是在回味人类不得不面对的生离死别,不乏对生命、存在、社会身份等问题的深入思考。同时,作者也试图通过写作反思与父母的关系,调和两代人的紧张关系,缩小心灵的

距离。

《位置》的文字简洁、朴实，作者将自己的风格称为“平实写作”（écriture plate）。

（王迪）

埃里克·法耶（Eric Faye）

埃里克·法耶（1963—　），小说家，1963年12月3日出生于利摩日。法耶有多重身份，既是路透社记者、卡达莱研究专家，也是小说、散文和游记作家。他擅长创作情节荒诞、带有幻想色彩的短篇小说，喜欢运用调侃和讽刺的笔调，对当今的消费社会和经济自由主义的弊端提出批评。他的作品曾获法兰西学院小说大奖、双叟文学奖等。

1992年，法耶在文学杂志《羽蛇神》（*Le Serpent à plumes*）上发表短篇小说处女作《孤独的将军》（*Le Général Solitude*）。小说描写了一位将军带领部下穿越荒无人烟的丛林的故事。三年后，他将这个故事进行了扩充后单独出版。第二部小说《巴黎施》（*Parij*，1997）是一部架空历史的幻想小说，具有反乌托邦色彩，描写的是第二次世界大战结束后，巴黎被分成两个部分——西方化的巴黎和苏维埃政权下的巴黎。短篇幻想小说集《我是灯塔的守护人》（*Je suis le gardien du phare*，1997）获得1998年双叟文学奖。小说《雨海巡游》（*Croisière en mer des pluies*，1999）获得联合国教科文组织—弗朗索瓦兹-伽利玛文学奖，具有科幻和哲学色彩，描写了2029年移民到月球上的人类制造出一种宇宙望远镜，来偷窥地球人的生活。作者通过对监视、背叛等话题的探讨，叩问了人性的弱点。此后，他又陆续出版了短篇小说集《化石之光与其他的故事》（*Les Lumières fossiles et autres récits*，2000），小说《我未来的灰烬》（*Les Cendres de mon avenir*，2001）、《没有你的生活》（*La Durée d' une vie sans toi*，2003）等。2010年他根据一则日本新闻事件写成了小说《长崎》（*Nagasaki*）。

自2005年起，法耶将目光投向游记文学，先后发表了一系列游记，其中较有代表性的是《我的夜间火车》（*Mes trains de nuit*），记录了他从1982年到2005年间在亚洲和欧洲的旅行经历。2010年，他与同是法国作家的克里斯蒂安·加桑（Christian Garcin）共赴萨哈共和国游览，沿着勒拿河而下一直到达北冰洋的入海口。他将这次旅行的经历写成《沿河而下——俄罗斯远东手册》（*En descendant les fleuves-Carnets de l' Extrême-Orient russe*）。2012年他作为法国作家参加了一次在西伯利亚中部叶尼塞河的作家之旅，一直到达了全球最北的城市诺里尔斯克。2012年，他成为日本京都日法交流会馆（Kujoyama Villa）的驻地艺术家，出版了这次日本之行的日记《尽管福岛》（*Malgré Fukushima*）。此外他还出版了游记《伊斯坦布尔的梦游者》（*Somnambule dans Istanbul*，2013）。

法耶还是一名文学研究者和评论者。他是阿尔巴尼亚著名诗人、小说家伊斯梅尔·卡达莱（Ismail Kadaré）研究专家，他的第一部作品就是关于卡达莱的评论文集《伊斯梅尔·卡达莱：盗火的普罗米修斯》（*Ismail Kadaré*，*Prométhée porte-feu*，1991），也出版了他对这位作家的访谈，并为卡达莱的每部作品撰写了前言。另外，他的文集《在最糟糕的实验室里》（*Dans les laboratoires du pire*，1993）研究了奥威尔、赫胥黎等人的20世纪反乌托邦文学，《时代病人的疗养院》（*Le Sanatorium des malades du temps*，1996）主要围绕托马斯·曼、迪诺·布扎蒂、于连·格拉克和安部公房的作品，考察了20世纪小说中的一些角色和时代的关系。

法耶最近的两部作品是小说《要活下去》（*Il faut tenter de vivre*，2016）和《日本日食》（*Eclipses japonaises*，2017）。

《长崎》（*Nagasaki*）

《长崎》（2010）是埃里克·法耶的小说代表作，于2010年获得法兰西学院小说大奖。日本文化是21世纪法国文学的一个常见元素，如妙莉叶·芭贝里（Muriel Barbery）的《刺猬的优雅》（*L' Elégance du hérisson*）、菲利普·福雷斯特的《然而》（*Sarinagara*）等。《长崎》的创作灵感来自日本报纸《朝日新闻》2008年5月刊登的一则社会新闻：一个无家可归的中年女流浪者擅入一位单身男人家中居住长达一年而未被发现。

小说的主人公志村是一名五十多岁的独身男子，长期孤独的生存状态令其性格古怪挑剔，牢骚满腹，不合群，对生活失望至极。有一段时间，他无意中发现家里食品柜和冰箱中的食物莫名其妙地减少，他拍照记录食品的位置，用尺子测量果汁在瓶子里的水平刻度。种种迹象表明，他家中的食物在神秘地消失，于是他安装了远程监控摄像头。监控的影像中出现了一个黑影，他惊讶地发现家中竟然有一个女人。事实是：一个五十八岁的失业女人，在志村不知情的情况下，在他家中"潜伏"了一年之久……

小说的剧情和人物都来自日本，作者却是一位法国作家，这种错位令小说具有一种特殊的魅力。小说情节诡谲离奇，好像一部标准的日式"本格"推理小说，语句利落、文风简洁，《世界报》曾称其具有日本水粉画特有的简洁效果。小说的叙事方法独特，先后以志村的视角、女性潜入者的视角和叙述者的视角从多个角度层层递进，对情节进行抽丝

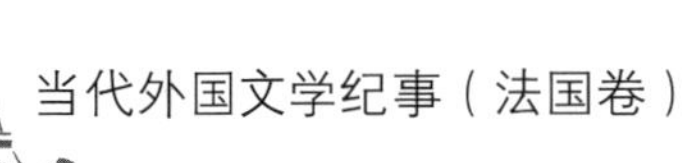

剥茧。

主人公志村是一个与世隔绝的人，他的生活庸庸碌碌，却在内心深处憎恶这种庸碌。他既不认同这个世界，也不认同自己，每天生活在麻木而恍惚的状态中。而那个潜入家门的“不速之客”是一个失去双亲、梦想破灭、理想崩塌、想要回到儿时住过的屋子里寻找温馨记忆和内心平静的可怜女人。志村最后意识到，他与这个潜伏在他家中的女人一样，都是“社会体系打个喷嚏就会变得战战兢兢、弱不禁风的平庸无奇的小人物”，都是在自由经济和消费社会中被宰制、被裹挟的牺牲品。在这个畸形发展的大都市中，他们都是找不到精神栖身之地的“无家可归”之人。

除了描写现代社会中人的孤独和虚无，作者还利用“偷居”的情节讨论了带有政治意味的话题。小说有一段点题之笔：“长崎很长时期一直就像是日本这个大公寓尽头的一个壁橱，这公寓拥有一长溜四个主要房间——北海道、本州、四国和九州；而帝国在这长达二百五十年的历史时期，可以说是就这样假装不知道有一个叫欧洲的秘密过客，就安顿在这个壁橱中……”作者将长崎比作日本的壁橱，将欧洲比作日本的“幽灵住客”，两种异质文化在入侵、窥伺、试探中完成了相交相融、相互影响和颠覆。

（胡博乔）

大卫·冯金诺斯（David Foenkinos）

大卫·冯金诺斯（1974— ），小说家、电影导演、剧作家。1974年10月28日生于巴黎，就读于索邦大学文学专业。在正式开始写作前，他学习过爵士乐，并做过吉他教师的工作。

冯金诺斯的处女作《傻瓜的倒置：两个波兰人的影响》（*Inversion de l'idiotie：de l'influence de deux Polonais*，2002）由伽利玛出版社出版后受到了文学评论界的关注，并获得了弗朗索瓦·莫里亚克文学奖。迄今他已出版了十七部小说，主要包括《我妻子的情色潜能》（*Le Potentiel érotique de ma femme*，2004，罗杰·尼米埃文学奖）、《谁记得大卫·冯金诺斯？》（*Qui se souvient de David Foenkinos?*，2007，让·吉奥诺文学大奖）、《次次分离》（*Nos séparations*，2008）、《微妙》（*La Délicatesse*，2009）、《回忆》（*Les Souvenirs*，2011）、《夏洛特》（*Charlotte*，2014，勒诺多文学奖）等。冯金诺斯自称是一个“快乐的忧郁者”。无论是在《次次分离》夫妻不断分手复合的戏码中，还是在《谁记得大卫·冯金诺斯？》中带有自传色彩的作家找寻创作灵感的故事里，他以文字之

“轻”描写百态，以其轻松幽默、精巧细腻的写作风格塑造了一个个现实与荒诞交错的小说世界。生活之琐碎偶然与生命之沉重在貌似诙谐不经，甚至有些天马行空的行文之中相互消融、化解。其作品屡屡登上畅销书榜单，并被翻译成四十余种语言，代表作当数《微妙》和《夏洛特》。

小说《微妙》的主人公娜塔莉本来过着许多人梦寐以求的生活：她是一位充满魅力的年轻女子，和丈夫弗朗索瓦有着完美的爱情。然而，一场突如其来的车祸带走了弗朗索瓦的生命，也打碎了娜塔莉的幸福生活。心如死灰的娜塔莉投身于工作之中，她拒绝了老板夏尔的追求，因为他的示爱粗糙无趣。不久以后，娜塔莉毫无缘由地吻了她的笨拙、内向的瑞典同事马库斯。这个现代艺术般的荒诞的吻对于娜塔莉来说是一次“无动机行为”，对于马库斯平凡的人生来说却是一个从未有过的美妙瞬间。他开始鼓足勇气约会娜塔莉，并逐渐展现出其性格中风趣细腻的一面：尽管其貌不扬，他实际上是一个深谙爱情的“微妙”的人。然而，由于马库斯的不自信和娜塔莉过往的情伤，两人的交往过程并非一帆风顺。旁人对这一对看起来不甚相配的男女也十分不解。但是，娜塔莉和马库斯最终克服了各自的心结，以自然自在的方式走到了一起 。

《微妙》集中体现了冯金诺斯的写作风格。小说的故事内容并无特别之处，但是呈现形式则颇为别致。作者再一次游走在“轻”与“重”之间，“保留了原来创作里的那些一闪而过的怪念头和生命之轻，然后加上更多严肃和有现实感的东西作为背景”。故事讲述的是现实世界中的生活，其中不乏生离死别的沉重情节。然而，这个具体的世界被作者进行了拆解和重构，从而蜕变为一个轻盈、奇妙的世界。首先，从结构上看，小说分为107个或长或短的章节，其中既有大段的叙事，也有歌词、词条、菜单、门牌号、新闻、主人公喜欢的书目等从主线故事中脱离而出的短小“支线”。在形式上，这种特殊布局打乱了连续的线性叙述，调节了故事的缓急节奏。另一方面，看似离题的“支线”章节在细节上丰富和深入了故事的内容和意义，以更多的维度展现了现代人生活万象中的荒诞和诗意，成为文本的有机部分。其次，作品的叙事语言既有某种天真的口吻又不失幽默感，时常可见突兀却贴切的比喻联想、奇特有趣的断句方式、恰到好处的文字游戏和一针见血的机智点评。例如，相对于被视作“女性典范”的娜塔莉，马库斯被比喻为“雄性世界的不明飞行物”，而上司夏尔则是“被爱的微妙放逐”的男人。文本因作者的精心巧思而充满感染力和生命力。最后，正如小说书名所言，作者表达的是情感中的“微妙”（délicatesse）之处。“微妙”一词在作者笔下涵盖了精巧、细致、体贴等多种意义。相对于跌宕起伏的传奇故事或是错综复杂的社会悲剧，冯金诺斯更加关注普通人的生活与情感。作者十分细致地描写了主人公心理上的每一次徘徊、退缩、前进、身体的冲动、情感的纠结和理智的挣扎。爱情的“微妙”被以“微妙”的方式展现，这种“微妙”的写作风格也贯穿了他的其他作品。冯金诺斯有着“畅销书作家”的标签，其作品被一些评论家认为缺乏深度，但对现代人心理的细腻描写与其幽默风趣的风格引起众多读者和评论者的共鸣和喜爱。《微妙》也获得了龚古尔文学奖等多个奖项提名。

在小说写作之外，冯金诺斯还做电影编剧和导演。2005年，拍摄了一部名为《脚的故事》（*Une histoire de pieds*）的短片。2011年，他与长兄斯蒂芬·冯金诺斯合作，共同将《微妙》搬上电影银幕。2014年，他参与了自己的作品《回忆》（*Les souvenirs*）的电影编剧工作。

中译本：《微妙》，王东亮、吕如羽译，上海译文出版社，2014年；《夏洛特》，吕如羽译，上海译文出版社，2015年。

《夏洛特》（*Charlotte*）

《夏洛特》（2014）是大卫·冯金诺斯的第13部小说。与冯金诺斯的其他小说相比，取材自真实故事的《夏洛特》基调沉重，而作者也在这部小说中实现了自己写作生涯的一次突破。

小说讲述了德国犹太裔女画家夏洛特·萨洛蒙的一生。本书素材主要源自画家的自传作品《人生？如戏？》（*Leben? oder Theater?*）。夏洛特·萨洛蒙出生于德国柏林的一个犹太人家庭。童年时，母亲的自杀和父亲的再婚都给性格敏感内向的夏洛特造成了情感上的强烈波动，而母亲的家族抑郁症病史也成为她挥之不去的阴影。在成长过程中，夏洛特对绘画展现出了浓厚的兴趣和出色的天赋。然而，1933年，随着希特勒的上台，德国的反犹主义愈演愈烈。夏洛特一家遭遇了种种歧视、排斥和迫害。与此同时，她与继母葆拉的声乐教师阿尔弗雷德陷入了热恋。夏洛特的生活与艺术结合得越来越紧密，但犹太人面临的形势则愈发残酷。为了逃离对犹太人的迫害，夏洛特离开家人和爱人，来到法国南部，与外祖父母一起住在一处叫做桃源别墅的房子里。别墅的主人奥蒂丽庇护夏洛特，并和家庭医生莫里蒂一起支持她的创作。然而，随着局势的恶化，夏洛特经历了越来越多的苦难。她的外祖母同样因抑郁症自杀，而她和外祖父曾被关入集中营，并在逃难的路上饱受折磨。面对血液里注定的抑郁和严酷黑暗的迫害，走到绝境的夏洛特选择用艺术来抵挡命运，用绘画抵抗疯狂。夏洛特全身心投入了《人生？如戏？》的创作，这是一部融合了绘画、写作和音乐的作品。夏洛特通过这部作品讲述自己的人生，也完整再现了自己的人生。她将其称为自己的“全部生命”。完成《人生？如戏？》之后，夏洛特将手稿郑重托付给了莫里蒂医生和奥蒂丽。回到桃源别墅后，夏洛特遇到了一位名叫亚历山大的男人，并与之相恋结婚。1943年，怀有身孕的夏洛特被德国纳粹关进奥斯维辛集中营，死于毒气室。

在这部小说中，冯金诺斯进行了新的文学尝试。最引人注目的是，作者在文体上的尝试宛如钢索上的表演。不同于一般的小说，连续的叙事被作者打散成行。文本并非由连贯的句段组成，而是“一行一行地写”的。有评论家指出，《微妙》的作者将他喜爱的艺术家的一生用一种出人意料的文学形式重组，这种形式宛如一曲长歌。作者在小说中解释说，这种写作方式来自于“身体的感觉”，一种“压迫感”。这种效仿诗歌的形式在某种程度上将《夏洛特》从常见的传记叙事中解放出来，使作品具有一种诗性的美感和一种创作的自由。而小说的另一个值得关注之处是其叙事特点：作为叙述者的冯金诺斯在文中并不掩饰自己的作者身份，时常直接现身讲述自己追寻夏洛特的足迹并将其经历写作成书的历程。因此，夏洛特在艺术中挣扎求生的探索和作者对夏洛特人生的探索在交错进行，相互呼应。跨越时间维度、超越叙事边界的两个旅程之间达成了某种奇异的协调。冯金诺斯一贯的写作风格和叙事语言在书中也有所呈现。纳粹镇压的残酷背景和家族的精神病史注定了夏洛特的悲剧。作者重新组织演绎了这个真实的悲剧故事，注入了自己对于主人公的移情和想象，着眼于夏洛特情感和生活中的细微之处，用独特的细节串联起了夏洛特的一生，塑造出一个立体、生动而富有感染力的人物形象。因为冯金诺斯细腻动人且有所节制的写作风格，小说弥漫着“哀而不伤”的气氛，并以小写大地展现了严酷时代里犹太民族遭受的苦难命运。

《夏洛特》问世后反响热烈，得到众多读者的喜爱和业界的认可，当年的销量超过三十八万册，获得2014年的勒诺多文学奖和中学生龚古尔文学奖。法国《读书》杂志评论道：“《微妙》的作者在小说中展现了一贯的敏感和颠覆性的突破。”然而，关于这本书的批评声也不少见，《观察家》杂志就不留情面地批评该书描写的主角是“法国小说中最空洞的人物之一”。

（吕如羽）

菲利普·福雷斯特（Philippe Forest）

菲利普·福雷斯特（1962— ），作家、文学评论家、知名学者。1962年6月18日生于巴黎，1983年毕业于巴黎政治学院公共服务系，1991年完成博士论文《菲利普·索莱尔斯的小说》，获巴黎第四大学文学博士学位。1986—1995年间，开始在爱丁堡、剑桥、伦敦等英国多所名校教书。自1995起，执教于南特大学，现为比较文学系教授，讲授现当代文学课程。

福雷斯特首先是一个学者，他的研究领域广泛，著作产量很高，在关注法国现当代文学的同时探讨小说的理论，具有跨文化和跨学科的视野。其研究成果涉及法国现当代文学：《菲利普·索莱尔斯》（*Philippe Sollers*，1992）、《加缪》（*Camus*，1992）、《〈如是〉史话（1960—1982）》[*Histoire de Tel Quel (1960-1982)*，1995]、《从〈如是〉到〈无限〉，新文论》（*De* Tel Quel *à* l'Infini，*nouveaux essais*，2006）及《阿拉贡》（*Aragon*，2015）；小说研究和自我写作：《文本和迷宫：乔伊斯、卡夫卡、缪尔、博尔赫斯、布托、罗伯-格里耶》（*Textes et labyrinthes*: *Joyce*，*Kafka*，*Muir*，*Borges*，*Butor*，*Robbe-*

Grillet，1995）、《小说，真实》（*Le Roman*，*le réel*，1999）、《小说，我》（*Le Roman*，*le je*，2001）；日本现当代文学：《大江健三郎，一个日本小说家的传奇》（*Oé Kenzaburô*：*légendes anciennes et nouvelles d' un romancier japonais*，2001）、《论另一种日本小说》（*Pour un autre roman japonais*，2004）；儿童文学及摄影、绘画等视觉艺术：《荒木经惟：只为爱活的人》（*Araki enfin. L'homme qui ne vécut que pour aimer*）、《只有鲁本斯》（*Rien que Rubens*，2017）等。福雷斯特也是一位文学评论家，曾为《世界报》书评版和《文学杂志》撰写评论文章，现为《艺术月刊》（*Art Press*）撰稿人和《新法兰西杂志》（NRF）副主编。

福雷斯特至今已出版七部小说，均由伽利玛出版社出版。其文学创作生涯始于1996年的处女作《永恒的孩子》（*L' Enfant éternel*，1997）。这本三百多页的小说仅用四周的时间完成，写作动机来源于作者难以承受的丧女之痛。福雷斯特以女儿在三至四岁之间罹患癌症、最后不幸去世的经历为主线，加上自己对人生、文学、写作的思考，情感真挚，语言流畅，构思精巧，感人至深又令人回味。这部表现痛失爱女的小说在开启福雷斯特小说创作的同时也奠定了其日后小说的主题和基调——悼亡。两年之后，第二本小说《纸上的精灵》（*Toute la nuit*，1999）出版，同样延续了女儿患病离世的主题。相比《永恒的孩子》关注女儿最后一年的时光，《纸上的精灵》集中表现了女儿生命的最后时刻和作为父母在漫漫长夜中揪心的体验，时间组织上更加随意和无序，却更忠实于对于那些时刻的记忆。

2000年以后，福雷斯特的小说不再直接表现丧女之痛，但不在场的女儿却始终在暗处占据着作品的核心。《然而》（*Sarinagara*，2004）（荣获当年十二月文学奖）标志着福雷斯特小说风格的突破。内心饱受女儿死亡阴影折磨的福雷斯特试图在地球另一端的文化中寻找慰藉，他去日本旅行的经历和对日本文化的阅读和研究成为小说的素材。20世纪

90年代法国的生活细节烟消云散，取而代之的是强烈的日本气息，书名 *Sarinagara* 就是日语“然而”的法语音译。但在日本俳句诗人小林一茶、小说家夏目漱石、摄影师山端庸介貌似不同的人生经历的背后，我们仍能清晰地感觉到属于福雷斯特的女儿早夭的创伤和人生无家可归的迷失感。

《新爱》（*Le Nouvel amour*，2007）则试图探索新的情感经历的诞生。女儿的去世，让“我”和妻子阿莉丝的婚姻只是往日痛苦的一段阴影，两人在形同虚设的婚姻之下各自寻找新欢。“我”爱上了一位叫露的年轻女子，但是女儿的阴影在这段感情中仍然挥之不去，所谓的新爱也不过还是那个父亲忠于女儿的爱，曾经的生活和新爱难舍难分……

《云端百年》（*Le Siècle des nuages*，2010）是福雷斯特对父亲去世十年的纪念之作。这部五百多页的小说讲述的是整整一个世纪的家族史诗，从1903年12月17日到1998年11月26日，福雷斯特选取了父母人生中的九个重大时刻：出生、相遇、订婚及战火中的分离，父亲第一次飞行…… 直到父亲过世，福雷斯特把这些属于父母的个人记忆同时也镌刻在法国的集体记忆中，在对家庭历史的追溯中开展对自己身世的追问。

《薛定谔之猫》（*Le Chat de Schrödinger*，2013）开启了福雷斯特小说创作的崭新一页，从这部作品开始，他更加明显地把小说和自己的具体人生经历拉开距离，力图使作品具有更加抽象、更加普适的意义。然而在这部充满智力火花的“哲理小说”中，虽然小说的人物、时间、地点背景都尽可能模糊化，福雷斯特仍然没有离开女儿离世带来的对人生和死亡的思索。小说围绕“猫”的主题展开，一条线索是对量子物理学的思考：根据“薛定谔之猫”的思想实验，一只猫与随时可能衰变的原子核和一个危险装置关在一个黑盒子里，原子核可能衰变，引发装置启动和猫死亡，也可能没有衰变，猫还活着，在观察者打开盒子之前，猫处于既死去又活着的状态，这就意味着两种相互矛盾的状况可以同时存在。在此基础上，福雷斯特引入了物理学家埃尔温·薛定谔和休·艾弗雷特三世的人生故事，并试图与“叠加原则”和“平行世界”等概念进行对话。小说的另一条线索更加具体和感性，在海边度假的别墅里，黑猫在花园深处的出现、陪伴和最终的消失引发了“我”对童年的回忆、对女儿的思念和对事物存在与不存在的同时性的思考。

《涨水》（*Crue*，2016）（获法语文学奖）同样延续了《薛定谔之猫》中营造的梦境般的似真似幻的氛围，却没有过多的学术气息。“我”回到故乡，一个隐去名字的欧洲大城市，住在一个不断施工却像被鬼魂附体的街区，在这个一切都不断消逝的世界里，“我”不断迷失：一只猫的出现和消失、对多年前早夭女儿的回忆、母亲的病危及离世……一切都指向虚无。街区一场火灾让“我”结识了一对男女，“我”完全不知道两人的关系，他们进入了“我”的生活。每天晚上，“我”一半时间与女子共度良宵，另一半时间听男子高谈阔论，直到有一天两人一道消失不见踪影。很快，大雨倾盆，河水上涨，淹没了城市，曾经失去的不再回来……

福雷斯特的最新小说《遗忘》（*L' Oubli*）于2018年1月出版。

“悼亡”是福雷斯特作品的底色和永恒的主题。失去幼女的哀痛经年持续地萦绕在他心头，写作对于他来说，不是为了遗忘、告别或是放下，而是一种让哀痛常新、葬礼持续的方式。女儿的缺席是如此的强烈，使书中其他在场的人物似乎都成了次要，都隐含着她的影子。我们甚至可以认为福雷斯特一直以不同的方式写同一本书——同一本悼亡之书，而这种悼亡之中包含着直面痛苦、不愿被安慰的决心。福雷斯特在与哲学家樊尚·德勒克鲁瓦（Vincent Delecroix）的谈话录《悼亡，在悲伤与虚无之间》（*Le Deuil*，*entre le chagrin et le néant*，2015）中表示，与其在恋恋不舍中与挚爱之人告别，不如在不可磨灭的忠诚中勇敢直面在悲伤与虚无之间不可能的现实。福雷斯特不断表示对治愈文学的反对，他说：“面对死亡，人们总是劝我们节哀顺变，与现实和解。但我拒绝安慰，从某种意义上讲，文学就是一种抵抗，拒绝被日常生活和现实腐蚀。”福雷斯特不从垂死或将死之人的角度去谈论和看待死亡，而是从面对挚爱离去的活着的人的角度来讨论死亡与虚无。虚无是福雷斯特小说世界的统治者，他的所有作品始终弥漫着对人从虚无中来，到虚无中去这一命定性清醒的绝望感，但这种绝望感伴随的不是消沉和放弃，而是对所爱之人和自己伤痛的绝对忠诚、力图在经受考验之后幸存的决心和直面人生残酷现实的勇气。

纵观福雷斯特的创作轨迹，作品中鲜活的生命细节随着时间的流逝逐渐减少，对人生抽象的思考、智力化、虚构化的成分不断增多，文学视野也不断扩大（从跨文化到跨学科），但从来没有偏离第一部作品提出的关于死亡、记忆、虚无的问题。我们也可以从福雷斯特二十年的文学创作中看到作者本人的生活轨迹和情感变化的起起伏伏：从女儿的离世、作为父母内心不能承受的悲痛开始，到去异国文化中寻找人生的新可能、婚姻之外寻找新爱情，再到父亲离世后对父母人生的回顾、海边假期对量子物理学和人生的沉思，重回故乡对世事变迁和往事并不如烟的思考…… 这些作品中充满了琐碎又丰富的日常感受和对人生终极问题的不断思辨。

在文体上，福雷斯特把自己的作品定义为小说，但是这些“小说”更多具有散文、随笔的特质。他的作品不追求传统小说的强烈的情节性与虚构色彩，同时也并没有一些现代小说明显的实验和游戏性质，取而代之的是碎片式的场景描写和无限放大的内心独白。福雷斯特的写作速度很快，文字流畅，没有苦吟和雕琢的痕迹，但是细腻的描写之中，却没有实实在在的生活气息，仿佛这些描写虚无的小说本身就建立在虚无之上。

总体来看，福雷斯特的小说呈现出两个非常显著的特点。首先是对自我生活和内心感受的关注。主人公完全沉浸在梦境般的内心世界中，小说中充满了主人公独处的场景和大段的内心独白：儿时迷失在空荡城市无家可归的梦境，孤身穿过京都的墓园和森林，一个人在花园里吸烟、喝酒、看落日，孤身一人在公寓中面对城市的淹没…… 这种孤独感无不透露着与周围人群的疏离感和对生活的近乎冷漠的目光。然而在这些试图寻找自我、带有自传色彩的小说中，“我”又常常依靠他者才能被界定。福雷斯特在小说中时常将焦点对准别人，甚至是把话语让给他们，比如《永恒的孩子》中的女儿波丽娜，《然而》中的三位日本艺术家，《云端百年》中的父亲，《薛定谔之猫》中的薛定谔，《涨水》中的男子……福雷斯特并不擅长塑造人物，但这些或远或近的人物对回答“我是谁？”这一根本性问题有着至关重要的作用，他们既是他者，也更像是另外一个“我”。

福雷斯特通常被视作自传体小说家，也就是所谓的“自我虚构”或“自撰”的作者。但是作为文学理论家的福雷斯特为了和“自我虚构”理论进行区别，在《小说，我》中提出“我小说”（roman du je）的概念。“我小说”这一术语由日本文学中的“私小说”演化而来，与传统自传小说试图填平写作的人和生活的人之间的鸿沟不同，“我小说”则探索现实与虚构之间不可能的调和。福雷斯特认为语言可以接近现实，但现实不可能完整地呈现在语言之中。小说中的叙述者—人物和作者不可能是同一个人，因为所有的写作行为都是创造，即使创造者求助于记忆，他也不可能复制现实，而仍是在虚构。“我小说”不再是讲述自己的人生经历，而是让“我”成为这段经历的一块空地，在那里上演爱上真实的不可能。但是福雷斯特的创造并没有完全脱离法国的自传文学传统的影响，比如他在《新爱》中对自我大胆剖析，为了表现自己出轨寻找新爱的心路历程，不惜提到自己的性爱生活去追问爱情的诞生缘由，这些性爱描写受到了米歇尔・莱里斯《成人之年》的影响。在一次书展上被问及对年轻作家的建议时，福雷斯特表示作家应该忠于自己，这恐怕也是对他作品一个非常恰当的总结。

在注重自我的内心表达之外，福雷斯特的小说有着非常明显的学者气质，在表现内心撕裂的痛苦的同时，也充分显示出广博的学识给写作带来的智力上的愉悦。《永恒的孩子》对作者记忆中关于孩子死亡的文学片段做了一次盘点，《然而》在某种程度上更像一本日本文化散文集，《云端百年》从侧面回顾了法国20世纪的飞行史，《薛定谔之猫》颇有科普量子物理学的意味…… 福雷斯特经常在采访中强调他的教师、研究者和作家身份的相互独立，互不干扰，但是他的研究、随笔和创作明显地相互渗透、互为注脚，比如他对日本文学、自我写作、儿童文学的兴趣在他的研究和创作中均有体现。福雷斯特学识渊博，各种典故信手拈来，但这些典故无不是让别人的故事为自己主人公的内心感受代言，从不同的方面使主人公的形象更加完整。

写作、研究、评论…… 文学在福雷斯特的生活中占有非常重要的地位，他的学术研究和文学创作都不断对文学与写作进行反思。但是他无意美化或是抬高文学，在死亡之谜面前，文学只能发问，而不能回答。福雷斯特承认文学无法治愈他失去女儿的痛苦，也无法找回失去的天堂，但写作这种无助的呼喊仍是一种拒绝遗忘的姿态。文学虽然不能起到拯救作用，但是它对经受了一次生死考验的福雷斯特来说，是一种存在的可能方式。写作是为了记忆，而不是忘却。

中译本：《永恒的孩子》，唐珍译，浙江人民出版社，2003年/人民文学出版社，2016年；《纸上的精灵》，刘阳、唐媛圆译，浙江人民出版社，2003年；《然而》，黄荭译，北京图书馆出版社，2007年/上海文艺出版社，2014年；《薛定谔之猫》，黄荭译，海天出版社，2014年。

《永恒的孩子》（*L' Enfant éternel*）

《永恒的孩子》（1997）是菲利普·福雷斯特的第一部小说，也是其最重要的作品。这部近四百页的作品在短短两周内就创作完成，讲述“我”的女儿从患病到死去一年多时间的生命历程。

小说的情节非常简单，女儿波丽娜刚刚过完三岁生日，一家三口幸福地在山区雪景中度过了圣诞假期回到巴黎，没想到在一次身体检查中，波丽娜手臂的轻微不适最终被诊断为骨瘤，正常的生活轨迹就此被打乱。“我”和妻子阿莉丝带着女儿不断来往于医院之间，大量陌生的医学术语、无尽的检查、治疗和手术使三人经受着各种折磨。作者不仅记录下了病情的时好时坏给孩子和父母带来的痛苦和煎熬，也展示了在令人无法直视的医院冰冷、单调的现实之外，小女孩儿惊人的冷静、成熟与敏感细腻和在治疗间隙“我”给女儿讲故事、陪她看电视、在大花园度假、参观博物馆等充满温馨的家庭场景。但最终，无论是现代医疗技术，还是来自家人无尽的爱都没能挽留住波丽娜的生命，她于4月的一天离开了人世。

《永恒的孩子》的情节性不强，面对已知的既定结局，作者更加侧重对日常生活点点滴滴和女儿心理的描写和对人生、死亡、写作的思考，行文有明显散文化的倾向。值得注意的是，叙述人称和视角不断转换，在多数情况下，叙述者站在父亲的角度，用第一人称单数“我”来叙述，而当叙述者站在女儿的角度看问题或者直接对女儿讲话时，则有意拉开距离用第三人称“爸爸”来指代自己。在一些章节中，波丽娜的爸爸把话筒让给作者来评论眼前的这本小说，这时作者和叙述者的身份明显分离开来。通过多种叙述声音，福雷斯特对“我”的身份的确定性提出了质疑。

小说在结构上有两条线索交替进行，最后在具有象征意义的结尾融为一体。叙述者一方面用感性的语言直接清晰地记录下女儿最后一年的各种生活场景以及当时的言语交流和心理活动，另一方面用理性和相对克制的语言去探讨写作与文学本身的意义。此外，与其他文学作品的对话在小说中有着相当重要的地位，作者用最严肃的心态看待儿童文学和那些与儿童有关的文学作品片段。首先，每一章的篇头小语都引自英国作家詹姆斯·巴里（James Barrie）的小说《彼得·潘》（*Peter Pan*），作者用这个女儿非常喜欢的故事来勾勒女儿从生病到过世一年多时间里的点点滴滴与起起落落，让文学与现实不断相互呼应，仿佛波丽娜的故事就是彼得·潘的神奇而残酷的经历在生活中的投射；其次，各种童话故事，从父女两人的纯粹编造到《拉封丹寓言》和《列那狐传奇》等传世经典都是小姑娘生活中不可分割的一部分。在题为“在时间的丛林里”的第三章，作者直接跳出“父亲”的角色，集中讨论对小说和写作的抽象思考和西方文学经典中关于父母与子女的关系问题；第五章“雷奥波蒂娜和阿纳托尔”盘点了文学中孩子的死亡，福雷斯特在雨果丧女和马拉美丧子之痛中找到了表达自己悲痛的方式，让他们的经历和文字成为自己心声的代言。他在谈到雨果创作《静观集》时指出：“写作对他来说是拒绝离开葬礼的形式，他要使葬礼永远持续下去，让人们看见。”这显然是福雷斯特对自己作品最好的预言和总结。

福雷斯特常常抱怨人们不重视年幼孩子的死亡。他在女儿波丽娜这个人物的塑造上倾注了极大的心血，女儿不仅仅是一个三岁的孩子，而且是他的全部。他认真观察了女儿在生病过程中心境的变化，女儿在读书、游戏、看电视时的心理活动以及她学习语言的过程、重返幼儿园的心态，并试图从女儿的视角观察和感受所发生一切，时不时把第一人称“我”变换成泛指的主语代词“on”。福雷斯特说，在他的书中，他从不谈论自己，《永恒的孩子》是一本讲述父爱的小说，主人公是一个得了不治之症而死去的4岁小女孩。女儿是福雷斯特所有作品中塑造得最真实、最生动也是最成功的人物形象。

福雷斯特表示自己小说创作的开始与文学抱负无关，因为在书和孩子之间，他还是会选择孩子。对他来说，写作是一种生存的需要，是对回忆的找寻，是对死亡和虚无的斗争。《永恒的孩子》是福雷斯特文学创作的基石和灵魂，其中许多地方已经包含了他未来创作的一些关键元素。福雷斯特日后的其他作品虽然在内容和技法上都有所突破，但在某种程度上都是这部作品的续写或重写。对此，福雷斯特并无所避讳，每当对别人介绍自己的新书时，福雷斯特总是不断提及《永恒的孩子》在他创作中的重要性。

（石冬芳）

路易-勒内·德弗莱（Louis-René des Forêts）

路易-勒内·德弗莱（1918—2000），小说家。1918年出生于巴黎，童年在巴黎和贝里地区度过。高中毕业后学习政治和法律，1939年应征入伍，参加了抵抗运动。青少年时期对文学和音乐产生兴趣，很早即开始写作，在母亲的引荐下进入文学界。也是在这段时期，他接二连三地失去亲人：18岁丧母，22岁丧父，哥哥死于战争。

德弗莱的作品不多，却以其独特的叙事风格、自传色彩以及对语言、书写和存在的反思而受到评论界的广泛关注和肯定。1943年，德弗莱发表第一部小说《乞丐》（*Les Mendiants*），引起作家雷蒙·格诺和安德烈·莱诺的关注。1944年他在乡下完成《饶舌的人》（*Le Bavard*），1946年出版。接下来的五年他没有发表任何东西，专心写一部名为《冬日之旅》（*Voyage d' hiver*）的小说，直到去世仍未完成。

1951年，德弗莱走出沉寂，在《文学动态》《新法兰西杂志》等期刊上零星发表一些短文。1954年，他与几个朋友组织反战委员会，反对向阿尔及利亚开战，并于1960年在《121人宣言》上签名。同年他出版短篇《孩子们的房间》（*La Chambre des Enfants*），获得当年的批评家文学奖。1965年德弗莱再次遭受丧亲打击，他的女儿伊丽莎白死于事故，接下来的十几年他停止了小说创作。1978年，他重拾小说，在一些杂志上不连续地发表了自传体小说《固定音型》（*Ostinato*，1997）的片断，并且在接下来的二十年间不断地增加和修改，直到1997年定稿出版。在这期间，他还发表了短篇小说《利多的苦难》（*Le Malheur au Lido*，1987），诗集《萨缪尔·伍德诗集》（*Poèmes de Samuel Wood*，1988）和《路易–勒内·德弗莱手册》（*Cahier Louis-René des Forêts*，1991），以及小说片段《面对不值得记忆》（*Face à l' immémorable*，1993）。

《乞丐》是德弗莱的第一本小说，体现了他对叙事技巧和布局谋篇的关注。小说分为三部分，共35章，由11个人物的内心独白构成。每章均以人物的姓名或称呼为题。人物在每一部分出现的顺序和频率不尽相同。老昂赛尔的孙子吉约姆的独白最多，小说从他的叙述开始也以他的叙述结束。他断断续续地讲述了四个群体的故事：围绕在萨尼周围的叛逆少年、老昂赛尔领导的走私集团以及埃莱娜、格雷图瓦尔等戏剧演员和途经“木钟”的陌生路人，他们交叉出现在每个人物以自己为中心的独白中。读者随着阅读的深入逐渐体会到：原来这些独白并非人物当下的心理活动，而是吉约姆事过境迁之后的回顾，他才是故事真正的叙述者和记录者，也是贯穿分散叙事的枢纽。书名“乞丐”代表了一种精神的缺失和渴求。出身于走私犯的家庭、参加过少年团伙的吉约姆最后以高超的叙事技巧讲述了他的经历和对其他人物的回忆，从某种程度上说，他成为了作家，如同普鲁斯特笔下的马塞尔。

《饶舌的人》也类似《追忆似水年华》的开篇：“我经常看向镜中的自己。”叙述者“饶舌的人”在某一天忽然产生了为了说话而说话的念头，他决定采用书写的方式满足自己的讲话“需求”。他滔滔不绝，同时又感到“无话可说”。他时而引经据典，时而离题万里，时而跳出叙事提醒读者，时而又徒劳地下决心让自己闭嘴。最后他“诚实地”承认自己之前所说的一切对于读者来说都是“谎言”，“只有我是真实的”。而“我”在喋喋不休说话的同时也在质疑着自己的身份：“我是一个人？一个影子？还是什么都不是？彻底地什么都不是？我和你们的讲话有音量吗？你们觉得我除了舌头还有其他的器官吗？”“我”的内心迷茫而焦灼，语言膨胀、散乱并且自相颠覆。在这样的叙述中，试图从中寻找“意义”的读者似乎成了“上当受骗的人”，而“饶舌的人”也不仅仅是个口无遮拦的人，而是一个以烦琐的叙事架空沉重的生命、泛滥地使用语言从而使其走向“无意义”的人；他也是一个“信口写来”的书写者，就语言、文学创作和存在之间的关系发出了质问。

《固定音型》有着强烈的自传色彩，德弗莱断断续续地写了20年。人物的经历与作者的经历完全一致，如讲到了教育严格的教会学校、战争以及丧失亲人、好友等，但是德弗莱使用的是第三人称和现在时态，而没有采取回忆的视角。他以一种自我观照的角度审视过去，寻找那些鲜活的感觉——“颜色、气味和喧哗声”，在隐秘敏感的内心关注中流露出一种对存在和语言的反思，如叙述者所言：“此彼之间，‘我’不过是一个‘他’，痛苦地近似，痛苦地陌生，一会儿突然从别处出现或凭空而来，一会儿又在当下出生，被词语卸下了以生命之真实替代事件之真实的记忆的沉重。”小说的标题“固定音型”是意大利语，指在音乐中不断重复的旋律。小说不仅在叙事上是断裂和跳跃的，体现了一种“记忆的旋律”，而且使用了一种富有韵律感的诗性语言，行文上亦出现大量短小的段落和明显的空白间隔。“固定音型”也体现了一种循环往复、没有结束的状态。一方面，当“我”自称为“他”的时候，容易让人想到灵魂与肉体的分离，即死亡。对“死亡”和“存在”的思考是小说中一个若隐若现的基调，丰富了行文的厚度和质感；另一方面，开放的结尾似乎也说明了只有在真正的死亡来临的时刻叙事才会终结。

中译本：《孩子们的房间》，丁步洲译，译林出版社，1998年。

（周皓）

西尔维·热尔曼（Sylvie Germain）

西尔维·热尔曼（1954— ），小说家、哲学家。1954年生于法国安得尔省的夏托鲁。1972—1977年间，热尔曼十分着迷于绘画和美术，后来又转向哲学研究，师从索邦大学的埃马纽埃尔·列维纳斯（Emmanuel Lévinas），撰写了哲学硕士论文和博士论文。在博士论文答辩的当晚，心烦意乱的她感到空虚，感到写完论文后再也无话可说，于是就拿起笔开始为儿童写短篇故事。1981年学业结束后，由于“惧怕教学”，她没有选择教师职业，而是进入法国文化部工作。1985年，热尔曼将一份手稿寄给小说家罗杰·格雷尼耶（Roger Grenier），后者对她的写作给予充分的肯定，由此诞生了她的第一部小说《夜之书》（*Le livre des nuits*），并一举荣获了包括勒芒市文学奖在内的六项文学奖项。1986年，她离开文化部，定居布拉格，成为布拉格法国学校的一名哲学教师兼档案员。在那里，她经历了捷克斯洛伐克“天鹅绒革命”的全过程。这些刻骨铭心的经历日后成为她创作的主要源泉之一。1993年，她返回法国，从此进入了文学创作的巅峰时期。

热尔曼的作品题材广泛。她不仅为青少年读者撰写通俗易懂的读物，而且还将自己的亲身经历，尤其是在布拉格亲历的政治社会动荡和剧变写入作品，在作品中流露出对哲学、信仰、绘画艺术以及社会历史的思考，使文学作品成为一个多学科、多领域交汇的平台。她尤其关注战争、命运、信仰、人与人的关系等问题。笔下的人物多为性格鲜明的小人物，他们出身贫贱，生活困苦，处于社会边缘甚至被社会抛弃。信仰是他们赖以生存的重要精神支撑，然而，当面对真正的困难时，他们发现唯一依靠的只有自己。

热尔曼认为，写作是一种激情、一种生活艺术，写作是情感释放的途径。她还认为，现实中各种基本物质元素（如水、土）、大自然中的动植物可以“照亮”“唤醒”人的内心深处的想象世界。作家的任务在于为那些富于生命力的事物和画面赋予形式，用明朗的、奇幻的方式将其再现出来。因此，她的文学世界富于想象，充满了梦境与现实的矛盾冲突。她坚信文字具有神奇的力量，是通向人类无意识的途径。她重视文字的视觉效果，强调通过文字体会和感知事物，不追求文字所表达的意义。因此，她的小说作品尤其是前期作品充分调动人的五种感官，具有散文诗的意境和效果。她的文字细腻，兼具抒情性和奇幻色彩，句子短小精悍，有强烈的感染力和冲击力。

《夜之书》是热尔曼的成名作。该书长达700页，讲述了一个家族从普法战争至第二次世界大战结束这段时期的沧桑变迁。19世纪后期，佩尼埃尔一家生活在默兹省的一个小村子里。后来，他们渐渐地离开世代养育他们的土地，不再做街头卖艺人，开始寻找新的生计。主人公维克多-弗兰德林·佩尼埃尔是一家之长，他对自己的先辈怀有深刻而痛苦的记忆：他的父亲在战争中脸部留下了刀伤，抹不去的伤痕导致他精神分裂。佩尼埃尔的一生非常不幸，遭遇了很多神秘甚至恐怖的事情。他先后四次结婚，可是每个妻子都莫名其妙地死去。他子女众多，都是双胞胎，而且他们都继承了父亲“金光夜色”的眼睛。他们中有的人是鸡胸；有一个女儿，每当灾祸即将降临时，她的脸颊就会神秘地流血。他的一个妻子掉光了毛发；死产的男婴变成沙像，死产的女婴变成玩偶；眼泪变成玻璃珠；佩尼埃尔的祖母变成金黄色的幽灵，成为全家的守护神。总之，战争、死亡和灵异现象充斥着全书。在故事的开篇，作者清楚地交代了历史背景，但是，随着故事的深入，时间和空间渐渐被各种奇异现象打破。家族成员在接下来的一个世纪里经历了生、死、贫、富等各种境遇。该小说反映了作家对人类命运，尤其是对恶的思考。人类无依无靠，备受折磨；人类信仰的上帝却保持沉默，无助的人们只能依靠仅存的一点想象艰难地生存。

1989年，热尔曼根据自己在布拉格的亲身经历写成了小说《愤怒的日子》（*Jours de colère*），该书于当年获得费米娜文学奖。故事发生在偏远、神秘的摩尔万森林。那里生活着伐木工人、放排工人、牧牛人，这些人物的共同点是粗野、冷酷、离群索居、亲近自然、充满激情。对他们来说，激情就是爱，就是疯狂。他们用残酷的方式表达爱，这种爱变为一种无法控制的疯狂和愤怒，甚至是杀人的冲动。全书围绕着激情、愤怒、疯狂，展现了一个奇异的、神秘的，甚至是恐怖的世界。作家用她富有诗意的文字描绘出各种美妙的、虚幻的画面，整部小说笼罩着一种超现实主义的氛围，充满了华丽的色彩和气息。

虽然热尔曼在1993年返回了法国，但是布拉格仍然是她灵感的重要源泉。《无边》（*Immensités*，1993）描绘了东欧剧变时小人物的日常生活。主人公普罗科普·普帕曾是一名教师，后来沦落为清洁工人。作者围绕普帕描写了生活在社会边缘的一群小人物在动荡时局下的沉浮命运。他们有的人重新找到了工作，甚至成了举足轻重的人物，唯独普帕很不走运，在时代的旋涡中愈陷愈深。作者在叙述社会动荡给人民带来苦难的同时，也抒发了对布拉格的深切怀念和敬意。

2002年，《错情者之歌》（*La Chanson des Mal-aimants*）出版，

与此前的作品一样，该书讲述的仍是社会边缘的小人物的命运，只是这一次她把目光转向了女性。主人公罗德-玛丽·奈热多是一个来自比利牛斯山的孤儿，生来患有白血病，呱呱坠地就被父母遗弃，长大后辗转地临时借宿别人家，靠施舍生活。她从小到大在法国各地漂泊，见证了无数的险恶残暴。但是她天生具有一种特殊能力，可以与大自然交流，可以看到常人看不见的奇异现象。她没有真正属于自己的生活，而是不断地卷入别人的生活中，成为人间各种命运和悲剧的见证人。后来，她只身一人来到巴黎，尝试了很多工作，最后成了街头卖唱女。从粗野的山村来到冷酷无情的大都市，罗德-玛丽一直都生活在孤独和随波逐流中。作家用诗一般的语言描绘了色彩缤纷的画面和各种奇幻的场景。

2005年，《玛格努斯》（*Magnus*）出版后受到读者，尤其是青年读者的欢迎。该书入围多项文学奖决选名单，并荣获2005年中学生龚古尔文学奖。故事以第二次世界大战的德国为背景，讲述弗朗茨-乔治在一场怪病后失去记忆、成年后找寻记忆、怀揣梦想远赴他乡、走向未来的故事。

热尔曼不仅仅限于小说创作。1999年，她将目光转向了1943年去世的荷兰犹太妇女埃蒂·希尔萨姆（Etty Hillesum）。第二次世界大战期间，希尔萨姆为被关押在纳粹集中营的囚犯提供过帮助，并将这期间的事件、心得写入日记和书信之中。热尔曼通过对希尔萨姆的日记和书信的研读，写出了《埃蒂·希尔萨姆》一书，介绍这位非同寻常的女人的精神世界。2000年，热尔曼根据自己的研究成果，结合自己对生命、人性、上帝等问题的深入思考，发表游记《直通克拉科夫》（*Cracovie à vol d'oiseaux*）、随笔集《暂时死去》（*Mourir un peu*），以及摄影集《诸圣瞻礼节的盛大之夜》（*Grande nuit de Toussaint*）。

自1985年发表第一部小说以来，热尔曼先后发表14部小说和8本散文集。她创造的文学世界充满神话和想象，探讨想象与现实世界的张力问题。热尔曼认为，小说不仅仅是讲故事的艺术，作者本人应第一个吃惊于自己文字，这才是写作的意义。

中译本：《托比的沼泽》，李郁译，皇冠出版社，2001年。

《玛格努斯》（*Magnus*）

《玛格努斯》（2005）是西尔维·热尔曼的一部代表性小说。故事发生在第二次世界大战前夕的德国，弗朗茨·乔治是一个5岁的男孩，父亲是一家大医院的院长，是希特勒的崇拜者。弗朗茨得了一次重病，母亲将其从死神手中救了出来，但是弗朗茨丧失了全部记忆，自己的过去成为一片空白。他只记得自己有一个叫作玛格努斯的玩具熊，这是他5岁前唯一的见证。战争进入尾声，父母作为纳粹的重要人物而担心被逮捕，所以隐姓埋名，离开德国。后来，母亲去世，死前将弗朗茨托付给流亡英国的舅舅。在舅舅家，他改换了姓名和身份。但他的身世始终是一个谜，困扰着他。弗朗茨长大成人后，远涉墨西哥，寻找失散多年的父亲。在寻找过程中，他慢慢了解到自己的过去，知道自己的父亲曾经给纳粹做医生，曾在集中营的犯人身上进行过医学实验；他也得知自己并非父母的亲生儿子，而是他们领养的。为了怀念儿时的玩具熊，他改名为玛格努斯。他在墨西哥还认识并爱上了一个已婚女人梅，他们的关系维持了十余年。但是梅病重而死，玛格努斯再次孤身一人。后来他来到维也纳，一天在餐馆就餐时，他听到并认出了失踪多年的父亲的声音。他让人给父亲送信，负案在逃的父亲大为惊恐，他开车撞向玛格努斯，将其撞残。父亲随后自杀身亡。

弗朗茨的一生中遍布谎言、虚幻和疑问。小说开篇给全书定下了基调：质疑、找寻、向往。失去记忆的弗朗茨本来可以一切从头开始，然而，突然有一天，有人告诉他，他不是父母的亲生儿子，而是父母领养的，母亲自杀身亡，父亲还活在世上，“哪个才是真正的我，弗朗茨·

乔治？”“还是毛绒玩具玛格努斯？”“没有亲生父母的我还能称作人吗？”面对一连串没有答案的问题，他无限彷徨，不知所措，脑中残存的一点点记忆让他时而下决心去寻找答案，时而又让他感到整个世界都充斥着谎言，所有人都在说谎。在找寻中，他不断地与生者、死者、自己、另一个潜在的自我进行对话。

在这部小说里，热尔曼引导读者认识人的灵魂、世上的美好与痛苦，思考亲子关系、抛弃、爱、自尊以及对美好未来的向往等永恒主题，如书中所写："这就是生命，身体不倦地前行，满载着欢声笑语，还有无数的计划和渴望，如风中一小撮可溶的烟灰。"小说的结尾具有象征意义：弗朗茨结识了一个名叫让的朋友，让习惯在圣女塑像前祈祷，突然有一天，他发现这尊塑像被人偷走了，于是他默默地告诉自己，雕像的缺失是在向"虚无的圣母"表示庆祝。因此，在遗忘、记忆和幻想之上，还存在着某种东西，或许"存在就意味着虚无"。

该书的结构也别具匠心。在正常的叙事中，作者插入了一些段落，题为"语段""简短注释""回声""共鸣"和"历代同日大事记"。对历史上的大事件进行必要的解说，文本叙述与历史叙述浑然一体，收到意想不到的效果。

该书出版后，在法国广受好评，曾入围多项文学奖决选名单，最终荣获2005年中学生龚古尔文学奖。评奖委员会主席西蒙·内胡赛说："此书让我们激动，让我们惊奇。"也有评论认为，该书故事既复杂又清晰，感情丰富但收放得当。小说《玛格努斯》情节扣人心弦，让读者与主人公共同经历，读者在体验主人公寻找自我的同时，也对自身进行思考和找寻。

（王迪）

爱德华·格利桑（Edouard Glissant）

爱德华·格利桑（1928—2011），小说家、诗人，是法国黑人文学的代表性作家。出生于法国海外省马提尼克。中学时接触到了艾梅·塞泽尔（Aimé Césaire），培养了文学和哲学修养，并开始反思马提尼克的特殊性。在战争期间，格利桑与塞泽尔所提倡的黑人性（négritude）分道扬镳，认为其不足以表现马提尼克的特殊性，于是提出了“安的列斯性”（antillanité）。后来他在巴黎索邦大学学习哲学，出版了最早的诗集《岛之地》（*Un champ d' île*，1953）、《不安的大地》（*La Terre inquiète*，1954）和随笔《意识的阳光》（*Soleil de la conscience*，1955），在文化界崭露头角。他参与了《非洲的存在》（*Présence africaine*）杂志的工作，出席了1956年巴黎和1959年罗马的黑人作家和艺术家大会，促进撒哈拉以南非洲文化的复兴，定期与《新文学》（*Les Lettres nouvelles*）杂志合作，推动文学的现代化。此后相继出版《印第安》（*Les Indes*，1956）、《黑盐》（*Le Sel noir*，1960）和《血脉相连》（*Le Sang rivé*，1961）等诗集。小说《裂缝》（*La Lézarde*）意在形式上有所突破，获得1958年的勒诺多文学奖。尽管其声名日隆，但因其过于精英化，长期以来作品鲜有人读，直至1960—1980年间，方慢慢被读者接受。格利桑在作品中无情地剖析了安的列斯群岛的状况及其滋生（真实的或隐喻的）的病态，旨在通过构建和确定安的列斯文学话语来积极地介入本土文化的发展。他在剧本《图森先生》（*Monsieur Toussaint*，1961）和小说《第四世纪》（*Le Quatrième Siècle*，1964）中对自己与安的列斯的关系进行了深入思考，旨在赋予安的列斯文化应有的地位。著有小说系列《惨死》（*Malemort*，1975）、《骑士的茅屋》（*La Case du commandeur*，1981），诗集《梦想之国，真实之国》（*Pays rêvé, pays réel*，1985）、《大事记》（*Fastes*，1991）及随笔集《诗的意图》（*L' Intention poétique*，1969）、《安的列斯话语》（*Le discours antillais*，1981）、《关系的诗学》（*Poétique de la relation*，1990）等，表明格利桑创作广度的拓宽。

第一部小说《裂缝》宣扬革命和挣脱殖民奴役状态，其背景为1948年的选举，一群年轻人决定用暴力来改变生活，刺杀了一名被认为是人民的叛徒的政府代表。小说表现了对于两种身份的寻求：一种是寻找道路的英雄们的身份，另一种是追求确立自我意识的整个民族的身份。作者充满感情地描写了这片生于斯长于斯的土地，描写了自然的力量。高山、平原、森林或河流似乎加入了人的行动，使故事具有一种史诗的特点。格利桑无意制造一种异国情调，而是用诗一般的语言描写了一个想象中的岛屿的美景，从中我们可以辨识出马提尼克的某些特点。该书使其赢得了巴黎先锋文学界的赏识。

代表作《第四世纪》表达了集体记忆的觉醒。“第四世纪”是从法国殖民和非洲黑奴的官方历史记载的年代开始计算的，作品从各个方面展现了马提尼克四个世纪的现代史。《裂缝》中出现过的人物再次出现在了《第四世纪》中，但本书的视野更为宽广，涵盖了安的列斯群岛在殖民时期的缓慢演变进程。

除小说外，格利桑的诗歌作品也独具特色。《印第安》和《梦想之国，真实之国》是其诗歌代表作。《印第安》描写了哥伦布海上之路的探险，也是一曲对奴隶横渡大西洋的赞歌。诗中除了探险活动之外，还写到了到达新大陆、贩卖奴隶和殖民开拓等内容，以对解放运动的颂扬而结束。各章之前都有一段叙述性文字，记述了历史上的探险，诗歌主体则对探险的各个阶段和事件加以神化。《梦想之国，真实之国》追溯了安的列斯群岛居民的祖先的故土和文化，展示了一个连接着“过去的国家”和新的梦想之国的链条，是一曲黑人文化生生不息的赞歌。

格利桑欣赏圣-琼·佩斯，其诗歌技法与佩斯同样纯熟，同样从安的列斯获得灵感，但他不赞同佩斯的诗歌对其童年殖民地世界的认同、对白人主人生活方式的歌颂态度。格利桑的诗歌使用一种介于书面语与口语之间的语言，与克里奥尔语保持着联系，保留了历史的痕迹，也反映了安的列斯社会的位置。

格利桑的作品建立在一系列“反对”之上：反对孤立和异化，反对记忆的疏漏，反对安的列斯社会构成中的裂缝，意欲建立人与时间和空间、与历史和风景的联系，建立马提尼克与其众邻岛、与整个美洲大陆的联系。“关系”成为格利桑思想的中心概念和创作原则，每部作品都与其他作品发生联系。小说创作构成系列，同样的人物及其父母或后代反复出现。同时，各种文学形式和语言——小说、诗歌、随笔——也相互交织。

格利桑的所有小说，尤其是《骑士的茅屋》，都触及了“安的列斯的疯狂”这一主题：这个社会裂缝密布，历史文化根基浅薄，在摇摆不定中走向疯狂。安的列斯群岛深受文化、政治殖民之苦。治愈顽疾的良方在于确立“安的列斯性”，即对安的列斯的自身、历史和空间进行重新定位，获得使用多种语言的权利（消除法语和克里奥尔语的对立），重新认识文化融合的益处等。

作为反对殖民主义的战士和“安的列斯性”的倡导者，格利桑是20

世纪末知识和文学界的杰出代表人物，其作品在世界各地有众多的读者。他明晰广泛的思考、富于力度而又充满诗意的语言，都证明了他是加勒比文化家庭中具有举足轻重地位的一员。

《安的列斯话语》（*Le Discours antillais*）

《安的列斯话语》（1981）是格利桑的随笔集，详细研究了安的列斯存在的主次两种语言并存的问题，并强调了克里奥尔语的创造性。其中《自然诗学、强制诗学》（*Poétique naturelle*，*poétique forcée*）一文，表达了格利桑对“诗学”概念的理解。

格利桑分析了20世纪70年代马提尼克的状况，在此基础上阐述了诗学和政治的关系。诗学不仅仅指诗歌的艺术，而是具有更重要的地位，是人类历史、文化、社会乃至经济的基础。诗学不仅与个别的、具体的政治理念不可分离，它与普遍意义上的“政治”也是密不可分的。诗学产生了政治，政治影响了诗学。格利桑区分了两种诗学：“自然诗学”和“强制诗学”，而在法属安的列斯群岛，只有“强制诗学”存在的条件。

“自然诗学”或“自由诗学”，“指向一种表达方式的集体张力，无论是在表达内容，还是在使用的语言层面上，它都不与它本身相抵触”。它体现为一种纯粹的创作。简单地说，在一个具备“自然诗学”的群体中，人们可以自由地任意表达心中所想，毫无困难。而在法属安的列斯群岛，诗学是贫瘠的，它不产生任何结果。

“强制诗学”则被定义为一种创作的不可能性。它是在缺乏产生“自然诗学”的必要条件下形成的，因此“表达”就变得困难，即只有表达的需要，却没有表达的方式。这种对立体现在法语与克里奥尔语之间复杂关系上。在法属安的列斯，克里奥尔语是当地人的母语，当地人是用克里奥尔语来思考的，但是在表达时使用的却是法语。表达内容与表达方式之间存在着不可跨越的距离，于是产生了“强制诗学”。两种语言在安的列斯的共存增加了问题的复杂性。如果掌握了法语，就可以借由法语达到“自然诗学”的状态，这需要人们完全信任这种语言，而实际上，这一条件是不存在的。另外，格利桑认为法语不是诗性语言，虽然他可以用娴熟的法语来探讨美学问题，但他并不认为法语更适合诗学表达。如果具体语言和抽象语言活动不能很好地结合，就不会产生“自然诗学”。格利桑认为，在安的列斯法语区人们的实践活动中，具体语言和抽象语言活动之间存在着一种无法克服的对立。

另一方面，作为母语的克里奥尔语产生于种植园时代，没用共同语言的奴隶们为了互相交流而创造出了克里奥尔语。虽然克里奥尔语是安的列斯真正的语言，但它不是“自然诗学”的承担者，因为它不是一种自由开放的语言。格利桑认为克里奥尔语是在强迫状态下产生的反常的语言，不是自然的语言，不适合清晰地表述意义与情感。另外，克里奥尔语的基础是奴隶们的叫喊，叫喊只是简单的拟声，不是由线性排列的音节构成的，这就造成了它独特的句法结构，这种句法会使交流发生偏离。在殖民时代，奴隶们为了避过主人耳目，需要掩盖对话的真正意义，常常利用这种语义的偏离。“偏离”体现了奴隶制关系下暴力的痕迹。克里奥尔语是多种文化相互作用的结果，它无法先于这些关系而存在，格利桑称其为一种“关系语言”（langue du Relaté）。与之相对的是法语这样的“存在语言”（langue de l’Etre）——统一且唯一的语言。克里奥尔语是一种混合语言，法语化的克里奥尔语体现了法语与多种非洲语言间的关系，从而使克里奥尔语具有体现“强制诗学”的特殊潜力。

面对着法语对克里奥尔语的侵蚀，20世纪70年代，一些研究者和作家在法属安的列斯发起了捍卫克里奥尔语和保护克里奥尔文化的运动。格利桑对此持批评态度，因为他认为这种做法将长期位居法语之下的克

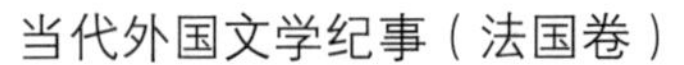

里奥尔语“标准化”了，使其由“关系语言”变为“存在语言”，变得明晰，从而失去了其特殊句法结构造成的隐晦和与呐喊相联系的音响特质，丧失了克里奥尔语体现多种语言的关系的特点。他建议不妨采取另一种策略，将法语从“存在语言”转变为“关系语言”。格利桑对“关系语言”的定义不仅体现了法语与克里奥尔语的关系，也体现了一种对于世界上各种语言之间，以及各个国家之间的关系的新认识。

格利桑捍卫克里奥尔语的特性体现了他反对西方一体化的立场。他在法属安的列斯现实基础上所提出的“自然诗学”和“强制诗学”的区分，不仅是一种文学观点，也与政治有着不可忽视的关系。

（索丛鑫）

于连·格拉克（Julien Gracq）

于连·格拉克（1910—2007），原名路易·普瓦里埃（Louis Poirier），小说家。自幼阅读广泛，学习成绩优异。1938年出版第一部小说《在阿尔戈古堡》（*Au château d'Argol*，又译《阿尔戈古堡》），从此开始使用于连·格拉克这个笔名，于连出自他对司汤达小说《红与黑》的喜爱，格拉克则是因为词的音节响亮悦耳。他参加了第二次世界大战，1940年被俘，后因健康状况被释放回国。1941—1945年间创作了小说《阴郁的美男子》（*Un beau ténébreux*）、戏剧《渔夫国王》（*Le Roi pêcheur*）及诗集《大自由》（*Liberté grande*）。战后他在巴黎克洛德·贝尔纳中学任历史、地理教师，直至退休。1951年小说《西尔特沙岸》（*Le Rivage des Syrtes*）获得龚古尔文学奖。此后他创作了《林中阳台》（*Un balcon en forêt*，1958）、《半岛》[*La Presqu'île*，1970，包括《路》（*La Route*）、《科夫图阿国王》（*Le Roi Cophetua*）及《半岛》三部小说]，散文集《细水》（*Les Eaux étroites*，1976）、《边读边写》（*En lisant en écrivant*，1980）。《城市的形状》（*La Forme d'une ville*，1985）是一部带有自传色彩的作

品，表现了格拉克对青年时代居住的城市南特的回忆。

格拉克为人孤傲，淡泊名利，从不为迎合大众、迎合时代而写作。他的写作信条是：不写“平庸的东西”（rien de commun）。虽然他从未正式参加超现实主义运动，但是因为他与安德烈·布勒东的友谊及1946年出版的《安德烈·布勒东传》（*André Breton*）一书，他的名字总是和超现实主义联系在一起。他的创作亦受超现实主义的影响，探索梦、神话等主题，追求人与宇宙的和谐与融合，但视界比超现实主义更为广阔。他对巴黎文学界也一直保持距离，游离于各种文学艺术流派之外。1949年《罪人国王》在蒙帕纳斯剧院上演，遭到恶评，格拉克因此写了《厚脸皮文学》（*Littérature à l' estomac*）予以回击，抨击出版界急功近利的浮躁风气。《西尔特沙岸》出版后，获得了1951年的龚古尔文学奖，但他拒绝领奖。此事一度使格拉克成为媒体关注的焦点。他甘愿当一个默默无闻的中学教师，度过孤独平静的一生。

格拉克的文笔厚重，喜用音韵和谐、节奏舒缓的复合长句，长短句交错，形成一种韵味独特的节奏美感，用词奇崛古雅，让人在阅读过程中感到行文不断变幻。自然元素在格拉克的作品中占有重要的地位。他年轻时学习地理，希望了解风景结构的秘密法则。晚年的回忆性散文《细水》《城市的形状》及游记《七丘陵周围》（*Autour des sept collines*，1988）也都与自然风景有关。海洋与森林是格拉克小说的两大风景，小说人物大都生活在与世隔绝的海边或森林里。海是变动的象征，代表着新事物与无限可能；而在中世纪传奇中，森林是幻象、奇迹出现的场所，是神秘奇幻之地。他的小说描写人物对某种重大事件的等待过程，因此海与森林是最佳场所。

格拉克的第一部作品《在阿尔戈古堡》讲述了一个带有神话色彩的故事，兼具超现实主义与哥特式小说的风格。他向伽利玛出版社投稿被拒以后，1938年在若泽·科尔蒂出版社自费出版，读者寥寥，一共才卖出150本，却得到几位重要作家的赏识。布勒东写信称赞他的作品，两人因此相识。此后他的所有作品均交付该出版社出版。

格拉克最重要的作品《西尔特沙岸》，通过主人公阿尔多的回忆，讲述了一个虚构的公国奥瑟纳在长久的等待与昏睡中衰亡，最终被敌国摧毁的故事。作品表达了对文化衰落的思考以及通过灾难带来重生的希望，营造出一种狂热焦灼的神秘气氛，给人一种捉摸不定而又挥之不去的不安之感。

《林中阳台》讲述的是在古老的阿登森林里的一个堡垒中，军官格朗日与几名士兵等待敌人入侵的经历，透露出作者对第二次世界大战初期的“奇怪的战争”的荒诞感。作品的魅力就在于这个看似波澜不兴的等待过程：种种反常迹象相继出现，时间的进程似乎逐渐加快，给人带来越来越强烈的恐惧与梦幻，最终战争爆发，人物在毁灭的同时也得到了解脱。小说在等待战争的焦虑中加入了一个迷离的爱情故事，展现了在个人交往与历史进程中欲望的苏醒，以及在等待中的衰竭。

1970年，格拉克发表了最后一部虚构作品《半岛》。他此后的作品均为评论性散文、回忆或游记，并以其优美的文字和对文学深刻独特的见解赢得读者的喜爱。《细水》是半虚构半回忆性散文，叙述者顺水流而下，逆记忆之流而上，将童年在艾夫尔河上泛舟的记忆与阅读经验相融，通过文字与梦思的魔力将河上的泛舟变成一种朝圣之旅。1980年《边读边写》出版后受到媒体好评，评论界似乎重新发现了一个被遗忘已久的作家。该作品是对文学的礼赞，包含风景描写，小说片断，对文学与绘画、电影这两大视觉艺术关系的思考，对小说特性以及作家与语言关系的思考。作者将阅读与写作融入同一个无起源的连续过程，以一种诗意而幽默的文笔将他喜爱的司汤达、巴尔扎克、福楼拜的作品融入自身的写作当中。它不是对文学作品的评论，而是对阅读—写作行为的思考。阅读与写作是作家的两大行为，作家不可避免要被某个作家、某部作品所影响。作者将写作比喻成“芝诺之箭”，看似在前进，却一直悬空。写作本身是一种矛盾，它在运动，却不能到达任何地方，但正是

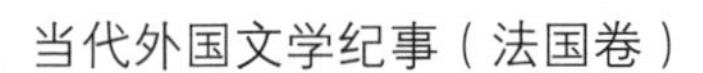

从不确定的区域，它带来了某些本质的东西。

《城市的形状》（1985）是格拉克晚年的重要作品。卷首引用波德莱尔的一句诗："我们知道，一个城市的形状，比一个人的心变得还快。"该作品是格拉克对少年生活的城市南特的回忆，但南特的地理面貌并不重要，重要的是它怎样"将孩子新鲜的心置于气候与风景的影响之下，将其改变"。它不是普通意义上的回忆，而是过去的场景在多年之后触发作者发现自己的精神风景，这种相遇使时间短路。南特是借助于保留在记忆中的一幅图景而被再现的，以作者生活过的克莱芒索中学为中心辐射开来。那时的格拉克寄宿于学校，极少出校门，以至于到最后这个长时间无法接近的城市就成了自由的象征。南特是一个城市、一个空间、一段时间，是一种处于纯粹状态的能量。回忆之线在尽头汇合，各种散落的元素构成一个整体，在从前的城市消失之后重建它的形象，建构了"我"。

格拉克在他有生之年就成为了经典作家。他的作品以其深度为神话批评、巴什拉尔式主题批评和荣格式心理批评提供了理想素材。他曾被视为风格艰深的作家，不为大众所熟悉。1970年之后，法国和国际上关于他作品的研究逐渐增多，读者群也逐渐扩大。

中译本：《沙岸风云》，张泽乾等译，长江文艺出版社，1992年；《林中阳台》，杨剑译，译林出版社 ，1996年；《首字花饰》，王静译，华东师范大学出版社，2011年；《首字花饰2》， 顾元芬、朱震芸译，华东师范大学出版社，2011年；《路》，刘静、韩梅译，华东师范大学出版社，2013年；《边读边写》，顾元芬译，华东师范大学出版社，2015年；《阿尔戈古堡》，王道乾、张小鲁译，作家出版社，2015年。

（王斯秧）

帕特里克·格兰维尔（Patrick Grainville）

帕特里克·格兰维尔（1947—　），小说家。巴黎索邦大学毕业后一直在中学任教。1976年，其第四部小说《金凤花》（*Les Flamboyants*）获得龚古尔文学奖。格兰维尔曾在非洲从事援助工作，其写作多与非洲经历有关。主要小说有《金羊毛》（*La Toison*，1972）、《边缘》（1973）、《深渊》（*L'Abîme*，1974）、《金凤花》（*Les Flamboyants*，1976）、《红头发的狄安娜》（*La Diane rousse*，1978，古代巨人猎手奥利安神话的改写）、《最后一个维京人》（*Le Dernier Viking*，1981）、《黑色堡垒》（*Les Forteresses noires*，1982）、《天穴》（*La Caverne céleste*，1984）、《风暴天堂》（*Le Paradis des Orages*，1986）、《画室》（*L'Atelier du peintre*，1988）、《狂欢，白雪》（*L'Orgie, la Neige*，1990）、《纽带》（*Le Lien*，1996，又译《红歌星》）、《永恒的暴君》（*Le Tyran éternel*，1998）、《世界末日，一个女人藏起了我》（*Le Jour de la fin du monde, une femme me cache*，2001）、《大西洋和情人们》（*L'Atlantique et les amants*，2002）、《奥蕾莉的喜悦》（*La Joie d'Aurélie*，2004）、《受伤的手》（*La Main blessée*，2005）、《鼠光》（*Lumière du rat*，2008）等。

《金凤花》是格兰维尔的成名作，是一篇跨越非洲现代和传说的史诗，讲述的是一个暴君同时也是一个巫师的故事。“金凤花”本是一种热带植物，它在书中代表着火焰、血液和欲望，也控制着故事发展的节奏。一位西方旅行者受邀来到了非洲的一个王国，宫殿、贫民窟、草原、河流、湖泊、火山、森林散布在这片土地上。旅行者和当地的暴君国王成为朋友。当疯狂的国王深入原始森林腹地去寻找一个神圣的部落——迪奥勒人时，遥远的首都发生了暴动。国王挥师平叛，也将自己的朋友拖入了战争。在征战途中，成群的野生动物满足了国王和士兵们的梦想和游乐需要。格兰维尔使用人们所熟知的非洲元素创造出一种异国情调，一个西方人作为疯狂的国王的知己在非洲看到了独裁的暴君、惊惧的人民、同谋的将军们。小说中罗列的非洲名称也增加了这个虚构世界的奇异感。

《受伤的手》是格兰维尔的第20部小说。叙述者是一名作家，患上一种怪病：手部痉挛发展到瘫痪，使其无法继续写作。他四处求医问药，接受了一系列稀奇古怪的疗法。他的情人努尔是一名埃及女子，她离开开罗的同性爱人，只身来到法国，与作家卷入一段异乎寻常的恋情中。努尔是一名优秀的骑手，对自己的栗色马梅乐迪怀有深厚的感情。正是由于有了这匹充满活力的马，叙述者才最终摆脱了痛苦和焦虑，找回了自我。小说中有很多色情描写，就像一次疯狂的策马狂奔，男男女女、公马和母马在欲望的驱使下，互相逃避，互相占有，互相伤害，互相嫉妒，也同样走向死亡。

从成名作《金凤花》开始，格兰维尔的写作就具有巴洛克风格，这种风格既体现在作品的语言方面，也体现在作品的深层含义中。格兰维尔追求一种诗性的语言，句子短小精悍，富于韵律感，用词繁复华丽。他经常使用名词的堆叠，夹杂着各种隐喻，给人一种“炫耀”感；词语的繁复罗列呈现出一种狂欢式的放纵。他将这种语言视为创造某种自我世界的方式。格兰维尔的作品经常描写人类原始的冲动和本能，人物大多具有强烈的欲望，欲望之所以强烈是因为害怕失去。人物用语言、用女人或男人来填补空缺。“失去”和“虚空”是理解其小说的关键。大量与过剩背后是缺失，是对失去的焦虑，缺失成为一种动力，激发出强烈的欲望。因此，“满”与“空”的永恒对立是格兰维尔作品的深层主题。

格兰维尔的作品有着鲜明的二元对立统一特点：其小说世界是双重的，人物呈二元分布，主题具有双重性等。他认为，对立的双方不是两种固定的价值，是两个互补的部分，它们之间是一种动态的关系。小说中大量的性爱描写不是淫秽场景，而是对灵与肉、精神与物质的辩证关系的探寻。

格兰维尔常常从神话中汲取灵感，尤其选择能够集中体现他的欲望、执念和情感的神话。他笔下的女性人物尤其具有神话色彩和意味。他对神话进行改写，将传统神话置于现时的背景之下，从而产生新的意义，连接过去与未来。

格兰维尔小说具有浓郁的异国情调，其笔下的人物多为非洲人或混血儿，这些人物为读者打开了进入他者文化的大门。

中译本：《红歌星》，尹力译，华夏出版社，1998年；《永恒的暴君》，张有浩、徐祥庆译，华夏出版社，2000年；《世界末日　一个女人藏起了我》，管筱明译，海天出版社，2001年。

（索丛鑫）

让-克洛德·格伦伯格（Jean-Claude Grumberg）

让-克洛德·格伦伯格（1939—　），犹太裔剧作家和影视编剧。出生于1939年第二次世界大战爆发前夕的巴黎。他的父亲在第一次世界大战之前随家人从罗马尼亚移居法国，而他的母亲则是巴黎土生土长的波兰移民。格伦伯格的血统和他当时所处的时代背景对他一生的创作产生了巨大的影响。

由于是犹太裔，格伦伯格的父亲和祖父母于1942年被送到集中营，并死在了那里。他本人在当时的所谓“自由区”度过了童年。他早早离开了学校，继承他的祖父和父亲的裁缝职业。但他很快便放弃了这一职业，因为他手脚笨拙，毫无量体裁衣之能，而且他对于延续家族事业兴趣寥寥。他的代表作之一《自由区》（*Zone libre*）1990年上演时，增加了一段早年个人经历的陈述——“‘人们’的生活”（Une vie de “on”）：“人们没什么天赋，…… 想尽办法，就为了逃避父辈的职业，他们都是些裁缝、缝纫工、修补工。”而且他在讲述自己所代表的犹太群体的经历时，没有使用“我们”（nous），而是使用“人们”（on）这个无人称代词来模糊群体指向，作者似乎有意与这段惨痛回忆乃至犹太人标签划清界限，试图从他者的角度来讲述这段经历。这其实更加凸显了战争和屠杀所留下的创伤。格伦伯格放弃了裁缝的职业后，开始在剧场跑龙套。由于他并没有得到多少演出机会，他利用空闲时间开始了剧本写作。

从1968年的《明天，一扇朝街的窗》（*Demain, une fenêtre sur rue*）开始，格伦伯格一共创作了三十多个剧本，包括《德雷福斯……》（*Dreyfus...*，1974）、《工场》（*L'Atelier*，1979）、《自由区》、《也许做梦》（*Rêver peut-être*，1998）、《走向你，应许之地（牙医的悲剧）》[*Vers toi terre promise* (*Tragédie dentaire*)，2006]等，曾获得戏剧作者与作曲家协会奖、莫里哀戏剧奖、批评学会文学奖和法兰西学院戏剧大奖。与此同时，他改编其他作家的剧本，将其搬上舞台，如阿瑟·米勒的《推销员之死》（1987）和契诃夫的《三姐妹》（1988）。从20世纪70年代末、80年代初开始，他还投身于电视和电影的剧本创作，其中最著名的便是参与了新浪潮代表导演之一的弗朗索瓦·特吕弗的《最后一班地铁》（*Le Dernier métro*，1980），成为该电影的三名编剧之一。

毫无疑问，战争、犹太人、创伤构成了格伦伯格作品的关键词。如何讲述犹太人在第二次世界大战中的痛苦经历，这一直是欧洲的知识分子，尤其是犹太人后裔在战后苦苦思考的问题。在格伦伯格之前，已经有以意大利普里莫·列维（Primo Levi，1919—1987）为代表的大屠杀幸存者向世人讲述集中营的恐怖。作为战时出生的“二代犹太人”，格伦伯格躲过了这场劫难，对他来说，问题是“如何讲述未曾经历过的恐怖”？事实上，将集中营中发生的一切一五一十地说给世人听，甚至以照片或纪录片的形式在今天展示恐怖，都无法真正反映受害者的经历。这场德国纳粹对犹太人实施的空前绝后的大屠杀早已超出了人的想象。该如何向未曾经历过的人讲述恐怖呢？格伦伯格并不直接描绘恐怖，他刻画的是创伤，是整个犹太民族从战前到战后在精神层面的变化。他将欧洲犹太人的集体记忆与他本人的个体经历糅合在一起，在舞台上重建了一个“犹太之地”（Yiddishland），探讨“犹太性”（yiddishkeit）问题。而“犹太性”是通过他以及成千上万定居法国的犹太移民的母语——法语来被挖掘的。对他们来说，犹太语（yiddish）已成过去，法语才代表着他们现在的身份。格伦伯格笔下的人物都操着一口包含大量法语俚语的“鲜活”法语——时代特征明显的语言。他在《德雷福斯……》的开篇辞中说：“这是第一部从犹太语翻译过来的戏剧，由一个不会说犹太语，也不太懂法语的人直接用法语写就的。”这一戏谑的口吻道出了格伦伯格的失望：说一口流利的法语不足以使他们成为普通的法国人。从战前满怀希望在法国获得家园，到战时顶着一个犹太姓氏就等于坐上通往地狱的列车，再到战后幸存者重操旧业、再次跌入人们心中几近讽刺画般的犹太人形象的窠臼，格伦伯格用一种“苦涩的幽默”描绘了整个欧洲犹太民族对自我身份认知的困惑，以及由此而导致的心灵创伤与撕裂。

格伦伯格笔下的人物的大段独白常常透露出他本人的情感，他对场景的选择则体现了他有意与“当时”或“当下”保持距离的理性思考。他用对历史事件的参照和符合时代气息的语言将读者和观众带入现场，而他自己却站在远处。比如，《德雷福斯……》的场景是在1930年的波兰农村的一个会议室，《自由区》则是1942年的一个废弃仓库，《工场》是在战后的一个制衣作坊。19世纪末蒙冤的德雷福斯在1906年终得平反，这在欧洲犹太族群中播撒了希望。20世纪30年代的波兰，对时空的这种选择显然别有用意。《德雷福斯……》中的人物莫里斯如此总结“德雷福斯”事件：“在一个高度文明的国家，犹太人觉得自己所生活的放心安全的国家，怎么会突然因为一个微不足道的司法错误，就掀起了一场反犹运动，继而持续蔓延、发酵，直到整个国家分裂成两个阵营，横扫一切常识与公义。”具有讽刺意味的是，后来发生的事以超过上一次千万倍的规模再次席卷法国，乃至整个欧洲。于是，在《自由区》中，四处避难的犹太家庭禁止自己说犹太语，要将这一标志自己身份的语言完全忘记。然而，抛弃了犹太语之后，他们并没有成为名正言顺的法国人。在《工场》中，失去丈夫的犹太女工无法和非犹太人的那个轻浮的女工咪咪一样，每天担心没有巧克力吃和没有香皂洗澡。西蒙娜只知道自己的丈夫“被押送到集中营”，但他是否死亡？如果是的话，到底在何时何地死亡？法国当局无法回答这两个问题。于是，这份痛苦的记忆便无法归于尘土，而是不断地被更新。犹太人背负着过去的沉重包袱，仍然在寻找着自己的身份。

《工场》（*L'Atelier*）

《工场》（1979）在形式上没有像传统的戏剧一样分成几幕，而是由10个场景组成，而且每个场景都有标题。第一个场景与最后一个场景之间的时间跨度为7年，即从1945年到1952年。也就是说，作者撷取了这7年间的10个生活场景片段，将其拼凑成了一幅拼贴画，展示了战后普通法国人的生活百态。

格伦伯格并不着力于构建一个主要情节，也不直面第二次世界大战与屠杀，而是通过不同人物的不断回忆，发展出不同的支线情节，描绘了犹太人在战时的不同命运和在战后的心境。没有名字的熨烫工——作为集中营的幸存者，他没有家人和朋友，失去了战前的生活，就像手上被刻上编号的集中营囚犯那样，变成一个幽灵般的无名氏。工场主人雷昂：战时他在占领区四处躲藏，苟延残喘；战后，他选择将这段过去逐出自己的生活，变成了一个唯利是图、一心工作的刻板犹太人；他反对自己的员工争取抚恤金，认为人应该活在当下，关心活人，而不是整天与死亡证明打交道；讽刺的是，这一貌似“积极”的生活态度却是以对人情世故漠不关心的样子出现的。失去丈夫的西蒙娜：在前五个场景中，她始终抱有自己的丈夫仍然在世的一线希望，但希望破灭之后，她奔走于各个行政部门，办理丈夫的死亡证明，领取抚恤金；然而，她的这一举动并非是为了钱，也不是为了确认她的丈夫的死亡，她把这件事视为她对丈夫应尽的最后一个义务。在自由区避难的伊莲娜：她在战时失去了家庭成员和朋友，战后，她无法从这段过去中解脱出来，当她听说西蒙娜的丈夫的死亡证明上并未写明具体的死亡地点和时间时，她非常愤怒，因为对她来说，这些细节代表着对这段历史的记忆，这是整个犹太民族的义务。吉赛尔：虽然她不是犹太人，但是也曾饱尝战时的生活艰辛，她虽然没有公开反犹，但也表达了对犹太人是否要对战争负责的疑惑。劳伦斯夫人：她在工场中的地位高于其他工人，她和她的丈夫在战时可能曾与德国人合作。咪咪：她是一个轻浮的年轻女工，她不是犹太人，也没有家庭，因此很快便将战争抛诸脑后，一心想着物质享乐。玛丽：她代表着战后的新一代年轻人，他们对战争毫不知情，仿佛从未发生过。

这幅众生图发生在一个普通的工场中，每个人物的过去都是在工人们穿针引线、打探工资的间隙逐渐展开的。这一处理并非无意为之。当每个人物过于沉溺于过去而无法抑制情绪时，总有工作或他人的谈话来打断。这体现了剧作家与历史悲情有意保持距离的态度。历史不能忘记，但那些没有经历过的人，终究无法感受。讲述历史不是为了打动，而是为了纪念。

（马洁宁）

艾尔维·吉贝尔（Hervé Guibert）

艾尔维·吉贝尔（1955—1991），小说家、摄影师。1955年12月14日出生于巴黎。17岁从事摄影，22岁发表小说，1977—1985年供职于《世界报》，负责摄影专栏。在其36年的生命中，留下近30部各类作品。1991年12月27日，因艾滋病离世。

1973年，吉贝尔报考电影学院未果，转而为多家杂志撰写电影评论。1977年，发表小说《死亡宣传》（*La Mort propagande*）。之后不久，他在阿维尼翁戏剧节上朗诵了自己的剧本，并将此次戏剧节的经历撰写成文，在《世界报》上发表，开始与《世界报》长达8年的合作。1979年，他举办摄影展，对他而言，摄影是展示自我的一种有效方式。在散文《幽影》（*L'Image fantôme*，1981）中，他将摄影定义为图像自传，并以此为目标，完成了《唯一的面庞》（*Le Seul Visage*，1984）等多部摄影作品。1983年，他参与编剧的同性恋主题电影剧本《受伤的人》（*L'Homme blessé*）获凯撒奖最佳编剧奖。

吉贝尔认为写作的目的是打开内心深处最隐秘的褶皱，从而实现自我认知。他在一次访谈中说："刚开始写作时，我还年轻。当时我就发现讲故事其实很难，因为我没有办法想象除我以外的其他人的生活。”他的第一部作品《死亡宣传》具有私人日记性质，以性、死亡和写作为主题。身体作为快感和痛苦的来源，在作品中占有重要地位：“我展出我的身体，它是可供参观的实验室，是器官癫狂的唯一主角和工具。”1980年，吉贝尔创作了摄影小说（roman-photo）《苏珊娜与路易丝》（*Suzanne et Louise*），用照片和配套文字向读者介绍了自己的姨婆——两位寄居在旅社里的老妇人。图像捕捉了两位老人的白发、腿、脚等细节，文字则描写了颇具情色又不乏稚气的生活画面：“苏珊娜，我给你写这封信可能有些失礼：这是一封情书……我怀着同等的爱意给你洗头发、拔下巴毛、按摩酸痛的肌肉，我的梦想是能拍摄你的身体。别怕，如果你看不见了，我会来给你读书。如果你自觉来日不多，告诉我，我会把你抱在怀里。”《苏珊娜与路易丝》被认为是吉贝尔探索私人隐秘空间的重要作品。

吉贝尔记录真实，也将“虚构的微粒”洒入叙事，使作品虚实相间，真假杂陈。1982年，他发表《和两个孩子去旅行》（*Voyage avec deux enfants*）：叙事者和朋友计划带两个孩子去旅行，出发前，大海和沙漠让人产生无限遐想。作品的第一部分以想象为主，足不出户地设想旅行，写旅行日记，而真正的旅行日记完成于出发后，被安排在作品的第二部分。吉贝尔认为若要从严格意义上谈论他作品中的虚构成分，应当自这部小说开始。1985年，吉贝尔发表《盲人》（*Des Aveugles*），浸透着作者年少时对一个失明少年的爱恋，写作的材料部分源于他在盲人学校志愿任教的生活经验。这部作品既有虚幻特征，又有纪录片般的真实性，更是“真实与谎言”之间的游戏。两年以后，他出版《你们让我产生幻觉》（*Vous m' avez fait former des fantômes*，1987）：一伙罪犯在幼儿园和孤儿院门口绑架孩子，绑来的孩子被装进麻袋，蒙上眼睛，直到要被投进浴池和角斗场的时候，才能重见天日。几年后，吉贝尔对于自己这一时期的写作总结说，虚构人物并非他的兴趣所在，与其将《盲人》与《你们让我产生幻觉》定义为小说，不如将它们看成故事。

吉贝尔很早就开始记日记。他的作品往往是因为日记里某个主题或某个人物出现得太过频繁，打破了日常生活的平衡而触发。《我的父母》（*Mes parents*，1986）就是如此："在这本书里，我将日记中的不少段落原样照搬。"虽然如此，《我的父母》并不是父母的传记。吉贝尔的不少作品将家人和朋友作为主要人物，但这些人物与生活的真实有着相当的距离。他常常选择日记般的叙述方式有距离地讲述身边的故事，他认为小说越是像日记，它才越是小说。此外，《我的父母》这部作品还延续了吉贝尔一直以来对身体的关注：叙事者想要摆脱父母的束缚，为的是能够享有身体的自由和绝对支配权。

在法国文坛，吉贝尔以患有艾滋病并公开承认同性恋而闻名。1988年1月，他被确诊染上艾滋病，但是他在绝望之后又感到因祸得福，因为艾滋病给了他智慧。20世纪90年代初，他以艾滋病为主题相继创作了三部影响较大的小说：《给没有救我命的朋友》（*À l'ami qui ne m'a pas sauvé la vie*，1990）、《同情记录》（*Le Protocole compassionnel*，1991）和《红帽男人》（*L'Homme au chapeau rouge*，1992）。三部作品都围绕同性恋和艾滋病展开，记录了作家的私生活和病中体验。《给没有救我命的朋友》以第一人称，几乎日复一日地记录了艾滋病毒侵蚀身体的过程和"我"在治疗过程中对死亡、孤独的深刻体验，还记录了吉贝尔的同性恋人、著名哲学家福柯的患病经历。作品出版后，法国舆论界一片震惊和哗然。一年半后问世的《伤约》是前一小说的续曲，讲述了患者身体在艾滋病毒的侵蚀下迅速衰竭的过程，与此同时，美国医疗界的一种新型药物DDI被认为是艾滋病患者的救命稻草，但这种药物还在临床实验期，其疗效和副作用还未得到确认，因而在市场上很难买到。在《红帽男人》里，主人公依旧是艾滋病患者，只是他似乎不愿再提起或者说在努力忘却将他推向生命终点的

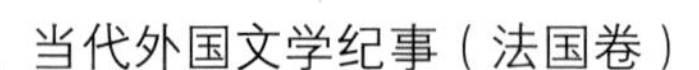

疾病，而将全部精力放在寻找和买卖画作之上。

1990年，《给没有救我命的朋友》公开了吉贝尔身患艾滋病的事实之后，《解放报》《世界报》《费加罗报》等多家报纸刊登了关于他的报道，数家杂志发表了评论他的文章，电视台书评节目《读书时间》也做过他的专访。吉贝尔自己也将生命的最后时光拍成录像《廉耻与不慎》（*La Pudeur ou l' Impudeur*），在法国电视一台播放。2001年，吉贝尔离世10周年之际，伽利玛出版社将他1976—1991年的私人日记结集出版，取名《情人们的陵墓》（*Le Mausolée des amants*）。吉贝尔的个人网站http: // www.herveguibert.net收集了包括文学、摄影作品以及影音资料等在内的大量信息，为读者和研究者提供了方便。

中译本：《给没有救我命的朋友》，徐晓雁译，河南人民出版社，2004年；《情人们的陵墓》，管筱明译，河南人民出版社，2004年。

《给没有救我命的朋友》（*À l' ami qui ne m'a pas sauvé la vie*）

《给没有救我命的朋友》（1990）是艾尔维·吉贝尔在身患艾滋病时写出的一部小说，用作者的话说，是“一本来不及修改的书”，“没有段落……没有情节，叙述跳跃”。小说以作者本人患艾滋病的经历为素材，以欲望和死亡为主题，描绘了主人公就诊前的犹豫和疑惑、确诊后的震惊与寂然，以及最终无法抵御病毒侵袭、决定放弃生命的全过程。吉贝尔说：“艾滋病在刹那间改变了一切，得知这个消息后，周围的一切都失去了平衡，它将我击倒在地，又给了我一双翅膀，它既让我无可奈何，又给了我力量。”书名中的“没有救我命的朋友”指的是朋友比尔，他是一家疫苗公司的代表，他们正在研发一种治疗艾滋病的疫苗，这一消息让吉贝尔和其他患者产生希望，又坠入绝望。

全书采用倒叙方式讲述，叙事者伫立在死亡边缘回顾自己的一生。

小说以宣布患病开始：“我患艾滋病已经三个月了。更确切地说，在三个月中我以为被这种称作艾滋病的绝症判了死刑。这不是在胡思乱想，我是真的感染了，化验结果呈阳性，足以证明……”疾病使吉贝尔的生命进程发生了不可逆转的变化：“在死亡还未真正驻足之前，我已在镜中，在镜中我自己的目光里，看见死亡正在走来”；面对日益临近的死亡，“我也渴望拥有力量，不可思议的自尊，还有慷慨，做到不告诉任何人死亡的临近”；当不幸到达一定程度，“即便不信神，你也会祷告”；“我为孩子们祈祷，希望他们在我死后还能长久地活着”；在生命最后的时间里，吉贝尔认为赋予生命意义的是死亡，他回想起自己曾长途跋涉去拍摄小孩的坟墓，凝视修士的木乃伊，还收集过“猛禽的标本”；那个时候，死亡“美妙而残忍”；而如今，“我已经浸透到了死亡底部”，对死亡有了更深的认识。

吉贝尔以细致入微的方式记录了艾滋病毒对病人的打击以及它在身体里的蔓延过程，叙述笔调冷静客观。他披露了自己的私生活细节，以及同性恋朋友中已患艾滋病或正受艾滋病威胁的人，讲述他们的生命状态和生活态度。吉贝尔还借穆兹之名，近距离描写了思想家米歇尔·福柯的临终情况。

作家在一次采访中提到，《给没有救我命的朋友》从“严格的真实”出发，最初以“真实的故事，真实的姓名”为信念，但随着写作的继续，真实渐渐变形，小说中的人物与现实中的个体不完全一致，即便是“艾尔维·吉贝尔”，也只是一个人物而非真人了。作者对自我真实的探询和揭示达到了新的深度，他将《给没有救我命的朋友》视作他的其他作品的一个了结，是开启其他作品的一把钥匙。

（张琰）

欧仁·吉耶维克（Eugène Guillevic）

欧仁·吉耶维克（1907—1997），诗人。出生于一个贫穷的农民和手工业者家庭，童年生活十分艰苦。14岁左右开始写诗。在30岁之前，吉耶维克是遵守教规的天主教徒，后由于西班牙内战而同情共产主义，于1942年加入共产党。第二次世界大战前，吉耶维克结识了保罗·艾吕雅，同时也是皮埃尔·勒韦尔迪、让·塔尔迪厄和阿拉贡的朋友。在艾吕雅的引荐下，他加入了秘密出版组织。1945—1947年先后在共产党领导下的国民经济部和重建部任职。1947年后，在经济监察局工作直至退休，主要负责经济形势和国土整治研究。1965—1970年间，吉耶维克逐渐被外国读者认识和喜爱，在匈牙利尤受欢迎，被称为“世界诗人”。1976年获得法兰西学院诗歌大奖。1980年，因苏联入侵阿富汗而退出共产党。1984年荣获国家诗歌大奖。

吉耶维克是20世纪下半叶法国最重要的现代诗人之一，一生笔耕不辍。早期诗歌模仿缪塞和拉马丁，也受到波德莱尔的启发和魏尔伦、兰波的影响。吉耶维克的童年时代是在贫苦中度过的。由于相貌丑陋，吉耶维克经常有被抛弃、排斥和蔑视的感觉，促使他在诗歌中发现了自己的理想形象。他通过词语表达焦虑感，词语成为其包扎受伤心灵、抚平焦虑的良药。

第二次世界大战前，吉耶维克在诗人让·福兰（Jean Follain）的引荐下加入了智慧团体（Sagesse），后加入罗什福尔（Rochefort）流派。该流派于1941年由诗人让·布耶尔（Jean Bouhier）创立，是继超现实主义后法国主要的诗歌运动之一。该流派最初是一个主要由西部省份的年轻诗人组成的友谊团体，因布耶尔的理论文章《罗什福尔学派的诗歌定位》（Position poétique de l' école de Rochefort）而得名。该团体后来逐渐吸收法国其他地区的作家，成为法国诗坛最重要的团体之一，然而它并不代表一种新的诗歌艺术。1941年草创之时，法国正处于德军的占领之下，该运动反抗维希政府宣扬的"民族诗歌"，主张自由表达个人感情，接近自然，充满人道主义精神；20世纪50年代，反对过度的介入诗歌。罗什福尔流派主张一种面对自然、面对世界的诗歌，将诗歌与自然的韵律融为一体。吉耶维克的诗歌深受该流派的影响。

吉耶维克的主要作品有：《水陆》（*Terraqué*，1942）、《哀歌》（*Elégies*，1946）、《断裂》（*Fractures*，1947）、《围捕》（*Traques*，1947）、献给艾吕雅的《行刑》（*Exécutoire*，1947）、《获得》（*Gagner*，1949）、《幸福之地》（*Terre à bonheur*，1952）、《31首十四行诗》（*31 sonnets*，1954，阿拉贡作序）、《卡尔纳克》（*Carnac*，1961）、《球》（*Sphère*，1963）、《与》（*Avec*，1966）、《欧氏几何》（*Euclidiennes*，1967）、《城市》（*Ville*，1969）、《隔板》（*Paroi*，1970），《槽》（*Encoches*，1970）、《附内》（*Inclus*，1973）、《域》（*Du domaine*，1977）、《潮沟》（*Etier*，1979）、《他人》（*Autres*，1980）、《缺口》（*Trouées*，1981）、《吉他》（*Guitare*，1982）、《挖掘》（*Creusement*，1987）、《诗艺》（*Art poétique*，1989）、《歌》（*Le Chant*，1990）、《现在》（*Maintenant*，1993）、《可能的未

来》（*Possibles futurs*，1996）等。

吉耶维克自其第一部诗集《水陆》开始，就与时代不合拍。当时在诗歌领域占主导地位的是超现实主义，而吉耶维克却和弗朗西斯·蓬热一样，摒除浪漫主义的抒情，探寻那些最普通、最微小的事物，描摹客观事物，其中一首诗的题目就是《东西》（*Choses*）。《水陆》一出版就以其新奇独特受到关注，他试图通过诗歌守护希望，反映了诗人不完美的童年和对故乡的眷恋之情，也有对母亲、对童年时温柔母爱的缺失的哭诉与哀求等。尽管对物很着迷，但其诗集中也不乏描写强烈感情的诗，例如面对死亡的恐惧等。在探寻的过程中，物与人渐渐融为一体，例如当写到一头被剥了皮的牛时，它反映的是在人的眼中这头被剥了皮的牛的躯体，因此也涉及人。

《行刑》表达的是无处不在的恐惧感，向纳粹野蛮行径的受害者致敬。战争和死亡的恐怖造成的伤口尚未愈合，诗人试图逃避到梦境中，驱逐可怕的景象。他摆脱了人类的时间，像波德莱尔的信天翁一样遥望远方、忍受痛苦。诗集中另有一些诗面向不可见的、沉默的内心世界，沉默包裹着词语，使之神圣化并超越了语言。

吉耶维克两岁时离开家乡布列塔尼海滨的卡尔纳克镇，后来只是在假期偶尔回去，因此他对故乡充满深深的眷恋。在《卡尔纳克》中，他似乎重回带给他抚平伤口的慰藉的故土。诗人将遥远的史前时代与现代连接在一起，通过时间和空间的具体联系回忆了故乡布列塔尼。诗人又找回了灵感，即面对广阔、运动又令人不安的大海时的沉思。

《球》开启了与世界相融合的道路，而《与》显示出诗人希望与其他人团结一致的愿望。《球》让人们发现了另一个世界，尽管恐怖的黑暗还将持续，诗人却尝试在梦幻中寻求某种平衡。《潮沟》如其标题所示（Etier指的是连接盐田和大海的水渠），重点表达诗人与元素的交流，话语发挥着根本的作用。在诗人看来，话语就像神秘的“第六感”一样，能够“触知” 无声的世界。话语与沉默产生合奏，赋予空白同等的重要性（“诗歌，就是话语与沉默的结合”）。诗人认为，诗歌与散文相反，它使沉默言说；诗歌发自内心深处，生命将从死亡中绽放，战争的阴影渐渐消散，诗人开始恢复希望与信心。在《欧氏几何》中，诗人徜徉在数学的海洋中，直线、图形与思想交汇。在《隔板》中，诗人开始寻求心灵的平和，赞美高峰之上的沉寂和爱情。他看到了直立的人，直立这一动作可能产生两种结果：上升或成为障碍。因此，人可能会成为带来痛苦的一道墙。“隔板”可能带有敌意，也可以为人所用。诗人在追寻之路上遇到了障碍，这是一些他必须与之融合的隔板，只有融合，才能与墙成为一体，才能继续上路，走上通向梦想的大道。《歌》中的吉耶维克化身为行吟诗人，词语汇成音乐的涓涓细流。《域》由众多短小的篇章组成，描绘了诗人心中的理想之地，即幻化为梦境中的天堂的布列塔尼。吉耶维克竭力通过梦幻创造一个天堂，存在着某些空想成分，但他努力让人们相信所看到的一切。《幸福之地》由不同的章节构成：《展示》《春的线条》《农牧之神》《希望》《生之渴望》和《和平的味道》。诗人远离了战争的沉重主题，每日与阳光、河流、沙土、大地相伴，贴近生命和生活，从中获得了和平的希望。

在《诗艺》中，人类赤裸裸地面对世界和自身，被词语包裹着，奋力向上，在呐喊中与纠缠不休的死亡阴影交战。孤独包围着诗人，即使看不到前方道路，他也必须抗争。而敌人就是无处不在的死亡和一切招致死亡之物。反复出现的“矿化”主题无处不在，使众多作品形成了一个有机结构。在征服世界、寻找宁静的过程中，诗人与矿物之间产生了一种血肉联系。另外，“水”也是吉耶维克诗歌的重要意象之一。

吉耶维克的诗多为自由诗体，简单易懂，受到了儿童的喜爱。他寻求接近自然的纯粹的诗，是真我的自然流露。语言简朴、清晰、精确，使用最少的词汇，尽量少用隐喻，像修剪树木一样精减诗句，只留下诗的“骨骼”。诗人称自己诗歌的语言是“为了认识生活、触摸生活、感知生活的语言”。他以简单而明晰的语言表达了战争的恐怖、他的痛苦以及面对杀戮的忧虑。在《可能的未来》中，这种诗法最为典型：原野、飞鸟，甚至早晨或夜晚都成为俳句的接续，简洁而锐利。诗人希望通过诗歌与他人交流。《域》是他最喜欢的诗集之一，因为该书最大程度地深入诗人内心。在《附内》中出现了“奉献”的概念，吉耶维克认为诗人好比牧师，诗歌是为了填补空虚，为了与宇宙达到和谐统一的状态而进行的神圣仪式。在静默中，他感到更加接近人类。他的诗歌来自日常生活的每时每刻，就像布列塔尼的荒原一样不加修饰。

吉耶维克是世界上作品被翻译得最多的诗人之一。他的诗歌被翻译成四十多种语言，并在六十多个国家出版，证明了人们对这位诗人持久普遍的兴趣。

中译本：《海滨小渠》，李玉民译，上海人民出版社，2009年。

（索丛鑫）

皮埃尔·古约塔（Pierre Guyotat）

皮埃尔·古约塔（1940— ），戏剧家、小说家。1940年出生于卢瓦尔省，父亲是一名乡村医生，母亲是波兰人。他的童年时代适值第二次世界大战时期，家庭成员经常被征参与抵抗运动和自由法国运动。他在天主教寄宿学校完成中学学业，14岁即开始写作，16岁时将创作的诗歌寄给抵抗运动诗人勒内·夏尔，获得了肯定与鼓励。19岁时，他离家前往巴黎，靠打零工为生，但从未停止写作。他将作品寄给出版商让·凯罗尔（Jean Cayrol），后者发现了其超前的价值，出版了他的首部小说《在马上》（*Sur un cheval*，1961）。

古约塔的语言和写作方式不同于20世纪60年代末的其他作家。他积极探索新的表达方式，追求语言的弃用与不可读（illisibilité）的极限，因其作品句子结构扭曲，词汇粗野，而备受争议。思想正统的读者认为他哗众取宠，内政部曾将他的作品列为禁书。他在作品中创造了充满性与战争的世界。欲望是其写作的中心主题，经常涉及同性恋问题。诗体小说《五十万士兵的坟场》（*Tombeau pour cinq cent mille soldats*，1967）一出版便因书中的大量男性性爱和战争描写而激起巨大争议。古约塔将《五十万士兵的坟场》的七个章节献给一位死于集中营的叔叔，将第二次世界大战与阿尔及利亚战争联系起来。1960年，古约塔应征入伍前往阿尔及利亚；1962年，因涉嫌威胁军队安全、有伤军队风化、串通潜逃和携带禁书等问题被捕受审，并被关了数月禁闭，他后来在《五十万士兵的坟场》中为自己的这段经历进行过辩解。小说中构想出的世界意指阿尔及利亚，作者以大量笔墨揭露了殖民战争时期军中的抢劫、卖淫、偷窃等行为，世界如同地狱一般充满残忍与野蛮、淫秽与暴力；压迫者和被压迫者，都堕落于奴隶制之下，在战争的阴暗力量下腐化沉沦。让·保兰（Jean Paulhan）曾评论道："古约塔先生并非不是天才。他是一位不同常规的、粗野的天才，但仍值得鼓励。"米歇尔·福柯也曾对古约塔说："我觉得（并不是我一个人这样觉得）您写出了我们这个时代最重要的一本书。"

古约塔在20世纪70年代介入了各种社会运动：他参与了士兵团体、移民和妓女争取权利的运动。1975年，他出版小说《卖淫》（*Prostitution*），标志着自己写作语言的转变。《五十万士兵的坟场》和《伊甸园，伊甸园，伊甸园》使用的仍旧是"文学语言"，虽然不是"高雅语言"，但依旧是经过修改斟酌的，目的主要在于同心理学和意象决裂。但1973年后，古约塔放弃了这种"物质的极端性"（radicalité matérielle），而是更加强调写作的不可读性。在《后代》（*Progénitures*，2000）、《书》（*Le Livre*，1984）等作品中，他"用语言"来书写，初看上去不是用法语写成，似乎糅合了其他多种语言；只有当读者积极思考并出声朗读时，才能辨认出法语并理解其内容。因此在阅读古约塔的文字时，读者需要高声朗读，以一种活跃的语言状态来"阅读"。"节奏即深度"，古约塔创造了一种独特的体验，使"文本"（texte）降落为"语言"（langue）。

古约塔的主要作品有：小说《在马上》《阿什比》（*Ashby*）、《五十万士兵的坟场》《伊甸园，伊甸园，伊甸园》《卖淫》《书》

《后代》《悲惨中的快乐动物》（*Joyeux animaux de la misère*，2014）、《地狱之手》（*Par la main dans les enfers*，2016）；诗歌《被通缉的女人》（*Wanted Female*，1995）；自传作品《昏迷》（*Coma*，2006）、《培育》（*Formation*，2007）、《深处》（*Arrière-fond*，2010）。古约塔在2010年获得国家图书馆文学奖，《昏迷》在2006年获得十二月文学奖。

《昏迷》（*Coma*）

《昏迷》（2006）发表于文学刊物《法兰西信使》（*Mercure de France*），同年获得了十二月文学奖。《昏迷》包括21个章节，讲述了作者1977—1982年间经历的文学危机和精神危机，尤其是1981—1982年间冬天经历的精神折磨，这种状态在1981年12月的一次昏迷中达到了高潮。

《昏迷》不是一部展现作者内心疯狂的作品，也不像古约塔的小说那样惊世骇俗。该书的语言相对易懂，读者可以倾听他的声音，尝试理解他的世界。但该书并不是一本典型的自传，作者无意原原本本地讲述其生活经历。作家通过记忆的碎片重建自己的人生，描绘了一个人对自我彻底摒弃，逐渐脱离人类共同体的心路历程。古约塔着重讲述了其内心深处的被遗弃之感，这种感觉使他无精打采，精疲力竭地漂向死亡之岸，直至陷入昏迷。只有写作能够将其从阴郁状态中拯救出来。

故事开始于1999年年底作者的一次回忆：他试图寻找“那个遥远的、日思夜念的女人”，接着他追忆到1972年两人关系的破裂，之后又回想起他的童年时代。叙事在回忆、离题、写作和以前作品的纠缠中进行，讲述了生活中的各种事件，如会面、旅行、自杀、住院、事故、袭击、葬礼等，直到1981年他的昏迷。童年、青年、遥远的过去、最近的过去、叙述的当下和作者的当下构成了较为精确的时间标志，但是叙事实际上是随着作者的意识的流动而进行的。

《昏迷》毫无疑问是一部疯狂之作，也是一部关于疯狂的作品，但是这种疯狂是一种他不想治愈的疯狂，正如古约塔所言："除非停止写作，没有人可以治愈我，但我从不抱怨。我活着的所有快乐存在于一种张力之中：这是一种来往于'痛'与'治愈'的内心游戏。我从童年起便知道这种痛，这是所有在这个矿物的、植物的、动物的、神圣的世界上的人类身上都有的痛；这种'治愈'没有人想要，一旦生效它便会剥夺我所有向远向前的勇气、欲望和欢乐。"

（王菁）

埃马纽埃尔·奥卡尔（Emmanuel Hocquard）

埃马纽埃尔·奥卡尔（1940—　），诗人、小说家、文艺史家、翻译家。1940年出生于加纳，在摩洛哥的丹吉尔市长大。1973年，他创办奥朗日出版社，以研究和传播当代诗歌为己任，出版了包括乔治·佩雷克、克洛德·鲁瓦耶-儒尔努埃尔（Claude Royer-Journouel）等许多新诗人的作品。1973年，他和画家利维合作出版了一本诗配画的诗集《钱包》（*Le Portefeuille*）。此后相继出版了《哈里斯别墅图册》（*Album d' images de la villa Harris*，1978）、《一座城或一个小岛》（*Une ville ou une petite île*，1981）、《有露天阳台和海景的三层楼》（*Deux étages avec terrasse et vue sur le détroit*，1989）、《挽歌》（*Les Elégies*，1990）、《桌面理论》（*Théorie des tables*，1990）、《雷克亚未克之旅》（*Le Voyage à Reykjavik*，1997）等作品。

奥卡尔称自己是“否定的现代性”（modernité négative）的诗人。他以历史、人文的眼光观照现实，反对在作品中流露个人感情，文风理性，追求“没有诗味儿的诗歌，干得像没涂黄油的面包片”，被评论界称为有“考古学”之风。他喜欢插图本形式，不仅同利维等画家合作出版过插图本诗集，还习惯在作品的卷首放一张与主题相关的图片，先给读者以直观的感受，再用文字从各个维度探寻平面背后的丰富层次，他的第一本个人诗集《哈里斯别墅图册》就是最明显的例子。作为出版商，奥卡尔也为其他诗人的作品配图，使用的大多是自己的摄影作品。他对抒情的反对和对图像的偏好部分地受到了美国物象主义（objectivisme）理论的影响，他曾与人合作翻译过该派别的代表诗人——查尔斯·莱兹尼考夫（Charles Reznikoff）和安东尼奥·西斯纳罗斯（Antonio Cisneros）的作品。事实上，在20世纪30年代的美国，由“意象派”演变而来的“物象主义”是诗人们针对诗歌的表现形式所作的一种具有现代性意义的激进尝试；而在奥卡尔这里，图片代表了一种直接而清晰的言说态度，是他用来对抗泛滥的暗喻和意指游戏的手段之一。尽管节奏、声音和意义使语言有操纵情感和超出现实的魔力，但真实的并不是词语，而是客观的世界。他所坚持的“否定的现代性”是“意指的现代性”（modernité de la signifiance）的对立面。

1992年的长诗《桌面理论》集中体现了诗人的立场。这部作品由51组短诗组成，数字暗合了诗人当时的写作年龄，内容具有自传色彩，描述的是诗人的一些日常生活场景，包括他与人的对话、问候和回忆等片段，掺杂了他的诗学观点。“桌面”既是一个可以不断被打乱、重新布局的有限空间，也代表了一种敞开、透明的态度：“放到桌面上”（déposer sur table），这和诗人对图片的喜好是相通的。在这部诗集中，诗人一方面以平面写作的姿态去除诗歌语言中的夸张和幻化，还原每个所指物体的本来身份，另一方面从多角度挖掘平面的立体性。51段短诗虽然用数字标号，但并不代表固定的顺序，互相之间可以灵活地转换和衔接。这种丰富的可能性需要读者随着阅读去反复品味，慢慢地发现。诗人显然并不想在诗歌中追求情感的唤起和感觉的刺激，而是要调动读者的理性和逻辑。同时“桌面”也代表了浓重的生活气息。奥卡尔认为，法国的现代诗歌过于严肃，几乎没有口语，这和美国诗歌大不相同，而他的素材则除了“拉丁历史、前苏格拉底，还有热门小说、烹饪书和园艺书”。上至柏拉图、卢克莱修等古代哲学家的名言，下至各种民间谚语，都出现在他的诗中。《桌面理论》就是一个理性语言和生活化口语混合的例子。在表达精神世界、理论观点时，诗人时而提到一个简称的B小姐，时而向某个人名或第二人称“你”问候一声或闲话家常。这种对口语有意识的运用，可以看成是诗人对“假深沉”的隐喻的消解，也使他的诗歌有了一种独特的诙谐而随意的风格。

奥卡尔也是一名小说家。1985年他的小说《曼哈顿森林里的阿莱拉》（*Aerea dans les forêts de Manhattan*）获得法国文化电台文学奖，之后他还出版了《丹吉尔的一个私家侦探》（*Un privé à Tanger*，1987）。他同时是文化传播界的活跃人物，1977—1991年担任巴黎现代艺术博物馆当代文学部的部长；1986年奥朗日出版社关闭后，他又于1989年创办了大西洋办公室，与人合作译介了许多美国当代的诗歌作品。期间他也出版了一系列诗歌史方面的著作，体现了他的历史思维，如《21+1个当代美国诗人》（*21+1 poètes américains d'aujourd'hui*，1986）、《49+1个美国新诗人》（*49+1 nouveaux poètes américains*，1991）、《大家都是相似的——当代诗歌选集》（*Tout le monde se ressemble*，*une anthologie de poésie contemporaine*，1995）。奥朗日出版社的所有出版物于1986年由弗拉马里翁出版社做了合集，被称为“70年的诗歌汇集或编年史”。

（周皓）

米歇尔·乌勒贝克（Michel Houellebecq）

米歇尔·乌勒贝克（1958—　），原名米歇尔·托马，小说家、诗人。1958年出生于海外省留尼旺岛。他一直在远离父母的家庭环境里成长，出生后不久就被父母托付给了在阿尔及利亚的外祖父母，6岁时改由祖母抚养，乌勒贝克就是祖母家的姓氏，后来被他用作笔名。1975年考入国立巴黎格里尼翁农学院，1978年获得农业工程师文凭。大学读书期间曾创办文学杂志《卡拉马佐夫》（*Karamazov*），发表自己的诗作，并着手拍摄一部名为《痛苦的水晶》（*Cristal de Souffrance*）的电影。不久，杂志停刊，电影拍摄搁浅。毕业后到国立高等路易·卢米埃尔学院学习电影，但未获得学位。之后遭遇失业、离婚，陷入抑郁沮丧的状态，曾数次进入精神病院。1983年，进入Unilog系统集成公司工作，为今后的小说创作积累了信息技术领域的体验。失业多年后，他曾在国民议会担任行政秘书，但对工作内容反感，最终辞职。失业期间，《巴黎新期刊》（*La Nouvelle Revue de Paris*）的编辑比尔托（Michel Bulteau）邀请他加入一个系列丛书的撰写，这件事情改变了他的人生轨迹。从此，他走上了文学之路。1985年开始发表文学作品，最初在

《巴黎新期刊》发表一些诗歌，1991年出版了关于作家罗夫卡特（H. P. Lovecraft）的传记《H. P. 罗夫卡特：反对世界，反对生活》（*H. P. Lovecraft: Contre le monde, contre la vie*）。1991年发表随笔《活着》（*Rester vivant*）；1992年发表第一本诗集《幸福的追寻》（*La Poursuite du bonheur*），获得特里斯坦·查拉诗歌奖；1996年推出第二本诗集《斗争的意义》（*Le Sens du combat*），摘得花神文学奖；1999年出版第三本诗集《新生》（*Renaissance*）。

乌勒贝克的小说主要有《角斗场的扩展》（*Extension du domaine de la lutte*，1994）、《基本粒子》（*Les Particules élémentaires*，1998）、《平台》（*Plateforme*，2001）和《一座岛屿的可能性》（*La Possibilité d'une île*，2005）、《地图和疆域》（*La Carte et le Territoire*，2010，获龚古尔文学奖）。《角斗场的扩展》是乌勒贝克的第一本小说，带有黑色幽默色彩，描述了公司的白领生活，与他1983年在Unilog公司的工作经历有关，以中性的语调展示了现代社会人与人之间关系的堕落，使他成为描写当代人感情和精神生活的先驱作家。这部小说1999年在法国被改编为电影，2002年在丹麦被改编为电视剧。《基本粒子》和《平台》的发表使他一跃成为当时文坛的另类挑衅者，其中的性描写以及对伊斯兰教的批评在文坛引发巨大争议。

乌勒贝克的小说常涉及孤独、空虚、焦虑、性泛滥和人情冷漠等主题，揭示了当代社会的病态和现代人的兽性，往往弥漫着一股悲观厌世的气息，语带尖刻的讽刺和冷峻的幽默。《角斗场的扩展》的书名暗指自由资本主义将人生的角斗场从职场、消费、金钱等向情感和性领域扩展。他说：“在完全自由的经济制度下，有的人积累了巨大的财富，有的人则失业受穷。在完全自由的性制度下，有的人有多样和刺激的性生活，有的人只能自慰和孤独。”作者清醒地看到，在一个物质至上的社会，家庭、宗教等维系人与人之间的关系的纽带消失了，人局限于和满足于身体和物质的需求，性取代了感情，也使人走向空虚和绝望。乌勒贝克1995年在《艺术评论》（*Art Press*）上说："几个世纪以来，社会和家庭结构逐渐解体，个人成为孤立粒子的趋势逐步上升。""粒子"一词出现在了他的第二本小说《基本粒子》中。该小说讲述了一对性格迥异的同母异父兄弟的不同遭遇。哥哥布鲁诺是一个生活放荡的享乐主义者，弟弟米歇尔是一位生物遗传学家，对性不感兴趣。米歇尔发现了一种不需要性关系就能产生快感的方式，可以将人类从堕落的性追求中解放出来，从而直接产生新的人类文明。小说结尾从2079年的新文明时代回顾过去，展现了我们当下的时代是一个正在走向结束的黑色阶段，享乐主义是这个时代的一道伤痕。该小说意在指出：对肉体享乐的无节制追求摧毁了人类的关系，造成难以克服的挫折感。

乌勒贝克认为，艺术创作来自痛苦，来自对生活的感觉。他不崇尚社会进步，而是更加关注社会进步带来的精神危机。文学对他来说是一种认知方式，他拒绝无动机的形式游戏。他的笔调具有黑色幽默色彩，严肃和滑稽、叙事和议论、科学语言和行业俚语并存杂糅。乌勒贝克表现出对自然科学的偏好，其作品颇具实证主义和自然主义风格，经济学和量子物理被用来分析人类状态。

乌勒贝克揭露了西方文明的衰落、当代社会的病态和丑陋，使他的创作具有一种"世纪末"写作的意味。书中人物对物质和快感的歇斯底里般的追求恰恰是绝望的表现，令人联想到波德莱尔和塞利纳。他揭露了"现代民主的谎言"，引来某些制度拥护者的恐惧和敌视，他们甚至将其称为文学界的恐怖分子。事实上，乌勒贝克的个人立场并不明确，他书中的观点，包括斯大林主义、优生学、种族主义、厌恶女人等，往往故作挑衅，而书中持这些观点的人物有的是未来的机器人，有的则是疯狂的学者。这些观点到底是人物的还是作者自己的，人们争论不已。

法兰西公学的教授弗玛罗利曾评论说："乌勒贝克悄悄地潜入法国和欧洲文学中最丰富的一条创作脉络，那里充满着叔本华的宇宙悲观主义，他展示了这种悲观主义，却没有大肆宣扬。"乌勒贝克冷峻、疯狂、色情的描写所折射的是现代人沉重、挣扎和绝望的精神状态。

中译本：《基本粒子——一本非物理学专著》，罗国林译，海天出版社，2000年；《一个岛的可能性》，余中先译，文汇出版社，2007年；《地图与疆域》，余中先译，人民文学出版社，2012年。

《基本粒子》（*Les Particules élémentaires*）

《基本粒子》（1998）是乌勒贝克的第二本小说，一经推出便震惊整个文坛，引发激烈争论，成为当年的畅销书，并获得十一月文学奖，已经被翻译成25种语言。

书名借用了物理学中的“粒子”概念，隐喻个人是构成社会的基本粒子。经济和风俗的日益自由化并没有促进人的幸福和解放，反而造成人的孤立化，使人沦为一个个孤立的原子，即“基本粒子”，而“粒子”之间的联系和纽带却断裂和消失了。

小说以交替手法讲述了一对同母异父兄弟布鲁诺和米歇尔从童年到成年的成长经历，充斥着大量的色情和性虐描写。母亲雅妮娜是20世纪60年代末性解放思想的信奉者和实践者，她有许多情人，生下了布鲁诺和米歇尔。他们自幼被母亲抛弃，由各自的祖母抚养长大。作者试图用生物学来解释兄弟二人成年后的不同遭遇，说明童年缺乏母爱的孩子，成年后将出现性障碍。哥哥布鲁诺在学校时就屡遭强奸和欺侮，他对母亲充满怨恨。长大后他成为一名中学教师，渴望成为作家。他虽然结婚成家，但是常常光顾色情场所，打色情电话，勾引女学生，沉溺于病态的性享乐。后来他遇到一位年龄相仿的离婚女人克丽斯蒂亚娜，两人具有相同的趣味，参加性旅行和色情夜总会。但是克丽斯蒂亚娜突发疾病而自杀，绝望的布鲁诺也几乎发疯和自杀。弟弟米歇尔被母亲抛弃后，与祖母在一起生活，祖母的去世给他造成巨大创伤，使其在以后的人生

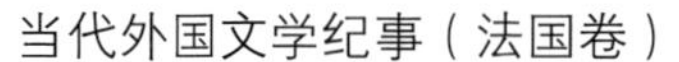

中不相信也没有体会到任何真正的感情。他过着在住所和实验室之间的两点一线的生活，只关注克隆动物的科学实验，成为一位很有成就的生物遗传学家。虽然他有一个情人，但是不相信爱情。米歇尔临死前有一项重大科学发现，即通过克隆技术可以使人无性繁殖，从而将人类的繁衍和性快乐分离开来，使人摆脱性困扰，创造出一种新人类，也回应了引子中所说的基因革命将在世界历史上开辟一个新的时代。米歇尔于2009年自杀身亡。他的学说被接受，并在2079年被付诸实施，现有的人类将消亡，被用新技术创造的新人类取代。

（徐熙）

爱德蒙·雅贝斯（Edmond Jabès）

爱德蒙·雅贝斯（1912—1991），诗人。出生于埃及的一个殷实的犹太家庭，祖辈为法国人，已移居埃及数代。1924年，他只有12岁，他的姐姐去世，给童年的他造成终生无法治愈的创伤，死亡的阴影不断出现在他后来的诗歌创作中。他年轻时到法国求学，结识了马克斯·雅各布、保罗·艾吕雅、安德烈·纪德、亨利·米肖、菲利普·苏波和罗歇·卡约尔等一批作家和艺术家朋友。他热爱生于斯和长于斯的埃及，但是1956年苏伊士运河危机爆发，埃及的反犹情绪高涨，他被迫离开埃及，定居法国。无根的痛苦、漂泊的命运从此成为其诗歌创作的底色。1967年，他获得法国国籍，定居巴黎，直至1991年去世。生前曾获多项文学奖，如1970年的批评家文学奖，1982年的法国犹太人基金会艺术、文学和科学奖。主要作品有：《我造我家》（*Je bâtis ma demeure*，1959）、《问题书》（*Le Livre des questions*）七卷、《相似书》（*Le Livre des ressemblances*）三卷、《对话书》（*Le Livre du dialogue*，1984）、《分享书》（*Le Livre du partage*，1987）、《好客书》（*Le Livre de l' hospitalité*，1991）等。

早期的诗集《我造我家》汇集了诗人1943—1959年的诗歌创作，一问世便受到儒勒·苏佩维埃尔、加斯东·巴什拉和加缪等人的好评。该诗集显示出诗人对诗歌语言和事物的神秘存在的高度关注，他把语言视为他的住所，发掘语言的一切可能性，使用许多还未有人使用过的语言组合，创造出一种富于韵律的语言。他尤其喜用格言，在喷涌的文字中，人与话语的关系清晰地呈现出来。语言证明了诗人探寻的迫切愿望：诗人不仅仅想要为无限丰富的现实命名，尤其想要向现实发出叩问。

词语的存在不仅没有起到保护作用，反而将诗人推向漂泊，因为写作就是一种追寻。在流浪的途中，诗人只是一个四面受到威胁的不确定的存在。雅贝斯的主要作品表达的就是他与这种流浪之间的关系，例如七卷本的《问题书》。“问题”是对世界、生命和诗歌的叩问，写作本身就是一种对话和叩问。叩问究竟是什么将自己的流放命运与犹太教的“启示”联系在一起的，这既是对写作的深刻思考，也是对人类未来的深深忧虑。《相似书》延续了《问题书》的思考。诗人发出一种独特而悲怆的声音，一个背井离乡、打着深刻时代烙印的不幸的生命的声音。

雅贝斯的创作植根于一段历史和一种文化（“犹太文化和写作是同一种期待、同一种希望、同一种消耗”），他努力从传统诗歌过渡到一种“不属于任何体裁，但却包含所有体裁”的写作，这就是碎片镶嵌式的写作。这种难以定义的形式将诗歌与散文、议论与叙事、对话与格言等形式熔于一炉，大大增强了文字的碎片化。多种形式的并存并没有使文本显得杂乱，而是构成了一个协调的整体。这些碎片都围绕着同一个主题展开，就是如何言说不能言说的事物。

沙漠是雅贝斯作品的一个重要意象，是一个漫无涯际、没有中心、无限开阔的空间，也是一个无法扎根、被人遗弃、令人恐惧和绝望的地方，人在其中找不到方向，代表着诗人心中的流放感。诗人因自己的犹太人身份而遭流放，但流放被赋予一种本体论意义，成为人类存在状况的写照。通过对词语的探索，写作成为直达内心的纯净目光，旨在重构语言的记忆。祖国已经遥不可及，诗人只能在词语中寻找一种表达方式，使话语与世界无限接近。

作为在大屠杀之后成长起来的一名犹太作家，“上帝的沉默”是其永远叩问的一个问题。他所代表的这一代人被混乱和反抗所主宰，他们以隐晦神秘的方式诉说着不能言说的事情，以各不相同的方式反抗着上帝。

雅贝斯的作品有时虽然难以理解，但其独特性引起了批评家们的兴趣，雅克·德里达的《书写与差异》（*L'Ecriture et la Différence*，1967）和莫里斯·布朗肖的《友谊》（*L'Amitié*，1971）都对其创作进行了评论。

（索丛鑫）

菲利普·雅各泰（Philippe Jaccottet）

菲利普·雅各泰（1925— ），瑞士法语诗人、评论家、翻译家。1925年6月30日出生在瑞士莫顿市，后随家人移居洛桑。15岁时即显露出诗歌才华，创作了处女诗集《黑色的火焰》（*Flammes noires*）。1941年，他与瑞士法语诗人、翻译家居斯塔夫·胡（Gustave Roud）结为忘年交。在胡的指引下，他阅读德国浪漫派荷尔德林、里尔克的作品，开始真正走上诗歌创作和诗歌翻译之路。1943年，他进入洛桑大学文学院就读文学专业。1945年，他出版了第一部诗集《写给魔鬼的三首诗》（*Trois poèmes aux démons*）。1946年大学毕业后，被瑞士梅尔蒙出版社派往巴黎办事处工作，随后进入巴黎的作家圈。1947年，他出版了第二本诗集《安魂曲》（*Requiem*）。1953年，他与瑞士女画家安娜-玛丽·海泽勒结婚。此后，他与夫人离开巴黎，定居法国南部德龙省一个宁静的小村庄格里昂，潜心从事文学创作、评论与翻译。

在巴黎工作和生活期间，雅各泰结识了法国诗人蓬热以及《84》杂志的撰稿作家亨利·托马斯（Henri Thomas）、皮埃尔·莱里斯（Pierre Leyris）等，逐渐摆脱了早期诗歌在死亡阴影笼罩下的浪漫主义的忧郁、悲怆的风格，寻求用“低音调”写诗，转而关注寻常事物和外部风景。在超现实主义诗歌的“缤纷焰火”散尽之后，雅各泰与同时代的一些诗人如伊夫·博纳富瓦、安德烈·杜伯歇、雅克·迪潘等人一起致力于开创法国战后新的诗歌潮流[这些诗人曾共同为《瞬间》（*Ephémère*）杂志撰稿，因而被称为“瞬间一代”]，摈弃自动写作与文字游戏，也与意识形态保持距离，朝向事物本身，试图以诗歌为途径重新抵达感性世界，与世界重建一种本真的、明澈的联系。

1953年是雅各泰创作的分水岭，他选择隐居乡村、回归自然的生活方式，最终促成了其诗学取向的根本性转变。雅各泰在1959年出版的叙事性作品《晦暗》（*L' Obscurité*）体现了他在转折期经历的一段精神危机，也折射了诗人对自我的问题、写作与生活方式的关系的反思。之后，诗人更坚决地面向具体的、简单的外部世界，寻求通过隐没自我的途径观物、感物，在收录他的诗歌精品的《菲利普·雅各泰诗选：1946—1967》里尤其清晰地体现出这种演变。同一时期，雅各泰受到中国的道家思想和禅宗思想、中国古诗和日本俳句的影响，在某种程度上，他将“明澈的东方”的美学理想作为典范，以期赋予西方抒情诗一种“新目光”和“新出路”。在靠拢东方智慧的过程中，雅各泰进一步坚信他选择的“归隐之路”，在体悟中静观万物，并逐渐用生存方式的选择确立了一种诗歌的伦理观，即表明 “在此时此地的真正的生活是可能的”，来回应19世纪末象征主义诗人兰波的表述“生活在他处”。雅各泰用“更自然、更含蓄”的方式“把诗歌放置在界限的内部”，反驳象征主义和超现实主义诗歌体现出的“过度、晕眩和沉醉”，力求“从最简单的事物出发，将近处与远处相连接”。

雅各泰创作了多部诗集，如《苍鸮及其他诗》（*L' Effraie et autres poésies*，1953）、《人间之歌》（*Chants d' en bas*，1974）、《在冬天的阳光下》（*A la lumière d' hiver*，1977）、《在云下的思想》（*Pensées sous les nuages*，1983）等，还创作了一些诗化风格的随笔

作品，如《树下的散步》（*La Promenade sous les arbres*，1957）、《梦想的元素》（*Eléments d'un songe*，1961）、《具象缺席的风景》（*Paysages avec figures absentes*，1970）、《播种期》（*La Semaison*，1971）、《穿越果园》（*A travers un verger*，1975），借用诗人本人的表述，他的诗歌作品是“瞬间诗”（poème-instant），而诗化随笔好比是“话语诗”（poème-discours）。同时，雅各泰也涉猎文学批评的领域，自战后初期起在《新法兰西杂志》《洛桑文学报》等报刊上设立专栏发表大量的评论文章，还出版了批评集，如《缪斯的对话录》（*L'Entretien des Muses*，1968）、《隐秘的交流》（*Une transaction secrète*，1987）。雅各泰在随笔和评论作品里以诗话语的形式逐步明确了他的诗学思想，确立了独具特色的诗歌美学。在雅各泰的作品中，风景常占据核心的地位，诗人的情感、生存体验往往与风景的体验交织在一起，他的作品在对风景的白描之中，透露出思辨的倾向，经常直指存在的根本性问题，比如死亡的问题。他在揭示世界的美的同时，也呈现了风景中蕴涵的否定性。但雅各泰将哲理的思考融入对感性事物的深度把握之中，思想与诗意在他的作品里相互渗透，融为一体。因而，雅各泰的诗作既抵抗了纯思辨的诗歌本体论倾向，也抵抗了文本主义的倾向，在战后法国诗歌流派的分歧中找到了一条“中间之道”，也引领法国抒情诗走出了虚无主义和怀疑主义的危机。

在雅各泰的创作中，贯穿着“求真”的思想维度，他强调他的诗歌“只言说真实”，并试图与真实保持一种恰如其分的关系，这构成其诗歌伦理的基础。雅各泰强调“在最简单的事物里，找到最简单的真实”。在对真实的感知中，雅各泰自称“无知者”，从这种自知的“无知”立场出发，他试图走出主体性的局限，消解认知的定势，用直觉的、即刻的方式捕捉真实，让事物在脱落一切黏着的“明澈之境”里显现。诗人认为，总有“不可把握”的维度隐藏在真实的深处，他不试图阐释，而只是在“忘我”的静观与倾听中“呈现”世界的神秘性和相异性。雅各泰在对真实的感知中还吸收了中国古代思想中非对立性的、超越矛盾的思维，将各种构成矛盾、互为补充的事物结合在一起，将目光投在容纳着所有局限性的有限之中，“让无限透过有限，在其中，散发光芒”。这种折中的观念在雅各泰的创作中体现为一种美学意义上的平衡，因而，尤其在他的后期作品中，内与外、近与远、明与暗的对照无所不在，相互交织，矛盾的消解引向一种静谧的明澈之境（“真与非真，融化成烟……/真与非真 闪耀/芬芳的灰烬”；“安宁/影在光之中/如一缕青烟”）。同时，雅各泰也用清醒的态度反思了语言的局限以及意象的谎言，他认为“意象遮蔽了真实”，尤其反对理念对意象的滥用，认为超现实主义诗歌过于任意地滥用意象，用一种“巴洛克式”的关系遮蔽了物与物之间的真实关系。在日本俳句的影响下，他寻求剥落诱惑性表象的简单的诗歌，寻求达到“无象之诗”的境界，试图重建词与物之间本真的、明澈的联系，用“透明的词语”切近事物“无蔽的状态”；尽管雅各泰试图摈斥意象，但他最终承认诗歌意象的必要性，认为意象是构成诗歌用以连接“物质与精神”“有限与无限”的“折中之径”。在后期的诗歌中，雅各泰通过逐步运用词语的节省、第一人称“我”的省略、名词性的结构、意象的剥落与销蚀，在语言层面上愈加实现了他所追求的朴素、简单、清贫的诗歌美学境界。

在战后法国“介入文学”依然盛行的氛围中，尤其在1968年“五月风暴”中，雅各泰在1968年12月发表的《作家与介入》一文中反思了介入的问题，明确提出了“不介入”的立场，甚至选择“隐退”来标志另一种“介入”，避免夸大文学的社会功能。他选择用节制的态度和冷静的目光关注物象的世界，用“耐心”和“专注”面对诗歌创作。最终，他的诗作以其“含蓄”和“朴素”的美学特征在当代法语诗坛凸现，被评论界认为代表了“当代法国诗歌纷杂、喧哗的合唱”中“最真实的声音之一”，并在2004年被选入法国教师资格文科考试大纲，成为当代法语诗坛具有代表性的经典作品。雅各泰先后荣获瑞士朗贝尔

（Rambert）诗歌奖（1956）、洛桑市市立文学奖（1970）、瑞士哈缪文学奖（1970）、德国图宾根获蒙田文学奖（1972）、德国彼德拉克诗歌奖（1988）等。迄今为止，雅各泰的作品已被译成英、德、西、意、中、俄等多国文字。

此外，雅各泰也是一位享誉欧洲的翻译家，他自青年时代起从事文学翻译，曾翻译荷马、穆齐尔、恩加尔蒂、里尔克、荷尔德林等名家的作品，荣获法国国家翻译大奖（1987）。雅各泰在翻译中强调对他者的倾听，试图在本族语中接纳另一种语言的相异性，与原作寻求一种恰到好处的切合，寻求一种不乏理想化的“明澈”的标准，正与他所向往的诗歌创作的境界相吻合。

中译本：《菲利普·雅各泰诗选：1946—1967》，姜丹丹译，上海人民出版社，2009年；《夜晚的消息》（为上述译本的修订版），姜丹丹译，人民文学出版社，2020年。

《菲利普·雅各泰诗选：1946—1967》（*Poésie 1946—1967*）

《菲利普·雅各泰诗选：1946—1967》是雅各泰最具代表性的诗选，收录了诗人早期创作的四部诗集（《苍鸮》《无知者》《风》《功课》）里的精华诗作，清晰地反映了雅各泰诗学的演变过程。

诗选收录的第一部诗集《苍鸮》（*L'Effraie*，初版1953）的作品是雅各泰在1945—1952年间在巴黎居住和去意大利旅行时创作的。诗集的标题实际上借鉴了布丰的著作《自然史》里的描写：苍鸮是在黑夜里哀号的白鸟，因其叫声尖锐而凄惨，令人感到畏惧和恐怖，被视作死亡的使者或幽灵；这只象征性的鸟的形象穿梭在诗的空间里，暗含死亡的影子，也喻示了难以捕捉的世界的相异性。在这部诗集里，前五首诗隐约透出传统的十四行诗的韵律痕迹，但立刻过渡到自由诗体，尤其显现出受到法国诗人蓬热影响的趋向散文化的诗风。在其中，风景的元素转瞬即逝，随时处于消失的边际，正如诗句中所写“短暂的火焰迎雾而上”，交织着时间的流逝、爱的失落、死亡的威胁。主体意识到“我什么都不拥有”，不再“固执地翻着这些碎屑、箱柜、瓦砾”，走出了“内部”空间，走向了“水流和森林”，投向自然界的怀抱。于是，“轻盈的风景”成为诗的主体，内与外的对立逐渐消解。

自1953年起，雅各泰选择定居法国南部小村庄格里昂，重寻“诗意栖居”的可能性，他用“皈依自然”的字眼来表述他对感性世界的情感和态度。第二部诗集《无知者》（*L'Ignorant*，1958）里收录了雅各泰在1950—1956年间创作的诗作，正对应诗人在巴黎居住的末期和到格里昂定居的初期阶段。在这部诗集的第一首诗中，雅各泰写道：“愿黎明／抹去我自身的神话，愿它的火遮蔽我的名字。”这标志着雅各泰后期诗学思想中的一个关键性特征：基于对自我的忘却，诗人回归自然，回归简单的、朴素的事物，消解认识中自我所设的屏障。雅各泰对“自我”的否定，是对于膨胀的自我、自我的欲望的摈弃。在“忘我”的基础上，雅各泰自比作“无知者”：“我的年纪越老，我的无知越增长／我经历得越多，拥有得越少，统领得越少。”“无知者”的形象在雅各泰的作品中时常出现，这不仅是诗人的自谦，也不仅表现出诗人对生存和认知的困惑，还是一种自知的“无知”，是一种观物立场的选择，也是雅各泰观物方式的出发点。这种态度并不是排斥知识，而是在审美体验中强调以本心去观照，强调抛除固定的知识体系的约束，拒绝固定的、僵硬的概念模式。在这个创作阶段，诗人深刻反思自我的问题，从“隐退”和“静敛”出发，致力于克制自我欲望的内心修炼，用敞开的胸怀接纳风景，于是，从《苍鹄》到《无知者》，自我逐渐地隐退，让位给万物和交叠变幻的自然现象。

从雅各泰的第三部诗集《风》（*Airs*，1967）开始，“自我消隐”的现象尤为明显，尤其体现在语法上“我”（法语中的“Je”）的隐退（在《风》的56首诗中，总共有44首诗没有“我”的出现）。即使“我”出现，也只是缩化成一种目光，一种感知的意识，或者说一种纯粹的述体（instance），而并不代表抒情式的主体。在这个阶段，雅各泰的诗学观念受到了东方美学思想，尤其是日本俳句的深刻影响，诗集《风》里短小、精悍、凝练的诗正是雅各泰和他所理解的俳句的“神遇”所凝结的果实。在这部诗集里，雅各泰用近乎白描式的手法写一草一木，用“简单符号的并置”传达“瞬间”的真实，而在趋向整体性观照的视域里，诗人又展现了相互矛盾的元素对撞又互补的张力关系。诗人还常用“不可见”的缥缈形象，暗示出一种不在的“在场”，以有形写无形，这也赋予《风》一种“空灵”“清瘦”的特征。在其中，他笔下的诗意“瞬间”愈加透出悖论式的明澈，“静止又飘逸，强烈又轻盈，颤动又宁静”。

该诗选的前三部分创作于1946—1947年，是《菲利普·雅各泰诗选：1946—1967》第一版的主体部分。在第二版里，收录了第四部诗集《功课》（*Leçons*，1969）。根据雅各泰本人的说法，在20世纪70年代末，他身边一些亲朋好友相继离世，尤其是岳父的去世，对他触动很大。这部诗集更明显地透露出他对于生命的脆弱性和生存的悲哀的深刻意识，他的诗直面、书写了死亡和苦难的问题（“尸体。一颗彗星离我们也没那么远”；“苦难／如同一座山在我们身上崩塌”）。在雅各泰对于存在有限性的清醒认识中，不乏畏惧和痛苦。在这部诗集中，诗人体现出探求真实、敢于承担否定性的诚实的伦理态度，这与他的诗歌语言趋向朴素、剥离幻觉性意象的美学特征紧密地联系在一起。从整体上看，在雅各泰后期的诗歌创作里，剥落了哀伤和焦虑的调子，诗人尝试着“将事物的轻盈与时间的重负相糅合”，因而逐渐走向包孕“亦此亦彼”的美学境界，在“轻盈和沉重，现实和神秘，细节和空间”之间编织一种微妙的联系，一种似有似无的平衡。即使当诗人在最近处审视死亡时，他不乏痛苦地揭示出包含摧毁性力量的简朴又粗糙的现实本身，他也依然带着“不确信”的诚实接纳了存在的否定性，并时而用朴素的语调将之与自然界的荣枯衰亡的现象相交融。最终，雅各泰对于生存问题的拷问与轻盈的、诗意的意象交织在一起，化成一片明亮的风景，“死亡包容在[风景]其中”。

这部诗选充分体现了雅各泰的诗歌伦理与美学的特征，也反映出其诗学观渐进的演变过程。诗人的“自我”逐渐隐没，成为“呈现”事物的媒介，传达事物的内在诗意性，诗人用“致力于隐退”的在世方式更开阔地朝向感性世界敞开。在语言层面，雅各泰力图避免让诗太饱满，逐渐地探求少而又少的、几近“清贫”的语言，来言说“很少的事物”承载的真实，来对应清贫的伦理思想。总而言之，和“瞬间一代”的其他诗人一起，雅各泰寻求贴近和传达世界真实的“质感”，从而为超现实主义所标志的“意象的年代”彻底画上句号，力图在诗歌中“接纳”现实本身的“宽广、多样性和深度”，在整体上体现出一种走向清醒的诗学伦理、审美境界和诗歌语言层面的修炼。

（姜丹丹）

若埃尔·茹阿诺（Joël Jouanneau）

若埃尔·茹阿诺（1946— ），剧作家、戏剧导演。1946年出生于卢瓦尔–谢尔省的一个小农庄。少年时产生了对戏剧的热爱之情，高中时排练萨特的戏剧《魔鬼与上帝》点燃了他对现代戏剧的热情，从此与戏剧结缘。成年后从事多种职业，如小学教师、社会救助机构员工、文化事务专员、记者等。工作之余，保持着对戏剧的热爱，1962—1984年，一直活跃于业余戏剧团体“奢侈剧院”（le Théâtre du Grand Luxe）。1984年从中东回来之后加入了剧作家布鲁诺·拜恩（Bruno Bayen）的戏剧公司，正式踏足戏剧事业。同年建立了自己的剧团“黄金国”（L’Eldorado），并创作了第一部作品《加沙风雨夜》（*Nuit d’orage sur Gaza*，1987）。他在创作和导演个人剧目的同时也导演其他剧作家的作品。1990年，茹阿诺开始了执教生涯，先是在斯特拉斯堡，随后在巴黎的国立高等戏剧艺术学院任教，2001年离开巴黎，定居布列塔尼。

茹阿诺的写作习惯别具一格：他习惯随身携带笔记本及时记录日常偶然出现的灵感，或是通过评注其他作家的剧本来获取灵感，一个人在暗室中写出大致的内容；然后他回到家庭，在妻子身旁完成最终的创作——他需要感受到女性力量的支持来赋予剧本完美的形态。对于茹阿诺来说，戏剧创作的核心问题是如何将自己的剧本搬上舞台。也就是说，只有经过舞台的考验，剧本创作的意义才能够完整。因而他在创作之余，也将自己的绝大部分剧本搬上舞台，并积极导演其他现代剧作家的作品。他认为文本和舞台之间的相互交流和补充非常重要，将剧作搬上舞台的过程即是发现剧本瑕疵、修改剧本缺陷或者缺失的过程，这个不断修缮的过程会启发下一部作品的创作。他导演过他人的剧作，也将自己的剧本交由其他导演来改编和执导。关于剧作家的剧本由谁来执导更为恰当的问题，他承认大部分剧目都可以交由其他导演改编和发挥，不同的解读和演绎可以使剧本呈现出多样的光彩，但是如果他人对作品理解不深，或者改编过于生硬，这无异于是对原作的“强暴”。

茹阿诺的第一部作品《加沙风雨夜》讲述了一个男人莱奥和一个女人玛丽在加沙废弃的餐馆里的一次短暂却血腥的相遇。莱奥深受这个世界的伤害，脑海中残留着关于这个世界的锋利的记忆碎片。当他遇到玛丽后，他在玛丽的脸上看到了世界的印记，与他脑海中的印象不谋而合。于是他杀死了玛丽。该剧的背景虽然是中东，表现的却是作家自身的内心挣扎和斗争，意在从对外部环境的关注转向人自身。该剧的序幕是一段描述性的文字，充满真实和幻象的交织：“我”在清醒和噩梦的边缘，无法脱身，“我”放弃了抵抗进入梦境，在门德尔松的乐曲声中，明亮的聚光灯下，一支部队完成了大屠杀和尸体清理，迅速撤离后消失在黑暗中。一颗被遗忘的死人的头滚到我脚边，突然间，它发出了惨叫。这颗死人头是一个标志性的意象，它集合了现实与梦境的双重特征，是人内心深处最为隐秘的恐惧的象征。虽然序幕中描写的场景与剧本内容没有直接的关联，但这次尝试启发了其后的创作立意，作者始终关注人的内心和外部世界的永恒对抗，着重表达人的复杂的内心世界和多重阴影之间错综的关系。

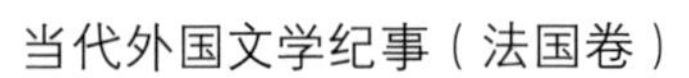

对自己的作品不断反思和返工是茹阿诺创作的一大特点，除了《秃鹫》（*Le Condor*，1994）是对《加沙风雨夜》的重新编写之外，他还重写了《迷失海上的水手》（*Le Marin perdu en mer*，1992）。茹阿诺的作品没有引人入胜的情节，某些意象，比如鸟类学家、母亲、乡村生活或童年回忆在不同作品中反复出现，直到其意义最终透彻地显现出来。由于深受剧作家罗伯特·潘热的影响，他还乐于使用有特殊意义的地名，象征空间与时间的秘密联系，表现不同地理环境对人性的塑造。此外，他还频繁运用音乐元素，或者直接以音乐为主题，例如创作于1996年的代表剧目《147号快板曲》（*Allegria-Opus 147*）。

茹阿诺的其他有影响力的戏剧作品包括：乌托邦和流浪喜剧三部曲：《幻觉》（*Le Bourrichon*，1989）、《印第安人吉吉》（*Kiki l'indien*，1989）、《帕波阿西亚的棉花奶奶》（*Mamie Ouate en Papoâsie*，1990）以及《秃鹫》《诺克斯维尔的疯子》（*Les Dingues de Knoxville*，1999）。后期他集中创作了一批儿童戏剧，如《养女》（*L'Adoptée*，2002）、《淡水水手》（*Le Marin d'eau douce*，2006）等。

《147号快板曲》（*Allegria-Opus 147*）

该剧创作于1996年，获得了当年的批评学会文学奖，后经茹阿诺本人执导搬上舞台。该剧的出场人物只有三个：提琴教师迪米特里、他的学生维吉妮及其男友托马（前二者为主角）。情节也非常简单：迪米特里要为维吉妮上最后一堂提琴课，15年来他一直准时上课，这最后一次上课他居然迟到了。剧情便围绕这堂不同寻常、内容丰富和感人的课而展开。老师不厌其烦地指导和纠正每一个动作，带领学生领悟奏鸣曲的内核，他的教导时而严厉，时而温柔；批评方式时而委婉，时而直接。

就这样一步步引导她接近音乐的真谛。维吉妮对老师的态度从疑惑、不解、厌烦、恼怒，逐渐变得平静、释然、理解，在结尾时，维吉妮方知自己将带着提琴踏上未知的旅程。从人物的对话中，观众得知这位神秘的提琴老师不同寻常的身世：他少年时有7年时间被囚于密室，此间他创作出自己的音乐作品，一曲《中提琴与钢琴奏鸣曲》，也在钥匙孔中目睹自己的祖父上吊自杀，祖父甚至没来得及关掉常年收听的莫斯科广播电台。

这部“一个人的中提琴音乐剧”以肖斯塔科维奇的《中提琴与钢琴奏鸣曲》op.147的排练为线，用一堂音乐课浓缩了一个人的一生，巧妙地完成一个概念替换，看似平淡无奇的音乐技巧的指导，都是人生经验的悉心传递。在对话中，人物的内心情感得到了极为细腻的展现，在迪米特里揭示出自己的身世和剧终前老师与学生的告别时达到高潮，被评论界赞为“冰山下的火焰”。该剧先讲音乐，再谈人生，实际上也是对戏剧排练和作家创作过程的总结思考。通过迪米特里的讲述，茹阿诺表达了他对于艺术规范的至高要求，如规范和自由的关系、技巧与创造的平衡等。该剧的结构遵循了古典主义戏剧的“三一律”原则：其时间跨度仅为一堂课时间，下课即剧终；地点未曾转换，人物的活动范围不超出排练室；矛盾冲突始终围绕维吉妮演练肖斯塔科维奇的《中提琴与钢琴奏鸣曲》。但是人物形象并不单一或程式化，而是丰满、可信。对迪米特里少年经历的追溯和对战争创伤的影射，无疑在简朴的剧场上撕开一个无形的、巨大的口子，将观众引向另一个时空，使作品具有了多维的厚度与深度。

（周春悦）

阿兰·儒弗瓦（Alain Jouffroy）

阿兰·儒弗瓦（1928—2015），诗人、小说家、杂文家和艺术评论家。出生于巴黎的一个中产之家。1936年夏天，8岁的他偶然目睹了西班牙内战，第一次听到“革命”一词，立刻被吸引，认为它“比一切孩子的游戏更有力量、更难以抵挡”，革命的信念从此贯穿他的一生。第二次世界大战期间，他随母亲在汝拉山间的村庄里避难，博览群书并开始绘画。

儒弗瓦的文学生涯始于1946年与安德烈·布勒东的相识，他在布勒东的鼓励下加入超现实主义运动，并由此结识了一批先锋派画家和诗人。这些人崇尚革新，在超现实主义团体内部另立门户，于1947年组成了“H造反派”（contre-groupe H），“H”是19世纪叛逆诗人兰波的一首诗。这些艺术家是以兰波为精神导师的，被布勒东以“分裂活动”为由于1948年集体开除出超现实主义团体。这段经历令儒弗瓦意识到个人自由的重要性，促使他试图在参与团体运动和保持创作自主之间寻找某种平衡。

20世纪50年代，儒弗瓦的文学作品和艺术评论崭露头角。他与《艺术》（*Arts*）、《眼》（*L' Œil*）等杂志密切合作，与亨利・米肖、弗朗西斯・毕卡比亚（Francis Picabia）等诗人、艺术家结交，共同捍卫思考、写作的绝对独立性。1959年，他的女儿在洛杉矶遇害。同年，诗人、雕塑家让-皮埃尔・杜普莱（Jean-Pierre Duprey）在工作室自尽。儒弗瓦深受刺激，开始在诗歌中思考生存的悲剧性，在语言中发掘延绵不绝的生命力。

20世纪60年代，儒弗瓦结识画家马塞尔・杜尚、马克斯・恩斯特等一批先锋艺术家，深受其影响。他是将波普艺术和"垮掉的一代"诗人引介到法国的先行者之一，于1964年出版了重要随笔《一场目光的革命》（*Une révolution du regard*），1965年出版了"垮掉的一代"诗选。他和布勒东重修旧好，与伽利玛出版社合作，在袖珍《诗丛》中推介超现实主义诗歌。1968年标志着儒弗瓦人生轨迹的第一次转折。"五月风暴"前夕，他发表宣言《废除艺术》（*L'Abolition de l'art*，1968），与菲利普・索莱尔斯和"如是"团体靠近。他被巴黎知识分子圈排挤，重归独立，后在路易・阿拉贡的邀请下加入其主编的《法国文学》（*Lettres Françaises*）周刊。儒弗瓦被赋予充分自由，他力推"叙事具象派"（Figuration narrative）画家及米歇尔・布勒托（Michel Bulteau）等杰出青年诗人的作品。

20世纪60年代末至70年代后期，儒弗瓦陆续出版多部重要作品，包括艺术评论《先见者》（*Pré-voyants*，1974），诗集《全面退化》（*Dégradation générale*，1974）、《永恒、热带》（*Éternité*，*zone tropicale*，1976），随笔《论革命的个人主义》（*De l' individualisme révolutionnaire*，1975）、《浅滩》（*Le Gué*，1977）及一部自传体小说《亲历的小说》（*Le Roman vécu*，1978）。《亲历的小说》将诗歌、艺术、政治融于一体，将同时代的人物用真名写进书中，以此挖掘一切存在方式中的虚构维度，并在自传背景下发现、转变自我。他在古巴旅行期间，会晤古巴领导人菲德尔・卡斯特罗，在政治上对他和切・

格瓦拉抱有一定的认同感。1974年，儒弗瓦成为先锋杂志《二十世纪》（*XXe*）的主编。

20世纪80年代初，阿兰·儒弗瓦的思想和创作发生了第二次转折。1983—1985年，他出任法国驻日本大使馆文化参赞。在日本的经历对他影响巨大，他声称："日本于我，正如意大利之于司汤达。"他接触到了远东文化并沉浸其中，不断延拓对禅宗的了解，也愈加关注语言的有效性，特别是与真实的非虚拟关系。他曾坦言，东京的时光让他领悟了现实的本质，这座新生的平凡之都具有内在的力量，使每个物品变为死亡以外的东西，它们本身就是现实，即在我们出生之前、死亡之后持续存在。只有我们的死亡才能摆脱现实，真正归于寂灭。因此，"诗歌唯一的敌人就是我们的死亡，但它并不在乎"。任期结束后，儒弗瓦回到法国，与哲学家菲利克斯·伽塔里（Félix Guattari）成立了"俱乐部"（Club）团体，1987—1989年间一度聚集起几十位作家、艺术家，共同致力于革新"共同体"的概念。

20世纪90年代初，儒弗瓦创作出一系列意义深远的造型艺术作品《装置》（*Posages*）。他选取现实生活中的图像和物体碎片，用介于粘贴和组装之间的方式整合在一起，以此改变事物的原有秩序，并交由观众将这些看似无意义的字谜和图像重新组成各种生活图景。在创作之余，儒弗瓦思考不辍，他一方面保持着和东方文化的积极对话，另一方面继承了尼采和兰波对诗歌美学的探讨，发表了随笔集《阿尔蒂尔·兰波与自由的自由》（*Arthur Rimbaud et la liberté libre*，1991）。儒弗瓦的思想在新生代诗人、作家和艺术家中产生了共鸣。2007年，儒弗瓦以其全部作品获得龚古尔诗歌奖。

儒弗瓦一生捍卫表达的自由，他将这一理念命名为"革命的个人主义"，即对政治保持质疑，追求创作的独立自主，以及思考和写作的绝对自由。他信奉"一切创作者，在新变到来前，都是反抗者"的信念："反抗的机会从不缺乏，反而随处可见。反抗的权利是所有人最近在当下的权利。因为反抗并非为拒绝现实，亦非要以头撞墙陷入疯狂，而是为了看到墙在何处，继而确定门在哪里，以便在必要时将其推翻。”“反抗在某种程度上是为了改变空气和环境，在任何可能的时刻，在急迫和狂喜中，改变事物间的惯常组合与联系：这就是诗歌在诉诸笔端前所面临的巨大挑战。”因此，儒弗瓦主张诗歌拥有用一切语调谈论一切的权利；诗人拥有违抗一切历史法条的权利；任何人都可以是诗人，其思想都有权与集体的洪流对抗；每个人都有权宣扬真理。

儒弗瓦关注个体创作的独立性，提出了“外网”（externet）的概念作为其理论基础。“外网”指“个体间的交流网络，这个网络是非虚拟、非商业的，以建立一个全球公社为目的”。它旨在绕过互联网，每个人将自己的生活介入其中，并拒绝一切模式化，拒绝将身份归于某一职业或专业。此外，儒弗瓦出版批评著作《废除艺术》，他强调这并非真正要废除艺术，而是重在消解对艺术的各种编码和神化，赋予艺术全新的自由。他全身心地投入写作和艺术的冒险，渴望通过语言探索世界、超越自我、面向未知。

基于这一理念，儒弗瓦的创作超越了文体规则的限制，以更贴近现实中的各种体验。他倡导“亲历式诗歌”，认为写作与生活密不可分，爱情源于对爱情的真实体验，对自由的渴望存在于自由本身所具有的一切社会或伦理矛盾中。他在《亲历式诗歌宣言》（*Manifeste de la poésie vécue*，1995）中强调：“诗人不属于任何一片领土。新纪元来临之际，诗人不仅应改变写作方法，还应改变自己的行为和生存策略。在写诗前应先活成诗，这不仅是诗人们幸存的机会，而且是唯一机会。在任何情况下，如果没有亲历式诗歌，包括想象中的，他们的诗作必将混同于我们这个时代占统治地位的宗教，成为一种绝症，即唯我论式的形而上学。”儒弗瓦也反对诗人将诗句作为对感性的浮泛装饰，或者对渺小自我面对痛苦时的肤浅美化。他主张诗歌是对真实生活的沉思，经由不断重新激活的语言展开：“写作，就是将子弹射向词语。这句话让

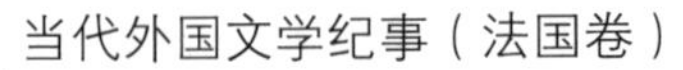

我一直活到今天。它也可以成为其他人的法宝。我预祝他们好运。”

儒弗瓦的诗歌具有鲜明的个人特色，体现了诗人对语言的孜孜探索和严苛锤炼。他在诗中自述：“语言已被戕害至此／却仍在死后继续言说／就在现时中言说……世界的裂隙为解剖刀亮出通道，词语的皮肉被割开／我在没有纹理的虚空中身无负重地前行／我坠落／在嘈杂和耳聋中开路／在目盲和灾祸中钻井／在这废弃的区域中安营扎寨／我甚至在出生之前，穿过了宇宙的边界。”儒弗瓦如一位极度清醒的梦游者在现实中穿过，用原始生猛的语言、百无禁忌的词句探问生命本体和死亡，向存在敞开怀抱。

儒弗瓦的一生穿越了近一个世纪，他是历史的见证者，敏锐再现了与他同时代的知识分子和艺术家群体的生活。他是富有激情的革新者，曾尝试不同的创作途径，先后参与过超现实主义及20世纪下半叶的许多先锋运动，同时始终坚持个体的独立性和创作自由。他倡导诗歌与真实体验的紧密关联，正如法国《人道报》在儒弗瓦逝世时总结道：“他将自己的一生活成了一首诗。”

作为诗人、小说家、艺术评论家，儒弗瓦著作等身，共发表作品120余部，主要诗集有：《灵魂四季》（*Les Quatre Saisons d'une âme*，1955）、《轨道》（*Trajectoire*，1968）、《自由的自由》（*Liberté des libertés*，1971）、《全面退化》《永恒、热带》《间断的秩序》（*L'Ordre discontinu*，1979）、《极端时刻》（*Moments extrêmes*，1992）、《存在的开放性》（*L'Ouverture de l'Être*，1995）、《今日即永远》（*C'est aujourd'hui toujours*，1999）、《穿越—天堂—快车》（*Trans-Paradis-Express*，2006）、《与之同在》（*Être avec*，2007）。

主要小说有：《私生活之墙》（*Le Mur de la vie privée*，1960）、《梦比夜长》（*Un rêve plus long que la nuit*，1963）、《一本书的时间》（*Le Temps d'un livre*，1966）、《话语的用途》（*L'Usage de la parole*，1971）、《亲历的小说》《误会的空间》（*L' Espace du malentendu*，1987）、《灵魂的最新探索，明天》（*Dernière recherche de l' âme，demain*，1997）、《密谋》（*Conspiration*，2000）、《乌有之书》（*Le Livre qui n'existe nulle part*，2007）。

主要艺术评论有：《一场目光的革命》《废除艺术》《米罗的雕塑》（*Miró sculptures*，1973）、《先见者》《世界是一幅画》（*Le Monde est un tableau*，1998）、《反对者／艺术制造者》（*Objecteurs / Artmakers*，2000）、《20世纪——现代和先锋艺术随笔》（*XXe siècle，essais sur l' art moderne et d' avant-garde*，2008）。

主要文学随笔有：《交替的终结》（*La Fin des alternances*，1970）、《词语的迟到，不治之症》（*L' Incurable retard des mots*，1972）、《生活重塑——巴黎20年代的爆炸》（*La Vie réinventée，l' explosion des années 1920 à Paris*，1982，又译《黑夜的蝴蝶：巴黎20年代艺术大爆炸》）、《阿尔蒂尔·兰波与自由的自由》《与亨利·米肖一起》（*Avec Henri Michaux*，1992）、《斯坦尼斯拉斯·罗当斯基，自愿的疯狂》（*Stanislas Rodanski，une folie volontaire*，2002）。

中译本：《黑夜的蝴蝶：巴黎20年代艺术大爆炸》，钱林森、蔡宏宁译，华东师范大学出版社，2010年。

（王佳玘）

夏尔·朱利埃（Charles Juliet）

夏尔·朱利埃（1934—　），小说家、诗人。出生于安省，三个月时，因母亲住进精神病院而被一对农村夫妇收养。1946年进入艾克斯少年军校，后进入里昂军医学校，三年后放弃学业，全心投入文学创作，孤独奋斗了15年才发表第一部作品《片断》（*Fragments*，1973）。他与米歇尔·莱里斯、布列·凡·威尔得、贝克特等作家、艺术家建立了友谊，并创作了以与他们的交往或评传为题材的作品，如《与布列·凡·威尔得交往录》（*Rencontres avec Bram Van Velde*，1973）、《布列·凡·威尔得》（*Bram Van Velde*，1975）、《贾科梅蒂》（*Giacometti*，1984）、《与萨缪埃尔·贝克特交往录》（*Rencontres avec Samuel Beckett*，1986）、《论米歇尔·莱里斯》（*Pour Michel Leiris*，1988）等。朱利埃自1950年开始写日记，1978年开始陆续出版。带有自传色彩的中篇小说《觉醒之年》（*L'Année de l'éveil*，1989，又译《觉醒的年代》）获得《她》杂志女读者文学大奖，朱利埃开始为读者所知晓。后来的作品有短篇小说集《意外》

（*L'Inattendu*，1992）、中篇小说《碎片》（*Lambeaux*，1995）、短篇小说集《秋天的期待》（*Attente en automne*，1999）。

至2003年，朱利埃的日记已出版五卷，分别题为《寒地的黑暗》（*Ténèbres en terre froide*，*Journal Ⅰ*，1978）、《穿越黑夜》（*Traversée de nuit*，*Journal Ⅱ*，1979）、《耕作后的微光》（*Lueur après labour*，*Journal Ⅲ*，1982）、《迎接》（*Accueils*，*Journal Ⅳ*，1994）、《另一种饥饿》（*L'Autre Faim*，*Journal Ⅴ*，2003）。他在日记中记录下自己的痛苦、怀疑、灰心、疲惫、抗争，并对自己进行毫不留情的剖析。写作对他既是一种安慰，也使他对自己的悲观心境保持清醒的认识。日记记录了他漫长的意识觉醒、认识自我的历程。各卷书名反映出作者心境的变化：前两卷的气息阴暗自闭，与一些好友的相识、交往使他逐渐走出黑暗，日记自第三卷开始具有一种新的意义，成为通向他人、通向真实人性的途径，它是为所有无缘见到光明的、被遗忘的人而作。

《觉醒之年》带有鲜明的自传色彩，讲述了作者在少年军校时期饱受压制欺辱的经历及意识觉醒的过程，以简练审慎的文笔重现了少年所经历的残酷考验：单调黯淡的生活、严厉的管制、高年级学生的欺辱，少年从体育运动和对教官妻子的爱恋中寻求安慰，以减轻绝望的重压，最终超越堕落与空虚达到自身独立。作者以平和的语调谈论过去，却似乎从未摆脱那段记忆的阴影。

除小说之外，朱利埃也写诗，诗集有《自省之眼》（*L'Œil se scrute*，1976）、《潜伏》（*Affûts*，1979）、《挖掘》（*Fouilles*，1980）、《另一条路》（*L'Autre Chemin*，1980）、《靠近》（*Approches*，1981）、《不可逃避》（*L'Inexorable*，1884）、《寂静之地》（*Ce pays du silence*，1987）、《无止无休》（*L'Incessant*，1989）、《低语》（*À voix basse*，1997）等。

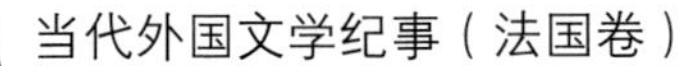

朱利埃被称为自传作家，他的小说、日记、诗歌言说的都是自己，写作似乎能够缓解其天性中过于沉重的悲伤与绝望，赋予他生存的意义；写作就是与生命的不可承受相抗争，耗尽生命留下一道卑微的痕迹。

中译本：《觉醒的年代》，宋维洲译，漓江出版社，2002年。

（王斯秧）

梅丽丝·德·盖兰嘉尔（Maylis de Kerangal）

梅丽丝·德·盖兰嘉尔（1967—　），小说家，1967年6月16日出生于土伦。父亲是海军军官，母亲是一名教师。她在勒阿弗尔长大，1985年赴巴黎学习历史、哲学和民族学。1991—1996年间，她在伽利玛出版社青少年部与皮埃尔·莫查德（Pierre Marchand）一同工作。1997年曾两度到美国生活，1998年回到法国社会科学高等研究院就读。2004—2008年，她为期刊《反崇拜》（*Inculte*）撰稿，并尝试为青少年写作。2011年，她与插画家亚历山大·普里查尔（Alexandra Prichard）合作出版儿童画集。

盖兰嘉尔的每部作品一问世，几乎都受到多个文学奖项的关注。2000年，小说处女作《我行走在灰暗的天空下》（*Je marche sous un ciel de traîne*）出版后引起了斯科特·菲茨杰拉德、弗吉尼亚·伍尔芙、约瑟夫·康拉德等作家的注意。这部小说讲述了一位年轻人的漫步，他曾在西南部一个村庄历经坎坷，生活逐渐走向虚无。随后，盖兰嘉尔又相继出版小说《生命旅途》（*La Vie voyageuse*，2003）、《没有鲜花，没有花环》（*Ni fleurs ni couronnes*，2006）和《肯尼迪海滨》（*Corniche Kennedy*，2008）。《肯尼迪海滨》曾入围2008年的美第奇文学奖和费米娜文学奖。随后，盖兰嘉尔因《一座桥的诞生》（*Naissance d' un pont*，2010）获得2010年美第奇文学奖。2012年，小说《切线东方》（*Tangente vers l' est*）获得朗岱尔诺文学奖。2014年，小说《修复生命》（*Réparer les vivants*，2014）揽下朗岱尔诺文学奖、RTL电台—《读书》文学大奖等十个文学奖项。

盖兰嘉尔自小喜爱阅读，她认为正是对阅读的热爱才使自己走上写作之路。她对多个领域有着好奇与兴趣，修习了历史、哲学和民族学。深厚的学术经历为她的作品的多样性和高质量奠定了基础。

从作品风格来看，盖兰嘉尔的小说文体灵动多变，语言富于韵律感。她通过句子的长短变化和文字的音律流转，来突显故事情节的轻重缓急和时间、空间的交替。例如在《修复生命》中，她使用起伏不定的无标点32行长句，来对应心脏的节律；又使用节奏紧凑的短句，来契合医生匆匆的脚步。人物的内心情感通过句子的气息得到体现。

从内容来看，她的创作主题涉及众多领域：《肯尼迪海滨》是关于潜水、跳水的故事，《一座桥的诞生》展现的是工地生活，《修复生命》讲述器官捐献。盖兰嘉尔总是从日常生活中汲取灵感，《生命旅途》始于一场家庭聚会，《一座桥的诞生》源自作者在美国的生活经历，《切线东方》始于一次横穿西伯利亚的旅行，《修复生命》的灵感则来自作者参加的一场家乡葬礼。为了保证作品的真实感，她亲身体验小说涉及的场景，考察人物角色在现实生活中的具体处境。她关注当下世界里人们的悲欢离合，尤其是青春期少年的躁动、反叛和爱恋。她塑造的众多人物，或者来自读过的一本书，或者来自一部纪录片，但都与个人的生活记忆相关。她在作品中捕捉时代的开放、动荡和变化，探讨身体对空间的感知，展现不同人群的身体动作随着光线、温度、运动的变化所表现出的差异。

《肯尼迪海滨》讲述了一群马赛北部街区年轻人的不羁生活。他们擅自占用肯尼迪海滨郊区的一些露天场地，顺着悬崖上的瀑布水流纵身跃下，在寻求刺激中消磨时光。接到市长的指令后，警察奥佩拉以“零容忍”的态度控制了这群喧嚣而又空虚的年轻人。在描写年轻人们跳瀑布的场景时，盖兰嘉尔故意使用断断续续的语言，以体现他们运动时的高强度节奏和急促呼吸，引导读者跟随这些潜水的年轻人进入湍急的水流漩涡里。这种富于音乐美感的语言风格和作者的创作习惯不无关系。在作者看来，阅读亦是一种创造，她用耳朵来规整她的小说，通过高声朗读把文本确定下来。

中译本：《一座桥的诞生》，安宁译，上海文艺出版社，2013年。

《一座桥的诞生》（*Naissance d' un pont*）

《一座桥的诞生》（2010）是梅丽丝·德·盖兰嘉尔的小说作品，获得当年的美第奇文学奖，入围费米娜文学奖、龚古尔文学奖和花神文学奖，并入围法兰西学院小说大奖决选名单。盖兰嘉尔的初衷是要创作一部“没有战争的当代史诗”。她通过人物的众生相展现了当今时代的一场集体冒险。作者在小说中注重氛围、速度、光线和空间的营造，侧重外在的宏观全景展现，淡化内在细节描写，将城市、森林、工地等元素罗列在一起以体现空间的张力，并在这些场景中植入人物。通过景物与人物间的互动，来拷问当下空间与人的关系。作者之所以选择美国的城市作为故事背景，与她在美国的生活经历密不可分，也与她想模仿西部片、用电影长镜头方式创作的愿望有关。评论界既有人称其为“一部引人入胜的小说”，也有人将其评价为“一部不易理解的小说”。

故事发生在加利福尼亚州一个名为可卡的城市，来自世界各地的上千人要造一座巨大无比的新桥，从而使这座城市参与到世界经济大潮之中。故事情节按照造桥工程进度步步推进。在序曲中，随着造桥工程的拟定和落实，各个人物顺次出场：雄心勃勃的政客约翰·约翰逊，工程师乔治·狄德罗，底层女工凯瑟琳·梭罗，“混凝土女孩儿”萨莫尔·戴门提斯，起重机操作员桑丘·卡梅伦，底层工人莫云和索伦·克莱等。随着建桥计划的实施，工程队与当地印第安村民发生冲突，在生态学家的阻止下工程被迫停工，工人举行罢工并与工程队谈判。最终，故事在桥建好后的剪彩仪式中落下帷幕。故事中人物众多，其中一条主线是围绕建桥项目的工程师乔治·狄德罗展开的：他在一场冲突中被印第安人雅各布所伤，在他几乎陷入昏迷之际，被路过办公室的底层女工凯瑟琳·梭罗所救。贫穷的凯瑟琳承受着精神和物质上的重压：丈夫因工伤致残，抑郁颓废，三个孩子也让她操心不已。乔治邂逅凯瑟琳后逐渐爱上了她。当他向凯瑟琳表达出想生活在一起的愿望时，凯瑟琳虽然内心对狄德罗抱有好感，但出于对家庭的责任拒绝了他。在故事的结尾，雅各布和狄德罗冰释前嫌，凯瑟琳与狄德罗也寻得片刻宁静，在河中并肩游向远方，远处则是建成的大桥。

盖兰嘉尔将她的写作比作果蔬榨汁机，融合了诗歌与动作、专业性对话与日常口语。她对环境进行了大篇幅的描写，以赋予小说质感和空间感。这部小说关注社会与生态环境，通过想象创造景观空间，以“地域写作”的手法编制空间关系。时间与空间在小说中不只是舞台背景，而是作为主线推动着故事的发展。人物在所处环境中变成了鲜活的有机体，而他们身处的环境，则折射出他们自身的行为与生活。大篇幅的环境描写亦是盖兰嘉尔对当代真实生活状态的描述：当代社会已经高度全球化，信息呈现出海量、零散、透明的特点。在如此瞬息万变的环境中，她努力通过文字留住闪光的一瞥，并以此创造和表现一个可持续发展以及持续想象的空间。

《一座桥的诞生》热销后，时任法国总统萨科齐邀请盖兰嘉尔做客爱丽舍宫，可她没有应邀前去。当记者问其原因时，她说：“不是因为萨科齐是魔鬼，而是我看不出在那儿我能干什么。”

《修复生命》（*Réparer les vivants*）

《修复生命》（2014）也被译作《修复活人》，为盖兰嘉尔带来巨大声誉，在评论界和读者群中广受好评，一举揽下当年法国的十个文学奖项。

小说讲述了一个为心脏移植手术捐献器官的故事。它以武功歌的史诗叙事方式，将整个故事压缩到精确的24小时里：一个星期六的早晨6点，19岁的西蒙·兰布雷斯如往常一样和朋友克里斯、若安去冲浪。在返回勒阿弗尔的路上，他们乘坐的面包车发生事故。由于没有系安全带，西蒙头部严重受创，在入住重症监护室前已陷入深度昏迷。医生雷沃尔向西蒙的母亲玛丽安娜和父亲赛安证实他们的儿子已经脑死亡。男护士托马斯专门负责器官捐献事宜，他询问西蒙的父母是否愿意捐献西蒙的器官。经过长久考虑，西蒙的父母于17点30分同意捐献出西蒙的心、肺、肾和肝脏，但拒绝捐献儿子的双眼。医生们为西蒙建立医疗数据档案，以便为每个器官找到合适的接受者。23点50分，医生终止了西蒙心脏的血液供应，西蒙被宣布死亡。被取出的心脏将移植给51岁的克莱尔·梅詹——她患有心肌炎和心脏坏死，三年前已被列入紧急申请人名单。这场生命的转移过程于第二天5点49分结束，克莱尔在植入新的心脏后缓缓醒来。

这部小说的创作动机由来已久。2007年，盖兰嘉尔从一则关于心脏移植的电视报道中获得灵感，发表了一篇相关主题的短篇小说。之后，因为在家乡参加过葬礼，她决定重拾心脏移植这一话题，并将心脏这一重要器官与小说情感主体联系起来。小说情节按照纪实文学的创作手法加以编排。其间，她向生物医学机构咨询相关的专业问题，并与慈善医院的移植协调护士、急诊医生和心脏移植专家取得联系。她还亲眼旁观了一次心脏移植手术，并将相关场景写进了小说。在创作手法上，她严格遵循西方古典戏剧“三一律”原则。

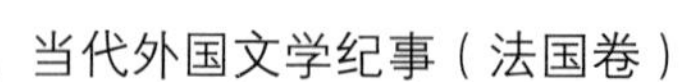

《修复生命》最为评论家所赞赏的，一是它给读者带来的情感共鸣，二是它的叙述技巧和语言风格。评论家贝尔纳·皮沃赞赏作者对专业信息的掌握，同时又具有驾驭复杂叙事的深厚文学功底，使得每一个人物都引起了读者的情感共鸣。皮埃尔·阿苏利纳评价这部小说中的主要人物，从西蒙父母到医务工作者，都展现出一种深刻的人性光辉。此外，小说善于使用标点来制造文本的音律感，叙事的抒情性、史诗和悲剧氛围等也受到众多评论家的欣赏。当然，在喝彩声中也掺杂了质疑之声。作家理夏尔·米耶（Richard Millet）在《观点》（*Le Point*）杂志上发表题为《为何法语文学一无是处》（Pourquoi la littérature de langue française est nulle）的文章，抨击盖兰嘉尔是“成千上万没受过教育的国际小资产阶级傻瓜们”偏爱的小说家。

2016年，《修复生命》被搬上演出舞台。同年11月，由卡黛儿·基耶维蕾（Katell Quillévéré）执导的同名电影在法国上映，并获得第73届威尼斯电影节地平线单元最佳影片奖提名和酷儿狮奖提名。

（沈绍芸）

雅斯米纳·卡黛哈（Yasmina Khadra）

雅斯米纳·卡黛哈（1955—　），小说家。原籍阿尔及利亚，本名穆罕默德·莫莱塞奥（Mohamed Moulessehoul），1955年1月10日出生在阿尔及利亚境内撒哈拉沙漠的小村落。父亲曾是民族解放阵线（FLN）的军官，穆罕默德9岁时被父亲送至培养未来军官的少儿军校，23岁时从军校毕业，成为阿尔及利亚军队的一名军官，在部队服役25年。军队里纪律森严、等级分明，只有想象是自由的，写作成了他的乌托邦，使他再造那个被剥夺、被屏蔽的世界。后来卡黛哈回忆起军旅生涯时说："很小的时候，我的世界就被没收了。是电影和文学把这个世界还给了我。"

但是作为军人的穆罕默德的写作很快引起军方的注意，1988年阿尔及利亚成立了特别针对他的"文字检查委员会"。为躲避审查，他转为地下写作，用过几个笔名，最终他成了雅斯米纳·卡黛哈——他妻子的名字，那是1990年。"我妻子支持我，她的支持让我经受了人生的种种考验。我用她的名字当笔名就像是戴上了桂冠，这也是我感谢她的一种方式。要是没有她，我就放弃了。是她给我勇气去打破禁忌。当我跟她说起军方审查时，她主动替我签了出版社的合约，并对我说了一句近乎神圣的话：‘这辈子，你把你的姓给了我，而我会把我的名给你流传后世。’”

卡黛哈的小说指向他的生活经历——他的爱、恨、战斗。他笔下的阿尔及利亚不是传统水粉画中的常见景致：金色的沙滩，赭石色的房子，明晃晃的阳光，无边无涯的金色沙丘，山峰像一首首石头垒成的诗歌，干涸的河床摸索着寻找消失的水源，城市里五颜六色的人群，集市的喧嚣和清真寺里虔诚的祷告……卡黛哈的阿尔及利亚抛开温情的回忆，更多的是揭露以神或权力的名义制造的死亡。写作成为他的反抗，是呐喊，也是歌谣，听过的人都会被词语的暴力和诗意迷住。

2000年，退伍后的卡黛哈成为一名全职作家。2001年自传体小说《作家》（*L'Écrivain*）发表。他在《世界报》等媒体上表明自己的男性身份，并在2002年的《骗局》（*L'Imposture des mots*）中全盘托出了自己的身世。2013年1月26日，他在一次电视访谈上说：“在部队我被当成怪物，因为我是个诗人；而如今文学圈的人也把我当成怪物，因为我曾经是个军人。”当秘密被公开，不少人揪着他“前军人”的身份和曾经参与的军事行动大做文章，很多人无法原谅他曾经属于那个野蛮的国家机器，抨击他手上沾过大屠杀的鲜血。卡黛哈不得不以莫莱塞奥少校的身份对事件做出解释，他说，人永远不能逃离自己的国家，他逃离的只是他自己的真实或不幸，就像他的灵魂在自己的躯体里感到狭窄逼仄、无处安放。阿尔及利亚是人间天堂，但那里已经丢失了梦想，要去别的地方去寻找，然后把它移植回故乡。他从不回避和否认他的过去，创作是复杂的，历史、文化、传统和个人生活纠缠在一起。

从1973年至今，卡黛哈创作出版了30多部作品，被译介到40多个国家和地区。他的作品经常流露出对最残酷、最疯狂、最荒诞的现实的关切，除了《作家》《骗局》之外，其代表作还有《狼群在梦想什么》

（*À quoi rêvent les loups*，1999）、《喀布尔的燕子》（*Les Hirondelles de Kaboul*，2002）、《K表妹》（*Cousine K*，2003）、《逝者之份》（*La Part du mort*，2004）、《哀伤的墙》（*L'Attentat*，2005，畅销35万册，获2006年图书人文学奖，进入国际IMPAC都柏林文学奖的最后决选）、《巴格达警报》（*Les Sirènes de Bagdad*，2006）、《黑夜孕育了白天》（*Ce que le jour doit à la nuit*，2008年法国电视文学奖，2008年度最佳图书）、《不幸之巅》（*L'Olympe des infortunes*，2010）、《暴君的最后一夜》（*La Dernière Nuit du Raïs*，2015）等。他的多部作品被改编成电影、戏剧、木偶剧、连环画、舞剧，如《喀布尔的燕子》的戏剧版《喀布尔安魂曲》由巴西阿默克剧团推出，参加了2014年9月在中国举办的爱丁堡艺术节的爱丁堡前沿剧展，在北京、上海、武汉、南京和深圳五地巡演。

《新闻周刊》称他为"罕见的文学家，为当今的苦难赋予了意义"。《纽约时报》评论他的作品"扣人心弦、充满力度……残酷地描写地缘政治间的紧张张力，同时也是对和平的热切恳求"。法国《观点》周刊认为："卡黛哈的细腻之处在于他不会给我们任何回答，仅仅让读者去感受、去理解。跟所有善于说故事的文学大家一样，他笔下的各个人物也充满矛盾和冲突。"2003年诺贝尔文学奖得主——南非作家库切把卡黛哈作为当代重要作家，说他"笔下描绘的世界宛如人间炼狱：饥馑、荒芜、恐惧、窒息"。2013年，卡黛哈的名字载入法国的《小罗贝尔专名词典》。

《哀伤的墙》（*L'Attentat*）

《哀伤的墙》（2005，也译作《攻击》）是雅斯米纳·卡黛哈"东方三部曲"的一部，延续着其创作的主题——人性与身份、宗教与救赎、暴力与和平。

如果说早期的《主的羔羊》（*Les Agneaux du Seigneur*，1998）、《狼群在梦想什么》《K表妹》《黑夜孕育了白天》说的是独立战争、腐败等对社会的荼毒等阿尔及利亚故事以及他自身充满回忆和自传色彩的故事，那么他的东方三部曲《喀布尔的燕子》《哀伤的墙》《巴格达警报》敲响的就是后9·11时代的警钟，让我们正视暴力的发生和可能正在我们身边发生的暴力，思考为什么普通人会沦为恐怖分子甘愿当人肉炸弹。这些小说为读者提供了理解当代伊斯兰现象与文化的钥匙。

《哀伤的墙》讲述了一桩恐怖袭击事件：阿敏（Amine Jaafari）和丝涵（Sihem）是一对加入了以色列国籍的阿拉伯夫妇。阿敏是杰出的外科医生，和妻子住在特拉维夫高级住宅区，过着舒适恬静的小日子。但有一天，医院附近一家快餐店发生了自杀式炸弹袭击，丝涵罹难，更为惊人的是，调查显示丝涵就是自杀袭击的实施者。丝涵的行为不仅毁了自己和十几条无辜的生命，也毁了阿敏的生活。为什么多年来看似和他一起同甘共苦的妻子，会抛下他走上绝路？在痛苦、愤怒和不解的错杂情绪的驱使下，阿敏决心找出究竟是谁将他的妻子变成一个他所不认识的人。恐怖袭击发生后，阿敏的世界倾覆了，他在回家路上受到重重盘查和搜身，警察对他进行了车轮战式的审讯。三天后他被释放，回到家发现门口被贴了报纸。他遭到愤怒的人群的谩骂和殴打，“臭恐怖分子！浑球！没良心的阿拉伯人！”在医院他也成了不受欢迎的人物，一些人写请愿书反对他回到医院，甚至建议政府撤销他的以色列公民身份。他花费多年时间克服血缘出身加之于他的沉重偏见和困扰的努力瞬间化为乌有。他去伯利恒、去杰宁寻找事情的真相、妻子的真相以及他一直回避的自身的真相，他发现了有形的、无形的墙，横亘在街区、城市、国家之间，种族、宗教、人心之间，这个世界上充满了野蛮、恐怖、仇恨和隔离，以及愚蠢、盲目、软弱和顽固。在末日般灰黑色的故事最后，卡黛哈给了我们一个虚幻、光明的尾巴，一个父亲对孩子说：

他们可以夺走你的一切，但你永远不要放弃梦想。

2006年，卡黛哈在接受一家德国电台访问时说："西方国家用自己喜欢的方式去诠释这个世界，同时还发展出一套能够配合自己世界观的理论，但那些理论无法完全反映现实。身为一个穆斯林，我建议西方世界要用新的视点去看待阿富汗人、宗教狂热主义以及宗教苦难。西方的读者往往只碰触到问题的表面，而我的小说《喀布尔的燕子》给了他们一个机会去了解问题的核心。狂热主义对所有人来说都是威胁，我的贡献在于促进读者们理解狂热主义的原因和背景，然后或许狂热主义就能因此受到控制。"这同样也是东方三部曲的另外两部——《哀伤的墙》和《巴格达警报》提供的新的视点。

（黄莛）

贝尔纳-玛利·科尔泰斯（Bernard-Marie Koltès）

贝尔纳-玛利·科尔泰斯（1948—1989），剧作家、导演。1948年出生于法国东部城市梅斯。20岁时对戏剧产生了强烈兴趣，从此投身戏剧领域。他一开始就注重舞台实践，1970年组建了自己的“堤岸剧团”（*Théâtre du Quai*）。1977年，发表独幕剧《森林正前夜》（*La Nuit juste avant les forêts*），并亲自执导，于当年的阿维尼翁戏剧节上演。20世纪70年代末，他尚处在戏剧界的边缘地位，到了80年代，他开始与导演谢罗合作，将自己的剧作搬上舞台，创作出《黑人与狗群的搏斗》（*Combat de nègre et de chiens*，1979）、《西码头》（*Quai Ouest*，1985）、《孤寂棉田》（*Dans la solitude des champs*，1986）、《回到沙漠》（*Retour au désert*，1988）和《罗伯托·祖科》（*Roberto Zucco*，1988）等剧作，逐步走向戏剧界的中心。这些剧作轰动了法国舞台，并在世界舞台连演不衰。1989年，科尔泰斯因身染艾滋病，在巴黎离开人世，年仅41岁。科尔泰斯被认为是当代经典戏剧家，其作品已被译为30多种语言，在50多个国家上演。

科尔泰斯对小说创作也有一定的兴趣，1984年发表了小说《骑马远逃在城市里》（*La Fuite à cheval très loin dans la ville*），但他声明自己更欣赏戏剧所特有的约束。他试图将小说和戏剧两种体裁区分清楚，在戏剧创作中通常选取集中浓缩的方式以更好地适应舞台艺术的特点，所以他重新运用了“三一律”。这一切给他的审美观添上了一层古典主义色彩。

科尔泰斯的戏剧明显受到让·热奈和盛行于20世纪六七十年代的荒诞派戏剧的影响。与荒诞派戏剧家们一样，他也常有一种放逐感，但与荒诞戏剧明显不同的是，他的戏剧创作关注的永远是人与人之间的交流。他从莎士比亚、马里沃、兰波和克洛岱尔那里吸取创作养料，重视观众与戏剧的交流。

科尔泰斯剧作的最大特色是人物的内心独白。有时是一个人的自言自语，比如《森林正前夜》完全是一个人滔滔不绝的长篇独白；有时是两个人交谈，但这种交谈不是真正的对话，而是自顾自的独白，双方根本达不到交流的目的，仿佛是人类孤独境遇的隐喻。比如科尔泰斯在创作《孤寂棉田》这部戏剧时，一天只写一个人物的台词，两个人物的台词由此交错写成。该剧揭露了个人在面对他人的时候产生的困难。科尔泰斯认为，一部戏剧就是“互相交织的独白”。与传统戏剧以人物之间的对话推动情节的发展不同，科尔泰斯的戏剧中充满了单个人物的大段独白；只有当情景需要的时候，才会出现对话。情节通过人物语言步步推进，这是科尔泰斯和同代人共同的创作特点。在他的其他剧作中，有时也出现紧凑的对话形式，其中对话双方各自坚守阵地，反击对方的论说，顽强地维护自己的立场。

科尔泰斯十分重视戏剧语言。他多用长句，喜欢在抽象词汇与日常词语的交替中隐蔽地表达他的哲学思考。但随着时间的推移，他的语言风格也发生了明显的改变。1988年的两部作品《回到沙漠》和《罗伯托·

祖科》所用的句子都很短，对白的长度也有所缩减，但独白的特点不变，语言依然精练而富有诗意。

科尔泰斯的作品用的是一种寓言式写作，其人物表面上是现实主义的，故事发生的地点也都是具体的，例如：非洲工地（《黑人与狗群的搏斗》）、类似纽约的某个城市码头仓库（《西码头》）、阿尔及利亚战争期间法国外省的一个家庭（《回到沙漠》）、地铁走廊或监狱屋顶（《罗伯托·祖科》）。但这些地点同寓言的其他因素一样，都具有隐喻功能。所以他的作品可以进行社会学阐释，甚至政治阐释，但又不能限于这些阐释。科尔泰斯自己声明，《黑人与狗群的搏斗》讨论的并不是非洲的新殖民主义问题。

科尔泰斯作品中重复出现的一类人物是外国人、被排斥的人和犯人（非洲的白人、黑人、西方国家的阿拉伯人、偷渡移民、在第二次世界大战中被剃了光头之后流落阿尔及利亚的妇女、杀人犯），这样的人物不仅具有社会意义，而且带来哲学层面的思考。人物通常是孤独的，尽管人物身边也有他人存在，但由于人与人之间没有真正的相遇，内心的孤独总是无法避免。孤独是科尔泰斯戏剧创作的一个中心问题。

科尔泰斯以他自己的方式来言说今日世界、西方社会的利己主义和物质财富的疯狂（《西码头》中那些穷困的可怜人只想去占有物质财富），也谈及社会的衰落、失望和“自杀”（《西码头》中的富商考什来到西码头就是为了投水自尽）。他认为法国深处的“沙漠”可以用移民们的新鲜血液来灌溉，使法国获得养料的唯一的新血液，是移民们的血液，是黑人和阿拉伯人的到来带来的新血液。这些血液绝不是如荒漠般的法国自身所能产生的；法国自身没有活力，法国出现的新事物应归功于移民。这一观点也在《回到沙漠》的荒诞滑稽的结局中有所表达：黑人伞兵从天而降，使玛蒂尔德的女儿法蒂玛神秘怀孕，生下两个婴孩雷慕斯和罗慕路斯。而《西码头》的结局与此相反，神秘的哑巴黑人阿巴德用枪打死考什、塞西尔和夏尔。海纳·米勒认为，科尔泰斯的戏剧体现了第三世界对工业化国家的冲击，或者说是从前的殖民地对宗主国的报复。但这种分析似乎稍显简单，因为在每部戏剧作品里科尔泰斯着重描绘的是一片“不安而孤独的土地”，即一切生存的土地，特别是当自身对生存有意识的时候。

毫无疑问，科尔泰斯的剧作是悲剧性的，因为多数人物都是以死亡告终。布景的光与影对比强烈，许多场面都是在令人不安的沉沉夜色中进行的。人物内心的孤独常常辅以旷野、墓园和地铁等荒芜的场景。神秘色彩总是笼罩着人物的行为。比如杀人犯罗伯托·祖科，仿佛是黑色小说中的反英雄，他将暴力和孤独的体验推向了极致。《罗伯托·祖科》是科尔泰斯生前最后一部作品，由真人真事改编而成，人物却获得了神话般高大的形象，特别是当他爬到监狱屋顶，在往下跳之前，他似乎和太阳连在一起。剧末，在抒情的氛围里，就像在古代悲剧中那样，场外的合唱与这位孤独的太阳英雄对话。剧中有多处戏拟《俄狄浦斯王》和《哈姆雷特》等作品，使意义更加不确定，可以有不同的阐释。

科尔泰斯的世界充满着冲突、彻底的孤独、难以平息和无可救药的绝望。其作品情节往往取材于社会新闻或趣闻小事，但科尔泰斯的戏剧赋予情节足够的力量，使小事显得不寻常。他的戏剧从语言和结构来看相当古典，但同时具有强烈的现代性，比如他拒绝拘泥于现实主义的规则，巧妙揭露社会暴力和个人暴力，偏爱内心的模棱两可，希望通过语言使欲望变得可以触摸。于是，寓意丰富的主题、独特多变的结构、如诗的语言、古典和现代交融的风格使他的作品独树一帜。

《黑人与狗群的搏斗》（*Combat de nègre et de chiens*）

《黑人与狗群的搏斗》（1979）是贝尔纳–玛利·科尔泰斯的成名

作，也是他的第五部剧作。此前，他主要从事戏剧改编，尚处于摸索实验阶段，而20世纪80年代初问世的这部剧作，标志着他的戏剧创作走向成熟。

该剧构思于20世纪70年代末，当时科尔泰斯曾到非洲和美洲游历，对于当地人民所受的殖民剥削及不同文明之间的冲突深有感触，尤其看到非洲文化被欧洲人践踏，这些促使他写出了《黑人与狗群的搏斗》。

1982年《黑人与狗群的搏斗》首先在美国纽约上演，由法国导演弗朗索瓦兹·库里尔斯基（Françoise Kourilsky）执导，1983年才在巴黎南特尔杏树剧院（Nanterre-Amandiers）上演，由法国著名导演谢罗执导，演出阵容强大，观众反响强烈。科尔泰斯之后创作的四部戏剧均由谢罗导演。

科尔泰斯的戏剧作品往往针对现实问题，表达人的孤独和死亡，饱含戏剧的张力，同时又具有浓郁的抒情色彩。《黑人与狗群的搏斗》的故事发生在西非从塞内加尔到尼日利亚一带。某欧洲公司的建筑工地上，在充斥着各种噪音的令人窒息的闷热夜晚，四个主要人物逐一登场。这四个主要人物包括一个黑人和三个白人：黑人阿布里，白人包括60岁的工头奥尔恩、30多岁的工程师卡尔、奥尔恩的年轻未婚妻莱奥娜。对于奥尔恩和卡尔这两个白人而言，生活在一个仿佛被遗弃的非洲工地上就如同苟延残喘，他们试图忘记自己的孤独。年长的奥尔恩为了排解孤独，刚刚从巴黎招来了年轻的未婚妻莱奥娜。黄昏时分，阿布里来到被黑人哨兵严密把守的白人居住区，想讨回在工地上死去的黑人兄弟的尸体。是卡尔杀死了这名无辜工人并毁尸灭迹，归还尸体已不可能。奥尔恩想通过金钱解决问题，但阿布里坚持要回尸体，而不是赔偿或其他解释，因为女人们洒在尸体上的眼泪可以让死者的灵魂免于孤魂野鬼般永远游荡。奥尔恩软硬兼施，但金钱、酒甚至死亡的威胁在阿布里面前都不起作用。奥尔恩决定放手不管，让卡尔独自承担责任。卡尔对阿布里来讨尸体惊恐万分，原本希望奥尔恩能帮助自己，如今无所依靠，在黎明时分与阿布里对峙时被黑人哨兵击毙。这部戏就这样以黑人的死亡开头，以白人的死亡结尾。

剧中的莱奥娜与三个男人的关系构成情节发展的副线。作为奥尔恩的未婚妻，她第一次从巴黎踏上非洲的土地，被非洲及其文明深深吸引。在与阿布里的交流中她发现，她真正愿意共同生活的是阿布里，而不是奥尔恩。而卡尔从一见到莱奥娜起就心怀鬼胎，企图勾引她。他对自己的上司奥尔恩，当面一套背后一套，目的也在于引诱莱奥娜，甚至付诸行动。但由于莱奥娜已经被阿布里所吸引，所以没有让卡尔得逞。最终莱奥娜被奥尔恩打发回巴黎。

科尔泰斯声称，《黑人与狗群的搏斗》并不是要谈论非洲和黑人，他感兴趣的也不是新殖民主义和种族问题，而是要表现一个隐喻意义上的异域他乡给人带来的陌生感和孤独感。科尔泰斯曾去尼日利亚看望朋友，在西非的一处工地上住过一个月。这里地处偏僻，荆棘丛生，五六座房子组成的居住区由带刺的铁丝网圈住，里面住着十多个白人，还有专门的观察哨所，全副武装的黑人看守在周围巡逻。当时正是比亚法拉（Biafra）战争之后不久，残留的武装集团时常光顾这个地区。黑人哨兵们为了使自己不在夜晚打瞌睡，时常发出很奇怪的叫喊声。这种叫喊声一直萦绕在科尔泰斯的脑海中，令他决定写这部戏剧。此剧的四个人物在一块陌生的土地上，被一群神秘的黑人哨兵包围。暴力、孤独和交易组成了作品的主题。

科尔泰斯成功地展现了黑人与白人两种世界和两种文明的差异。根据他的解释，剧名中的“黑人”指的是阿布里（Alboury），这是“19世纪反对白人入侵的黑人国王的名字”，而狗群指的则是黑人眼中的欧洲白人，因为剧中狗的名字叫Toubab，这个名字是非洲某些地区对白人的通常称呼。黑人与狗群的搏斗明显带有寓言的性质，指涉两种文明之间的冲突。剧中的黑人和白人对金钱和死亡各有不同的看法。比如奥尔恩试图以五百法郎收买阿布里，但遭到拒绝。此时莱奥娜劝阿布里收下这笔钱，认为没什么比这个更合情合理，但被阿布里往脸上吐唾沫。情急之下，莱奥娜用破碎的玻璃划破自己的脸，肤浅地认为拥有和阿布里一样的划痕能好过些。于是，黑人与白人两个世界相差甚远的价值观被表露无遗，文化差异带来的交流鸿沟无法逾越，人们便倍感焦虑和孤独。

在两种文明的交锋中，科尔泰斯更倾向于非洲文明。奥尔恩已经是60岁的老人，卡尔虽然才30多岁，但酗酒惹事，自私自利，他们代表着毫无生气的欧洲文明；而阿布里身体健壮，意志顽强，他在这场黑白之战中最终取胜是必然的，这也是莱奥娜为其所吸引的原因。其实，莱奥娜在剧中可以被看成是科尔泰斯的化身，她说："我想要看到非洲……我喜爱有关魔鬼的故事……就像您给我讲的那些故事一样……而且，黑色是我的颜色。"

这部戏剧具有古典之美，遵循古典戏剧的"三一律"。全剧发生在一个晚上，从黄昏到次日黎明，地点鲜有变化。黑夜有利于表达欲望，增加神秘感，并昭示潜在的威胁。

科尔泰斯善于在焦虑情景中刻画人物，在其富有诗意的笔触下，人物的生与死、现实与虚幻的交织显得更为感人。

（徐熙）

朱丽娅·克里斯蒂娃（Julia Kristeva）

朱丽娅·克里斯蒂娃（1941— ），著名文学理论家、批评家和小说家。原籍保加利亚，1941年6月24日出生，1966年来到巴黎，学习法国文学，并攻读语言学博士学位。在保加利亚同乡、文学批评家托多罗夫的帮助下，不久即融入巴黎左岸的知识界，先后师从文学批评家戈德曼、巴尔特和语言学家本维尼斯特，在列维-斯特劳斯的人类学研究室当过助手，并在当时最负盛名的《批评》杂志和先锋文学杂志《如是》（*Tel Quel*）上发表语言学和文学批评论文。克里斯蒂娃后来与《如是》杂志主编菲利普·索莱尔斯结为伉俪。1973年开始，克里斯蒂娃任教于巴黎第七大学，并经常前往纽约州立大学、哥伦比亚大学、多伦多大学等高校授课。1979年，在听了雅克·拉康的讲座之后，开始精神分析学的研究。

克里斯蒂娃在法国政治、文学、思想界占有举足轻重的位置。她是国际符号学学会副秘书长、法国大学学院（Institut universitaire de France）教授、巴黎心理分析学会成员、罗兰·巴尔特中心负责人（该中心主要面向运用交叉学科视角分析文学文本的博士生、大学研究人员等）。

克里斯蒂娃在文学、文化、政治、思想等领域的影响和贡献得到法国乃至国际社会的肯定。1997年4月，克里斯蒂娃被授予法国“荣誉军团骑士”称号，以奖励她在多个领域做出的杰出贡献。2004年，因在“语言、文化、文学交叉领域的创新和努力”荣获挪威政府颁发的霍伯尔奖（Prix Holberg），该奖项用以奖励在人文、社会、法律、宗教等科学领域做出特殊贡献的人士。2005年，她接受法国总统希拉克的委任，着手研究残疾人问题。

克里斯蒂娃有二十多部著作问世，她的诗学思想融合了多种学科知识，内容涉及语言学、符号学、结构主义、精神分析、女性主义、文化批评、文学理论和文学创作等多个领域。她既受马克思、阿尔都塞、黑格尔、索绪尔、巴赫金、弗洛伊德、拉康、德里达、巴尔特等人的影响，又批判、发展他们的理论，试图寻找全新的批评话语，用不同的方式反映逻辑世界和现实世界，考察西方社会的文化特征，不断地解构和重新建构各种体制、体系。

克里斯蒂娃首先是一位理论家，其核心理论包括互文性、女性主义观点、政治性。她提出了“符号分析”“互文性”“记号”语言等原创性术语。

20世纪60年代末、70年代初，克里斯蒂娃的研究主要集中在语言学和符号学领域，主要的研究成果有：

一、提出了“符义分析学”（sémanalyse），即从索绪尔的符号学定义出发，借用弗洛伊德和拉康的精神分析理论，将二者有机地结合起来，提出了后结构主义的符号学方法。她认为，文本是一种有力的语言活动，具有“生产性”，通过“言说的身体”（corps parlant）的欲望发生作用，用语言符号取代或分散一切特定的或事先设置好的意识形态，以破坏并中止一切“压制性的、单义的、固定的”观点。

二、在她的“符义分析学”的框架下，在对词语和文本的研究中，提出了“互文性”这一批评概念，即指称文本的异质性、互动性和社会性；并在巴赫金对话理论的启发下，研究文本的多声部性和对话性。在为互文性下定义时，克里斯蒂娃指出，一个文学词汇并非一个点（其意义是固定的），而是几个文本面的交叉，是多种写作（包括作家的、受话人或人物的、现代或先前文化背景的写作）之间的对话。她还进一步指出，任何一个文本的写成都如同一幅引文的拼图，任何一个文本都吸收和转换了别的文本。她把产生在同一个文本内部的这种文本互动作用叫作互文性。对于认识主体而言，互文性概念将提示一个文本阅读历史、嵌入历史的方式。她在提出这一概念时，主要的分析对象是现代或现代派，特别是先锋文学作品，如乔伊斯、普鲁斯特、索莱尔斯等现代派小说家的作品。在分析过程中，她重点关注语言的动态结构和意义的生成，提出了“文本的意指过程”（signifiance des textes）、“主体的意指过程”等概念；由此，文本间的对话代替了主体间的对话，文学文本变为具有不确定意指关系的符号系统，变为一个意义产生且充满各种联系的动态过程。最后，她认为，“互文”并不仅限于对其他文本的引用或影射，文本与社会和时代相关，应该在一个更大、更广阔的话语系统内考察文本，让文本作为话语参与社会发展，语言革命与社会革命相对应。

克里斯蒂娃在这一阶段创建的符号分析学和互文性理论促进了后结构主义理论的发展。她的这些主张首先反映在20世纪60年代末、70年代初她在《如是》杂志上发表的一系列语言学、文学批评方面的论文中。这期间她还有多部论著出版，包括：《符号学——关于符号分析的探究》（*Sèméiotikè: Recherches pour une sémanalyse*，1969）、《小说文本：转换话语结构的符号学方法》（*Le Texte du roman: approche sémiologique d'une structure discursive transformationnelle*，1970）以及《诗性语言的革命：19世纪末的先锋》（*La Révolution du langage poétique: l'avant-garde à la fin du XIXe siècle*，1974）。这些著作相继

发表，使克里斯蒂娃脱颖而出，成为法国学术界一颗耀眼的新星。

进入20世纪80年代，克里斯蒂娃着重于精神分析学的批评实践。她认为，精神分析学是反抗的一种形式，是广义的人道主义。精神分析学家应该更清楚地认识到人类无意识的特殊性、人与人的差异性、人类的不足和缺陷。深受拉康、弗洛伊德理论的影响，克里斯蒂娃著书发表自己的观点，把精神分析法与符号学和女性主义批评相结合，对爱情、自恋、卑贱等主题进行了分析。其中，《恐怖的权力——论卑贱》（*Pouvoirs de l' horreur. Essai sur l' abjection*，1980），讨论自恋和卑贱在精神分析、哲学和语言学上的蕴涵；《爱情传奇》（*Histoires d' amour*，1982）研究西方文学史上若干名著的爱情纠葛、爱情—客体以及它们在文学文本和文学理论中的表达；《人之初是爱情》（*Au commencement était l' amour*，1985），探讨精神分析与失败的关系；《黑色太阳，抑郁和忧郁》（*Soleil noir. Dépression et mélancolie*，1987），集中论述了抑郁和忧郁的艺术表现形式。

20世纪80年代以后，克里斯蒂娃的女性主义观点开始受到关注，在英语文化圈更被认为是法国女性主义的标志性理论家，与西克苏和伊利加雷（Luce Irigaray）构成了托利尔·莫瓦（Toril Moi）所谓的“法国女权理论的新神圣三位一体”。但克里斯蒂娃本人有意与“女性主义”团体保持距离，她更加关注单个的女性个体的特殊性。首先，她主要从文本、语言、潜意识中探讨女性受压抑的机制。她分析传统社会中女性语言的特征和女性在文化上被压抑、被排斥的地位，她认为女性在象征秩序中是“不可思议、不被考虑”的，她们既没有独立存在的意义，也没有独自定义的能力。她用一系列否定句来定义女性：女性是不能存在的，甚至不能走向存在；女性的实践只能是否定的，与存在的事物相悖；女性是不能在场的，不能言说的，存在于命名和意识形态之外。男性正是通过这种两极对立的概念，在文本中将现实分裂为片段，将自我树立为中心，抹杀性别、身体差异，将女性置于象征秩序（社会意义）的边缘。其次，她为女性指出出路。女性应该反抗，作为存在的个体，她（她们）应该努力重新成为思想和言说的主体。社会应该更加重视女性，给女性平等的机会和权利，如在国民议会、政府中增加女性的比例。她的女性主义诗学的独特之处在于强调“记号话语”和母性功能。她认为，记号话语与母性、躯体、潜意识相关，实质上是一种“狂欢化”语言，它打破传统认为的语言演变规律和秩序，使语言回到充满激情和神圣的感性状态。但这种话语并非女性专用，它与“男性象征秩序”共存，既拥有后者，又颠覆后者。

她的女性主义观点见诸《中国妇女》（*Des Chinoises*，1974）、《女性和神圣》（*Le Féminin et le sacré*，1998）、《女性天才》（*Le Génie féminin*，1999—2002）等著作。其中，《中国妇女》是克里斯蒂娃在1974年与索莱尔斯、巴尔特等法国理论家在对中国进行了三个星期的访问之后写就的，反映了作者对中国文化的热衷，同时，也标志着作家开始走向女性主义批评之路。《女性天才》分三卷，分别以汉娜·阿伦特（Hannah Arendt）、梅拉妮·克莱恩（Melanie Klein）、科莱特（Colette）三位女性作家为研究对象，集中探讨女性与社会、女性与文化、女性之于生命、时间、他者、权力等问题。

另外，克里斯蒂娃还是一位社会活动家，她积极参与政治活动，并对“政治性”进行理论化的反思。受到“对话”“互文”“多元”等文学主张的影响，她认为，“政治性”不应该是范畴建立与整体化之下的政治斗争或是治理的问题，而应该是一种发言的可能性，是多元的状态得以不断发生的共处空间。她称“polis”是公开言说的空间，是建立在言语之上的“中介空间”，是主体之外、被排除的、不可知的、不可命名的外部多元空间，可以通过书写与言说不断涌现出来。克里斯蒂娃认为，语言具有“政治”的维度，而“政治性”需要语言才得以表现。她还主张，政治空间里同样需要伦理、道德、规范等“迂回”的方式，应该对外来人口的融合、男女平等、残疾人，以及生活在社会边缘、没有归属感的少数群体等问题予以关注。她认为，社会反抗和社会革命并不仅仅是军事的、武力的，它还应是主体（个人）与他者建立关系、获得再生的过程。她甚至为此构想了一个理想国：在那里，“国家照顾自己的国民，政治是医治灵魂的手段”。

克里斯蒂娃这些方面的思考主要体现在如下著作中：《对我们来说的陌生人》（*Etrangers à nous-mêmes*，1988）、《灵魂的新疾》（*Les Nouvelles maladies de l' âme*，1993），以及《反抗的意义与无意义：精神分析学的能力与局限（一）》（*Sens et non-sens de la révolte, pouvoirs et limites de la psychanalyse I*，1996）和《亲密的反抗：精神分析学的能力与局限（二）》（*La Révolte intime, pouvoirs et limites de la psychanalyse II*，1997）。

《对我们来说的陌生人》，是针对20世纪80年代在法国社会抬头的种族主义和排外心理而写。作者在该书中回顾了外来人口的历史、外来人口与民族主义的交叉研究以及可能带来的社会问题，使用精神分析的方法探讨外国人／陌生人的心理体验，以及应该怎样对待外国人的问题。《灵魂的新疾》则是对西方文明社会中人类所出现的忧郁、焦虑和恐惧等症状从理论的角度进行分析。而《反抗的意义与无意义：精神分析学的能力与局限（一）》和《亲密的反抗：精神分析学的能力与局限（二）》则是1994—1996年间克里斯蒂娃在巴黎第七大学上课的讲稿，集中探讨了现代社会中反抗对人类的重要意义，现代文化和现代艺术中反抗所呈现的形式，并对当代文学史中三位重要人物（阿拉贡、萨特、巴尔特）及其作品所展现的不同的反抗风格进行分析，提出了想象、潜意识、欲望和语言之于反抗的意义。

克里斯蒂娃不仅从理论的视角论析西方社会的种种症状，而且尝试小说的写作实验。对她来说，文学写作与精神分析实践和理论研究密切相关，她试图将三者融合在一起，探寻医治现代人类心灵疾病的途径。

克里斯蒂娃的小说写作始于20世纪90年代，著有《武士》（*Les*

Samouraïs，1990）、《老人与狼》（*Le Vieil Homme et les loups*，1991）、《占有》（*Possessions*，1996）和《拜占庭谋杀案》（*Meurtre à Byzance*，2004）。

克里斯蒂娃有自己独特的小说创作观。她一方面试图让自己的小说作品成为“通俗”小说，即她试图触动绝大多数人的心灵、感觉和情感。因此，她的小说作品，尤其是后三部，多以侦探、悬疑为出发点，加入诸如谋杀、邪教、灵幻等吸引读者眼球的元素。但另一方面，其文学创作意图并不止于此，她甚至反对“畅销书工业”，而是号召一种“反抗文学”，以提升现代社会、现代读者的品位。为此，她力图让自己的侦探小说带有历史的印记和厚度，甚至具有哲学思考和心理学分析的深度。她试图在小说写作中融入两种截然不同的思维风格：知识分子敏捷、快速、善于逻辑分析和推理的思维方式和文学家任由情感、思绪、记忆流淌的风格。

她的小说创作继续围绕她最为关心的主题展开：放逐（移民）、女性特质和母性。她在塑造人物、设置悬疑情节的同时，加入很多自传性的描写和叙述。富有哲理性、历史感、分析色彩的个人独白是她小说写作的重中之重。克里斯蒂娃的语言流畅，简明轻快，富有韵律。

《武士》是克里斯蒂娃的第一部小说。创作灵感来自于1968年法国社会革命风暴过后的社会状况。当时，在一批人中间激情涌动，他们试图进行思想的、躯体的冒险行为，试图做改造社会的“武士”。因此，在这部小说中，读者可以读到很多自传式的描写，看到那个时代最重要的知识分子（如克里斯蒂娃本人、索莱尔斯、巴尔特、列维-斯特劳斯、拉康、本维尼斯特、德里达、福柯等）的化身。女主人公奥尔加来自东方，她只身来到巴黎，遇到了作家艾尔维・圣特耶，并与其产生了刻骨铭心的爱情。此后他们遇到很多年轻志士，并与他们一路在文学、艺术领域进行各种各样的尝试，甚至是革命。

第二部小说《老人与狼》，表面上看是一部半魔幻、半侦探的小

说，实则更多的属于哲理小说，是作者为了纪念去世的父亲而作。故事发生在桑塔-巴巴拉（Santa-Barbara），主人公是年迈的教师赛普蒂希思·卡拉鲁斯，热衷于拉丁诗歌。他向人们预言“狼要回来了”，可是没有人相信他。然而就在这时，有人发现一堆尸体，还有人在湖里打捞上来一具神秘女尸，颈部有獠牙的印记。狼真的回来了，开始侵略桑塔-巴巴拉这个被认为是极度自由的地区。人与人之间没有了信任，他们只想着互相残杀，只有老人赛普蒂希思一个人十分警觉，拒绝这种原始的野蛮行为。然而，没多久，老人也神秘地死去了。故事中另一个重要人物巴黎女记者斯特法妮·德拉古尔像一个侦探一样竭尽全力调查事情的真相。在调查过程中，她看尽了人类文明的各种丑态，从前民主的、自由的社会完全失去了作用，桑塔-巴巴拉充斥着仇恨和罪恶。整部小说被焦虑、恐慌、仇恨笼罩着，表达了作者刚刚失去亲人、面对无法想象的死亡时悲痛的心境，以及内心强烈的、无法言说的孤独感。

《占有》也是一部侦探小说。小说围绕巴黎记者斯特法妮·德拉古尔展开，讲述在她到达桑塔-巴巴拉之后，参与调查其友格洛丽娅·哈里森被谋杀一案的故事。死者格洛丽娅是一位单身移民母亲，与儿子杰瑞——一个生下来就又聋又哑的孩子——相依为命。作为母亲，她意识到自己有责任教给儿子所有的事情，甚至努力去体会儿子的各种感受。在这个过程中，孤独的母亲渐渐获得了新生。不幸的是她被发现在家中被杀，头颅被割掉，手法残忍。现场有很多奇怪的迹象，最令人奇怪的是，格洛丽娅很有可能在死前服食了大剂量安眠药，使她在面对凶手时毫无还击之力。斯特法妮是《巴黎事件》报的记者，出于工作需要不得已与特派员诺特洛普·里尔斯基一道调查这起凶杀案的真相。调查过程中，他们往返于桑塔-巴巴拉地区和巴黎之间，遇到两地形形色色的人，尤其是各种各样的女人。在寻求真相的同时，另一个事实被揭示：生命是脆弱的，是不确定的，人类（尤其是女性）对生命怀有无限激情。

《拜占庭谋杀案》是一本兼具自传、悬疑、超验、政治讽喻等色彩的"恐怖"小说。两次出现在另两部小说中的人物女记者斯特法妮·德拉古尔与特派员诺特洛普·里尔斯基再次联手，调查发生在桑塔-巴巴拉地区的失踪案和连环凶杀案。

纵观克里斯蒂娃的理论研究和文学写作实践，她将自己融合了多种学科知识的诗学思想与小说写作有机结合起来，在后结构主义、女性主义、心理分析等领域建树颇丰，在西方学术界享有巨大声誉。

中译本：《爱情传奇》，姚劲超、姜向群、戴宏国译，华夏出版社，1992年；《恐怖的权力：论卑贱》，张新木译，生活·读书·新知三联书店，2001年；《汉娜·阿伦特》，刘成富等译，江苏教育出版社，2006年；《反抗的未来》，黄晞耘译，广西师范大学出版社，2007年。

《拜占庭谋杀案》（*Meurtre à Byzance*）

《拜占庭谋杀案》（2004）是朱丽娅·克里斯蒂娃的第四部小说，这部小说与其理论研究的风格一脉相承，作者在小说中将多种知识、多个领域融合在一起，并将很多自己关注的话题和元素（女性特质、母性、陌生性、身份找寻和认同）巧妙地糅合起来。该小说探讨的中心主题是民族迁移问题，同时也涉及历史、文学、社会学和精神分析学。

故事始于一宗失踪案。塞巴斯蒂安·克雷斯特-琼斯是桑塔-巴巴拉地区研究人类迁移的历史学家。作为移民后代，他对第一次十字军东征和拜占庭王朝的历史十分感兴趣。他的妻子是一位女权主义者，整天在他耳边唠叨关于同性恋、女性、母亲地位的话题。史学家对此已经厌倦，夫妻关系很不好。于是，他有了一个情妇，是一位来自中国香港的女研究员。有一天，史学家无缘由地将情妇杀害，并弃尸于深水中，而史学家自己也神秘地失踪。他是去追寻祖先的足迹了，还是与第一次十字军东征的队伍一道寻找他所认为的欧洲的发源地去了？还是在拜占庭迷路了？一时间，现实与几百年前的历史场景交汇在一起。就在此时，桑塔-巴巴拉这个地区开始危机四伏：邪教组织、各种黑帮犯罪活动，还有与神秘数字“8”有关的连环谋杀案肆虐整个城市。特派员诺特洛普·里尔斯基——失踪者塞巴斯蒂安的远房亲戚——奉命对此展开调查，协助他的还有《巴黎事件》报的女记者斯特法妮·德拉古尔。他们的任务是查明塞巴斯蒂安失踪案的真相，揭露神秘杀手不为人知的命运。

从体裁上看，这是一部侦探小说。故事围绕着凶杀、调查、追击等侦探小说固有的情节展开。而侦探小说这种体裁对于作者而言，有其独特的功效，可使作者逃离生活的丑恶，可以让其以一种轻松的、讽刺的方式进入恐惧中。侦探小说更是一种“乐观主义”的文学体裁，可以让人们看清恶的来源。从之前的小说《老人和狼》开始，克里斯蒂娃借用这种通俗体裁作为载体，旨在书写历史，抒发自己在哲学、心理学和社会学方面的观点和看法。

从主题上看，探讨社会问题是这部小说的宗旨。叙述在古代社会和现代社会两个维度里自由切换，既有对历史的探寻——这当中充满了惊悚和冒险，又有对现代社会的讽刺和批驳，讲述自古至今移民们有争议的命运、外来人口的痛苦，以及战争自古以来给人类带来的灾难和不幸。还特别对现代社会，尤其是巴黎社会，以及现代社会面临的新问题和挑战（如恐怖主义、宗教、政治等）给予了特殊的关注。为了鲜明地表现这些社会问题，作者有意创造了一系列对立关系，如想象之地桑塔-巴巴拉与拜占庭，世界一体化与身份特质，未来与过去，移民（背井离乡）与返归故里等。小说中出现的人物全部都是“外来人”，从他们的名字（Popov，Rylski，Tomov）就可以看出，他们多少都与东欧有关系，这就必然涉及人物身份的找寻和认同。克里斯蒂娃第一次将写作视角转向自己的祖国保加利亚，而保加利亚恰恰是欧洲各民族汇集、多种文化融合的地方，正是现代欧洲的缩影。作者在揭示故事中人物命运的同时，也是在对自我生命以及自己特殊的身份特征进行找寻和定位。

在这部小说中，作者对人物塑造和情节描写着墨不多，而是集中笔墨讲述第一位史学家、拜占庭公主安娜·科梅尔的生平，不厌其烦地描写人类社会的状态、背井离乡者的生活境遇、左翼党派的处境等。小说汇集了悬疑、自传、政治社会讽喻和爱情小说等元素，探讨的主题是作家本人一直十分关注的话题——陌生性、母性、男人与女人的关系，同时又将几乎所有的现代社会所关注的主题（如邪教、连环杀手、移民、媒体、信息科学等）熔为一炉。正如小说中的人物斯特法妮·德拉古尔向读者所说的："同时，我在阿拉伯世界研究院听到，外国人克里斯蒂娃在为灵魂的新疾做出诊断，而外国移民尤其深受其苦……"小说还引导现代读者对欧洲的历史、现代欧洲的状况进行思考：既然欧洲的形成是欧洲人不断迁移的结果，那么，到底谁是"外来人"呢？

从结构上看，小说共分六章。每一章分为三到八个小节不等，每一小节都有明确的题目，多以主要人物、主要事件命名，将案发现场、历史场景、调查和讨论等场面逐一展现，但又完全不遵守时间或逻辑顺序。各个人物粉墨登场，他们彼此交叉、互相对质。这使得整部小说既条理清楚，又有时间和空间上的交错感。

从叙事手法上看，"双重性"/"两面性"是构建整部小说框架的基本原则。故事借助同是外来移民的女记者斯特法妮之口，以第一人称"我"的口吻展开叙述。叙述者的声音除了独白，还通过其他人物得以展现。而其他所有人物都彼此映射——或通过语言，或通过展现人物的双重性格。这个女叙述者正是作者本人的化身，如曾学过哲学，十分热衷中国文化，参与过结构主义批评活动，这些都是作者本人身份和经历的影射。克里斯蒂娃在一次访谈中提到，斯特法妮是她的化身，克雷斯特-琼斯的旅行也是她的旅行；克里斯蒂娃借她的人物而存在，她通过

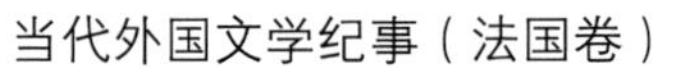

他们之口说话。有评论认为，这是该小说的一大特点，并将这种特点命名为同质多像性（forme polymorphe）。换言之，这体现了克里斯蒂娃坚持的“多声部”“互文性”的文学原则。

这本小说一问世，就得到法国各界的好评。有评论认为：“克里斯蒂娃向我们呈现了一本让人兴奋、令人惊喜的书。一本关于拜占庭的伟大的小说。”（克里斯蒂纳·卢梭，《世界报》，2004年2月6日）贝尔纳–亨利·列维则在《观点》中发表文章称赞这部小说，认为“这是一本安贝托·艾柯的《玫瑰之名》之后少见的能与之齐名的小说”。

（王迪）

米兰·昆德拉（Milan Kundera）

米兰·昆德拉（1929— ），小说家、文论家。1929年4月1日生于捷克的布尔诺市。幼时受过良好的音乐教育，青少年时期痴迷于一切先锋艺术形式。1948年到首都布拉格学习哲学。这个时期，尝试作曲、写诗、编剧，被认为是标新立异的诗人。1967年发表第一部小说。1968年苏联入侵捷克斯洛伐克，其作品被列为禁书，他本人也失去了教职。1975年，昆德拉移居法国，先后受聘于雷恩大学和巴黎高等社会科学研究学校。1979年被剥夺捷克公民身份，1981年获得法国国籍。昆德拉早期的很多小说都被翻译为法语，后期则直接用法语写作。他在世界各地拥有广泛的读者，屡次获国际文学奖，数次获诺贝尔文学奖提名。

昆德拉认为小说是关于存在的思考，小说考察的不是现实，而是存在；存在不是既成的东西，它是人类可能性的领域，是人可能成为的一切，是人可能做的一切。小说家存在的理由，是为了避免存在被遗忘，揭示现代社会的复杂性。在写作中，昆德拉将哲思与梦境融入叙事，无意给读者带来训诫和启示，他的作品在很大程度上是对可能性的假设、对可笑之事的讥讽和对小说本身的游戏。他的许多小说都以捷克为背景或与捷克相关，在他看来，小说家不是历史学家的仆人，小说家不讲述或评论历史，他要发现人类存在不为人知的方面。大的历史事件对他来说就像聚光灯，照亮和揭示那些隐藏的方面。20世纪中期的捷克即是如此，它反映特定历史时期的状况，是人类学的实验室。小说家探索的一个基本问题就是：人类的生存是什么？

昆德拉的主要作品有：《玩笑》（*La Plaisanterie*，1967）、《生活在别处》（*La Vie est ailleurs*，1973）、《告别圆舞曲》（*La Valse aux adieux*，1976）、《笑忘录》（*Le Livre du rire et de l'oubli*，1979）、《生命中不能承受之轻》（*L'Insoutenable légèreté de l'être*，1984）、《不朽》（*L'Immortalité*，1990）、《慢》（*La Lenteur*，1995），《身份》（*L'Identité*，1998）、《无知》（*L'Ignorance*，2003）等，以及短篇小说集《好笑的爱》（*Risibles amours*）。除小说外，昆德拉还著有三部文论：《小说的艺术》（*L'Art du roman*，1986）、《被背叛的遗嘱》（*Les Testaments trahis*，1993）、《帷幔》（*Le Rideau*，2005），以及一部剧本《雅克和他的主人》（*Jacques et son maître*，1981）。

早期作品《玩笑》表达了个人命运与历史的关系。主人公卢德维克是学生干部，他喜欢玛格塔，想与她加深交往，此时，玛格塔却被通知去参加党员培训。玛格塔欣喜异常，写信给卢德维克，谈论乐观主义、健康气氛和世界革命；而卢德维克却为女友的远离而沮丧。他寄了一张明信片给玛格塔，开玩笑说乐观主义是人民的鸦片，健康气氛有一股愚昧的臭味。明信片事件遂上升为政治事件，导致玛格塔不再搭理卢德维克。而好友泽曼尼克虽然知道卢德维克在开玩笑，但为了自己的政治前途，在党员大会上支持开除卢德维克。卢德维克最终被开除党籍与学籍，成了一名政治犯。在劳改地，卢德维克认识了单纯、文静、质朴、端庄的露西。他认为露西是上天赐予他的礼物，但露西不久后却消失了。卢德维克出狱后，邂逅了泽曼尼克的妻子海伦娜，为了一清当年宿怨，他引诱了海伦娜，事后才知此二人的婚姻早已形同虚设，他的报复其实成就了泽曼尼克的好事。而海伦娜却真的爱上了卢德维克，并因他的离去而绝望，想服毒自杀，却误用了泻剂。

1984年，《生命中不能承受之轻》出版，这部作品被《华盛顿日报》评为20世纪最伟大的小说之一，为米兰·昆德拉赢得了世界性声誉。该小说以苏联入侵捷克斯洛伐克为背景，描绘了捷克知识分子在动荡时期的流亡生活，揭示了他们的生存状态。19年后，在小说《无知》中，昆德拉又以重返捷克的流亡人为描写对象，凸现了流亡人回归后的无所适从。

昆德拉直接用法文写作的第一部小说是《慢》。《慢》与昆德拉之前发表的《不朽》都脱离了捷克背景。《不朽》探讨了写作在当代社会中的地位，认为一个图像充斥的社会，将面临把一切都图像化、简单化、表面化的危险。《慢》则以司机在公路上烦躁焦急、极欲超车开篇，认为缓慢的乐趣正在逐渐消失。小说在时间跨度为两个世纪的不同时代展开，故事的发生地是一座乡间古堡，18世纪作家维旺·德农（Vivant Denon）将一桩风流韵事安排在这里：一位贵妇看完戏，邀一位年轻骑士送她回家，晚饭后，贵妇和骑士先后在城堡花园、凉亭和密室缓慢悠长地享受欢愉。20世纪，昔日的城堡成了一次大会会址，与会人员之间发生着各种故事：有人因事不遂心想投水自杀，有人与异性在城堡水边逢场作戏，有人在他人的关注和赞美中忘乎所以。昆德拉将两个世纪的速度观作比，认为慢与记忆、快与遗忘之间存在着密切联系。在快速生产、快速运输和快速通讯的同时，人们已经无暇去回味和记忆，越来越生活在存在的遗忘之中，长此以往，生活留给我们的将是一片空白。

昆德拉小说叙事的一大特点是对复调的使用。复调是创造多声部小说新艺术的方法之一，在第一部小说《玩笑》里就有体现，在其后的多部作品中得到了延续和发展。复调既指多条线索平行发展且高度统一于主题，也指文体复调，又是一个与叙事节奏和叙事内容紧密相关的概念。昆德拉试图通过文体复调，把不同的文体糅合在同一部作品里。《笑忘录》就将寓言、随感和评述融为一体，它们互相依附，互相衬托和阐释，一起服务于作者的创作意图和作品的主旨。昆德拉还强调叙事节奏对小说气氛的影响，如同音乐的疾缓是情绪的表达。为了使不同的情感空间并列呈现，昆德拉应用叙事语调的急缓、叙事密度的高低、时间跨度的大小等创作了叙事的快板、柔板、急板等，来控制叙事的速度和叙事的情绪。昆德拉曾被贴上自传作家的标签，但作家本人认为自己的作品不是自传。在他看来，小说固然产生于个人激情，但只有当作家割断了与其生活相连的脐带，开始探寻生活本身而不是自己的生活时，小说才能充分发展。

中译本：《生命中不能承受之轻》，韩少功、韩刚译，作家出版社，1987年；《为了告别的聚会》，景凯旋、徐乃健译，作家出版社，1987年；《生活在别处》，景凯旋、景黎明译，作家出版社，1989年；《不朽》，宁敏译，作家出版社，1991年；《笑忘录》，莫雅平译，中国社会科学出版社，1992年；《玩笑》，景黎明、景凯旋译，作家出版社，1993年；《被背叛的遗嘱》，孟湄译，上海人民出版社，1995年；《小说的艺术》，孟湄译，生活·读书·新知三联书店，1995年；《灵魂的出口》，张莉莉译，作家出版社，2000年；《认》，孟湄译，辽宁教育出版社，2000年；《欲望玫瑰》，高兴、刘恪译著，书海出版社，2002年；《身份》，董强译，上海译文出版社，2003年；《雅克和他的主人》，郭宏安译，上海译文出版社，2003年；《玩笑》，蔡若明译，上海译文出版社，2003年；《不朽》，王振孙、郑克鲁译，上海译文出版社，2003年；《笑忘录》，王东亮译，上海译文出版社，2004年；《生活在别处》，袁筱一译，上海译文出版社，2014年；《小说的艺术》，董强译，上海译文出版社，2004年；《帷幕》，董强译，上海译文出版社，2006年；《不能承受的生命之轻》，许钧译，上海译文出版社，2003年；《无知》，许钧译，上海译文出版社，2004年；《相遇》，尉迟秀译，上海译文出版社，2010年；《不朽》，王振孙、郑克鲁译，上海译文出版社，2011年；《告别圆舞曲》，余中先译，上海译文出版社，2004年；《慢》，马振骋译，上海译文出版社，2011年；《被背叛的遗嘱》，余中先译，上海译文出版社，2003年；《庆祝无意义》，马振骋译，上海译文出版社，2014年；《好笑的爱》，余中先、郭昌京译，上海译文出版社，2014年。

《无知》（*L' Ignorance*）

《无知》（2003）是米兰·昆德拉的代表作之一。

《无知》的开篇分析了“思乡”一词的词源及意义：由不可满足的回归欲望引起的痛苦，引出了有史以来“最伟大的冒险家与思乡者”尤利西斯。尤利西斯参加了特洛伊战争，在那里一待就是十年。后来，他迫不及待要回到故乡伊萨卡，但诸神的阴谋耽搁了他的归程，前三年里充满了神奇的遭遇，后七年里则成了女神卡吕普索的人质和情人。卡吕普索爱上了他，一直不让他离开小岛。

《无知》的两位主人公伊莱娜和约瑟夫是漂泊在法国和丹麦的捷克人。与尤利西斯在小岛所过的安逸生活不同，流亡伊始，伊莱娜贫穷，惊恐不安，经常做奇怪的梦，梦到自己搭乘的飞机改变航线，着陆的地方是陌生机场，捷克警察在舷梯下等她。她还梦到自己在法国小城漫步，突然遇到一群女人，笑容阴险，端着啤酒朝她奔来，用捷克语责备她，“在惊恐中伊莲娜明白了原来自己还在布拉格，她一声惊叫，醒了过来”。另一个流亡者约瑟夫从丹麦回到故土，才知道父亲、伯伯和婶母已经去世。约瑟夫非常震惊，因为他从未收到过一封讣告。警察一直在监控写给国外流亡人的信件，家人是不是害怕所以不给他消息？通过墓碑上的日期，约瑟夫知道其中两个人在1989年以后才下葬，这说明亲人们不给他写信不是因为谨慎，“事实更糟：对他们来说，他根本就不存在”。

尤利西斯一路颠簸，终于回到故乡，在一棵橄榄树下醒来，见到了儿时熟悉的一切，沉醉在回归的喜悦中。1968年苏联入侵时，伊莱娜离开故土捷克；20年后，当她回到捷克与旧友重逢，才发现故人们对她的流亡生活根本不感兴趣，她们无休止地谈论自己关心的事，拒绝了从远方归来的流亡者。约瑟夫经历了丧妻之痛，重新回到家乡，才明白“在他离开的这些年，一把无形的扫帚扫过了他的年轻时光，抹去了他所熟悉的一切。他所期待的重逢场景没有出现”。伊莱娜和约瑟夫曾两情相悦，在重归捷克的途中他们再次相逢，伊莱娜认出了约瑟夫，想到此次相遇可能会旧梦重温，物是人非的感触让两个流亡人惺惺相惜，后来伊莱娜拿出约瑟夫当年送她的烟灰缸，却发现约瑟夫并不记得这个对她来说异常珍贵的礼物，约瑟夫早已将以前的伊莱娜遗忘了。

昆德拉在这部小说中将不同时空的人物和事件“并置”。小说各个部分之间看似在时空上相隔甚远，毫无联系，但某些物件和场景不停地被“重复、变奏、暗示”，犹如纬线一般，将整部小说串起，成为紧密而和谐的整体。思乡、遗忘、尤利西斯构成了《无知》的纬线，它们留在读者的记忆里，从开头直到小说结束。小说后半部的结构比前半部更美、更丰富、更紧张，业已说过的话语与展现过的主题再次出现，而且彼此呼应，发出共鸣。

流亡是《无知》的关键词，昆德拉称，他所说的流亡是内心的流亡，这是所有人的共同命运。历史飞速前进，时刻改变着我们记忆中留存的景象，哪些才是我们应该记住、必须记住的东西？小说里的两个人物20年后回到祖国，却震惊地发现，过去已经一去不复返，再也回不去了。遗忘抹去过去，记忆改变过去。所有人都淹没在无知之中。无知不是智力上的一个缺陷，而是人类境遇的根本特征。

（张琰）

让-吕克·拉加斯（Jean-Luc Lagarce）

让-吕克·拉加斯（1957—1995），戏剧家、戏剧导演。1957年出生于上索恩省，很早就投身于戏剧创作。1975—1978年在贝藏松戏剧艺术学院听课。1977年，他与几位当地戏剧艺术学院的学生共同创立了“大篷车剧团”（Le Théâtre de la Roulotte），这个剧团在1981年成为一家职业性剧团。1979年他写出第一部戏剧《迦太基依旧》（*Carthage, encore*）。1980年完成硕士论文《西方戏剧和权力》（Théâtre et Pouvoir en Occident），论文结论是：“独立戏剧几乎不存在：它建立在国家援助的基础上……因此为了保证这笔生存经费，它不会对语言和结构进行创新。”此后，拉加斯一直努力创建自己的独立戏剧。在丰富的实践中他的戏剧事业有了长足发展，从导演到戏剧创作，或从戏剧创作到导演自己的剧本，并在1992年与贝勒尔（François Berreur）共同创立了“不合时宜的孤独者”出版社（Les Solitaires Intempestifs），目的是捍卫当代写作，如帮助当时找不到出版商的奥利维埃·皮出版他的作品，也出版了马泽夫（Elisabeth Mazev）的作品和拉加斯的全部作品。

拉加斯1995年因艾滋病不幸去世，年仅38岁，在他短暂的生命中留下丰富的作品。从1981年到1995年，他一共创作了三部随笔、一部歌剧剧本、24部戏剧作品（他是这些戏剧的主要导演），签约20部戏剧的导演。他最为著名的作品是《忘记之前的最后内疚》（*Derniers remords avant l'oubli*，1987）、《觊觎者》（*Les Prétendants*，1989）、《恰巧世界末日》（*Juste la fin du monde*，1990）、《我们、英雄》（*Nous，les héros*，1993）、《现代社会的社交礼节》（*Les Règles du savoir-vivre dans la société moderne*，1993）、《我在家等着下雨》（*J'étais dans la maison et j'attendais que la pluie vienne*，1994）、《海牙之旅》（*Le Voyage à La Haye*，1994）和《遥远的地方》（*Le Pays lointain*，1995）。他除了导演自己的作品，还导演过拉彼什（Labiche）、莫里哀、马里沃和尤奈斯库的作品，改编并导演了斯威夫特、克雷比庸、儒昂多和韦德坎德（Wedekind）的作品。

他在改编和导演他人的作品时，往往加入自己的见解。1981年他生平第一次改编的戏剧是《图兰朵》（*Turandot*），其舞台演出借鉴马戏团表演。1984年改编了卡夫卡的一部作品《乡村婚礼的准备工作》（*Préparatifs d'une noce à la campagne*），同年改编了克雷比庸的《心灵和精神的迷失》（*Les Egarements du cœur et de l'esprit*）。这两次改编体现了同一个主题——孤独。拉加斯坦言，他从事戏剧的初衷就是为了摆脱孤独。

作为导演、演员、剧作者和出版者的拉加斯，对戏剧倾注了极大的热情，对戏剧表演中的帷幕、灯光、服装和演员等细节都予以关注。20岁时，他就和自己创立的“大篷车剧团”在法国各地演出。临终前，作为导演的他还不忘自己的工作，仍不断关注韦德坎德的作品《露露》（*Lulu*）的彩排情况。

拉加斯每部作品的文本都带有强烈的不确定性，疑虑无处不在，仿佛在噩梦中，貌似坚实的土地都会塌陷，将人吞噬。拉加斯曾经导演了尤奈斯库的作品《秃头歌女》，在他最初的剧本中，常常可以发现尤奈斯库的影响，体现在人物的梦呓般的话语；还有贝克特对他的影响，体现在无话可说却不能缄口而产生的焦虑。他的作品《此处或他处》（*Ici ou ailleurs*，1981）最能体现贝克特的影响。剧中人物没有姓名，被从1到5编号称呼，他们不停地抱怨自己在那里却没有故事可讲。对无力和空虚的体验和分析使拉加斯在创作风格上接近贝克特。

1988年，拉加斯便得知自己的血清检测呈阳性。疾病和死亡是他多部作品的题材，但他拒绝贴上“艾滋病剧作家”的标签，认为这不是他作品的主体。他的作品的题材还涉及家庭、爱情、葬礼、生命和死亡。《遥远的地方》的导演达纳（Rodolphe Dana）说：“普鲁斯特、契诃夫和拉加斯等作家都知道自己患了不治之症，由此他们产生了对生命的眷恋和对重建本质的追求。”

拉加斯曾学过哲学，因此他不断思考活着、爱和出发的含义。在他的创作生涯中，从1984年的《回归城堡》（*Retour à la citadelle*），到1990年的《恰巧世界末日》，直到1995年去世15天前完成的最后一部作品《遥远的地方》，他从未停止想象过一个多年离家的男子回家的情景。该情境引发的既不是危机也不是冲突，而是触碰心灵深处的信赖和低语。细腻的笔触描绘出的舞台世界，有过去的影子和逝去的情人，乌托邦般的情景让人重新演绎生活，追寻逝去的时间，言说未曾勇敢说出的话，平静地接受失败。作品中面对疾病抗争的场景令人心碎，气氛紧张得让人喘不过气来。

拉加斯的戏剧作品非常重视言语，情节是次要的。对于戏剧中的人物而言，生命在于言说。如果不说话，他们将不复存在，所以必须生活在话语里。即使语言不能言说说话者的境地，也可以成为某种援救。只要说话，他就可以暂时抗拒空虚。与贝克特类似，拉加斯的剧中常常没有故事发生，情节只是建立在对言语的“反应”中。

拉加斯有些作品的戏剧语言具有讽刺性，例如剧作《觊觎者》。此剧讲述的是部长特派员到外省某文化中心任命新主管，由此结束了前任主管制定的各项战略。剧中夫妻、朋友或同事等人物的对话所说的都是琐碎小事，比如火车从巴黎出发的时间。这个机构其实没有存在的意义，或者说其意义仅在于改变机构中各公务员之间的权力关系。每个人都说着毫无意义的空话，并深谙说话的艺术之道，因为只要不把话说清楚，别人就不能推翻他们的话。所谓文化机构只是一具空壳，各色人物的作用就是确保它的持续运转，不停地制造无限膨胀的空话。例如，市政府的代表为了竭力表达对刚刚卸任的上届主管的感谢，其致辞是一堆空洞无物的废话："保罗——因为是针对您说这番话——保罗，我非常亲爱的保罗，直呼您的名，请允许我这样亲近的称呼，保罗，所以请相信，今天我不仅以市政府的名义，也以我个人的名义，在这里，另外，尤其是以我个人的名义，保罗，相信我希望向您表示感谢——向您庆贺——感谢您启动的各项策略，运行良好，同时——我接着说——同时，请相信，请确定，同时，向您表示我们热情的感谢。"

拉加斯的戏剧语言质朴，思想深邃，他已经成为法国被演出最多的当代戏剧家之一，其作品被翻译成多种语言，在从西班牙到日本的多个国家的舞台上演，产生了热烈反响。

《我在家等着下雨》（*J' étais dans la maison et j' attendais que la pluie vienne*）

《我在家等着下雨》（1994）是拉加斯的一部著名的戏剧作品，被译为西班牙文、意大利文、日文等多种语言。

这是一部关于等待和葬礼的悲剧。五个不同年龄的女人讲述一个年轻男子的故事。这五个女人是年轻男子的祖母、母亲和三个姐妹。从她们的低声讲述中我们得知，年轻人在一次争吵中被父亲赶出家门，而父亲不久便离开人世，家中剩下的这五个女人便常年守在家中，每天观望着家门前通往山谷的路，默默等他回家。她们的生活百无聊赖，唯一可做的事情便是等待。在一个夏末的傍晚，年轻男子突然回来了，他的力气消磨殆尽，终于回到了最初生活的地方。他没能说一句话便晕倒在地，被家人抬到从前的房间，生命垂危。她们从傍晚直到次日清晨一直在低声说话，年轻人在旁边的房间里安静地睡着，也许奄奄一息，再也没有出现在舞台上。

年轻人的回家给她们带来说话的话题和生活的寄托，她们聚拢在年轻人的身边，呵护他，也互相安慰自己。她们谈到年轻人走后自己留守家中的故事，也谈到他的出走和离家后的漂泊。她们轻声细语，蹑手蹑脚，生怕惊扰他的安睡。这个年轻人成为她们生活的中心和纽带，她们几乎是竞相表达对他的关爱。至于剧中年轻人，他无名无姓，是她们的孙子、儿子和弟弟，无足轻重，只是一副由她们照顾的柔弱躯体，或者说只是一个道具。观众不知道他出走后做了什么，也不知道他为什么奄奄一息。曾经有人根据作者1995年死亡一事，猜想这是一部关于艾滋病的戏剧，但剧本没有任何暗示。整部剧仿佛是删去主要人物只留合唱部分的古代戏剧。

此剧没有情节，只有五个女人的低声细语。剧中人物只剩下了声音，如果不说话，她们就失去了存在的迹象。至于她们说话的内容，既不构成故事，也不形成冲突，更不塑造心理和性格。她们的声音相像，境遇相同，所讲内容相同，所说句子大同小异，给人一种重复单调之感，似乎就是为说话而说话。这种戏剧风格令人联想到贝克特的《等待戈多》，而且即使等来了戈多，也无法改变人的境遇。这些女人在等待中消磨时日，终于把人等回来之后，她们的状态也没有丝毫改变，可以设想，她们继续等待直至死亡。她们的整个天地就是这个家，每个人都习惯性地待在自己的位置上，没有反抗，也没有走出家门。

这部作品1997年搬上舞台时，人物几乎没有动作，五位女演员静静地待在舞台上，灯光投射在身上的时候就开始讲述，灯光转移到其他人身上的时候便静默不语。拉加斯偏重的是声音效果，而不是视觉效果。

（徐熙）

帕特里克·拉佩尔（Patrick Lapeyre）

帕特里克·拉佩尔（1949—　），小说家。1949年6月出生于巴黎一个普通家庭，作为家中独子，从小深受父母喜爱，自幼喜爱运动，好奇心强烈。独生子的孤独感让其很小就偏爱读书，17岁时第一次读到普鲁斯特的作品，深受震撼。在索邦大学读书期间立志并开始文学创作，同时开始独自旅行。他的作品均在POL出版社出版，其早期作品主要有：《易怒的人》（*Le Corps inflammable*，1984）、《缓慢未来》（*La Lenteur de l'avenir*，1987）、《欢迎来巴黎》（*Welcome to Paris*，1994）、《茜茜就是我》（*Sissy, c'est moi*，1998）等。

拉佩尔是一位低产的作家，作品字斟句酌，不跟潮流，不媚俗。因此，其作品在开始时虽受批评界的青睐，但并未在读者中产生较大影响。直到2004年，《灵魂男伴》（*L'Homme-sœur*）获得法国国际图书文学奖，他才开始获得读者的关注与认可。

在大量的文学阅读当中，拉佩尔受中国文学与日本文学影响很大。中国的唐诗、日本的俳句都给予他很多灵感。

拉佩尔目前具有较大影响的小说主要是《人生苦短欲望长》

（*La Vie est brève et le désir sans fin*，2010）以及《碧草微华》（*La Splendeur dans l' herbe*，2016）。

《人生苦短欲望长》荣获2010年费米娜文学奖，目前已经至少被翻译成18种文字。该小说法文书名的灵感来自于日本小林一茶的俳句《然而》，富于深意与诗意。本书讲述男、女主人公布莱里奥与娜拉之间的爱情，是一本关于“爱的折磨”的书。它虽然是以男性的视角来看待一个女子和两个男人之间的恋情，但是这两个男人却都是“反英雄”的被动形象，在与娜拉的感情漩涡中都处于劣势。书中的两个男子，一个是路易·布莱里奥，法国人，已婚，无固定职业，靠零星做些翻译和妻子、朋友的接济而生活在巴黎；另一个是墨菲，美国人，未婚，有体面的职业和收入，生活在伦敦。两个人都爱上了带有神秘色彩的年轻漂亮的娜拉。娜拉对两个男人都有感情，感性上更喜欢布莱里奥，但是生活上又不得不依赖墨菲。她一直徘徊在两个男人之间，时隐时现，顾此失彼。深爱着她的布莱里奥和墨菲也不断地犹豫、等待和痛苦。布莱里奥后来因为出轨被妻子抛弃。作者最后给小说安排了一个开放式结局，并借由“薛定谔之猫”来暗示娜拉可能有不同的结局。小说的情节虽然简单，但是框架紧密、自然，在叙述上采用蒙太奇的式手法，一个个碎裂的、带有悬念的片段被整合成自然、缜密、引人深思的感伤哲理旅行。文中对爱情和婚姻的探讨分析始于文学，止于哲学，再加上作者电影叙事一般的细节描写，将读者推往被质问、被迫思考的境地。

拉佩尔从不讳言自己想做一个“生活的画师”。《人生苦短欲望长》篇幅虽然不长，但是却花费了他整整五年的时间。他的梦想就是要将一种透明的生命或者生活赤裸裸地摆放在读者面前。就像玻璃工一样，他要将生活中诗意的美变得如玻璃般清晰而透明。他想使读者摆脱固有的道德与思想观念来欣赏文学作品，以获得灵感去思考另一种美。所以在小说中，作者不带任何道德偏见与评判，将“无望的爱”透明地展现在读者面前，展现男性隐秘微妙的心理。

《碧草微华》相对于《人生苦短欲望长》来说内容要复杂得多，情节看似破碎、简单，却意味深长。作家的写作手法也发生了很大改变，单线的穿插倒叙改为双线的迂回描述。小说的主要情节是安娜和欧麦尔母子的生活，以及欧麦尔与希碧儿之间的爱情。安娜出身一般，却与家庭条件很好的丈夫情投意合。然而在婚后的生活当中，两个人之间的隔阂越来越大，不同的生活方式、思维方式，以及不同的政治观念与家庭观念导致两人最终离婚。他们的独子欧麦尔从小在这样的家庭氛围中长大，再加上童年时遭人猥亵，长大后一直具有一定的心理障碍，无法与女人正常相处。欧麦尔在被妻子抛弃后，与希碧儿偶然相识。他们在攀谈中逐渐了解到彼此的伤心过去，而且同病相怜：欧麦尔的妻子正是与希碧儿的丈夫双双远走高飞，不辞而别。同样的遭遇使得两人有了共同话题，由时而的相聚发展为习惯的相处，不知不觉地产生了感情。腼腆、笨拙、单纯的欧麦尔的优点被成熟、大方的希碧儿发现。欧麦尔在获得安慰的同时也越来越依恋希碧儿。但是克服心理障碍的过程充满了艰辛与不解。除了几位主人公，作家还穿插了一些他人的故事，虽然貌似与故事的主线没有关系，但是如锦缎繁花一样互为映衬，使得故事更加丰满。

小说题目的灵感来自于英国诗人华兹华斯的《不朽颂》："纵然，昔日之辉何等灿烂／而今，永离我眼／纵然，碧草微华，繁花锦亮，／良辰无可重现／我们，亦不再悲伤……"作家将这几句诗歌的原文置于小说的扉页。如诗中所描写的那样，小说的基调虽然悲伤阴郁，但是最终具有一个还算令人欣慰的结局，欧麦尔与希碧儿可能会一起生活下去。书中几代人并无交集地在默默承受着各自宿命般的爱与恨，激情与麻木，无奈与辛酸，沉默与爆发……宛如墙角的苔藓，蔓延开去，却依然是同样的姿态，一样的卑微与挣扎。

帕特里克·拉佩尔（Patrick Lapeyre）

中译本：《人生苦短欲望长》，张俊丰译，四川文艺出版社，2012年。

（张俊丰）

卡米耶·洛朗斯（Camille Laurens）

卡米耶·洛朗斯（1957—　），小说家。原名洛朗斯·露艾尔（Laurence Ruel），1957年出生于第戎。在获得大学教师资格后，先后在法国鲁昂、摩洛哥的卡萨布兰卡和马拉喀什教授现代文学课程。从1984年起，她旅居摩洛哥长达12年，主要从事教学、写作和电影表演。1996年回到法国，继续写作。

洛朗斯在20世纪90年代初开始文学创作。她选择“卡米耶”这样一个男女通用的名字作为笔名，目的在于在读者心中制造出一个性别含混不明的、标新立异的作家的印象。1991年她发表处女作《食指》（*Index*），是一部第三人称的自传体小说。主人公克莱尔·德普雷在火车站买了一本书名同样为《食指》的小说，她在阅读过程中逐渐被小说内容所吸引，开始对小说作者——也名为卡米耶·洛朗斯——的身份产生好奇，进而展开一番调查。洛朗斯的文学首秀充满着对于虚构和现实之间的关系的思考，甫一问世便获得不俗的反响，受到新小说代表人物阿兰·罗伯-格里耶的推崇。在此之后，洛朗斯又陆续推出三部作品：《浪漫曲》（*Romance*，1992）、《赫拉克勒斯的功绩》（*Les*

Travaux d' Hercule，1994）和《未来》（*L' Avenir*，1998）。从《食指》的第一章[标题为“庇护所”（Abri）]至《未来》的最后一章[标题为“合子”（Zygote）]，这四部小说的章节标题是按照拉丁字母表顺序排列的，共同构成了一个侦探小说“四部曲”。在《食指》中，克莱尔与雅克相爱，生下一个婴儿，克莱尔打算抛弃孩子，而雅克决定独自抚养孩子长大，故事以雅克的意外身亡为结尾。《浪漫曲》与《赫拉克勒斯的功绩》围绕着雅克之死而展开情节。在《未来》中，案情真相大白，克莱尔竟是杀人凶手，她锒铛入狱。

1994年，洛朗斯的儿子菲利普刚刚出生就意外夭亡，让她遭受巨大的痛苦。她将这一经历写成《菲利普》（*Philippe*，1995）。它标志着作家自撰风格的真正诞生。在此之前，洛朗斯从未有任何“自我书写”（écriture de soi）计划，她曾一度认为，“我”是隐私的代名词，只能够出现在情书里，而将“自我”写在一本将要发表的书里是一件难以想象、难以实践的事情。突如其来的丧子之痛迫使她更为深入地思考文学表达的另一重可能性。她逐渐认识到，主观印象才是写作的唯一的真实性标准，作家不需要追求客观真实效果，而应当把真实经历融入虚构性内容，通过恢复自己的记忆来充分认识自我与他人。对她来说，所谓“真实”一词并不存在，词语就是词语，属于纯粹人为性质的发明，真实与词语之间的差距无法缩减。写作并不能包扎创伤，却能让人再度体验它。书写就是试图用词语去填堵漏洞。然而在很多时候，词语无法堵住漏洞，只会掉落下去。在这个意义上，任何用自撰写作去再现现实的尝试都是枉然。她坦言自己在写作《菲利普》时深受普鲁斯特的影响。

实际上，此后问世的叙事作品《在男人的怀抱中》（*Dans ces bras-là*，2000）、《爱情小说》（*L' Amour, roman*，2003）、《非你非我》（*Ni toi ni moi*，2006）、《躁动的浪漫曲》（*Romance nerveuse*，2010）有别于传统虚构性叙事，都可以被归入上述的自撰范畴。2017

年3月洛朗斯在卡昂的一次国际研讨会上谈到她的写作时说："我的所有写作从一开始就是万花筒，我移动这些彩色的碎片以制作出不同的小说。总是同样的'一些碎片'被组合到一起。这就是我，总是某些由个人的执念构成的虚构。"

这种半真实半虚构的写作风格使她屡受文学大奖眷顾。2000年，《在男人的怀抱中》获得费米娜文学奖和雷诺多中学生奖以及龚古尔文学奖提名；2006年，《非你非我》使她再度入围龚古尔文学奖。在另一方面，作品中有关私生活的叙述让洛朗斯饱受争议。2003年《爱情小说》甫一出版便给她带来民事诉讼的麻烦。女作家的前夫伊夫·梅齐埃尔与她对簿公堂，指责她在书中使用他和他们女儿的真实名字，一些片段涉及二人夫妻关系的破裂，这些都侵犯了他的隐私。洛朗斯则在小说再版时更改了相关名字。法庭最终驳回前夫的上诉，认为"卡米耶·洛朗斯并没有对其丈夫的私生活造成伤害"，"使用真实名字不足以减损这部作品的美学维度赋予它的虚构特征，这一美学维度尽管取材于作者的真实生活，却透过回忆、文学性写作的棱镜以变形的手法得到呈现"。

2007 年，围绕洛朗斯的争议再度上演，这次是她主动出击。2007年9月，洛朗斯发表文章，公开指责与她同为POL出版社签约作家的玛丽·达里厄塞克在小说《汤姆已死》（*Tom est mort*）中剽窃她的 "悼亡之作"《菲利普》。她认为这本小说多处抄袭自己的丧子经历，其中涉及婴儿死亡的具体情节并非达里厄塞克本人的亲身体验，她的文字被达里厄塞克的玩弄苦痛的商业性小说所滥用。后者矢口否认洛朗斯的"思想剽窃"的指责，回应称洛朗斯只不过是同她争夺某种苦难，对于文学创作来说，无论涉及什么主题，一本小说并不一定取材于作者本人所亲身经历的事件。达里厄塞克得到POL出版社总编保罗·奥查科夫斯基-洛朗斯的支持，他在《世界报》上发表长文为达里厄塞克进行激烈的辩护，并解除了与洛朗斯的出版合约。

除了十余部小说之外，洛朗斯还著有《千织锦》（*Tissé par mille*，2008）、《魔鬼的未婚妻》（*Les Fiancées du Diable*，2011）等多部随笔集，以及《拇指》（*Le Pouce*，2006）、《欧律狄刻》（*Euridyce ou l' Homme de dos*，2012）、《舞台》（*La Scène*，2017）三部戏剧。此外，她还为《人道报》《世界报》《解放报》等撰写专栏，并长期任费米娜文学奖评委，活跃于各类文学、艺术活动，获得了当代法国代表性作家的国际声名。其作品已被翻译成30多种语言。

中译本：《在男人的怀抱中》，韩沪麟译，海天出版社，2002年；《非你非我》，吴笑冬译，上海人民出版社，2010年。

《在男人的怀抱中》（*Dans ces bras-là*）

《在男人的怀抱中》（2000）是卡米耶・洛朗斯的第五本小说，由一百个篇幅短小的章节构成。作者在正文之前的一段文字中提到该书采用自撰的叙事手法："我写的不是我的生活，而是一部小说"；"该书将是想象的双重建构、彼此创造的产物：我将写出我对他们的印象，你们将读到他们又是如何创造我的——在我造出这份清单，即创造出我生活中的男人时，为自己变成了什么样的女人"。小说的主人公与作者同名，也叫卡米耶，也是一位作家，刚刚结束与丈夫安德烈的十年婚姻，重获自由。一天，她独自坐在咖啡馆的露天座位上，看见一个男人经过，预感到自己将会爱上他，便尾随他到一栋住宅大楼里，发现他是一个心理分析师。卡米耶为了接近他，便主动对他讲述自己的生活，尤其是那些曾经出现在她生命中的男人们：父亲、丈夫、兄弟、朋友、初恋情人、出版商以及心理分析师本人。故事写到回忆结束便戛然而止。作者以幽默的风格、相对俭省的笔触描写主人公与众多男性的相遇，将之比作在舞会上与男舞伴的相遇，并将这本书比作"舞会笔记"："男人们像在舞台上那样来去匆匆，一些人仅演出一场，其他人会演出多场；他们如同在生活中那样，多多少少起着举足轻重的作用，也如同记忆中那样，多多少少占据着一定的地位。”而故事情节的进展时断时续也似乎模仿着男女之间牵手和分手的过程，与“舞会”的构想相呼应。

这部作品的标题借用居依·贝阿尔创作于1958的一首爱情歌曲《愿我们是幸福的》的一句歌词：“愿我们幸福／在异性的怀抱里／愿我们在这怀抱里是幸福的。”在洛朗斯看来，“爱情歌曲引人流泪，动人的旋律往往直抵心扉”。尽管洛朗斯在一开头便交代了写作计划：这将是一本有关男人、有关爱情的书，但作品的立意却不限于此，其更深的意图是通过描写爱情主题来探讨女性的身份问题。具体说来，主人公时而作为“某人的妻子”出场，时而作为“某人的母亲或女儿”亮相，然而这种种身份并不能让她满足。她不断思考“变得外在于男人世界”的可能性。洛朗斯在整部小说中频繁地发问：“在一个由男性主宰的世界，女性如何存在？如何模仿他们？如何孕育他们？抑或如何诱惑他们？女性如何获得属于自己的世界？”在这个意义上，主人公所执着的并非是在男人的怀抱中找寻欲望或幸福，而是某种自我的身份找寻。

（宋心怡）

让-玛利·居斯塔夫·勒克雷齐奥（Jean-Marie Gustave Le Clézio）

让–玛利·居斯塔夫·勒克雷齐奥（1940— ），小说家。1940年4月13日出生于法国南部的海滨城市尼斯。祖先为布列塔尼人，于18世纪末法国大革命时期移居毛里求斯岛，并加入了英国国籍。儿时的勒克雷齐奥生活在战争的恐惧中，8岁时随母亲远航到非洲与从未谋面的父亲相聚，在尼日利亚度过了终生难忘的一年。童年的这些经历成为他日后写作的重要素材。1963年，正当法国现代主义文学渐趋式微之时，年仅23岁的勒克雷齐奥凭借他正式出版的第一本小说《诉讼笔录》（*Le Procès-verbal*）一举夺得勒诺多文学奖，成为令人瞩目的文坛新星。1980年，他的另一部作品《沙漠》（*Désert*）又取得巨大成功，并于当年荣获法兰西学院首次颁发的保罗·莫朗文学大奖。2008年，勒克雷齐奥问鼎诺贝尔文学奖，瑞典文学院对他的评价是："一位追求重新出发、诗意冒险和感官迷醉的作家，一位超越主导文明，在主导文明之下求索人性的探险者。"

勒克雷齐奥的文学创作与他独特的生活态度、生活经历和生活方式有着密不可分的关系。年轻时他性格孤傲，极富叛逆精神，《诉讼笔录》及其后10年间的作品几乎无一例外地体现了他对西方文明的否定、拒斥和对现代都市生活的焦虑与厌弃。该阶段的代表作包括《寒热病》（*La Fièvre*，1965）、《洪水》（*Le Déluge*，1966）、《逃遁录》（*Le Livre des fuites*，1969）、《战争》（*La Guerre*，1970）、《巨人》（*Les Géants*，1973）等。在艺术形式上，这些小说反映了对传统的背叛和挑衅：书中往往没有连贯的情节，人物在很大程度上只是一种符号，语句不仅不完整，有时还故意留下删改的痕迹，更有一些剪报、广告、表格、公式之类的图形材料原封不动地出现在行文里。无论从内容还是从形式的角度看，这一时期的作品都可谓惊世骇俗，对习惯于传统文学的读者而言，不啻为一种强烈的心理冲击。

1967年，勒克雷齐奥在泰国服兵役时，因揭露雏妓问题被驱逐并改派到墨西哥。在墨西哥拉美学院的图书馆里，他通过阅读发现了一个完全不同的世界。印第安文明使他深受震撼，也使他的人生和写作发生了改变：1970—1974年间，在巴拿马的热带丛林里，勒克雷齐奥与两个印第安部落的居民共同度过了四年，并从此开始了他的具有传奇色彩的旅居生活。这种非同寻常的经历不但锻造出另一个人，也锻造出另一位作家：斗士的愤怒平息了，勒克雷齐奥转而寻觅一种哲学上的平衡，寻觅“别处”和与宇宙和谐相处的幸福。1967年，他在《物质的沉迷》（*L' Extase matérielle*）中阐述了关于物质世界的形而上思考，此书构成了他中期创作的理论基础。在相继发表的《另一边的旅行》（*Voyages de l' autre côté*，1975）、《大地上的陌生人》（*L' Inconnu sur la terre*，1978）、《冰山行》（*Vers les icebergs*，1978）、《蒙多和其他故事》（*Mondo et autres histoires*，1978）以及《三圣城》（*Trois villes saintes*，1980）等作品中，勒克雷齐奥描绘的不再是世界末日的图画，而是自然万物的神奇。他这一阶段的写作集中表现了一个

“静”字，笔触或深刻、高雅，给人诗一般的感受和启迪；或清新、明澈，散发出童话的魅力。

1980年《沙漠》的出版和获奖无疑使他的文学成就达到又一高度，但后来的作品从另一角度带给人耳目一新的感觉：一贯不轻易袒露内心世界的勒克雷齐奥，在小说中开始以半自传的方式滔滔不绝地向读者讲述自己和家族的故事。随着时光的推移，“寻根”和“回忆”成为他最钟爱的主题。然而作家要找寻的不是一个失去的天堂，而是一种无法轻易识别的非理想化的真实。《寻金者》（*Le Chercheur d'or*，1985）、《罗德里格岛游记》（*Voyage à Rodrigues*，1986，又译《罗德里格斯岛之旅》）、《检疫隔离期》（*La Quarantaine*，1995）、《革命》（*Révolutions*，2003）等几部作品的背景是殖民统治下的毛里求斯岛：祖父与外祖父的冒险经历，先辈的背井离乡、漂洋过海，岛上家族王朝的建立、兴盛与衰竭…… 家族史永远和大写的历史紧密交织在一起。《奥尼查》（*Onitsha*，1991）讲述的是他的首次航海旅行、与父亲的最初相遇和在非洲生活的经历。《流浪的星星》（*Étoile errante*，1992）通过一名犹太女孩和一名阿拉伯女孩之间的故事，折射出战争在他童年时代打下的烙印。《非洲人》（*L'Africain*，2004）是勒克雷齐奥对已故父亲的回忆，反映了他对父亲从不解到理解、终至认同的心路历程。在《饥饿间奏曲》（*Ritournelle de la faim*，2008）中，作家则以母亲为原型，讲述了第二次世界大战期间一位年轻姑娘的经历及其家庭的变迁。这些作品的叙事汇集了诗歌、神话、自传等多种体裁，仿佛镶嵌画般多姿多彩，语言犹如流水行云，充满音乐的节奏和美感。此时作家的艺术已完全成熟，其写作技法臻于完美。

勒克雷齐奥的成名作《诉讼笔录》讲述的是一个名叫亚当的年轻人的故事。亚当独自住在一座海边荒置的空房子里，整天无所事事，到处闲逛。同其他“边缘人”、流浪汉有所区别的是，亚当和那位与他同名的生活在伊甸园里的人类祖先一样，是一个处于原始状态的人。他赤裸着身体晒太阳，望着大海和天空想象着与自然融为一体；有时尾随一条狗穿过城市，模仿狗的动作，寻找做狗的感觉，用狗的目光观察周围的一切；有时则把自己掩埋在碎石堆里，“占据物质、灰烬、卵石的中心，渐渐地化为一尊雕像”。亚当像一架纯感觉的机器，对所谓现代文明丝毫不感兴趣，他选择的生活方式展现了他与社会的对立。最后，他在街头向众人发表演说的时候被关进了精神病院。这部小说是勒克雷齐奥对现代人生存状况的叩问，表达了他对工业化文明的谴责与排斥，同时也是他在艺术形式上的一次大胆创新，其中的堆砌、罗列、拼贴、按字母顺序排列章节等手法为后来一代作家所使用。

《另一边的旅行》是勒克雷齐奥的创作发生转变的重要标志。书中的少女娜嘉·娜嘉如同可爱的精灵，拥有超自然能力，能与自然界的事物合而为一，在橄榄树和太阳里旅行，还能变成一只猫、一只蝙蝠，或化作一缕轻烟消失在空中；又像《一千零一夜》中的山鲁佐德那样充满智慧和想象，头脑中有无数美妙动听的故事。朋友们热爱她，因为有了她的指引，便知道如何到达那些难以企及的国度。娜嘉·娜嘉最后虽然消失了，却仿佛无时无刻不在大家身边，向人们揭示着天地间的奥妙与神秘。在这篇完美结合了真实与幻想的作品中，作家一改昔日沉重的主题，试图从全新的角度考察世界，对宇宙的多样性和统一性进行思索，以走向“事物的另一边”；其文风也从以往犀利的标新立异变得诗意盎然、轻盈而富有童趣。

《寻金者》的故事发生在1892—1922年间，背景是印度洋上的毛里求斯岛和罗德里格岛。8岁的亚历克西目睹了父亲的破产和梦想的幻灭。数年后，年轻的他带着父亲留下的藏宝图，登上开往罗德里格岛的船，就此踏上了艰辛漫长的寻金之路。虽然传说中海盗的宝藏只是一场虚幻的梦，但土著女孩乌玛纯洁的爱为他孤独而绝望的生活带来阳光和安慰。随后，战争爆发了，亚历克西加入英军，前往法国前线作战。当他回到故里，等待他的却是母亲的去世和乌玛的消失。在历经人生的沧海桑田后，主人公终于懂得了真正的财富就埋藏在人的内心深处，它是爱，是心灵的自由，是美丽的星空和大海。《寻金者》是勒克雷齐奥以其祖父的亲身经历为题材所创作的第一部自传体作品，同时还是一部成长小说和康拉德式的冒险小说。在叙事中，作家巧妙地引入了多个经典神话（如《圣经》里的"善恶树"、古希腊神话中的伊阿宋的航海故事、《鲁滨孙漂流记》所讲述的传奇等），令小说的意义更为丰富和深刻。

《革命》中的主人公让生活在20世纪60年代的尼斯。年少时，他每天放学后都去拜访年迈失明的"卡德琳娜婶婶"，听她回忆美好的童年时光，描绘失去的伊甸园"罗兹里"，讲述家族史中历历如烟的往事。他们的祖先让–厄德・玛罗曾在法国大革命中出生入死、英勇抗敌，但却很快发现，为自由而洒的鲜血还未干时，自由早已被剥夺。理想破灭了的他带着妻子永远地离开了家乡布列塔尼，历经漂泊后来到毛里求斯岛，经过艰苦创业，缔造了"罗兹里"庄园。20世纪初，一场严重的内部纠纷导致"罗兹里" 曲终人散，家族成员四分五裂，各奔东西。而在所有这些故事中成长起来的让也深切感受到阿尔及利亚战争造成的灾难和人世间的动荡。为了逃避家庭和政治，他先在伦敦求学五年，后于墨西哥教书，亲眼见证了政府对学生运动的残酷镇压，最终回到早已物是人非的毛里求斯岛，来到家族的墓碑前凭吊，发现"失去的并非乐园，而是斗转星移的时间"。在《革命》这部时空跨度极大、洋洋洒洒500多页的小说里，作家化身为第一叙述者"让"，回首了自己青年时代的经历；同时还采用多声部方式，感人肺腑地讲述了本家族近200年的沧桑变迁。该书纵横捭阖，从各个角度讲，都堪称作家文学生涯中的一部集大成之作。

勒克雷齐奥被法国文学界和广大读者誉为"活的神话"，征服了世界文坛，因为他做人特立独行，写作独树一帜。纵观其创作风格的发展和变化，很难将他断然划分为哪个文学流派。半个多世纪以来，他笔耕

不辍，新作迭出不穷，已发表了40多部作品。

中译本：《沙漠的女儿》，钱林森、许钧译，湖南人民出版社，1983年；《诉讼笔录》，许钧译，安徽文艺出版社，1992年；《少年心事》，金龙格译，漓江出版社，1992年；《战争》，李焰明、袁筱一译，译林出版社，1994年；《流浪的星星》，袁筱一译，花城出版社，1998年；《金鱼》，郭玉梅译，百花文艺出版社，2000年；《沙漠》，许钧、钱林森译，人民文学出版社，2010年；《飙车》，金龙格译，人民文学出版社，2009年；《蒙多的故事》，顾微微译，湖南少年儿童出版社，2009年；《看不见的大陆》，袁筱一译，人民文学出版社，2009年；《饥饿间奏曲》，余中先译，人民文学出版社，2009年；《巨人》，赵英晖译，人民文学出版社，2010年；《燃烧的心》，许方、陈寒译，人民文学出版社，2010年；《乌拉尼亚》，紫嫣译，人民文学出版社，2008年；《奥尼恰》，高方译，人民文学出版社，2010年；《迭戈和弗里达》，谈佳译，人民文学出版社，2012年；《偶遇》，蓝汉杰、蔡孟贞译，上海译文出版社，2012年；《逃之书》，王文融译，上海译文出版社， 2012年；《非洲人》，袁筱一译，人民文学出版社，2012年；《墨西哥之梦》，陈寒译，人民文学出版社，2012年；《寻金者》，王菲菲、许钧译，人民文学出版社，2013年；《脚的故事》，金龙格译，人民文学出版社，2013年；《罗德里格斯岛之旅》，杨晓敏译，上海文艺出版社，2014年；《电影漫步者》，黄凌霞译，吉林出版集团有限公司，2016年；《夜莺之歌》，张璐译，人民文学出版社，2016年；《树国之旅》，张璐译，人民文学出版社，2016年；《逐云而居》，张璐译，人民文学出版社，2016年。

《沙漠》（*Désert*）

《沙漠》（1980）是勒克雷齐奥继其成名作《诉讼笔录》之后的又一部取得巨大成功的作品，当年荣获了法兰西学院首次颁发的保罗·莫朗文学大奖。

《沙漠》讲述了两个独立的故事。一个是生活在北非沙漠的游牧民族蓝人的故事，发生于1909—1912年，游牧民族在从南方向北迁徙的过程中，遭到法国殖民军队的灭绝屠杀，蓝人男孩努尔见证了这场屠杀和蓝人对基督徒殖民者的英勇抗击。另一个是拉拉的故事，发生于1960—1970年。拉拉是出生于沙漠的年轻女子，是蓝人的后代，她在摩洛哥一个城市边缘的贫民区度过了幸福的童年。长大后，为了逃离婚姻，她只身来到马赛，发现了所谓欧洲文明社会的底层的饥饿和苦难，到处是贫穷、饥饿、乞丐、醉鬼、流浪汉。她怀念故乡的阳光、温暖和歌声，她毅然决定回到出生的沙漠，那里是她唯一感到幸福的地方。

《沙漠》触及了许多敏感的社会问题，如殖民战争、文化冲突、移民状况等，这无疑是它引起轰动的不容忽视的原因，但究其根本，一部文学作品的成功还在于它所取得的艺术成就。首先，这本小说在文字排版上匠心独运：所有关于“蓝人”的章节均采用了左缩进的格式，狭长的视觉感受制造出一种时空延伸感，使沙漠儿女反殖民主义的斗争具有了史诗般悲壮的色彩。其次，作品的通篇布局特色鲜明：“蓝人”的故事和拉拉的故事在小说中交替出现，两条线索或平行或交叉，推动故事向前发展，以隐喻和互补的方式将过去与现在、沙漠与城市连接到一起，充分拓展了文本的想象空间，在使小说诗化的同时，开掘了作品的思想深度并丰富了其意义。此外，勒克雷齐奥以描写见长的功力在本书中得到了极致的发挥：无论是烈日逼人的大漠、寒风冷月下的沙丘、奔腾浩瀚的大海，还是马赛喧嚣拥挤的港口、纵横交错的街道、空旷肮脏的废墟，在作家的笔下都栩栩如生，令读者有身临其境之感。

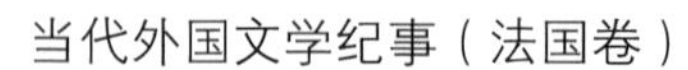

《沙漠》与勒克雷齐奥的另外一部作品《另一边的旅行》共同构成了他文学生涯中的重要转折点。在主题层面上，作家从早期作品中对西方文明及其大都市的极度厌恶和憎恨转向了对大自然的赞美、对和谐世界的追求；在风格层面上，作家从最初崇尚形式革新的颇为激烈的创作手法，回归到了相对而言较为传统的写作方式，遣词造句日趋简洁纯朴，行文如同诗歌一样富有音乐般的节奏。

（冀可平）

米歇尔·莱里斯（Michel Leiris）

米歇尔·莱里斯（1901—1990），作家、民族学家。1901年4月20日出生于巴黎，1924年加入超现实主义运动，探讨梦、无意识、自动写作等，1929年脱离该团体。1929年参与由乔治·巴塔耶主编的杂志《资料》（*Documents*）的编撰工作。1931—1933年参加了由马塞尔·格里奥尔领导的达喀尔—吉布提之行，进行民族学与语言学考察。考察期间他写下了旅行日记《虚幻的非洲》（*L'Afrique fantôme*），将科学考察与诗学思考结合起来，标志着其自传写作的开端。这次考察引起了他对民族学研究的兴趣，导致他后来以此为业。1939年发表自传《成人之年》（*L'Age d'homme*）。1940—1976年，在长达36年的时间内，莱里斯写作了其最重要的自传四部曲《游戏规则》（*La Règle du jeu*），它包括《删改》（*Biffures*）、《乱七八糟》（*Fourbis*）、《小纤维》（*Fibrilles*）和《微弱之声》（*Frêle Bruit*）。20世纪80年代，他先后出版了《图像背面》（*Au verso des images*）、《奥林匹亚脖子上的丝带》（*Le Ruban au cou d'Olympia*，1981）、《语言颠簸》（*Langage Tangage*，1985）、《弗朗西斯·培根》（*Francis Bacon*，

1987）、《大喊大叫》（*A cor et à cri*，1988）、《民族学研究五篇》（*Cinq études d'ethnologie*）和《法外人巴孔》（*Bacon le hors-le-loi*，1989）。他留下了数量惊人的手稿，包括《痕迹》（*Zébrage*，1992）和《中国日记》（*Journal de Chine*）以及《1922至1989年日记》（*Journal 1922—1989*）。

莱里斯的名字与超现实主义、社会学学派（Collège de Sociologie）、存在主义等20世纪重要的文学艺术思潮都有关联。他是一位以新奇的意象和文字游戏般的语言而著称的诗人，著有诗集《假象》（*Simulacre*，1925）、《基点》（*Ponit cardinal*，1927）、《词汇表，我来注释》（*Glossaire j'y serre mes gloses*，1939）、《癫痫》（*Haut mal*，1943）、《植物零碎》（*Bagatelles végétales*，1956）、《活的灰，无名之物》（*Vivantes cendres*，*innomées*，1961）、《无夜之夜》（*Nuits sans nuit*，1961），但是他最重要的成就是自传写作。他的自传作品被评论家称为"无尽的心理分析"，通过讲述自己的亲身感受来探讨死亡、血、性、存在之难以及无法摆脱的种种幻象，并赋予它们以神话、《圣经》、古典歌剧中的人物形象。他的自传写作迥异于传统的自传写作。自传不再是"我"的现实生活的反映，而是"我"在自传中生活、思考，试图揭示某些隐藏的东西。

莱里斯的一生时刻感到死亡的威胁，他对死亡以及死亡给人生带来的虚无感给予了极大关注。他认为文学如同斗牛，与死亡、血和欲望相连，是作家面对虚无而采取的危险而悲壮的举动，是作家与死亡进行的抗争，而美正是在这一过程中产生的。作家坦言自己的弱点、情感、欲望，将真实赤裸裸地展现在人面前，是一种冒险行为。他赋予语言与写作极为重要的意义，它们既是作家对抗虚无的武器与行动方式，又是面对不可抗拒的虚无唯一的慰藉。莱里斯的写作是一种语言的炼金术，例如在早期的小说《欧若拉》中，书名既是人名"欧若拉"（Aurora），又与"恐惧"（horrora）一词同音，整部作品就是对这个文字游戏的解释。《词汇表，我来注释》以词典的形式写成，莱里斯将每个单词进行拆解，再加以重新组合，使词汇产生出其不意的全新意义。《游戏规则》第一部《删改》更是对语言迷宫的探索，以及作家在语言的迷宫中对自我的找寻。书名既是“删改”（Biffures）也是“分岔”（Bifurs）之意，“在这些分岔（也就是各个方向的探索）和无数删改（不断排除无用价值）之后，我希望能够看清我最想要的东西”，从而揭示死亡与虚无的秘密。这种对片断式写作的喜爱与他一直以来对无秩序、杂乱的兴趣有关，也启发了后来的莫里斯·布朗肖、罗兰·巴尔特等作家。

在《游戏规则》之后，莱里斯又推出了《奥林匹亚脖子上的丝带》和《大喊大叫》。《奥林匹亚脖子上的丝带》的基调比此前的作品更为悲观，失望与遗憾代替了意志与欲望，作品充满了空虚感，世界不再具有任何秩序或意义，似乎裂成碎片，再也无法凝聚成整体。但是作者谈及马奈的画作，奥林匹亚脖子上的黑丝带这样一个细节使人物形象真实丰满，作家也希望“在事物的脖子上套上丝带”，使无形的现实重获血肉之躯。作品中反复出现的黑丝带象征着一种慰藉与重建现实的希望，通过艺术使时刻面临分崩离析的现实保持完整，使人能够驾驭所承受的痛苦。

莱里斯的自传写作颠覆了自蒙田、卢梭以来的自传传统，为这种一成不变的文体创造了一种全新的方式。作为著名的人种学家和作家，他最重要的研究对象其实是自己，以他特有的方式发现自身的陌生性。

（王斯秧）

马克·李维（Marc Levy）

马克·李维（Marc Levy，又作Marc Lévy，1961—　），小说家。1961年10月16日出生于法国上塞纳省的布洛涅比扬古镇，父亲是法国著名的第二次世界大战抵抗运动战士和作家雷蒙·李维。马克·李维18岁时加入了法国红十字会，在协会中不同的岗位工作了6年，此间，他在巴黎第九大学学习计算机与管理专业。之后移居美国，在旧金山生活、工作了7年，视美国为第二故乡。在37岁之前，李维是一名成功的商人，先后创立了两家公司——一家影像合成公司和一家建筑事务所，都取得了不俗的业绩。37岁时，他写了人生第一本书《假如这是真的》（*Et si c' était vrai*…，2001），此前他只是非专业的写作爱好者。该书出版后一炮而红，于是他辞去建筑事务所的工作，转而定居伦敦，开始潜心写作。

《假如这是真的》是李维的处女作，是他为第一个孩子路易而写，写作的初衷仅仅是想等到儿子30岁时了解30岁时的父亲。它讲述的是一位陷入深度昏迷的年轻女子的灵魂与一位男子邂逅并彼此产生爱情的浪漫故事，通过这个动人又奇妙的故事，李维表达了对爱情、人生、死亡的思考以及对灵魂存在与否的疑问。该书出版后获得始料未及的巨大成功，不仅摘得当年的戈雅处女作小说奖，而且连续两年占据各大图书畅销排行榜，还被翻译成40多种语言，在全世界32个国家总销量达到500万册。之后被美国梦工厂购买版权，改编拍摄成电影《宛如天堂》（*Just Like Heaven*），由马克·沃特斯执导，瑞茜·威瑟斯彭主演，于2005年上映，并获得当年美国电影票房冠军。

在当代法国文坛，李维创造了多个"最"的记录：他是最高产的作家，从2000年发表作品开始到2017年共出版了18本长篇小说，保持着平均每年产出一部重量作品的傲人成绩；他是最畅销的作家，每次新作品的问世都成为当年出版界备受瞩目的事件，每本小说均登上了当年的畅销书排行榜，曾连续数十次被法国第一大报《费加罗报》评为"法国年度最畅销小说家"；他是最受欢迎的作家，在2015年巴黎图书沙龙"最受法国人欢迎的法国作家"的评选中，他一举夺得在世作家名单的头筹；他是全世界拥有读者最多的法国作家，作品被翻译成49种语言，在全世界范围内的销量超过4000万册；他也是法国如今收入最高的作家。除了《假如这是真的》，李维的其他长篇作品包括：《你在哪里？》（*Où est-tu?*，2001）、《七日永恒》（*Sept jours pour une éternité...*，2003）、《在另一种生命里》（*La Prochaine Fois*，2004）、《与你重逢》（*Vous revoir*，2005）、《我的朋友我的爱人》（*Mes amis mes amours*，2006）、《自由的孩子》（*Les Enfants de la liberté*，2007），《那些我们没谈过的事》（*Toutes ces choses qu'on ne s'est pas dites*，2008）、《第一日》（*Le Premier Jour*，2009）、《第一夜》（*La Première Nuit*，2009）、《偷影子的人》（*Le Voleur d'ombres*，2010）、《伊斯坦布尔假期》（*L'Étrange Voyage de monsieur Daldry*，*2011*）、《如果一切重来》（*Si c'était à refaire*，2012）、《比恐惧更强烈的感情》（*Un sentiment plus fort que la peur*，2013）、《幸福的另一种含义》（*Une autre idée du bonheur*，2014）、《她和他》（*Elle et Lui*，2015）、《倒悬的地平线》（*L'Horizon à l'envers*，2016）等，以上作品均已有中译本正式出版。2017年出版的最新作品——家族传奇小说《斯坦菲尔德家族最后的女人》（*La Dernière des Stanfield*）是作家首次尝试挑战庞杂的人物及关系设置以及多线叙事结构，作品依旧畅销全法国。

李维并不热衷于深刻宏大的叙事主题，在他温情的笔端，反复刻画的是人类最普遍的情感，即亲情、友情和爱情，因而极易与普通读者的心灵产生共鸣。他也喜欢把故事置于某个政治事件的背景之下，但政治仅仅作为背景而不是主线。他批判霸权主义、种族歧视、生态破坏，然而他更多地描写对逝去时光的追忆和对已故生命及感情的缅怀。

法国出版界和学术界对于李维的评价呈现出有趣的两极分化。在出版商眼中，李维是畅销的同义词、书籍销量的保证；而严肃的文学评论则毫不留情地批评他的作品深度不够，不能算作严肃文学。与之相应的是大众读者与学院派读者对于李维作品的鲜明对立的态度。大众读者认为其作品语言亲切平实，富有浓郁的人情味、充沛的感情，毫无晦涩之感，适合各个年龄层次阅读；小说中悬念迭起，画面感强，如同电影；情节布局充满新鲜的灵感、奇妙的想象。这对于大部分对经典文学作品中的冗长难懂的句子、深刻沉重的主题、悲伤压抑的情感具有先天恐惧，想要体验纯粹轻松的阅读乐趣的大众读者来说是个巨大福音；而学院派读者则指责其过于通俗，风格缺失，语言和情感表达过于直白，写作方式过于简单，小说情节中各种难以置信的巧合的设置、过于讨巧的大团圆结局，以及始终“伴随着旋律的童年、爱情、友谊”等不变的主题使得作品缺乏新意，单一乏味。但是令任何人无可辩驳的是，李维当之无愧地成为当今法国文坛最深入人心的作家之一，他对于重塑大众的小说阅读乐趣功不可没。另外，作为非正统学院派出身的领军作家，他曾经、正在并将以强劲的创作生命力对拥有严肃和精英文学传统的法国文坛发起强有力的挑战。

除了长篇小说之外，李维还发表过两个短篇小说。他的多部作品被改编成电影、电视剧和漫画。他还是歌词作者，为包括法国摇滚巨星约尼・哈里戴在内的歌手写过歌词，并拍摄过一部由他的短篇小说改编的纪录短片《纳比拉的信》（*La Lettre de Nabila*），甚至参演过电视剧《美好之家》（*Une famille formidable*），创作力旺盛的他活跃在法国文艺界的各个阵线。

《偷影子的人》（*Le Voleur d' ombres*）

《偷影子的人》（2010）是马克・李维的代表作。故事的主人公是一个成长于单亲家庭的受尽周围人欺侮的瘦弱小男孩，却在无意间发现自己拥有一项超能力：他能通过偷别人的影子，看见他人的心事，听见人们心中不愿意说出的秘密。他成为需要帮助者的心灵伙伴，为每个偷来的影子点亮生命的小小光芒。在这个过程中，伴随着自身成长的痛苦与困惑，他逐渐明白了内心的选择最终是要自己做出的，而不是靠外界的力量帮助而获得。他帮助好朋友吕克克服家庭阻力实现学医的梦想，然而最终吕克放弃了学医，回归了内心所向——当一名面包师。他自己也在经历过一段看似完美却无法让他忘记童年初恋的爱情之后，终于勇敢地放弃了身边的女友苏菲，找回了那个曾在海边遇到的、发誓“你偷走了我的影子，不管你在哪里，我都会一直想着你”的聋哑小女孩克蕾尔。这是一段名副其实的心灵寻梦之旅。

小说的结构较为简单，出场人物不多，也没有炫丽或复杂的叙事技巧，但是以描写细腻心理活动、营造真挚生动爱情、传递温暖治愈力量见长的李维在书中将自己的长处发挥得淋漓尽致。第一人称叙事将读者全身心地代入男主角的内心世界，体会他在摆脱童年阴影之前的忧郁、孤独和苦闷，共享他得到亲情、爱情、友情滋养后的充实、成就与喜

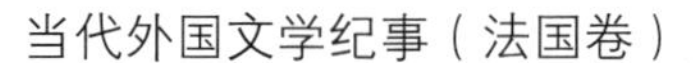

悦，随着他人生阅历的累积，伴着他不断拷问梦想意义的节奏，逐渐获得人生的感悟，参透幸福的真谛，实现“偷影子”的真正价值。

小说的成功之处在于作者聪明地注意到“影子的重叠”这一意象并加以巧妙诠释，影子所代表的是暗藏于现代人厚重面具之下的隐秘思想，通过两个人的影子的重叠，即“偷影子”，完成相互间的交流。这一过程高于传统“读心术”的地方在于，读心术只能读取到平面和片面的信息，而偷来的影子却可以自由地表达对主人的意见，宣告自己的态度，这样得到的信息就更加真实和饱满。只要主人愿意，他可以绕过一切主观和客观的干扰因素，自主选择说话对象，开启过滤掉任何虚假成分的真诚交流，这更像是对于打破和冲开现代社会交流障碍和精神孤独症候群的一种隐喻。作者更深一层的写作意图即在于此。

像李维其他的作品一样，这篇小说情节的起承转合略显生硬，一些巧合的设计有过分刻意之嫌，人物形象略显苍白，因而遭到严肃的文学评论家的诟病。但是它对那些厌倦了不说真话的成人世界和祈望找回内心真我和真爱的读者所带来的震撼和感动却是真切可触的。

（周春悦）

克洛德·路易-孔贝（Claude Louis-Combet）

克洛德·路易-孔贝（1932—　），作家、哲学家、翻译家。1932年出生于里昂。5岁丧父，由外祖母抚养长大。中学在神学院度过，后进入莫尔丹的布朗什修道院学习哲学。1954—1958年，在里昂文学院专修哲学，师从现象学家亨利·马尔蒂耐。1958—1992年，他先在贝桑松一所中学担任哲学教师，后在一所残障儿童特殊教育中心任校长达25年，于1970年出版首部小说《地狱沼泽》（*Infernaux Paluds*）。1972—1988年，陆续为"文本"丛书（La collection "Textes"）撰写随笔、长篇及短篇小说。

路易-孔贝是一位善于表达欲望的作家，对他而言，在所有可以激发欲望的物象中，语言是最具精神性的，也是充满肉感的，因为舌头在喉咙深处采撷词语，触摸它、包裹它、品味它。如果说人与器官的关系是肉体上的，与言语活动（langage）的关系则是母系的，因为语言（langue）既是创造者的工具，也是一切创造的"熔炉"。因此，他在创作中充分发掘言语（parole）中的声色效果，寻求语言的和谐并使行文具有音乐般的流畅性。在此宗旨下，他的作品都是建立在一种纯粹、

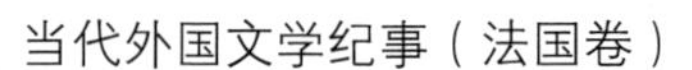

古典又起伏波荡的语言之上，如同沼泽中的涌动之水，蕴藏着无数幻景和肉体的脉动，而对残酷的魅力的展示则构成了作品的纹理。

路易-孔贝作品的主题主要涉及女人的自恋癖、母性的博爱、两性畸形人、肉与灵的相互渗透等。他在多部短篇故事中描写人的贪欲和乱伦场景，如《地狱沼泽》（1970）、《勒达的镜子》（*Miroir de Léda*，1971）、《舌蝇》（*Tsé-tsé*，1972）、《市中心之旅》（*Voyage au centre de la ville*，1974）、《嘴的记忆》（*Mémoire de bouche*，1977）、《夜的面容》（*Figures de nuit*，1988）、《劫持与迷醉》（*Rapt et ravissement*，1996）等。通过展示人际关系中的错乱、缺失、疏离、激烈斗争和相互占有来刻画一个充满宗教教义和神秘主义暗示的精神世界。

对声色感官的关注使作家不断审视异教神话和基督教故事，并先后创作了小说《至福至福》（*Beatabeata*，1985）、《梅绿斯纳的传奇》（*Le Roman de Mélusine*，1986）、《圣德尼的首领》（*Le Chef de Saint Denis*，1987）、《纳布的牛》（*Le Bœuf Nabu*，1992）等。这些虚构作品既包含作家对希腊—拉丁神话和基督教圣徒传记的意义的思考，也融入了他的自身经历对其创作的启迪。《求助神话》（*Le Recours au mythe*，1998）表明路易-孔贝对自传体裁的回归，充满他30年来对神话和个人宗教经历的反思。

路易-孔贝的自传以神话、梦境、幻象为底色，以人类学为目标。叙述者并不讲述自己的生活，而是试图在群体或个人梦幻的折射中解读自己的生活，由此形成了一种独特文体，作者称之为“神话传记”（mythobiographie），它在某种程度上是对自身经历的神秘构成的挖掘。与传统的以追求客观、真实为主旨的自传不同，路易-孔贝无意按编年顺序重建自己的过去，而只是借助各种“具有象征价值”的逸事，试图使他的过去从时间中脱离。路易-孔贝认为，由于集神话和自传于一身的“我”不再具有确定性和明确的个性，作家可以更为自由地处理对自我的揭示。而且，将神话投射进自传中，在一定意义上可以使某些场景永存。因此，幻象在其作品中不是某种外部事物的征兆，它就是写作本身；它不是掩藏在文本后，而是以凸显的方式贯穿其中。在叙述者之前，就已有某种存在，即童年、青春以及此后因各种邂逅、经历而愈发充实的时光，它们朝“个人历史”这一远景汇聚，生命在此过程中被暂时悬停，其中蕴含着的丰富可能性则通过写作这一方式来实现。文中的人物经由各种巧妙手段被潜移默化地赋予了自传的印记。人物的过去就像是一道由时间和空间构成的模糊不明的流苏，在光影的纯粹的流散效果中，光明和黑暗在其上相映相生。这类作品的代表作是《马里努斯和玛丽娜》（*Marinus et Marina*，1979），路易–孔贝在这部作品中首次尝试将神话引入传记，它也标志着作家的创作源泉从对想象力的挖掘转向对精神灵性的关注。其后出版的《信徒之母》（*Mère des croyants*，1983）、《伤害吧，黑莓》（*Blesse，ronce noire*，1995）、《玫瑰年代》（*L'Âge de Rose*，1997）则是这一创作手法的延续。

此外，路易–孔贝还创作了一系列诗歌，主要包括：《死亡是一个孩子》（*La Mort est une enfant*，1984）、《液泡》（*Vacuoles*，1987）、《小诗作》（*Le Petit œuvre poétique*，1998）等。作者试图说明：生命中的那些具体经历会镌刻进我们的身体，积淀成生命的厚度。而从经历中诞生出的诗歌，纵然能赋予前者一种超验的美感，但丝毫不能穷尽经历中不可替代的价值。正是在这个意义上，诗人与神秘主义者相似，两者都试图将过去的、始终无法言喻的经历表达出来。在表达的同时，也必然意味着背叛。只有在他人的、读者的、外行人的眼中，诗歌才会在其本身的自足性中发光。而对诗人而言，他是在情感和直觉的深处将诗写成，作品不过是光芒下的阴影，几乎一无是处。但也正是这种一无是处，反过来证明了诗歌所具有的无可替代的价值：在声音消逝、记忆被抹去的时候，诗歌仍继续存在，并成为了一切。

在创作的同时，路易–孔贝也一直在探索写作的意义。他将写作视为一种内心的经历，一种对存在状态的表达方式，甚至是对“写作”这一行为的本源的追寻，是试图赋予言语一个既私密又难以捕捉的基底。而一部部作品如吉光片羽一般以碎片的方式，为这个永恒的、不会完成的探寻立下一个个里程碑。以此为主题，他发表了多部随笔，主要包括：《语言的童年》（*L' Enfance du verbe*，1976）、《论缺失的意义》（*Du sens de l' absence*，1985）、《书写的罪恶》（*Le Péché d' écriture*，1990）、《语言的馈赠》（*Le Don de langue*，1992）、《文本的镜子》（*Miroirs du texte*，1995）、《文本的人》（*L' Homme du texte*，2002）等。

在创作之余，路易-孔贝还翻译了多部与心理学有关的作品，如美国女作家阿娜伊斯·宁（Anaïs Nin）的《乱伦之家》（*La Maison de l' inceste*，1975），奥地利心理学家和精神分析学家奥托·兰克（Otto Rank）的《意志和心理治疗》（*Volonté et Psychothérapie*，1976）、《艺术和艺术家》（*L' Art et L' Artiste*，1976），美国精神分析学家埃里克·埃里克森（Erik Erikson）的《青春期与危机》（*Adolescence et Crise*，1972）等。

路易-孔贝创作丰富，涵盖小说、随笔、自传、诗歌等多种体裁。他不重视形式的探索，不是前卫派作家，他的主题也不具有时代性。他声称，他的作品对理解我们所生活的世界毫无助益，他也并不将写作作为一种逃避生活的方式。他善于以一种幻象的、礼拜仪式般的宽广文笔，巧妙地进入读者的潜意识，使其渐渐消融在各种闻所未闻的、折射着萨德和巴塔耶式的思想的荒诞言语里。此外，路易-孔贝的作品也因对潮流的远离，显示出一种超越时代的特点。

路易-孔贝以自身的独特性正受到越来越多的学者的关注。2000年由科尔蒂出版社出版的《克洛德·路易-孔贝，神话、神圣、写作》（*Claude Louis-Combet*，*mythe*，*sainteté*，*écriture*）成为研究孔贝的重要资料。

《马里努斯和玛丽娜》（*Marinus et Marina*）

《马里努斯和玛丽娜》（1979）是克洛德·路易–孔贝的“神话传记”写作的代表作，作家在2003年再版时写了新的题跋：“在模糊不明的深处，我向你呼喊，上帝。”

作品取材于一段古老的圣徒传记。公元5世纪时，在基督教统治的比提尼城中，生活着一位名叫玛丽娜的少女。15岁时，她的母亲去世。父亲心灰意懒，将她托付给邻居，独自上山遁入一间修道院。后终因思念女儿，回家去看望她，正巧看到她独自一人，赤身裸体地在向上帝祈祷。父亲丝毫不觉得尴尬，他坦然地注视着她。之后，玛丽娜在父亲的要求下乔装成男孩，随他在修道院里相伴度日。玛丽娜为了掩盖自己的女性身份，改取了一个男性名字“马里努斯”。在内心深处，她一直暗暗享受着这个与父亲共同拥有的秘密。数年后，父亲去世，玛丽娜因再无人能鉴证自己的秘密身份而陷入惊恐：“父亲的了然的目光和他那写满默契的脸庞就这样消失在无边的时空中了。”她30岁时，进入了人生中最美丽的阶段，一件决定命运的事情发生了。某日，她在城中偶遇一个名叫莎乐美的漂亮妓女，便不可抗拒地追随她，直至两人成为密友。马里努斯满意地看着莎乐美裸露在自己面前，仿佛重新找回了与父亲在一起时的那种同谋关系。不料后来莎乐美来修道院控诉马里努斯使自己怀孕，马里努斯没有为自己辩护，始终保持沉默，最后在修士们的一致决议下被逐出修道院。在与世隔绝和彻底的孤寂中，马里努斯度过了生命中的最后20年，整日静修、忏悔，最终在真福中离世。修士们准备将他入葬时，才发现他的女性身份。教会将玛丽娜封为圣人。

作家在这部小说中展现了三个重要时刻，即三次身体的裸露。它同时也是目光的游戏：首先是父亲投向女儿裸体的目光，后者将这一目光内化为对自己女性身份的确认；随后是玛丽娜投向妓女莎乐美的目光，它使玛丽娜在同性的、如镜子般的映照中更加确信自己的身份；最后是

玛丽娜投向修士和轻视者们的目光，她以此来审视他们，表达自己的谴责。

这部作品如同对一声彻底绝望的呼喊的共鸣，它象征着人类的悲剧缘起：人睁开眼睛，面对的是截然不同的外在，人的性别被无可挽救地分成两级，各自处于孤独之中。正如主人公玛丽娜的幻灭，她的女性外表如昙花一现，立刻淹没在男性的世界里。她最终能被上帝接纳，是以残酷的禁欲苦修以及对自我身份的放弃为代价。小说中所呈现的相异性以及对他者性别的发现，正与《圣经》中天堂的毁灭暗合在一起。

在这一主题下，小说中的形象也如黑夜与太阳的对立一般永远不可调和，女性与男性的形象在宗教启蒙式的氛围中循环对照，通过外貌的多变性，将宽广与严苛结合在一起，以此说明：关于男性或女性世界的融入问题，在这里是无解的，没有任何救赎之道。

该小说的一大特点在于其叙述方式。作品的章节在玛丽娜和马里努斯之间交替往复。叙述者在讲述马里努斯的传奇故事时，也通过玛丽娜之口，通过她的内心情感变化，来揭示叙述者自己的精神历程。这两条叙述线索共同组成了一个悲剧性的世界，赋予作品以一种超越时间的力度。小说所叙述的历险不再是某个具体人物的历险，而是整个人类生命的历险。

尽管作家以各种方式加以回避，他在写作中依然投射进了自身的经历。在作家看来，重写神话的过程，就如同胶片的显影液，逐渐带给他真正的启示。在这一过程中，他明白了自己离开修道院准备迎接新生活的时刻，正同玛丽娜一样，是准备接受众人目光的时刻。因此，他穿插讲述了两个故事，一个源于旧文，一个近似自传，以一种既开放又隐秘的方式，使两者彼此交融，互为注脚。

在这部作品中，作家触及了其众多作品所共同涉及的一个核心问题，即“身份”的构成问题。作家表达了自己在女性与男性、善与恶、罪恶与宽恕之间的摇摆不定和不懈思考。在路易-孔贝看来，作家的任务就是以解释者的身份将几个世纪以来形成的文学话语传递下去，并且通过这一文学话语，使人类的精神可以对抗时间的挑战。

（王佳玘）

让-伊夫·马松（Jean-Yves Masson）

让-伊夫·马松（1962—　），诗人、小说家、文学评论家。出生于洛林地区的小镇克雷昂格，1979年在取得高中毕业会考的理科文凭后，转入巴黎路易大帝高中攻读文科预备班，于1982年成功进入巴黎高等师范学院攻读哲学与文学专业。现为巴黎第四大学比较文学教授，在诗歌、小说及翻译等方面均有建树，曾获得多个文学奖项。

马松的创作开始于1986年，同年4月，他在著名的《新法兰西杂志》上发表了数篇诗作；次年，在伊夫·博纳富瓦的鼓励下，他参与创办了一本名为《复调》（*Polyphonies*）的诗歌杂志，主要刊登当代法国诗人的作品与部分外国诗人的法文译作。事实上，诗歌一直是马松的创作重点，他本人也坦陈诗歌才是其生活的中心。其主要诗集有《夜晚及欲望的十一行诗》（*Onzains de la nuit et du désir*，1995，获罗杰·科瓦尔斯基诗歌奖）、《祭品》（*Offrandes*，1995）、《天上的宴会》（*Poèmes du festin céleste*，2002）和《睡眠及智慧的九行诗》（*Neuvains du sommeil et de la sagesse*，2007，获马克斯·雅各布诗歌奖）。作为一名虔诚的天主教徒（在巴黎高等师范学院就读时，马松就曾加入tala学生团体，即天主教学生团体），他的诗中少有奇诡的意象，内容多聚焦于个人的情感世界，常见的主题是童年、人生存过程中的焦虑、个人与宇宙间的关系等，也可见到类似于“我已离开的花园”（影射伊甸园）等具有宗教隐喻的描述。在马松看来，人类所有的情感行为，其终极目的就是将灵与肉、世俗与天界结合起来，而诗歌最重要的使命，就是指称这个世界，并传达出人类情感的颤动。而就其文字风格而言，马松的诗歌语言深受德国浪漫主义和抒情诗的影响，十分注重形式感及音乐性，他本人就曾自称是一名“形式主义者”。他认为，诗歌创作最重要的问题之一就是形式问题，而决定形式的关键要素就是诗句的内在节奏，因此，在用词语搭建诗歌这座“建筑物”的过程中，务必要注意每一个字词在句中所占的比例。

除诗歌外，马松也从事小说创作。1996年，他出版了第一部小说《隔离》（*L'Isolement*）。故事情节较为简单：第二次世界大战前夕，希腊处在梅塔克萨斯将军的军事独裁之下。法国记者米歇尔因为自身的希腊血统，决定前往雅典担任通讯记者，进行一次文化寻根之旅。在一次酒会上，他认识了美丽的希腊少女玛丽娜，并瞬间决定将与后者共度余生。后来，二人因为激进的政治倾向而被送往希腊东海岸的一个小村庄里，在军队的监视下开始了与世隔绝、但对二人而言却颇为惬意的同居生活。然而，好景不长，玛丽娜被怀疑患上了麻风病，被迫前往一座专门隔离病人的小岛上居住，而米歇尔在经过一段时间的恐慌及绝望之后，也毅然决定追随爱人，前往那座可能是人间地狱的小岛。

《隔离》并没有为读者讲述一个曲折的故事，直到末尾，我们甚至都无法对主人公的命运有一个清楚的认知。真正使这本小说丰满起来的，其实是人物的心理活动、对他们情感的描写，以及贯穿始终的对爱情、死亡、疾病、放逐和其他一些人生问题的感悟。换言之，与其说本书是一本爱情小说，不如说是一个哲学寓言。故事发生在战争年代，但作者却从未直接描写战争及梅塔克萨斯治下的希腊，而是将全部的重点放在男、女主人公爱情的萌生发展和人物的内心世界上。他们生活在一个与世隔绝的环境里，叙述者米歇尔这样描绘战争的遥远："对我们而言，外面的世界正在打仗，这简直是一件难以置信的事情。"不管外界的形势如何变幻，流传到孤岛上的至多也就是一些细碎的谣言。就他们的生存情况而言，真正重要的只有内心的波动：独居的时间里，玛丽娜帮助米歇尔找回了内心的宁静，教会他如何去爱一个人，并摆脱了之前困扰他许久的、在文化认同上的混乱感。《隔离》一经面世，就受到了批评家的关注，被视作"氛围大于情节"的作品。作者以一种"透彻""诗意"的笔调，讲述了一个关于"爱和死亡"的故事。

2007年，马松又出版了一部中篇小说合集，题为《关于游泳者之死的终极真相》（*Ultimes vérités sur la mort du nageur*），并获得龚古尔文学奖。这本小说集延续了作者一贯的创作风格，所关注的重点并不在于文字的叙述性，而是故事里主人公对人的处境所进行的宗教及哲学思考。马松在书中一共呈现了8个卡夫卡式的荒诞故事，而数字"8"具有丰富的宗教意味："8"象征着教堂中受洗所的8条边，其中7条象征着一个星期里的7天，而第8条则代表了死亡、复活及随之而来的永生。这种宗教隐喻也投射进了小说的内容中：前7篇小说描述的都是主人公日常生活中所面临的焦虑和迷茫，他们被束缚在不同的空间（房子、卧室、花园乃至故乡），追寻着不同的答案（长辈口中的童年、家庭的迷信、自身存在的原因），但似乎不管他们作何努力，围绕着他们的都是重重的迷雾。值得一提的是，为了让这些故事更具有普遍的寓言意味，作家刻意弱化了故事的时间和地点坐标，通篇没有提到一个地名或日期，对人物的名字也以首字母代替（如"W先生"、"B先生"等），目的就是让读者进入一个与日常空间不同的平行世界，体会一种介于幻想与现实间的焦虑感。但在进入第8篇小说之后，主题为之一变，作者不再探讨生活中的焦虑、迷茫和痛苦，而是用更长的篇幅探讨了一个终极的主题——死亡。他幻想出一个可以暂停呼吸的游泳者，在死亡和梦境之间来回切换，以死亡为切入点来探究事物背后的真相。

简而言之，无论是诗歌还是小说，马松的创作都有着鲜明的特点：他的语言清晰透彻，追求近似诗歌的音乐感和韵律感；在叙事上淡化故事性，关注人物内心的波动，以内在世界来表达对人类处境的思考。

在创作之余，马松还是一位翻译家，对翻译活动也有独到的思考。他尤其注重翻译活动中自我与他者的交流，创办《复调》杂志的初衷之一就是让法国的诗歌与异国的声音展开面对面的交锋。翻译于他而言是一项独立的创作活动，翻译可以帮助他平息写作的冲动。他的翻译对象同样以诗歌为主，译有爱尔兰诗人叶芝，德国诗人里尔克、霍夫曼史塔，意大利诗人马里奥·卢奇、吉奥乔·卡普罗尼等人的作品。

作为比较文学教授，让-伊夫·马松另与伊夫·谢弗勒（Yves Chevrel）等人合编有《法语翻译史》一书。

《天上的宴会》（*Poèmes du festin céleste*）

就写作顺序而言，《天上的宴会》（2002）是让-伊夫·马松的第一本诗集。2002年，他决定将1982—1990年间所写的习作整理出版，作为对这一阶段的“告别”。“天上的宴会”一语来自于诗人对生命的理解：世界于我们而言只是一处临时的居所，与树木等植物不同，我们并不是植根于大地中的。我们之所以能来到这个世界上，都是来自于上天的馈赠。

与1995年发表的《夜晚及欲望的十一行诗》相同，《天上的宴会》中最常出现的主题就是童年。“童年”一词对马松而言具有双重的含义。首先，“童年”代表着诗人在洛林度过的愉快时光，是一处他已经离开的伊甸园。在诗集中，诗人用一种“阳光明媚”的笔触描绘童年，以“隐蔽的方式”向故乡致敬。诗中提到的每一个处所都可以在诗人的早年经历中找到原型，但诗人刻意在亲历的现实和诗歌的描写之间制造了一些差异，以便让它们具有“抽象的意义”，真正成为“意识中的一道风景”。其次，“童年”也象征着诗歌所给予的快乐和慰藉。马松秉承波德莱尔的话，认为“诗人就是带有记忆的孩童”，努力通过诗歌来复活沉睡在自己身上的那个孩子。诗歌是永远的伊甸园，可以帮助我们抵御外界的暴力和侵害，让人们活在童年的纯真中。所以，在描写童年时，马松的诗歌是轻松愉悦的，其小说中反复显现的焦虑少见于他的笔端。

在创作技法上，虽然马松声称自己的诗歌创作并不是一种浪漫主义的回归，但在其意象选择及语言风格上还是可以看到浪漫主义，尤其是德国浪漫主义的影响。同浪漫主义作家一样，他的作品常常借助与自然的沟通来抒发内心的情感，自然常常会化身为一座花园，里面共存着分属不同时令的植物和自然现象（如苦橘树、玫瑰、雾凇、阳光等）：这里是诗人的出生之地，从一开始，他就用孩童的眼光打量着周围的一切，但一旦成年之后，就再也无法回归。在语言方面，他少用生僻词汇，注重语言的多义性及内涵性，认为诗歌不是可以即刻消费的快销品，诗歌的语言不仅仅是为了沟通，而是要为沟通设置一定的障碍。事实上，“童年”这一主题也丰富了其诗歌中词句的内涵，因为童年就是一个词句和世界间的关系尚未固定的时刻，所以他描绘童年时所用的表达方式、所表达的意义往往与我们惯常的理解有一定出入。

就诗歌韵律而言，马松在诗集中保持了其一贯的对音乐性的重视。他倾向于使用较长的诗句，诗句音节数多在十一至十三音节之间，他认为只有长的诗句才能传递出节奏感；诗节多为三行诗或四行诗，着意于在诗歌及诗节内部营造出循环往复的效果。

（章文）

加布里埃尔·马兹奈夫（Gabriel Matzneff）

加布里埃尔·马兹奈夫（1936— ），小说家。1936年出生于巴黎，父母为俄罗斯移民，因1917年俄国十月革命而移居法国。当他只有六个月时父母便已离异，从此他开始了辗转两地的生活。家庭的破裂以及第二次世界大战给童年的马兹奈夫留下了痛苦的回忆，也成为其日后小说创作，如《醉于失去的酒》（*Ivre du vin perdu*，1981）的素材。尽管他的童年笼罩在动荡不安的阴影下，但他的父母有很多朋友是作家、画家、舞蹈家、神学家等，所以他生活于巴黎的俄罗斯知识分子中，这种氛围也体现在了他的写作中。

1954年马兹奈夫进入索邦大学学习古典文学，对西塞罗等人产生了浓厚兴趣，也被尼采、康德的哲学所吸引。大学生活对他来说是一种延缓进入成人世界的手段，而他从来也没有真正跨进成人世界的大门。1957年，他与后来的电影大师亨利·德·蒙泰朗相识，并结为挚友。1959年前往阿尔及利亚学习拉丁语碑铭，想写一篇有关古罗马人自杀问题的论文，也正是这篇论文开启了他的文学生涯，后来被录于文集《挑战》（*Le Défi*，1965）中。次年，他在朋友的建议下开始为《战斗报》

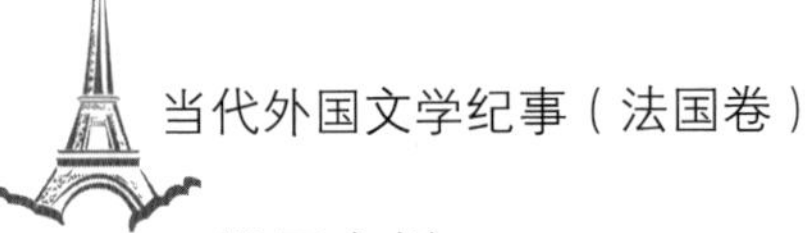

撰写专栏。

1964年，马兹奈夫到东欧旅行，结识了后来的妻子塔蒂亚娜。在他眼里，塔蒂亚娜有一种野性美，温柔、稚气。然而他又与多名年轻女子有感情瓜葛，婚姻关系很快恶化。他意识到自己无法过一种他所希冀的资产阶级生活，既符合世俗社会，又符合教会愿望。婚姻的失败对马兹奈夫而言也是一次宗教情感危机，之后他与教会日渐疏远。

马兹奈夫的个人经历、爱情以及对人和世界的认识构成其作品的主题。女主人公的原型是他爱过的女人，男主人公则是他内心世界的写照。如《哈里森饭店》（*Harrison Plaza*，1988）的男主人公科里契夫对阿莱格拉姑娘一往情深，罗丹和贝楚则玩世不恭，鄙视女性。马兹奈夫对三个男人的态度均表赞同。他的日记《维纳斯和朱诺：1965—1969》便表达了这种矛盾。

马兹奈夫的早期作品发表于20世纪60年代，包括随笔集《挑战》，涉及对虚无主义、幸福、青春、基督、自杀等问题的思考，具有浓厚的巴洛克风格，以及《修道院院长》（*L'Archimandrite*，1966）、《如掺香烈火一般》（*Comme le feu mêlé d'aromates*，1989）、《马腾》（*La Caracole*，1969）等。

马兹奈夫从17岁起便养成了写日记的习惯，这一习惯持续一生。这些日记卷帙浩繁，被整理出版后有13卷之多；各卷按照作者生平的时间顺序排列，都有自己的标题，如《这件火焰外套：1953—1962》（*Cette camisole de flammes, 1953-1962*）、《叉蹄大天使：1963—1964》（*L'Archange aux pieds fourchus, 1963-1964*）、《维纳斯和朱诺：1965—1969》（*Vénus et Junot, 1965-1969*）等，直至《黑色笔记》（*Carnets noirs, 2007-2008*）。他在日记中大胆地对自我进行审视和忏悔，毫不掩饰地抒发他与众多年轻情人在一起时的狂热激情，在他看来，纯洁的少女远比世俗的荣誉更有吸引力。

马兹奈夫的代表作是《醉于失去的酒》，小说讲述的是尼尔·克里切夫（作者的化身）对一名被他称为“野玫瑰”“温柔的魔鬼”的15岁少女安乔丽娜的疯狂恋情，表达了马兹奈夫一贯的对16岁以下少年的迷恋。作者谈及该小说时说，他想写一本关于时间、关于激情和对激情的记忆、关于时不再来、关于昔日天堂的小说。

马兹奈夫拒绝长大，拒绝进入成年人的世界，长期挣扎在成人与孩童间的压抑状态，从而被视为恋童癖。他也常常被认为有自恋情结，是一个生活放荡的人。然而，其《阿拉伯札记》（*Le Carnet arabe*，1971）和1986年整理收录的他在《战斗报》及《世界报》的专栏文章又表明这个自恋者也会关心他人，这个无政府主义者也乐于为公共事业服务，这个放荡的人也有纯洁的时刻。马兹奈夫坚持认为，艺术作品应根据美学标准来评判。在艺术上，美的即是道德的；一本书的地位及美学价值不是靠其道德来决定的。

马兹奈夫的小说作品还有：《我们再也不去卢森堡》（*Nous n'irons plus au Luxembourg*，1972）、《以赛，高兴起来》（*Isaïe, réjouis-toi*，1974）、《未婚夫来了》（*Voici venir le fiancé*，2006）、《给布伦纳上尉的信》（*La Lettre au Capitaine Brunner*，2007）等，这些小说都有一个共同的叙述者尼尔·科里契夫。

2019年末，一些受害者打破沉默，指控马兹奈夫在她们未成年时对她们的侵害，使83岁的马兹奈夫声名扫地。

（戴雨辰）

克洛德·莫里亚克（Claude Mauriac）

克洛德·莫里亚克（1914—1996），小说家、剧作家、批评家、记者。1914年出生于巴黎，大学时期攻读法律，1941年获得博士文凭。他是20世纪法国文坛声誉极高的小说家弗朗索瓦·莫里亚克的长子。

克洛德·莫里亚克自青年时期便对政治抱有浓厚兴趣，受纪德苏联之行所闻所感的影响，他的政治立场发生了由右到左的变化。第二次世界大战期间，他成为戴高乐派，并从1944年开始至1949年担任戴高乐的私人秘书。这段特殊经历后来成为他的十卷本回忆录《静止的时间》（*Le Temps immobile*）系列的第五卷——《热爱戴高乐》（*Aimer de Gaulle*，1978）。随后他从事新闻工作和文学创作。1949—1953年，他创建并领导了《精神自由》（*Liberté de l'esprit*）杂志，长期为《费加罗报》和《快报》撰稿，自1978年起又为《世界报》撰稿。

克洛德·莫里亚克在发表小说之前很长时间内专注于撰写电影批评和文学批评。1938年他发表了第一部批评著作《地狱神秘性导论》（*Introduction à une mystique de l'enfer*），评论马塞尔·茹昂多的创作。其他批评著作有：《安德烈·布勒东》（*André Breton*，

1949）、《普鲁斯特自评》（*Proust par lui-même*，1953）、《今日的人和思想》（*Hommes et idées d'aujourd'hui*）、《当代反文学》（*L'Alittérature contemporaine*，1958）、《从文学到反文学》（*De la littérature à l'alittérature*，1969）等。他的批评重心不在于作者，而在于文本，并且只评他所喜爱的作家的文本。他属于新小说派的一员，但没有取得像罗伯-格里耶、萨洛特那样的成功。

克洛德·莫里亚克评价其父亲弗朗索瓦·莫里亚克是新小说产生之前法国文学史上最后一朵传统文学之花，他自己却脱离传统轨道，上新小说之路，认为一切主题都是有价值的，并在小说创作中践行这一观点。普鲁斯特在《追忆似水年华》中构建了一种时间哲学，受此启发，克洛德也以时间为主题，通过描绘过去、现在和将来，达到避开死亡感的目的。他的小说心理对话描写细腻，如四部曲《内心对话》（*Dialogue intérieur*，1957—1961）：《所有的女人都是致命的》（*Toutes les femmes sont fatales*，1957）、《城里的晚餐》（*Le Dîner en ville*，1959）、《侯爵夫人五点出门》（*La Marquise sortit à cinq heures*，1961）、《扩大》（*L'Agrandissement*，1961），以及《跟着遗忘走》（*Suivons l'oubli*，1966）、《星期日的巴黎人》（*Les Parisiens du dimanche*，1968）、《菩萨开始发抖》（*Le Bouddha se mit à trembler*，1979）。

克洛德·莫里亚克虽然在小说与戏剧上的成就不够高，但其文艺批评却达到了相当的高度，堪称大师。他从1938年开始从事文艺批评，著有关于巴尔扎克、普鲁斯特、马尔罗、布勒东、科克多以及电影史的专著十多种，其最重要的两部理论著作是《当代反文学》和《从文学到反文学》，使他成为新小说潮流的代表之一。

《当代反文学》于1958年出版。在这部书里，克洛德·莫里亚克创造了“反文学”这一新词，用来概括荒诞派戏剧、新小说以及不同于传统文学的创作。1969年《从文学到反文学》出版后，“反文学”的影响力更加强化，在世界范围内流行，成为重要的文学批评和理论术语。他所谓的“反文学”是指摒弃传统文学风格、从传统中解放出来的文学。《从文学到反文学》涉及20多位现代派作家，如卡夫卡、贝克特、亨利·米肖、罗伯-格里耶、娜塔丽·萨洛特、克洛德·西蒙等。在他看来，一个优秀的文学家也可能是一个潜在的反文学家，只要他身上具有与传统相悖、标新立异的元素。基于这点，克洛德·莫里亚克从许多早期的作家身上发现了当代现代派作家的身影，如他从18世纪心理分析小说家马里沃的身上看到了新小说派中以描写人物内心活动见长的娜塔丽·萨洛特。他认为，20世纪现代派可以在历史中、在过去的作家身上找到源头。这样一来，“反文学”便可理解为古已有之，因此克洛德·莫里亚克提出了他理论著作中的重要论断：文学的历史与“反文学”的历史是平行的。

克洛德·莫里亚克在20世纪50年代以前一直从事文学批评、电影批评和其他职业，直到1957年新小说派方兴未艾之时才出版了第一部小说《所有的女人都是致命的》。他的小说大多成就不高，仅有《城里的晚餐》比较成功，获得美第奇文学奖。剧本有《对话》（*Conversation*，1965）、《现在》（*Maintenant*，1971）等。他的小说、戏剧创作倾向与新小说一致，偏重心理分析。

《静止的时间》是克洛德·莫里亚克最负盛名的作品。他在60多年中坚持每天写日记；因为他的一生与很多名人，如纪德、戴高乐、马尔罗、福柯等有过交往，尤其是还有一个文豪父亲弗朗索瓦·莫里亚克，他把与这些杰出人物的每一次会见都记录了下来，所以他的日记内容非常丰富，具有极高的史料价值。但是，这些日记并非直接以文献材料的性质示人，而是包含着作者的一个雄心：像意识流作家乔伊斯利用传统的小说片断进行创作，像电影人通过拍摄不同的场景制作电影。他把时间顺序全部打乱，然后进行剪辑，将日记重新排列组合，从中找到事件之间不被注意的联系、意外却很奇妙的巧合等，以达到将事件从时间的桎梏中解脱出来、不被遗忘的目的。其影响深远的作品《静止的时间》便由此而成。作品内容根据某一人物或某一主题进行组合，例如作者用了几百页的篇幅讲述福柯的政治活动，虽然其中的事件写作时间跨度很大，甚至达三四十年。《静止的时间》是一个总标题，共分十卷。弗朗索瓦・莫里亚克是中心人物，出现次数最多。作者把这部作品称为小说，因为新小说派的一个常用手法就是剪辑。不同之处在于这部小说的每一个片断都是真人真事，所以他把它当作一部真人真事的小说，是用其自己的生活和生命写成的小说。他完全是按原来所写的日记内容进行剪辑，一字不改；除非他的看法变了，不同意原来所写的，就在旁边做一个注解。整部作品就是这样被剪辑排列而成，时间的发展不存在了，因此书名定为《静止的时间》。这部依据日记瓦解时间顺序剪辑而成的作品，是文学技法上的一次大胆尝试，堪为新小说的又一成果。

克洛德・莫里亚克是一个永远的探索者，这体现在他受电影技巧启发的新小说中，体现在他诗意与焦虑交织的戏剧中，也体现在他对其所处时代的作品的批评中。

（戴雨辰）

皮埃尔·米雄（Pierre Michon）

皮埃尔·米雄（1945— ），法国作家。出生于法国中部克勒兹省的一个小学教师之家，两岁时父亲离家出走，从此再无音讯。他在克莱蒙费朗大学获得文学学士学位后，在剧团当过三年演员，主要扮演《等待戈多》中的波佐（Pozzo）。1984年出版第一部作品《卑微的生活》（*Vies minuscules*），获得法国文化电台文学奖，赢得评论界的关注与赞誉。之后相继发表了《约瑟夫·鲁兰传》（*Vie de Joseph Roulin*，1988）、《西方皇帝》（*L' Empereur d' Occident*，1989）、《主与仆》（*Maîtres et Serviteurs*，1990）、《儿子兰波》（*Rimbaud le fils*，1991）、《伯恩大河》（*La Grande Beune*，1996，获1997年路易·吉尤文学奖）、《森林之王》（*Le Roi du Bois*，1996），并因之前全部作品获得巴黎市文学奖。1997年出版《三作者》（*Trois auteurs*）和《冬天神话集》（*Mythologies d' hiver*），2001年出版《静止的行人》（*Les Passants immobiles*），2002年因作品《国王之躯》（*Corps du roi*）与《神父》（*Abbés*）获得十二月文学奖。2004年因其全部创作获法国作家协会文学大奖。

米雄的文笔优美，题材涉及文学、音乐、绘画等领域，探寻艺术的重大主题。除《伯恩大河》与《冬天神话集》之外，其他小说都是关于某位诗人、画家、音乐家或王侯的虚构传记。其成名作《卑微的生活》由八个独立短篇组成，讲述的是八种小人物的生活，它们构成了全书的八个章节，每个章节均是以某个人物的名字命名。而这八个独立的他人的故事组合在一起又间接构成了叙述者“我”的一部连续的自传。

《约瑟夫・鲁兰传》是一篇简短精致的小说，讲述凡高在阿尔城结识的好友、邮差约瑟夫・鲁兰的生活。凡高画过以鲁兰为模特的肖像画。小说展示了名画光环背后的现实的人生，回溯到鲁兰的过往、家庭、朋友，让人体会到当时画家与朋友所经历的艰辛平静的生活，分享他们未实现的梦想、隐隐的悔恨与欲望。小说采取独特的视角，以一个不懂艺术的人惊讶而赞叹的目光来看待当时那个穷困潦倒的无名画家凡高。叙述者想象邮差眼中的艺术家形象，正如他通过画作想象邮差的形象，在目光的交叠变换中展示为人所忽略的艺术世界。

《主与仆》《森林之王》通过另一种方式探讨绘画的问题：在个人才华的种种偶然之外，何谓伟大的作品？作品围绕该主题展现戈雅、华托、弗朗切斯卡、克洛德・洛兰等画家的际遇。《西方皇帝》讲述竖琴演奏家普里斯库斯・阿塔卢斯（Priscus Attalus）怎样成为一个昙花一现的傀儡皇帝，探讨了父子关系以及政治与艺术力量的对立。

《儿子兰波》为纪念诗人兰波逝世一百周年而创作，从兰波与母亲、魏尔伦、老师依桑巴尔、摄影师卡雅以及诗人邦维尔等人的关系及交往入手重构兰波传奇的一生，但所有的证人都无法道尽诗人寻找自我的一生。

米雄的另一部重要作品《伯恩大河》讲述深谷小镇上如远古一般的古老生活，主人公是一名年轻教师，他遇到了两位女性：一个代表着神话中的守护女神形象，另一个美丽的女子则激起他原始、秘密而不安的欲望。主人公的经历是对自我内心深处的地狱的探索，大河奔涌的波浪代表着一种古老强大的力量，自然景色与人的兽性、欲望与死亡相呼应。

米雄的作品代表近20年来法国文坛的一股潮流，即“想象的传记”（biographies imaginaires）、“幻想的生平”（vies rêvées）。这类作品起源于19世纪末法国作家马塞尔·施沃布（Marcel Schwob）的《想象的生活》（*Vies imaginaires*）。与传统的传记不同，这类作品并不是忠实讲述某个名人的生平或创作历程，而是假借某个历史人物来创作小说，凭借作者的推测来填补史料空白，它有选择地运用史料，更注重发掘零散史料背后不为人知的人生；它不求准确地塑造传主的形象，而是保持形象的独特与不确定性，是虚构与传记、想象与史料的独特结合。伽利玛出版社的“共同经历”（*L' Un et l' autre*）丛书是一套专门以虚构传记为主题的丛书，由蓬塔利（J. B. Pontalis）于1989年创立、主编，米雄的《儿子兰波》便收录其中。

米雄称他的写作是还那些被遗忘的、卑微的生命一个公道。他的作品以小搏大，虚中窥真，虽篇幅简短，但语言精练，底蕴深厚，深受学术界的关注与读者的喜爱。

《卑微的生活》（*Vies minuscules*）

《卑微的生活》（1984）是米雄的第一部小说，曾遭到伽利玛出版社拒稿，出版后即赢得评论界的关注与赞誉，并获得法国文化电台文学奖，使作家一举成名。

《卑微的生活》的八个章节由八篇小人物的传记构成，每个章节均是以主要人物的名字命名，分别讲述了八种不幸、无闻或沉默的小人物的艰辛、失败、平凡的生活。“安德烈·杜福诺传”讲述的是一个出身贫苦的农家青年出发前往法属殖民地、寻求改变命运的故事；“安托纳·柏吕榭传”讲述叙述者的一位先祖被父亲赶出家门，从此再无音讯；“欧仁和克拉拉传”是叙述者的祖父母因儿子离家出走而痛苦的经历；“巴克鲁兄弟传”围绕着叙述者在寄宿中学遇到的热爱阅读又相互竞争的两兄弟展开；“富科老爹传”讲一位目不识丁的老人身患癌症，却固执地不肯离开医院，不惜以生命守护自己的秘密；“乔治·邦迪传”讲述一名年轻有为、满怀雄心壮志的牧师酗酒堕落的经历；“克洛黛特传”讲述一位想要证实自身价值的追求者的故事；“夭折小女传”则是怀念叙述者一位夭折的姐姐。

八个故事的主人公都是叙述者的祖辈、亲人或相识之人，叙述者通过他人转述的片段或自己的记忆、经历来想象、还原他们被人遗忘的故事。前几则故事来自他人的转述，对应着叙述者的童年和少年时期；叙述者成年之后，他自身的回忆与经历就成为叙述的素材。例如“乔治·邦迪传”就交织着叙述者艰难痛苦的写作过程与他童年的伙伴、后来成为牧师的乔治·邦迪的经历，故事的写作带有神秘主义的色彩，灵感与神启相似，写作过程与宗教仪式相似。这八个独立的他人的故事组合在一起又间接构成了叙述者“我”的一部连续的自传，讲述了叙述者为什么以及如何成为作家。评论界将该小说称为“间接的分裂的自传”（autobiographie oblique et éclatée）。叙述者在人物的平凡与失败经历中看到了自己的影子，他通过写作使这些卑微的人生避免归于遗忘，使他们在文学中永存，又通过他人的命运来认识自我，在文学创作中体会自己的存在。小说最后，叙述者实现了愿望，完成了作品，既高兴又怀疑，正是这种怀疑提升了作品的价值，它是文学作品找寻自己、意识到自身局限的证据。

《卑微的生活》书名虽有“微小”“卑微”之意，却使小人物的故事带上了圣徒行传的色彩。

（王斯秧）

里夏尔·米耶（Richard Millet）

里夏尔·米耶（1953— ），小说家。出生于科雷兹省，童年在黎巴嫩度过，他的许多作品表达了对这两个地方的记忆与怀念。1983年发表处女作《圣马可身体的诞生》（*L'Invention du corps de saint Marc*），1984年发表《无辜》（*L'Innocence*）。小说集《怪癖七种》（*Sept passions singulières*，1985）包括七则短篇，每篇讲述一种奇特的激情（passion）。《至高之镜》（*Le Plus haut miroir*，1986）是对近乎绝迹的利穆赞方言的怀念与礼赞。中篇小说《贝鲁特》（*Beyrouth*，1987）表达了对第二故乡黎巴嫩的怀念。《晚祷》（*Angélus*，1988）、《象牙房间》（*La Chambre d'Ivoire*，1989）和《作家西雷克斯》（*L'Écrivain Siriex*，1992）以文学艺术创作为题材，构成一部“小型黑色三部曲”（Petite trilogie noire）。中篇小说《劳拉·芒多扎》（*Laura Mendoza*，1991）、《少女之歌》（*Les Chants des Adolescentes*，1993）、《少女续篇》（*Autres jeunes filles*，1998）的创作灵感来自米耶在中学当语文教师的经历，讲述一个少年的故事，探讨少年与衰老的距离。短篇小说集《白心》（*Cœur blanc*，1994）同《怪癖七种》一样，每个故事讲述一个秘密，每个故事像是一个秘密。在平淡而伤感的表象之下蕴含着猛烈而残酷的激情。《皮特尔家族的荣耀》（*La Gloire des Pythre*，1995）标志着米耶的创作进入一个重要时期，此后他连续发表了几部重要小说，如《皮亚尔三姐妹之恋》（*L'Amour des trois sœurs Piale*，1997）、《纯洁的洛弗》（*Lauve le pur*，2001）、《中提琴声》（*La Voix d'alto*，2001）、《名字中的狐狸》（*Le Renard dans le nom*，2003）以及《影间生涯》（*Ma vie parmi les ombres*，2005）。米耶喜爱音乐，在小说中多次涉及音乐题材，并写有关于音乐的杂文《秘密音乐》（*Musique secrète*，2004）和《论当代音乐》（*Pour la musique contemporaine*，2005）。

“小型黑色三部曲”的各部小说的主人公都是在创作上遭受挫折的艺术家，如平庸的作曲家、有自杀倾向的画家、江郎才尽的作家。他们承受孤独，不甘心自我否定。第一人称叙述使作品像一种独白和倾诉。这些“残酷到令人无法承受”的故事体现了艺术家的痛苦，探讨了艺术与生命的关系。

1997年之后，米耶将其小说的背景置于一个虚构的地方——西奥姆，它交织着作者对故乡科雷兹的回忆和想象。作者的语调并非满怀感情和赞美，而是构建了一个昏暗严酷的乡土世界。《皮特尔家族的荣耀》讲述在被风吹蚀的米尔瓦什高原上，皮特尔家族从19世纪末至今四代人的命运和整个城镇的生活，将整个地区的历史浓缩在这个家族的命运中。《皮亚尔三姐妹之恋》以农家三姐妹中大姐的口吻向一位远亲讲述家庭的往事，但小说中另外两个人物的回忆又与她的讲述相矛盾，因此真相无从知晓。《纯洁的洛弗》的主人公托马斯·洛弗是一个孤独者，从小被母亲抛弃，受到父亲严厉得不近情理的管制，成为巴黎郊区一所中学的语文教师后，与社会格格不入，事业、爱情处处失意。这部充满暴力色彩的小说从主人公孤独悲伤的游荡反映了人生存状态的黑暗与艰难。《中提琴声》讲述中提琴演奏家菲利普·弗伊与一名魁北克女人的恋情并最终自杀的故事，故事在这对恋人的对话中展开，每个人在对方身上既看到了自身又发现了“他性”。《影间生涯》仍采用一对巴黎恋人的对话形式，在他们的对话中，这位年过半百的人感伤地回忆自己的童年，在那些如同影子一般的人中间生活、学习的经历。

米耶的作品围绕着对时间、死亡、语言的思考展开，欲望、痛苦与恶是他笔下的重要主题，交织着残酷与感伤。故乡在作品中占有重要地位，但回忆只是起点，他在回忆与想象、过去与现在的对话中构建自己的小说世界。

《影间生涯》（*Ma vie parmi les ombres*）

《影间生涯》（2003）是里夏尔·米耶关于故乡科雷兹的第六部小说，是继《皮特尔家族的荣耀》《皮亚尔三姐妹之恋》《纯洁的洛弗》三部曲之后的科雷兹系列的后续，又是最具华彩的尾声。

这部长达600多页的小说采用一对巴黎恋人的对话形式。年届50的作家帕斯卡尔·比日奥与23岁的女友玛丽娜都出生于科雷兹省，但年轻的女友并不了解那个已经逝去的世界。在飞速的现代化进程中，那个古老的乡土世界已经面目全非：“今天我想起这个世界，比实际更为遥远，当然是因为我的童年已随着它沉没，也是因为随着技术的飞跃，它给人一种极其古旧之感。”小说分为三部分，均以地名命名：“西奥姆”“维勒瓦莱”“西庸”（“西庸”与“西奥姆”写法相似，可理解为“西奥姆”的变体，而西奥姆是虚构的地名，是作者几部小说的故事背景之地，交织着作者对故乡科雷兹的回忆与想象），分别对应着叙述者的幼年、童年与16岁时的生活经历。帕斯卡尔是比日奥家族的最后一代人，母亲是德语教师，在外工作，对孩子疏于照管，也从未向孩子透露他的父亲是谁。他由外祖母和两位姨祖母抚养长大，小说的主要人物就是这三位对他至关重要的女性。他向女友讲述比日奥家族日常的生活、古老的习俗，这些已经老去的妇人们的坚忍与内心的高贵。家中经营的“湖畔旅馆”几栋房屋拆建、翻修的过程，记录了一个家族的故事，也记录了一种乡土文化的变迁，包括村庄的人情世故、社会等级、经济发展。帕斯卡尔还谈到对他影响至深的故乡方言已经逐渐消亡。他回忆起自己与语言最初的联系，童年时代听到某个词语时的微妙感受，夜晚熄灯后自己给自己讲的故事，再到青年时代的写作经历，因此小说记录的也是帕斯卡尔成为作家的成长之路。

逝去的故乡既是作家生命的起源，也是他写作的起源。小说再现了那个昏暗严酷的乡土世界和人们在其中的生老病死，缅怀的是逝去的亲友乡邻、乡土生活、逝去的语言（方言、过去的法语）及特有的文化，即作家所说的“圣洁之物”，包括“童年、纯洁、爱、黑暗、对上帝的期待”。小说融合真实、梦幻与想象，用精练内敛的文笔营造了一种深沉神秘的气氛，为过往世界谱写了一首庄严的挽歌。

《影间生涯》既是小说，也包含对小说和写作的思考。这部厚重的作品凝聚了作者对于“小说”的设想。小说中还插入了作者的阅读体验、对多部文学作品的评论，几乎将所有文类囊括在内。它本身的主题与结构也与普鲁斯特的《追忆似水年华》相似，因底蕴深厚而受到学术界的关注。

（王斯秧）

菲利普·米尼亚那（Philippe Minyana）

菲利普·米尼亚那（1946— ），剧作家、演员。他是西班牙裔法国人，1946年出生于贝臧松。15岁时便立志成为作家。文学专业毕业后做过9年中学教师，20世纪70年代末开始戏剧写作，首部作品是《白色星期天》（*Les Dimanches blancs*，1978），之后导演了自己的作品《第一季度》（*Premier Trimestre*，1979）。在梅斯观看的一场维纳维尔的戏剧《劳作与时日》（*Les Travaux et les jours*），燃起他心中的极大热情，他决定辞去教职定居巴黎，专心戏剧创作。初期作品的宣传和排演得到开放剧院（Théâtre Ouvert）朋友们的热心帮助和鼓励。一开始他更喜欢做演员，但自1985年起，他全心投入戏剧写作，不再兼做演员。但是演员的经历使他后来更加容易与演员交流，并可以预知他的剧本如何被表演，使演员的表演与自己的创作交融。米尼亚那的创作受维纳维尔的影响，如剧本不加标点、运用口语、戏剧表演中音乐的移调等。他与几位戏剧导演的合作对其艺术生涯也有重要影响。罗贝尔·康塔雷拉（Robert Cantarella）曾与他合作导演过其若干作品，如《盘点》（*Inventaires*，1987）、《小水族馆》（*Les Petits Aquariums*，

1989）和《战士》（*Guerriers*，1991）等。1985年卡洛斯·维蒂格（*Carlos Wittig*）在雅典排演他的剧作《巴卡拉的夏末》（*Fin d' été à Baccarat*，1980）获得巨大成功，三年后《盘点》一剧获得1988年戏剧作者和作曲家协会（SACD）奖和莫里哀戏剧奖最佳演员提名，米尼亚那很快获得大众认可。

米尼亚那善于抓住生活点滴，他随时把在报纸杂志中读到的新闻轶事做成材料卡片，转化成自己的戏剧创作素材。他通常在社会新闻或采访的基础上创作作品，表现普通人的情感、社会和政治生活，在戏剧创作中不断探讨言说真实的可能性。他的戏剧氛围常常给人以封闭和沉闷之感，具有悲剧色彩。他最初的作品带有超现实主义的幻觉色彩，远离日常生活。比如《第一季度》讲述了一名男子因父母的死亡和对自己未来的烦躁失落带来的种种幻觉；《卡尔塔亚》（*Cartaya*，1980）则是一个具有浓郁异国情调的故事，发生在神话般的西班牙，充满暴力和激情。随后其创作风格变得含蓄、简约和凝重，主题转向中产阶级家庭中的关系，关注日常生活，类似于“室内喜剧”，这些作品主要有《丽娜的晚餐》（*Le Dîner de Lina*，1984）、《巴卡拉的夏末》《四重奏》（*Quatuor*，1984）和《罗马废墟》（*Ruines romaines*，1986）。之后是两部重要的剧作《房间》（*Chambres*，1986）和《盘点》，开启了抒情创作的新阶段。《房间》是根据社会杂闻而写成，以乱伦为主题，以大段独白构成，一个男人和五个女人直接面对观众讲述他们各自的故事，人物之间却不存在对话，似乎他们的目的就是找人倾诉。《战士》反映了米尼亚那对历史的兴趣。这部作品受第一次世界大战见闻的启示，采用对话和独白的形式，人物的象征性多于现实性，表达了对一切战争的厌恶。《耶利米你去哪里？》（*Où vas-tu Jérémie?*，1993）反映了一个暴力和悲惨的世界。

米尼亚那的剧本注重文本自身的节奏，常常没有标点，给演员表演带来更大自由，也容易产生不同意识状态连续碰撞的效果，使表演更富戏剧性。人物大多没有姓名，甚至没有具体身份。《死人屋》（*La Maison des morts*，1996）中的人物分别是：一个声音、女警察、扎辫子的女人、女邻居、拄拐杖的男人、男病人、目光敏锐的女人、贫穷男人、身着女装的男人等。在《短剧集》（*Drames brefs*，1995—1997）中，有男女间或父子间的对话或独白，以及只能看到话语交锋而无法确认说话人的对话或独白。尽管他的多数戏剧剧情发生在具体的情境中，但是观众无法确认人物身份，无法抓住故事情节，给人以抽象的感觉。

从1984年的《巴卡拉的夏末》开始，米尼亚那逐渐热衷于形式实验，用口语展现人物各种突如其来的非理性思绪。他是20世纪80年代对实验性独白探索最多的剧作家。其初期创作与契诃夫的现实主义和自然主义传统一脉相承，之后他的创作风格大变，先后舍弃了现实主义、日常琐碎、心理分析、人物和虚构概念。每次转变令他的作品更加紧凑，更加切中肯綮。他在剧中对大段独白的运用体现了当时剧作家的特点。《房间》和《盘点》由一系列不相关联的独白组成，人物各自讲述他们的故事，面对观众展示他们的喜怒哀乐。

米尼亚那曾经采访过巴黎第四区的居民，在采访的基础上创作了《展览》（*Exposition*，1985）。此剧的演出未获成功，但是以采访记录为基础的创作过程深深地吸引了米尼亚那。于是他在法国文化电台开设了一个工作坊，在之后的一年里，他每周做一期节目，将文本和录音相结合。他自称对“原生话语”（paroles brutes）非常着迷，在他的戏剧中，人物的独白仿佛是直接来自生活的话语。米尼亚那从《房间》和《盘点》的创作经历中体会到了原生话语的巨大生命力，他从未经处理的日常语言中寻找打动观众的原材料，提炼“平凡中的诗意”，拒绝对语言进行等级划分，并经常改造口语，甚至让错误的语言表达方式产生神奇的效果，这是经过修饰加工的传统戏剧语言所无法产生的。

在将独白引入戏剧的同时，受造型艺术家克里斯蒂昂·博尔唐斯基

（Christian Boltanski）的启发，米尼亚那感受到物体拼接带来的奇特效果，眼前呈现的是各种奇妙的结合：平凡和神奇、历史和虚构。眼前的一切仿佛都是有痕迹和回忆的，如同逝者的遗物，令其震撼。平凡和神奇的结合成为贯穿米尼亚那作品的一大特点。

20世纪90年代开始，米尼亚那从音乐中获得灵感。康塔雷拉认为米尼亚那的剧本像是一段段舞剧，他在导演《安娜-劳尔和幽灵》（*Anne-Laure et les fantômes*，1999）的时候，强调剧中文本的音乐性。米尼亚那称《死人屋》的结构是一个由六个乐章加序曲和尾声构成的乐曲，是围绕一个主题的多重变奏曲。故事发生在一栋乡间房子里，房子虽有窗户，却与外面的世界并不连通，而是向内敞开，构成一个封闭的空间。一个幽灵般的梳着辫子、穿着睡衣的女人引导观众从一个房间到另一个房间，展示发生在各个房间里的人物的各色悲剧：自杀、杀子、离婚、暴力、祈祷、怒吼、指责、威胁、抱怨、恐惧等，一系列面对死亡的反应以不同的声音纷至沓来，狂风、原野上的声音以及人物的声音组成一曲杂乱的交响乐。《短剧》（*Drames brefs*）分为若干部分，我们可以将其视为一支交响乐的不同乐章。《短剧（一）》（*Drames brefs（1）*，1995）以1至6这六个数字划分乐章，而《短剧（二）》（*Drames brefs（2）*，1996—1997）的八个乐章都有标题。各个乐章的长短不一，有的非常简短，有的包含数个片段。这些片段往往侧重于丧事、悔恨或痛苦的瞬间，产生复调音乐的效果。

《盘点》（*Inventaires*）

《盘点》（1987）是菲利普·米尼亚那在采访记录的基础上创作的一部剧作，曾由罗贝尔·康塔雷拉搬上戏剧舞台，并获得1988年戏剧作者和作曲家协会奖和莫里哀戏剧奖最佳演员提名。该剧以物品为中心讲述背后的悲欢离合，是受造型艺术家克里斯蒂昂·博尔唐斯基的启发。在一次名为“一位曾经生活在科伦布森林的女人”的展览里，博尔唐斯基通过一个女人的各种日常物品，揭示她的年龄、社会等级、文化水平和情感生活。而《盘点》里的三件物品也分别成为三个女人生活和感情的见证和参考。

《盘点》的副标题是《雅克琳的脸盆、昂热莱的裙子和芭芭拉的落地灯》。在一个访谈节目中，三个女人分别带来脸盆、裙子和落地灯，在这三样普通物品上附着了三个女主人公的平凡生活中的印记和感情。三件物品见证了她们的生活经历，打开了她们记忆的阀门，就像普鲁斯特笔下的玛德莱娜甜点一样不仅具有令人睹物生情的联想功能，而且具有丰富的象征意义：脸盆象征着容纳承载，用来盛水或病中吐的血，也曾被放上几捧土种欧芹和百里香，象征着雅克琳对家庭的包容和支持；那款1954年的裙子显示出身体的轮廓，有皮肤的味道和触碰皮肤的感觉，留存着昂热莱经历的两三次爱情；从老佛爷商场买来的落地灯有颜色和热度，隐喻着芭芭拉对欲望的几次追求和抛弃。当三个物品被摆放在舞台上的时候，物品仿佛获得了跟人物同样的地位。

每个女人都是面对观众生动而愉悦地重现了她们的过往，盘点她们的记忆。她们谈的都是平凡琐碎的日常生活，包括生病、工作、爱情、婚姻和生活习惯，有第二次世界大战或阿尔及利亚战争带来的悲欢离合，同时这些物品也是惊喜、希望、失望和苦涩等情感的载体。在雅克琳的和善面孔后面是她的沮丧和愤怒，昂热莱表面的单纯难掩她的孤独和失望，芭芭拉高傲的神情后面是她难言的痛苦。身体和衣服在她们的独白里有着特别的意义：岁月逝去，曾经引以为傲的身体逐渐老去，不再拥有年轻时的魅力，她们也不再相信爱情的幻象，这让她们倍感烦恼；衣服见证了她们曾经的年轻、美丽和爱情，曾让她们在穿脱之间展示魅力。

人物的独白虽然使用的是口语，但是口语没有减弱戏剧的张力和诗意。三个女人轮番上场分别发表长篇独白，每段独白都没有标点，给演员充分的表达自由。三个人物之间没有交流，她们的独白内容也毫不相干。她们像是从大街上随便招来的三个女人来到舞台上大谈她们的生活。

（徐熙）

帕特里克·莫迪亚诺（Patrick Modiano）

帕特里克·莫迪亚诺（1945—　），小说家。父亲是出生于巴黎的犹太商人，第二次世界大战期间从事各种黑市交易，母亲是比利时演员。童年时莫迪亚诺缺少父亲的陪伴，主要由母亲抚养，并与自己的弟弟吕迪·莫迪亚诺十分亲近。但吕迪10岁时不幸死于白血病，弟弟之死给莫迪亚诺带来巨大的伤痛，也标志着他童年时代的结束，他早期的小说常常流露出对童年和对弟弟的怀念。15岁时有幸结识了母亲的朋友、著名作家雷蒙·格诺。虽然格诺为他在学习上提供了诸多帮助，但莫迪亚诺还是于1962年放弃了学业，没有接受高等教育。格诺一直支持着他的文学梦想，不仅对其创作提出各种建议，还邀请他参加伽利玛出版社的编辑聚会，而正是在伽利玛出版社，莫迪亚诺出版了处女座《星形广场》（*La Place de l' Etoile*，1968）而一举成名。成名后的莫迪亚诺笔耕不辍，获奖连连，已发表三十余部小说作品，成为法国当代文坛的标志性作家。1972年他获得法兰西学院小说大奖，1978年《暗店街》（*Rue des Boutiques obscures*）获得龚古尔文学奖，1996年获得法国荣誉军团勋章，2010年获得奇诺·德尔·杜卡世界文学奖，2014年10月9

日因其作品唤起了“对最不可捉摸的人类命运的记忆，并揭露了占领时期的那个世界”而获得诺贝尔文学奖。

莫迪亚诺的作品经常以追寻、调查和探索逝去的青春与岁月为主题，涉及身份寻找、社会变迁、父亲等问题。他善于运用象征手法，挖掘人的内心，通过细腻的笔触寻觅往事的幻影，描写普通生命个体在历史中的悲剧际遇。“缺失”主题贯穿着他的小说，他笔下的人物身份游移，无所依归，像幽灵般游荡在一个晦暗的世界中。他们不是或无法生活于现在，被某段无法摆脱的过去或记忆所纠缠。他称自己的作品追随着消失的人，希望在某一天找到丢失在过去的东西，直到“过去”突然再次出现，或是一块明亮的标志，或是一首似曾相识的歌曲，让主人公重新找回生命的意义。于是他们开始“调查”发生在身边的众多事件，来重现各种细节、暗线，拨开往事的迷雾，认清自己的身份。

莫迪亚诺尤其关注占领时期的社会生活及巴黎犹太人的处境。第二次世界大战期间，维希政府积极配合纳粹德国对法国犹太人的迫害，致使大批无辜犹太人遭到搜捕和屠杀，这成为法国历史上耻辱而痛苦的回忆。莫迪亚诺出生于1945年，并没有亲身经历战争和屠杀，但是他却将其故事背景都设置在占领时期。作为一名犹太作家，他勇敢地触及这段伤痛的历史，试图从过去搜集一些碎片和一些匿名者及陌生人留在大地上的痕迹。这段记忆也与他出生的日期相关：1945年，城市被毁，家人消失，这让他这一代人对记忆和遗忘的主题尤为敏感。此外，他的父母相识于第二次世界大战时期的巴黎，这让莫迪亚诺对这段历史有种天然的亲近感。在《家庭手册》（*Livret de famille*，1977）中，他说：“虽然我只有20岁，但我的记忆早于我的出生。我坚信我曾在占领时期的巴黎生活过，因为我记得那个时代的一些人物、微小而让人困惑的细节，任何一本历史书都没有提到过这些。”莫迪亚诺将自己父母的生活定格在这一时期，并将他们投射或移植到小说人物身上，特别是在最初的“占领三部曲”——《星形广场》《夜巡》（*La Ronde de nuit*，1969）

和《环城大道》（*Les Boulevards de ceinture*，1972）之中。

此外，父亲和亲情问题在莫迪亚诺的作品中占据中心位置。父亲阿尔贝·莫迪亚诺的经历颇为传奇：他是意大利犹太人，年轻时从事黑市走私活动，第二次世界大战时与警察保持着暧昧的关系，战后又从事金融工作。莫迪亚诺的童年缺少父爱，父母关系不和，走向分居离婚。由于父亲在其成长过程中缺失，所以父亲成为他的写作和生命中不断追寻的问题，这一问题串联起了莫迪亚诺小说的其他主题，如缺失、背叛、继承等。

莫迪亚诺的故事类似于侦探小说，其中充满了幽灵般的人物，他们是过去生活中消失的人，如亲人、故旧、萍水相逢的人，甚至寻找者本人。他们除了在通讯录、电话簿或记忆的角落里留下的名字外，几乎没有留下任何痕迹，而主人公沿着或明或暗的蛛丝马迹展开调查和探索之旅，试图拨开源于占领时期的层层迷雾。主人公多以作者本人为原型，形象模糊，通常个子高大但内向羞涩。他如同一位记忆的考古学家，搜寻和修复最细枝末节的材料，通过初看起来无甚关联的材料拼凑出自身、亲人甚至是陌生人的信息，“调查”是所使用的重要手法。

莫迪亚诺在现实中是一位拘谨腼腆、独来独往的人，在公共场合几乎说不出一句完整的话；在写作上他是一位难以归类的作家，与身边的文学潮流一直保持距离。他踏入文坛时法国先锋文学正大行其道，但是他没有参与任何文学流派，而是沿着自己的写作之路前行，追寻逝去的时光，表达整个民族的精神困扰。其小说在主题、情景、氛围等方面具有高度相似性，其作品有着不可否认的强烈自传色彩，但是莫迪亚诺在作品中并非完全忠实于自己及家人的过去，其目的在于表达内心的不安与心结，通过虚构的形式将之稀释。除了“占领三部曲”外，其主要作品还有：《缓刑》（*Remise de peine*，1988）、《蜜月旅行》（*Voyage de noces*，1990）、《多拉·布吕代》（*Dora Bruder*，1997）、《陌生的女子们》（*Des inconnues*，1999）、《夜半撞车》（*Accident nocturne*，

2003）、《家谱》（*Un pedigree*，2004）、《青春咖啡馆》（*Dans le café de la jeunesse perdue*，2007）等30多部。

《星形广场》是莫迪亚诺的成名作，获得了罗杰·尼米埃文学奖和费内翁文学奖。小说标题具有双关性，既指位于巴黎凯旋门的戴高乐广场，又影射第二次世界大战期间犹太人被强制佩戴的犹太星标志。《星形广场》讲述了一个不断更名改姓、变换身份的犹太青年拉斐尔·什勒米洛维奇的传奇故事。拉斐尔充满幻想，集无数相互矛盾的身份于一身：他忽而是有志青年，忽而是走私犯，忽而又是第三帝国的荣誉公民，甚至成为了爱娃·布劳恩的情人。他不断穿梭在不同的时间和空间之中，暗示着拥有一个完整的犹太身份的不可能，他人的面孔由数以千计的闪光切面组成，不断地变化着形状，如同在万花筒中一般。

《暗店街》是莫迪亚诺的第六部小说。在这部作品中，莫迪亚诺充分发挥了他的"侦探"才能。主人公居伊·罗朗十几年前因偷越边境遭遇劫难，受到极度刺激而失忆，成为一个没有过去的人。在当了八年的侦探后，为解开自己身世的秘密、摆脱精神的迷惘，他开始调查自己的身份。他仔细翻阅姓名簿，追寻或真或假的线索，通过无数碎片终于拼凑出一个身份和一段人生后，他又开始怀疑这到底是他真实的生活，还是他冒名顶替的另一个人的生活。该小说不像莫迪亚诺的其他小说那样以巴黎为故事发生地，而是以罗马为"暗店街"所在地。但是主人公神秘的过去仍然掩藏在纳粹占领之下的巴黎。主人公想要透过名字去调查、寻觅、回忆自己的前半生，但最终只找到一些生命的碎片。在这里，寻找身份成为一种象征，其背后反映的是战后人们对生命意义的疑问和探寻。

《家谱》是一部自传性质的作品，莫迪亚诺运用了比《家庭手册》更完整、更系统的追忆手法，将他的家族起源和青葱岁月娓娓道来，一直写到他的22岁：叙述者出生于1945年的巴黎周边，父亲是犹太人，母亲是弗拉芒人，他们相识于占领时期。他们可能都秘密参与了走私、抢

劫、通敌活动。战争结束后，他的父母马上忙于各自的营生，母亲再次成为演员，父亲则忙于种种“事务”。两个儿子几乎无人照顾，如同两个碍事的包袱。《家谱》并没有连贯的叙事线索，如同卡片一般由一连串人名、地名、时刻、轶事组成，叙述者的童年是一个装着各种旧物的鞋盒，他试图从这些碎片开始复原岁月的拼图。

《多拉·布吕代》被认为是莫迪亚诺最值得一读、最惊心动魄的一部小说。1988年，作者在翻阅旧报纸时，读到1941年12月31日《巴黎晚报》上的一则寻人启事：一个名叫多拉·布吕代的犹太女孩在1941年12月的某个夜晚离开寄宿学校而失踪。莫迪亚诺多年来一直在关注着生活中的失踪者的命运，希望将他们从遗忘中打捞出来，他顿时被这则启事所吸引。通过调查，莫迪亚诺获悉了这位失踪女孩的大致下落：原来多拉·布吕代和父亲为奥地利犹太人，在占领期间他们迁居巴黎。1942年，多拉和父亲相继被捕，于1942年被送往奥斯维辛集中营。然而，莫迪亚诺在经过了八年多调查、思考、犹豫和写作之后才于1997年发表《多拉·布吕代》。和莫迪亚诺的大多数小说一样，本书也是一部关于“追寻”主题的小说。莫迪亚诺将自己的调查日记与多拉的经历结合起来，面对为数不多、残缺不全的资料，他利用假设、猜测来构建多拉的故事，以叙述者从众多档案材料中寻找蛛丝马迹，调查失踪的多拉为主线，引导读者参与调查，猜测多拉的命运，探索每份档案、每个名字、每个地名的可能意义，但是作者也围绕多拉的遭遇不断插入和钩沉他本人以及父亲的经历，他将自己投射到多拉身上，多拉的出走也是他在1960年的出走，多拉的被捕也影射莫迪亚诺父亲的被捕。多拉的个人故事是一个时代、一个民族的悲剧的写照，多拉的生命也是作者生命的一个镜像。

中译本：《青春狂想曲》，张继双译，世界知识出版社，1987年；又名《一度青春》，李玉民译，人民文学出版社，2015年；《暗铺街》，王文融译，译林出版社，1994年；又名《暗店街》，王文融译，上海文艺出版社，2015年；《暗店街》，李玉民译，上海三联书店，2008年；《青春咖啡馆》，金龙格译，人民文学出版社，2010年；《地平线》，徐和瑾译，上海译文出版社，2012年；《缓刑》，严胜男译，上海译文出版社，2014年；《戴眼镜的女孩》，林小白译，中信出版社，2014年；《夜的草》，金龙格译，黄山书社，2015年 / 人民文学出版社，2017年；《八月的周日·缓刑》，刘自强、严胜男译，花城出版社，1992年；《八月的星期天》，黄晓敏译，今日中国出版社，1994年 / 黄山书社，2015年；《凄凉别墅》，石小璞、金龙格译，黄山书社，2015年 / 人民文学出版社，2017年；《星形广场》，李玉民译，人民文学出版社，2015年；《夜巡》，张国庆译，人民文学出版社，2015年；《环城大道》，李玉民译，人民文学出版社，2015年；《家谱》，李玉民译，人民文学出版社，2016年；《夜半撞车》，谭立德，人民文学出版社，2005年；《来自遗忘的最深处》，冯寿农译，人民文学出版社，2016年；《这样你就不会迷路》，袁筱一译，人民文学出版社，2016年；《蜜月旅行》，唐珍译，人民文学出版社，2016年；《多拉·布吕代》，黄荭译，人民文学出版社，2017年；《废墟的花朵》，胡小跃译，上海译文出版社，2017年；《狗样的春天》，徐和瑾译，上海译文出版社，2017年。

《青春咖啡馆》（*Dans le café de la jeunesse perdue*）

《青春咖啡馆》（2007）是莫迪亚诺的第25部小说，被法国《读书》杂志评为“2007年度最佳图书”。小说以20世纪60年代的巴黎为背景，依旧以“调查”为主线，充满了寻找与跟踪、回忆与疑问，具有一种莫迪亚诺式的怀旧伤感的情调。小说开篇是居伊·德波尔（Guy Debord）的名言：“在真实生活的半路上，我们被一种昏暗的忧郁所包围，在青春咖啡馆，我们用或嘲笑或悲伤的词汇描述着这种情感。”

故事发生在塞纳河左岸、巴黎六区的奥德翁街区的一家名为“孔代”的咖啡馆里。孔代咖啡馆具有磁石般的魔力，吸引着作家、知识分子、艺术家、大学生等各色人物的到来。他们都或多或少有些放荡不羁，对生活感到迷茫，想要尝试另一种生活。全书由四位叙述者的讲述组成，分别是一位矿业大学的学生、一名侦探、露姬和她的情人罗兰。四位叙述者都回忆起一位名叫露姬的神秘女子。

在第一部分，一位矿业大学的学生详细讲述了露姬在咖啡馆的踪迹。他被露姬所吸引，但是不敢与之攀谈，只是悄悄观察她出现的日子、来咖啡馆的时间、她读的书以及陪同她的男人。露姬的身世、职业、神出鬼没构成一个个悬念。

第二位叙述者是一名私家侦探，他应露姬丈夫的请求而调查露姬，因为她在某天晚上离家出走后再也没有露面。侦探很快在孔代咖啡馆发现了露姬，通过暗中观察和调查，他渐渐发现了露姬孤独的童年和数次离家出走的经历，对之心生无限同情。他最终决定放弃这桩调查，没有向露姬的丈夫透露她的踪迹。

第三部分是露姬自己的讲述。她回忆了自己的童年、一次次离家出走、十八区的地下酒吧以及爱过她的男人，如舒罗、罗兰、居伊·德·维尔。

最后一位叙述者是露姬的情人罗兰，他回忆了与露姬的相遇和相爱。露姬和罗兰在阅读尼采的时候发现了“永恒回归”，产生无限向往。罗兰深爱露姬，以为他们思想的共鸣可以留住露姬，但她还是像离开其他男人一样离开了他。直到有一天，罗兰在孔代咖啡馆听说了露姬跳窗自杀的消息。

从他们的讲述中，幽灵般的露姬的形象渐渐显露出来：她原名雅克琳娜·德兰克，她的母亲是红磨坊的舞女，她不知道父亲是谁。她青少年时期敏感脆弱，在神秘学和天文学书籍中寻找生命的意义，常常被空旷的天空、失重、地平线所吸引。15岁离家出走，与舒罗结婚，但是婚后不久便消失在五六十年代的巴黎街头，留下各种离奇怪诞的传说，如悲惨的童年、失败的婚姻、同孔代咖啡馆几位客人的非同寻常的关系。但是，尽管各个叙述者的讲述相互补充和相互印证，但是露姬的身份、遭遇以及自杀动机始终存在未明的重要缺项，所以围绕露姬的很多谜团最后仍未解开。

追寻逝去的青春是该书的主题。《青春咖啡馆》呈现出一条诗意的巴黎之路，书中出现大量的地点和人物，作者加入了大量自己生活的细节，追忆和刻画了20世纪60年代初青年人的精神状态，记录了这一代人的集体记忆。

（王菁）

玛丽·恩迪耶（Marie Ndiaye）

玛丽·恩迪耶（1967— ），小说家、戏剧家。父亲是塞内加尔人，母亲是法国人。父母20世纪60年代在巴黎求学时相识。父亲在生下恩迪耶后就回到了非洲，她由母亲抚养，在巴黎郊区长大。恩迪耶没有读过正规大学，但她很早就感到自己的未来将与写作连在一起，12岁时就开始了写作。她20岁时与作家让-路易·桑德雷（Jean-Louis Cendrey）结婚，后来与丈夫和孩子居住在远离巴黎的吉伦特省潜心写作。

1985年，恩迪耶的第一部小说《关于美好未来》（*Quant au riche avenir*）受到午夜出版社社长兰东的欣赏，并在该出版社出版。《文学半月刊》杂志称其为一位找到了一种只属于她的形式来言说属于所有人的东西的大作家。此后她相继出版了包括小说、戏剧在内的十多部著作，在文学界声名鹊起。有评论认为，她是当代法国文坛独树一帜的另类作家，法国的评论界常将其与福克纳、卡夫卡和杜拉斯相提并论。

在恩迪耶的作品中，身份认同、自我认知、个体特殊性是贯穿始终的主要元素。这与她寻找父亲的经历（她11岁时才第一次到塞内加尔，见到自己的父亲）以及因自己的特殊身份在法国的种种境遇不无关系。

恩迪耶不仅有独特的文学视角，而且写作手法别具一格，具有先锋性和实验性。她一直在试图营造一个完全属于她自己的独特世界。一方面，她使用接近现实主义的笔法描绘平常百姓的生活：虽然人们的物质生活富足，但却在精神上饱受孤独、无聊的困扰；另一方面，她也试图构筑一个充满神奇、迷幻和非理性色彩的世界。她的语言清晰流畅，写作不遵循任何规则，曾被誉为“叙述大师”。她的作品将叙述、对话、内心独白、非洲故事以及巴尔扎克式的描写融于一体，同时也能看到普鲁斯特和新小说风格的影子。恩迪耶试图在其唯美的文风里和不同寻常的想象世界中寻找抵御混沌世界的良方，试图告诫人们：要理解世界，就不要把世界看成是一台和谐的、理性的机器。

1987年，她的第二部小说《古典喜剧》（*Comédie classique*）出版。无论是小说的题目还是行文都让读者自然地想到古典戏剧的“三一律”原则：作品讲述的是发生在巴黎某个星期五一天之内的事情，围绕叙述者“我”、妈妈、妹妹朱迪和即将来访的表兄乔治展开。然而，该书却没有统一的情节，叙述者“我”与索菲的情感纠葛、希腊神话、母亲改嫁、女儿谋划刺杀未来的公公等线索彼此交织，盘根错节。取而代之的是“句法的统一”：全书不分章节甚至不分段落，整部小说只有一个句子，展现了作者超强的驾驭语言的能力。

如果说恩迪耶最初的两部小说体现了她初入文坛的个性，其接下来的作品则从不同方面、不同程度体现了后现代的特征。在《变愚笨的女人》（*La Femme change en bûche*，1989）以及三部带有自传色彩的家庭故事《在家里》（*En famille*，1991）、《季节的天气》（*Un temps de saison*，1994）和《女巫师》（*La Sorcière*，1996）中，作者用精致犀利的语言，给读者讲述了一些怪诞而伤感的故事：叙事线索混乱，人物身份模糊，怪异事情频现。

2001年，恩迪耶凭借《罗齐・卡尔普》（*Rosie Carpe*）获得费米娜

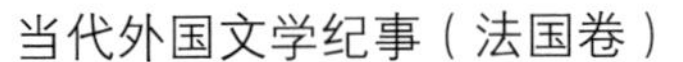

文学奖。罗齐是一个寻求家庭、寻求爱的女人，也是一个没有自由意志选择行动的女人，生活在悲惨、无助的世界中。评论认为该书兼具先锋性与畅销性，恩迪耶也表示自己完全接受“时尚”的要求，期望将文体与故事很好地结合起来。

在小说写作的同时，恩迪耶还进行戏剧创作，1999年发表第一个剧本《伊尔达》（*Hilda*），第二个剧本《爸爸该吃饭了》（*Papa doit manger*，1999）使她成为法国著名喜剧作家。该剧初名为《不合理的爱》（*Un amour déraisonnable*），讲述爸爸突然间出走，没留下只言片语，这一走就是十年，然而痴情的妈妈仍执着地深爱着爸爸。人物形象简单，台词简单，整个剧情笼罩着一层温情、感伤和残酷的氛围。

2004年，恩迪耶出版了第四本剧作《蛇》（*Les Serpents*）。故事发生在一个四口之家，母亲借看国庆焰火之由来到儿子家，但她的真实目的是想向儿子借钱。因没有直接通往儿子家的路，她中途在玉米地里迷了路。儿子身体虚弱，从不走出家门半步，终日在厨房里看管几个孩子，十分不欢迎母亲的来访。与第二个剧本所表达的亲情和“不合理的爱”截然相反，在这部剧中，人与人之间缺乏沟通，交流存在障碍，彼此陌生而冷漠，每个人都生活在自己封闭的世界里，不走出去，也不让别人走进来。

恩迪耶善于描写生活在扭曲的社会阶层的那些社会“边缘人”，他们徘徊在没有灵魂的荒诞世界里，寻找兄弟（《罗齐·卡尔普》），寻找情人（剧本《爸爸该吃饭了》），寻找幻想中的神秘的姨妈（《在家里》）…… 他们不断地寻找、等待，经历了蜕变甚至死亡，却没有意识到他们的苦苦寻觅是徒劳的。这些毫无结果的寻觅故事实际上是对现代社会的讽喻。恩迪耶用她细腻的笔触叙述了后工业时代社会中人性的泯灭、家庭日渐解体的状况以及人类面对未来无所适从的状态。罗伯-格里耶称：“玛丽·恩迪耶令我感动……她的作品里有真实的世界和真正的文学。”

中译本：《女巫师》，姜小文、王林佳、涂卫群译，湖南文艺出版社，1999年。

《罗齐·卡尔普》（*Rosie Carpe*）

《罗齐·卡尔普》（2001）是玛丽·恩迪耶获得费米娜文学奖的小说，讲述了一个年轻女子罗齐的故事。罗齐出生在布里维-拉-贾拉尔德，成年后离开父母，开始自谋生路。她寻求家庭，寻求爱，寻求自己的社会地位，但是她没有选择行动的自由意志，生活在悲惨和无助的世界中。

小说展现了一个时空关系错乱的世界，故事交替发生在真实和虚幻的城市中，主人公自由地穿梭于现在、过去和可能的未来之间。故事开始时，怀有身孕的罗齐·卡尔普带着体弱多病的儿子蒂蒂来到了陌生的热带小岛瓜德罗普，投靠据说发了大财的哥哥拉扎尔。但拉扎尔不但没有去机场接他们，反而迟迟不露面，接待他们母子的是他的黑人朋友拉格朗。慢慢地，罗齐得知了真情。原来，拉扎尔不但没有发财，反而正被警方通缉，他一直在干非法勾当，甚至比罗齐还穷。拉扎尔曾经吹嘘的带泳池的别墅只是建在荆棘丛林中的、到处都是老鼠的木屋。拉扎尔已经多日不知去向，留下可怜的妻子阿妮塔和小女儿雅德。这时，小说转入第二部分，罗齐开始回忆童年：她出生在一个贫穷之家，母亲是护士，父亲是军士长。兄妹俩在父母的照料下度过了平淡却温馨的童年，但他们的学习成绩都不好，早早便踏入了社会。罗齐在巴黎郊区的酒店当招待员，被老板强奸，并成为她的情人。她被迫拍色情电影，生下一个男孩儿蒂蒂，随后被抛弃。孤独、无助、酗酒，罗齐过着堕落的生活，自己都不知道什么时候又怀孕了。最后，走投无路的罗齐满怀着希望，投奔早就远走他乡、自谋生路的哥哥。接着展开的是第三部分：由于哥哥不见踪影，罗齐一直由拉格朗照顾，他们一起看电影、打球、野餐，罗齐渐渐融入拉格朗的生活圈子，并找回了正常的生活节奏和生活状态。他们日久生情，发生了许多浪漫的故事，然而渐渐懂事的儿子蒂蒂却成了阻碍他们感情进一步发展的障碍。爱情、亲情的矛盾使罗齐再次陷入困境。该小说不是有着固定的开始和结尾的平面艺术，而是多层面的、不可预知的、有厚度的立体艺术。作者没有给故事一个或完美或悲怆的结局，读者可以无限深入，任意想象和阐释。

小说主题鲜明，集中描写挣扎在社会边缘的人们扭曲的生活，展现他们在精神上饱受背叛、乏味和无助的困扰。小说中的人物为了寻求爱、寻求自由不懈地努力，但他们面对未来仍然感到惶恐、无所适从和无能为力。女主人公罗齐成为现代社会某种精神状态的代表，在经历了无数磨难和人间冷暖之后，等待她的仍是未知的将来。

小说的语言清晰流畅、平实质朴，既有现实主义的风格，例如大段的巴尔扎克式的场景描写，又使用了很多先锋派的叙事手法，如对话、内心独白、意识流等。

恩迪耶有强烈的创新意识，她的每部作品都有不同的追求和尝试，然而身份认同、个体特殊性、自我认知是贯穿其小说的主要元素，《罗齐·卡尔普》也不例外。在这部作品中，人物的样貌模糊，身份不确定，人生没有计划、没有目标，等待他们的未来更是扑朔迷离。人物之间强烈的陌生感、对个人身份的怀疑和找到社会定位的渴望与作家本人特殊的身份和境遇不无关系：她的父亲是塞内加尔人，在她不到一岁时就回到了非洲，恩迪耶11岁时才来到塞内加尔见到自己的父亲，而且只见过三次。在法国，恩迪耶成为“移民文学”“多元文化”的化身。

（王迪）

贝尔纳·诺埃尔（Bernard Noël）

贝尔纳·诺埃尔（1930— ），诗人、小说家、戏剧家、文艺评论家。1930年11月19日出生于法国南部阿韦龙省的一个小城。从小酷爱阅读，废寝忘食。他是凡尔纳、笛福、拉克洛的忠实读者，后者的书信体小说《危险的关系》给他留下了深刻印象，影响了他之后的小说创作。19岁时他读到了英国作家马尔科姆·劳里（Malcolm Lowry）的小说《在火山下》（*Au-dessous du volcan*），深受震撼，认为这是后人“无法企及”的榜样。同时，纳粹集中营、原子弹爆炸、东西方意识形态的对立等重大事件也使他开始关注布勒东、萨特等有“介入”思想的作家和作品。高中毕业后他来到巴黎求学，旁听了乔治·巴塔耶的课程，深受启发，开始尝试写小说，主要模仿萨特和加缪的文体，写下了一些未完成的片段。在此期间，他被超现实主义诗歌吸引，流连于塞纳河两岸的书摊，收集了许多超现实主义者的原版刊物。当人们还对安托南·阿尔托这个名字很陌生的时候，诺埃尔已经开始收集这位戏剧理论家的信札。1953年，他整理的阿尔托通信集出版，同时还有他的第一本诗集《魅眼》（*Les Yeux chimères*）。之后诺埃尔进入出版界工作。他一边修改、编辑别人的文章，一边译介了拉夫克洛夫特（H. P. Lovecraft）的科幻恐怖小说，并零星地发表了一些短文和诗歌，1958年出版了标志性的诗集《身体节选》（*Extraits du corps*）。

“节选”一词通常指称从文章或著作中抽取的文字，诗集的标题含有“文本即身体”的隐喻。对于诺埃尔来说，写作和思考，都是一种对自我的介入，将引起自我认同层面不同程度的危机，带来心理和生理上的双重不适。因此写作和思考不仅只是精神、意识的活动，身体也是其必经之途。“节选”所代表的截断、抽取的行为，使一个机体发生“内在崩溃”，也使文本经历与词语的搏斗，在痛苦中成形。这种将话语和身体紧密联系在一起的暴力诗学无疑受到了阿尔托“残酷戏剧”理论的影响。除了相关的意象，短动词的大量使用也使诗集的语言呈现出一种断裂感。整部诗集呈现出一种越来越破碎的效果：第一部分由13首散文构成；第二部分的12首散文诗则被各种空白、省略号、分行切割得支离破碎；第三部分则是11首未完成的诗歌片断，似乎诗歌只是一个痛苦无果的突破过程。在诺埃尔看来，作为思考主体的“我”本身并不存在所谓的疆界，而是向各种外力敞开；诗歌如同暴风过后大地的痕迹，是“身份”被破坏之后的残骸。

1969年的小说《圣餐堡》（*Château de Cène*）延续了《身体节选》的探索方向，对身体意象的挖掘更加激进，充满了惊人的色情描写。诺埃尔因此被当局控告有伤风化，官司缠身，轰动一时。阿拉贡、索莱尔斯等文化界名人纷纷出面支持他以自己的风格写作的权利。在著名律师巴丹戴尔的辩护下，《圣餐堡》最终胜诉，诺埃尔因此声名大噪。1975年的《冒犯词语》（*Outrages aux mots*）是他对这次诉讼案反思的结果。在他看来，“查禁”用成规来干预艺术创作，不仅是对表达权的限制，更是对“意义”探索权的扼杀。因此，“查禁”（censure）本质上是“禁意”（sensure），和书写这种“创造意义”的行为格格不入。在现代社会中，“禁意”比“查禁”危险和隐蔽得多，人们往往不知不觉地被电视、广告中膨胀的信息所占领，停止了对意义的反思和挖掘。书写的根本意义就在于突破各种形式的“禁意”，捍卫表达的自由。这一新词的提出承接和深化了《身体节选》所表达的诗学观点，反映了诺埃尔对社会问题一如既往的关注。

从20世纪70年代开始至今，诺埃尔已发表了50多部作品，尝试过诗歌、小说、戏剧等多种文类，如悲喜剧《重建》（*La Reconstitution*，1988）、日记体《“我”的十三个窝》（*Treize cases du je*，1998）、历史研究《巴黎公社词典》（*Dictionnaire de la Commune*，1971），以及文艺评论《一个天使的历史》（*Histoire d' un ange*，2002）、《小灵魂》（*La Petite Âme*，2003）。1992年他获得了法国国家诗歌大奖，2010年又荣获了罗伯特·甘佐诗歌奖。

（周皓）

弗朗索瓦·努里西埃（François Nourissier）

弗朗索瓦·努里西埃（1927—2011），小说家。出生于巴黎，学习过法律、政治及文学，1949年加入天主教援助组织，负责对外关系与避难者事务。1949—1951年间曾到德国、奥地利、意大利和近东多次执行任务，促使他写出了评论《被侮辱的人》（*L' Homme humilié*，1951）及小说《死水》（*L' Eau grise*）。

努里西埃曾多年在出版界工作，于1977年进入龚古尔学院，先后担任秘书长和主席。他了解到文学界的诸多内幕，在小说《拦路狗》（*Les Chiens à fouetter*，1957）中对文学界的风气进行了抨击。他长年担任专栏作家，为《费加罗文学报》《费加罗杂志》《观点报》写了上千篇文学评论，既有经典作品的阅读体会，也关注新作、发掘文学新人。因他在文学与出版界享有声望与权势，加之文学批评风格犀利、喜好论战，被称为文学界的“教皇”。

努里西埃的作品有：小说《奥特伊的孤儿》（*Les Orphelins d' Auteuil*，1956）、《大不安》（*Un malaise général*，1958—1966）、《蓝如夜》（*Bleu comme la nuit*，1958）、《小市民》（*Un petit bourgeois*，1963）、《法国故事》（*Une histoire française*，1965，曾获1966年法兰西学院小说大奖）、《一家之主》（*Le Maître de maison*，1968）、《死亡》（*La Crève*，1970，获费米娜文学奖）、《德国女人》（*Une Allemande*，1974）及随笔《写给狗的信》（*Lettre à mon chien*，1975）。他的小说刻画了一代法国资产者的形象，多位主人公已成为具有典型性的文学形象。《人的博物馆》（*Le Musée de l'Homme*，1978）是对自己大半生的辛酸回顾，对世事浮华、梦想在零碎的世俗成就中消散的感慨。《浮云帝国》（*L'Empire des nuages*，1982）是一部取自真实事迹的小说，通过一位受人冷落的画家的故事表达了与《人的博物馆》同样的思考。《父亲节》（*La Fête des pères*，1985）属于半小说半随笔体，表达了对人的创造品（孩子、书籍）的思考。《前进，安静直走》（*En avant，calme et droit*，1987）的书名化用了黑骑士马术团团训"安静的马，前进直走"。小说讲述了平凡的骑术教练埃克托·瓦肖对骑术的热爱、教学的乐趣以及友情、爱情等，并通过其个人经历折射出20世纪30年代之后半个多世纪光怪陆离的法国社会及其变革，透过骑士规则看待人们对于政治的狂热、勇气与懦弱等问题。努里西埃的许多作品带有强烈的自传性，如《布拉迪斯拉法》（*Bratislava*，1990）、《废墟守护者》（*Le Gardien des ruines*，1992）、《军中酒吧》（*Le Bar de l'escadrille*，1997）。2000年之后的四部作品均是个人经历的写照，如《无才》（*A défaut de génie*，2000）、《纸盒王》（*Prince des berlingots*，2003）、《忧郁屋》（*La Maison Mélancolie*，2005），一一记录了作家在生命晚期身体机能衰退、饱受病痛折磨的历程。他将自己患有的帕金森症戏称为"P小姐"，用幽默的语调谈及自己的衰退与无奈。2008年的《烧酒》（*Eau de feu*）是他的最后一部作品，书名与第一部小说《死水》相呼应，借一对夫妇的经历讲述了妻子酗酒和作家自己的痛苦、放弃与无力之感。

代表作《一家之主》讲述一对夫妇在法国南部买了一所房子并与家

人在此定居，各种问题接踵而来，主人公感到难以与他人和谐相处，难以了解自己与了解他人。他虽然家庭美满，事业顺利，但心中隐藏着无法言说的不安与焦虑，对人生无从把握，对生活、身体、思想、家庭无法掌控。

努里西埃写作风格考究，喜爱用古雅生僻的词语、行话或俚俗用语，颇具古风。其作品文体难以定义，大部分不属于传统意义上的小说，而是杂糅了虚构、编年史、评论等多种成分。作家自称喜爱“自白”（aveu）与“自我试验”（essai sur soi）胜过虚构。自传因素占重要地位，往往在作家的亲身经历中交织对现实的幽默而尖锐的评论。他把锐利的目光投向自身，以外科医生的冷峻风格，对自己进行毫不留情的剖析，与纪德、塞利纳的风格一脉相承。

（王斯秧）

瓦莱尔·诺瓦里纳（Valère Novarina）

瓦莱尔·诺瓦里纳（1947— ），戏剧家、画家和导演。1947年出生于瑞士日内瓦郊区，在莱蒙湖畔和山间度过了童年和少年时期。他在巴黎索邦大学学习文学、哲学和戏剧史，从1958年开始坚持每天写作。他是当今最重要的戏剧家之一，作品具有浓郁的诗意和深厚的哲学色彩。1974年，他的第一部戏剧作品《飞行的画室》（*L'Atelier volant*）被搬上舞台。他的作品大致可以分为三类：首先是戏剧作品，主要有《住在时间里的你》（*Vous qui habitez le temps*，1989）、《愤怒的空间》（*L'Espace furieux*，1997）、《想象的轻歌剧》（*L'Opérette imaginaire*，1998）、《红色起源》（*L'Origine rouge*，2000）；其次是“乌托邦戏剧”，即多声部的独白，主要有《生活的戏剧》（*Le Drame de la vie*，1984）、《对动物的演讲》（*Le Discours aux animaux*，1987）、《人的肉体》（*La Chair de l'homme*，1995）；最后是对传统戏剧进行总结和思考、研究演员身体作用的理论作品，如《为路易·德·福耐斯而作》（*Pour Louis de Funès*，1986）、《话语戏剧》（*Le Théâtre des paroles*，1989）、《在物质中》（*Pendant la matière*，1991）和《在话语面前》（*Devant la parole*，1999）。他的许多戏剧作品和理论作品被翻译成多国语言，产生深远的国际影响。

诺瓦里纳也是戏剧导演，曾把自己的几部戏剧搬上舞台，如《生活的戏剧》《住在时间里的你》《我是》（*Je suis*，1991）、《人的肉体》《红色起源》和《舞台》（*La Scène*，2003）等。他大胆改革戏剧，彻底改变了戏剧的形式，其作品经常是多种文类的混杂，以至于一些作品无法演出或只能演出片段。如《危险阶级的废话》（*Le Babil des classes dangereuses*，1978）初看起来是小说，最后却变成戏剧；《对动物的演讲》糅合了自传叙述、戏剧独白、哲学随笔、史诗和滑稽诗；《生活的戏剧》中有2587个人物，反映了人的各种潜在冲动。

诺瓦里纳的作品为舞台和写作带来许多新概念：词语成为具体的物品，具有科学性；作家写作如同演员表演，要靠灵感和力量。他的二十多部戏剧作品是对语言和戏剧艺术的挑战，为当代剧坛带来一股新风，建立起一种直观的“身体”（physique）模式，通过“身体”来建构戏剧情节，安排表演结构。他非常重视演员在表演时的语调和身体表现，他认为身体表达和口头表达比“演出”更重要，是演员赋予语言以生命。

诺瓦里纳认为，戏剧的表达离不开语言，但语言的虚假妨碍了戏剧的表达。他号召“重新发明语言”，回到词语的源头，找回迷失在传媒中的语言的本真味道，最终希望回到《圣经》般简明的语言中。他对语言进行精心加工，敢于进行一切语言尝试（如生造词、任意搭配、混淆词义等），颠覆其现有意义。他喜欢使用新词和快节奏的句式，沉浸在语言的舞蹈中。他认为戏剧是对话语的解放，将戏剧称为“话语的角力场”，经常在词语、语调和节拍的重复中寻找言说和气息的节奏。词语组合排列产生的节奏有力地将意义传递出来，揭示出隐藏在文本中的秘密。语言的力量决定了观众和演员的表现和行为，令其产生幻觉或拯救感。

诺瓦里纳的作品具有《创世记》或《神曲》的意味，是对人类生存的奥秘的叩问，笔调虽然滑稽可笑，但是不乏悲剧性。面对人类境遇的空虚和沉默，他以其丰富多样的语言来挑战世界的虚假语言。他认为，人类生活在词语当中；词语是一片森林，人类在其中漂泊和流浪，词语也是引导走出漂泊和流浪的手段。

诺瓦里纳的作品常常充满格言警句，写作具有跳跃性，缺乏连续性和逻辑性，接近于荒诞派戏剧。关于戏剧功能，他认为，戏剧是个反抗的场所，那里上演着反传统、反惯例的斗争；我们必须防止想象力消亡，必须将对人的描绘和呈现方式进行创新。他的写作所要解决的最大问题就是如何表现一个人。索莱尔斯曾高度评价他的大胆创新："我不相信曾有人在文字技巧方面显露出如此精确、强烈和清晰的东西。他遭到学院派话语和市场的抵制是正常的，但新艺术和新精神依然继续前进。"

中译本：《倒数第二个人》，宁春译，中国传媒大学出版社，2013年。

《红色起源》（*L' Origine rouge*）

《红色起源》（2000）是诺瓦里纳在阿维尼翁戏剧节上亲自导演的第四部戏剧，之前的三部作品分别是《生活的戏剧》《住在时间里的你》和《人的肉体》。作品再次提出了"人是什么？"的问题。

戏剧一开场，"塞巴拉希德女人"缓缓说出一连串的拉丁词汇，试图把从古至今人类的祖先都按顺序排列好。让·泰里耶用代数向这个女人表达爱意。而另一个男人"虚无人"试图回忆起一句话："祭台在耶路撒冷，但祭品的血浸染了世界。" 深夜，"空洞人"在地上画出一些人的轮廓。他画出的这些人物变成八个木偶人活了起来，并杀死了“空洞人”。木偶人不服从人的意志，只关心作为木偶拥有的性格特性，试图看到自己的思想。语言从他们嘴巴里说出，以物质的形式表现出来，变成在空中飘动的饰带。

“说这儿的机器”四次出其不意地穿越舞台。让·克诺杜尔用力摇铃。“百牲大祭的人们”跑步穿过。“经过窗户的男子”大声地问自己，是否语言不是演员。他反复思考：历史不是个人和群体决定的，也不是由绝对精神或阶级斗争（Klassenkampf）决定的。之后，他纵身穿过窗户。

《红色起源》的整个情节安排没有规则可寻。剧中人物用莫尔斯电码、代数或布告牌说话，以图画的形式在地上写字，以不思考来思考，无语时在台词口袋中寻找台词，在吵吵闹闹中试图思索并抓住自身的思想。他们只在穿着上与正常人相似，而言行举止完全另类。作品引人远离当今世界，进入另一个神秘空间。其中做爱、吃饭、出生和死亡等场景时时出现，是这个神秘世界鲜有的现实因素。当人们看完戏走出剧场时，尽管可以准确讲述每个片段，但无法将每个片段按原来的顺序排列。整场戏仿佛是一场梦，没有办法确定内在顺序。

诺瓦里纳在剧中对人的质疑其实是为了表达对语言的质疑。语言形成了肌肉和血液，正是语言在行动、死亡或谋杀。人们故意每天用一个词来代替另一个词，词语游戏就是流血的游戏。词语的流动造成人的死亡。诺瓦里纳希望能够在词语的源头、词语间的对比和分离中，更近距离地抓住语言的能量。

作品的名字和祭献的神话联系在一起。在祭献的时候，人们宰杀牺牲，鲜血涌出，牺牲除了作为供品向神表示敬意，还象征着生命从此超越肉体的束缚进入另一个无限的外部世界，其代价是作为牺牲的牲畜或人的死亡。诺瓦里纳将人和世界的存在镶嵌在由语言编织的象征关系的森林中，他试图祭献在语言的强大力量里分崩离析的人和世界。于是，“没什么意义却打开一条出路”的语言就仿佛是基督的鲜血：“我们接拢别人对我们所说的话，就好像接拢我们之间的一条鲜血饰带。话语来自虚无，转变成虚无，并让其他事物出现；它仿佛变成流动在我们齿颊的鲜血，流动得既短暂又永恒。”血和语言就这样融合在一起，自内向外流动，如炼金术般具有象征意义。

在血或语言从内向外流动的过程中，也有反向的流动——所有外界的事物由于镶嵌在语言中，在说话的时候，都可以由外而内地被“吞食”进体内。在“过多一餐”的一幕里，人物一边狼吞虎咽一边高兴地说：“爱，吃喝，磨，刮，转，变化，经过，从那里降落。我把自己的胃像坟墓那样交给世界上最美的事物。”

《红色起源》刚一搬上舞台便有评论指出，诺瓦里纳的戏剧触及的是一些令人痛苦的问题：我们是什么？我们从哪里来？和尤奈斯库的作品相似（但诺瓦里纳的作品更具诗意），他的戏剧具有高度的荒诞色彩，他拒绝陈词滥调。诺瓦里纳堪称最有创意和最神经质的戏剧家，他的作品耐读又耐看，醇香浓郁如同纯净的伏特加酒。

（徐熙）

让·端木松（Jean d' Ormesson）

让·端木松（1925—2017），小说家。1925年出生于巴黎的一个贵族世家。童年在家族古堡圣·法尔若度过，自小接受的是精英教育，高中就读于著名的亨利四世中学，毕业于巴黎高等师范学院。1950年起任职于联合国教科文组织哲学与人文科学委员会，1992年出任该委员会主席。曾任《费加罗报》主编，《第欧根尼》（*Diogène*）杂志主编，1973年当选为法兰西学院院士。

端木松的早期作品自传性较强，如《爱情是快乐》（*L'Amour est un plaisir*，1956）与三年后问世的另一部作品《在让家的那边》（*Du côté de chez Jean*，1959）都表达了生活的欢欣，塑造了笃信幸福的人物形象，但未在文坛引起太大反响。20世纪70年代是端木松创作的转折期，他的创作逐渐远离个人生活，转向宏大的历史叙事。这一时期的代表作是小说《帝国的荣耀》（*La Gloire de l' Empire*，1971），端木松以诗人、哲人和史学家的口吻讲述了一个大帝国的诞生。作品问世后受到了批评界和读者的好评，荣获法兰西学院小说大奖。

《帝国的荣耀》之后，端木松继续将诗情和哲思融进虚构的历史或家族史，展示历史与个体生命的融合与冲突。如《上帝的喜悦》（*Au plaisir de Dieu*，1974）、《晚间的风》（*Le Vent du soir*，1985）和

《永世流浪的犹太人史》（*Histoire du Juif errant*，1991）。其中《上帝的喜悦》以一个饱经沧桑的贵族家庭为中心，讲述它怎样走过动荡的20世纪，它所维护的传统价值观念怎样受到新价值体系的冲击。小说出版后反响热烈，1975年获得巴尔扎克文学奖。20世纪末，端木松出版了两卷本的《法国文学别史》（*Une autre histoire de la littérature française*，1997，1998）。1999年他的全部作品获得让·吉奥诺文学大奖。

谈及对文学的理解，端木松在一次访谈中说，柏格森认为无论多么晦涩的著作，都有一个炽源，也就是一个理念，作品始终以它为中心燃烧旋转，比如普鲁斯特与时间、兰波与反抗、莫里亚克与救赎……他早年那些轻松的小书，受其个人生活的影响较大。之后的作品相对厚重，与其个人生活拉开了距离。但是他自始至终关注的问题，都是时间，时间是其全部作品的主人公。但是他的时间与普鲁斯特的时间不同，他关注的时间是历史与个体生命的混合，是时间施加在个体身上的矛盾，是时间上演的一出大戏；而人是一群不明规则、不知结局、不解其意的演员。

历史与个体生命的融合与冲突，在端木松的多部小说中均有体现。《帝国的荣耀》以横跨数个世纪的宏大叙事，描绘出一幅生动而又壮阔的画面。小说中保尔菲尔和威诺斯塔两个家族为了王位争斗不休，后来，本是蛮族雇佣兵头领的阿尔沙夫取得政权。几百年后，威诺斯塔家族的后代巴斯利通过联姻、谈判、屠杀等种种计谋战胜对手，成就了霸业。但是好景不长，帝国遭蛮族入侵，巴斯利死于瘟疫。巴斯利的帝国走向衰亡之时，保尔菲尔家族的后代阿莱克斯诞生。青年时代，阿莱克斯随一位哲学家周游世界，对道教和佛教产生兴趣，并隐居沙漠数年。阿莱克斯走出沙漠后在他人的协助下登上帝位，经过多方结盟，四处征战，缔造了一个横跨欧、亚、非的大帝国。天下大治，阿莱克斯弃位归隐。《帝国的荣耀》将真实的历史楔进假想的帝国兴衰。另一部作品

《永世流浪的犹太人史》以犹太人阿哈斯韦卢斯为主要人物。阿哈斯韦卢斯在耶路撒冷的总督府看门，一天，他的昔日情人、耶稣的信徒米莉亚姆前来请求总督释放被捕的耶稣，阿哈斯韦卢斯误以为米莉亚姆与耶稣有染而心生妒意。在他的阻挠下，耶稣未能获释。阿哈斯韦卢斯因对耶稣的嫉恨而被罚永生流浪，永不停歇地在人间游走。就这样他游走了几个世纪，见证并参与了从耶稣遇难到20世纪的人类历史。小说将阿哈斯韦卢斯穿越时空的传奇际遇娓娓道来，他的形象体现了“整个人类生息繁衍的过程”。他是“一个脆弱又模糊、几乎不存在的影子，是真理本身，是历史和传奇，是叫作生活的一个梦”。

进入新世纪，端木松相继有《挺好的》（*C' était bien*，2003）、《我的心儿，你为什么跳动？》（*Et toi, mon cœur, pourquoi bats-tu ?* 2003）、《泪宴》（*Une fête en larmes*，2005）、《创世》（*La Création du monde*，2006）、《时间的味道》（*Odeur du temps*，2007）和《那我做了什么》（*Qu' ai-je donc fait*，2008）等作品问世。散文《挺好的》质朴轻盈，文笔幽默，充溢着个人经验和哲学思考：“时间之外，那是无。那是永恒，是虚无。没有出生的孩子就没有进入时间。死去的人走出了时间……如果说有某种处于时间之外又不是永恒虚无的东西的话，我们就称之为上帝。”《时间的味道》表达了作家对生活、文学、艺术和旅游的热爱：“夏多布里昂说人不需要远行就能成长，但我总是迈出家门，满怀激情行至墨西哥或远达印度，但又总是回到罗马，回到威尼斯，回到托斯卡纳，回到意大利，回到希腊，回到地中海那些阳光明媚的岛屿。”“我喜欢地中海，特别是意大利，那里，历史就在眼前，现实令人神往……我热爱文学，爱它的魅力，也爱它的不足，文学让世界成为一场不散的盛宴。”

中译本：《挺好的》，朱静译，漓江出版社，2004年；《永世流浪的犹太人史》，罗国林译，花城出版社，2007年；《时光的味道》，于珺、张琴译，南京大学出版社，2014年。

《那我做了什么》（*Qu' ai-je donc fait*）

《那我做了什么》（2008）是让·端木松的一部重要作品，具有自传性质。端木松将其定义为一部"忏悔录"，与卢梭的《忏悔录》和奥古斯丁的《忏悔录》主题有着相似之处。《那我做了什么》的中心议题是时间与永恒，书名出自17世纪法国剧作家拉辛的剧作《安德洛玛克》中的一句对白。

谈及《那我做了什么》的创作缘起，端木松说这部作品既非小说也非回忆录，而是旨在对已逝的人生做一点小小的梳理，以便看看自己都做过些什么，又是怎样做的。全书分为三部分：端木松在第一部分回顾了自己的写作生涯及对文学的期许与热爱；第二部分自传性较强，作家谈及了贵族家庭的礼仪和禁忌，追忆往昔的同时也忏悔年少时所犯的过错；最后一部分名为"在上帝膝上"，是关于时空、历史、人类及是否存在上帝的思考。

端木松在书中强调自己热爱阅读，喜爱荷马、蒙田、夏多布里昂和普鲁斯特等作家。阅读既让我们脱离自身，也让我们回归自身。身为作家，他的写作目的不是要为小说开辟未来之路，而是要回归传统，以期认知人生乃至宇宙。对他而言，法国文学最伟大的时代是17世纪，那时天才与能者辈出，如高乃依、拉罗什富科、莫里哀、帕斯卡尔、塞维涅夫人和拉法耶特夫人，其次是16世纪的诗歌，而后是19世纪的小说。端木松怀恋传统，也关注未来："我常想：我可能属于最后一批还在用古老方式写作的人，一支铅笔，一张纸……我喜欢过去，更喜欢未来，死亡让我心痛，因为再也不能看将来了。"

端木松在《那我做了什么》中回忆了他的青年时代，忏悔了年少时所犯的过错，表达了因此而产生的愧疚之情。他也坦陈自己的生活里没有多少障碍和忧愁，虽然"苦难出文学"，但他认为文学不缺少苦难但缺少快乐，当苦难成就了写作时，尤其不应当忘记法国文学还继承了荷

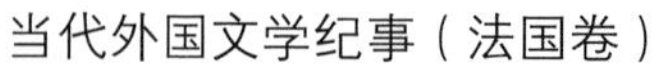

马与阿里斯托芬开创的快乐传统，使这传统熠熠生辉的，还有17世纪的寓言家拉封丹和20世纪的剧作家季洛杜。“我身边有很多病患，艾滋病、癌症、帕金森症……还有很多已经失业或者即将丢掉饭碗的人……但不管怎样，生命是美丽的。”“这个世界虽然残酷，但我爱它的一切，包括失望与苦难。”

在《那我做了什么》里，端木松强调自己不是某些读者和批评家所认为的天主教作家。他举例解释说，贝玑、克洛岱尔和贝尔纳诺斯都是天主教作家，因为他们知道并肯定上帝的存在，而“我不知道”，“我是不可知论者”。信仰是端木松表达希望的方式，对他而言，不论存在与否，上帝都是最重要的：“但我很乐意权衡帕斯卡尔的赌注，因为如果在时间尽头，有的不是虚无，而是别的东西，那死亡将是多么幸福！”

（张琰）

让-诺埃尔·庞克拉齐（Jean-Noël Pancrazi）

让-诺埃尔·庞克拉齐（1949—　），小说家。1949年4月28日出生在阿尔及利亚的塞提夫市（Sétif），在阿尔及利亚度过童年，经历了阿尔及利亚战争，这对他后来的文学创作产生了巨大影响。1962年，他随父母回到法国南方的佩皮尼昂，在一所中学就读初中。1967年来到首都巴黎，在路易大帝中学就读高中，后到索邦大学攻读现代文学。从20世纪70年代起，他在巴黎南郊的马西（Massy）中学任教，1972年获得高级教师资格证书。从1985年起，他与《世界报》合作，负责“图书世界”栏目的编辑工作。1999年春，他当选为勒诺多文学奖的评委。近年来又在《费加罗报》组织的“写作坊”中担任导师。曾因全部作品的贡献而获得文人学会文学大奖、国家功勋奖（骑士）和总统荣誉勋章（骑士）。

庞克拉齐是一位多产的作家，自1973年出版第一部随笔《马拉美》（*Mallarmé*，1973）以来，共创作了20多部作品。他的第一部小说《燃尽的记忆》（*La Mémoire brûlée*，1979）讲述了两个年轻人分手后的思念之情，同时揭露了社会俗见：父母和好友都鼓动他们分手，说是为他们好，而“这种道理其实是个谎言”。庞克拉齐后来又发表了《拉里贝拉或游牧式死亡》（*Lalibela ou la mort nomade*，1981）、《告别的时刻》（*L' Heure des adieux*，1985）、《王子们路过》（*Le Passage des princes*，1988），《冬季宿营地》（*Les Quartiers d' hiver*，1990）获得当年的美第奇文学奖。该小说描述了发生在巴黎第一区一个酒吧间里的故事。这是一个同性恋酒吧，里面生活着浑浑噩噩、无所事事的社会边缘者，他们整夜喝酒跳舞，生活放荡不羁。不健康的同性恋生活使许多人得了不治之症——艾滋病（小说故意避免挑明该病），酒吧服务生埃德瓦尔多和画家若埃普先后死去；其他人，如老瞎子、收银员奥古斯特及流浪汉酒吧的顾客们，虽然坚守在“冬季宿营地”里苟延残喘，但生活日益窘迫，精神日益空虚，体力日益不支；在他们唯一的寄居之地“流浪汉酒吧”被转让后，树倒猢狲散，一帮相依为命的酒友各自走向不测的前程。小说渲染了死亡的恐怖，描写了流浪汉们对往昔美好生活的回顾和眷恋以及在绝望中得过且过的生活，反映了巴黎生活的一个侧面。

《激情的沉默》（*Le Silence des passions*，1994）则是对巴黎夜生活的继续探索，并获得瓦雷里·拉尔博文学奖。《阿尔诺夫人》（*Madame Arnoul*，1995）则以作者在阿尔及利亚的童年为背景，回顾了一个小男孩与邻居女孩的友情。叙述者把这位女孩当作母亲，她“站在阿拉伯人一边”，在法国军队进攻时保护了一个阿尔及利亚姑娘，因而受到惩罚。该书接连获得莫里斯·热纳伏瓦文学奖、阿尔贝·加缪文学奖和国际图书文学奖等。小说《长住》（*Long séjour*，1998）写的是他父亲在科西嘉的生活，获让·弗勒斯蒂埃文学奖；小说《勒内·康》（*Renée Camps*，2001）写的是他母亲的生平经历。这三部作品被称之为“家庭记忆三部曲”。他还与雷蒙·德巴东（Raymond Depardon）合作出版了《科西嘉》（*Corse*，2000）。2003年，他又出版了小说《往事烟云》（*Tout est passé si vite*，2003），获得法兰西学院小说大奖。书中勾勒了一位女编辑兼作家的肖像，展现了一个法国式的编辑部的故事。

庞克拉齐曾于2006年9月来到中国，在上海和南京等地访问。后来他根据在加勒比国家的旅行和见闻写了小说《沙漠美元》（*Les Dollars des sables*，2006）和《基督山》（*Montecristi*，2009），揭露了生态方面的丑闻。2012年的《大山》（*La Montagne*，2012）公开了一段他长期埋藏在心底的秘密，即在阿尔及利亚战争期间，他目睹了六个小伙伴被杀死在山里的惨剧。该小说分别获得地中海文学奖、马塞尔・帕尼奥尔文学奖和弗朗索瓦・莫里亚克文学奖。最近的小说《测不到的人》（*Indétectable*，2014）讲述了一位马里非法移民十年来一直为获得居留身份而奔波的生活。

中译本：《冬季宿营地・往事烟云》，张新木、张群译，漓江出版社，2005年。

《往事烟云》（*Tout est passé si vite*）

《往事烟云》（2003）是让-诺埃尔・庞克拉齐的一部重要作品，获得法兰西学院小说大奖。

《往事烟云》揭露了法国出版界和作家圈中一些鲜为人知的事情。如今的出版业已经成为一个巨大的产业，出版界也是一个引人注目的世界。出版界内部也经历着经济结构、思想观念和人际关系的巨大变化。庞克拉齐通过其细腻的音乐式描写，讲述了巴黎虚荣的出版市场，揭示了作家与编辑之间暧昧的金钱关系和情感纠葛。

主人公伊丽莎白是一位出版编辑兼作家，长期的精神紧张和身体疲劳使她得了癌症，而且已是晚期。一个秋天的晚上，她来到出版社参加鸡尾酒会，似乎也是来与同事们永别。出版大楼还是那种老式的建筑，里面有一个木质的酒吧台，有许多装满图书的书库，还有豪华的楼梯。晚会上，她见到了她的新、老同事。在两代不同的编辑队伍里，传统家庭式的“老派”编辑长期以来一直把持着出版社的业务和出版方向，而出版集团新任命的一批年轻编辑们早就想从老一辈那里接过大印，踌躇满志地勾画出版社的未来。晚会是一场“猎豹舞会”，交织着老一辈对过去美好岁月的无限怀念和新一代对未来前程的梦幻般憧憬。在一片虚情假意的寒暄和打情骂俏中，他们暗地里互相争宠、倾轧，尔虞我诈，各人打着自己的小算盘。对于作家和编辑来说，作品只是一个赖以生存、追名逐利、自欺欺人的手段。在这个充满俗气和浮华的小天地里，文学的高贵地位已经不复存在。

本书的人物描写呈现出普遍符号化的特点。多数人物有名无姓，人称不明，令人难以分清人称的所指，“他”或“她”有时指代某个特定之人，有时又好像是任何人。作者意在打乱人物的特定归属，用符号般的名字代表一类人：“他”或“她”也是你或我。这些人物的生存状况和七情六欲就是这一类人的缩影，通过自身的“我”、他人眼中的“我”和投射出来的“我”映射出这类人的物质存在和精神存在。人物的行为和形象颇具戏剧性，他们既相互吹捧又相互蔑视。庞克拉齐以中性的笔触，有时略带一丝爱意，去叙述事件、描写人物、再现这个混乱的小天地。

《往事烟云》描写了一批女作家和女编辑，塑造了一批女性文人的形象。她们在职业的光鲜和生活的酸楚中表现出女性的温柔和忠诚。主人公伊丽莎白的原型据说是1996年因癌症去世的女作家伊丽莎白·吉尔，她短暂的写作人生充满了疾病的折磨，但是她的精神和灵魂在与病魔的抗争中得到了升华。小说中的伊丽莎白其貌不扬，是一位才华横溢的小说家，她从不张扬，脸上总是挂着优雅和自制的微笑。面对疾病的折磨、破裂的友谊、背信弃义的打击、假慈悲的虚情假意，伊丽莎白选择了隐退，渐渐消失在某个神话中，加入她曾经热爱过的教派同类中。像“这位老大使，在小歌剧的蓝色天空下，在一去不复返的维也纳蓝色天空下，怎样能保持面不改色心不跳”；或者像莫泊桑，当他在戛纳的小茅屋里过最后一个冬天时，他看到一个幽灵，“当他来到楼梯尽头时，他似乎看到了自己的复体，那复体迎着他走过来，与他擦肩而过，像是不认识他，对他而言他似乎不过是个流浪汉，没有身份，没有道路”。

《往事烟云》以独有的手法描绘了作家和出版界的喜怒哀乐、悲欢离合，是一曲温柔而悲怆的人生悲歌。小说的时空关系像是一张巨大的网，通过叙述者的回忆，将过去、现在和将来纳入叙述时间之链中，将人物各个时期不同生活的场景和各自的空间串连成一个个网结。故事的主场景发生在出版大楼里，主人公与每位同事的见面会引出另一个人的故事，将读者带向另一个地方、另一个时代、另一种感知维度，反映出人物生活和情感的不同层面。关系代词和分词的使用构建出错综复杂的复合长句，常常一句话有半页之长，如绵绵细雨，将读者带入一个思绪绵绵、忧愤习习、长夜茫茫、期待悠悠的境地。小说大量使用“好像”“似乎”“仿佛”等委婉语，喻示真实中的不真实，又让读者在虚幻梦境中领略不真实中的真实。人物的飘忽不定、时空的伸张浓缩、叙述的虚实叠加，隐喻着记忆的“往事如烟”的特质。

（张新木）

让-马克·帕里西斯（Jean-Marc Parisis）

让-马克·帕里西斯（1962— ），作家、编剧、记者。20岁时开始在《解放报》上发表文章，从此一发不可收拾，为《费加罗报》（文学版）、《巴黎日报》《世界报》等报纸撰稿。在影视作品方面，与让-米歇尔·莫里斯（Jean-Michel Meurice）合作，参与过多部专题纪录片的编辑，如《帝国的混沌》（*Chaos d'empire*，1993）、《正义审判》（*La Justice en question*，1996）、《暴力的根源》（*Les Racines de la violence*，1998）。在电影创作方面，与菲利普·埃奈克（Philippe Eineck）合作，共同完成了电影剧本《监狱》（*La Taule*，2000）的编写。

在文学创作方面，帕里西斯出版了七部长篇小说。《快餐的忧郁》（*La Mélancolie des fast foods*，1987）是他的第一部小说，描述的是法国极右势力的社会影响甚嚣尘上的时期，一个叫做宇阁·拉罗克的年轻人所表现出的“消极法西斯”情绪。从这部小说开始，帕里西斯作品的主题及风格就流露出强烈的写作激情。《艺术家的中学》（*Le Lycée des artistes*，1992）是一部隐含教育意义的小说，讲述的是四个年轻人在文化与反抗之风盛行的环境中相遇，从而演绎出一个平凡而美好的青春时代。《整个一生》（*Depuis toute la vie*，2000）由一系列故事组成：孩子出生在一个父母争吵不断的家庭，从小就感到莫名的恐惧。为了不说话，孩子选择唱歌。他在书中、在影视故事中长大，恐惧始终伴随着他。所有这些感受，母亲竟然一无所知，孩子长大后决定把自己的经历讲述出来。《身体》（*Physique*，2005）写的是一位律师居然不可逆转地返老还童的荒诞故事，对谎言、事实、正义及孤独等概念进行了反思。《前、中、后》（*Avant*，*pendant*，*après*，2007）从男人的角度，讲述和分析了最美妙、最不可或缺的爱情中的激情：一位歌曲的词作者虽已功成名就，却从未经历过爱情，在一个偶然的机会下认识了一位女子。"我第一次见到她的时候，我并没有看清她，我爱上了她的背影。"小说通过这段爱情从始至终的过程，讲述了叙述者在这场爱情中复杂的心路历程。这部作品获得了2007年的罗杰·尼米埃文学奖。在《恋人》（*Les Aimants*，2009）中，与男主人公保持25年默契的灵魂伴侣爱娃突然离世，于是他试图通过创作来找回现实生活中被他丢失的女人，重新描绘了这个女人在"我"心中的永恒形象。《寻找颜色》（*La Recherche de la couleur*，2012）是一部描述内心世界的心路历程及当代画面的作品，赞美了德国浪漫主义诗人诺瓦利斯、卡洛琳，哲学家谢林，以及施莱格尔等经典人物——法国电影演员帕特里克·迪瓦尔、美国演员娜塔利·伍德以及英国摇滚歌手和演员大卫·鲍威也都贯穿了整部小说。

帕里西斯还写有五部短篇小说：《巴黎式婚姻》（*Mariage à la parisienne*，2002）是一篇描写巴黎城市的作品：巴黎在罗马时期叫卢泰西亚（Lutèce），它曾经被野蛮人扒光了"衣服"，但查理五世、奥斯曼男爵及蓬皮杜总统给它换了新装。很长时间里，它一直是城市中的王者，但是自从发生了法国大革命，它变成了平民，只是还保留着贵族的遗容。萧瑟秋风并没有吹走它的历史记忆和上流社会对它的赞美。它是自由的、阳光的、自信的。人们只能用眼睛接触它。《退回电梯》（*Renvoi d' ascenseur*，2003）介于故事、论文以及诗歌之间，描述了1950—2000年生活在法国郊区的人们。《让-马克·罗贝尔之死》（*La Mort de Jean-Marc Roberts*，2013）讲述的是作家兼出版商让-马克·罗贝尔（1954—2013）的故事，对他的去世表达怀念之情。《难忘》（*Les Inoubliables*，2014）从偶然发现的一张老照片讲起：第二次世界大战期间，五个犹太孩子来到多尔多涅地区的一个村庄避难，被德国人抓获。德国人处决了他们的父亲，把他们和他们的母亲押往集中营。《在旁边，从未在一起》（*À côté, jamais avec*，2016）讲述的是作者童年时发生在凡尔赛宫旁边的一个小镇上的滑稽可笑、粗鲁无聊的人物的故事。作者凭借个人记忆，刻画了戴高乐和蓬皮杜时期法国某些人物的形象。

中译本：《恋人》，车槿山译，人民文学出版社，2010年。

《恋人》（*Les Aimants*）

《恋人》（2009）讲述了男主人公“我”试图通过创作来找回现实生活中失去的女人的故事。爱娃在最美好的20岁时遇到了叙述者，成为他的爱人、朋友和灵魂伴侣。从热恋到分手，从朋友到不常联系，爱娃似乎慢慢淡出了叙述者的生活。直到有一天，爱娃突然离世，让叙述者意识到自己是多么爱她。

他们在索邦大学偶遇，爱娃是巴黎人，而“我”来自郊区。他们有着共同的爱好——文学。从大学到社会，从热恋到平淡，两人在多年后选择了和平分手，但是分手是为了之后更好的相遇。他们分手之后变成了兄妹。微妙的是他们从未真正分手，因为他们从未真正在一起生活过。即使在热恋时，他们也给对方保留了一定的自由空间：虽然因为爱情成为恋人，但是不能因此成为各自的负担，也不能因此束缚了彼此的灵魂。他们如空气般自在地相处，从未想过岁月像一把尖刀无情地斩断他们彼此的牵挂，亦从未想过死亡悄然而至，将他们的灵魂彻底分开。至此，男主人公开始思考时间、生命、爱情、永恒与死亡等问题，这些无助与绝望的思考成了这部小说最值得读者深思的部分。

这部小说本身有一种孤傲与沉思之美，刻画了一位超凡脱俗的美丽女子形象。爱娃真诚善良、热爱诗歌、追求绝对爱情、拒绝世俗禁锢、集光与影于一身。她如诗歌般神秘而阳光，她的出现点燃了“我”对生活的激情。爱娃的形象其实是对当时社会的一种反叛。小说写作的背景是1980—1990年间的法国，社会浮躁腐败，急功近利，到处充斥着卑鄙与低俗。正如作者所言：“那是80年代，大家今天在回忆时决定称其为‘金钱年代’。那时有一个长着狗头的企业回购人，有一个散发着狐狸味的总统，还有为了更好地掩饰自己的卑鄙而自称道德家的一代人。”爱娃这样一个出淤泥而不染的形象正是对当时法国社会的一种反衬。她拒绝功利与世俗，对现实生活采取厌倦和逃避的态度，代表着当时社会为数不多的社会精英对现实社会的不满及绝望的反抗。正如波德莱尔的《恶之花》所蕴含的深意一样：“在每个人身上，时刻都有两种要求，一种趋向上帝，一种向往撒旦。对上帝的祈求或是对灵性的祈求是向上的愿望，对撒旦的祈求或是对兽行的祈求是堕落的快乐。”爱娃的追求便是对灵性的祈求，代表的是向上的愿望。“一套‘斯巴达式’两居室，几乎是空的，她在那里炸薯片，做柠檬汁，吞食波德莱尔和圣-琼 • 佩斯的诗歌。”“她在公交车的路途中或在地铁的轰隆声中背诵波德莱尔的诗句（……）在诗歌的波浪中，她努力破译着自己存在于世的奥秘。”而叙述者的形象则代表着寻求堕落的快乐的迷失的自我：他周旋于不同的女性之间，并不爱她们，频繁地混迹于各种恶俗的聚会。恋人与情人，一字之差。两个主人公既像恋人又像情人，如此相近，又如此遥远。直到爱娃离世后，“我”才意识到多么爱她。这其实是“我”

从物质世界的堕落中对趋向上帝的精神世界的回归。“我”试图通过写作找回与爱娃曾经的生活点滴，“我”回顾了他与爱娃的每个温存的画面、每个眩晕的瞬间以及他们的思想、目光和幻觉，试图解开爱娃这个不解之谜。文学有时候会产生这样的奇迹，令这对情人仿佛重新漫步在往日的大道上。作者用一句话来描写他们的爱情：“显然，真实需要微笑面对。”这两个人物在某种意义上让我们想起蝴蝶双飞的美好与温柔。在每一页，总有一个片段、一个思想、一个字眼让人心醉神迷。爱娃，这个美丽女神的形象让人无法忘记。

从写作手法上看，《恋人》的语句具有诗性，读起来朗朗上口，呈现出潮涨潮落般的跌宕起伏。作者深受现代文学的影响，我们可以从书中找到普鲁斯特、波德莱尔、圣-琼·佩斯、阿拉贡、奈瓦尔、布勒东的影子。女主人公爱娃是19世纪诗人波德莱尔的狂热爱好者，她在公交车上大声朗诵波德莱尔的诗句。我们在爱娃身上还可以看到超现实主义的代表人物布勒东笔下的娜嘉的影子：那个游荡的灵魂，那个同样热爱绘画诗歌，并表现出高度的敏感性与领悟力的娜嘉，那个与男主人公偶然相遇，也保持着微妙关系的娜嘉，他们之间超越友谊又不完全是爱情。娜嘉在生活中遵循了自我，却背离了社会，在这个意义上，爱娃与她如出一辙。

（吴王姣）

达尼埃尔·佩纳克（Daniel Pennac）

达尼埃尔·佩纳克（1944— ），原名达尼埃尔·佩纳奇欧尼（Daniel Pennacchioni），法国作家，除了小说之外，他也为电影、电视剧创作剧本，给连环画撰稿。佩纳克1944年12月1日生于摩洛哥港口城市卡萨布兰卡的一个科西嘉和普罗旺斯结合的家庭。父亲毕业于巴黎综合理工大学，后在军队服役，母亲赋闲在家，爱好读书。由于父亲在军队供职，一家人随其辗转各地，佩纳克的童年大半是在父亲所属的驻防部队度过的，欧洲、非洲和东南亚都有他的足迹。

父亲是个诗歌爱好者，佩纳克从小耳濡目染，在家和学校进行大量阅读。每当佩纳克回忆起父亲，总是把他和阅读联系在一起，对他而言，阅读的快乐总是与记忆中坐在烟幕中读书的父亲密不可分。佩纳克多次提起儿时的阅读时光带给他的巨大影响。然而，佩纳克的学生时代却不尽如人意，他甚至被认为无法通过高中毕业会考。他最终完成学业，走上教师之路，并开始写作。他先后在苏瓦松、尼斯、巴黎甚至巴西当过很长时间的文学教师，学校为他的文学创作带来丰富的素材，他的许多作品以学生的视角讲述校园生活，既借助自己的亲身经历吐露孩子的心声，也站在教师的角度给青少年以合理的建议。两部诙谐文学作品《雅尔塔的孩子》（*Enfants de Yalta*，1976）、《圣诞老人》（*Père Noël*，1978）便是为青少年而写。

佩纳克是个多产作家，1973年他发表第一部作品《兵役为谁而服》（*Le Service militaire au service de qui*），此后一发不可收拾，并获奖无数。1985年获得兰斯侦探小说奖，1987年获格勒诺布尔市侦探小说奖。1988年《持卡宾枪的老巫婆》（*La Fée carabine*）获得《神秘》杂志批评文学奖，1990年侦探小说《卖散文的女孩》（*La Petite Marchande de prose*）获国际图书文学奖。2005年其所有作品获尤利西斯文学奖。2007年《上学的烦恼》（*Chagrin d' école*）获得勒诺多文学奖。2008年其所有作品再获蓝色大都会文学大奖。1985年，"黑色系列"小说第一部《食人魔的幸运》（*Au bonheur des ogres*）与读者见面，这也是"马洛塞纳传奇"（*La Saga Malaussène*）的系列作品之一，该系列还包括《卖散文的女孩》（1990）、《马洛塞纳先生》（*Monsieur Malaussène*，1995）、《基督徒和摩尔人》（*Des chrétiens et des maures*，1996）、《激情的果子》（*Aux fruits de la passion*，1999）。"加莫探险"系列包括：《加莫和我》（*Kamo et moi*，1992）、《加莫：巴别塔办事处》（*Kamo*：*L'Agence Babel*，1992）、《加莫出逃》（*L' Évasion de Kamo*，1992）、《加莫，世纪之智》（*Kamo*，*l' idée du siècle*，1993）。此外，他还写有《孩子先生》（*Messieurs les enfants*，1997）、《感谢》（*Merci*，2004）、《身体日记》（*Journal d' un corps*，2012）。随笔集有《兵役为谁而服》（1973）、《宛如一部小说》（*Comme un roman*，1992）、《守卫者与摆渡人》（*Gardiens et Passeurs*，2000）。佩纳克还写有戏剧作品，如《第六洲》（*Le 6*^{e} *continent*，2012）。佩纳克的不少畅销小说被改编成了电影或电视剧，深受大众喜爱，如：《持卡宾枪的老巫婆》《孩子先生》《食人魔的幸运》《艾特熊和赛娜鼠》（*Ernest et Célestine*，2012）

等。佩纳克一直关注少年儿童的成长，为他们写作，独立或与他人合作出版了许多画册和连环画供孩子们阅读，例如：《美好的假期》（*Les grandes vacances*，1991）、《撒哈拉》（*Sahara*，1999）、《遨游太空》（*Le Tour du ciel*，2018）、《玛丽，你在等什么？》（*Qu'est-ce que tu attends, Marie?*，1997）等。

《宛如一部小说》（*Comme un roman*）

《宛如一部小说》（1992）是达尼埃尔·佩纳克的一部随笔集，是一本谈论如何阅读的散文汇编，但不是以严肃的口吻劝告人们如何读书。该散文集章节长短不一，有些章节长至五六页，讲述一位有着极高文学修养的老师如何身体力行潜移默化地使学生爱上阅读，有的章节则只有一句话、一行字，如："当我们没有教学之忧时，我们便成了伟大的教育家。"《宛如一部小说》既是一首关于阅读的"赞歌"，同时也把阅读行为"去神圣化"，邀请读者一起探讨如何更好地教孩子们阅读。佩纳克还对法国国民教育问题进行了深度思考。作为有着多年教学经验的中学语文教师和曾经的"差生"，佩纳克深知青少年的心理特点，要让他们爱上并享受阅读，必须找到原因，用对方法，强制是毫无用处的。

全书分为四个部分：

一、炼丹术士的诞生。佩纳克首先描述了青少年对书和阅读的反感情绪。他们不愿意阅读，很可能是因为阅读行为往往是被强制的，老师和家长惯常使用"命令式"："读！""我命令你马上给我读！"孩子不敢反抗，长久以来他们被灌输读书是件神圣的事情，但是他们的心绪早已飞到窗外。面对被迫的阅读，摆在桌上的厚书，每一页纸都"犹如一扇扇阴森的屏障，禁锢他出逃的欲望，扭曲的文字像群魔乱舞"。在被阅读所困扰时，还有什么比电视和其他电子产品更能让他们找到快乐呢？此外，各种“社会现象”（例如麦当劳、名牌服饰、演唱会等）的诱惑也是孩子与阅读产生距离的原因。要引导孩子爱上阅读，应该先考虑如何让孩子快乐，家长可以为孩子读他们喜欢的故事，陪伴他们一起克服阅读的困难，勾起他们的阅读欲望。阅读的乐趣一旦被触发，他们便和炼丹术士一样，不会被外界所影响。佩纳克认为每个孩子都有自己的节奏，阅读的节奏也不同于生活的节奏，更不必和其他人进行比较。

二、必须阅读（教条）。在这一部分，作者主要讨论了“为何而读”的话题。他继续讲述学生们和阅读“抗争”的故事，同时也叙述了老师的烦恼：面对学生们的阅读作业，老师从一开始的兴致勃勃到后来的失望透顶，是因为发现学生们的回答千篇一律，由此可以看出学生们阅读其实仅仅是为了“取悦”老师，那些趋于一致的“虚伪”的回答暴露了他们并没有真正去阅读而得出自己的观点。家长们都“以必须读书之名阅读”，过于功利，学校也对“必须阅读”这一教条三令五申。作者发现，学生在孩童时代阅读的数量比在上学后更多，学生们为了完成作业、参加竞赛或通过高考等目的而阅读。阅读本该是一种自足的行为，却因此变得不单纯。佩纳克设想了一个考试场景：面对一个被考题折磨得惊慌失措的女学生，考官们摘掉头上的假发，放弃原本老套教条的问题，试着让她讲述自己读过的书，最后双方都重新激起阅读的欲望，讨论的场面热烈起来。作者试图说明，阅读非但不是件苦差事，相反应该是快乐的源泉。在他看来，“美好的阅读体验可以拯救一切，包括自我”，至高无上的目的则应当是“为抵抗死亡而阅读”。

三、激发阅读欲望。作者分享了一位老师的阅读课教学经历，也是作者的个人经历。老师为了破除学生们对阅读的恐惧，采取了为他们大声朗读的方式，一小时内可以读四十页书。以此类推，要读完一本几百页的书并非难事，学生们从对阅读望而却步转而跃跃欲试。老师认为大声朗读远远不够，还需要对小说进行描述。老师通过把阅读行为“去神圣化”、简单化，来拉近阅读与学生之间的距离，激发他们的阅读欲望。此后，老师还未读到下一章节，学生们就早已迫不及待自行将小说读完，这是多么可喜的变化。阅读的真正乐趣所在是“发现作者和我之间的亲密感”，老师在这一过程中起到了关键的作用。作者认为，要与阅读“和解”，唯一的条件是：“不索要任何交换物”，不对其提问，不布置作业，不做文本分析，不详加作者生平……好奇心不应当被压迫，而应该“唤醒”它。

四、众议（或读者不失效的权利）。作者把焦点从“书”转移到读者身上，探讨读书方式。读者拒绝阅读，是因为他们的“权利”受到了限制。佩纳克认为读者不应被绑架，阅读应当以愉悦为先。读者作为阅读的主体，应当享有诸多权利。他列举了10项权利。1. 不读的权利：读者既然拥有阅读的权利，那自然也可以选择不行使这项权利；2. 跳读的权利：对于鸿篇巨制，读者有权利选择跳过长篇大论，从他们感兴趣的地方重新开始，完全不必担心会错过什么；3. 不读完的权利：读者可以因为任何一个理由选择放弃读完一本小说，待又对它产生兴趣时，再重拾阅读的乐趣；4. 重读的权利：重读往往能从一个新的角度切入，同时也重温阅读的快乐；5. 读任何书的权利：作者有随心所欲写作的权利，反之亦然，读者也有选择读任何书的权利；6. 包法利式幻想的权利：读者享有在感官上得到及时的、特有的满足的权利，把自己和书中所写的人物对号入座；7. 在任何地方读的权利：读者可以选择在任何地点阅读，不用拘泥于一个正式的场所；8. 选读的权利：读者可以随手翻开书的任何一页，任意翻看，不用担心一无所获；9. 大声朗读的权利：与默读相比，大声朗读能使小说更加立体化，加强读者的感受，与作者产生感应；10. 沉默的权利：我们可以读，也可以保持缄默，藏起我们的经历、情感。

（李爱玉）

乔治·佩雷克（Georges Perec）

乔治·佩雷克（1936—1982），小说家。出生于巴黎，家境贫寒，父母是来自波兰的犹太人，在巴黎以开理发店为生。第二次世界大战开始后，父亲应征入伍，1940年死于战场。佩雷克与母亲生活在一起，直至1941年秋天，母亲将他送上红十字会的一辆疏散儿童、残疾人和老人的列车，去往已经在南方逃避战火的姑姑一家。他与母亲分手后，德国人在占领区展开了搜捕犹太人的行动，母亲于1943年1月被捕，被送往奥斯维辛，此后下落不明。战后佩雷克由姑姑爱丝泰尔（Esther）和姑父抚养成人。幼年丧亲的不幸遭遇，给其心灵留下了深刻的创伤。犹太人、战争孤儿这两个身份在其创作中留下了无法磨灭的标记。中学毕业后曾在巴黎高等师范学院和索邦大学学习社会学，后来服兵役，当伞兵。18岁时立志当作家，但早期的几部小说，如《萨拉热窝谋杀案》（*L'Attentat de Sarajevo*）、《雇佣兵队长》（*Le Condottiere*）、《我戴着面具往前行》（*J'avance masqué*）等均被出版商拒绝。1961—1978年，他在国家科研中心任资料员时接触到各方面的知识和更多的文学作品。29岁时第一次发表作品《东西》（*Les Choses*），副标题为“60年代的故事”，获得勒诺多文学奖而一举成名。此后，陆续发表的其他作品使其成为法国文坛的代表性人物。1978年《生活使用说明》（*La Vie mode d'emploi*，1978）的发表和获奖使其得到了阿谢特（Hachette）出版社每月付给他的固定收入。他辞去资料员的工作，全身心地投入写作，但此时他的生命也走到尽头。1982年患肺癌去世，年仅46岁。

佩雷克是一位精雕细琢的苦吟型作家，他的作品不多，写作速度慢，而且篇幅不长。他的写作具有强烈的探索和实验色彩，尤其是对语言和形式的探索——探索形式上的实验所达到的最大可能性，不断地触摸文学的极限。他视写作为游戏，变幻游戏规则，增加游戏的难度。1970年，他加入以挖掘语言的数学特性、以增加写作难度而著称的文学小组“潜在文学工场”（OULIPO）。他通过游戏把文学从历史和文化的重负下解放出来，成为一种独立的、自由的创造，成为一种“零度的文字”，为长期以来被作家和评论家视为雕虫小技的文学技巧恢复名誉。他自称从未写过两本相似的书，每一本书都尝试一种新的形式：《一个睡觉的人》（*Un homme qui dort*，1967）用第二人称写成；在长达三百多页的小说《失踪》（*La Disparition*，1969）中，通篇没有使用一次法语中最常用的字母e，而在小说《幽灵》（*Les Revenentes*，1972）中，所有词语的构成元音竟然只使用了一个字母e，可谓登峰造极。

佩雷克本人把自己一生的写作分为四个阶段：第一个阶段是“社会学”写作，包括《东西》《空间种种》（*Espèces d'espaces*）等；第二个是自传写作，包括《W或童年的回忆》（*W ou le souvenir d'enfance*，1975，又译《W或童年回忆》）、《暗店》（*La Boutique obscure*，1972），《我记得》（*Je me souviens*，1978）等；第三个是游戏写作，就是前面所说的“潜在文学工场”时期；第四个才是小说写作，就是对故事和曲折情节的爱好，《生活使用说明》是最典型的一本。从作者的表述可以看出，佩雷克的创作轨迹是一个从社会背景向美学或文体背景转换的过程，是一个从关注外在向关注内在转变的过程。

《东西》（1965）是佩雷克的成名作。小说没有很强的故事性，主人公是一对大学刚刚毕业的巴黎年轻夫妇杰罗姆和西尔维。他们为了谋生，为各种各样的公司和机构做消费调查。他们生活的20世纪60年代的法国是一个物质丰裕的社会，橱窗里的商品琳琅满目。他们属于社会的中产偏下阶层，父母没有留给他们物质和文化遗产，他们接受过良好的教育，有着有产者的高雅的趣味，梦想过悠闲的生活，欣赏并渴望得到高雅、豪华、名牌的商品，即广告中所宣传的商品，同时尽可能保持精神上的自由。但是他们没有钱，也缺乏足够的挣钱手段和能力。他们虽有梦想，但是从未落实到行动上，一想到实现过程中的困难，他们就畏缩、放弃。他们坚信一定会到来的幸福总是没有到来，日复一日地重复着毫无乐趣可言的调查工作，为了维持一种体面的生活只能到旧货商那里买有钱人穿过的旧衣服。他们想逃离巴黎平庸、乏味、单调、拮据的生活，到了北非后，面对的却是更加平庸、乏味的生活。除此之外，还加上了生活的丑陋和精神的孤独，在贫穷的突尼斯，连洗淋浴、吃冰激凌这样在巴黎并不算奢侈的消费也无法享受。他们与当地的阿拉伯人没有任何接触，与学校里的正式的法国教师也无共同语言，他们没有友谊、没有交流、没有期待、无处可去，生活如一潭死水，生活在真空中，他们甚至怀疑自己是否还存在。他们为了逃离巴黎，来到了突尼斯，为了逃离突尼斯，他们出去旅行，希望通过新奇的发现来弥补单调阴郁的生活。但是他们到处发现的是同一种景致、同一种生活，激不起他们的任何兴趣和欲望，带回来的只有空虚，最后连拥有东西的欲望也没有了。

《东西》描写的是一种静态的生活，以对物的着魔般的描写而著称，用堆积如山的“词语”表现消费社会堆积如山的“东西”，以及这些“东西”对人的巨大诱惑和因无法占有这些“东西”而给人造成的巨大痛苦。该小说是现代物质和消费社会的寓言，主人公迫不及待地渴望成功，而成功的标志是对高档消费品的占有。东西其实是财富、阶层和身份归属的符号，隐含着法国一代青年人的困扰与追求、焦虑与梦想。《东西》中在“东西”的堆积下面是“欲望”的涌动，它表达的是人们膨胀的消费欲和占有欲，对精致高雅的时尚的羡慕而又不可得的苦恼。但是全书只有对物品的详细而中性的描写，既没有讽刺也没有愤激的语气。

《我记得》由480个以“我记得”开始的句子组成，但回忆的内容是过去社会生活中各种最微不足道的小事，这些事件没有时空和逻辑的关联，也没有什么重要意义，构成了一种记忆的马赛克。但是它们串在一起，令那些见证过一个时代、对这些物品保留着记忆的读者浮想联翩。佩雷克用这些点滴细节钩沉历史，它们是历史、时代的标志和见证。作品虽然名为“我记得”，但是这些细节已经被忘记或者注定被忘记；但是正因为它们已经被忘记，所以才要通过“我”的个人记忆来唤醒对这一已被尘封的时代的记忆。这些以“我记得”引出来的互不关联的片断织成的是一张记忆之网，唤起一种集体的记忆，催生出一种短暂的激动和怀旧。

书写个人历史的计划早在佩雷克写作之初就已产生，它为自己制订了一个庞大而复杂的自传计划，但是由于回忆个人和民族的过往过于痛苦，最后他只写成了《W或童年的回忆》。这是一部半纪实、半虚构的作品，全书由泾渭分明的两个序列构成，一个序列为真实的生活素材，用正体印刷；另一序列为虚构的小说素材，用斜体印刷。两个序列又分别分为若干章节，虚实章节交替出现。纪实序列基本遵从传统自传的按照时间先后的叙事顺序，以与母亲分手为界分为两个部分，讲述了自己的家史和为数不多的往事以及6至9岁时作为孤儿在南方避难所度过的三年时光。纪虚序列又分为前后两部分：第一部分是探险小说的框架；第二部分是对一个乌托邦世界的描述，在想象中再现了母亲在集中营的遭遇。佩雷克用这种虚虚实实的手法追忆与言说着生命中不能承受的丧亲

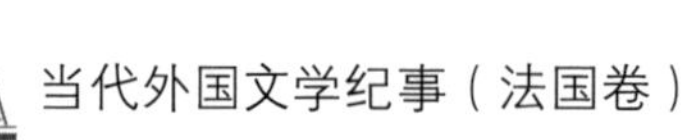

之痛、无根之轻、孤独之苦、历史之重。

中译本：《人生拼图版》，丁雪英、连燕堂译，安徽文艺出版社，1999年；《物：六十年代纪事》，龚觅译，新星出版社，2010年；《W或童年回忆》，樊艳梅译，南京大学出版社，2014年；《佣兵队长》，龚蕾译，上海文艺出版社，2016年；《加薪秘诀》，吴晓冬译，人民文学出版社，2017年；《萨拉热窝谋杀案》，唐洋洋译，南京大学出版社，2017年。

《生活使用说明》（*La Vie mode d' emploi*）

《生活使用说明》（1978）是佩雷克写了十年的作品，是他最重要的作品，获得1978年的美第奇文学奖。

这部小说的独特之处体现在其结构上。小说描写的是巴黎的一幢住宅楼，里面的每套居室都住着一家人，住户的职业、性格、人生际遇、生活方式各异。每户人家甚至每个人物的故事都是一部微型小说，从现在的房客又引出以前的房客及他们的故事，所以小说中套着许多小说，而本书则是这些小说的“集锦”。但是这些住户是一个个独立的世界，彼此之间除了在楼道里见面点头问好外，并无深入的交往。当他们各自相对完整的故事组合在一起时却不构成故事，全书没有一个人称得上是主人公，没有一个构成主要线索的故事，没有冲突，没有情节的起伏、高潮和结局，甚至没有开头和结尾。这种多重故事的并置结构模仿的是古老的《十日谈》《一千零一夜》的叙事传统。

这部小说采用的不是传统小说通常采用的历时性叙述，而是一种共时性或无时性叙述，它将空间，而不是时间进行结构化。佩雷克以公寓大楼为原型，在空间上展开叙事，构筑一个空间的迷宫或棋盘，所以这部小说可以称为“空间小说”。它写到了大楼的大大小小的99个房间，所有的章节加起来也是99个，使该书好像是由99块拼图拼接而成的一幅大楼图画。但并非一个章节对应一个房间，而是每个人物、每个房间的故事被分至一至五个章节，而每个章节也不限于一个人物，可能涉及到其他人物。小而言之，每个人的故事都不是连续的，而是被切割成一个个断片，把这些散落在不同章节的断片重新拼接起来就构成了某个人物的完整故事，即一幅拼图。而且这种断片有一种衍生性，每个断片又衍生出另外的故事（如原房客的故事，墙上挂着的某幅画所代表的故事等）。全书就是一种拼图游戏，是作者在叙事结构上所做的拼图，对于读者来说则是一个整合的游戏，读者需要拿出惊人的耐心来将作者切割而成的散乱碎片加以拼接、整合，最后还原其整体的图形。

小说虽然分为99章，但这些章节的先后顺序并不重要，读者不必按照作者安排的章节顺序进行阅读，可以从任何一章读起，它是一本扑克牌小说。如果按照作者所提供的章节顺序阅读，这99个房间构成的平面图如同一幅10×10格的国际象棋棋盘，作者所提供的章节顺序是按照“骑士”的走棋规则排列的，但这样读下来的结果可能是一片混乱，不能形成任何印象；另一种方式是以每位房客的故事为单位进行阅读，作者把每位房客的故事切割为一个或数个章节，分散于整个文本，读者可以进行跳跃式阅读，这样下来对每位房客的故事都有一个清晰的印象。

小说中写到的人物有天才的作家、手工艺人、艺术家、人类学者，考古学者、小偷、骗子、演员、幻术师、复仇者、杀人犯。这些人物不是来自生活，而是来自科幻、历险、侦探、旅行小说或传说童话等。这些人的一个共同点就是他们都是偏执狂，对某一目标有着魔般的狂热，这种偏执使他们成为某一领域的高手，造就了他们的一种怪癖或绝活。他们勇往直前、义无反顾地追求某个极限目标，追求卓越、完美，为自己划定种种严苛的限制和至高的目标，在严格遵守这些限制的条件下追求无限完美的境界，有一种不达目的绝不罢休的勇气。如一位年轻的杂技演员为了表演勇敢，拒绝从高空秋千上下来，长年累月地生活在高空秋千上，最后在完成一个完美无缺的抛物线动作后摔死在地上；仓库管理员收集各种资料证明希特勒还活在世上，并继续影响当代政治；“三个自由人”邪教计划靠发展会员征服世界；温克勒有着无与伦比的制作微雕和拼图板的手艺；斯莫特夫对心算有着魔的狂热和能力；马赛尔·阿庞泽尔为了研究库布斯人舍生忘死，最后到太平洋中当了野人；詹姆斯·谢伍德到全世界寻找圣物魔瓶，但他落入了两个天才的骗子设计的天衣无缝的圈套，但是他的骗术技高一筹，因为他付给骗子们的钱是假币；安娜·布莱戴尔决心建造高达八百米的世界最高灯塔，可以接收方圆八千公里范围内发出的任何求救信号；波兰犹太人西诺克是一个“词语杀手”，他要编纂一本被遗忘词汇的书，用十年时间收集到八千多个词。

虽然《生活使用说明》以当代法国社会为背景，但它却不是一部社会小说。作者所关注的，不是社会各阶层人物的众生相，而是借公寓楼里生活着的各色人物来构建一件艺术品。这些人物很难称得上现代社会的典型人物，也很难说是现代生活的标本，他们执着地追求一项事业或精湛技艺，如复仇、收藏、杂技、行骗，游戏、心算能力，编写百科全书、过时词语字典等。这些事业或技艺本身就构成了其目的，而不是它们的用途或价值。即使他们最终被引入死胡同，这种追求本身使他们的生活或存在获得了合理性。这种意义在于“方式”（mode），而不在于“用途”（emploi）。所以本书写到的人物尽管千姿百态，但他们的追求，即“方式”是相同的、单数的，所以书名是*La Vie mode d’emploi*，而不是*La Vie modes d’emploi*，也不是*Les Vies modes d’emploi*。他们追求的是同一种生活、同一种方式。如果把书名中的“生活”（la vie）换成“文学”或“艺术”，那么该书的主题就昭然若揭了：文学艺术的意义不在于其“用途”，即真实地反映生活，而在于其“方式”，即写作本身，是一种形式的历险。如同书中人物巴特勒布斯，他是一位百万富翁，对钱财、权势、女人、艺术都不感兴趣，他的奢望是领略、描摹整个世界，他把毕生的精力用于一桩毫无实际意义、毫无实际用途的工作。他用十年时间学习水彩画，用二十年时间周游世界，一共画了五百幅同样大小的海景画，每幅画画好后就寄给手工艺人温克勒，由他精心设计，分割成七百五十块，形成一副拼图板；在随后的二十年时间里，把每块拼图板用半个月时间再拼接起来，复原一幅海景图，再送回二十年前画这幅画的地方，放进一种褪色的溶剂里，再现的是一张没有任何痕迹的白纸。巴特勒布斯与温克勒之间进行着一场无言而又惨烈的斗智游戏，温克勒极尽一切聪明才智在制作拼图板时设置种种圈套和假象，阻止巴特勒布斯将水彩画复原，而巴特勒布斯又绞尽一切脑汁将被切割得繁复无比的海景图恢复原样。和书中的许多艺术家或手工艺人一样，美是唯一追求的目标，没有任何功利性的考虑。温克勒和巴特勒布斯在制作和复原拼图的游戏中体现着自己的价值，而作家也在这种拼图般的写作中找到了作品的价值。其实，在形形色色的人物的外衣下，无不包裹着一个欲盖弥彰的“我”，即追求艺术形式的难度和高度之极致的佩雷克的剪影。

（杨国政）

约埃尔·博莫拉（Joël Pommerat）

约埃尔·博莫拉（1963—　），剧作家、导演。出生于1963年，中学时对戏剧产生兴趣，19岁时加入剧团当演员，23岁时决定放弃做演员，转而从事剧本创作。1990年，他建立了自己的剧团——路易·布鲁雅尔剧团（la Compagnie Louis-Brouillard），将自己早期的几部作品搬上了舞台，包括《极点》（*Pôles*，1995）、《我的朋友》（*Mon ami*，2001）和《因为我的眼睛》（*Grâce à mes yeux*，2002）等。

2003年，在他40岁生日那天，他提议让阿涅斯·贝赫通（Agnès Berthon）、皮埃尔-伊夫·夏巴兰（Pierre-Yves Chapalain）等几位与他合作密切的演员和灯光舞美师每年与他共同创作一部作品，这个项目预计将持续40年。作为导演，博莫拉几乎只导演他自己创作的剧本，并且他的剧本是在排练过程中不断修改才最终定稿的，因此他将自己定义为“演出作者”，以有别于“文本作者”。

2004年对于博莫拉的创作生涯来说是富有转折性的一年，他的作品《在世上》（*Au monde*，2004）和童话改编作品《小红帽》（*Le Petit Chaperon rouge*，2004）分别在斯特拉斯堡国立剧院和布雷蒂尼剧院成功演出，得到了观众和评论界的一致认可。之后他的《用一只手》（*D' une seule main*，2005）、《商人》（*Les Marchands*，2006）等作品也都获得了好评。

2006年，《在世上》《商人》和《小红帽》在阿维尼翁戏剧节上再次演出。2007年，他发表了戏剧理论著作《存在的戏剧》（*Théâtres en présence*）。在书中，他将自己的戏剧创作总结为“揭露瞬间、揭露存在的借口，既神秘又具体的存在”。其作品不在于用合乎逻辑的线索引导观众找到一个真相，而是在真实与虚幻的交织之间让观众自己找寻和反思真实的存在。2008年，他的《我颤抖》（*Je tremble*，2008）第一部和第二部在阿维尼翁戏剧节上演出。在2007—2010年这三年里，博莫拉受彼得·布鲁克（Peter Brook）的邀请，在巴黎北方滑稽剧院（le Théâtre des Bouffes du Nord）执导作品。2010年起，他担任巴黎奥德翁剧院和比利时布鲁塞尔国家剧院的合作艺术家。2014年起，他成为法国南特尔-扁桃树剧院的艺术家协会成员。

博莫拉作品的主要基调是，对现实进行类似人类学的观察，剧中充满着一种奇怪的陌生感、一种抽象化的图景和一种寓言所产生的愉悦感。这些作品深植当代社会，擅长透过形象鲜明的角色来探讨家庭、就业、权利、爱情等主题，往往充满离奇的情节和怪诞的角色，将过去和当下、虚幻和现实相混合，富有神秘感和矛盾性，着力探索普通人在自我实现的过程中碰到的迷惑和困境。对于博莫拉来说，戏剧是利用各种不同的具体化或者想象中的手段来再现真实。在他的写作中，对于现实的表现总是与人物的感知和观众的感知密不可分，反映出人与现实的关系与自我想象和内在信仰密不可分。

博莫拉几乎囊括了法国当代戏剧所有最重要的奖项：《商人》获得2007年戏剧文学大奖，《圈子 / 虚构》（*Cercles/Fictions*，2010）和《我的冷房间》（*Ma chambre froide*，2011）荣获2010年和2011年莫里哀戏剧奖，《朝鲜的统一》（*La Réunification des deux Corées*，2013）

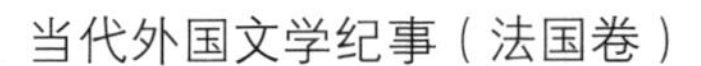

获得2013年博马舍戏剧奖之最佳剧作家奖。2016年，《会好的（一）路易的终结》（*Ça ira (1) Fin de Louis*，2015）再次获得莫里哀戏剧奖。2015年，他的所有戏剧作品获得法兰西学院戏剧大奖。

《商人》（*Les Marchands*）

《商人》（2006）是约埃尔·博莫拉的代表作品之一， 2007年获得法国戏剧文学大奖。全剧以第一人称的独白形式，从旁观者的角度，讲述了“我”的朋友的经历：她本来是一名工厂女工，住在除了一台电视机就家徒四壁的家里，由于失业只能到处借钱勉强度日。一天，工厂发生爆炸，面临关门的可能，在很多人面临失业危机之时，她听从母亲亡魂的建议，相信“只有死者才能获得真正的存在”，而将自己的小儿子从窗口推下楼，孩子坠地而死。这一骇人的举动引起了政府的注意，最后关闭工厂的决定被取消，人们重返工作岗位……作者借叙述者之口反思了人和工作的关系：“对于所有人来说，工作是一种权利，它也是一种需要，它甚至是所有人的交易。因为我们通过工作而活着，我们就像商人，生意人，我们出卖我们的工作，我们出卖我们的时间，这是属于我们最宝贵的生命的时间。”在剧末，在目睹了“我”的朋友为了“工作”做出的牺牲，叙述者向读者发出了这样的提问：“那么工作是否如此紧密地维系着我们呢？”

全剧人物和对白内容都模糊不清，语意不明，前后的故事情节往往没有直接的因果联系，将解读空间留给了读者和观众。作品中有很多令人匪夷所思的情节，比如女主角可以通过电视机和死去的父母沟通，她忽然有了一个“不可能从她肚子里生出来”的中年儿子，直至她杀死自己的小儿子来抗议关闭工厂的决定。作者的目的是试图让观众陷入迷惑，如其所言：“如果我引起观众想要了解的欲望，我将会打开他们想象和感觉的领地。这和欲望的理念是一致的，欲望的概念在我与写作和观众的关系当中是相当重要的。”作品中离奇的情节和怪诞的角色充满神秘和矛盾，让人分不清现实和虚幻的关系，体现出一种“不稳定的平衡”。博莫拉认为，文字的写作、剧本的写作不必将一切都表达出来，将一切都讲述出来，而是要揭露瞬间、揭露既神秘又具体的存在，启发观众自己去发现虚幻背后的真实。

（蔡燕）

让-伯努瓦·普埃歇（Jean-Benoît Puech）

让-伯努瓦·普埃歇（1947—　），小说家、文学批评家、大学教授。毕业于法国高等社会科学院，获得文学与艺术的符号学与社会学博士学位。

普埃歇自小就发现了文学的魅力，读过很多冒险和旅行小说，成为他后来写作的内容。自从第一部小说开始，他便关注文学作品中的虚构作家、想象的作家这个问题。事实上，这不仅是他文学创作的主题，也是他的博士论文《被假设的作者：论文学中想象性作家的类型学》（*L'Auteur supposé*，1982）的主题。他的小说通过伪造作者，一次次挑战虚构与现实的边界。他借助半虚构性的创作，把他与他所关切的社会与文学对象交错在一起，把文本变成一个实验场。写作不再仅仅作为手段试图展现个体的存在，而是其本身成为一种场所，一种文本与意识形态的实验场所。在当代法国文学中，向自传的复归是一种趋势，而普埃歇不仅颠覆传统体裁，而且还在自我书写中解构自己。

在普埃歇的作品中，作家作为一种虚构而存在。《小说的学徒》（*L'Apprentissage du roman*）是以本雅明·若尔当（Benjamin

Jordane）的名义发表，而“普埃歇”是作为研究者为该书评注、编辑和作序。该书以私人日记的形式记述了本雅明 · 若尔当同一个名叫皮埃尔–阿兰 · 德朗库尔的伟大作家20年间的友谊，后者是前者的导师，是理想作家的化身。在“普埃歇”的评注和解读中，若尔当是一个尽管无名，但真实存在的作家。若尔当的命运没有就此止步。1995年，《一切相似》（*Toute ressemblance...*）以若尔当和斯特凡 · 普拉格的名义发表。该书包含两个部分：一部分是所谓的若尔当写的一系列小说；第二部分则是文学评论家普拉格所作的评注和笔记，是他编辑和整理了若尔当的作品。

本雅明 · 若尔当显然是普埃歇的假名，其首字母缩写B.J.对应普埃歇的名（Jean-Benoît）的首字母。若尔当成为普埃歇以后的写作中的一个几乎无处不在的关键人物和名字。若尔当的经历或者是普埃歇自己的，要么是普埃歇所幻想的，要么是普埃歇对其早年读过的小说的模仿。普埃歇的这种异名写作，虽然罕见却并非绝无仅有。葡萄牙诗人费尔南多 · 佩索阿就是此种写作的典型。在法国，龚古尔文学奖获得者罗曼 · 加里曾在1975年以埃米尔 · 阿雅尔之名发表小说《如此人生》（*La vie devant soi*）而再次获奖。普埃歇的异名写作与其在高等社会科学院的学习经历有关，他深受导师热拉尔 · 热奈特关于文本性的复杂讨论的影响，从一开始文学创作就不断思考：作为虚构的文学内部是否可以进一步创造一层虚构，也就是说创造一个文学世界内的作家，作为被他创造出来的虚构世界的一员。这不禁让人想起博尔赫斯的小说《吉诃德的作者，皮埃尔 · 梅纳尔》（*Pierre Menard*，*autor del Quijote*）。

普埃歇的作品复杂、博学，充满学院气息，除了异名写作带来的作者身份的混乱之外，阅读他的小说需要对当代文学的一些重要作家和文学理论家（特别是他的导师热奈特）有所了解。他的文本像是百转千折的迷宫，令读者感到困惑和艰涩；但是如果耐心阅读，将体会到作者的智慧和深邃，看到他为探究“作者身份”这个备受当代理论瞩目的问题

所做的努力。

普埃歇的作品主要包括：《一个爱好者的图书馆》（*La Bibliothèque d'un amateur*，1979）、《感伤之旅》（*Voyage sentimental*，1986）、《作者活着时》（*Du vivant de l'auteur*，1990）、《小说的学徒》（1993）、《一切相似》（1995）、《路易-勒内·德弗莱，小说》（*Louis-René des Forêts, roman*，2000）、《若尔当的在场》（*Présence de Jordane*，2002）、《重访若尔当》（*Jordane revisité*，2004）、《本雅明·若尔当的文学一生》（*Benjamin Jordane, une vie littéraire*，2008）、《被授权的传记》（*Une biographie autorisée*，2010）、《若尔当秘闻》（*Jordane intime*，2012）、《镜子的基础，以及我所知的莫里斯·布朗肖》（*Fonds de miroirs suivi de Maurice Blanchot tel que je l'ai connu*，2015）、《我青年时代的奥尔良》（*Orléans de ma jeunesse*，2015）等。

《一个爱好者的图书馆》是普埃歇在热奈特指导下攻读博士学位时出版的第一本小说，明显地受到他所崇拜的作家德弗莱的影响。作品由一系列短篇小说构成。这些文本都是关于一些子虚乌有的叙事作品的研究，而这些被研究的叙事作品的作者则是一些根本不存在的作家，这些作家名字的首字母都是J.B.或B.J.，令人联想到普埃歇本人。通过这些假想的作者，这些短篇构成了一种迷宫式的嵌套结构，使读者在作品中注意到那些被人遗忘的"没有作品的创作的技艺""没有评注的作品的技艺""没有读者的评注的技艺"以及"没有创作者的个人技艺"。

《感伤之旅》的旅行发生在尼斯、里昂、俄罗斯乡村和莱芒湖畔之间。主人公格扎维埃和妻子波利娜决定去旅行，以逃离日常生活的无聊并看望波利娜的父亲。然而，当他们到达里昂的一家医院时，他们发现父亲已经去世。格扎维埃和妻子在旅行途中不断发生争执，最终走向分手。又过了一段时间，格扎维埃得知波利娜死于一场车祸。前述故事只是本书的第一个部分，接下来是作者所写的关于这个故事的细致分析。

作者给出了自己的解读，并且表达了自己面对写作所感到的不满和挫败感，他声称："在我所出版的作品中，我永远无法说出我想说的话。构成文本的那些必然性，始终使我偏离我的计划。"这个举动再一次试图拉开叙事作者和批评作者之间的距离，拉开想象中作家和现实中作家的距离。

《小说的学徒》是第一部正式以本雅明·若尔当之名发表的小说。之所以说正式，是因为普埃歇在先前的作品中宣称若尔当已经发表过作品，并且于1991年在杂志上发表了与本书相似的片段。普埃歇在高等社会科学院进行文学研究时，定期地同德弗莱会面交谈。他常年坚持记日记，主要是读书笔记，其中同德弗莱的面谈占据了日记的一大部分。他曾摘取一些片段给德弗莱读，并希望德弗莱支持他出版这些日记。然而德弗莱粗暴地拒绝了普埃歇，认为日记几乎是谎言编织而成。普埃歇曾说，德弗莱这个父亲般的人物是一个"坏老师"，而他的导师热奈特是个"好老师"。这些日记经过虚构和截取，最终以本雅明·若尔当的名义出版。作品中，德弗莱化以皮埃尔–阿兰·德朗库尔的名义出现，若尔当把他奉为偶像，与之交谈和交往。

《一切相似》是以本雅明·若尔当之名发表的第二部作品，不过书中多了一个名为斯特凡·普拉格的文学研究者的评论。作者再次玩身份之谜的游戏。本书包含两个部分：第一部分是本雅明·若尔当写于1980—1990年的所谓未出版的八篇手稿，是一系列充满异国情调的旅行小说，每一篇都是讲述一个男人错误地导致其女伴死亡，而他试图在其他相似女性身上来寻找弥补。经过在世界各地的旅行，男人最终意识到这些相似终究是一种幻觉。第二部分是斯特凡·普拉格的评注和笔记。这样，三个名字通过虚构与想象化身为三种不同的身份：若尔当是虽不知名但充满奇思妙想的创作者；普拉格是若尔当的理想读者，他完全赞同若尔当的观点，还替若尔当说出了在小说中只是被隐晦表达的观点，并创造了一种"真正的小说化的阅读"；与此同时，普埃歇远离了其他两个人的评论，对作品作出自己的阐述。这样，三个人构成一种作者身份上的分裂。

《路易-勒内·德弗莱，小说》可被视为《小说的学徒》的对照文本，是普埃歇对自己同德弗莱交往经历的记录，只是这一次没有经过改写和虚构，基本就是其日记的原始版本。许多片段已经出现在了《小说的学徒》之中，只是有一些细微的差异，以及加上了一些更晚近的日记片段。当然，最大的不同在于这一次作者使用的是自己的本名。所以，本书应该同《小说的学徒》对照阅读，普埃歇更加无拘束地阐释他对德弗莱和文学的理解。

《若尔当的在场》是一部虚构的自传，评论家将其归入自20世纪70年代以来兴起的新自传之列。它是普埃歇所写的关于虚构的作家本雅明·若尔当的传记，记述了若尔当的生活、创作、逸事。若尔当是一个真实的他者，或者说本书实为普埃歇的自传，因为若尔当身上有着太多普埃歇本人的影子。《重访若尔当》又是一部关于若尔当的虚构传记，前一部作品某些反复出现的主题，如哀痛、背叛、见证、真理、旅行等继续出现在本书中，与前书一脉相承。普埃歇进一步推进了他的实验，以不同的视角来表达他最初的主题，使整个文本成为一个没有终点的、一切都交错在一起的故事。《被授权的传记》仍是一部关于若尔当的传记，不过其作者却被说成是另一个文学研究者和作家伊夫·萨维尼。本书一方面记述了若尔当的双重甚至三重的生活，另一方面也记述了普埃歇如何获得授权而得以出版这本传记的经历。伊夫·萨维尼在现实中实有其人，是图尔大学文学系教授。

（王睿琦）

奥利维埃·皮（Olivier Py）

奥利维埃·皮（1965— ），戏剧家、电影艺术家、演员。1965年生于格拉斯（Grasse）。中学毕业后，进入巴黎高等师范学院文科预科班，1987年进入国家高等戏剧艺术学院学习。1988年其处女作《橙子和指甲》（*Des Oranges et des ongles*）被搬上舞台，同年他组建了自己的戏剧团体“插穗之不便”（*L'Inconvénient des boutures*），演出自己的剧作。他最初上演的作品，例如《马戏团之夜》（*La Nuit au cirque*，1992）、《帕科·高利亚奇遇记》（*Les Aventures de Paco Goliard*，1992）、《女孩、魔鬼和磨坊》（*La Jeune fille*，*le Diable et le Moulin*，1993）和《女仆》（*La Servante*，1994）等逐渐让他有了名气 。此后的写作速度更快，仅在1995—2000年间就写出五部大型作品，同时参与表演和导演。戏剧作品主要有《女仆，无尽的故事》（*La Servante*，*histoire sans fin*，1995）和《喜剧幻觉》（*Illusions comiques*，2005）。1998年因其出色的表现，年仅33岁的皮就被任命为奥尔良国家戏剧中心主任。

皮的创作受到戏剧界前辈克洛岱尔、吉罗杜、热奈和拉加斯的影响，风格多样，尤其具有巴洛克风格，融合了对话、独白、诗句和歌曲等，时而沉重，具有悲剧性和政治性；时而轻松好笑，甚至怪诞滑稽。他的初期作品风格轻松明快，不拘泥于传统的戏剧形式，并从民间传统中汲取养分。1994年的《女仆》标志着其创作的转变。此剧由五出戏连缀而成，舞台演出时间长达24小时。1995年在阿维尼翁戏剧节期间，此剧早晚连续不停地上演了七遍。1995年之后的作品有《俄耳甫斯的面孔》（*Le Visage d'Orphée*，1997）、《快乐的启示录》（*L'Apocalypse joyeuse*，2000）和《迷宫颂》（*L'Exaltation du labyrinthe*，2000），剧中穿插着人物演唱的大量抒情歌曲，具有神秘色彩（如俄耳甫斯和古希腊众英雄遇到莎士比亚戏剧、莫里哀戏剧或民间故事中的人物）和象征色彩（如《圣经》人物、天使和炼丹术士）。

为了在舞台上表现孤独或压迫带来的痛苦，皮引入古代戏剧中的合唱和安魂曲等形式。1999年的《斯雷布雷尼察安魂曲》（*Requiem pour Srebrenica*）的创作灵感来自丰富的历史见证，控诉了波斯尼亚战争。此剧以宗教仪式的形式通过三个女人的回忆重现了战争带来的不幸，令人想起欧里庇德斯戏剧中的特洛伊妇女。剧中的三位女主人公没有因不幸而意志消沉，而是鼓起勇气直面人生。皮是天主教徒，这部戏剧也因此带有宗教色彩。他希望能够超越丑恶，远离罪恶，唤起和平的希望。

皮的作品非常关注历史（如《斯雷布雷尼察安魂曲》），尖锐揭露世界的丑闻和不公（如《迷宫颂》痛斥了阿尔及利亚战争期间的酷刑），同时也体现了他对生活和戏剧概念的理解。他本人是同性恋者和天主教徒，常常将自己的信仰融入作品，试图探索并理解痛苦、自我牺牲和爱情之间的关系。皮强调作品的多义性，他曾说其作品讲述的内容包括欲望、信仰、灵魂、戏剧、男人、女人、不幸和其他一切东西。

皮是少数反映法国在阿尔及利亚殖民的剧作家，《戏剧》（*Théâtres*，1998）便以此为主题。此剧的结构是人物“我自己”“我的刽子手”“我父亲”“我母亲”和“公山羊”几个人物之间的对话，带有明显的政治和心理学色彩。所有人物的话语都可以视为出自作者本人之口。同样《快乐的启示录》中人物的话语也采用同样的口吻，文辞华丽而抽象。

皮的作品有很强的抒情色彩，也带有讽刺甚至论战色彩，充满诗人般睿智的语言和丰富的隐喻，也有消遣娱乐的特点。在《给年轻演员的信》（*Epître aux jeunes acteurs*，2000）里，他强调自己通过多年的实践经验，一直在努力赋予“话语”（parole）以意义。他重视富于诗意的戏剧语言，希望戏剧反映精神现实，引领观众进入思考和沉思的空间。

皮不喜欢单一形式的戏剧，常常将不同的文艺类型融合在同一部戏剧作品中，比如融合一些音乐剧片段、哀歌片段和哲学段落，造成异质的形式效果。他认为成功的戏剧应当兼容各种艺术形式，并超越艺术形式的问题。

皮在2001年声明：“我的使命并不仅仅是戏剧写作、表演或者导演，而是一切有关戏剧的东西。”他从2007年起领导巴黎奥德翁国立剧院。文化部对其任命词这样写道：“他的史诗令广大观众情绪激昂，众多热诚观众通过他重新找到了大众戏剧的意义。”

《喜剧幻觉》（*Illusions comiques*）

《喜剧幻觉》（2005）是奥利维埃·皮的代表作之一。剧名取自17世纪剧作家高乃依的作品《喜剧幻觉》（*Illusion comique*），对戏剧进行思考是两剧的共同点，更确切地说，皮的作品是对莫里哀的《凡尔赛即兴剧》（*L'impromptu de Versailles*）的发挥。在这场演出时间为三个小时的作品中，皮提出了关于戏剧艺术的诸多问题，如戏剧的角色及其在世界中的地位，期望能够涉及戏剧艺术的一切奥秘。该剧推出的当年正是戏剧天才拉加斯逝世十周年，他以这部戏剧纪念英年早逝的拉加斯，他在剧中称其为“早逝的诗人”。

《喜剧幻觉》的诸多场面如梦似幻，带有笑剧的形式。皮在剧中扮演的角色是他自己——诗人。剧中的他（诗人）发现一桩桩怪事，全世界的人对他都言听计从，而且那些记者、政治家、教士和时装商都突然开始酷爱戏剧。由此，戏剧迈入新纪元，全人类都承认它是形而上学的唯一工具，是保证人们有尊严地生活的唯一方式。一开始，诗人很不习惯自己如此受器重，但之后也禁不住晕头转向，更何况自己的母亲也在一旁追捧。在短短几个小时里，他由一个无关紧要的边缘人变成预言家，成为解答这个时代所有问题的英雄和中心人物。人们甚至将改变世界的重任托付给诗人，教皇也来向他咨询意见，仿佛他独自一人就能够确定生活的意义以及比社会平等更可贵的东西。而他的戏剧也不再展现象征世界，而是描写真实世界。

诗人在戏剧界的朋友们出演的角色也分别是真实生活中的自己。剧中这些同事朋友们刚开始还不敢相信戏剧艺术在世界范围内取得的巨大成功。他们认为戏剧对于世界所应该做的就是戏剧本身。只有当戏剧不谈其他只谈戏剧的时候，才能准确地反映世界。

作品中提出了戏剧的诸多定义，以及许多关于戏剧的根本问题，例如戏剧与政治和形象的关系；戏剧是否神圣，有何奥秘；戏剧是一种关于意义的宗教还是相反，戏剧是否让我们在意义的缺失中生活。皮认为，这部笑剧、讽刺剧和哲学喜剧揶揄了我们的无能为力。这种无力和无奈也许对戏剧工作者而言非常必要，因为正如拉加斯所言，只有在大笑声中才能够达到这种无能为力的状态。

（徐熙）

帕斯卡尔·吉尼亚（Pascal Quignard）

帕斯卡尔·吉尼亚（1948— ），小说家。1948年出生于厄尔省。其父母均为教授，他自幼接受规范、严格、古典的教育，培养了对语言、古典文学的兴趣。他喜爱音乐，学习过多种乐器。1966年开始创作，至今已出版50多部作品。小说《卡卢斯》（*Carus*，1980）获得了批评家文学奖，随笔《寂静的祝愿》（*Le Vœu du silence*，1985）评论的是法国作家路易-勒内·德弗莱。小说《阿普罗内尼娅·阿维西娅的黄杨木板》（*Les Tablettes de buis d'Apronenia Avitia*，1984）是以公元4世纪一个罗马女人的日记的形式写成的。20世纪80年代他还写作了小说《符腾堡的沙龙》（*Le Salon du Wurtemberg*，1986）、《音乐课》（*Leçon de Musique*，1987）、《尚博尔堡的楼梯》（*Les Escaliers de Chambord*，1989）。20世纪90年代他又相继出版了小说《世间的每一个清晨》（*Tous les matins du monde*，1991）、《边境》（*La Frontière*，1992）和《秘密生活》（*Vie secrète*，1998）。2000年，小说《罗马阳台》（*Terrasse à Rome*）获得法兰西学院小说大奖，作者以简约、庄重的文笔和渊博的知识讲述了一个阴郁、感伤而又充满奇思妙想的故事，版画家莫姆·布里的一生在一幕幕画面与空白的交替中展开，他将爱的痛苦倾注在艺术中，投入“来自黑夜的图像”的创作中。2002年，他发表了总题为《最后的王国》（*Dernier Royaume*）的三部作品，包括《游荡的幽灵》（*Les Ombres errantes*）、《关于过去》（*Sur le jadis*）和《深渊》（*Abîme*），其中第一部获得了龚古尔文学奖。2005年，该系列又增加了《天堂之境》（*Les Paradisiaques*）和《秽物》（*Sordidissimes*）。

吉尼亚不仅是一位作家，还是一位学者。他曾与总统密特朗共同创建凡尔赛巴洛克歌剧与戏剧节并于1990—1994年间担任领导工作。他喜爱中国古代哲学，写有《公孙龙，关于指“这”的手指》（*Kong-souen Long, Sur le doigt qui montre cela*），说自己曾经是儒家学派，后来成了道家学派。1994年，他辞去所有社会职务，潜心写作。他不认为自己是作家，宣称“我的自由和孤独使我更为幸福”。

《符腾堡的沙龙》《尚博尔堡的楼梯》《世间的每一个清晨》《罗马阳台》等小说奠定了吉尼亚的地位和声名。他的小说以历史故事为框架，主要人物和情节都是虚构的，同时又将真实的历史细节巧妙地融入虚构的故事中，语言简洁，给人一种置身于明亮和安静之中的阅读感觉。他的作品既书写寂静、内省、沉思与忧郁，同时又重视细微的感觉。美味的菜肴、清新的空气、芬芳的花香在焦虑的底色中给人一种诱惑或休憩之感。他喜欢从微不足道的事物以及琐碎、无关紧要、互不关联的细节出发，想象那些黑夜中的生与死，似乎真正的秘密恰恰隐藏在人们最不注意的地方。

除小说之外，他还写有大量17世纪风格的随笔和文章，他声称希望自己的作品是在1640年被人阅读。八卷本的《杂文集》（*Petits Traités*, 1981—1990）具有随笔、叙事、寓言的综合特点，显示出他的博学和对思辨的兴趣。《最后的王国》的五部作品既互相独立又互相呼应，有虚构的故事，有随想和杂感，有警句格言，有形象的素描，是多种文体的混合体。

吉尼亚是书写孤独与寂静的作家，他的作品充满一种令人眩晕的孤独之感，主人公沉湎于孤独之中，生活在个人世界里，拒绝与外界交流。可是他们又无法成为真正的孤独者，他们被萦绕不去的记忆所纠缠，怀念那些早已归于虚无的人与世界，无法在寂静之中得到孤独，因为这寂静中充斥着喧嚣的回忆与过去。吉尼亚作品以独白形式写成，试图揭示出对孤独的渴望和“孤独”的空虚。《杂文集》的各个断片被空白分隔，显示文本的不连贯性，在文本空间中突出了孤独的感觉。

吉尼亚说他的写作来自一种“表达的贪婪”（voracité d'expression），一种“强烈而神秘的贪婪”。写作对他来说不是一种选择，而是一种病症；不是他的职业，而是他的生命。没有这种贪婪，写作就只是完成任务，句子就没有生命，没有血液。在他看来，一切人类符号，无论具体或抽象、本能或观念、无序或有序，都揭示着人的虚无；人试图逃避虚无，只是方式的巧妙程度不同。因此，不论是对于古希腊哲学的思考，还是对于一个词的诞生的研究，或是一篇关于健忘症的故事，都最终归于对虚无的关注。吉尼亚作品的主题之一就是语言的不确定性。他常常将两个世界、两种时间加以对立：一种是“非言说”（non-parlance）的、语言之外的时间，一种是进入语言的时间。他认为在写作与阅读中，人有可能借助语言从而超越语言；人有可能摆脱语言，在寂静、音乐或神秘中得到拯救。

吉尼亚被《世界报》誉为法国最具实力和创新能力的一位当代作家。

中译本：《罗马阳台　世间的每一个清晨》，余中先译，漓江出版社，2004年。

《罗马阳台》（*Terrasse à Rome*）

《罗马阳台》（2000）是帕斯卡尔·吉尼亚的代表作，获得法兰西学院小说大奖、摩纳哥皮埃尔亲王文学奖。小说讲述了一个阴郁、感伤而又充满奇思妙想的故事。故事发生在17世纪，年轻的镌版师莫姆爱上了布鲁日一位金银商的女儿娜妮。娜妮的未婚夫出于嫉妒，把硝酸泼在莫姆的脸上，将其毁容。娜妮因莫姆容貌丑陋不再爱他。莫姆身心俱疲，羞于见人。他离开布鲁日，在拉韦纳的悬崖上隐居多年。后来他四处游荡，辗转欧洲各地，最后来到罗马定居，学会了黑版法，成为一名技艺精湛的镌版师。一天，一个来罗马寻找亲生父亲的年轻人将莫姆误当作抢夺行李包的坏人而用匕首将其刺伤，这个年轻人不知道的是，他正是莫姆和娜妮的儿子。莫姆为年轻人求情宽恕了他。多年后莫姆定居并死于乌德勒支。

据作者说，该小说的灵感来自一种出现于1642年的版画雕刻技术，即小说中所说的黑版法。传统版画雕刻方法是在铜版上涂清漆，通过压印用酸腐蚀铜。而新技术与传统技术相反，是一种凹印的铜版画技法，即把整个铜版面拉痕磨黑——它代表 “摧毁过去”，通过刮平铜版使白色从黑色中显现出来，而不是像显影剂那样使黑色从白色中显现。正是这种黑白的颠倒吸引了作者。小说的主题就是明与暗的辩证关系。主人公精于黑版法，成为一个塑造阴影的大师，毕生献身于黑白世界。他既按照顾客要求制作色情画，也雕刻壮丽的风景。他经常使用细微的手法描绘常人眼中最粗俗的事物：乞丐、农民、挑水工、卖海鲜的小贩、脱鞋的青年女子、熨烫被单的女仆、成熟的果实、残羹、纵酒作乐的聚会、打牌的人、吃食的猫，以及盲人与狗、喂奶的母亲、座钟、烛台、物品的影子……似乎真正的秘密隐藏在人们不屑一顾的地方。细微的感觉之下隐藏着寂静、沉思与忧郁。

小说以真实的历史为背景，来虚构主人公传奇的一生。作品由一幕幕画面拼接而成，将历史与技术细节巧妙地融入虚构的传记中。小说篇幅短小，情节简单，人物形象只是寥寥几笔粗线条勾勒而成。全书共47章，每章都像是一个图像，一幅自成一体的铜版画，一个无始无终的故事，一座废墟神庙上残留的碎片。作者用明暗对比鲜明的简单线条让人感受到生活与情感的颤动，通过残留的片断想象已经遗失的部分，在充满省略、缝隙与寂静的文字之中体会爱情与艺术的深刻宽广。17世纪的罗马是作者刻意选择的背景，它充满了残忍和欲望，同时愤怒、嫉妒与暴力加深了生存的难度与情感的强度。艺术家用硝酸雕刻铜版画，他自己又被硝酸毁容，暗示他既是雕刻的主体，又是被雕刻的对象。而情感在人心里留下的烙印则更为深刻，莫姆一生都深藏着对娜妮的回忆与爱情，她的形象铭刻在了他的心里。爱情是贯穿小说的主题，爱情是一个残酷的馈赠，一旦失去便无法弥补；爱情与缺失是紧密相连的，一切缺失都验证了爱情。版画也是文学的象征，艺术家擅长的黑版法使图像从黑暗中显现出来，文学作品也正是通过一个悲剧故事将黑暗的力量、“人的心底不可抗拒的黑夜”展现出来。艺术改变了人与世界的关系，艺术家不再描摹风景、创作风景，而是被风景所穿透。

《罗马阳台》是一部充满深刻智慧的作品，是对艺术、对人生、对时间与幸福的思考。

（王斯秧）

雅克·莱达（Jacques Réda）

雅克·莱达（1929—　），诗人。1929年出生于法国洛林大区的吕内维尔。高中就读于耶稣会的圣弗朗索瓦·德·萨尔学院。他在大学期间学习过一段时间法律，但中途放弃了学业。1953年他来到巴黎，在工厂和广告界尝试了几份行政工作，陆续在《南方杂志》等文学期刊上发表文章，并出版了早期的几本诗集。1963年，他和《爵士乐杂志》合作，成为其固定撰稿人。1967年，他进入伽利玛出版社的审读委员会。1968年，他凭借诗集《阿门》（*Amen*）荣获马克斯·雅各布诗歌奖，之后相继出版了几本具有代表性的诗集，如《宣续调》（*Récitatif*，1970）、《续前文》（*La Tourne*，1975）和《巴黎的废墟》（*Les Ruines de Paris*，1977）。1987年他接手主持《新法兰西杂志》的编辑工作，直至1996年卸任。在从事编辑工作的同时，他保持了持久而旺盛的创作力，相继出版了《给散步者的建议》（*Recommandation aux promeneurs*，1988）、《行走的方向》（*Le Sens de la marche*，1990）、《去看黄香李》（*Aller aux mirabelles*，1991）、《街道的自由》（*La Liberté des rues*，1997）、《巴黎的经线》（*Le Méridien de Paris*，1998）、《交通事故》（*Accident de la circulation*，2003）、《二十区让我疲劳》（*Le vingtième me fatigue*，2004）等诗集和作品合集。1997年莱达获得法兰西学院诗歌大奖。目前，莱达被认为是当代法国诗坛最具代表性的诗人之一。

莱达的诗歌善于挖掘平淡中的丰富滋味。他并不追随现当代诗歌语言革命的潮流，打破惯常的用法或在排版上给读者以视觉冲击，相反，他在格律的雕琢中还体现出一种古典趣味。他的诗歌语言朴实简单，句法符合规范，追求谐音效果，适合“高声朗读”。除了写散文诗之外，他独创了十四音节的新诗体，其中对复合元音、词尾哑音有意识的运用使某些诗句体现出可回归传统格律亚历山大体的灵活。这种平和而灵活的风格也体现在他的诗歌选材上。从青年时代发表的第一本诗集《职业的不便》（*Les Inconvénients du métier*，1958）开始，“漫游”一直是莱达诗歌的核心主题：“人固有的倾向之一，就是离开他所在的地方，到别处去。”（《给散步者的建议》）这一题材承接了抒情诗中以华兹华斯、卢梭、波德莱尔等诗人为代表的“散步”传统，也符合19世纪末以来人们对“他者”和“别处”的诉求。而他散步所至的“别处”既非新奇的异国风光，亦非拥挤而疏离的都市人群，也没有体现任何对大自然的特殊偏好。相反，进入莱达笔下的是日常环境和生活场景、普遍而普通的人和物。“我”或在沉思中漫步于城市、郊区、外省的大街小巷，或骑自行车、乘坐其他交通工具欣赏沿途风光；或意外地在某条街道的尽头发现一个小广场，或从某个角度发现对面的一家老店；或沿塞纳河的河堤前行，或出现在日落时分的杜伊勒里花园……漫步，不是在世界的风景前目眩神驰，也不是在现代都市的生活中拖着疲惫犹疑的脚步，而是以一种轻松的姿态，让诗与思在不断前行的动作中涤荡流转，每每灵光一闪，简洁机智地穿透生活的暧昧不明，“在流浪的厚重中清扫出一条道路”（《阿门》）。这种充满生活气息的笔触和活泼即兴的态度也是爵士乐的乐风。可以说，莱达在诗歌创作上的倾向和他的音乐

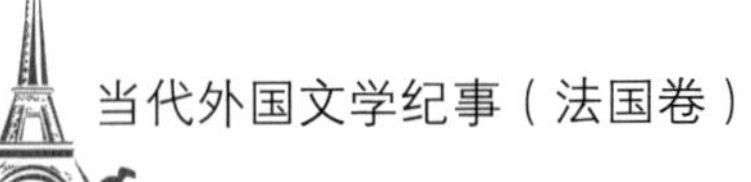

喜好是相通的。

在行走的过程中，散步者的感性体验将地图上抽象的地名变成个人亲身经历的地方。他的各种奇思妙想，如猜想路人之间可能发生的故事，透过汽车的后视镜看变形的世界，想起某处的历史掌故等，都使普通的城市场景变得新奇有趣乃至戏剧化，让读者有种眩晕的抽离感。在将外部世界“个体化”的同时，放松的行走也呈现了一种“去主体化”的倾向。漫步没有针对性和计划性，主体表现出的是茫然而又敏感的内心状态：“还是让外界去言说吧，于我这荒置的空洞。”“我感觉自己困在两个空间中，一个是内在的，波动、无法预测如水上木筏；一个是外在的，我试图做出一个稳定的评定。”（《阿门》）漫步者认为自己只是“众多行人中的一个”（《续前文》），“在无知中警觉地谦卑”（《巴黎的废墟》）。相对于内心飘忽的思绪，现实世界意味着某种可以依赖的稳定（“失去了一切至少还有这个世界”）；而对其尊重的意愿反过来又要求漫步主体有意识地弱化自我的中心感。在莱达的诗歌中，这种对自我的弱化主要体现在他对第三人称泛指代词“on”的大量使用上；另一方面， 即使是第一人称“我”也往往趋向引起读者共情的消融，丧失了个体性：“此刻，我已不是我自己，只是一个飘荡的回忆。”（《巴黎的废墟》）“有时，因为行走，倒不是费力的运动，只是闲逛，就渐渐失去了对自己身份的意识。”（《城里人》）

诗人敏感的内心随着漫步行为向无穷的变换敞开，在与外界的接触中不断地切换关注对象和表达节奏，并通过行走一以贯之：“我开始，总在开始，也总是下文。”（《续前文》）莱达提出了“铁路句法”的概念。如同铁轨不断地汇合和分叉，在每个驿站有各种换车、改变方向和路线的可能，他的诗歌也试图体现这种衔接和切换的精神，在交错中碰撞、发散、延展，敏感地深入表达的细腻之处，就像铁轨在交错中延伸到世界的各个角落。这一理论可以看成是诗人对象征主义“通感”（correspondance）的重新阐释，因为“通感”的另一个意思指的正是交通工具间的衔接。具体到诗歌中，“铁路句法”在内容上往往表现为抒情主体一时迸发的丰富感触和主题的延伸和切换，在行文上则表现为简洁、轻盈的速度感。

（周皓）

玛丽·勒多内（Marie Redonnet）

玛丽·勒多内（1948— ），诗人、小说家、剧作家。1948年10月19日出生于巴黎，在获得教师资格之后，曾担任中学教师。1985年开始写作，从俳句到短篇小说，从小说到戏剧，尝试过多种体裁。1986—1987年创作的小说三部曲引起欧美文坛的关注。1995—1997年间曾参与法国国家科学研究中心（CNRS）语言与艺术的研究工作，现任教于巴黎新索邦大学，活跃于法国文坛和戏剧界。

勒多内已创作包括诗集、小说、戏剧在内的16部作品，大多弥漫着魔幻色彩。她笔下的世界奇异而协调，围绕某些特定的主题，如女性、性、孤独、死亡等。她笔下的许多人物都没有明确的社会身份，要么干脆没有名字，要么被简化成诸如Lo，Do，Ha等单音节词，他们往往没有计划、漫无目的地挖掘、搜寻，或者重复做同一件事情。勒多内的文字中透出贝克特式的幽默和荒诞——她称《等待戈多》的作者贝克特是她在文学上的老祖父，但她又有意与后者保持距离，力图摒弃贝克特式的永无了结的结局，进行属于她自己的文学实验。

“文学有必要展现世界可恶的一面”是她主要的创作观。她希望通过简单、质朴而富有颠覆力量的语言展现现实世界，尤其将目光集中在差异、边缘、陌生化、人类的过去与未来等问题上，希望通过展现现实社会中阴暗、受抑制的一面，如死亡、痛苦、失败、贫困、灾难等，来表现人类的存在和挖掘深层自我。

1985年，她的第一本诗集《死亡为伴》（*La Mort & compagnie*）出版，她试图以此表达对已故父亲的悼念之情。接下来的十几年是她创作的高峰期。1986年出版故事集《替角》（*Doublures*）。同年，在午夜出版社出版了小说《辉煌旅馆》（*Splendid Hotel*），该小说与她次年问世的《永远的山谷》（*Forever Valley*）和《罗丝·梅莉·罗丝》（*Rose Melie Rose*）构成了三部曲，引起欧美文坛的瞩目。三部曲的故事均发生在遥远、荒凉、几乎沦为废墟的地方，主人公都是女性，她们维系着生活和各自的生命，传承着女性的各种不幸。

在勒多内的第四本小说《糖果物语》（*Candy Story*，1992）中，时间、空间顺序被打乱，人物关系错综复杂。在《决不》（*Nevermore*，1994）中，三条故事主线交织在一起。《和平协定》（*L'Accord de paix*，2000）讲述了一个修女在死里逃生之后重获新生的故事。《迭戈》（*Diego*，2005）讲述逃犯迭戈努力与过去一刀两断、开始新生活的故事。勒多内坚持她的写作风格，语言平实，句法精练；人物形象模糊，人物关系错综复杂，多条故事线索并行或交织展开；突出展现生活在社会底层或边缘地带的人物的命运。

除了小说，戏剧也是勒多内创作的重要组成部分，她在戏剧领域继续实践着自己的文学观，她相信，富有想象力的、具有颠覆力的写作能够带来全新的戏剧模式。她试图通过平实中见新奇、幽默中显荒诞的方式和戏剧模式为人物、历史、神话注入新的生命，创造新的舞台世界。

她已经发表了四部戏剧作品，分别是《提尔和里尔》（*Tir & Lir*，1988）、《莫比-迪克》（*Mobie-Diq*，1989）、《海滨》（*Seaside*，1992）和《潘多马戏团，以及强壮的甘博》（*Le Cirque Pandor suivi de*

Fort Gambo，1994）。此外，勒多内将小说《永远的山谷》改编成戏剧搬上舞台。

勒多内在进行文学创作的同时，也进行学术研究。她以剧作家和小说家让·热内为研究对象，撰写了题为《伪装的诗人——让·热内》（*Jean Genet, le poète traversti*）的博士论文，获得现代文学博士学位。她还在《法国戏剧杂志》《无限》《艺术》等多种刊物上发表文学评论文章，阐述自己的文学见解。

勒多内的文学创作具有后现代性和先锋性，引起了文学批评界的广泛关注，成为许多文学研究者的研究对象。有学者将她的写作与杜拉斯的文学实践相提并论，有人将她列为“法国女性写作”大家族的成员，也有人将她连同让-菲利普·图森、让·艾什诺兹、弗朗索瓦·邦等一批聚集在午夜出版社周围的20世纪四五十年代出生的年轻作家称为“极简主义”小说家。他们在创作上的共同点或相似点在于，文字简洁，句子短小，较多采用曲言法，排斥抒情。

中译本：《永远的山谷：三部曲》，陈良明、钱培鑫、沈国华译，漓江出版社，2004年。

《辉煌旅馆》（*Splendid Hotel*）、《永远的山谷》（*Forever Valley*）、《罗丝·梅莉·罗丝》（*Rose Melie Rose*）

小说三部曲《辉煌旅馆》（1986）、《永远的山谷》（1987）、《罗丝·梅莉·罗丝》（1987）是玛丽·勒多内的代表作。

第一部：《辉煌旅馆》

“沙漠商队动身出发。辉煌旅馆建立在冰雪和北极的夜里。”小说以诗人兰波的诗句开篇，似乎正预示着旅馆孤寂、冷清的命运。“辉煌旅馆”是祖母留给“我”的遗产，祖母要求“我”精心打理，因为它曾是她的梦、她的骄傲。旅馆开在沼泽边，蚊虫滋生，湿气弥漫。“我”是三姐妹中最小的，却是看起来最苍老和最负责任的。两个姐姐，一个体弱多病，药不离身；一个整天幻想着成为戏剧演员。继承遗产的重任落在“我”的肩上，“我”既要努力经营日渐破败的旅店，招揽客人，又要照顾两个脾气古怪的姐姐的生活起居。

这是一个纯粹的女性世界：年轻的三姐妹、已经过世的祖母、从未露面的母亲。作者展示了女性在日常生活中为他人服务，不断地做重复性工作，受制于他人的意志，渐渐失去自我的可悲的一面。“我”每天为了三姐妹的生计和祖母的遗愿而疲于奔命，“我”生活在“家人”中，却显得那么的孤独和无助。小说一开始，叙述者就定下了基调，预示着（祖母的）梦想与现实、生与死之间的矛盾和张力；而小说结尾，两个姐姐的死使“我”终于有机会从姐姐／母亲／祖母这些传统女性身份的桎梏中摆脱出来，可以真正为自己、为自己的将来着想。过着寄生生活的两个姐姐或许是“我”的前身，是一个人消极性格的化身，为了生存，为了更好地生活，“我”必须与这种寄生的、消极的生活方式斗争，积极地生活下去。“辉煌旅馆”是过去的象征，继承过去是一个沉重的话题，但过去又是个人身份（尤其是女性身份）获得认同和确立的不可回避的要素。作者对生活中的各种矛盾体给予了特殊的关注：梦想／现实、生命／死亡、过去／未来、男人／女人、健康／疾病、爱／恨。作者在描写三姐妹的生活和命运的同时，试图重新思考20世纪末女性的生存条件以及女性在社会、在家庭中的角色和地位。

第二部：《永远的山谷》

和“辉煌旅馆”一样，“永远的山谷”坐落在远离尘世的荒凉之地——一个山中小城。主人公是一个在孤寂荒废的小教堂里被一个老神父养大的16岁女孩。而与这个“山谷”同时存在的，还有一个舞厅，它反映了山下的演变，上演着不同人群之间的冲突。16岁的女孩住在这个小城，神父、经营舞厅的寡妇和她生活在一起，在这个封闭、荒凉的空间，神圣与色情混杂交织。少女毫无缘由地确信教堂花园里埋着死人尸体，她内心有一个计划，那就是在布满石头的山谷里唯一的花园中寻找死人。每天她都在花园的泥土里不知疲倦地挖掘。每个周末，她都在舞厅里用身体跟舞客做交易。这个年轻女孩事实上对外部世界缺乏了解，她身陷色情和暴力的处境之中却浑然不知，相反，她带着惊奇和微笑面对这些难以理解的事物。日复一日的挖掘，最后面对的是美丽花园的毁弃、人生的破败，甚至整个城镇的衰亡，尸体却始终没有出现。

这是一个生死轮回的故事：一个少女终日生活在臆想中，没有计划，没有未来，生存渐渐变得毫无意义，不知不觉地为自己挖了坟墓。

第三部：《罗丝·梅莉·罗丝》

和前两部一样，该作品依然围绕女性叙述者梅莉展开，用她的叙述将断裂了的时间和空间重新连接起来。母亲罗丝死后，梅莉带着唯一一本童话书住到欧阿市的魔力街七号，开始她的新生活。她认识了年迈的聂，后者曾是图书馆职员，花了大半生时间翻译古文，但是年老时才发现自己全部翻错了。梅莉还认识一个年老的和自己同名的老梅莉。老梅莉总是怀念年轻时家中访客不断的热闹情景。老梅莉在住进医院前将自己最珍爱的一幅画送给小梅莉，后来才得知这幅画不过是粗糙的赝品。梅莉陆续有了几个男人，认识了热衷于舞会却死于舞会的玛德小姐、收藏相机却不再拍照的摄影师等人。后来梅莉和皇后仙女号的年轻船长彦结婚，生下了一个女儿，取名罗丝，最终梅莉因产后出血死去。

这又是一个生死轮回的故事。从罗丝过世当天，12岁的梅莉月经初潮开始，到梅莉生下女儿罗丝后离开人世结束。生与死、幻灭与永存、青春与衰老，作者不断地在探寻女性的生命历程。像《辉煌旅馆》中的“我”一样，梅莉与她周围的人相比更积极，更充满朝气，更加热爱生活，有勇气和信心走出过去，走向未来。然而，她最终仍没能挣脱命运的安排，她将母亲的名字给了女儿便是一个暗示：女性命运将重演，开始新的轮回。

三部曲的三个故事虽然独立成篇，但无论是视角、写作手法还是主题上，都存在着某些一致性。

首先，三部小说的主人公都是女性。三个年轻女子，生活在社会的边缘，用自己的方式面对生活，从不同侧面反映了女性的命运，她们彼此呼应、相互补充。用作者的话说："在小说三部曲中，三个女子生活在荒废的世界里，她们试图挽救和改变一份财产，目的是为了获得新生并与之一起消亡。"

其次，在人物和故事情节的安排上，三部小说的主要人物都没有明确的社会出身，甚至没有姓名。除了主要人物之外，作者有意安排了很多次要人物，并将这些人物作为一个个模糊的整体，构成主要情节发展的大背景，同时，也使人物关系变得错综复杂。故事中的人物都自觉或不自觉地反复做同一件事情，这使他们的行为带有贝克特式的幽默和荒诞。

最后，三部小说是勒多内文学观的具体体现。勒多内认为，文学有必要展现社会"可恶的一面"。三部小说都将生死、时间、生命的矛盾和反复作为主要的探讨对象，着重展现社会现实中差异、陌生化、边缘、阴暗、压抑的一面。罗伯-格里耶认为，通过《辉煌旅馆》《永远的山谷》和《罗丝·梅莉·罗丝》，勒多内"描绘出了同时与社会现实、空想及理性隔绝的心态"。

这三部作品确立了勒多内的写作风格和独特视角，使她成为备受欧美文坛瞩目的作家。

（王迪）

雅斯米娜·雷札（Yasmina Reza）

雅斯米娜·雷札（1959—　），戏剧家、演员。1959年出生，成长在一个多民族并具有艺术氛围的家庭里，母亲是冷战时期定居法国的匈牙利小提琴手，父亲是一位原籍伊朗的犹太裔工程师。雷札曾在大学期间学习戏剧和社会学，受娜塔丽·萨洛特的影响，她在做演员的同时开始戏剧创作。她的第一部剧作《葬礼之后的谈话》（*Conversation après un enterrement*，1987）上演后获得莫里哀戏剧奖，从此她崭露头角。该剧的成功标志着她和帕特里斯·凯尔布拉（Patrice Kerbrat）合作的开始，雷札此后的戏剧作品都由凯尔布拉导演：《穿越冬季》（*La Traversée de l' hiver*，1989）、《艺术》（*Art*，1994）和《生命的三个版本》（*Trois versions de la vie*，2001）。在处女作发表之前，她一直作为演员活跃在戏剧舞台上，认为如果不能经常在舞台上表演的话，她就无法继续戏剧创作。1994年她的新作《艺术》获得了空前的成功，在巴黎整整持续了一个演出季，为她赢得国际声誉。《艺术》获得多项国际大奖，被翻译成36种语言在30多个国家演出。此后十年间雷札发表了一些自传性作品，如《锤子键》（*Hammerklavier*，1999），两部小说——《荒芜》（*Une désolation*，1999）和《亚当·阿贝尔伯格》（*Adam Haberberg*，2003），一部电影剧本《露露·克鲁兹的野餐》（*Le Pique-Nique de Lulu Kreutz*，2000）。表面的幽默难掩悲观的色彩。

20世纪后半叶，“室内戏剧”（théâtre de chambre）流行，戏剧情节重在揭示人物本质，展示内心冲突和复杂的人物关系，通过对话表达感情。雷札细致地观察人际关系、复杂的爱情关系以及人物不同寻常的行为和心理轨迹。她的戏剧作品大多属于心理喜剧，善于表现人物的内心世界。但她最著名的作品《艺术》还有非常明显的讽刺性，讽刺了对现代的盲目崇拜，描绘出两位朋友摩擦而受伤的自尊心。

雷札的作品表现了几代人之间的冲突，展示人物因无法表白感情而极度窘迫的情景，带有讽刺意味，吸引了一批布尔乔亚阶层的观众，常常以布尔乔亚阶层的恐慌为主题。

《葬礼之后的谈话》是雷札的第一部作品，为她赢得了声誉，她当时只有25岁。作品通过人们的回忆再现生活情景。此剧共有六个人物：逝者的两个儿子纳唐和阿莱克斯及女儿埃迪特、逝者的内兄夫妇皮埃尔和朱丽埃特，还有一位不受欢迎的不速之客爱丽莎（她是阿莱克斯的旧情人）。他们在11月的一个晴朗的早晨前来参加逝者西蒙的葬礼，按照逝者的遗愿将其葬于自家的花园里。葬礼给他们提供了一个交流和回忆的机会，复杂的家庭成员关系随着谈话浮出水面，情感的波澜里有爱也有痛。父亲在他们的母亲早逝后独自把三个孩子抚养长大。纳唐和阿莱克斯兄弟两人的关系因为爱丽莎而变得尴尬。虽然弟弟阿莱克斯喜欢爱丽莎，但爱丽莎一直爱着哥哥纳唐。为了保护弟弟，纳唐不再跟爱丽莎交往。阿莱克斯一直欣赏哥哥，但是因为父亲偏爱哥哥轻视自己而感到惆怅。此外阿莱克斯缺乏自信，尤其是当他发现爱丽莎更爱他哥哥的时候。妹妹埃迪特守在父亲身旁照顾他，对爱丽莎心怀恨意。埃迪特本来想嫁给本村的一个男孩，但父亲不同意。在对过去的回忆过程中，人物时时感到局促不安，但在断断续续的沉默之后，共同的回忆使他们释放出记忆和生活的重压，仿佛在面对逝者、面对死亡的这一天，他们突然变得更加宽容，对过去的错误更加释怀。此剧的结尾带有乐观主义色彩，三个孩子在坦诚交流之后，决定忘记过去的恩怨，保留值得怀念的美好回忆。在冬日的阳光下，他们一边择菜一边谈家常，回忆从前的时光。这部作品充满生活气息，细腻地描画了人物的内心世界，令观众回想起自己生活中的点滴。

雷札之后的作品《不期而遇的男人》（*L' Homme du hasard*，1995）中只有两个人物："女人"和"男人"。他们在一节火车车厢里相遇，以大段内心独白表达各自的心声。事实上这个女人正在读一本男人写的书。他们的谈话模糊了生活和文学的界限。此剧虽然故事平凡，却深刻反映了人的孤独寂寞。

导演雅克·耐尔松（Jacques Nerson）评论说，雷札的对话言简意赅，生动活泼，毫无晦涩感。她总是能够在"不言"（non-dit）中吸取创作养分，这在法国剧作家中是不多见的。

《艺术》（*Art*）

《艺术》（1994）是雅斯米娜·雷札的成名作，1994年在巴黎首演时获得空前成功，为雷札赢得了国际声誉。该剧获得过多项国际大奖，如1995年莫里哀戏剧奖最佳编剧奖、1996年《伦敦标准晚报》奖（*London Evening Standard* Awards）最佳喜剧奖、1997年奥利弗戏剧奖（Olivier Awards）最佳喜剧奖、1998年《纽约戏剧评论》奖（*New York Drama Critics Circle* Awards）最佳编剧奖和1998年托尼戏剧奖（Tony Awards）最佳编剧奖（该奖第一次由一个非英语剧作家获得）。世界各大媒体称该剧"超越了语言和文化的界限"，"聪慧、犀利、妙趣横生，真诚而感人至深”。美国《时代周刊》对《艺术》给予了极高评价，称它是“一部高明、诙谐、一流的喜剧”。《艺术》被翻译成36种语言在全球30多个国家演出，成为一部经典喜剧。

《艺术》展现了与当代艺术有关的问题。这是一个日常生活中的动人故事，发生在三个男人之间，雷札以女性特有的细腻笔触刻画了他们心理上的一系列微妙变化。此剧讲述的是三个中年男性因为对艺术的品位之争导致他们友谊的破裂，最后重归于好的故事。审美观念的分歧将友谊引向危机，一幅白色油画成为友谊交锋的战场。诙谐幽默的故事背后隐含着深刻的人生哲理。《艺术》没有划分幕与场次。剧中以对话和独白展开了三位朋友之间的故事：马克耽于忧郁，塞尔日附庸风雅，伊万经济拮据。他们的中心话题是塞尔日购买不久的一幅单色油画：白色的背景上是几笔淡淡的白色条纹。塞尔日爱不释手，而马克却无法理解，认为毫无价值，并痛心于自己的朋友因赶时髦而浪费大笔钱财，甚至失去辨别力。而20万法郎的油画价格对伊万而言显然是一个天文数字。于是塞尔日的两位朋友面对这幅油画的各种反应，如嫉妒、恼怒或怨恨，为他们的友谊敲响了警钟。

马克和塞尔日的争执贯穿始终。马克批评塞尔日“艺术家”式的说话方式，看不惯他用“杰作”一词指称这幅油画。他们的交锋逐渐导致友情的破裂，伊万试图从中调解。伊万是个因循守旧的悲剧式人物，比如在家事上，虽然他不爱卡特琳娜，但还是准备娶她。他后来得了皮肤病，在一位精神分析家那里花掉的治疗费多得惊人。剧情在结尾处出现了转机：伊万告诉马克，塞尔日表示愿意疏远那幅油画，并邀请马克用毡笔一起在上面涂抹。当然，塞尔日很清楚，毡笔画出的线条是可以清洗掉的。此剧以马克诗意的梦幻结束：他在这幅画上看到一个穿越空间并最终消失的人影。

《艺术》巧妙把握对话节奏和人物性格，以喜剧的方式对20世纪末支配艺术的商业价值进行了思考，也讽刺了中产阶级知识分子的种种

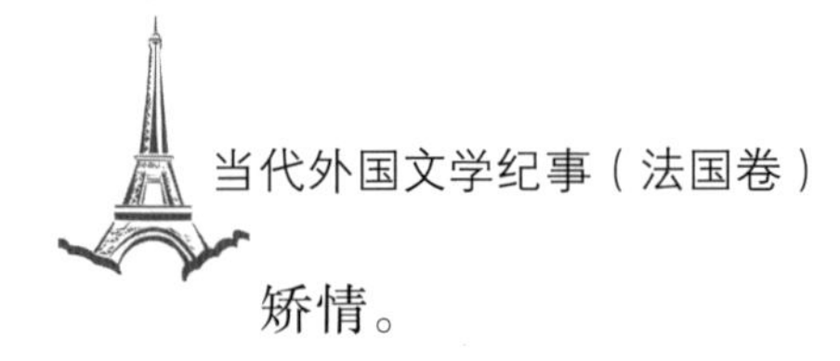

矫情。

雷札作品中的人物往往是男性，而且是有一定年纪的男性。对此她解释道，上了年纪的人更有魅力，他们身上体现了社会的变化，观察他们并将他们写入作品是欲罢不能的事情。塞尔日、马克和伊万的身上已经积淀了“社会变化”，他们对于一幅全白图画的不同审美观，恰恰可以揭示各自的“社会变化”，而审美观和伦理是相互联系的。

雷札自称，《艺术》的独创风格与她自己的出身有关：“我不认为要像法国女性那样去写作。我运用了一些缩写和跳跃式的句子。因为生活中我周围的人就是这样奇特地造句，间接而诙谐地表意……”大概受家庭的影响，雷札对音乐的爱好使她尤其重视字词间的“沉默”，仿佛是音乐的休止符、无言，但言外之意充盈其间，从而给戏剧以节奏感和克制感。此剧主题的普遍性、人物体现的人道主义色彩，以及人物对话所体现的深厚的语言功底，使《艺术》成为喜剧经典。

中国版《艺术》由上海话剧艺术中心引入，2001年首次搬上中国舞台，首演于上海，之后分别在上海和北京重演。

（徐熙）

阿兰·罗伯-格里耶（Alain Robbe-Grillet）

阿兰·罗伯-格里耶（1922—2008），小说家。1922年生于布雷斯特，1945年毕业于国立农艺学院，获得农艺师称号，曾在摩洛哥、几内亚和瓜德罗普岛等地从事热带农作物研究。1949年出版第一部小说。20世纪60年代起开始导演电影，先后执导了《去年在马里安巴》（*L'Année dernière à Marienbad*，1961）、《不朽的女人》（*L'Immortelle*，1963）和《横跨欧洲的快车》（*Trans-Europ-Express*，1966）等多部影片。1984年首次访问中国。1985年后执教于纽约大学、加利福尼亚大学和华盛顿大学。

罗伯-格里耶是法国“新小说”的旗手。新小说派作家试图终结巴尔扎克开创的现实主义，摒弃沿袭已久的心理分析传统，为小说开辟未来之路。罗伯-格里耶强调形式，认为它是“作品的中心和文学的本体”；反对“意义”，小说的存在不是为了传送“信息”，小说本身才是目的，作品是“世界和人的创造物，是持续、永久而又不断被质疑的创造”。作家既不应当满足于遵循既定的文学规则，也不应当力求驾驭它；相反，作家要违背规则，与神圣的戒律较量。罗伯-格里耶被认为是“新小说”理论的奠基者，但他否认自己是理论家，认为“跟过去和现在的所有小说家一样，我只对我写过的书、读到的书和准备写的书做了某些批评性思考”。

罗伯-格里耶的第一部作品《弑君者》（*Un régicide*）完成于1949年，1978年在午夜出版社出版。20世纪50年代他先后创作了《橡皮》（*Les Gommes*，1953）和《窥视者》（*Le Voyeur*，1955）。《橡皮》讲述的是一个谋杀故事，对物体的繁复描写和对类似场景的多次重复，使作品显得扑朔迷离。这两部作品与克洛德·西蒙、米歇尔·布托和罗伯特·潘热（Robert Pinget）的初期作品相继问世，在法国文坛掀起了一场新的“古今之争”。1956年，弗朗索瓦·莫里亚克在《费加罗文学》上发表文章，借诗人弗朗西斯·蓬热的一篇诗作之名，将罗伯-格里耶在小说中对物的精描细写称为“柳条筐的技艺”（la technique du cageot）。支持罗伯-格里耶的评论家主要有莫里斯·布朗肖、罗兰·巴尔特和热拉尔·热奈特。

1957年，小说《嫉妒》（*La Jalousie*）出版后受到批评界的重视，被译成30多种语言。有批评家认为作家“以测量员、昆虫学家、法医和植物学家的眼光来看待人和物”，断言他的“极端客观主义”必将走进死胡同。另一些批评家则认为他开创了文学的“新现实主义”。解读《橡皮》《窥视者》和《嫉妒》的文章一时纷至沓来。《嫉妒》以降，不少人认为罗伯-格里耶的小说剥离了主体的介入，创造了“客体性”神话。作家本人则声称自己是追求“纯主观性”的作家，因为作品是对一定时空中人的视觉、感觉和想象的表达，而人的所闻所思必定受其情感与欲望支配，如果作品本身包含某些矛盾，这也是不可避免的，因为“写作是写作与写作自身的斗争”。1959出版的《在迷宫里》（*Dans le labyrinthe*）是他的另一部重要作品：20世纪40年代初，一个打了败仗的伤兵，受托去某地将一个盒子送给某人。伤兵发着高烧、说着胡话，如同一位转来转去的梦游者，拿着盒子踯躅于城市各个路口。《在迷宫里》问世后，批评家和读者对这部作品的意义发表了各种不同的理解和阐释。人们或是认为“盒子里装着死者的灵魂”，或是说它是一本“政治读物”。作者解释说这部作品没有任何寓意，士兵的所作所为不需要形而上的解释，他是没有灵魂的躯壳，“如同塞尚画的苹果一样”。

对于自己20世纪中期的小说，罗伯–格里耶说它们并不像某些评论家所认为的那样具有极大的颠覆性和革命性，而是与卡夫卡、福克纳、萨特和加缪的作品一脉相承，因为这些小说中至少还存在统领整部作品的中心意识。20世纪60年代，自《幽会的房子》（*La Maison de rendez-vous*，1965）开始，他的写作呈现出异于以往的新特征：人物间的矛盾激增，他们似乎在争夺叙事主导权，以期将自己的意识上升为中心意识。人物如此，背景与空间莫不如此。作品不再具有既定的中心意识和轴心，作家却又在叙事过程中不断创造着主轴和中心，读者因此失去倚靠，如在迷宫里。这一时期的作品主要有：《纽约革命计划》（*Projet pour une révolution à New York*，1970）、《幽灵城市拓扑学》（*Topologie d' une cité fantôme*，1975）和《金三角回忆》（*Souvenirs du Triangle d' or*，1978）。

20世纪80年代，罗伯–格里耶的叙事方式变得更为复杂，在诸多互相矛盾的叙事声音中，作家插入了自己的声音。由此，小说与自传接轨。三部曲《重现的镜子》（*Le Miroir qui revient*，1985）、《昂热丽克或迷醉》（*Angélique ou L' enchantement*，1988）和《科兰特最后的日子》（*Les Derniers jours de Corinthe*，1994）是这一时期的代表作。罗伯–格里耶将这三部作品称为“传奇故事”而非“自传”，并解释说：菲利普·勒热纳认为当人们懂得了自己生存的意义后，才能书写自传，而“我正是因为不懂这个世界，也不懂得我自己才写作”。他在《重现的镜子》中回忆了父亲的耳病、冬日的出游、香甜的栗子和晚间的幽灵。三部曲的第二部通过对童年和青少年时期情色想象的追忆，引出了性幻想问题。《科兰特最后的日子》回忆了告别农学和写作初期的时光，提及了午夜出版社、新小说团体及作家本人与某些哲学家的交往。这三部作品融真实与幻想于一体，在后两部作品里，“幻想逐渐发展，布满了叙事的每个角落”。

进入新世纪，罗伯-格里耶出版了长篇小说《反复》（*La Reprise*，2001）以及电影小说《格拉迪瓦在呼唤您》（*C'est Gradiva qui vous appelle*，2001）。2004年3月25日阿兰·罗伯-格里耶当选法兰西学院院士，2007年《情感小说》（*Un roman sentimental*）问世，2008年2月作家病逝于卡昂。

中译本：《窥视者》，郑永慧译，上海译文出版社，1979年；《橡皮》，林青译，上海译文出版社，1981年；《嫉妒》，李清安、沈志明译，漓江出版社，1987年；《重现的镜子》，杜莉、杨令飞译，北岳文艺出版社，1993年；《幽灵城市·金姑娘》，郑永慧、郑若麟译，安徽省文艺出版社，1994年；《吉娜·嫉妒》，南山译，上海译文出版社，1997年；《罗伯-格里耶作品选集（第一卷）》，邓永忠、孙良方、夏家珍等译，湖南美术出版社，1998年；《罗伯-格里耶作品选集（第二卷）》，郑益姣、徐普、张容译，湖南美术出版社，1998年；《罗伯-格里耶作品选集（第三卷）》，杜莉、杨令飞、升华等译，湖南美术出版社，1998年；《嫉妒 去年在马里安巴》，李清安、沈志明译，译林出版社，1999年；《窥视者》，郑永慧译，译林出版社，1999年；《橡皮》，林秀清译，译林出版社，1999年；《快照集 为了一种新小说》，余中先译，湖南美术出版社，2001年；《嫉妒》，李清安译，译林出版社，2007年；《去年在马里安巴》，沈志明译，译林出版社，2007年；《桃色与黑色剧·骰子》，余中先译，上海译文出版社，2011年；《桃色与黑色剧·玩火》，余中先译，上海译文出版社，2011年；《反复》，余中先译，湖南美术出版社，2001年；湖南文艺出版社，2011年；《一座幽灵城市的拓扑学结构》，郑永慧译，湖南文艺出版社，2011年；《吉娜》，南山译，湖南文艺出版社，2011年；《为了一种新小说》，余中先译，湖南文艺出版社，2011年；《情感小说》，孙圣英、平原译，湖南文艺出版社，2011年；《重现的镜子》，杜莉、杨令飞译，湖南文艺出版社，2011年；《昂热丽克或迷醉》，升华译，湖南文艺出版社，2011年；《科兰特最后的日子》，余中先译，湖南文艺出版社，2011年；《快照集》，余中先译，湖南文艺出版社，2011年；《在迷宫里》，孙良方、夏家珍译，湖南文艺出版社，2011年；《纽约革命计划》，郑益姣译，湖南文艺出版社，2011年；《要塞》，许宁舒译，湖南文艺出版社，2011年；《弑君者》，邓永忠译，湖南文艺出版社，2011年；《格拉迪瓦在叫您》，宫林林译，湖南文艺出版社，2011年；《欲念浮动》，徐普译，湖南文艺出版社，2011年；《不朽的女人》，徐枫译，湖南文艺出版社，2011年；《幽会的房子》，周家树译，湖南文艺出版社，2011年；《金三角的回忆》，张容译，湖南文艺出版社，2011年；《旅行者》（上、下卷），余中先等译，湖南美术出版社，2012年；《欧洲快车》，余中先译，上海译文出版社，2012年；《伊甸园及其后》，余中先译，上海译文出版社，2012年；《撒谎的男人》，余中先译，上海译文出版社，2012年；《玩火游戏》，余中先译，上海译文出版社，2012年；《美丽的女俘》，余中先译，上海译文出版社，2012年；《通信集1951—1990》，余中先、赵丹霞、孙圣英译，湖南文艺出版社，2014年。

《反复》（*La Reprise*）

《反复》（2001）是罗伯-格里耶的最后一部长篇小说。故事发生在德国首都柏林。时值1949年的冬天，第二次世界大战后的德国处于分裂状态。一名法国间谍奉命来到柏林，暂住在一间几近坍塌的房屋里。按预计，午夜时将发生一桩谋杀案。这名间谍知道自己要通过房间的窗

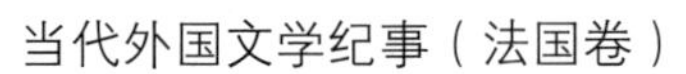

户，见证谋杀的过程，但他并不知道有人想将这桩谋杀案栽赃给他。后来，法国间谍找到了被杀德国军官的寓所，里面的一个房间里放着两张小床。法国间谍发现这正是自己曾经住过的房间，在这里，他和孪生兄弟一起度过了人生最初的四年时光。

罗伯-格里耶解释说《反复》是对《橡皮》这部早年作品的改写，而《橡皮》则是根据索福克勒斯的悲剧《俄狄浦斯王》改写而成。《反复》里有很多情节具有真实性和自传特征。作家认为，文学很可能总是在重复讲述某一个或者某一些故事，翻天覆地变化着的是叙事的形式而非内容。各个时代之间并没有孰优孰劣的等级差别，文学也没有越来越进步，它也许只是变得越来越复杂。故事还是那个故事，新的形式并没有改进故事，只是试图通过别样的方式来诠释它。

关于《反复》的写作过程，罗伯-格里耶说："我动手写《橡皮》和《窥视者》这些早期作品之前，总是对所写的东西有一个总体把握……但是从《在迷宫里》，特别是从《幽会的房子》开始，我越来越随意，越来越起步于一些简单而相互矛盾的材料。"主观与客观、秩序与混乱，"这些矛盾冲突是将写作推向前方的动力"。他进一步解释说，20世纪50年代他的作品虽"怪诞"，却"高度统一"，因为叙事总是存在一个"中心"，它主导着整部作品。《反复》不同，《反复》饱含冲突，作品有两位叙事者，一位是法国间谍，另一位也是间谍——是第一位叙事者的孪生兄弟，两人为同一家情报机构工作。整部小说在文本内部形成了竞争，作品产生于写作的内部矛盾。

对罗伯-格里耶而言，《反复》意味着对先前文本的挪用、参照和改写。小说的标题"反复"在法文中也有重提进而"修正"之意：一个叙事者修正另一个叙事者的话语，将叙事引领向前；"反复"在法文里也指"修补"，文本中总是存在缺失，填补缺失是作者更是读者的责任。

（张琰）

克里斯蒂安娜·罗什弗尔（Christiane Rochefort）

克里斯蒂安娜·罗什弗尔（1917—1998），小说家、评论家、女权主义者。1917年出生于巴黎，自幼喜爱文学，很早就开始尝试写诗。在索邦大学学习医学、心理学和精神病学，但文学创作一直是他的最大兴趣。一生中从事过各种职业，包括模特、演员、记者、影评人等。第二次世界大战结束后，曾任戛纳电影节的特别记者，直到1968年被解雇，理由是“观点过于自由”。作为一名女权主义者，她一直与压迫和剥削妇女和儿童的现象作斗争。1971年，罗什弗尔与西蒙娜·德·波伏瓦、让·罗斯丹（Jean Rostand）、吉赛尔·阿里米（Gisèle Halimi）等人创立了一个女权组织，名为“选择妇女事业”（Choisir la cause des femmes）。罗什弗尔一直将女性作为作品的主要题材。她笔下的各种女性角色往往受到爱情、婚姻和家庭的制约，但是都具有个性意识和叛逆精神，最终逃离束缚，获得自由。

1958年，罗什弗尔发表处女作《士兵的休息》（*Le Repos du guerrier*），

获得新浪潮文学奖，从此她走上文学之路。1961年，小说《世纪之子》（*Les Petits enfants du siècle*）获得巨大成功，但也招致不少恶评。1988年，小说《深处的门》（*La Porte du fond*）获得美第奇文学奖。除了上述小说外，罗什弗尔的主要作品还有：《献给苏菲的诗》（*Les Stances à Sophie*，1963）、《给莫里森的玫瑰》（*Une rose pour Morrison*，1966）、《停车场之春》（*Printemps au parking*，1969）、《阿尔卡奥，或闪烁的花园》（*Archaos，ou le Jardin Etincelant*，1972）、《夏天到了依然快乐》（*Encore heureux qu' on va vers l' été*，1975）、《当你去女人家里》（*Quand tu vas chez les femmes*，1982）、《不说话的对话》（*Conversations sans paroles*，1997）、《永别了，安德罗美德》（*Adieu Andromède*，1997）等。

《士兵的休息》的主人公名叫热娜维艾芙·勒苔耶，已经结婚，生活富裕。为了处理遗产问题，她来到了外省。在酒店里，她走错了房间，意外发现一个试图自杀的男人雷诺。雷诺曾是一名士兵，广岛原子弹事件使他受到刺激，从此他沉溺于酒精之中。热娜维艾芙救了他，随后与他保持着所谓的“爱情”关系，甚至为此试图与丈夫离异，离开她所在的家庭。但是雷诺是个躁动的人，他对热娜维艾芙所说的“爱情”很反感，他不满足于情人关系，希望同热娜维艾芙结婚，但没有成功。因此，他认为热娜维艾芙之所以和他在一起，最本原的动机只是性需求而已。《士兵的休息》充斥着很多性描写，因此被某些评论家认为是一部色情小说。

《献给苏菲的诗》同样是一部关于女性解放的小说。故事背景是20世纪五六十年代，主人公塞琳娜不是一个完美的女性，她摆脱了家庭的束缚，过上了随心所欲的自由生活，却在这样的生活中日益迷失了自我，甚至不知道自己是否快乐——她也从来不问自己这个问题。每天晚上，塞琳娜都在酒吧、夜总会、舞会中度过，抽烟酗酒，到黎明时才回到自己的小房间。她没有固定职业，只有在经济拮据的时候才会做些零工。她有很多情人，大多都是一夜情的关系，彼此不受制约。在一次舞会上，塞琳娜遇到了纨绔子弟菲利普。菲利普魁梧、帅气、自信，对美丽的塞琳娜一见倾心。塞琳娜也无法避开菲利普对她的关注，终于坠入情网。从此，菲利普逐渐使塞琳娜改变了以往的生活方式，塞琳娜则努力配合。例如，她穿上了裙装，留了长发，甚至试着改变自己的言辞和说话方式。正当二人即将走进婚姻殿堂的时候，塞琳娜忽然觉得结婚可能是个错误，因为婚姻就是牢笼，是以一纸契约对自己进行束缚。尽管如此，塞琳娜还是和菲利普结了婚，走进了这个富裕的资产阶级家庭。婚后的塞琳娜试着忘记单身生活的快乐和自由，逐渐走上日常生活的轨道，努力去做一个好妻子，按照菲利普的期望做一个合格的家庭主妇。但是，新的生活方式又使塞琳娜感到非常不适应，所有的尝试和努力几乎都以失败而告终，塞琳娜逐渐感到失望，失去了改变自我的信心。她不愿再像木偶一样生活，不再关注那些无聊的谈话，不再像以前那样故作认真地倾听，不再关注周围那些所谓的绅士。塞琳娜走上了反叛的道路，而这时，她发现其实菲利普并不真正爱她。妻子在他眼中只是一个能够为自己提供各种服务的工具，相比之下，物质享受、仕途等更为重要。塞琳娜最终离开了菲利普，继续寻找个人自由。

罗什弗尔的创作高峰期在20世纪六七十年代，在当时的法国，发展和停滞相互交织，大众传媒、大众消费等后现代因素急剧膨胀，在人们的思想中造成了错乱和迷失。面对复杂的现实，罗什弗尔认为法国社会充斥着虚伪和道德束缚，建立在不公正以及各种形式的压制的基础之上，而受害者往往是妇女、儿童等弱势群体。因此，罗什弗尔一直保持着一种反叛的姿态，对婚姻的烦恼和空虚的揭露或讽刺成为其作品中最为常见的主题。

罗什弗尔的语言具有独特的风格，例如句法不规则，口语成分较多等，在《给莫里森的玫瑰》和《阿尔卡奥，或闪烁的花园》两部小说中体现得最为明显。由于文体风格多变，诗、散文、小说等体裁相互交织，所以罗什弗尔的作品往往难以归类。例如《不说话的对话》《世界好比两匹马》（*Le Monde est comme deux chevaux*，1984）、《永别了，安德罗美德》既可以算作小说，又具有散文诗的风格。对于普通读者来说，她的作品大多晦涩难懂。

在内容上，罗什弗尔的作品旨在揭露社会现实，往往具有明显的前卫意识。例如，《世纪之子》《献给苏菲的诗》《夏天到了依然快乐》《孩子优先》（*Les Enfants d' abord*，1976）等所揭露的是社会秩序的混乱，而《停车场之春》《当你去女人家里》《深处的门》等则把矛头对准了错乱的性关系。

（方尔平）

让·胡奥（Jean Rouaud）

让·胡奥（1952—　），小说家。出生于下卢瓦尔省。11岁失去父亲，当过加油员、推销员、专栏作者，1990年发表第一部小说《战场》（*Les Champs d' honneur*），获得当年的龚古尔文学奖，使当时还是报刊亭售货员的他一举成名。此后，他接连在午夜出版社出版了《名人们》（*Des hommes illustres*，1993）、《近乎世界》（*Le Monde à peu près*，1996）、《给您的礼物》（*Pour vos cadeaux*，1998）、《在舞台上就像在天空》（*Sur la scène comme au ciel*，1999）。这几部小说与《战场》构成一组家庭小说系列。1998年，他发表戏剧《丰富的时刻》（*Les très riches heures*），1999年发表关于诗人勒内-居伊·卡杜的评论《卡杜，内卢瓦尔河》（*Cadou Loire intérieure*）、《卡尔纳克或线条王子》（*Carnac ou le prince des lignes*）；2001年发表论著《非肉体化》（*Désincarnation*），以独特的行文探询了文学创作的秘密，表现了胡奥作为一名敏锐的读者和大胆的作家的双重视角。进入新世纪，他相继出版了儿童故事《镀金相框中的蜥蜴美人》（*La Belle au lézard dans son cadre doré*，2002）、小说《创造作家》（*L' Invention de l'auteur*, 2004）、《模仿幸福》（*L'Imitation du bonheur*, 2006）。他说“模仿幸福”是“与幸福相似的东西，如此相似以至于混淆”，更确切地说就是写作的幸福，同时也是为了实现读者的幸福。

胡奥的家庭小说系列以敏感、简洁、幽默而温情的文笔展现了普通人的日常生活，他的一组自传体小说讲述了一个具有强烈主体意识的“我”的故事，以“我”的目光来观照大的历史。“我”不仅仅是一个视角或穿越时间的意识，也是一个承载记忆的主体。《战场》刻画了祖父的形象，透过一个少年的目光，讲述了像祖父母一样经历了第一次世界大战的人们的故事，个人的历史、家庭的历史与大历史紧密联系在一起。《名人们》则是围绕早逝的父亲约瑟夫的一生展开：父亲作为一家之主经营一个店面，生意兴旺，是当地的名人。然而在其41岁时突然离世，顿时使一家人陷入困顿和痛苦之中。小说第二部分回顾了父亲在第二次世界大战期间死里逃生的经历以及与母亲相识的奇遇。《近乎世界》是作为孙子、儿子的主人公在20世纪70年代的故事。《给您的礼物》是献给母亲的作品，《在舞台上就像在天空》为这一系列画上句号。这个系列讲述的是一个家族的故事，同时也是一个时代的历史，既是个人独特的经历，又是由不同时代的形象所构筑的历史背景。读者能在胡奥的小说中发现自己家族经历的某些痕迹，使读者在记忆深处产生共鸣。

对于胡奥来说，讲述家庭的历史、回忆童年的往事其实是一个探寻身份、找寻自我的过程。他的故乡下卢瓦尔省其实是其内心的卢瓦尔省（Loire-intérieure），它是一片曾经被海水淹没、被雨水和雾气笼罩的不确定的区域，它是一个子虚乌有的地方，作者将它变成了“想象的地图上的一个地方，值得不辞辛苦去寻找”。它超越时间，向作家启示了自我。

胡奥不接受某些媒体赋予他的“乡土作家”（écrivain régionaliste）、“精致的民众主义”（populisme précieux）的标签。他说他的目的在于通过叙事探讨讲故事的方式。他认为，小说的力量在于通过二十多个字母的组合来表现一个世界。尽管随着技术的进步，照相机、摄影机等工具可以对现实进行更为真切的再现，但是“数千年来，我们表现现实的唯一方法其实是将现实转换为语句”。他的写作并非简单地讲一个故事，塑造形态各异的人物，同时也是对文本的思考。作品的素材不限于家庭、回忆与战争，即在对家庭或集体的回忆中找寻自我，写作的乐趣伴随着追根溯源的乐趣。他的作品既是对身份与存在的探寻，又是对美学与批评的思考，虚构建立在对语言和写作的思考之上。

《战场》（*Les Champs d' honneur*）

《战场》（1990）是胡奥的第一部作品。叙述者是一名年近40岁的男子，他回忆童年时家中发生的一些事情，并由此引发对更久远往事的追忆。小说以1964年外祖父的去世开始，接着是前不久父亲和姑祖母的相继去世。在父亲与姑祖母去世之间的几个月中，神志模糊的姑祖母混淆了刚去世的侄子约瑟夫和多年前去世的哥哥约瑟夫。她混乱的回忆使当时仍是少年的叙述者意识到家族的历史并不局限于自己的父亲，而是可以追溯到更久远的过去，同时发现了姑祖母心中埋藏多年的悲伤——亲人去世对她的一生造成的创伤。秘密揭晓使小说转向两位叔祖父在第一次世界大战中阵亡的经历。父亲去世后，外祖父母赶来陪伴悲伤的女儿，期间外祖父在阁楼里整理出的陈年旧物又使少年叙述者得以知晓另一段历史：祖父母在1940年一年之内相继离世。

小说结构像是一幅拼图游戏，叙事逆时间之流而上，记忆之线将往事的碎片串接起来，通过人物、物品、话语之间的重重关联，读者逐渐挖掘出这个法国农村家庭单调平凡的生活之下所隐藏的悲剧：不可愈合的伤口、早逝的亲人、无法忘却的记忆。透过一个少年的目光，穿越往事的疑云接近真相。从亲人的死亡追溯到第一次世界大战战场，个人历

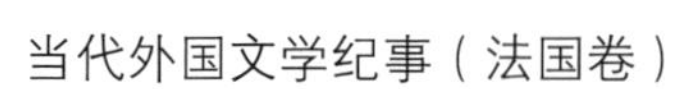

史、家庭历史最终与宏大历史交汇。

作品以死亡开始，以死亡结束，人物都因亲人的去世而悲伤。死亡像一个巨大的黑洞，将所有的事件都推入虚无。故乡布列塔尼多雨的天气契合着这种悲伤的气息，小说中多次出现雨水和雾气弥漫的场景，雨似乎无所不在、无止无休，构成小说的节奏与基调。家族历史上几个重大事件使少年叙述者意识到死亡的无所不在、无可逃避的规律。但成年的叙述者与悲伤往事拉开距离，站在一个看热闹的旁观者的角度，以幽默轻松的口吻述说往事，满怀温情地描述亲人可笑的行为举止，指出事件滑稽的一面。幽默是他面对残酷的生存规律所采取的一种自卫措施，只有幽默能帮助他缓解现实世界的重压，但最终无法改变作品的悲剧基调。

（王斯秧）

雅克·鲁勃（Jacques Roubaud）

雅克·鲁勃（1932— ），诗人、小说家、随笔作家。1932年出生于罗纳省。童年时适逢第二次世界大战，于巴黎解放时移居到此。他自言学业平庸，但其诗歌才华很早就引起了超现实主义诗人路易·阿拉贡的注意。在阿拉贡的支持下，他于1944年发表首部诗集《青春诗钞》（*Poésies juvéniles*），其后又在1952年发表了第二本诗集《夜游》（*Voyage du soir*）。大学期间，他在诗人伊夫·博纳富瓦的指导下获得文学博士学位。他同时酷爱数学，取得该学科的博士学位，后在巴黎第十大学任教。在其文学生涯中，特别是在诗歌格律方面，数学的影响甚巨，他自称为“数学和诗歌的编创者”。1966年，他在莱蒙·格诺的举荐下加入文学团体“潜在文学工场”，展开了以十四行诗、六行诗为主的对诗歌形式的探索。2001年以前，他曾任法国高等社会科学研究院（EHESS）院长。

鲁勃认为，对诗歌形式的研究不是为了制定一些用来恪守的规则，而应将其作为工具和方法，来引导诗歌的永恒创新，使其成为革新的内在组成部分。自1967年发表作品《 ε 》以来，他一直专注于从诗学的角度，在理论和实践中发掘十四行诗的格律，并试验性地将这一诗体引入所谓“伪小说”（pseudoroman）三部曲《漂亮的奥尔当丝》（*La Belle Hortense*，1985）中。在他看来，十四行诗在诗歌传统中是一种很特殊的形式，能最大限度地展现形式的奥秘，因为它只有在无穷的化身和变形游戏中才可以被触知，并由此获得一种更为稳固的身份。因此，十四行诗身份的奥秘就在于，它并无真正的恒量，奥秘的价值是由创造体现出来的；并且，形式绝不是一种僵化的结构，它在规则与游戏、吸收与创造的辩证关系中，衍生出各种修辞格，其中的每一个词都为其他词汇的出现提供可能。十四行诗也由此成为表达玄秘和思考的最佳诗歌形式。

鲁勃被认为是一位无法被归类的作家。他的作品集诗歌与散文、现实与虚构、文学与数学于一身，但无论是理论著作还是文学作品，无论是小说、诗歌还是自传，所有作品彼此间都由内在的逻辑联系成一个整体，即对过往的有意识的回想。鲁勃经常将自己的生活经历以碎片的形式散布其中，特别是在自传里。不同于普鲁斯特的不受控的、自发式的回想，鲁勃的自传在某种程度上更像是一种在意识控制之下的“智力运作”。他认为，无论是何种体裁风格的作品，其文学性应存在于文本内部的封闭空间里，经由文学特有的手段将其提炼出来。鲁勃的自传中充满各种反复出现的事件，它们或是作者的真实生活，或是想象的或重构的生活，通过作为叙述者的雅克·鲁勃的回忆，被系统地加以改造、重写、掩盖或彰显，变形为散文或诗句。在他看来，这种自传式小说因其明显的虚构性而显得更真实，生活与作品在记忆和遗忘的游戏中不断交缠，回忆在过去和将来、记忆和想象之间不停摇摆（在“从前”和“以后”构成的轴心上不停地滑动）。因此，记忆和时间也成为其作品的永恒主题。在作品《环》（*La Boucle*，1993）中，时间“就像初生的无花果树，枝丫盘旋交错，行迹无可预料，它的虬枝聚拢在一处，罩住了个人头顶的空间”，“越过作者的肩膀，投下一瞥”。事实上，他的全部作品都被赋予了一种乔木状的树木形象。

鲁勃兴趣广泛，除了数学对其创作的影响，他还大量阅读了法国中世纪文学、12世纪及13世纪的行吟诗歌、日本古诗和古代小说（如《源氏物语》）、英语文学——以吉拉尔·曼利·霍普金斯为代表的19世纪英国诗歌及作家刘易斯·卡洛尔的小说，以及20世纪的美国文学。

在多重影响下，鲁勃的作品打破了文体间的界限。他的诗歌创造性地将抒情与形式主义相结合，具有一种“适合高声朗读的”形式上的音乐性。他拒绝浮夸的文笔，提倡简单、朴素的语言，并将“做语言的捍卫者”视为“诗人的职责”。代表作有：《黑的东西》（*Quelque chose noir*，1986）、《唉，城市的形态变得比人心还快——150首诗》（*La Forme d'une ville change plus vite, hélas, que le cœur des humains. Cent cinquante poèmes*，1991—1998）、《丘吉尔四十及其他旅行十四行诗》（*Churchill 40 et autres sonnets de voyage*，2004）。此外，他还将对诗歌的思考写成随笔集，如《亚历山大的老年，论法国诗歌的几种现状》（*La Vieillesse d'Alexandre, essai sur quelques états récents du vers français*，1978）以及《诗歌，等等，家》（*Poésie, etcetera, ménage*，1995）等。

诗歌之外，鲁勃曾计划写六卷本的自传。第一卷：《伦敦大火》（*Le Grand Incendie de Londres*，1989），向读者展现了一个日记中的鲁勃，他每日清晨即开始写作，从轻松轶事到繁复却不乏趣味的各种概念，内容丰富。第二卷：《环》，将读者带入他的童年回忆中，阐发了他的自传计划的缘起，以及“图像—记忆”的形成过程。第三卷：《数学》（*Mathématique*，1997），讲述了他的数学学习生涯，间或涉及服兵役期间的经历，向读者揭示了一个十分浩瀚的数学世界。第四卷：《诗歌》（*Poésie*，2000），讲述了他向阿拉贡学习写诗的经历，但他很快就意识到自己并不适合成为阿拉贡的继承者，便与其分道杨镳，并开始创作十四行诗诗集《ε》，通过诗集的名字暗示其与数学的密切联系。书中线索众多，如迷宫般交错纵横，它的丰富细节、大量思考和幽默笔触十分引人入胜。第五卷：《瓦尔伯格的藏书》（*La Bibliothèque de Warburg*，2002），让读者看到了一个沿着密西西比河畔漫步、作诗的鲁勃，作者详细地揭示了毕达哥拉斯学说对他的影响以及“潜在文学工场”团体对他的六卷本自传计划的启发。第六卷：《绝对命令》（*Impératif catégorique*，2008），该卷风格辛辣、讽刺，富有谐趣，可作为第三卷《数学》的续篇，讲述了1958年他的大学生活，在雷恩数学学院做助手、去巴黎居住、在蒙吕松及南阿尔及利亚当兵等经历。其中既有他的旅途见闻，又夹杂着他的梦想，以及他将诗歌与数学相结合的创作尝试，他与精神分析学家雅克·拉康、人种学家罗贝尔·若兰等20世纪60年代重要人物的会面场景等。

该自传系列包罗万象，虽未最终完成，但鲁勃通过回溯既往和展望未来的方式为写作打开了一个无限的空间，并由此衍生出无数出人意料的可能性。此外，数学也在其自传中占有一席之地，而诗歌也重新找回它已遗失的原始意义，即“创造”。

鲁勃被视为当今在世的最重要的法语作家之一，荣获过多项文学奖：他的诗集《黑的东西》于1986年获法国文化电台文学奖，其作品全集于1990年获得由文化部授予的国家诗歌大奖，2008年获得法兰西学院颁发的保罗·莫朗文学大奖。鲁勃的作品成为当代文学中无法绕过的一片风景。

（王佳玘）

罗贝尔·萨巴迪埃（Robert Sabatier）

罗贝尔·萨巴迪埃（1923—2012），小说家、诗人、文学史家。1923年生于巴黎，自幼父母双亡，靠亲戚养大。他很早就进入社会谋生。青少年时期生活给他留下了深刻印象，后来成为系列小说《瑞典火柴》（*Les Allumettes suédoises*）的题材。

第二次世界大战后，萨巴迪埃从事过多种职业，曾在《艺术》（*Arts*）、《费加罗报（文学版）》（*Le Figaro littéraire*）、《文学报道》（*Les Nouvelles Littéraires*）等报刊编辑部工作和发表文章。1947年与艾吕雅等人共同创办了诗歌杂志《录音带》（*La Cassette*）。

萨巴迪埃从20世纪50年代开始发表作品，包括小说、诗歌、论文集等。主要小说作品包括：《阿兰和黑人》（*Alain et le nègre*，1953）、《沙子商人》（*Le Marchand de sable*，1954）、《灰烬的滋味》（*Le Goût de la cendre*，1955）、《林荫大道》（*Boulevard*，1956）、《血鸭子》（*Canard au sang*，1958）、《神圣的讽刺剧》（*La Sainte farce*，1960）、《无花果树之死》（*La Mort du figuier*，1962）、《一条人行道的素描》（*Dessin sur un trottoir*，1964）、《非洲华人》（*Le*

Chinois d' Afrique，1966）、《夏天的孩子》（*Les Enfants de l' été*，1978）、《一个人的秘密岁月》（*Les Années secrètes de la vie d' un homme*，1984）、《绿老鼠》（*La Souris verte*，1990）、《黑天鹅》（*Le Cygne noir*，1995）、《神奇的床》（*Le Lit de la merveille*，1997）、《唇边笑》（*Le Sourire aux lèvres*，2000）、《瑞典火柴》系列（也称"奥立维系列"）。

萨巴迪埃力图在作品中体现一种真实性，因此他常常将自己的回忆和亲身经历植入小说情节之中。同时，他还力求使作品尽可能地具有现实性，希望通过小说逼真地反映社会现实。诗人阿兰·博斯凯称他创造了"浪漫的新自然主义"（néo-naturalisme romantique）。《瑞典火柴》系列小说是其最著名的作品，该系列包括八部小说，创作时间延续了近四十年。

在小说创作之外，萨巴迪埃在诗歌上也颇有建树，出版了多部诗集，最著名的是《太阳的节日》（*Les Fêtes solaires*）、《美味的毒药》（*Les Poisons délectables*）等，并于2005年出版了《诗歌全集》。他的诗富有人文情怀，注重对人类生存境况的描写。同时，对自然的赞誉、对内心的分析也是诗作常见的主题。在语言风格上富有节奏感，常常严格押韵，从而把"吟唱"和"讲述"这两种格调完美地结合在一起。

1975年，萨巴迪埃开始撰写《法国诗歌史》，直到1988年才最终写完。该史书卷帙浩繁，共计六卷九本。书中对中世纪至20世纪法国诗歌的演变做了详细介绍。他既抓住了传统的流变，同时也把握住了诗歌历史上的重大转折。该书已成为法国文学史的经典之作。

中译本：《瑞典火柴》，马振骋译，上海译文出版社，1997年。

《瑞典火柴》（*Les Allumettes suédoises*）

《瑞典火柴》是萨巴迪埃的系列小说，也称作“奥立维系列”（roman d' Olivier），共八本，包括《瑞典火柴》（1969）、《三个薄荷味的橡皮奶头》（*Trois sucettes à la menthe*，1972）、《野榛子》（*Les Noisettes sauvages*，1974）、《唱歌的小女孩》（*Les Fillettes chantantes*，1980）、《大卫与奥立维》（*David et Olivier*，1986）、《奥立维和他的朋友们》（*Olivier et ses amis*，1993）、《奥立维在1940年》（*Olivier 1940*，2003）、《战争的号角》（*Les Trompettes guerrières*，2007）。

1969年，该系列以同名小说《瑞典火柴》揭开序幕。小说的背景为20世纪30年代，主人公奥立维年仅10岁，住在蒙马特的拉巴街。母亲维尔吉妮刚去世不久，奥立维过上了流离的生活。当时的蒙马特高地相当活跃，奥立维遇到了形形色色的人。透过主人公的双眼，萨巴迪埃把当时的社会风貌生动地展现在读者眼前。

在第二部《三个薄荷味的橡皮奶头》中，奥立维离开了他所深爱的拉巴街，与叔父戴卢索一家生活在一起。在奥立维眼中，叔父一家是一个全新的世界，他们生活安逸，拥有豪宅。不过，要想融入这个新家庭并非易事。奥立维觉得周围的人很奇怪，有时甚至很可笑，他对叔叔亨利和婶婶维多利亚充满好奇。在好奇心的驱使下，奥立维逐渐了解了巴黎的大街、剧院，见识了上流社会的生活。

第三部《野榛子》于1974年出版。奥立维离开巴黎来到法国中南部的索格，与爷爷奶奶一起生活。新生活的每时每刻都充满了惊奇和发现。他对普通百姓的真实生活有了全面的了解，包括憨厚的农民、勤劳的手工业者、拥有神秘知识的牧人等。这部小说的很多情节和场景都是真实的，格调时而幽默欢快，时而哀婉动人，体现了作者细腻的情感和娴熟的文笔。

在第四部《唱歌的小女孩》中，故事背景是1938年，此时奥立维已经16岁，他回到了巴黎，在叔父的印刷厂里当学徒。同前几部小说一样，这部小说也没有具体情节，只是一些情感和场景的集合，作者的意图仍然是通过奥立维的所见所闻描绘当时的社会状况。

第五部题为《大卫与奥立维》，主人公回到了八岁半的童年时期，那时母亲还健在，奥立维过着无忧无虑的生活。大卫是裁缝佐贝的儿子。尽管家境不同，但他和奥立维仍然成了无话不谈的好朋友，相互向对方介绍自己的见闻和生活。通过两个孩子的友谊，读者似乎被作者带回到20世纪30年代的巴黎，旧时的人群、习俗、语言、街景一一浮现。

第六部《奥立维和他的朋友们》再次向读者展现了20世纪30年代的巴黎。以奥立维为主线，作者描写了他的伙伴和周围的大人。通过孩子们的日常生活，例如上学放学，孩子之间的小矛盾、恶作剧以及他们的梦想、幸福和欢声笑语，生动地刻画了当时蒙马特地区的街景与风土人情，字里行间渗透着对往昔的追忆，洋溢着温柔与忧郁的情怀。

第七部《奥立维在1940年》，如其书名所示，故事发生在1940年前后，此时奥立维已不再是当年拉巴街上的那个小顽童，而是一个17岁的青年，在叔父的印刷厂当学徒。当巴黎被德军占领之后，奥立维的生活没有受到很大的负面影响，反而由于叔父的家庭地位而得到了一些特权，甚至赚了一些小钱。但是当他意识到这一点之后，却为此感到羞愧，尽管在当时的巴黎，抵抗和通敌这两种态度的分野尚不明显。不久之后，奥立维走上了秘密逃难的道路，先是躲藏在朋友家，后来在罗昂当了一名工人。1943年，奥立维逃出工厂，打算徒步回到位于索格的老家，在路上他遇到了游击队，于是毫不犹豫地加入了队伍，走上了与敌人斗争的道路。

2007年，随着《战争的号角》出版，已经84岁高龄的萨巴迪埃为该系列画上了一个圆满的句号。小说把时间定位在1944年夏天，21岁的奥立维参加了游击队，先是当了一名联络员，后来成了一名士官，而游击队的任务是从德军手中把被占领的勒皮夺回来。战争结束后，奥立维感到很幸福，同时又有些慌乱，他不觉得自己是战争英雄，也没有任何从政的打算。他来到了克莱蒙费朗，等待复员，等待重新过上往日的生活。《战争的号角》叙事朴实，情感真挚，使法国读者觉得似乎是在阅读父辈或祖父辈的故事，从而增进了读者对战争年代的了解，增进了他们对当时人们心态的认识。

在这八部小说中，作者以自己早年的记忆作为素材，通过主人公奥立维的经历展现了法国20世纪30年代以来的社会现实，具有明显的现实主义风格。《瑞典火柴》是法国战后最受读者欢迎的小说之一，销量已愈三百万册，作者也被誉为最受欢迎的通俗小说家之一。

（方尔平）

詹姆斯·萨克莱（James Sacré）

詹姆斯·萨克莱（1939—　），诗人。1939年出生，童年和少年时期在家乡旺代省的农庄度过。1965年前往美国学习文学，完成有关16世纪法国巴洛克诗人的论文，后在马萨诸塞州的史密斯女子学院任教。其博士论文的主题是风格主义诗歌中的“血”。与此同时，他频繁往返于法国和欧洲各国，曾在意大利、突尼斯及摩洛哥等地广泛游历。旅行使他能够重新思考同一性、相异性、友情及爱情的关系等问题。出于对马格里布的热爱，他的很多作品都以该地区为主题。20世纪60年代起开始写作，1965年出版首部诗集《关系》（*Relation*），1978年出版《微动的脸》（*Figures qui bougent un peu*）。2001年回到法国，定居于蒙彼利埃。

萨克莱的诗像是语言的游戏，首先在文本布局上具有直观的视觉特点，句间的空白、换行随处可见。在语法上，他深入发掘诗中的句法断裂、不合语法的表达方式，将其称为“语言的手势”（geste de langue）。他的诗中常见各种被额外添加或特意去掉的连词、突然出现的代词，有时为了发音悦耳而不进行时态配合。他玩味字词，熟知法语的古老方言，有意识地将学院式的语言和口语混合使用，还夹杂了各种专业词汇和自造词汇。另外，萨克莱将诗歌与散文混合在一起，故意模糊两种体裁的外在区别，他在各种文体间穿梭，以便发出自己的声音。他以犹豫的、不确定的姿态，使其诗歌在“亲与疏”“过去与现在”“字典般的客观精确和记忆的隐秘基调”之间往复摇摆，以追忆他的家乡旺代，并模仿儿童的句法赋予诗歌一种独特的语气。表面看来，萨克莱的诗似是自发而就，实则是诗人精心的反复创作，其中蕴含着他用画面和语言编织成的回忆。

萨克莱不是一位喜欢说教的诗人，无意用诗歌去表达自己的思想，也不以专断的口吻表达对周围世界的情感。他对“世界”的观察体现在对四海各地的描写，既包括摩洛哥、法国、美国等国家，也包括这些国家的咖啡馆和餐馆。他所谈论的都是寻常之物，所呈现的多为日常生活中随处可见的平凡场景，如市场、咖啡馆中的人群、驴和小车等。他的诗歌还充满肉感，与“心”相连，这颗心会爱，会震颤，会流血，用规律的跳动使生命延续。他对风景、地理兴趣浓厚，其大量作品都与童年生活过的地方有关，中心意象是房舍、农庄、花园和村庄，记忆扮演着十分重要的角色。他的一切回想都是为了让过去与现在一样鲜活，让两者彼此交融。但萨克莱的诗歌并不以自我为中心，而是向他者敞开心扉。诗中折射出对开放、热情、与他者和谐共存的渴望，希望时间在其中温柔地流淌。

在几十年的写作生涯中，从《心灵·哀歌·红色》（*Cœur élégie rouge*，1972）到《一个沉默的小女孩》（*Une petite fille silencieuse*，2001），他的作品表现出一种内在的呼应和一致性，即从童年到童年（从童年的风景到一个小女孩的童年）、从被爱的女人的爱情到一个迷失的小女孩的爱情。与这条漫长旅途相伴的，是同一个声音，时而激动时而严肃，时而欢快时而近乎绝望，发自一个既坚强又脆弱的生命。

萨克莱的其他主要作品还有：《女人和大提琴》（*La Femme et le*

violoncelle，1966）、《代词“她”的透明度》（*La Transparence du pronom elle*，1970）、《还像一首诗》（*Comme un poème encore*，1975）、《讲得不好的事情》（*Quelque chose de mal raconté*，1981）、《不透明的代词》（*Des pronoms mal transparents*，1982）、《为爱你而写》（*Écrire pour t' aimer*，1984）、《广口瓶，大腹瓶，玻璃瓶和细颈瓶》（*Bocaux，bonbonnes，carafes et bouteilles*，1986）、《词语的小草》（*La Petite herbe des mots*，1986）、《餐馆的孤独》（*La Solitude au restaurant*，1987）、《马拉喀什的一个傍晚》（*Une fin d' après-midi à Marrakech*，1988）、《画中鸟，无题》（*Un oiseau dessiné，sans titre*，1988）、《公牛，玫瑰，一首诗》（*Le Taureau，la rose，un poème*，1990）、《观驴》（*On regarde un âne*，1992）、《我的烂衣》（*Ma guenille*，1995）、《来，有人说》（*Viens dit quelqu' un*，1996）、《夜来入眼》（*La Nuit vient dans les yeux*，1997）、《美洲点滴》（*L' Amérique un peu*，2000）、《一个沉默的小女孩》（2001）、《词与颜色的起伏》（*Mouvementé de mots et de couleurs*，2003）、《也许题目就在诗中》（*Sans doute qu' un titre est dans le poème*，2004）、《放在一起的三首旧诗，为了再对她说“我爱你”》（*Trois anciens poèmes mis en ensemble pour lui redire que je t' aime*，2006）、《散文与诗的荆棘》（*Broussailles de prose et de vers*，2006）、《尘埃天堂》（*Paradis de poussières*，2007）、《诗只看见词》（*Le Poème n' y a vu que des mots*，2007）等。

摩洛哥给了萨克莱很多灵感，《马拉喀什的一个傍晚》《来，有人说》《尘埃天堂》三部作品描述了诗人在这个国家的见闻及感想，既描写了摩洛哥的风景、语言和居民，也讲述了一段漫长的与当地人的交往史，他在各个地方度过的各种时刻都与某个面容和某段谈话交融在一起。《尘埃天堂》呈现的不是一个理想化的天堂，不是美丽和理想化的爱情，也不是诗歌的完美：一切都存在于我们生活的尘世中，存在于我们每日的挫败和言语的无力中。它讲述的也不是严重破灭的幻想，其中尚有花园，而灰尘会在阳光充足的时候熠熠发光。

1993年出版的《诗歌，如何说？》（*La Poésie, comment dire ?*）汇集了他对诗歌的研究，特别是对自己的诗歌（包括散文诗）的反思。他不对散文和诗歌加以区分，对诗歌只给出一个十分宽泛的“定义”：和其他任何一种体验一样，诗歌是由语言带来的一种体验，生活的晦暗同词语的晦暗交织在一起。萨克莱认为，用词语谈论诗歌是词不达意、力不从心的，同时也显得自负和可笑。同时，书中还收录了他在1979—2005年间对一些法国诗人的研究，如兰波、谢阁兰、居斯塔夫·鲁德（Gustave Roud）、弗朗西斯·蓬热、让·弗兰（Jean Follain）、吉尔伯特·勒利（Gilbert Lely）、加斯通·薛萨克（Gaston Chaissac），以及意大利诗人安德烈亚·赞佐托（Andrea Zanzotto）、摩洛哥小说家埃德蒙·阿姆朗·艾尔马莱（Edmond Amran El maleh）等。

萨克莱是一位难以被定位的诗人，在法国当代诗歌中占有特殊的地位。对他而言，词语是世界的物象，一个词对应一个物象，而一个物象却对应众多词汇。无论是诗歌还是散文，他一直在尝试让自然重生，让扎根在童年中的单纯重现。萨克莱的部分作品已被收入法国的中学教材中。

（王佳玘）

弗朗索瓦兹·萨冈（Françoise Sagan）

弗朗索瓦兹·萨冈（1935—2004），小说家、剧作家。本名弗朗索瓦兹·夸雷（Françoise Quoirez），出生于法国南部洛特省的一个殷实的实业家家庭，优渥的家境和家人的宠爱使她自幼养成了任性骄纵的个性。上学期间，她不喜学业，目无纪律，但酷爱文学，广泛阅读了大量书籍。第一次会考失败后，她通过补考进入索邦大学学习，她在一家咖啡厅里开始了处女作《你好，忧愁》（*Bonjour tristesse*，1954）的创作。小说中，一位名为塞西尔的少女因不满父亲再婚而用计阻拦，间接导致了父亲女友的死亡。小说塑造了一个敏感而叛逆的少女形象，展现了法国中产阶级在战后衣食无忧却麻木沉沦的生活。由于父亲不愿意家族姓氏出现在小说封面上，弗朗索瓦兹·夸雷选择了普鲁斯特小说《追忆似水年华》中一位亲王的姓氏“萨冈”作为她的笔名。

《你好，忧愁》使这位天才的少女作家一鸣惊人，立即引起了人们的热切关注和讨论。这部小说尽管文笔稚嫩，但文字明晰流畅，直击人心，当年销量即突破20万册，并获得了当年的批评家文学奖。弗朗索瓦·莫里亚克在1954年6月1日的《费加罗报》头版写道：“上个星期，批评家文学奖颁给了一位18岁的迷人小魔鬼，（……）她无可置疑的文学才华从小说的第一页起就大放异彩。”两年后，萨冈的第二部小说《某种微笑》（*Un certain sourire*，1956）出版。女主人公多米尼克与其情人的叔叔吕克相互吸引，但在两个星期的相处后，这段女大学生与有妇之夫的恋情无疾而终。之后，萨冈又陆续出版多部小说。在另一部畅销作品《狂乱》（*La Chamade*，1965）中，主人公年轻女子露西本是一名中年富商的情妇，过着富足而无所事事的生活。她与年轻、贫穷但充满激情的安东尼陷入了爱河，但因生活习惯和理念的迥异，两人最终走向了疏远。而在《冷水中的一点阳光》（*Un peu de soleil dans l'eau froid*，1969）中，主人公是一位年轻的新闻记者吉尔，因抑郁症终日精神萎靡，对任何事情都了无兴趣。他从巴黎来到里摩日的姐姐家休养，与一名有夫之妇娜塔莉陷入了热恋。然而，虽然两人走到了一起，娜塔莉却感到越来越不快乐，最终因吉尔对自己流露出厌倦情绪而自杀。

萨冈的小说受到了读者的热烈欢迎，屡屡登上畅销书榜单。另一方面，她的作品时常伴随着质疑声。有评论认为，她的小说似乎始终没有走出“封闭的中产阶级闹剧世界”的框架。事实上，从《你好，忧愁》到《某种微笑》，再到《你喜欢勃拉姆斯吗……》（*Aimez-vous Brahms...*，1959）、《狂乱》《冷水中的一点阳光》，这些小说的主题都大同小异，故事背景很少超出她生活其中的资产者“小世界”，情节也多数是三角恋的爱情故事。此外，尽管与“新小说”作家们处于同一时代，萨冈的作品似乎并无形式上的创新，被人指责落入了某种“萨冈化”的套路之中。

然而，不可否认，萨冈作品的“轻巧旋律”具有独特的文学魅力，引起广大读者的共鸣。她生动而细腻地展现了战后法国原有的社会秩序和道德观念走向解体背景下的一代法国青年的生活和情感。她笔下的年轻人大多出身于中产阶级家庭，物质条件富足，精神世界却迷茫空虚。

他们终日无所事事，沉湎于享乐之中，以此逃避理性与秩序的约束，却始终无法摆脱厌倦和忧愁的情绪。与同样探讨虚无的存在主义代表人物萨特（萨冈一直与其保持着良好关系）相比，萨冈“将感官主义引入了存在的哲学中”（贝纳德·弗兰克）。正如萨冈的一部小说的书名所言，她的作品将“一点阳光照入冰冷的水中”。其笔下的人物虽然处于一种本质的孤独之中，但并不过分演绎自己存在的焦虑，而是在放纵行乐中冲淡“忧愁”。而作家本人也不探讨意义，不追寻价值，而是满足于写作本身带来的浅层愉悦，致力于用精美简明的文字描绘人物隐秘而微妙的心理，展现人物心中难以名状的情感，触动有着同样心绪的众多读者。

在萨冈的后期作品中，《灵魂之伤》（*Des bleus à l' âme*，1972）是一部较为特别的小说。它融合了小说和散文两种类型的文字。在小说部分，她的戏剧《瑞典城堡》（*Château en Suède*，1960）中的两个人物——塞巴斯蒂安和埃莱奥诺兄妹——再次出现。他们已年近40岁，却依然面容姣好，居住于巴黎的一间公寓中，厌倦一切工作，寻找倾倒于自己魅力的人以求依附。这对兄妹被经理人罗贝尔收留。塞巴斯蒂安成了一位年老却富有的美国女人诺拉的情人，而埃莱奥诺与年轻的影坛新星布鲁诺谈起了恋爱。但布鲁诺事实上和罗贝尔有着千丝万缕的关系。后者被遗弃后在绝望中自杀，兄妹两人也因此离开巴黎。《灵魂之伤》的故事和萨冈的其他作品似乎并无大的差别，但是，萨冈在叙事中插入了一些散文化的“离题”章节，打断了叙事的连续性，对塞巴斯蒂安和埃莱奥诺的故事进行评论和解读，同时还有对文学、生活、社会和自身存在问题的反省和思考。萨冈在《灵魂之伤》中探索了新的叙事语言，尝试使用更加自由的方式来表达自己，作为作家的萨冈和作家之外的她相互审视和剖析。这种真诚的自我坦白和分析在后来的自传性作品，如《肩后》（*Derrière l' épaule*，1998）中越来越常见。

除了小说之外，戏剧和电影在萨冈的创作中也占有一席之地。继芭蕾舞剧《错过的约会》（*Le Rendez-vous manqué*，1958）获得成功后，她又写作了戏剧《瑞典城堡》。这部“透着一丝悲伤的闹剧”得到观众和评论家的认可。《瓦伦丁娜的淡紫色连衣裙》（*La Robe mauve de Valentine*，1963）也受到观众的欢迎。和其小说一样，萨冈的戏剧不追随潮流，用较为古典的形式表达“孤独感和人性中匮乏的温柔”。另外，萨冈还参与了《朗德吕》（*Landru*，1963）、《蓝色蕨草》（*Les Fougères bleues*，1977）等多部电影的编剧。

萨冈的创作与其自身生命之间存在着某种相似性。作为战后法国年轻女性的旗帜性人物之一，她的个人生活一直充满了话题性。自少女时代起，萨冈就流连于酒吧和夜总会，随着作品的畅销所带来的巨额收入，她开销无度，在恣意享乐中挥霍财富。她从不隐瞒自己对赌博、赛马、飙车等刺激性活动的着迷。1957年，萨冈因超速驾驶遭遇严重的车祸，险些丧命。为了缓解痛苦，她接受了吗啡治疗。出院后，她开始戒毒，并将过程记录在了《毒》（*Toxiques*，1964）这部日记体作品中。然而，毒瘾未治，她又开始酗酒。从此，她终日依赖药物、酒精和毒品，成为她躲避现实、治愈孤独的方式，如她自己所言，在逃避生活的时候，她唯一感到适宜的东西就是鸦片。她的感情世界也充满了波折，她有过两段短暂的婚姻，还与几位女性伴侣保持了长久的密切关系。因其不羁的作风，萨冈屡屡引发道德乃至于法律上的争议。1988年，萨冈被指控吸食和转让毒品。1995年，她因同样的罪名被判处18个月的监禁，缓期执行。2005年，由于接受埃尔夫石油公司的贿赂，萨冈因偷税被判处缓期监禁和罚款。尽管因作品畅销，萨冈曾过了一段风光无限的生活，但长久以来的大肆挥霍和不良的生活习惯使她在晚年穷困潦倒、病痛缠身，只能依靠好友的接济和收留生活。

在《灵魂之伤》中，萨冈坦言：“在我赤脚驾驶的法拉利、盛满酒的酒杯和放纵的生活面前，不会有人认为我是值得尊重的。（……）但这些尽情作乐的时刻最终不过是一种伪装，用来掩藏因孤独而颤抖着的赤裸、消瘦的身体。这就是那个关键词：孤独。”与她笔下的人物相似，萨冈生性悲观，一方面追求纵情无度的生活，一方面又对挥之不去的孤独感到恐惧。她的写作集中体现了这种悖论的性格，也成为她动荡生命的依托之所，写作是她检验自己的唯一方式，是证明她的存在的唯一标志。2004年9月24日，“一个时代的青春代言人”萨冈因肺栓塞去世。早在1998年，她就已为自己拟好了墓志铭：“萨冈，弗朗索瓦兹。1954年以一本薄薄的小说《你好，忧愁》出道，这部小说是一场众所周知的丑闻。在经历了令人愉快而又轻率的一生和一系列作品后，她的消失是一个只属于她自己的丑闻。”

中译本：《你好，忧愁》，余中先译，中国文联出版公司，1987年；《心灵守护者》，胡品译，中国文联出版公司，1987年；《失落的爱》，蕾蒙译，中国文联出版公司，1987年；《您喜欢勃拉姆斯吗？》，方荃译，中国文联出版公司，1987年；《你好，忧愁》，管筱明等译，漓江出版社，1987年；《战时之恋》，张蓉译，花城出版社，1992年；《狂乱》，吕志祥译，中国文学出版社，1996年；《你好，忧愁》，管筱明、金龙格译，海天出版社，1999年；《某种微笑》，谭立德、李玉民译，人民文学出版社，2006年；《你好，忧愁》（含《某种微笑》《一月后，一年后》《你喜欢勃拉姆斯吗……》《狂乱》），余中先、谭立德、金龙格译，人民文学出版社，2006年；《肩后：萨冈最后的告白》，吴康茹译，广西师范大学出版社，2006年；《我最美好的回忆》，刘云虹译，江苏人民出版社，2007年；《无心应战》，段慧敏译，江苏人民出版社，2007年；《淡彩之血》，黄小彦译，江苏人民出版社，2007年；《我心犹同》，张健译，江苏人民出版社，2008年；《毒》，王加译，人民文学出版社，2010年；《孤独的池塘》，陈剑译，人民文学出版社，2011年；《冷水中的一点阳光》，黄荭译，浙江大学出版社，2011年；《零乱的床》，顾微微译，浙江大学出版社，2011年；《舞台音乐》，孔潜译，浙江大学出版社，2011年；《平静的风暴》，李焰明译，浙江大学出版社，2011年；《逃亡之路》，黄小彦译，上海文艺出版社，2011年；《某种凝视》，段慧敏译，上海文艺出版社，2011年；《心灵守护者》，段慧敏译，上海文艺出版社，2011年；《枷锁》，宋旸译，上海文艺出版社，2011年；《灵魂之伤》，朱广赢译，上海文艺出版社，2013年；《奇妙的云》，戴巧译，上海文艺出版社，2013年；《豺狼的盛宴》，毕笑译，上海文艺出版社，2013年。

（吕如羽）

娜塔丽·萨洛特（Nathalie Sarraute）

娜塔丽·萨洛特（1900—1999），小说家、文学理论家。1900年7月18日生于俄罗斯伊凡诺沃-沃孜内森斯克的一个犹太知识分子家庭，原名娜塔莎·切尔尼亚克（Nathacha Tcherniak）。父母在她两岁时离异，分别定居巴黎与俄国，自此她便经常来往于法国和俄国之间。1910年她跟随再婚的父亲移居巴黎，母亲在俄国再婚。在小学及中学时代，她对文学表现出强烈爱好，特别喜爱陀思妥耶夫斯基、普鲁斯特、福克纳、卡夫卡等作家的著作。她对英国文学更是兴趣浓厚，当谈及阅读詹姆斯·乔伊斯和弗吉尼亚·伍尔芙作品的感想时，她坦言，从那一刻起，一条崭新的文学之路向其展开；人们不会再像先前那样写作了。此外，她还表现出很高的语言天赋，可以流利地说俄语、法语和德语。1919年她在巴黎索邦大学获得英语学士学位，后赴英国牛津大学攻读历史和英语，此后又到德国柏林学习社会学，1922年回到巴黎大学学习法律，结识了雷蒙·萨洛特并于1925年与之结婚。雷蒙将娜塔丽·萨洛特引入绘画艺术之门，并对她后来的文学创作给予了极大的支持。学业结束后，娜塔丽·萨洛特开始从事法律工作，但是她对文学，尤其是20世纪文学的兴趣使她渐渐远离律师界，步入文学圈。1941年，根据维希政府的反犹太法，萨洛特被取消律师资格，从此她全身心地投入文学创作事业。

萨洛特在1932年开始文学创作。1939年发表的论文集《向性》（*Tropismes*）是她的处女作，同时也是奠基之作，可以概括萨洛特小说的创作意图和特点。“向性”原是一个生物学词汇，指的是静止型生物对环境刺激（如光、水、热）的定向运动反应。作者借用该词，意在强调人由于外部因素影响（如约定俗成的句式、社会习惯、他者或他者话语的存在等）而产生的几乎不被感知的内在活动，作者将这些复杂、强烈的、“无法定义的”关系和情感（如忧虑、惊恐）看作是人类本能的内部活动。她在1956年出版的《怀疑的时代》（*L' Ere du soupçon*）的序言中再次解释了“向性”一词：“这是一些无法定义的活动，它们很快滑向我们意识的边缘……在我看来，它们就是我们存在的秘密根源。”萨洛特试图通过人与人之间的相互作用、排斥、吸引和征服等关系，探求微妙的心理现象。

《向性》孕育了新的文学题材和新的写作技巧。全书包括24篇文章，这些文章篇幅短小精悍、富有诗意，很难被归入已有的文学体裁：它们既不是散文诗，又不是传统意义上的小说；没有情节，一切外部情节都被内心活动所代替；没有心理分析，人物形象模糊，无名无姓，没有社会身份，没有特定性格。在萨洛特看来，性格化的人物与她坚持的“一个正在生成的世界”的观点无法共存。萨洛特的写作不意在分析或说明动机，而是综合；她不描写，而是模仿和重建情感，让读者体会这些情感。她大量使用间接引语、直接引语、省略号，把读者带入深邃、微妙的心理世界。她的处女作即已显示出她的成熟和大家气势，彰显了她未来创作理论与实践的要义：看似简单但实则细腻的风格，富有诗性和不确定性。作者自己承认，她的第一本书孕育了她接下来的作品中不断展开生发的东西，向性是其所有作品的精髓。有评论将这本书看作是

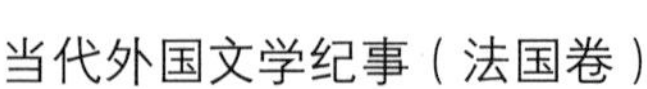

法国20世纪50年代新小说的先声。

在完成了《向性》之后，萨洛特立即投入她第一本小说《一个陌生人的画像》（*Portrait d' un inconnu*）的写作中。作者是在第二次世界大战逃亡期间写完该书的，但在书中却看不到丝毫时代和历史的痕迹。1946年，萨洛特写完此书，萨特为其作序。萨特在序言中称赞它“把一种能超过心理学而在人类存在本身中达到人类现实的技巧发展到了顶点”，并第一次使用了“反小说”（anti-roman）这个新术语来称之。但萨洛特对此表现出惊人的冷静。她后来解释说：“当我们说‘反小说’，那就意味着我们有一个明确的概念，知道什么是真小说。我并不同意这种说法。”她认为，没有什么“反小说”，只有各种各样的小说。《一个陌生人的画像》并非一本传统意义上的小说。书中既无完整的故事，又无动人的情节，叙述者用第一人称讲述“我”如何去窥探一对父女。父亲年迈、贪婪、自私，女儿十分感性。吝啬的父亲不愿满足女儿好挥霍的习惯，父女感情很坏。后来，女儿找到了一个有钱的丈夫，他们才言归于好。窥视者鬼鬼祟祟地窥探父女俩的生活，有时还参与其中拨弄是非。叙述者不断地犹豫、怀疑，怀疑自己的眼睛、记忆、判断和品性，他甚至质疑自己的言语，随着叙述的深入，各种问题不断被暴露出来。叙述者处于观察者的角度，他遇到的所有困难、各种不确定正反映了萨洛特对人类世界和人类关系的理解。作者后来接受采访时坦言：“这部小说并不是向读者解释发生了什么事情，而是为了我自己，因为这是我自己的研究。”

萨洛特的每一部作品似乎都是后续作品的雏形或者为之所做的准备，就像《一个陌生人的画像》中的某些片断原本是为《向性》而设计的一样，接下来的一部论文集《怀疑的时代》更是将前面的研究进行到底，提出了新小说的文学主张，向传统小说公开宣战。这部论文集收录了萨洛特的4篇论文：《从陀思妥耶夫斯基到卡夫卡》（De Dostoïevski à Kafka）、《怀疑的时代》《对话与潜对话》（Conversation et sous-conversation）和《鸟瞰》（Ce que voient les oiseaux）。这些论文集中阐释了作者期待新小说的基本主张：反虚构，反传统人物形象和故事情节，主张变革小说艺术，着重心理描写，表现独立的心理真实，研究潜对话。当时声望颇高的阿兰·罗伯-格里耶专门在《批评》杂志上发表文章评价该书。《怀疑的时代》被看作是“新小说”的重要理论文献。

20世纪50年代后，萨洛特身患重病，但仍坚持写作，并陆续创作了多部成功的作品，如《马尔特洛》（*Martereau*，1953），描写叙述者的叔叔把钱交给马尔特洛，请他帮买房子。《天象仪》（*Le Planétarium*，1959），写一个青年艺术家娶妻后在岳母的怂恿下算计婶母的房子。《金果》（*Les Fruits d'or*，1963），1964年获国际文学奖。在写作手法上，她继续坚持她一贯的风格：句子短小，经常使用不合语法规则的断句、省略、空行；人物形象模糊，情节淡化，大量的对话、潜对话、内心独白相互交错。

之后，萨洛特又写了《话语的使用》（*L'Usage de la parole*，1980）、《童年》（*Enfance*，1983）、《这儿》（*Ici*，1995）、《打开》（*Ouvrez*，1997）和《阅读》（*Lecture*，1998）等。

萨洛特专注于人类心理和语言的研究，一生极少提及自己的生平，直到《童年》的发表，才让世人能够较多地了解她儿时的情况。在《童年》中，80多岁的老人以“我”的口吻讲述了自己从巴黎到日内瓦、彼得堡，在父亲和母亲之间奔波，与母亲、父亲、后母之间的亲疏远近等关系变化以及自己的孤独和抑郁，再现了“我”从五六岁到十一二岁的成长过程。“我”具有与一般孩童相似的天性：天真烂漫，诚实善良，好奇心强，喜欢做大人禁止做的事情。但“我”又与众不同，有超凡的想象力和文学感受力，很小就表现出很高的语言天赋；“我”很敏感，容易被伤害。

事实上，作者在很多访谈中不止一次地声称自己不喜欢自传。作者这一次一改前面的叙述风格，将自己的童年作为叙述对象，但却并没有偏离自己的创作理想。《童年》并非作者的生平“报告”，而是精选童年的生活片段，把记忆中的只言片语剪辑在一起，将它们在写作的当下激活，重新感受；记忆只是作为挖掘孩子深层心理经历的背景，其精神内涵才是精髓所在。与前面的创作一样，对话、潜对话仍在叙述中占有重要地位，并带有成人和儿童两种语气，是生命中两个时期的 “我”的对话；同时又是两个意识空间中的“我”的对话：一个是在不断回忆的“我”，它的对话者是它自己的另一半，即作者的意识。两种口气不断自我补充、互相提示和纠正。在书中，萨洛特也保留了她一贯的语言特点，大量采用短句、断句和省略号，对回忆不做修饰和美化，将童年的创伤、或痛苦或快乐的经历直接展现。

除了致力于文学创作和文学理论，萨洛特自1967年起，开始为电视台制作广播剧《沉默》（*Le Silence*），后被搬上银幕。此后，她还发表剧作《谎言》（*Le Mensonge*，1966）、《伊斯玛》（*Isma*，1970）、《真美》（*C' est beau*，1975）、《她在那里》（*Elle est là*，1980）、《是或非》（*Pour un oui ou pour un non*，1982）。

萨洛特一生笔耕不辍。1995年，96岁高龄的她还出版了《这儿》。1997年发表作品《打开》。在生命的最后日子里，她仍坚持写剧本，去国外访学。她的声名也享誉世界各地，众多国际研讨会、现代文学研究学者将萨洛特作为研究的对象。她也是有生之年作品全集被收入法国文学宝典“七星文库”的第11位法国作家。1999年10月19日，萨洛特以99岁高龄在巴黎的寓所去世。

纵观萨洛特的文学理论和创作实践，她的文学观贯彻于她所有的作品中。她坚持认为，古典小说对外在世界面貌的描绘已经失去魅力，新小说革命要从反虚构、反传统人物形象和故事情节开始。她试图摒弃人物和情节，侧重表现心理真实，用大量的对话和“潜对话”表现人的意识活动。她关注的多是日常生活琐事，情节淡化，人物形象模糊，侧重描写人物心理活动以及人物在瞬间的复杂心态的“前奏曲”。萨洛特不直接触及重大的社会题材，她更关心的是精神领域的基本问题。她的先锋性文学理论和大胆而独具特色的文学实践使她在法国文学史上占有重要地位。

中译本：《天象馆》，罗嘉美译，漓江出版社，1991年/上海译文出版社，2013年；《天象仪》，周国强、胡小力译，译林出版社，2000年；《童年》，桂裕芳译，人民文学出版社，1986年/上海译文出版社，2014年；《童年·这里》，桂裕芳、周国强、胡小力译，译林出版社，1999年；《一个陌生人的画像》，边芹译，译林出版社，2000年。

（王迪）

埃里克-埃马纽埃尔·施米特（Eric-Emmanuel Schmitt）

埃里克-埃马纽埃尔·施米特（1960— ），剧作家、小说家。1960年3月28日出生于里昂的一个小镇。小时候母亲带他观看戏剧《西哈诺·德·贝热拉克》（*Cyrano de Bergerac*，又译作《大鼻子情圣》），使年幼的他热泪盈眶，并从此深深地迷恋上戏剧。17岁时他决定当作家，在中学里创作、导演和表演自己最初的戏剧作品。为了提高写作水平，他热情地练习重写和模仿经典作家，尤其莫里哀的作品。中学毕业后他成功地考入巴黎高等师范学院，1983年通过哲学教师资格考试，1986年以论文《狄德罗和形而上学》获得哲学博士学位。毕业后做过几年哲学教师。1989年2月在撒哈拉沙漠之旅的一个夜晚，一种神秘的体验向他袭来，这次思想震动开启了他的写作生涯。

施米特对音乐十分着迷，他曾经将莫扎特的《费加罗的婚礼》（*Les Noces de Figaro*）和《唐·乔万尼》（*Don Giovanni*）译为法语。他对新事物和不同领域充满好奇，希望能不断打开新的文学创作之门，带给读者新的阅读乐趣。他尝试创作了一部虚构的自传——《我与莫扎特在一起》（*Ma vie avec Mozart*，2005），这部书信体小说同时在8个国家出版发行。

也许和他的教育背景有关，施米特的戏剧和小说作品中常常充满对生命、宗教和人性的追问，使作品带有深刻的哲学内涵。他的作品常常选择著名历史人物为主人公，试图理解他们的内心和行为，如《来访者》（*Le Visiteur*，1993）里的弗洛伊德，《放纵者》（*Le Libertin*，1997）里的狄德罗，《彼拉多福音》（*L'Évangile selon Pilate*，2004）里的耶稣，《另外一面》（*La Part de l'autre*，2001）里的希特勒。施米特本人曾是不可知论者，后来回归基督教，由此不难理解宗教在他的作品中所占的重要地位。有时他的作品会将不同宗教进行比较，通过信仰的不同展现人性的冲突，如《彼拉多福音》里彼拉多审判耶稣，《密勒日巴》（*Milarepa*，1997）里一个巴黎人对藏传佛教的认知，《易卜拉欣先生和古兰经之花》（*Monsieur Ibrahim et les Fleurs du Coran*，2001）里的伊斯兰教和犹太教，《诺亚的孩子》（*L'Enfant de Noé*，2004）里的犹太教和基督教。

2002年起施米特移居布鲁塞尔，2008年获得比利时国籍，从此拥有双重国籍。在短短十几年时间里，他跻身读者最多、最有代表性的法语作家之列。他的书被译为40种语言，戏剧作品在50多个国家里上演。

中译本：《奥斯卡与玫瑰夫人》，徐晓雁译，作家出版社，2008年；《我们都是奥黛特》，徐晓雁译，作家出版社，2011年；《长不胖的相扑手》，罗顺江译，上海译文出版社，2012年；《最后十二天的生命之旅》，陈潇译，译林出版社，2013年；《镜子中的女人》，周国强译，译林出版社，2013年；《来自巴格达的尤利西斯》，周国强译，译林出版社，2013年；《诺亚的孩子》，周国强译，译林出版社，2013年；《为你走向希望之地》，周国强译，译林出版社，2013年；《彭斯神父的方舟》，周国强译，译林出版社，2013年；《女人，你到底想要

什么》，周国强译，译林出版社，2015年。

《奥斯卡和玫瑰夫人》（*Oscar et la dame Rose*）

《奥斯卡和玫瑰夫人》（2002）是施米特的“看不见的循环”（le cycle de l' invisible）系列小说中的第三部作品。该系列小说由《密勒日巴》《易卜拉欣先生和古兰经之花》《奥斯卡和玫瑰夫人》和《诺亚的孩子》构成。这四部小说都与宗教有关，揭示了精神智慧在生活中的作用。《密勒日巴》探讨佛教，《易卜拉欣先生和古兰经之花》涉及伊斯兰教，《奥斯卡和玫瑰夫人》讲的则是一个与基督教有关的故事。

这是一部书信体小说，讲述了10岁男孩奥斯卡和玫瑰奶奶之间的故事。奥斯卡因白血病住院，骨髓移植手术失败，生命垂危。信仰基督教的玫瑰奶奶是到医院陪伴小病号的志愿人员，她向奥斯卡讲述了她的宗教如何帮她应对痛苦和死亡。此举并非影响或让他皈依基督教，而是引导他思考，陪伴他平静地走向死亡。在玫瑰奶奶的建议下，奥斯卡每天给上帝写一封信，并且从写信的第二天起，把每一天当作十年来活，这样奥斯卡的生命浓缩在最后的12天里，他体验了从出生到老去的过程，安静地离开人间。整部小说由14封信组成，奥斯卡写给上帝13封信，第14天的最后一封信是玫瑰奶奶写给上帝的，宣告奥斯卡离世。在这些信里，奥斯卡重述了他与玫瑰奶奶以及病房中小病友们之间的谈话，在短短十几天里他问出了一个普通人可能需要花一生的时间来提的各种问题。他与玫瑰奶奶之间的谈话涉及疾病、痛苦、上帝和死亡四个主题。整部作品带有悲剧色彩，施米特在字里行间刻画出孩子的天真可爱，比如他直接以“你”称上帝而不用“您”，信末他会请求上帝帮他两三个小忙。玫瑰奶奶也非常有个性，她年轻的时候做过摔跤手，不拘小节，以幽默讽刺的态度与疾病抗争，并善于编故事哄孩子。作品的第三个主要人物是上帝。最初，奥斯卡给他写信却不知道他的地址，而且认为上帝跟圣诞老人一样不存在，是骗人的。不久，上帝成为奥斯卡沉默的知心朋友，帮助奥斯卡找出一天里最重要的事情，思考精神世界里的事物，并且孩子在信末向上帝许的心愿越来越无私。最终戏剧性的转折，奥斯卡感觉上帝在沉默良久之后过来看他。其实，上帝是否来访不是那么重要，他给奥斯卡带来的丰富情感才是非常可贵的。他让奥斯卡把每一天当第一次来过，更好地睁开眼睛、打开心灵之门，去感受和发现世界，抛开习惯带来的冷漠。作品的最后一句话还是关于上帝的："只有上帝有权叫醒我。"这句话也可以这样理解："如果上帝存在，就让他叫醒我；如果他不存在，就让我安静地休息。"

这部小说的创作源头可以追溯到施米特的童年和他从父亲那里受到的教育。其父是一位儿科诊所的运动疗法医生，使施米特能与生病的孩子接触。他在观察和思考中产生了这样的念头，不管生了病能否治愈，必须接受疾病和死亡的现实。施米特称酝酿这部小说用了很长时间，如何以一个孩子的口吻言说，如何处理孩子病危离世这个沉重的主题，成为他创作中的两个难点。施米特承认自己直到40岁才达到一种简单纯朴的状态，对生命的奥秘有了孩子才有的信仰，这时他内心深藏的奥斯卡的形象才呼之欲出。对于疾病的痛苦及其导致的死亡，成人常常讳莫如深，而孩子则喜欢直言不讳。小说开头，奥斯卡在信中抱怨父母没有勇气跟他直说病危。重病本已不幸，沉默便令人更加不幸。玫瑰夫人就什么都敢说，不向奥斯卡隐瞒。奥斯卡和玫瑰夫人形成哲学意义上相通的一对，他们共同讨论人生的境遇，投入地生活。他们是脆弱的，都走在生命的末路上，却仍然保持幽默的态度和丰富的想象力，让每一天更快乐。奥斯卡比他的父母更具有哲学思想，因为他接受现实，在言行上从不逃避，他可以感觉自己正在迈向死亡。在玫瑰奶奶的帮助下，他逐渐辨别出生活中最重要的东西。他的生命虽然短暂，却活得有尊严，并在最后的12天里让生命完整，就像玫瑰奶奶送他的圣诞节礼物——将完整

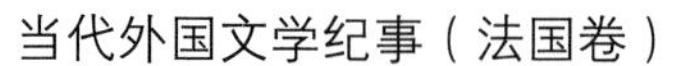

一生浓缩在一天时间里的一棵弱小植物，虽然它只有一天的生命，却完成了发芽、抽茎、长叶、开花、结籽和凋落的全部过程。

作品体现出深切的人文关怀，法国医学科学院破例第一次将让·贝尔纳奖授予一部文学作品。该小说由作者本人改编成戏剧，于2002年在香榭丽舍剧院成功上演。施米特称自己在动笔写小说之前就已经听到人物的对话，早就知道小说也可以作为戏剧呈现在人们面前。戏剧里只有一个出场人物，就是玫瑰奶奶。她以孩子的口吻读了奥斯卡给上帝写的13封信，最后读的才是唯一一封玫瑰奶奶自己写给上帝的信。施米特不希望奥斯卡出场，不想看到一个苍白虚弱、因为化疗掉光头发的孩子形象出现在舞台，而是让人们通过听玫瑰奶奶读的信，去想象奥斯卡的样子。

（徐熙）

豪尔赫·森普隆（Jorge Semprun）

原名豪尔赫·森普隆·毛拉（1923—2011），西班牙作家、剧作家和政治家，但其主要文学作品都是用法语撰写。1923年12月10日生于西班牙马德里的一个大资产者家庭，母亲是西班牙自由党保守派政治家安东尼奥·毛拉的女儿，父亲约瑟·玛利亚·森普隆是律师和法学教授，曾担任桑坦德市市长，西班牙内战期间出任西班牙第二共和国驻海牙服务处的外交官。1939年第二共和国覆灭后，森普隆一家逃亡到法国。森普隆在巴黎亨利四世高中完成学业，1941年开始在索邦大学学习哲学。

森普隆曾投身于法国抵抗运动。1942年，他开始接触共产党义勇军的秘密组织及移民工人的支持者们，并加入了西班牙共产党。1943年9月，他被盖世太保逮捕，被送往布痕瓦尔德集中营，直至1945年集中营获得解放，他得以返回巴黎。经历了集中营的苦难生活，他发现很难再回归平淡的日常生活，开始用文字记录被关押在集中营的日子，以重现他人生中过去20的年经历。

森普隆是西班牙共产党的活跃分子，在佛朗哥政权期间，他多次用假名发起抵抗运动。曾当选西班牙共产党中央委员和执行委员。1964

年，因“党内阵线观点不和”而被共产党除名，从此将主要精力投入文学写作。1988—1991年间，在西班牙社会党政府担任文化部长。

森普隆的小说主要是围绕几个特定的主题或历史上的大事件，他的大多数自传小说都是自身经历的见证与思考。他曾在盖世太保监视下的巴黎、在布痕瓦尔德集中营生活过，即使恢复了自由，他对平静的生活也感到无所适从。从此他投入写作之中，一批文学作品由此诞生，如《漫长的旅行》（*Le Grand Voyage*，1963）、《消逝》（*L'Evanouissement*，1967）、《多美的星期天》（*Quel beau dimanche*，1980）、《写作或者生活》（*L'Ecriture ou la Vie*，1994）以及《二十年零一天》（*Vingt ans et un jour*，2003）。另一类重要作品是围绕他流亡法国的过程以及佛朗哥政府倒台后他的亲身经历，比如《白山》（*La Montagne blanche*，1986）、《弗里德里克·桑切斯向您致敬》（*Frédérico Sanchez vous salue bien*，1993）及《永别了！光明万岁》（*Adieu，vive clarté*，1998）等。

《漫长的旅行》是豪尔赫·森普隆的一部自传体小说，用法语和西班牙语写成。森普隆在书中讲述了一位巴黎亨利四世高中的预科生和其他119名犯人拥挤在一节货运火车车厢里，从贡比涅到布痕瓦尔德度过的四天五夜时间。以此为主线，将森普隆一生中从西班牙内战到抵抗运动，从西班牙解放运动到最终回到法国的不同阶段的回忆片段衔接起来，写到了他作为一名抵抗运动成员被捕，集中营解放后他开始撰写人生第一部作品，战后一直暗中与佛朗哥派分子斗争等。这段旅途深深刻在他的记忆深处，也预示了主人公的命运。全书的大部分内容是以第一人称叙述，但是最后几页则是用第三人称书写的。森普隆称书中叙事者就是他自己，只不过所有的事件都是经过重构的。

森普隆一生撰写了许多文学作品、戏剧以及电影剧本，获得不少重要的文学奖项。1965年，《漫长的旅行》获得西班牙福门托文学奖（Prix Formento）；1969年，《拉蒙·麦卡德的第二次死亡》（*La*

Deuxième Mort de Ramón Mercader）获得费米娜文学奖；1977年，《弗德里克·桑切斯的告别》获得西班牙普兰塔文学奖（Prix Planeta）。

（褚蔚霖）

皮埃尔·桑吉（Pierre Senges）

皮埃尔·桑吉（1968— ），小说家。出生于伊泽尔省，早年自学音乐，尤其是爵士萨克斯和吉他。在20世纪90年代开始写作前主要靠教音乐课谋生，后来他注册了格勒诺布尔大学的社会学系，很快发现课堂没有图书馆有意思，大学时光基本在格勒诺布尔大学的图书馆度过。桑吉对知识积累有着强烈的好奇心，几乎对所有的知识领域都感兴趣，一度渴望成为达·芬奇或拉伯雷那样的百科全书式的知识巨人。

桑吉在法国文化电台做了多年的小说阅读类节目，曾策划过福楼拜的《布瓦尔与佩居榭》（*Bouvard et Pécuchet*）。他在2000年底发表的第一本小说《化妆的寡妇们》（*Veuves au maquillage*）继承的正是《布瓦尔与佩居榭》的遗产，二者都沿着解剖学创始人安布瓦兹·帕雷（Ambroise Paré）的道路，把解剖学移植到了文学。主人公是一个想自杀又懒得亲自动手的虚无主义者，他制订了一个疯癫的计划：诱惑六个从监狱里出来的寡妇，让她们像缪斯们肢解俄耳甫斯一样来肢解他，小说就在这诱惑和谋杀的延宕中碎裂成499个分镜，大量刻意地使用长句，把人物的精神错乱传递出来，在浪漫的谎言与小说的真实之间踟踬，在幽默和讽刺之间摇摆。有些句法已经不常使用了，但桑吉还是固执地使用一些早期的语法。

在图书馆坐拥几十个世纪积攒下来的往往互相反驳的知识（特别是自然科学解释不了的地方，常常就是文学开始的地方），桑吉计划对知识进行“反常”的校订。他的百科全书式写作混合了雷蒙・格诺和博尔赫斯的写作风格，有着巴洛克的褶皱和愚人船的疯狂：《罗马废墟》（*Ruines-de-Rome*，2002）研究植物学；《主要的反驳》（*La Réfutation majeure*，2004）以大航海时代的西班牙修士安东尼奥・德・格瓦拉为引线人物，探讨历史学和地理学。除此之外，桑吉还为物理学、几何学、种系发生学等不同学科写书，甚至沿着法国希腊学专家维克多・贝拉尔（Victor Bérard）的步伐，调查荷马史诗发生的真实地点。

桑吉想要和莎士比亚的角色玩一场幽灵游戏。在《杀手出去，幽灵进来》（*Sort l'assassin*，*entre le spectre*，2006）里，读者常常弄不清到底是谁在说话，是重生的麦克白，还是饰演麦克白的演员？就像意大利作家皮兰德娄的剧目《六个寻找剧作家的角色》，角色和演员身份被用了滤镜，人戏不分。在《剪影研究》（*Etudes de silhouettes*，2010）里，他还想要画完卡夫卡画了一半就搁置的人物剪影草图。《利希滕贝格断片》（*Fragments de Lichtenberg*，2008）是关于18世纪德国哲学家利希滕贝格的故事。（托尔斯泰对利希滕贝格的默默无闻大为不平，他不理解当代德国人何以对利希滕贝格视而不见，而醉心于尼采那种俏丽的小品文。）桑吉认为《格言集》本是利希滕贝格一本厚达万页的长河小说留下的残片，他试图把这8000句格言——“飞溅”的“小说”残片用爵士乐变奏的方法加以重组。

桑吉的这种百科全书精神和对“怪癖”的思辨、博学的奇幻，在法国当代作家如热拉尔・马瑟（Gérard Macé）、埃里克・什维亚尔（Eric Chevillard）、帕斯卡尔・吉尼亚尔（Pascal Quignard）那里体现得最为明显。网络时代，查询资料是非常方便的，为了抵抗知识的片状化和专业化，关键是用一种眼光把这些资料组织起来。桑吉认为训练眼光是成为作家的第一步。

《罗马废墟》（*Ruines-de-Rome*）

《罗马废墟》（2002）有着卢梭《植物学通信》的抱负。主人公是一个类似于卡夫卡《城堡》中的K一样的土地丈量员，退休赋闲，把日常生活中的厌世情绪投注到了占卜预言中："园艺学将是世界末日以后最流行的艺术之一。"这个业余的农民和认真的怠工者来到罗马这座城市，走在曾经金戈铁马、儿女情长的城市街道上，假装种植着一小块土地。罗马的废墟上遂长满了名目繁多的花草，但是谁也没有猜到，这无害的时光消磨中，一场挖战壕的军事工程正在摧毁着城墙，抬高柏油马路，让城市文明回归到最初的荒无人烟。

即使在晴好的天气里，走在罗马的废墟上，作者也大多写到《约翰福音》里的末世景象，不理解人们到此一游的喜悦心情。小说语言有着缓冲的破坏力，既有对激进环保主义者的嘲讽，也有想遵照植物学条例在废墟上种植新伊甸园的一帘幽梦。

《约翰福音》里有一句话："一粒麦子不落在地里死了，仍旧是一粒；若是死了，就结出许多子粒来。"可是在《罗马废墟》里，恶人播下了坏的种子，如疯草一般滋长，美丽的梦境也长满丛生的杂草。土地丈量员眼看着自己的园地也难以保持田园牧歌般的清幽，这就像是担忧千禧年的人类在跨过2000年的门槛以后写的回忆录，只是他们不知道自己生活在维基百科发明的大数据、大流量控制一切的前夜。

法国学者洛朗·德曼兹（Laurent Demanze）在当代文学研究专著《百科全书式虚构：从古斯塔夫·福楼拜到皮埃尔·桑吉》（*Les*

Fictions encyclopédiques. De Gustave Flaubert à Pierre Senges，2015）中认为，桑吉并不是为了雅皮士一般地炫耀学问、做知识的收藏家，而是要为写作寻找一种形式，让自德国浪漫派以来的断片写作重新成为一种有机写作，保持文本的开放性。

（田嘉伟）

克洛德·西蒙（Claude Simon）

克洛德·西蒙（1913—2005），小说家。1913年10月10日出生于原法属殖民地马达加斯加。不到1岁时，父亲在战争中阵亡，10岁时母亲去世，他随祖母迁往巴黎。曾就读于英国牛津大学和剑桥大学，1933年跟随立体派画家安德烈·洛特（André Lhote）学习绘画。1936年作为志愿者参加了西班牙内战，战争的残酷对他的一生产生了深远的影响。第二次世界大战爆发后，他应征入伍，1939年5月被德军俘虏，5个月后，他成功越狱，回国参加了抵抗运动。战后，他游历了很多国家，1946年开始在比利牛斯山脉定居，一边种植葡萄一边写作。他一生创作了十多部作品，1985年获得诺贝尔文学奖。2005年在巴黎逝世。

他早期的作品有：《作假者》（*Le Tricheur*，1945）、《钢丝绳》（*La Corde raide*，1947）、《格列佛》（*Gulliver*，1952）、《春之祭》（*Le Sacre du printemps*，1954）等。第一部重要作品《风，重建巴洛克屏风的企图》（*Le Vent, tentative de restitution d' un retable baroque*，1957）由一系列连续的画面组成，故事情节退居其次。小说的主题“风”似乎在故事开始之前即已经开始，在故事结束之后仍未结

束。小说中的叙述声音试图重建被风吹得七零八落的人物的历史。他于次年又出版了《草》（*L'Herbe*，1958）。这两部小说奠定了西蒙的写作风格：独特的句子节奏和有限的叙述视角。这一时期他加入了新小说大本营的午夜出版社，当时该出版社聚集了萨洛特、布托、罗伯-格里耶和班热等一批实验性作家。

20世纪60年代，西蒙相继创作了四部小说，标志着创作的第一个高峰。大历史成为小说的重要主题，通过某个人物不确定的回忆展现出来。《佛兰德公路》（*La Route des Flandres*，1960）在重复的战争意象中展示了世界的荒诞和人类生存状况的悲剧性。《大酒店》（*La Palace*，1962）取材于其西班牙内战的经历，这是西蒙第一次尝试将文字与图画进行嫁接。整部小说无头无尾，讲述的不是一个悲欢离合的故事，而是朦胧飘忽的印象，人物形象模糊，情节亦不明确。《历史》（*Histoire*，1967）曾获得美第奇文学奖，书名包含着双重意义：大历史与叙述者的个人经历；西班牙内战和佛兰德战役等大历史构成了故事背景，作者的个人经历构成了故事内容。《法萨尔之役》（*La Bataille de Pharsale*，1969）巧妙地使用了蒙太奇手法。此外《盲人奥利翁》（*Orion aveugle*，1970）从17世纪画家普桑的同名画作出发，是对绘画的思考。

20世纪70年代，受结构主义和瑟里齐研讨会的影响，西蒙更加追求技法与结构的创新，粘贴法成为其重要的写作手段，这与作家早年的习画经历不无关系。《导体》（*Les Corps conducteurs*，1971）、《三联画》（*Triptyques*，1973）和《直观教学课》（*Leçon des choses*，1975）的文本包含了对各种素材的描写，如斑驳的墙壁、照片、招贴画、电影胶片、课本、病人、口号与文学话语、色情场面等。

20世纪80年代标志着西蒙创作的顶峰：《农事诗》（*Les Géorgiques*，1981）和《洋槐》（*L'Acacia*，1989）是这一时期的两部代表作品。《农事诗》讲述母亲先辈的故事，具有多重交织的时间性；《洋槐》则融合了对父亲的回忆与作者的成长经历。两部作品像是拼图游戏，叙述者不断怀疑“发生过什么？”个人的回忆、家族的传说、各种感觉和风景描写交织在一起，既有哀歌的感伤又有史诗的壮阔。被作者称为“回忆的肖像”的《植物园》（*Le Jardin des Plantes*，1997）以新的形式继续讲述自己的一生：作品由长短不一的片断拼接而成，代表着在动荡的世纪中零乱的一生。

在语言上，西蒙善于使用结构复杂的长句，充斥着插入语和离题话，语言成为一种真正的“导体”，传递着感觉、气味、光线。其语言风格与普鲁斯特相似，但其作品结构更接近绘画。受早年学画经历的影响，他的文字传达着对颜色、形状、材质的敏感，人物存在于某个瞬间、某种感觉、某种回想。断断续续、并列而置的文字不再遵循语言的线性，多种声音、多重视角的突兀转换造成文本的不确定性。土地、元素、性、衰老、死亡构成其作品的重要主题，战争与大历史贯穿了他的所有作品，他的小说中多次出现父子或先辈与后代面临的相似处境，在相隔多年的同一地点经历相似的战争，通过历史的循环、战争的反复表达人类处境的荒诞。他试图寻找一种“感觉的逻辑”，认为在写作过程中作家处于一种特殊的状态，对自然的感知扩展到全部感知。在写作中，一种自我显现的方式将风景的本质、人的本质、艺术的本质这三个世界联系在一起。

西蒙的创作逐渐从虚构向现实转变。他认为作家不必杜撰，而是可以到回忆中汲取写作源泉，借助家庭回忆、个人回忆甚至回忆的回忆来复活尘封的过去，产生一种“记忆的效果”。但是其作品的回忆是一种笔调而非某种自传形式，它不是关于一个人的回忆，而是无限广大的时空中的一种回忆。作品的神话背景增添了文本的厚重，人物形象达到一种神话、史诗般的高度，展现了世界整体的瓦解与僵化。如《风》的叙述者倾听他人的回忆，在倾听过程中发现自己的回忆同样陌生。回忆连接着两种现实：一种是可触摸、可捕捉的现实，带有某种物质性，镶嵌在时间、空间、语言与传统之中；另一种是纯象征的现实，承载着一个故事。作家从可感触的现实出发，构建他的“回忆之境”。

西蒙善于表现日常生活中细微真实的美，在作品中交织历史的残酷与自然的安宁。但其作品也因文笔艰深、形式怪异而读者寥寥，加之作家处世低调，一直不为大众熟知。1985年他获得诺贝尔文学奖，标志着法国新小说的创作得到世界的肯定。

中译本：《佛兰德公路·农事诗》，林秀清译，漓江出版社，1999年；《大酒店》，马振骋译，译林出版社，1999年；《植物园》，余中先译，湖南文艺出版社，1999年；《刺槐树》，金桔芳译，湖南文艺出版社，2016年；《四次讲座》，余中先译，湖南文艺出版社，2017年。

《农事诗》（*Les Géorgiques*）

《农事诗》（1981）是克洛德·西蒙的一部带有自传色彩的小说，讲述了母亲家族的一位先辈的生平与作者本人的经历。这位先辈名叫让-皮埃尔·拉孔布·圣米歇尔，是一位声名显赫的将军。据史料记载，他年轻时是一名贵族，经历了法国大革命，成为国民公会议员，后来成长为一名将军，与一位坚定的保皇派女子结婚。将军的弟弟则拥护王权，被依法处决。这个源远流长的家族的秘密逐渐重见天日的过程造就了小说的悲剧性和悬念。与这段家族传奇交织的是作者本人的经历：从一名少年成长为西班牙内战的志愿者，从一名第二次世界大战士兵再到年老的作家。

《农事诗》并不是一部重建真实的传记作品。作者围绕两大主题组织素材——战争与土地，宏大的历史成为永恒的重复。战争／土地这组主题是由人物原型提供的：将军喜爱种植与养马，从军期间一直指挥部下开荒、种地和养马，四季的更替支配着城堡的生活与工作节奏，也决定了作品章节的分配，每一章有自己的季节。宏大的历史也是循环的：反复的战争、相同的战场，似乎自然与文明遵守着同样的法则。文中的人物没有名字，只用人称代词“他”来指示，代表祖先的“他”与代表作者的“他”在文中混淆使用。相隔一个半世纪的两代人在同一个战场作战，面对同样的风景，查阅同样的资料：后辈阅读祖先写下的文字。相似的情境和写作造成这种巧妙的融合。叙述者以史料中的只字片语为线索，借助于自己的亲身经历重建先辈的生活：例如叙述者年少时观看的一场演出使他“看到”先辈怎样在贝藏松歌剧院与第一个妻子结识，1939—1940年严寒的冬天使他想象先辈经历的战争，自身的衰老使他深切体会到先辈年迈时的感受。而历史是不为人的意志所决定的：祖先留下的文字表达了他对家族后辈的希望，他的雕像在后世流落，家道衰落及后辈的所作所为，使他的雄心壮志终成幻影。

《农事诗》改变了历史小说按照编年顺序、表现传统价值观念的模式，引导读者从新的角度看待大历史、阅读大历史。

《洋槐》（*L'Acacia*）

《洋槐》（1989）是克洛德·西蒙继《农事诗》关于母亲家族的回忆之后关于父亲的回忆。作品开头以第一次世界大战后的1919年为背景，三个戴着黑纱的女人带着一个小男孩在一个烈士陵园寻找一名阵亡士兵的坟墓。小说结尾时，一个从第二次世界大战归来的年轻人注视着窗外颤动的洋槐枝叶，开始写作。在这两个场景之间讲述的是作者家族的历史和自己开始作家生涯的历程。叙述者的父亲是汝拉山脉一户农家的孩子，在两个姐姐的帮助下进入圣西尔军校，认识了叙述者的母亲，一个出生于上层社会的女孩，当时正在各大豪华场所百无聊赖地消磨青春。他们订婚十年以后，父亲获得上校军衔，才得以冲破两个家庭的阻力，与母亲成婚。父亲在婚后度过了四年的幸福生活，于1914年8月27日在前线阵亡。小说开篇戴着黑纱的三个女人就是叙述者的母亲和两个姑姑。叙述者通过父亲多年间从各处寄给未婚妻的明信片回顾父亲的经历。同时他也讲述了童年时期寻找父亲坟墓、青年时期无所事事、学习绘画、旅游、经历战争的磨练、重回平常生活、开始写作的经历。

《洋槐》像是一个拼图游戏，两次世界大战、1937年的欧洲危机以及作者对父母的回忆在文中交替出现。小说中依次出现的人物都身份不明，只用人称代词或迂回说法来指代，在读者面前渐渐形成一幅图景，交织着作者的个人回忆、家族传说、各种感觉和风景。小说人物无名无姓，但是通过大量的细节、图像与回声，人物形象具有一种撼人的力量。某些主题反复出现，在文中扩张、变形。结构复杂的长句，表现着各种细微的感觉与细节；相似的地点、时间和事件使宏大的历史变为一种无目的的重复。

西蒙在这部小说中没有通过杜撰，而是借助家庭回忆、个人回忆甚至回忆的回忆来复活尘封的过去。此前小说中的许多人物在《洋槐》中再度出现，似乎这些虚构人物都重返各自的“历史”模型。各种细节，如普通的明信片，虽然微不足道却是过去最好的见证。西蒙说，他的创作产生了变化，虚构成分之所以变少，只是出于作品布局的需要，他只想讲好故事与回忆，描绘事物与图像。他的父母是这个世纪的普通人，但是他的父亲社会地位的上升、漫长的婚约、门不当户不对的婚姻，这些内容在他看来比虚构故事要感人得多。

西蒙称《洋槐》是一部成长小说，也曾想给小说加一个副标题“情感教育”。小说结尾，叙述者面对一张白纸开始写作，则是西蒙对他最喜爱的作家之一普鲁斯特的致敬。

（王斯秧）

菲利普·索莱尔斯（Philippe Sollers）

菲利普·索莱尔斯（1936—　），小说家、文学理论家。1936年出生于波尔多，1953年就读于凡尔赛一所教会学校。1957年在瑟伊出版社发表第一篇文章《挑战》（*Le Défi*），并于次年获费纳隆文学奖，此后陆续出版了多部小说。1960年创办了《如是》（*Tel Quel*）杂志，该杂志1983年更名为《无限》（*L' infini*）。

索莱尔斯的文学观念和作品风格多变，这种“波动”在一定程度上反映了20世纪后半期西方学术思潮的更迭和变迁。他的文学探索与人文科学领域内的诸多潮流，如俄国形式主义、结构主义、马克思辩证唯物主义和解构主义有千丝万缕的联系。索莱尔斯以反对传统文学著称。1960—1982年间，他主编的《如是》杂志团结了一大批先锋派作家和批评家，他们致力于创立新的文学观念，被称为“如是派”。1968年《如是》杂志刊登的《整体理论》（*Théorie d' ensemble*）收入了索莱尔斯、福柯、德里达、巴尔特和克里斯蒂娃的文章，声明要对传统文学进行“全面颠覆”。《如是》杂志从创立到停刊的22年间，通过其理论和创作影响了20世纪法国文学。

索莱尔斯的第一部小说《奇特的孤独》（*Une curieuse solitude*）发表于1958年。《奇特的孤独》继承了传统小说的写作技巧，文笔优美，为年轻的索莱尔斯赢得了赞誉。两年后，《如是》杂志创刊，索莱尔斯的美学观念发生了变化，他否定了自己的前期作品，转而支持“新小说”作家。1961年索莱尔斯发表与“新小说”风格相近的作品《园》（*Le Parc*），并获得当年的美第奇文学奖。不久后，索莱尔斯与“新小说”渐行渐远。1965年借其《极限的写作与体验》（*L' écriture et l' expérience des limites*），批评“新小说”，同时提出了“文本写作”（écriture textuelle）的概念，认为作家应该“生产文本”，而不是去“创造作品”，因为不存在作品，只有文本，任何文本又都是由其他文本生成的，是其他文本的“强调、浓缩、位移和深化”。索莱尔斯不仅反对作家、作品、创作等传统文学的基本概念，而且排斥文学的“再现”功能和塑造人物的心理分析手法，他的作品致力于通过“文本写作”来解释文本间的相互作用，打破文体之间的界限，颠覆作者的权威，重视读者的参与，强调文本意义的多元性和开放性。

1965—1981年间，进行理论创新的同时，索莱尔斯继续文学创作实践。这一时期，索莱尔斯相继发表的作品有：《戏》（*Drame*，1965）、《数》（*Nombres*，1966）、《法》（*Lois*，1972）、《H》（*H*，1973）、《天堂》（*Paradis*，1981）。小说《戏》由文字片段排列组合而成，晦涩难懂。1968年，罗兰·巴尔特在《如是》杂志上发表文章《戏剧，诗歌，小说》，对索莱尔斯的《戏》进行解读，肯定了索莱尔斯的文学创新，认为这部作品可以同时被当成戏剧、诗歌和小说来阅读。作品《数》取消了传统小说的人物塑造和情节安排，代之以片段式的场景描述。受马克思辩证唯物主义思想和中国社会主义影响，《数》还涉及了有关政治变革的构想，表现了东西方不同意识形态间的冲突。1973年发表的小说《H》没有段落，没有标点，将不同性质的话语杂糅在一起，既有经文、神话和法令，又有叫喊、私语和咒骂。此外，文本中潜意识的涌动也凸显了这一时期弗洛伊德对索莱尔斯的影响。1981年问世的《天堂》是一部“实验性”作品，该小说尝试了诸多写作技巧。《天堂》叙述了若干小故事，援引了包括《圣经》在内的许多著作，显得千头万绪。索莱尔斯说：“《天堂》包罗万象，我把它比作一个袋子，读者可以从中发掘出许多小说。”1982年冬，《如是》杂志停刊，一年以后更名为《无限》，由原来的瑟伊出版社转入伽利玛出版社。索莱尔斯也由此进入文学创作的新阶段，有多部自传性作品问世。

1983年，索莱尔斯发表《女人们》（*Femmes*），反响热烈。作家以自己身边的若干女人为原型，通过对她们的介绍和描绘，表达了他对当代社会及生命本身的思考。《玩家画像》（*Portrait du Joueur*，1984）描写了一位想要回到故乡缅怀童年的男子，但当他到了故乡波尔多，却发现昔日的房屋和花园已经被毁，取而代之的是一家超市……一切都在变，家乡处处给他陌生感，儿时的回忆只有在记忆里才能寻见了。1987—1993年，索莱尔斯的主要作品有：《绝对核心》（*Le Cœur absolu*，1987）、《金百合》（*Le Lys d' Or*，1989）、《威尼斯的节日》（*La Fête à Venise*，1991）、《秘密》（*Le Secret*，1993）。与其20世纪六七十年代的小说相比，上述作品的可读性大大增强。由于作家开始重新注重人物塑造，因此，小说叙事者的形象也变得清晰起来：不论是汉学家，还是教廷的秘密顾问，抑或是倒卖艺术品的商贩，他们都在暗中戳穿权力系统的虚妄言辞，展示媒体掩盖下当代历史中不为人知的一面。这一时期，索莱尔斯的主要理论著作被收入《例外的理论》（*Théorie des exceptions*，1985）和《趣味之战》（*La Guerre du goût*，1994）。2000年之后，索莱尔斯发表的小说有：《固定的激情》（*Passion fixe*，2000）、《情人星》（*L' Etoile des amants*，2002）。

中译本：《女人们》，朱延生、雷良锦、刘春译，安徽文艺出版社，1999年/上海译文出版社，2013年；《情色之花》，段慧敏译，南京大学出版社，2010年；《时光的旅人》，唐珍译，同济大学出版社，2011年；《一部真正的小说——回忆录》，段慧敏译，南京大学出版社，2014年；《爱的宝藏》，孔潜译，重庆大学出版社，2014年；《例外的理论》，刘成富、徐姗姗译，河南大学出版社，2015年；《极限体验与书写》，唐珍译，华东师范大学出版社，2015年；《18世纪的自由》，唐珍、郭海婷译，华东师范大学出版社，2017年。

《女人们》（*Femmes*）

《女人们》（1983）是索莱尔斯的代表作。这部包罗万象、色彩斑斓的小说采用了第一人称的叙事方式，以“说出真相”为叙事目标。叙事者认为，千百年来人类遗留下来的所有文献中，没有任何东西说出了世界的“真情实况”。“我”曾经怀着渺茫的希望到处寻找：“翻开书籍，我读，我反复读……可是没有……”什么是世界的真实？在这个根本问题上，神话、宗教、诗歌、小说、歌剧和哲学“都在撒谎”。而“我”认为，“世界是属于女人们的。也就是说属于死亡。”——这就是事实的真相。围绕这一主题，“我”将在这部书里，比“古代的、前天的、昨天的、今天的、明天的、后天的所有伟人走得更远……”

索莱尔斯企图“走得更远”的计划，使《女人们》成了一部百科全书式的作品。该小说内容涉及宗教、道德、政治、经济、文化，以及社会生活的各个方面。《女人们》和古今许多宗教、哲学以及文学作品形成了互文关系。它不仅引用了《古兰经》的经文和《圣经》的《诗篇》，而且还提及了中国儒家的道德规范：“下级必须服从上级，女儿服从母亲，媳妇服从婆婆……”这是一部无所不包、极为庞杂的小说，作者将无数观点和信息融入叙事：三岛由纪夫、福楼拜、《一千零一夜》、佛教、童话、美国火箭、试管婴儿、女权主义、恐怖主义、荷马、萨德、贝尔尼尼、血清、精子、卵子、犹太教割礼、法国大革命乃至拿破仑颁布的法令……《女人们》如同一个规模巨大的万花筒，展示了世界万物的图像。

《女人们》的叙事者“我”是一名美国报社记者，“生活混乱”、“放荡不羁”。小说以“我”的行动、交往和思考为主线，向读者呈现了一些生活、思考和记忆的片段，分析了女权主义、政治运动和艺术史，并着力描绘了若干女性形象：居住在美国的英国籍记者塞德，法国报刊记者卡特，女权运动领导人贝尔纳代特，西班牙无政府主义者蓝眼睛的弗罗拉，神秘迷人的中国女人夏夫人，还有“我”的妻子，博学而又聪明的德博拉……“女人们”像“磁铁”般吸引着“我”，“我”因她们而心醉神迷。欢愉之余，“我”也感到悲哀，因为“做爱的快感只持续片刻功夫……苦役却贯穿整个人生”。《女人们》记录了“我”的日常生活和“我”对生死问题的思考，是一部关于两性的小说，也是一部充满哲理的著作。小说提出了诸多问题：人类一代一代涌到这个世界上，然后一个一个走向死亡，男人们和女人们似乎都“心安理得”，为什么没有人觉得这不正常？为什么人是两条腿的会说话的生物？为什么“我”在这里而不是别处？除此之外，“我”对科学的发展存有质疑，对社会现状心怀隐忧：“科学的前途是破坏性的吗？”“地球从来没有如此封闭过、如此垃圾成堆、公共垃圾场……星球的废纸篓……没有可信的计划，没有出路……”

《女人们》在文体上有着显著的特点：叙事充满了调侃，行文幽默轻松。小说通篇布满了省略号，省略号有时替代其他标点符号，连接上下两个语义相关的句子，有时衔接毫无逻辑关系的两句话，使叙事呈跳跃式前进。另外，小说还特别注重与读者的互动关系。作者开宗明义声明这是一本难读的书，请读者不要因此而感到厌烦。作者亦不忘与读者对话，当叙事速度太快或议论过于庞杂时，他会向读者发问：“你跟上我了吗？”在叙事手法上，《女人们》还采用了“嵌套”的技巧，主人公“我”在构思一部叫作《女人们》的小说，朋友们常常问起这部小说的进展，而“我”受朋友们的启发，也在深入思考小说的命运：小说的使命是什么？小说到底有什么用？“我”周围几乎没有人愿意读小说了，甚至碰不到一位知道《安娜·卡列尼娜》是怎么开头的评论家，而“我”却依然在灯下写作。“有什么用呢？”叙事者问道。作家索莱尔斯由此触及了文学的本质问题。

（张琰）

裘德·斯蒂芬（Jude Stéfan）

裘德·斯蒂芬（1930—　），诗人、小说家、随笔家。曾学习法律、哲学及文学，后在中学教授法语、拉丁语及希腊语。原名雅克·杜福尔（Jacques Dufour），“裘德·斯蒂芬”是其笔名，其中“裘德”取自托马斯·哈代作品中的主人公“无名的裘德”，“斯蒂芬”则是乔伊斯作品中的主人公，令人联想到一个古英语词：“steorfan”。作家曾解释说：“在古英语中，‘steorfan’意为死亡，如果我将其中的‘or’（在法语里意为“金色”）去掉，剩下的就是我暗淡的生命。”1954年，他于病中开始喜欢文学创作，并声称，如果他写作，那是为了“不让封闭的嘴涨爆”。从1965年起，他开始在《如是》等杂志发表作品。1967年出版首部诗集《柏树》（*Cyprès*，1967）。

斯蒂芬十分推崇马提雅尔（Martial）、卡图尔（Catulle）、塞弗（Scève）、波德莱尔、兰波和洛特阿蒙等诗人。他认为应该发明另一种语言，终止诗歌中的“卖弄风情和谎言”，并主张让语言中的谜团自行言说。他像马拉美一样隐蔽，将文字编写成符码。他的作品继承了萨德、齐奥朗、布朗肖、巴塔耶的风格，以冷酷、刺耳的笔法，让“自我”得到完全自由的抒发，并将其从庸俗的传记式的表达中剔除。

斯蒂芬的诗歌试图通过对死亡的恐惧来肯定生命的价值，为此，他不停地言说肉体的快感，不加掩饰地用诗歌话语将情色加以呈现。他认为前人对诗歌的属性一直存有误解，在他看来，诗歌不属于“文学”，而属于“写作”。对写作的“色情化”，如同沉浸在对女人身体的享乐和占有中，女人同诗歌一样，两者共同拥有对意义的幻想和执念。面对不可承受的事物时，意义就不可避免地将两者引向生和死。由写作引发的这一双向运动所呈现的并不是矛盾，而是在极端的感官欲望和极端的死亡之间两者的互补性。色情化写作使诗歌成为诗人投身其中的比武场，在对身体的试验性写作中，诗人既寻求脱身之道，也探索自我毁灭之法。他同时坚持，诗歌就是要“从语言中剥离出身体的真相”，就是要展现出一种场景，使语言近乎于叫喊，近乎于酝酿某个重大事件的天然质料。写作的快感在此过程中萦绕不去，不断施展它的爱与恨，它让诗歌战斗，并通过感官享受的粉饰，让诗歌呼喊：“我们与死亡紧密相连。”

斯蒂芬时常会将短篇小说、故事、随笔的特点引入诗歌创作中。他的诗如同一间生产语言的工厂，它制造的词语偏移和语言轨迹使忧伤的背景中镌刻上一种冷笑；它制造的诗句将各种模糊的记忆汇集成一种有诱惑力的杂乱；它具有影射意味的博学使一切事物陷入各种意义抑或无意义之中。

斯蒂芬将诗人的创作过程比喻为斗牛士的击剑冲刺。“诗句”所展现的画面可视作语言的冲刺，它折磨、围攻“诗歌”，让诗歌受伤、流血。斯蒂芬用词语营造出的眩晕感在一定程度上呈现出巴洛克的风格，画面不断激增、彼此相连，意义及声音的碎片相互交织，中断的语句继续行进、演变，各种重复、偏移层出不穷。一切都经过作者细心的计算、安排，诗人的写作轨迹亦成为其自身折磨、自我嘲讽的载体。

斯蒂芬作品的主题主要包括：死亡的魅力，女人的无节制的爱，对遗忘的渴望，对人类无可救药的怯懦的控诉，以及对姐姐和童年的动情记忆。透过片段式的回忆，“过去”与“纯真”随风而逝。在这些主题之上，诗人刻画了生命的最初运动，并以此为始，在彻底的赤裸和残酷中展示“存在”的简单真相。在这些最初的运动中，狂热、苦难、焦虑和污浊交织在一起，并因讽刺和无聊而显得更加浓烈。作家本人亦将自己的诗人生活总结为“鲜花、女人、年轻人、树木、动物、对平庸的憎恨”，并将自己的诗歌概括为关于“尽管”（poésie malgré）和“反对”（poésie contre）的诗歌：他不认为语言可以以某种方式为人类的命运辩护，这一拒绝的态度可以引导读者理解他的复杂作品。

斯蒂芬的主要诗作有：《柏树》《释放》（*Libères*，1970）、《〈牧歌〉附〈石柱〉》（*Idylles* suivi de *Cippes*，1973）、《致夜狗》（*Aux chiens du soir*，1979）、《斯拉夫人的后代》（*Suites slaves*，1983）、《寺院》（*Laures*，1984）、《誊写人的连祷文》（*Litanies du scribe*，1984）、《阿尔姆·迪亚纳》（*Alme Diane*，1986）、《致年老的帕尔卡》（*À la vieille Parque*，1989）、《诗章》（*Stances*，1991）、《〈哀歌〉附〈两种沉思〉》（*Elégiades* suivi de *deux méditations*，1993）、《册8》（*Cahier 8*，1993）、《长短格抒情诗或过时的诗》（*Epodes ou poèmes de la désuétude*，1999）、《字母表的25个字母》（*25 lettres d'alphabet*，2000）、《所有格》（*Génitifs*，2001）、《心血来潮》（*Caprices*，2004）、《绝望，废黜》（*Désespérance*，*déposition*，2006）。

诗歌之外，斯蒂芬还创作其他体裁的作品，包括短篇小说：《我哥哥的生活》（*Vie de mon frère*，1973）、《破裂》（*La Crevaison*，1976）、《事故》（*Les Accidents*，1984）、《身体状态》（*Les Etats du corps*，1987）、《短篇小说家》（*Le Nouvelliste*，1993）、《最后的场景：生死故事》（*Scènes dernières*：*histoires de vie-mort*，1995）、《圣人传》（*Vie de Saint*，1998）、《悲痛祷告》（*Oraisons funestes*，2003）、《斯蒂芬一家》（*Les Stéfan*，2004）等等。在这些作品中，作者不断挖掘人生中各种狂热和崩溃的时刻。其中在《身体状态》里，作者根据年龄的分段，将全书分为十个短篇，讲述了人从12岁到70岁的诸多变化，直至死亡的降临。作者通过对所留恋的事物的回想，试图说明人之所以倾向于活着，并不是因为人热爱生活，而是因为这个世界是人唯一熟悉的地方。

随笔集《杂谈六》（*Variété VI*，1995）、《杂谈七》（*Variété VII*，2000）汇集了各种采访、笔记、译作、信件和谈话。斯蒂芬想以此作为法国作家瓦雷里的五本《杂谈》的续篇，表达对这位具有超常脑力的怀疑论者和伦理学家的敬意。

斯蒂芬曾自问："为什么我是我？"但他对此并未给出任何回答，他只是反复思考其中的奥秘和混合的痛苦，并写下一些带自传性质的作品，如《伪日记》（*Faux journal*，1986）、《脸的对话》（*Dialogue des figures*，1988）、《和姐姐的对话》（*Dialogue avec la sœur*，1987），以及散文《墓信》（*Lettres tombales*，1983）等。

斯蒂芬的作品具有很强的当代性，展现了诗歌的一种近于"斗牛"的存在方式，它不断刺激诗歌的边界，旨在揭示诗歌的本质，即"冒险、死亡、窒息"。作家于1985年获马克斯·雅各布诗歌奖，2000年获巴黎市诗歌大奖。

《如垂死者》（*Les Commourants*）

《如垂死者》（2008）是裘德·斯蒂芬的诗作，作者本人称之为写作生涯中的"最后"一首长诗，如其标题所示，这是一首有关"永别"的长诗。而"死亡"这一主题亦反复出现在斯蒂芬的多部作品中。

斯蒂芬很少写长诗，但他很早就已开始尝试这一文体。从《牧歌》

到《斯拉夫人的后代》，再到《哀歌》，这些长诗的一个共同点在于它们都是纯叙事的，但该特征在《如垂死者》中并不存在。作家在扉页称这首长诗是“一位孤独老者在他尚在人间之时展开的一篇悠缓的连祷文，它以生命之流的韵律，合着自身的脉动、激越和停滞，流淌着，一去不回”。连祷文中的各种罗列并不意味着时间的有序铺陈，也不指因果的相生相继，抑或各种事件的等级次序，它所展现的是跳跃、回弹、放缓和停止的生命进程。

《如垂死者》共有900多行诗句，以“死亡”为主题：“我们都是垂死者／ 他们已然逝去，而这些人即将逝去或正在逝去。”确切地说，这些诗句所表现的主题是即将降临的死亡。长诗的各个短小整体彼此间并没有明显的联系，比如在诗的开头，诗人写道：“永别直至再见”，其后展现的则是童年中的各种元素。但与此相接的，又是一系列专业技术词汇，暗指诗人曾经的社会生活，比如他曾教授希腊语，某几个诗节中就会集中出现一些希腊语词汇。随后，诗歌又进入现在时，描写的是毫无变化的日复一日的时光，并提到了作家出生当年去世的两位画家。诗歌由此揭示出一种被零散记忆洞穿的生活状态。

其后的几乎所有场景都是由过去的碎片拼接而成，有时包含作家之前诗集中出现过的零散元素，其中有作者爱过的女人，有些只是提及她们的名字，有些则刚刚离去，有些不过是他在路途中偶然邂逅的，另有一些女人的形象则是以出其不意的方式突然浮现。在这些被重新回复到现在时的时间片段中，纠缠着他的童年和青年时光，读来十分费解，要读懂其中的意味，则需要了解诗人的生平：突然出现在任意一句诗里的词语，影射的可能是作家的全部记忆。比如当诗人写到一具尸体所穿的擦了鞋油的鞋子，随后展现的场景则是作家的亲人和陌生人的死亡，而与死亡相连的则是“遗忘”和“可怕的孤独”。

在整部诗作中，奇数音节诗句占主导，如对十一行诗的运用。诗人将某个词的首字母大写，引导读者在这个被孤立的词上稍作停留，领会其内部的韵脚。此外，作品中还使用了旋转对称的回文结构，展现出诗人对语言游刃有余的控制力。

斯蒂芬在其所有诗集中都使用了一些已经被废弃的过时词汇或各种术语（如“纤维”“夯具”“磁阻”“月经”等），并非出于诗人的故意卖弄，它所揭示的是作者对意义、声音的关注，希望以此使语言显得更为鲜活。出于同样的原因，诗人亦会在作品中自创各种新词。他会在作品中援引一些名字，目的是使读者置身于文学和历史的无边声响中，使自己的诗作与历史息息相关。除此之外，斯蒂芬通过引用他之前诗作中出现过的人物（如姐妹、朋友、爱人）或画面（四季、月份、鲜花、动物、古代），来表明其作品之间的连续性。

在《如垂死者》里，斯蒂芬延续了他很久以前业已开始的对“死亡和遗忘”及“作品命运”的思考。诗中的丰富内容与布朗肖在描写死亡时的思考十分契合：写作，即不再将永远都在发生的“死亡”置于将来，而是在无须现在就经历死亡的同时，愿意接受死亡，知道它已然发生过，纵使自己未曾体验过，并在它所留下的“遗忘”中辨识“死亡”。

《如垂死者》作为斯蒂芬作品的集大成者，表现了他高超的写作技巧和独特活力。斯蒂芬凭借他的语言和美学观点，成为现今在世的最具现代性的诗人之一。

（王佳玘）

米歇尔·图尔尼埃（Michel Tournier）

米歇尔·图尔尼埃（1924—2016），小说家。父母都是德国语言文学学者，培养了他对德国文化的浓厚兴趣。大学期间获得了文学、法律及哲学文凭，1942年巴什拉尔在索邦大学的课程激发了他对哲学的兴趣，立志做一名哲学教师。曾在著名人类学家克洛德·列维–斯特劳斯指导下研究民族志。1949年在哲学教师资格考试中落选，深受打击，放弃了做教师的梦想，从此开始了二十余年的“学习生涯”。他从事过新闻工作，翻译过德语作品，在电台和电视台制作过关于摄影的节目，在出版社担任多种职务。由于对摄影的爱好，他于1968年参与了阿尔国际摄影节的创办。媒体工作经历帮助他找到了自己的写作之路：以小说的形式借用神话题材表达哲学思考。

第一部小说《星期五或太平洋上的灵薄狱》（*Vendredi ou les Limbes du Pacifique*，1967）获得法兰西学院小说大奖。小说是对英国作家笛福的经典名著《鲁滨孙漂流记》的重写。笛福笔下的鲁滨孙在荒岛上努力重建失落的文明，而在图尔尼埃笔下，鲁滨孙在野蛮人礼拜五的感化下彻底地远离了文明；文明人鲁滨孙由此获得新生，成为一个新人。

第二部小说《桤木王》（*Le Roi des Aulnes*，1970）出版后获得龚古尔文学奖。歌德的著名诗作《桤木王》讲述的是一个名叫“桤木王”的邪恶神灵在夜晚将孩子惊吓致死的民间传说，图尔尼埃的小说沿用这一名字，使作品蒙上了一层神话色彩。主人公名叫亚伯·蒂福日（Abel Tiffauge），影射《圣经》人物亚伯和传奇人物吉尔·德·雷（Gilles de Rais，居住于蒂福日城堡）。他是巴黎的一名普通汽车修理工，1939年参军，被德军俘虏，押送至德国，成为纳波拉军校的校工。小说融合了神话元素与历史背景：纳粹代表着神话中的恶魔，招募青少年为自己提供新鲜血肉。主人公蒂福日对孩子有着特殊的情感，他时而像恶魔一样帮助纳粹将孩子劫持到军校，时而又冒着生命危险拯救孩子。孩子激起他的虐待心理，又帮助他得到解脱：一个从纳粹集中营逃生的犹太孩子使他认识到自己是纳粹的帮凶，从此与纳粹分道扬镳。图尔尼埃在这部阴暗曲折的小说中塑造了一个复杂的人物：他自认为是魔鬼，生活中经历的每一件事都使他更加确信自己异于常人的命运。他将自己与传奇人物等同起来，正说明他无法确定自己的身份。

《星期五或太平洋上的灵薄狱》和《桤木王》奠定了图尔尼埃在法国文学界的地位。1975年他出版第三部小说《流星》（*Les Météores*）。1977年的“精神自传”《圣灵之风》（*Le Vent Paraclet*）是对他前三部小说的分析。

《四博士》（*Gaspard*，*Melchior et Balthazar*，1980）取材于三博士来朝的故事：三博士讲述自己怎样跟随星星的指引来朝拜初生耶稣的经历，他们每个人都心怀一个难题，分别关于爱情、艺术与政治，与耶稣的相遇解决了他们对人生的疑问。图尔尼埃在作品中加入一个新的人物——第四个博士塔奥尔（Taor），他的故事可被视为前三个博士经历的延续与总结，寓指人从无忧到意识与责任、从感官到灵性、从物质世界通过苦修到达天国的历程，作者从该人物的角度重新阐释了作为西方

文化基础的神话。

《吉尔与贞德》（*Gilles et Jeanne*，1983）则以历史人物吉尔·德·雷的故事为素材，和《桤木王》一样，探讨的是恶魔诞生与救赎的主题。主人公在英法百年战争中是贞德的战友，贞德被处死之后，他于1435年离开宫廷，隐退到蒂福日城堡过着放浪形骸的生活，沉迷于黑巫术与炼金术，残害儿童，最终被当局发现，处以死刑。在图尔尼埃的小说中，吉尔是一个被恶所主宰的人物，他在贞德身上发现自己所向往的绝对，视她为拯救自己的圣女。贞德遇害后，他沉沦于恶，走向绝对的另一端。

《金滴》（*La Goutte d'or*，1985）讲述一名15岁的柏柏尔少年离开他所生存的绿洲来到法国的故事，涉及摄影和移民题材。书名《金滴》来自少年随身携带的一件饰品，在古代文化中是自由的象征，在作品中是少年离开家乡，找寻、构建自己身份的动机。《埃莱阿扎尔或泉水与荆棘》（*Eléazar ou la Source et le Buisson*，1996）将《圣经》故事的结构搬到19世纪中叶的大西洋两岸，讲述牧师埃莱阿扎尔带着信奉天主教的妻儿离开故乡爱尔兰，来到加利福尼亚，征服西部的历程。

图尔尼埃被称为“多题材神话作家”，其作品涉及多种体裁、形式和文学手法。除小说之外，他还创作了两部故事与短篇小说集：《大松鸡》（*Le Coq de bruyère*，1978）、《爱情半夜餐》（*Le Médianoche amoureux*，1989）。另外还有以文学和图像为主题的几部论文集：文学评论《飞翔的吸血蝙蝠》（*Le Vol du vampire*：*notes de lecture*，1981）谈论德国文化对自己创作的影响；《静止的流浪汉》（*Le Vagabond immobile*，1984）、《小散文》（*Petites proses*，1986）、《塔布尔与西奈半岛》（*Le Tabor et le Sanaï*，1988）是关于绘画的思考。他还将自己的两部作品《礼拜五或原始生活》（*Vendredi ou la Vie sauvage*，1971）与《四博士》改写成适合青少年阅读的简易读本，表明他在写作风格上越来越追求简单。

图尔尼埃的所有小说都是从神话中汲取素材，他认为只有神话能够将哲学思考与文学特性相结合，因为神话是一整套关于认识的理论，神话虽然讲述同一个故事，却可变为道德、形而上学、本体论等。其小说中的人物在他人的启示之下或在自身的游历之中追寻绝对，而这种绝对——真理、认识、本质——总是隐藏的，需要人去寻找、辨别。“入门”（initiation）是图尔尼埃钟爱的主题，神话最适合这种表达。神话本身既是虚构故事又能揭示真理，这种矛盾注定它是一种“久远的谎言”；如果作品最终揭示了真理，那是令人失望的，所以作家应该保持作品的模糊性，由读者来赋予作品意义，作品的主题是由读者而非作家置于其中的。小说人物寻找一个永远不可触及的真理，而读者在阅读过程中加入这一探寻中来。神话既是欺骗又是吸引，只有神话才能使人接近真理，也只有神话才能使人永远不能达到真理：“令一切变得复杂的是，不存在的东西极力使人相信它的存在。”

图尔尼埃的作品语言简练，风格古典，底蕴深厚。在新小说盛行的时期，他被视为传统作家，其作品被称作“神话小说”，归入史诗、启示、神秘主义作品之列。但是对神话戏仿式的重写、小说套小说的结构、形式的创新及嘲讽的笔调体现了传统表象之下的现代性。他将现实主义、神话、哲学等多种题材融入小说这种传统的形式中，赢得法国及国际上广大读者的喜爱。他已经成为一名经典作家，作品被收入从小学到大学的课本中，还被搬上舞台或拍摄成电影。

中译本：《皮埃尔或夜的秘密》，柳鸣九译，安徽文艺出版社，1999年；《礼拜五或太平洋上的虚无飘渺境》，余中先译，安徽文艺出版社，1999年；《礼拜五或太平洋上的灵薄狱》，王道乾译，上海译文出版社，2011年；《桤木王》，许钧译，安徽文艺出版社，1994年/上海译文出版社，2000年/2013年。

（王斯秧）

让-菲利普·图森（Jean-Philippe Toussaint）

让-菲利普·图森（1957—　），小说家。1957年11月生于比利时首都布鲁塞尔。1978年图森毕业于巴黎政治学院。1982—1984年执教于阿尔及利亚，之后定居于科西嘉岛。图森是小说家、导演兼摄影师。他曾在东京、布鲁塞尔和图卢兹等城市举办过摄影展。电影方面，他的主要作品有：《先生》《塞维利亚人》《溜冰场》等。图森喜爱旅行，到过中国和日本，并以此为背景创作了两部小说——《逃跑》和《做爱》。

图森是法国新一代“新小说”（也被称为“新新小说”）的重要作家。法国的“新小说”兴起于20世纪50年代，以阿兰·罗伯-格里耶、克洛德·西蒙、米歇尔·布托等作家为代表。新一代“新小说”的作家并未形成一个集体，他们被认为是继承了罗伯-格里耶等老一辈作家的文学取向，在小说领域继续内容和形式上的探索和创新。图森是其中的代表人物，他力图通过文字艺术，关注人类的生存状况，探索文学的创新可能。图森的小说没有宏大的叙事背景，而是聚焦于日常生活的细枝末节：他不但热衷于讲述房屋的位置、沿街的景观，以及旅行途中的奔走停顿，而且善于借助若干小事件（去驾校学车、送孩子上学、买煤气等）来凸显客观世界的琐碎、神秘和偶然。图森认为大千琐事能够折射出生活的真面目，并由此上升到形而上层面，探究人的命运。因此，图森的小说往往从小处着眼，以小见大，极具寓意性。这种写作倾向使得他的小说在简明易懂的文字之下，蕴藏着深厚邃远的内涵。

第一部小说《浴室》（*La Salle de bain*，1985）的发表在文学界引起轰动，被翻译成多国文字。《浴室》之后，图森相继在午夜出版社出版了以下作品：《先生》（*Monsieur*，1986）、《照相机》（*L'Appareil- photo*，1989）、《迟疑》（*La Réticence*，1991）、《电视》（*La Télévision*，1997）、《自画像（在外国）》［*Autoportrait (à l' étranger)*，2000］、《做爱》（*Faire l'amour*，2002）、《逃跑》（*Fuir*，2005）、《齐达内的忧郁》（*La Mélancolie de Zidane*，2006）。其中《逃跑》获得2005年美第奇文学奖。

图森的主人公不必为生计奔波，他们大都清闲慵懒，不问世事。例如《浴室》的叙事者是一名研究员，但这个27岁的男人似乎无所事事，喜欢待在浴室里消磨时间：有时候他“躺在浴缸里沉思默想”，有时候“手里拿着一本书，躺在浴缸里，两只脚交叉地搁在水龙头上”，有时候他则默默地“盯着手表上移动的指针”。他的伴侣爱德蒙松对此无计可施，只好请来男人的母亲。母亲坐在浴缸边上看着儿子，同样束手无策。甚至当父母的朋友路过巴黎来看望他的时候，他也还是待在浴缸里，因为只有待在那里他“才感到最舒服”。《先生》的男主人公也一样：他喜欢在吊床上躺着。和未婚妻分手后，他喜欢上了另一个女人，可是当他拉着她的手坐着，却不知该怎么办才好，只得“轻轻地把她的手放回长凳上”。图森笔下的人物表面上呆板迟钝，实则细腻而又发人警醒。《浴室》里的男人透过窗户，看到雨中的人群和车辆，他是静止的，但窗外的运动使他感到时间的流逝与生命的消亡，并因此心生恐惧。《逃跑》中的叙事者“我”虽然不懂汉语，听不懂两位中国人在说些什么，但却是一位犀利的观察者。《照相机》的主人公深夜待在电话亭里，“一动不动”地思考，试图从琐碎的现实里超脱出来。图森塑造的人物喜欢安静，喜欢思考，喜欢行走，他们常常沉浸在自己的精神世界里，对外部世界“装出”一副漠不关心的样子，试图在沉默中贴近现实的真谛。在图森笔下，现实就是自选商店、浴盆、毛巾架、牙刷、剃须刀、脚趾甲，现实也是连续的偶然和巧遇的组合，现实更是充满了谜团。人物总是遭受着来自现实世界的不可预料的“冲击”，所以他们愿意“躲进简单”之中。躲藏的办法之一是出走，另一种方式是让身体保持静止，让思想自由流动。《照相机》里有一句话，对其人物的心理状态做了部分揭示：躲藏不完全等于逃避，因为“我感到我身上有一种愤怒的冲动，而且所向无敌……”简言之，图森笔下的人物并不总是与世无争，他们的“愤怒”表明逃避有时候是与现实“战斗”的一种方式，他们想要做的，是力图从“这四面八方包围着我的像石头一样的现实中解脱出来”。

图森的小说被认为是“极简主义”风格的代表作品。他的每一部作品都要经过仔细推敲和反复修改，他将小说中必不可少的内容精简至最低限度，以简洁的文体、短小的句型、非抒情的语言著称。图森重视作品形式上的创新，他认为小说不仅要表达作家对世界的看法和感受，而且要带给读者阅读上的快感。图森热衷于用文字向读者描绘方位、形状、光线和色泽，他的文字往往能达到绘画般的效果，在叙事的同时，让读者看到简单的线条和繁复的色彩。“新小说”旗手阿兰·罗伯-格里耶称图森的作品为“叙述体的抽象画艺术”。

中译本：《逃跑》，余中先译，湖南文艺出版社，2006年；《迟疑·电视·自画像》，姜小文、李建新、曾晓阳译，湖南美术出版社，2004年；《浴室·先生·照相机》，孙良方译，湖南文艺出版社，1996年；《齐达内的忧郁》，宫林林译，湖南文艺出版社，2009年；《图森作品集》（1—12），孙良方等译，湖南文艺出版社，2014年。

《逃跑》（*Fuir*）

《逃跑》（2005）是让-菲利普·图森的代表作之一，获2005年美第奇文学奖。该小说选取北京、上海和厄尔巴岛为背景，主要人物有“我”、玛丽及两个中国人——张祥之和李琪。《逃跑》继承了图森以往小说的某些风格：人物被动而警觉，叙事充满细节。另外，图森还细致地描绘了场景的更换、人物的运动和光线的变化，使整部小说具有影视图像的视觉化效果。

《逃跑》采用了第一人称的叙事方式。主人公“我”离开玛丽，到了上海，由一个名叫张祥之的中国男人负责接待。张祥之是房地产商，和玛丽有业务上的联系。因为语言不通，“我”和张祥之几乎无法交流。张祥之替“我”找旅馆，带“我”去吃饭，陪“我”去参观，而“我”虽然对张祥之的某些行为感到尴尬和费解，却依然听之任之：张祥之自作主张替“我”拨通了玛丽的电话，但这个时候，“我”不想跟玛丽说话，更不想在第三者在场的情况下跟玛丽说话；他还给了“我”一个旧手机，这让“我”很惊讶，“我”不知道他为什么给我手机——是为了联系方便？还是为了日夜监视“我”的行踪？通过张祥之“我”认识了李琪，对她很感兴趣。李琪建议“我”陪她去北京，“我”答应了下来，只是后来才知道张祥之也同去。晚上，在从上海到北京的卧铺车厢里，“我”和李琪都无法入睡，躲进厕所里亲密。这时，手机响了起来，是玛丽的来电，她的父亲刚刚去世……听到玛丽的声音和死亡的讯息，“我”感到疲惫和混乱，望着车窗外的黑夜，久久不能平静……

列车抵达北京后，张祥之陪“我”参观。“我们”去了保龄球馆，但不知为什么，张祥之和李琪显得极为慌乱，莫名其妙地拉着“我”突然冲出球馆，骑上摩托车逃跑。摩托车飞驰在北京的马路上，“我们”身后响起了阵阵警笛……三个人来到一家酒吧，并在那里分手，张祥之和李琪走了，而“我”则回到旅馆，准备去厄尔巴岛参加玛丽父亲的葬礼。小说的最后一部分与两个中国同伴毫无关系，“我”没有再见到他们，也不知道他们最终去了哪里，只是独自前往厄尔巴岛，与玛丽重逢。

《逃跑》的主人公不仅是敏感和被动的，也是好奇和敏锐的：在火车站看到张祥之的时候，“我”就觉察到了张祥之和李琪之间非同寻常的关系；在旅馆里，“我”清楚地看到张祥之将玛丽给他的钱给了李琪；在保龄球馆里，李琪拿着一个纸袋，张祥之郑重地看了看纸袋里的东西，这使“我”感到好奇，纸袋里究竟装了什么？这个东西和后来三个人的逃跑和警察的追捕究竟有没有关系？总之，叙事者敏锐地觉察到了一些问题，并试图找到解释，但他没有找到，因而对于读者而言，《逃跑》也留下了许多谜团。图森不追求完整圆满的故事情节，他只是将一个个动作、一个个画面如电影场景一般呈现在读者面前，这种写作方式，留给了读者巨大的阐释和想象空间。

《逃跑》的故事场景始终在变换，人物也处于不停的运动之中。和《浴室》《先生》《照相机》里的主角一样，人物的出行不需要特别的理由：“我”去上海不是因为出差，只是为了消遣。李琪要去北京，“我”就随行，反正对我没什么要紧。在短短的几天时间里，“我”坐飞机、坐车、坐船…… 一路奔波。小说名为“逃跑”，它不仅仅指张祥之、李琪和“我”从保龄球馆的那次逃跑，还意味着主人公对现实世界的逃避。每当他从旧地逃走，到达新的地方时，他不是去迎接新的事物，更不打算去饱览异国风情，他始终蜷缩在自己的内心世界里，体味生活带给他的惊吓、痛苦、困惑和忧伤。

（张琰）

安德烈·维尔泰（André Velter）

安德烈·维尔泰（1945—　），诗人与诗歌活动家，著有十多种诗集与论著。出生于阿登（Ardennes）地区，19岁时遇到了比他年长两岁的诗人塞尔日·索特罗（Serge Sautrau, 1943—2010），两人结识七个月后开始合作写诗，1965年开始在《现代》杂志联合署名发表诗作。在萨特与波伏瓦等的支持下，他们合写的诗集《阿依莎》（*Aisha*）1966年在伽利玛出版社出版。他们受到布勒东等超现实主义诗人的启发，在60年代和70年代参与法国的新超现实主义诗派。在80年代，维尔泰在阿富汗、印度、尼泊尔和中国西部长途旅行近十年，返回巴黎后，创办了文学杂志《沙漠旅队》（*Caravanes*，1998—2003）。诗集《单独的树》（*L'Arbre-Seul*，1990）及其姊妹篇《高地》(*Le Haut-Pays*，1995)创作于这一时期，是刻着东方地景与文化记的两本著作。《高地》是为他的妻子玛丽-约瑟·拉莫特（Marie-José Lamothe）所作。1998年3月，拉莫特因病去世，同年5月，他的女友登山健将尚塔尔·莫迪（Chantal Mauduit）因雪崩遇难，维尔泰深受重创。他随后的三本诗集——《第七座高峰》（*Le septième sommet*, 1998）、《极致的爱》

（*L'amour extrême*，2000）与《另一种海拔》（*Une autre altitude*，2001）均是献给尚塔尔·莫迪的。

维尔泰曾在法国文化电台创办名为《口语诗》（*Poésie sur Parole*）的专栏诗歌节目（1987—2008），还曾主持《论坛》(*Agora*，1995—1998)、《诗歌工作室》（*Poésie Studio*，1997—1999）等栏目。后来与克洛德·盖尔（Claude Guerre）一起联合主持《诗学》（*Poétiques*，1995—1999）节目，每个月在巴黎第八区的圆点剧院（Théâtre du Rond-Point）公开录制。他主编的《奥尔菲工作室：当代高声吟唱的诗歌》（*Orphée Studio, poésie d'aujourd'hui à voix haute*，1999）是这一合作时期的见证。他在伽利玛出版社主持“诗歌”丛书与“弓弩”丛书，在《世界报》主持与东方有关的文学专栏，在法国文化界产生了重要的影响。

与此同时，维尔泰还组织或参加让全世界的诗歌互通有无的诗歌活动，并多次应法国驻华大使馆“诗人的春天”的邀请访华，与诗人树才等合作朗诵诗歌。树才选译了诗集《从恒河到桑给巴尔》中的一首诗《另一个》，首次将维尔泰的诗作译成中文。维尔泰还与旅法华人画家季大海合作，出版了中法双语诗画集《酒魂灵》（2014）。

维尔泰选择创作可“高声”吟唱的诗，尝试创造一种“新的口语性”，他也经常与戏剧演员及音乐家、诗人共同朗诵诗歌。维尔泰所呈现的新抒情诗与新口语性，经历了反思和质疑抒情传统的当代诗歌的洗礼，既注重修身实践，也拓展未知的空间，既憧憬远方的旅行、流浪和历险，也着眼当下的积极创作，让生命化成诗篇，将诗歌嵌入生命和旅行之中。维尔泰的诗歌充满活力和野性，抒发了对世界与生活的热爱，发散着日神式的明亮和酒神式的喜悦，以富于节奏感的诗句传达着生命的哲思与伦理，构成当代法国诗坛的独特“吟唱”。维尔泰曾获得众多的诗歌奖，包括1990年的马拉美诗歌奖和1996年的龚古尔诗歌奖。

中译本：《单独的树》（即将出版），姜丹丹译，河南大学出版社。

《单独的树》（*L'Arbre-Seul*）

《单独的树》（1990）是汇集了维尔泰的诗歌和具有诗化风格的短篇散文、游记精选集。法国诗歌评论家阿兰·鲍尔（Alain Borer）为该书作序。该诗集1990年获得马拉美诗歌奖。

在20世纪80年代至90年代初，维尔泰在近十年的时间里经常到中亚、东亚地区长途旅行，从阿富汗、也门、印度、尼泊尔直到中国西北部的甘肃、新疆与青藏高原等地。这段在“丝绸之路”上的旅行和旅居的经历，使他的诗风发生转折，他从此摆脱了新超现实主义的影响，以富有个性与激情的方式重新探索当代抒情诗的可能性。此书成为标志着维尔泰“新抒情”风格的代表之作。

《单独的树》的书名是维尔泰受一个典故的启发而来的。在伊朗东部有一个地区呼罗珊省，《马可·波罗游记》记载了马可·波罗经过一片被称作“枯树”平原时的见闻，“枯树”（Arbre-sec）又名“独树”（Arbre-seul）或“太阳树”（Arbre-sol）。维尔泰此书的一则随笔《为了不再折返》里引述了这个典故，指出早在《旧约》里就提到这个蛮荒之地是世界的尽头。维尔泰赞叹马可·波罗跨越这个天涯之端，还颂扬了现代以来的旅人们征服世界的自由精神。该书以此命名，意在超越不可能的边界、发现未知的冒险精神，而且与“太阳树”具有某种谐音效果，将边界的标志化为充满光明的诗的空间，如《石头的神谕》中所写：“把我带走吧，光明，／直到遗忘了生在人间的／大梦。”

本书以一首题为《枯树》的诗为中心，第一部分散发着沙漠的气息：“在恐惧的交汇处／独自，干枯／那株树是／空空的稻草人。”诗人从开篇就表现出始终“面向未知”的勇敢：“在孤树外的违背王命之外，/在所有传说钉在/阴影上的懊悔之外，/沙漠旅队追随的彼在。”后来，维尔泰与人合作创办了文学杂志《沙漠旅队》。程抱一在写给维尔泰的文章《重抵辽阔》里写道：“依然置身在沙漠的中央，我看到沙漠旅队经过。一想到重新找到了道路，我内心狂喜，这只出色的队伍，肯定会把我从绿洲带向绿洲。的确如此。在为那些真正感到口渴的人们呈现的泉眼里，我重新去饮水。谈到沙漠行旅队，不是别的，正是《沙漠旅队》杂志。”自20世纪70年代以来，结构主义、形式主义的语境使抒情诗陷入沙漠般的危机中，维尔泰的杂志与诗风为诗歌带来荒漠甘泉般的希望和馈赠，而这种诗风正是经由东方而重返古希腊奥尔菲式的“吟唱”的传统。

《单独的树》开篇的四首诗以写印度音乐的“阿拉谱”而结束，像是本书的序曲，随后的三个部分——《无限的近处》《丝绸的尘埃》和《沙漠的源泉》都是维尔泰在东方的旅行途中所写。而这次旅行也是一次精神之旅，维尔泰不仅仅发现和书写了东方的风景、风土人情，也体会到东方思想和美学的意境。他在中国写下数首游记诗，如《北京的风》《蒙面的早晨》《迷宫》《（道）》《敦煌》《淘金者》《火焰山的隐士》等（这部分诗曾由姜丹丹译成中文，在《诗刊》《诗选刊》《世界文学》等杂志发表）。短诗《（道）》颂扬了一位“山中的老者”所体现的道家智者的理想形象：“他化作“寂静”的身躯/在空间的回响里。/他不再言语/一向说话那么少的他。”该诗诗句简短，氛围静谧，折射出维尔泰受到伊夫·博纳富瓦、菲利普·雅各泰、安德烈·杜伯歇等“瞬间一代”诗人们的影响；与其他充满动感、速度与张力的诗作相比，该诗也体现出维尔泰在选择“高声吟唱”的姿态的同时，也在进行“静坐”、冥想的修行的体道实践。在题名《迷宫》的诗中，维尔泰在刻画甘肃的自然风景时，联想到当年在中国西部徒步旅行的法国现代诗人谢阁兰：“在甘肃的黏土坡上滑行/在雕刻过的山冈的脊背上／如同成熟的麦子的图腾，／青麦子、／紫苜蓿、油菜花、蓝亚麻的图腾；／在那儿，谢阁兰曾走过／穿着他草编的鞋／和他历险的语词。”尽管外部空间依然保留着谢阁兰时代的特征，但诗人置身于喧嚣的当代文化空间，反观他者的理想神话与现实文化之间的距离，最终以形而上的提问结束：“我们在哪里 / 身在此处的我们 / 却不在这里？”在再现当代的异域空间时，异国的陌异性只是一个“背景”，传达着诗人对存在的扣问。而整本书透射出诗人从中国古代思想中体会到的阴阳两极的共在互补关系：光与影、动与静、此在与别处、在与不在、欢乐与苦痛互相交织渗透，旅行、生活与诗歌合为一体。

第五部分《没有战胜的胜利——与阴影的嬉戏》具有特殊的地位，它是联结东方纪行的前三个部分与随后关于探问与思考人的存在状态的三个部分（《没有地域的火》《渎神的时代》《灵魂的尖端》）的“中枢”。维尔泰揭示了他对于东方的剑道或武术的切身体会：“另一个人不是敌人。另一个人不是对手。另一个人不是他者。不再有阴影，不再有投影，不再有镜像。”诗人不仅与“另一个”和自身实现和解，返归和深入自身内部（“你走进了你自身的寂静内部”），也开始真正地走向“另一个”，以平和接纳的态度走进“你”与“我”共在的当下生活的“谜的过程”（“仅仅成为一种献礼，一种倾听，一种简单的态度”），体现出一种逐渐成熟的伦理观。

在随后的三个部分中，维尔泰写出了“在积极的虚无的‘是’之中”生活的各种吊诡的丰富性。《离乡》是维尔泰写给故去的好友克罗德·鲁瓦（Claude Roy）的，鲁瓦的《盗诗者》“盗取”中国古诗精华转译和重写他所深爱的中国古诗。维尔泰则写出了神往远方的诗人对背离的家乡的情感：“我的家乡是一首歌 / 一个受伤的夜 / 一个歇脚处 / 在最明亮的蓝天里的一道彩虹。”长诗《渎神的时代》见证了维尔泰对叙利亚籍黎巴嫩诗人阿多尼斯（Adonis，1980年因黎巴嫩战争流亡法国）的友谊，也传达了他对于后者的诗歌立场的认同：“而地平线，/是一种歌唱，/ 来抹去目标/ 来起锚身体，起源，名字，/ 把死亡投掷到每一次出发的/ 活泼泼的地平线。”而在献给勒内夏尔（René Char）的诗里，维尔泰同样肯定了在当代无神论视野下选择“流浪”的栖居和“歌唱”自然世界的美与审美的姿态：“歌唱，不唱感恩歌/流浪，不作朝圣/愿

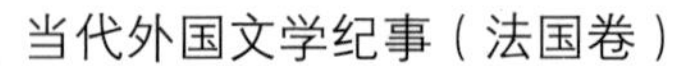

在庙宇的廊柱下诞生/神秘的乌云/ 转瞬即逝的早晨里明亮的神谕。”而勒内·夏尔和兰波，都是维尔泰的精神坐标系中不可或缺的诗人。

《单独的树》的最后一首诗名为《枯树街》，是诗人在常年旅居东方之后返回巴黎时所写，他在去出版社投稿时无意中发现巴黎第一区有一街道名为“枯树街”。这个街名唤起了他对沙漠“枯树”地带旅行的回忆，那段朝向“边界之外”寻找“历险的梦想”的岁月，也引发了他深刻的伦理反思：“在哪里呢，／接纳的土地？／异乡人，又是谁呢？”这首诗回应开头的诗《枯树》，标志着诗人从远行到返归，在熟悉而陌生的城市重新开启历险的循环历程。

维尔泰以饱含激情而又坦率诚实、富有口语性与节奏感的独特风格重新“吟唱”，面对错综复杂的生活本身，与同时代诗人引领法国当代诗歌走出了第二次世界大战之后边缘化的困境，重建了一道“新抒情诗”的风景线。

（姜丹丹）

米歇尔·维纳维尔（Michel Vinaver）

米歇尔·维纳维尔（1927—　），戏剧家。原名米歇尔·格兰伯格（Michel Grinberg），1927年出生于巴黎。父母在1920年从俄罗斯移民至法国。他曾在美国卫斯廉大学学习英美文学，获得文学学士学位。1947年返回法国，将著名英国现代诗人艾略特的长诗《荒原》译为法文，创作小说《拉托姆》（*Lataume*，1947），并以自己在军队和冷战期间的亲身经历创作了另一部小说《反对者》（*L'Objecteur*，1950），此书于1951年获得费内翁文学奖。在索邦大学学习文学和社会学之后，1953年他在吉列公司工作，此后一直供职于吉列公司。

1955年，他创作了第一部戏剧《朝鲜人》（*Les Coréens*，1955），虽然遭到右派及传统人士的倒彩，但更多的人称赞他是戏剧界的后起之秀。演出的成功使他坚定了继续创作戏剧的信念。之后创作了两部戏剧：《执达员》（*Les Huissiers*，1957）和《伊菲革涅酒店》（*Iphigénie Hôtel*，1959）。

1959—1969年间，他在文学界沉寂了十年之久，在商界则步步高升。1964年，他从仅有40名员工的比利时吉列公司总经理升至拥有300

名员工的意大利吉列公司总经理，之后又成为拥有1000名员工的法国吉列公司总经理。维纳维尔的戏剧主题常涉及经济活动，这得益于他的工作经历。

1969年，他以《边缘之上》（*Par-dessus bord*，1969）回归戏剧创作。此剧涉及60个人物和25个地点，演出时间长达7个小时。1973年排演了删节版，1983年才有完整版的演出。从这部戏剧开始，维纳维尔的剧作开始关注经济活动及其对政治的影响，他随后的几部作品都将目光投射到世界经济领域，先后创作了《求职》（*La Demande d'emploi*，1973）、《异见者，他不说话》（*Dissident，il va sans dire*，1978）、《妮娜，这是另一回事》（*Nina，c'est autre chose*，1978）、《工作与时日》（*Les Travaux et les jours*，1979）和《仰面朝天》（*A la renverse*，1979）。

1980—1990年这十年是他最为重要的创作时期，他写出了四部新剧：《平常》（*L'Ordinaire*，1981）、《邻居》（*Les Voisins*，1984）、《一个女人的肖像》（*Portrait d'une femme*，1984）和《电视节目》（*L'Emission de télévision*，1988），还有一部短笑剧《最后的惊跳》（*Le Dernier Sursaut*，1988）。这些作品注重情节，故事紧凑，蕴含丰富的人性魅力。他从17岁开始搜集报刊信息并做成剪报，社会新闻是他的创作来源。这四部新剧便是从现实事件里获得启发，如跨国资本的发展、司法运转和媒体对法国生活的影响。20世纪90年代和21世纪初，他翻译了莎士比亚的名剧《裘力斯·凯撒》（*Jules César*，1990），创作剧本《金》（*King*，1998）、《反对者》（*L'Objecteur*，2000）、《2001年9月11日》（*11 septembre 2001*，2002），并根据欧里庇得斯的著名悲剧创作了《特洛伊女人》（*Les Troyennes*，2000）。2009年，他的作品《平常》入选法兰西喜剧院的保留剧目，极少数在世戏剧家获此殊荣。

《金》在维纳维尔的作品中占有特殊地位，讲述了一次性剃须刀创始人金·吉列的传奇一生。全剧是年轻的金、中年的金和老年的金的独白，通过一个人展现了20世纪初工业发展的三个阶段：英雄时期、平静时期和灾难时期。金·吉列是个谜一般的人物，他身上并存着两种性格：他既是一个大资本家，又是一个对新社会寄予幻想的乌托邦人士。维纳维尔以时间为主线展示人物生活，三个演员饰演不同时期的主人公，让他们通过独白逐步表现主人公内心的乌托邦世界。不同时期独白的并置，产生出尖锐的讽刺效果。《2001年9月11日》只有三十几页，却充满从世贸中心的清洁工到布什和本·拉登的各种不同的声音。刚开始是遭劫持的飞机里飞行员和乘客的话语，之后是双子楼里遇难者的话语，最终以布什和本·拉登的话结尾。他将美国“9·11”恐怖袭击事件中不同人物的多声部话语融为一体，展现出一个支离破碎的世界。

维纳维尔的剧作扎根于当代历史，从朝鲜战争到阿尔及利亚战争，到“五月风暴”，再到“9·11”事件。他关注职场和世界经济，在作品中深刻展现人物的情感、冲突、压力，这得益于他的工作经历，他的职业生涯使他注意到经济与人的关系是何等密切。权力、爱情和竞争发生的场所已经由传统戏剧中的政治领域转移到如今的经济领域。

维纳维尔曾经提出“机器戏剧”和“风景戏剧”的概念。“机器戏剧”以一个固定的情节为中心，穿插一些明显的对立力量，情节由诸多原因和结果推动前进；而“风景戏剧”建立在一个多元的情节基础上，在一些不连续的瞬间及片断中逐渐展现，就好像散步时一点点发现风景。在“机器戏剧”中，语言是情节的“工具”；而在“风景戏剧”中，“语言就是情节本身”。他的作品属于后者，使用一种爆发性的语言，将地点、时间和人物错综复杂地交织起来。

维纳维尔认为戏剧功能是将观众从他们的思想和情感习惯里间离出来。布莱希特的间离效果以揭示的方式产生，而维纳维尔则通过互相联系的微小震撼，一点一点地影响观众，观众在剧终时的观点与刚开始看剧时相比，发生彻底的颠覆。

维纳维尔声称只写喜剧，《电视节目》的副标题就是“喜剧”。他对喜剧性的偏爱表现在多样的语调、对话和主题上。比如《仰面朝天》的两个人物分别是阳光致癌的重病妇女和防晒霜推销员，情节就在两人的对话里展开。维纳维尔认为喜剧不是快乐的，而是建立在一种彻底的悲观主义之上；社会中的艺术家们必须扮演小丑的角色，在逗乐的同时，说出一些令人震惊的真相，而不能只做信息传达者。

《平常》（*L'ordinaire*）

《平常》（1981）是维纳维尔的主要剧作之一。其创作灵感来自一则社会新闻：1972年，一架载有乌拉圭国家橄榄球队的飞机发生空难，坠落于白雪覆盖的安第斯山脉，幸存者靠吃遇难者的遗体得以存活下来并最终得救。在剧中，维纳维尔把机上乘客换成一家美国跨国公司的总裁、高层干部及其随行人员，包括他们的秘书、妻子、女儿或情人，加上机组人员，共11人。这家上市建筑公司的业务是向第三世界贫穷国家出售预制房屋，他们此行的目的就是同拉丁美洲掌权的各位军事独裁者进行一系列商贸会谈，兜售他们的预制房屋。除了苏，其他所有人都对这次南美洲之行不感兴趣。他们只是希望在利用军方捞取利益后尽快返回西雅图安心地生活。暴雨导致飞机失事，坠落在白雪覆盖的海拔四千米的安第斯山脉。他们幸运地躲过死亡，却不得不面对饥饿、痛苦、恐惧等生存问题。他们在这样的极限境况里，脱离了原来熟悉的工作环境，不得不重新调整各种等级和关系。此剧成功地展现出他们在幸存的42天里的各种细节，在遭遇事故后，他们仍然不忘谈论公司发展策略、股市反弹及市场管理；他们曾尝试多种求援计划，但随着形势逐渐恶化，幸存者减少，食物配额降低，他们不得不吃死者的遗体。

维纳维尔通过把人置于死地来表现人的求生本能和生存及人性问

题，以反讽对比的手法烘托人物处境的巨变：在灾难发生之前，他们被隔绝在机舱里，不用考虑日常生存问题；灾难突然来临，把他们置于极端环境之下，他们饥饿难忍。这本是受他们剥削的穷苦民众才有的饥饿，现在他们感受到同样的饥肠辘辘。他们仍然套用生意场上的策略和等级关系，而新的处境使这些策略失效，先前的等级关系也烟消云散。在这样的紧急形势下，领导者不再具有发号施令的特权，下属或者随行人员可以做决定，例如鲍勃在死前一直像以前一样发号施令，好像所有人都必须服从他，认为自己的领导地位可以保证他最终得到美国军队的营救。鲍勃的妻子贝丝求助于圣餐才能将人肉吃下去。市场部经理迪克盲目听从鲍勃，全力投入一项成功率看似很高的求援计划，鲍勃选他跟最年轻的楠一起出去寻求援救，但他们走后便杳无音信，被认为丢了性命。坚持到最后的人是苏和艾德。苏象征着弱小对强大的报复，显示出很强的适应环境的能力，而艾德则表现出比死去的总经理更贪婪的本性。由此，社会外衣被剥去。此剧融合喜剧性、悲剧性和政治性等多种口吻。极具反讽的是，他们从原先的吃人的人变成被吃的人，例如总经理鲍勃活着的时候对自己的消化能力非常自豪，结果到头来被苏做成炖肉。活人吃尸体的情景产生令人恶心的效果。

1982年，维纳维尔发表评论《为了一种思想剧？》（*Pour un théâtre des idées?*），并提出这样的问题："戏剧和思想之间不是总是矛盾的吗？"来回应提倡回归思想剧的安托尼·维泰（Antoine Vitez）。维纳维尔以索福克勒斯的《安提戈涅》及高尔基的《避暑客》为例，说明戏剧不能直接传递思想，对于所要表达的思想知道得太清楚只会妨碍戏剧，而思想只能在人物和戏剧结构的基础上逐步揭示。在真正的思想剧里，作者不该绝对让人信服，而要让观众的思想受到震动。因此，《平常》并不是一部带有火药味、反对世界不平等的戏剧。正相反，这部作品非常细腻、富有诗意，其中的事件可以从不同角度解读。

《平常》给人严峻、沉重的感觉，演出时间虽然长达两个半小时，

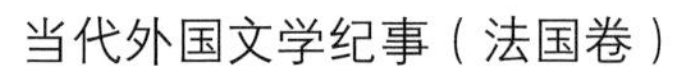

而且没有幕间休息，但并不令人感到厌倦。观众随着剧中人物一起经历在白雪覆盖的山上的极度惊骇，深受刺激。

2009年1月，《平常》被列入法兰西喜剧院的保留剧目。戏剧史专家于贝尔斯菲尔德（Anne Ubersfeld）曾这样评价该剧："这是一部出色的、成功的戏剧，结构简单却激荡人心。它选取了一个关于食物的神话素材，意味深长。"

（徐熙）

让-保罗·温泽尔（Jean-Paul Wenzel）

让-保罗·温泽尔（1947— ），剧作家、导演和演员。1947年出生在法国东部圣艾蒂安的一个普通工人家庭，父亲是德国人，母亲是法国人。年少时曾经在技工学校读书。1966—1969年，出于对戏剧的热情，他进入法国斯特拉斯堡戏剧学院学习表演兼导演，在那里接受了布莱希特表演体系的教育。毕业之后，他作为职业演员在斯特拉斯堡剧院工作，曾与许多著名导演合作。之后，他和罗贝尔·吉罗奈斯（Robert Gironès）共同创立了"重启剧团"（Théâtre de la Reprise），并在剧团中担任演员。1974年，他在彼得·布鲁克执导的《雅典的泰门》（*Timon d'Athenes*）中扮演重要角色，获得观众好评。1975年，他参与了"日常剧团"（Théâtre du Quotidien）的创立，执导了米歇尔·德驰的作品《冠军的赛前训练》（*L'Entraînement du champion avant la course*，1975），标志着法国20世纪70年代重要的戏剧流派"日常戏剧"（théâtre du quotidien）的诞生。"日常戏剧"将视点落在普通工人、公司职员等小人物身上，探索他们日常生活中的冲突和存在的困境，旨在通过戏剧给予少数群体和被孤立的群体发言的权利。同年，他写作了处女作《远离阿贡当市》（*Loin d' Hagondange*，1975），这也是“日常戏剧”的代表作品，温泽尔自己将这部作品搬上舞台。1977年，该作品由法国著名导演帕特里斯·谢罗（Patrice Chéreau）再度搬上舞台，获得当年“外省最佳戏剧作品评委会大奖”，之后被翻译成20多种语言，在多个国家上演。温泽尔至今已陆续创作有40多部剧作，包括被誉为“极端个人的未来主义诗篇”的《今后》（*Dorénavant*，1977）、带有自传色彩的《不确定》（*Les Incertains*，1978）以及受到法斯宾德的电影《社会新闻》影响的社会戏剧作品《夜间屠宰场》（*Boucherie de nuit*，1985）。在《父之地》（*Vater land*，1983）一剧中，他通过挖掘其亡父在德国的生活痕迹，探寻了个人命运和历史进程之间的关系。

除了剧本创作外，温泽尔还作为导演执导过布莱希特、法斯宾德、恩佐·高尔曼、霍华德·巴克等剧作家的40多部作品以及他自己创作的十几部作品。

1976年，他与奥里维·佩里埃（Olivier Perrier）在蒙特吕松共同创办了“联盟剧团”（Théâtre des Fédérés）。1976—2003年期间，由该团组织的艾里松戏剧节在法国颇有影响，发掘了很多新作和新人。1995—2000年，他还担任了雷恩布列塔尼亚国立戏剧学校的教学主任。2003年，他与阿尔莱特·纳米昂德（Arlette Namiand）共同创立了“今后剧团”（Dorénavant Cie）。

中译本：《远离阿贡当市》，宁春译，中国传媒大学出版社，2006年；《打造蓝色》，宁春译，中国传媒大学出版社，2011年。

《远离阿贡当市》（*Loin d' Hagondange*）

《远离阿贡当市》（1975）是让–保罗·温泽尔的第一部作品，已被翻译成多国语言，并在20多个国家演出。作品通过14个不同的场景，表现了一对法国东北地区阿贡当市的工人夫妇乔治和玛丽的退休生活。退休前，乔治在炼钢厂勤勤恳恳，工作紧张而艰辛。退休后，他们夫妻二人搬离了市区，在乡间一座宽敞的别墅过起了富足而空闲的生活。然而无所事事的日子让他们感到焦虑，尤其是乔治，无聊感侵袭着他，使他变得挑剔、易怒。于是他把自己关进车间，重新开始"上班"以获得存在感。他一边制作物件，一边自言自语地与不存在的"厂长"对话，甚至为了不耽误进度，连一日三餐都要玛丽送到车间。被爱人忽略的失重感也在一点点侵蚀着玛丽，当她终于在远离人群的乡村迎来了调查家电设备使用情况的代表弗朗索瓦兹，便如同看到了重返世间的唯一希望，她无法控制地对他絮叨，像是要将自己悉数奉上。而对方却不耐烦，直到丧失了全部与她敷衍的耐心，留她一个人在漆黑的屋内哭泣。两人的直接冲突发生在乔治生日那天，玛丽端着蛋糕唱着生日歌走进乔治的车间，他却以神圣的工作为由让她离开，她唱起了他们当年的歌，而他让她闭嘴。乔治开始砸他的车间，他癫狂地挥舞着榔头，直至瘫倒在地。暴风雨过后，乔治的生活归于平静，在病榻上，他也找回了与玛丽往日的温情，然而不久，玛丽却在打理花园时突然死去……

1975年，该作品由温泽尔执导，在阿维尼翁的"开放剧场"（Théâtre Ouvert）进行了首次呈现。1976年，作品依然由温泽尔导演，正式演出于卡昂戏剧院。1977年，该作品由法国著名导演帕特里斯·谢罗执导，在维勒班国家人民剧院上演。温泽尔通过这部"日常戏剧"，反映了普通人面对"日常生活产生的各种可见和不可见的焦虑、混乱，甚至是情绪的爆发，他们对于自己、他人以及对于所剩时日的感受"，以及他们孤单地与生活的琐碎和死亡的威胁所做的斗争。

（蔡燕）

弗朗索瓦·威尔冈（François Weyergans）

弗朗索瓦·威尔冈（1941—　），小说家、文学评论家、导演。出生于比利时布鲁塞尔的艾特别克（Eteerbeek），父亲是比利时作家，母亲是法国人。青少年时期就读于布鲁塞尔的圣米歇尔中学和圣博尼法斯-帕纳斯学院。父亲要求他从事电影而不是文学创作，他于1958年进入法国高等电影学院（IDHEC）学习，期间他对布列松和戈达尔产生浓厚兴趣。1960—1966年，为《电影手册》（*Les Cahiers du cinéma*）撰写评论，拍摄过以当时著名的芭蕾舞演员莫里斯·贝雅尔（Maurice Béjart）为素材的电影和纪录片。自1972年起，威尔冈创作了四部电影，确立了自己作为电影人的身份和地位，包括以音乐家皮埃尔·亨利（Pierre Henry）为题材的《关于某人的电影》（*Un film sur quelqu'un*，1972）、《我爱你，你跳舞》（*Je t'aime，tu danses*，1977）、《绝症》（*Maladie mortelle*，1977）和《肉色》（*Couleur chair*，1978）。

1968年，威尔冈开始从事文学创作。他写了小说《莎乐美》（*Salomé*），直到2005年才出版。1973年，他发表了第一部小说《小丑》（*Le Pitre*），以自己接受的拉康精神分析疗法为灵感来源。小说出版后受到评论界的关注，获得了罗杰·尼米埃文学奖。实际上，威尔冈的精神危机始终困扰着他，正如他在《我是作家》（*Je suis écrivain*，1989）中所言："这是一个关于作家的故事。他想要写一部大将丰臣秀吉的传记，却总是无法完成，反而偏爱描写绿茶功效以及东京街头的漂亮女子。"

1981年，威尔冈发表小说《科普特基督徒玛凯尔》（*Mécaire le Copte*），在比利时获得维克多·罗塞尔奖（Prix Victor-Rossel），在法国获得双叟文学奖。从此，他全身心投入文学创作，2009年当选为法兰西学院院士。其主要作品有：《美杜莎之筏》（*Le Radeau de la Méduse*，1983）、《一个婴儿的生活》（*La Vie d' un bébé*，1986）、《法国女人，法国男人》（*Françaises Français*，1988）、《我是作家》《笑与哭》（*Rire et pleurer*，1990）、《疯狂的拳击手》（*La Démence du boxeur*，1992）、《弗朗茨和弗朗索瓦》（*Franz et François*，1997）、《在我母亲家的三天》（*Trois jours chez ma mère*，2005）等。因为担任过电影导演和编剧，威尔冈的小说常常写到电影，表达他对电影艺术和电影工业的观点。

《美杜莎之筏》以1816年法国军舰"美杜莎号"遭遇的海难及幸存者的经历开篇，然后笔锋一转，将故事拉到20世纪：主人公安托万生活在巴黎，正在准备拍摄一部关于籍里柯的著名油画《美杜莎之筏》的电影。安托万先后有三位伴侣：第一位名叫卡特琳娜，她梦想成为小提琴家；第二位阿涅斯，是佛教徒；第三位妮维雅，是安托万真正钟爱的女子。安托万梦想将沉闷压抑的生活变得如同烟火般绚丽，他的幽默感帮助他实现了这一梦想。

《疯狂的拳击手》获得了勒诺多文学奖。故事发生在20世纪80年代，主人公梅尔西奥·马尔蒙是一位已经82岁的电影制作人，尽管妻子和哥哥的逝世深深触动了马尔蒙，但他始终保持健康的身体和心态，希望活到2000年。马尔蒙在其职业生涯中结识了许多名人，目睹了电视行业的蓬勃发展，他希望出版一部回忆录来讲述自己丰富的一生，并将撰写回忆录的任务交给了自己的儿子——一位一直靠父亲过活的诗人。在生日那天，马尔蒙取消了家人为他准备的生日聚会，宣布他要制作一部影片，自己身兼编剧、导演和监制三职。电影的名字是《疯狂的拳击手》。电影的拍摄过程极为艰难，他一度怀疑自己生前能否完成拍摄。后来，马尔蒙回到了童年时的老房子，在那里他突感不适，这一感觉持续了两天。这次经历给予他面对余生的勇气，使他终于理解了存在的意义。最终，马尔蒙顺利完成了影片拍摄。《疯狂的拳击手》讲述了马尔蒙的一生，充满了他的纷乱的回忆，同时也表达了作者对电影工业的看法。通过马尔蒙细致的叙述，小说追忆了电影事业蓬勃辉煌的年代，但技术的发展却使电影丢失了一部分内在的灵魂。

《弗朗茨和弗朗索瓦》获得了法语文学奖。这部小说以父亲为题材，带有强烈的自传色彩。威尔冈用不失幽默和柔情的笔调勾勒出父亲的形象，坦陈父子间的微妙情感：弗朗茨是一位具有虔诚信仰的比利时作家，因其天主教小说大获成功，但于20世纪70年代死于心脏疾病；他深爱儿子，但性格强势，对儿子要求极为严格。弗朗索瓦也是作家，但并没有继承父亲的才思；他对父亲的情感颇为复杂，从儿时的崇拜到愤怒再到反抗，试图摆脱父亲的教导及影响。在父亲去世20年后，弗朗索瓦在想象中与父亲进行了一次对话。在这次对话中，他与父亲激烈地争辩，但最后双方都意识到了自己的错误，达成互相理解。

在《弗朗茨和弗朗索瓦》之后，威尔冈沉寂了将近八年，于2005年出版了以母亲为主题和素材的小说《在我母亲家的三天》。威尔冈的小说常常流露出对完美的焦虑和写作带来的痛苦，《在我母亲家的三天》就表达了这种精神状态，描写了对其作品缺乏灵感时的涂写、删改、怀疑、放弃、重写等艰辛的创作过程。

中译本：《在我母亲家的三天》，金龙格译，上海人民出版社，

2006年。

《在我母亲家的三天》（*Trois jours chez ma mère*）

《在我母亲家的三天》（2005）是弗朗索瓦·威尔冈的一部获得龚古尔文学奖的小说。

主人公是一位名叫弗朗索瓦·威尔格拉夫（François Weyergraf）的作家，50多岁，是两个女儿的父亲。他计划写一本题为《在我母亲家的三天》的小说，但一直没能完成。他打算去看望住在南方的母亲，以寻找写作灵感，完成这部已经答应出版社的小说，但他实际上一直未能成行，而是始终陷于回忆、艳遇和旅行之中，直到母亲在一次意外后昏迷住院，他才前去看望母亲并决心完成这部作品。

《在我母亲家的三天》采用嵌套结构，在主人公弗朗索瓦·威尔格拉夫计划撰写的《在我母亲家的三天》的书中，主人公名为弗朗索瓦·格拉芬伯格（François Graffenberg），他又虚构了自己小说的主人公弗朗索瓦·威尔斯坦（François Weyerstein）。由此可见，威尔格拉夫、格拉芬伯格、威尔斯坦三者在身份和名字上与作者威尔冈具有高度的相似性，而且环环相套。

《在我母亲家的三天》由两部分构成。

第一部分围绕着弗朗索瓦·威尔格拉夫对母亲的记忆和对她生活的描述展开，包括几年前父亲的去世、自己同母亲的关系，以及他的童年、学生时代，并对一直未能去探望日渐衰老的母亲深感愧疚。小说一开始，他的妻子黛尔芬娜这样评价他："你让所有人都提心吊胆。"原来弗朗索瓦过着散漫的生活，对妻子不忠，艳遇不止，五年来虽然殚精竭虑，但是始终写不出一本小说，被出版社和税务部门穷追不舍。他自己也痛苦和狼狈不堪。

第二部分也是题为《在我母亲家的三天》，威尔格拉夫构思的主人公弗朗索瓦·格拉芬伯格出场。在威尔格拉夫笔下，格拉芬伯格也创造了他的小说主人公弗朗索瓦·威尔斯坦，也是有两个女儿的作家。该小说将讲述威尔斯坦愉快的经历和不幸的遭遇：他在50岁生日那天心慌意乱到了极点，于是取消了一切约会，决定去母亲家住几天以认清自己的处境。但弗朗索瓦·威尔格拉夫并没有完成他的创作。直到临近小说结尾，威尔格拉夫的母亲突然昏迷住院，生命危在旦夕，他才前往探望母亲并下定决心写完他的书。

《在我母亲家的三天》缺乏情节，充满了离题话，可以说是一部“反小说”。书中的众多人物并没有实质性地推动情节发展，而是受主人公的思绪和回忆摆布。书名给人以期待，读者以为写的是在母亲家的经历和感受，但直到结尾主人公才动身去看母亲。同时，叙述者威尔格拉夫也是一位失败的作家，过着散漫自由的生活，绯闻和艳遇不断，却始终不能完成自己的小说。他因缺乏灵感而备受折磨，而这也是所有作家可能面临并希求走出的困境。

这也是一部赞美母爱的作品。在小说结尾，作家说“写作与母亲有着千丝万缕的联系”。威尔格拉夫一直谈论着自己的母亲，却一直推迟去陪伴母亲的日期，并不时陷入与多个女子的艳遇之中。但是所有的情人都是过眼云烟，始终不变的是母亲，她守候着作家内心的温情。在母亲摔倒住院后，所有的子女终于齐聚在她的床前，威尔格拉夫在曾经生活过的老房子中重新找到了童年的记忆。夜晚，他走进母亲摔倒的花园，仔细听着她也许听过的声音，辨认着天上永恒的星光，似乎与自然神秘地结合在一起。此时，他感受到的是对失去母亲的恐惧，同时也是对失去创作灵感的焦虑。所以书中的母亲是一位理想母亲，不仅是作品的灵感来源，更激励着叙述者对创作的坚持和完善。由于创作灵感的枯竭，威尔格拉夫失眠、焦虑，不知所措，但是母亲总是循循善诱地鼓励他，提醒他：“你必须出书了，否则别人会以为你已经死了。”在她昏迷住院后，儿子终于前来看望并决定完成小说，她欣慰地说："我没有为你的小说找到一个结局，但却为你摔出了一个跟头。"她为儿子提供的不是结局，而是写作的素材和生命。

（王菁）

附录一　法国重要文学奖项简介

法兰西学院小说大奖
（Grand prix du roman de l'Académie française）

法兰西学院颁发大约70个奖项，奖励文学、历史、哲学、艺术等领域内的优秀著作，表彰它们对弘扬法语语言和文学的贡献。其中的法兰西学院小说大奖于1915年设立，是法兰西学院诸多文学奖项中最重要的一种，奖金为7500欧元，旨在奖励当年出版的立意高尚的一部法语小说。该奖项不接受由出版社推荐的候选作品，最终结果由12人组成的评委会宣布。获奖作品于每年10月末宣布，由此拉开法国文学奖季节的序幕，但正式颁奖礼通常要到12月初才在巴黎孔蒂堤岸的法兰西学院举行。颁奖礼对公众开放，通常有一位或多位法兰西学院院士借此机会发表演说。历届获奖的重要作品中有：莫里亚克（François Mauriac）的《爱的荒漠》（*Le Désert de l'amour*，1926）、贝尔纳诺斯（Georges Bernanos）的《乡村教士日记》（*Journal d'un curé de campagne*，1936）、圣埃克苏佩里（Antoine de Saint-Exupéry）的《人的大地》（*Terre des hommes*，1939）、图尔尼埃（Michel Tournier）的《星期五或太平洋上的灵薄狱》（*Vendredi ou Les Limbes du Pacifique*，1967）、吉尼亚（Pascal Quignard）的《罗马阳台》（*Terrasse à Rome*，2000）。

（段映虹）

1980年以来获奖作品名单

1980: Louis Gardel, *Fort Saganne*, Seuil

1981: Jean Raspail, *Moi, Antoine de Tounens, roi de Patagonie*, Albin Michel

1982: Vladimir Volkoff, *Le Montage*, Julliard

1983: Liliane Gignabodet, *Natalia*, Albin Michel

1984: Jacques-Francis Rolland, *Un dimanche inoubliable près des casernes,* Grasset

1985: Patrick Besson, *Dara,* Seuil

1986: Pierre-Jean Rémy, *Une ville immortelle*, Albin Michel

1987: Frédérique Hebrard, *Le Harem*, Flammarion

1988: François-Olivier Rousseau, *La Gare de Wannsee*, Grasset

1989: Geneviève Dormann, *Le Bal du dodo*, Albin Michel

1990: Paule Constant, *White Spirit*, Gallimard

1991: François Sureau, *L'Infortune*, Gallimard

1992: Franz-Olivier Giesbert, *L'Affreux*, Grasset

1993: Philippe Beaussant, *Héloïse*, Gallimard

1994: Frédéric Vitoux, *La Comédie de Terracina*, Seuil

1995: Alphonse Boudard, *Mourir d'enfance*, Robert Laffont

1996: Calixte Beyala, *Les Honneurs perdus*, Albin Michel

1997: Patrick Rambaud, *La Bataille*, Grasset

1998: Anne Wiazemsky, *Une poignée de gens*, Gallimard

1999: François Taillandier, *Anielka* Stock; Amélie Nothomb, *Stupeur et tremblements*, Albin Michel

2000: Pascal Quignard, *Terrasse à Rome*, Gallimard

2001: Eric Neuhoff, *Un bien fou*, Albin Michel

2002: Marie Ferranti, *La Princesse de Mantoue*, Gallimard

2003: Jean-Noël Pancrazi, *Tout est passé si vite*, Gallimard

2004: Bernard du Boucheron, *Court Serpent*, Gallimard

2005: Henriette Jelinek, *Le destin de Iouri Voronine*, De Fallois

2006: Jonathan Littell, *Les Bienveillantes*, Gallimard

2007: Vassilis Alexakis, *Ap. J.-C.,* Stock

2008: Marc Bressant, *La Dernière Conférence*, De Fallois

2009: Pierre Michon, *Les Onze*, Verdier

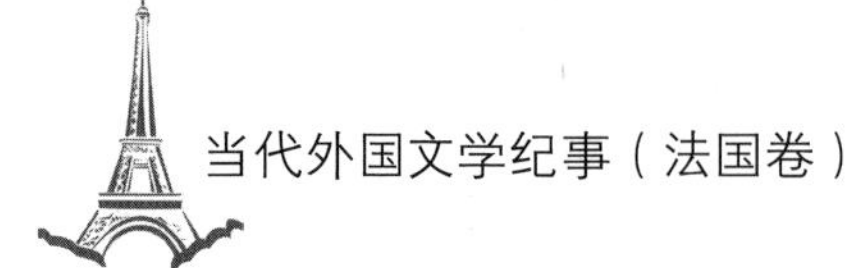

2010: Eric Faye, *Nagasaki*, Stock

2011: Sorj Chalandon, *Retour à Killybegs*, Grasset

2012: Joël Dicker, *La Vérité sur l'affaire Harry Quebert*, Fallois

2013: Christophe Ono-dit-Biot, *Plonger*, Gallimard

2014: Adrien Bosc, *Constellation*, Stock

2015: Hédi Kaddour, *Les Prépondérants*, Gallimard; Boualem Sansal, *2084: la fin du monde, Gallimard*

2016: Adélaïde de Clermont-Tonnerre, *Le Dernier des nôtres*, Grasset

2017: Daniel Rondeau, *Mécaniques du chaos*, Grasset

双叟文学奖（Prix des Deux Magots）

双叟文学奖因双叟咖啡馆（Les Deux Magots）而得名。该咖啡馆位于巴黎拉丁区的圣热尔曼德普雷（St Germain des Prés）广场，是一家著名的文学咖啡馆，自19世纪末起就一直是文人、艺术家和哲学家们喜欢聚会的场所，在巴黎的文化艺术生活中扮演着重要角色。

双叟文学奖于每年1月的最后一个星期二宣布，奖励一位富于独创性和有潜力的文学新人。尽管双叟文学奖创办之初的评委们已经相继辞世，但这个奖项反对因循守旧的立场始终不变，获奖作品的风格十分多样化，其中泽尚（Olivier Séchan）的《身体渴了》（*Les Corps ont soif*, 1942）、西莫南（Albert Simonin）的《不要碰钱》（*Touchez pas au grisbi*, 1953）、雷阿热（Pauline Reage）的《O的故事》（*Histoire d'O*, 1955）、弗兰克（Bernard Frank）的《繁忙的世纪》（*Un siècle débordé*, 1971）等作品因荣获该奖而引起读者和评论界的注意。

与其他很多文学奖一样，双叟文学奖在第二次世界大战期间曾有几年中断过颁奖。现任评委中有文学评论家和作家让·夏龙（Jean Chalon）、让-保罗·卡拉卡拉（Jean-Paul Caracalla）、埃立克·纳沃夫（Eric Neuhoff）、让-玛丽·鲁阿尔（Jean-Marie Rouart）等人。

（段映虹）

1980年以来获奖作品名单

1980: Roger Garaudy, *L'Appel des vivants*, Seuil

1981: Raymond Abellio, *Sol Invictus*, Ramsay

1982: François Weyergans, *Macaire le Copte*, Gallimard

1983: Michel Haas, *La dernière mise à mort*, Olivier Orban

1984: Jean Vautrin, *Patchwork*, Mazarine

1985: Arthur Silent, *Mémoires minuscules*, Flammarion

1986: Eric Deschodt, *Eugénie les larmes aux yeux*, J. C. Lattès; Michel Bretman, *Témoin de poussière*, Robert Laffont

1987: Gilles Lapouges, *La Bataille de Wagram*, Flammarion

1988: Henri Anger, *La mille et unième rue*, Grasset

1989: Marc Lambron, *L'Impromptu de Madrid*, Flammarion

1990: Olivier Frébourg, *Roger Nimier*, Rocher

1991: Jean-Jacques Pauvert, *Sade Vivant*, Robert Laffont.

1992: Bruno Racine, *Au péril de la mer*, Grasset

1993: Christian Bobin, *Le Très-Bas*, Gallimard

1994: Christophe Bataille, *Annam*, Arléa

1995: Pierre Charras, *Monsieur Henry*, Mercure de France

1996: Eric Neuhoff, *Barbe à Papa*, Belfond

1997: Eve de Castro, *Nous serons comme des Dieux*, Albin Michel

1998: Daniel Rondeau, *Alexandrie*, Nil; Eric Faye, *Je suis le gardien du phare*, José Corti

1999: Marc Dugain, *La Chambre des officiers*, J. C. Lattès

2000: Philippe Hermann, *La vraie joie*, Belfond

2001: François Bizot, *Le Portail*, La Table ronde

2002: Jean-Luc Coatalem, *Je suis dans les mers du Sud*, Grasset

2003: Michka Assayas, *Exhibition*, Gallimard

2004: Adrien Goetz, *La Dormeuse de Naples*, Le Passage

2005: Gérard Oberlé, *Retour à Zornhof*, Grasset

2006: Jean-Claude Pirotte, *Une adolescence en Gueldre*, La Table ronde

2007: Stéphane Audeguy, *Fils unique*, Gallimard

2008: Dominique Barberis, *Quleque chose à cacher*, Gallimard

2009: Bruno de Cessole, *L'Heure de la fermeture dans les jardins d'Occident*, La Différence

2010: Bernard Chapuis, *Le Rêve entouré d'eau*, Stock

2011: Anthony Palou, *Fruits et Légumes*, Albin Michel

2012: Michel Crépu, *Le Souvenir du monde*, Grasset

2013: Pauline Dreyfus, *Immortel, enfin*, Grasset

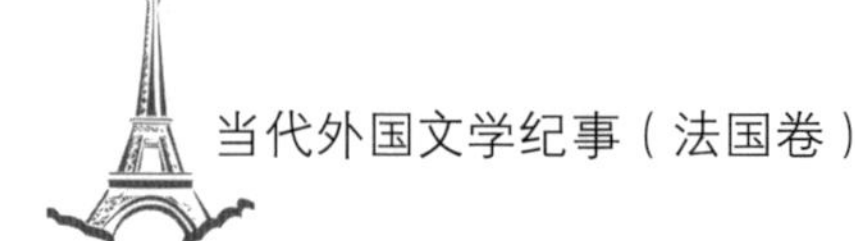

2014: Étienne de Montety, *La Route du salut*, Gallimard.

2015: Serge Joncour, *L'Écrivain national*, Flammarion

2016: Pierre Adrian, *La Piste Pasolini*, Les Équateurs

2017: Kéthévane Davrichewy, *L'Autre Joseph*, Sabine Wespieser

费米娜文学奖（Prix Femina）

1904年，女诗人安娜·德·诺阿伊（Anna de Noailles）率《幸福生活》（*Vie Heureuse*）杂志的22位女撰稿人创办了“幸福生活奖”，奖励对象为当年用法语写作的最佳散文体作品或者诗歌。发起人中还有都德夫人（Mme Alphonse Daudet）、朱迪特·戈蒂耶（Judith Gautier）等。该奖后来更名为“费米娜文学奖”

设立费米娜文学奖的初衷，首先是对龚古尔学院轻视女性的态度的一种回应，因为当年龚古尔文学奖的评委全部为男性，而且获奖者也都是男性，费米娜文学奖的评选结果对龚古尔文学奖形成某种补充；另一个目的则是为了增进女性文人之间的同行之谊。费米娜文学奖最大的特点就是评委是清一色的女性，但奖项既可颁发给女性作家，也可以颁发给男性作家。费米娜文学奖与龚古尔文学奖的评委会曾经就宣布评选结果的时间有过激烈竞争，后来达成协议，将颁奖时间错开。费米娜文学奖通常每年11月的第一个星期三在巴黎克里翁饭店（Hôtel de Crillon）宣布。

费米娜文学奖第一次颁奖时间为1904年12月4日。最初有20名评委，是龚古尔文学奖男性评委人数的两倍。20世纪20年代，评委人数减至12人。拉罗什富科公爵夫人埃德美·弗利希·德·费尔斯（Edmée Frisch de Fels）长期担任费米娜文学奖评委会主席，她位于巴黎美国广场8号的沙龙在长达数十年的时间里，接待过巴黎文学界和思想界的无数名流。

历届著名获奖作品有：罗曼·罗兰（Romain Rolland）的《约翰·克利斯朵夫》（*Jean Christophe*, 1905）、多吉莱斯（Roland Dorgelès）的《木十字》（*Les Croix de bois*, 1919）、贝尔纳诺斯（Georges Bernanos）的《欢愉》（*La Joie*, 1929）、圣埃克苏佩里（Antoine de Saint-Exupéry）的《夜航》（*Vol de nuit*, 1931）以及尤瑟纳尔（Marguerite Yourcenar）的《苦炼》（*L'Œuvre au noir*, 1968）。

2006年，小说家、评委之一的玛德莱娜·夏普萨勒（Madeleine Chapsal）著书揭露该奖上一年度的评选内幕，遂被逐出评委会。另一位评委雷吉娜·德弗日（Régine Deforges）随即辞职以示声援。如今担任该奖评委的有女作家葆拉·贡斯当（Paule Constant）、黛安娜·德·玛吉利（Diane de Margerie）、索朗日·法斯盖尔（Solange Fasquelle）、莫娜·奥祖弗（Mona Ozouf）等。

费米娜文学奖没有奖金，但获奖作品往往随即成为畅销书。两次世界大战期间曾经暂停颁奖。自1985年起开始颁发“费米娜外国作品奖”（Femina étranger），1999年起开始颁发“费米娜随笔奖”（Femina Essai），其前身为以罗马尼亚女诗人海伦·瓦卡勒斯科命名的“费米娜瓦卡勒斯科奖”（Prix Femina Vacaresco）。

（段映虹）

1980年以来获奖作品名单

1980：Jocelyne François, *Joue-nous Esparla*, Mercure de France

1981：Catherine Hermary-Vieille, *Le Grand Vizir de la nuit*, Gallimard

1982：Anne Hébert, *Les Fous de Bassan*, Seuil

1983：Florence Delay, *Riche et légère*, Librairie académique Perrin

1984：Bertrand Visage, *Tous les soleils*, Seuil

1985：Hector Bianciotti, *Sans la miséricorde du Christ*, Gallimard

1986：René Belletto, *L' Enfer*, P.O.L.

1987：Alain Absire, *L'Égal de Dieu*, Calmann-Lévy

1988：Alexandre Jardin, *Le Zèbre*, Gallimard

1989：Sylvie Germain, *Jour de colère*, Gallimard

1990：Pierrette Fleutiaux, *Nous sommes éternels*, Gallimard

1991：Paula Jacques, *Déborah et les anges dissipés*, Mercure de France

1992：Anne-Marie Garat, *Aden*, Gallimard

1993：Marc Lambron, *L'Œil du silence*, Grasset

1994：Olivier Rolin, *Port Soudan*, Seuil

1995：Emmanuel Carrère, *La Classe de neige*, P.O.L.

1996：Geneviève Brisac, *Week-end de chasse à la mère*, L' Olivier

1997：Dominique Noguez, *Amour noir*, Gallimard

1998：François Cheng, *Le Dit de Tianyi*, Albin Michel

1999：Maryline Desbiolles, *Anchise*, Seuil

2000：Camille Laurens, *Dans ces bras-là*, P.O.L.

2001：Marie Ndiaye, *Rosie Carpe*, Minuit

2002：Chantal Thomas, *Les Adieux à la reine*, Seuil

2003：Dai Sijie, *Le Complexe de Di*, Gallimard

2004：Jean-Paul Dubois, *Une vie française*, L'Olivier

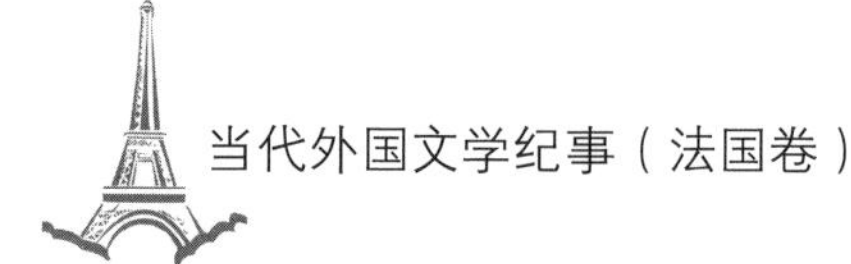

2005：Regis Jauffret, *Asiles de fous*, Gallimard

2006：Nancy Huston, *Lignes de faille*, Actes Sud

2007：Eric Fottorino, *Baisers de cinéma*, Gallimard

2008：Jean-Louis Fournier, *Où on va, Papa?*, Stock

2009：Gwenaëlle Aubry, *Personne*, Mercure de France

2010：Patrick Lapeyre, *La Vie est brève et le désir sans fin*, P.O.L.

2011：Simon Liberati, *Jayne Mansfield 1967*, Grasset

2012：Patrick Deville, *Peste et Choléra*, Seuil

2013：Léonora Miano, *La Saison de l'ombre*, Grasset

2014：Yanick Lahens, *Bain de lune*, Sabine Wespieser

2015：Christophe Boltanski, *La Cache*, Stock

2016：Marcus Malte, *Le Garçon*, Zulma

2017：Philippe Jaenada, *La Serpe*, Julliard

加永文学奖，或小加永文学奖
（Prix Gaillon ou Prix du Petit Gaillon）

小加永文学奖是法国的几位独立出版商创办的奖项。该奖起初与龚古尔文学奖在同一天、同一条街，但在著名大奖之前两个小时宣布。奖项名称取自巴黎二区的一条街名，即龚古尔文学奖的颁奖地点德鲁昂餐厅（Drouant）所在的加永街（Rue Gaillon）。

2002年5月29日，以出版古希腊罗马典籍著称的美文出版社（Les Belles Lettres）仓库遭遇火灾，2,500,000册图书被毁，一些小出版社存放在该仓库的图书悉数灰飞烟灭，损失惨重，难以为继。火灾之后，在出版人卡诺纳（Belinda Cannone）、达玛德（Jacques Damade）、弗耶特（Jean-François Feuillette）和索莱塔（Marlène Soreda）等人的倡议下，设立了小加永文学奖，目的是支持独立出版人的事业。他们相信出版不仅仅是一个与其他行业一样的市场，而且是一个美好的职业，出版界也有必要保持“生物多样性”。与小加永文学奖同时诞生的还有“普林尼的动物”（L'Animal de Pline）协会，该协会通过组织各种活动，诸如在小型书店举办读书会等形式，来鼓励和推广小型独立出版社出版的作品。

小加永文学奖的奖金为2000欧元，由作者和出版社分享。“普林尼的动物”协会和巴黎的K1ze咖啡馆是该奖的赞助人。出版社向评委会提交一部作品，获奖作品经评委会讨论产生。获奖作品中有：黑塞（Thierry Hesse）的《美国公墓》（*Le Cimetière américain*, 2003）、卡埃尔（Jean-Claude Caër）的《呼吸的坟墓》（*Sépulture du souffle*, 2005）和吉拉（Jacques Gélat）的《翻译家》（*Le Traducteur*, 2007）等。

直到2005年，小加永文学奖一直在加永街上的K1ze餐厅颁奖。从2007年起，该奖更名为“加永文学奖”（Prix Gaillon），改在每年2月份颁奖。

（段映虹）

相关网站：www.animaldepline.org

近年获奖作品名单

2002: Gérard Busquet et Jean-Marie Javron, *Le Tombeau de l'Eléphant d'Asie*, Chandeigne

2003: Thierry Hesse, *Le Cimetière américain*, Champ Vallont; E.E. Commings, *16 contes de fées*, Clémence Hiver

2004: Pierre Lartigue, *Rrose Sélavy, et caetera*, Le Passage

2005: Jean-Claude Caër, *Sépulture du Souffle*, Obsidiane

2007: Jacques Gélat, *Le Traducteur*, José Corti

龚古尔文学奖（Prix Goncourt）

龚古尔文学奖是法国的文学大奖中历史最悠久，也是声望最高的奖项。它根据法国作家爱德蒙·德·龚古尔（Edmond de Goncourt，1822—1896）的遗嘱，为纪念他的弟弟儒勒·德·龚古尔（Jules de Goncourt，1830—1870）于1896年设立，但是直到1903年12月21日才第一次颁奖。

设立龚古尔文学奖的目的是奖励“当年出版的最佳虚构类散文体作品”，实际上获奖作品几乎全部是小说。

龚古尔学院（Académie Goncourt）由10名成员组成，为终身制，没有薪酬，每月的第一个星期二在位于巴黎二区加永街的德鲁昂餐厅聚会。遇有成员辞世或辞职时，新成员经现任成员协商后推举产生。龚古尔文学奖的评委往往被认为趣味过于学院派，并且与某些大出版社关系密切而忽略小出版社的作品。此外，由于实行终身制，评委的高龄化也常常为人诟病。为了回应外界对上述问题越来越多的质疑，2008年龚古尔学院对章程作了一些修订，成员们一致决定在担任评委的同时，不再领取任何出版社的报酬；评委年届80自动失去投票权。现任评委中有著名记者、评论家贝尔纳·毕沃（Bernard Pivot）、作家爱德蒙德·夏尔-卢（Edmonde Charles-Roux）等人。

龚古尔文学奖的评选方式颇为特别，最大的特点是口头投票。在第一至第十轮投票中，评委们按照抽签的顺序宣布自己选择的作品，如有作品在该过程中获得绝对多数即可获奖。从第11轮至第13轮投票，获得相对多数的作品就可获奖。在最后的第14轮投票中，如出现票数相等的情况，则由评委会主席的选票决定获奖作品。

龚古尔文学奖每年11月初颁奖，奖金微薄，最初为50法郎，随着持续的通货膨胀，目前仅为象征性的一张10欧元支票。但由于该奖项的巨大声誉，获奖作品随即可以成为畅销书，为作家带来丰厚的收益。

该奖一百多年历史上的获奖作品中有：普鲁斯特（Marcel Proust）的《在簪花少女们身旁》（*A l'ombre des jeunes filles en fleur*，1919）、马尔罗（André Malraux）的《人类的命运》（*La Condition humaine*，1933）、西蒙娜·德·波伏瓦（Simone de Beauvoir）的《名士风流》（*Les Mandarins*，1954）、图尔尼埃（Michel Tournier）的《桤木王》（*Le Roi des Aulnes*，1970）、杜拉斯（Marguerite Duras）的《情人》（*L'Amant*，1984）、艾什诺兹（Jean Echenoz）的《我走了》（*Je m'en vais*，1999）。获奖作品中不乏公认的佳作，有些作品经受住时间的考验而成为经典。

然而事实证明，龚古尔文学奖也曾经授予一些平庸的作品，而与某些在20世纪产生了深远影响的作品失之交臂。比如1932年该奖授予马兹林（Guy Mazeline）的《狼》（*Les Loups*），而同年问世的塞林纳（Louis-Ferdinand Céline）的《茫茫黑夜漫游》（*Voyage au bout de la nuit*）却落败。

1951年，龚古尔文学奖授予于连·格拉克（Julien Gracq）的《沙岸》（*Le Rivage des Syrtes*）。但是格拉克认为当时法国文学奖的商业化趋势与自己的文学理念背道而驰，而拒绝领奖。

龚古尔文学奖历史上也有一些趣事。根据章程，同一位作家只能获奖一次，但实际情况却有一个例外：1956年，罗曼·加里（Romain Gary）因小说《天之根》（*Les Racines du Ciel*）获奖；1975年，他以假名爱弥尔·阿贾尔（Emile Ajar）发表的小说《自己面前的生活》（*La Vie devant soi*）又再次获奖。

2008年，龚古尔文学奖授予阿富汗作家阿迪克·哈伊米（Atiq Rahimi）用法语写作的小说《圣盖·萨布尔：耐心之石》（*Syngué Sabour. Pierre de Patience*）。2009年，具有塞内加尔血统的女作家玛丽·恩迪耶（Marie Ndiaye）的新作《三位强有力的女人》（*Trois femmes puissantes*）获奖。这些以异域社会生活或历史为背景的作品获奖，显示出评委的趣味趋向开放，另一方面无疑也反映了法国读者兴趣的转向，乃至法国社会结构的日益多元化。

值得一提的还有，1988年龚古尔学院接受了由法国文化产品连锁集团Fnac和雷恩学区（le Rectorat de Rennes）创立的“中学生龚古尔文学奖”（Prix Goncourt des lycéens）。该奖旨在鼓励年轻人的阅读兴趣，每年来自法国普通教育、技术教育和农业教育的约2000名中学生参与评选，通常与龚古尔文学奖于同一天颁发。

（段映虹）

相关网站：www.academie-goncourt.fr

1980年以来获奖作品名单

1980：Yves Navarre, *Le Jardin d'acclimatation*, Flammarion

1981：Lucien Bodard, *Anne-Marie*, Grasset

1982：Dominique Fernandez, *Dans la main de l'ange*, Grasset

1983：Frédérick Tristan, *Les Égarés*, Balland

1984：Marguerite Duras, *L'Amant*, Minuit

1985：Yann Queffélec, *Les Noces barbares*, Gallimard

1986：Michel Host, *Valet de nuit*, Grasset

1987：Tahar Ben Jelloun, *La Nuit sacrée*, Seuil

1988：Erik Orsenna, *L'Exposition coloniale*, Seuil

1989：Jean Vautrin, *Un grand pas vers le Bon Dieu*, Grasset

1990：Jean Rouaud, *Les Champs d'honneur*, Minuit

1991：Pierre Combescot, *Les Filles du calvaire*, Grasset

1992：Patrick Chamoiseau, *Texaco*, Gallimard

1993：Amin Maalouf, *Le Rocher de Tanios*, Grasset

1994：Didier Van Cauwelaert, *Un aller simple*, Albin Michel

1995：Andreï Makine, *Le Testament français*, Mercure de France

1996：Pascale Roze, *Le Chasseur Zéro*, Albin Michel

1997：Patrick Rambaud, *La Bataille*, Grasset

1998：Paule Constant, *Confidence pour confidence*, Gallimard

1999：Jean Echenoz, *Je m'en vais*, Minuit

2000：Jean-Jacques Schuhl, *Ingrid Caven*, Grasset

2001：Jean-Christophe Rufin, *Rouge Brésil*, Gallimard

2002：Pascal Quignard, *Les Ombres errantes*, Grasset

2003：Jacques-Pierre Amette, *La Maîtresse de Brecht*, Albin Michel

2004：Laurent Gaudé, *Le Soleil des Scorta*, Actes Sud

2005：François Weyergans, *Trois jours chez ma mère*, Grasset

2006：Jonathan Littell, *Les Bienveillantes*, Gallimard

2007：Gilles Leroy, *Alabama Song*, Mercure de France

2008：Atiq Rahimi, *Syngué Sabour. Pierre de patience*, P.O.L.

2009：Marie Ndiaye, *Trois femmes puissantes*, Gallimard

2010：Michel Houellebecq, *La Carte et le Territoire*, Flammarion

2011：Alexis Jenni, *L'Art français de la guerre*, Gallimard

2012：Jérôme Ferrari, *Le Sermon sur la chute de Rome*, Actes Sud

2013：Pierre Lemaitre, *Au revoir là-haut*, Albin Michel

2014：Lydie Salvayre, *Pas pleurer*, Seuil

2015：Mathias Énard, *Boussole*, Actes Sud

2016：Leïla Slimani, *Chanson douce*, Gallimard

2017：Éric Vuillard, *L'Ordre du jour*, Actes Sud

联合文学奖（Prix Interallié）

1930年12月3日，大约30名记者在联合俱乐部（Cercle Interallié）等待费米娜文学奖的评选结果时，他们决定创办一个自己的文学奖，用于奖励一部同行创作的小说。安德烈·马尔罗（André Malraux）成为当年的第一位获奖者，获奖作品是《王家大道》（*La Voie royale*）。出版这部小说的格拉塞出版社随即决定将这个游戏进行下去，他们按照传统，在小说封面套上了获奖作品的红色腰封。联合文学奖从此作为一个奖项固定下来。

评委会有10名常任成员，全部为男性记者；此外还加上前一年的获奖者，只担任一年评委。联合文学奖每年11月在巴黎的拉瑟尔餐厅（Lasserre）颁奖，是法国文学大奖中最晚颁发的一个奖项。这是一个荣誉性的奖项，没有奖金，但是得奖作品会因此销量大增。

1940—1944年，联合文学奖因战争原因暂停颁奖。历年得奖作品中有：罗杰·瓦扬（Roger Vailland）的《奇怪的游戏》（*Drôle de jeu*, 1945）、博斯凯（Alain Bosquet）的《墨西哥忏悔录》（*La Confession mexicaine*, 1965）、拉博罗（Philippe Labro）的《外国学生》（*L'Etudiant étranger*, 1986）、杰斯贝尔（Franz-Olivier Giesbert）的《烂泥坑》（*La Souille*, 1995）、乌勒贝克（Michel Houellebecq）的《一座岛屿的可能性》（*La Possibilité d'une île*, 2005）。

需要指出的是，自创办之日起，联合文学奖与格拉塞出版社之间就有着特殊的密切关系。迄今为止，得奖作品中有三分之一以上是在格拉塞出版社出版的，尤其是1965—2009年间的44部获奖作品中，格拉塞出版社竟占了26部之多。此外，在评委会公布的候选作品名单中，平均每年都有两部格拉塞出版社的作品。而评委中的大多数人也都是格拉塞出版社旗下的作者，因而有批评者将该奖戏称为“格拉塞内部奖”（Prix Inter Grasset）。

（段映虹）

1980年以来获奖作品名单

1980：Christine Arnothy, *Toutes les chances pour une*, Grasset

1981：Louis Nucera, *Les Chemins de la lanterne*, Grasset

1982：Eric Ollivier, *Orphelin de mer*, Denoël

1983：Jacques Duquesne, *Maria Vandamme*, Grasset

1984：Michèle Perrein, *Les Cotonniers de Bissalane*, Grasset

1985：Serge Lentz, *Vladimir Roubaïev*, Laffont

1986：Philippe Labro, *L'Etudiant étranger*, Gallimard

1987：Raoul Mille, *Les Amants du paradis*, Grasset

1988：Bernard-Henri Lévy, *Les derniers jours de Baudelaire*, Grasset

1989：Alain Gerber, *Le Verger du diable*, Grasset

1990：Bayon, *Les Animals*, Grasset

1991：Sébastien Japrisot, *Un long dimanche de fiançailles*, Denoël

1992：Dominique Bona, *Malika*, Mercure de France

1993：Jean-Pierre Dufreigne, *Le Dernier Amour d'Aramis, ou Les Vrais Mémoires du chevalier René d'Herblay*, Grasset

1994：Marc Trillard, *Eldorado 51*, Phébus

1995：Franz-Olivier Giesbert, *La Souille*, Grasset

1996：Eduardo Manet, *Rhapsodie cubaine*, Grasset

1997：Eric Neuhoff, *La Petite Française*, Albin Michel

1998：Gilles Martin-Chauffier, *Les Corrompus*, Grasset

1999：Jean-Christophe Rufin, *Les Causes perdues*, Gallimard

2000：Patrick Poivre d'Arvor, *L'Irrésolu*, Albin Michel

2001：Stéphane Denis, *Sisters*, Fayard

2002：Gonzague Saint-Bris, *Les Vieillards de Brighton*, Grasset

2003：Frédéric Beigbeder, *Windows on the World*, Grasset

2004：Florian Zeller, *La Fascination du pire*, Flammarion

2005：Michel Houellebecq, *La Possibilité d'une île*, Fayard

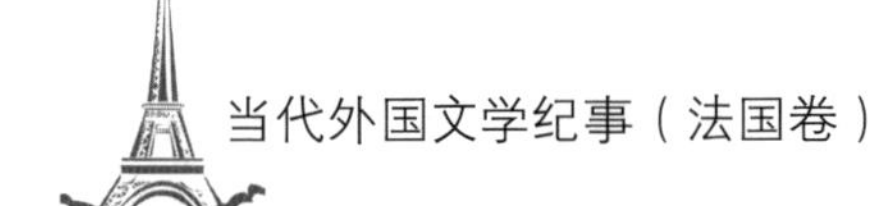

2006：Michel Schneider, *Marilyn, dernières séances*, Grasset

2007：Christophe Ono-dit-Biot, *Birmane*, Plon

2008：Serge Bramly, *Le Premier principe, le second principe*, J. C. Lattès

2009：Yannick Haenel, *Jan Karski*, Gallimard

2010：Jean-Michel Olivier, *L'Amour nègre*, De Fallois

2011：Morgan Sportes, *Tout, tout de suite*, Fayard

2012：Philippe Djian, *« Oh... »*, Gallimard

2013：Nelly Alard, *Moment d'un couple*, Gallimard

2014：Mathias Menegoz, *Karpathia*, P.O.L.

2015：Laurent Binet, *La Septième Fonction du langage*, Grasset

2016：Serge Joncour, *Repose-toi sur moi*, Flammarion

2017：Jean-René Van der Plaetsen, *La Nostalgie de l'honneur*, Grasset

美第奇文学奖（Prix Médicis）

美第奇文学奖是法国文学大奖中最年轻的一个，由文学沙龙女主持人伽拉·巴比桑（Gala Barbizan）和作家兼外交官让-皮埃尔·吉罗杜（Jean-Pierre Giraudoux）于1958年4月1日创办，目的是设立一个"与众不同"的文学奖，用于奖励一部长篇小说、一部叙事作品或一部短篇小说集，作者应当是一位才华尚未得到普遍认可的文学新人。

自创办以来的50年间，美第奇文学奖评委会一直与费米娜文学奖在同一天、同一地点，即每年11月的第一个星期三，在巴黎的克里翁饭店宣布评选结果。然而，当这两个奖项同时授予同一位作家时，美第奇文学奖不得不临时选出另一名获奖者。为了避免这种情形，自2008年起，美第奇文学奖改为两天之后在巴黎的吕苔西亚饭店（Hôtel Lutetia）颁发。

历届获奖作品中有：克洛德·莫里亚克（Claude Mauriac）的《外出晚餐》（*Le Dîner en ville*, 1959）、菲利普·索莱尔斯（Philippe Sollers）的《园》（*Le Parc*, 1961）、克洛德·西蒙（Claude Simon）的《历史》（*Histoire*, 1967）、莫里斯·克拉维尔（Maurice Clavel）的《三分之一的星辰》（*Le Tiers des étoiles*, 1972）、乔治·佩雷克（Georges Perec）的《生活使用说明》（*La Vie mode d'emploi*, 1978）、贝尔纳-亨利·列维（Bernard-Henri Lévy）的《领头的魔鬼》（*Le Diable en tête*, 1984）。

现任评委中有马塞尔·施奈德（Marcel Schneider）、雅克琳·皮亚杰（Jacqueline Piatier）等人。

此外，从1970年起"美第奇外国作品奖"（le Médicis étranger）开始颁发，从

1985年起“美第奇随笔奖”（le Médicis essai）开始颁发。

（段映虹）

1980年以来获奖作品名单

1980：Jean-Luc Benoziglio, *Cabinet-portrait*, Seuil

1981：François-Olivier Rousseau, *L'Enfant d'Édouard*, Mercure de France

1982：Jean-François Josselin, *L'Enfer et Cie*, Grasset

1983：Jean Échenoz, *Cherokee*, Minuit

1984：Bernard-Henri Lévy, *Le Diable en tête*, Grasset

1985：Michel Braudeau, *Naissance d'une passion*, Seuil

1986：Pierre Combescot, *Les Funérailles de la Sardine*, Grasset

1987：Pierre Mertens, *Les Éblouissements*, Seuil

1988：Christiane Rochefort, *La Porte du fond*, Grasset

1989：Serge Doubrovsky, *Le Livre brisé*, Grasset

1990：Jean-Noël Pancrazi, *Les Quartiers d'hiver*, Gallimard

1991：Yves Simon, *La Dérive des sentiments*, Grasset

1992：Michel Rio, *Tlacuilo*, Seuil

1993：Emmanuelle Bernheim, *Sa Femme*, Gallimard

1994：Yves Berger, *Immobile dans le courant du fleuve*, Grasset

1995：Vassilis Alexakis, *La Langue maternelle*, Fayard ; Andreï Makine, *Le Testament français*, Mercure de France

1996：Jacqueline Harpman, *Orlanda*, Grasset; Jean Rolin, *L'Organisation*, Gallimard

1997：Philippe Le Guillou, *Les Sept noms du peintre*, Gallimard

1998：Homéric, *Le Loup mongol*, Grasset

1999：Christian Oster, *Mon grand appartement*, Minuit

2000：Yann Appery, *Diabolus in musica*, Grasset

2001：Benoît Duteurtre, *Voyage en France*, Gallimard

2002：Anne F. Garréta, *Pas un jour*, Grasset

2003：Hubert Mingarelli, *Quatre Soldats*, Seuil

2004：Marie Nimier, *La Reine du silence*, Gallimard

2005：Jean-Philippe Toussaint, *Fuir*, Minuit

2006：Sorj Chalandon, *Une promesse*, Grasset

2007：Jean Hatzfeld, *La Stratégie des antilopes*, Seuil

2008：Jean-Marie Blas de Roblès, *Là où les tigres sont chez eux*, Zulma

2009：Dany Laferrière, *L'Énigme du retour*, Grasset

2010：Maylis de Kerangal, *Naissance d'un pont*, Verticales

2011：Mathieu Lindon, *Ce qu'aimer veut dire*, P.O.L.

2012：Emmanuelle Pireyre, *Féerie générale*, L'Olivier

2013：Marie Darrieussecq, *Il faut beaucoup aimer les hommes*, P.O.L

2014：Antoine Volodine, *Terminus radieux*, Seuil

2015：Nathalie Azoulai, *Titus n'aimait pas Bérénice*, P.O.L.

2016：Ivan Jablonka, *Laëtitia ou la Fin des hommes*, Seuil

2017：Yannick Haenel, *Tiens ferme ta couronne*, Gallimard

莫里哀戏剧奖或莫里哀之夜（Nuit des Molières）

莫里哀戏剧奖为法国戏剧界的盛事。该戏剧奖设立于1987年，每逢5月颁奖。这一重要活动由法国私立剧院经理人鲁西埃尔（Jean-Michel Rouzière）与于洛（Jérôme Hullot)协同部分剧评家共同创建。自2004年起，某些公立剧院的经理人也参与戏剧奖的筹办。戏剧奖以法国17世纪喜剧家莫里哀的名字命名，乃是为了表达对于戏剧大师的敬意。

1987年，在法国剧评者工会的组织下，法国公立及私立剧院经理人以及戏剧时评类报刊媒体及相关剧评家汇集一堂，筹建第一届莫里哀戏剧奖。他们成立了“戏剧艺术及职业协会”（Association Professionnelle et Artistique du Théâtre），并邀请乔治·卡瓦纳（Georges Cravenne）设计相关仪式活动。2004年，莫里哀戏剧奖颁奖活动未能在电视台直播。此次失败导致协会重组，建立了新一任管理委员会。委员会由6位公立剧院代表、6位私立剧院代表以及6位资深戏剧人士构成。此外，政府、工会等各方代表也提供咨询意见。戏剧节主席改为撒蒂尼（Pierre Santini），2006年伍迪涅（Jean-Claude Houdinière）继任。2006年初，戏剧艺术及职业协会再次更改遴选形式，组建莫里哀学院，由1300位重要戏剧人士构成。其中半数为戏剧演员，另有150名历届莫里哀戏剧奖获奖者，300位公立及私立剧场的制片人和发行者以及剧作家、导演、舞美、灯光等各领域的专业人士。新学院负责进行两轮投票，选举决定获奖人名单。由于选举者人数众多，且覆盖了戏剧领域的各个专业，其评选标准较为全面，结果更具说服力。

戏剧节所鼓励的不仅包括戏剧文学创作，更囊括了戏剧导演、表演、服装、舞美等多项内容，故此奖项名目繁多。其中与戏剧文学密切相关的奖项包括最佳剧作家奖（le meilleur auteur）、最佳外国剧作改编奖（le meilleur adaptateur d'une pièce étrangère）、最佳创作奖（la meilleure pièce de création）等。自2006年起，莫里哀戏剧奖放弃了“最佳”一词，表明其奖励对象乃是真正富于才华的戏剧人，借此与每个戏剧季的应季生产划清界限，表明其不受票房等商业化因素影响的态度。

莫里哀戏剧奖与电影节类似，为综合性艺术盛会，然而对于法语戏剧文学创作来说，其意义毫不逊色。在戏剧似乎日益没落的今天，戏剧节的产生不啻为一剂兴奋剂，在鼓励剧本创作方面意义非凡。历届获奖剧作不乏具有世界声望者。其中包括：雅思米娜·雷扎(Yasmina Reza)的《葬礼后的对话》（*Conversations après un enterrement*, 1987）、《艺术》（*Art*, 1995），达里奥·福（Dario Fo）的《一个无政府主义者的意外死亡》（*Mort accidentelle d'un anarchiste*, 2000），让-米歇尔·利波（Jean-Michel Ribes）的《无动物戏剧》（*Théâtre sans animaux*，2002），让-克洛德·格伦伯格（Jean-Claudes Grumberg）的《自由区》（*Zone libre*,1991）、《工场》（*L'Atelier*，1999）、《走向你，应许之地》（*Vers toi terre promise*，2009）等。这些勇于探索、形式丰富的获奖作品为当代戏剧发展注入了全新活力。

(罗湉)

勒诺多文学奖（Prix Renaudot）

1925年，10名记者和文学评论家在巴黎德鲁昂餐厅等待龚古尔文学奖宣布结果的时候，产生了设立一个文学奖的念头，以弥补龚古尔文学奖评选中可能产生的缺憾。他们决定以泰奥弗拉斯特·勒诺多（*Théophraste Renaudot*，1586—1653）的名字来命名该奖。勒诺多是法国17世纪的记者、医生和慈善家，他于1631年创办了法国的第一份报纸——《小报》（*La Gazette*）。

勒诺多文学奖有10名评委，通过自行遴选产生。以进入评委会的年资为序，各成员每年轮流担任评委会主席一职。现任评委中有2008年诺贝尔文学奖得主勒克雷齐奥。该奖青睐在叙述语气和文体上有所创新的小说或叙事作品。在过去的五年内获得过其他文学大奖的作者，原则上不能被提名为该奖的候选人。勒诺多文学奖没有奖金。

从某种意义上讲，勒诺多文学奖可谓“反龚古尔文学奖”。它与龚古尔文学奖在同一天颁发，即每年11月的第一个星期二，同样在德鲁昂餐厅宣布结果，只是在时间上稍晚几分钟。如果该奖评委会选出的作品正好赢得当年的龚古尔文学奖，评委会则将奖励颁发给包括后备作品在内的两部作品。一般说来，勒诺多文学奖被视为龚古尔文学奖的补充，它在一定程度上修正了后者某些不公正的选择。

曾获得该奖项的著名作品有：埃梅（Marcel Aymé）的《燕麦地》（*La Table aux*

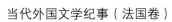

crevés，1929）、塞利纳（Louis-Ferdinand Céline）的《长长黑夜漫游》（*Voyage au bout de la nuit*，1932）、阿拉贡（Louis Aragon）的《漂亮街区》（*Les Beaux Quartiers*，1936）、布托尔（Michel Butor）的《变》（*La Modification*，1957）、勒克雷齐奥的《诉讼笔录》（*Le Procès-verbal*，1963）和佩雷克（Georges Perec）的《东西》（*Les Choses*，1965）。

2007年，佩纳克（Daniel Pennac）的《上学的烦恼》（*Chagrin d'école*）的获奖曾引发争议，因为这部小说并没有出现在候选作品名单上。这些争议反映了法国出版商与各文学奖项之间普遍存在的越来越复杂的利益关系。在勒诺多文学奖的历史上，伽利玛、格拉塞、瑟伊三家大出版社出版的作品都曾经分别获奖10次以上。

此外，“泰奥弗拉斯特·勒诺多之友”协会于1992年设立了“中学生勒诺多文学奖”（Prix Renaudot des lycéens），自1996年起“勒诺多随笔奖”（Prix Renaudot de l'essai）开始颁奖，2009年起又设立了“勒诺多口袋书奖”（Prix Renaudot du livre de poche）。

（段映虹）

相关网站：www.renaudot.com

1980年以来获奖作品名单

1980：Daniffle Sallenave, *Les Portes de Gubbio*, Seuil

1981：Michel Del Castillo, *La Nuit du décret*, Seuil

1982：Georges-Olivier Châteaureynaud, *La Faculté des songes*, Grasset

1983：Jean-Marie Rouart, *Avant-Guerre*, Grasset

1984：Annie Emaux, *La Place*, Gallimard

1985：Raphaëlle Billetdoux, *Mes nuits sont plus belles que vos jours*, Grasset

1986：Christian Giudicelli, *Station balnéaire*, Gallimard

1987：René-Jean Clot, *L'Enfant halluciné*, Grasset

1988：René Depestre, *Hadriana dans tous mes rêves*, Gallimard

1989：Philippe Doumenc, *Les Comptoirs du Sud*, Seuil

1990：Jean Colombier, *Les Frères Romance*, Calmann-Lévy

1991：Dan Franck, *La Séparation*, Seuil

1992：François Weyergans, *La Démence du boxeur*, Gallimard

1993：Nicolas Bréhal, *Les Corps célestes*, Gallimard

1994：Guillaume Le Touze, *Comme ton père*, L'Olivier

1995: Patrick Besson, *Les Braban*, Albin Michel

1996: Boris Schreiber, *Un silence d'environ une demi-heure*, Le Cherche Midi

1997: Pascal Bruckner, *Les Voleurs de beauté*, Grasset

1998: Dominique Bona, *Le Manuscrit de Port-Ebène*, Gallimard

1999: Daniel Picouly, *L'Enfant léopard*, Grasset

2000: Ahmadou Kourouma, *Allah n'est pas obligé*, Seuil

2001: Martine Le Coz, *Céleste*, Le Rocher

2002: Gérard de Cortanze, *Assam*, Albin Michel

2003: Philippe Claudel, *Les Ames grises*, Stock

2004: Irène Némirovsky, *Suite française*, Denoël

2005: Nina Bouraoui, *Mes mauvaises pensées*, Stock

2006: Alain Mabanckou, *Mémoires de porc-épic*, Seuil

2007: Daniel Pennac, *Chagrin d'école*, Gallimard

2008: Tierno Monénembo, *Le Roi de Kahel*, Seuil

2009: Frédéric Beigbeder, *Un roman français*, Grasset

2010: Virginie Despentes, *Apocalypse bébé*, Grasset

2011: Emmanuel Carrère, *Limonov*, P.O.L.

2012: Scholastique Mukasonga, *Notre-Dame du Nil*, Gallimard

2013: Yann Moix, *Naissance*, Grasset

2014: David Foenkinos, *Charlotte*, Gallimard

2015: Delphine de Vigan, *D'après une histoire vraie*, J. C. Lattès

2016: Yasmina Reza, *Babylone*, Flammarion

2017: Olivier Guez, *La Disparition de Josef Mengele*, Grasset

附录二 法国重要文学奖项名单

法国文学奖数量众多，形形色色，难以计数，此处只列出了重要的文学奖项以及本书所列作家获得过的部分奖项。

《神秘》杂志批评文学奖 Prix Mystère de la critique

《她》杂志女读者文学大奖 Grand prix des Lectrices de *Elle*

RTL电台—《读书》文学大奖 Grand prix RTL-Lire

RTL电台大众文学奖 Prix RTL grand public

阿波罗文学奖 Prix Apollo

阿尔贝・加缪文学奖 Prix Albert Camus

巴尔扎克文学奖 Prix Balzac

巴黎市诗歌大奖 Grand prix de Poésie de la Ville de Paris

巴黎市文学奖 Prix de la Ville de Paris

保罗・莫朗文学大奖 Grand prix de littérature Paul-Morand

博马舍戏剧奖 Prix Beaumarchais

地中海文学奖 Prix Méditerranée

法国电视文学奖 Prix France Télévisions

法国文化电台文学奖 Prix France Culture

法国作家协会文学大奖 Grand prix SGDL

法兰西学院勒梅泰・拉里维埃尔文学奖 Prix Gustave Le Metais-Larivière de l' Académie française

法兰西学院诗歌大奖 Grand prix de poésie de l' Académie française

法兰西学院随笔奖 Prix de l' Essai de l' Académie française

法兰西学院文学奖 Prix de l' Académie française

法兰西学院戏剧大奖 Grand prix du Théâtre de l' Académie Française

法兰西学院小说大奖　Grand prix du roman de l' Académie française

法语国家和地区文学大奖　Grand Prix de la francophonie

法语青年作家文学奖　Prix du jeune écrivain de la langue française

法语文学奖　Prix de la Langue française

费内翁文学奖　Prix Fénéon

弗朗索瓦·莫里亚克文学奖　Prix François Mauriac

戈雅处女作小说奖　Prix Goya du premier roman

格朗古杰文学奖　Prix Grandgousier

龚古尔文学奖　Prix Goncourt

国际图书文学奖　Prix du Livre Inter

国家图书馆文学奖　Prix de la BnF

国家文学大奖　Grand prix national des Lettres

黑色幽默文学大奖　Grand prix de l' humour noir

花神文学奖　Prix de Flore

吉约姆·阿波利奈尔诗歌奖　Prix Guillaume Apollinaire

加永文学奖（或小加永文学奖）　Prix Gaillon（ou Prix du Petit Gaillon）

间谍小说金棕榈奖　Palme d'Or du roman d'espionnage

今日文学奖　Prix Aujourd'hui

蓝色大都会文学大奖　Grand prix métropolis bleu

朗岱尔诺文学奖　Prix Landerneau

勒芒市文学奖　Prix de la Ville du Mans

勒诺多文学奖　Prix Renaudo

联盟文学奖　Prix Interallié

路易·吉尤文学奖　Prix Louis Guilloux

罗伯特·甘佐诗歌奖　Prix Robert Ganzo de Poésie

罗杰·科瓦尔斯基诗歌奖　Prix Roger-Kowalski

罗杰·尼米埃文学奖　Prix Roger-Nimier

马克斯·雅各布文学奖　Prix Max-Jacob

马拉美诗歌奖　Prix Mallarmé

马塞尔·帕尼奥尔文学奖　Prix Marcel Pagnol

美第奇文学奖　Prix Médicis

摩纳哥皮埃尔亲王文学奖　Prix Littéraire Prince Pierre de Monaco

莫里哀戏剧奖　Nuit des Molières

莫里斯·热纳伏瓦文学奖　Prix Maurice-Genevoix

批评家文学奖　Prix des critiques

批评学会文学奖　Prix du Syndicat de la critique

评论界神秘文学奖　Prix Mystère de la critique

奇诺·德尔·杜卡世界文学奖　Prix mondial Cino Del Duca

让·弗勒斯蒂埃文学奖　Prix Jean-Freustié

让·吉奥诺文学大奖　Grand prix Jean Giono

十二月文学奖　Prix Décembre

十一月文学奖　Prix Novembre

双叟文学奖　Prix des Deux Magots

特里斯坦·查拉诗歌奖　Prix Tristan-Tzara

图书人文学奖　Prix des libraires

瓦雷里·拉尔博文学奖　Prix Valery-Larbaud

戏剧作者和作曲家协会奖　Prix SACD

夏多布里昂历史文学奖　Prix Chateaubriand ou Grand Prix d'Histoire de Chateaubriand

小说处女作奖　Prix du premier roman

新浪潮文学奖　Prix de la Nouvelle Vague

尤利西斯文学奖　Prix Ulysse

中学生龚古尔文学奖　Prix Goncourt des lycéens

附录三　术语对照表

安的列斯性　antillanité　193，195

残酷戏剧　théâtre de la cruauté　372

创造的参照　référence produite　98

存在语言　langue de l'Être　197，198

第一参照　référence première　98

电影诗　cinépoème　3，4

反文学　alittérature　341，342

反小说　anti-roman　478，540

否定的现代性　modernité négative　225，226

否定神学　théologie négative　73

符义分析学　sémanalyse　276

复调　polyphonie　51，117，120，289，290，332，335，355

关系语言　langue du Relaté　197，198

黑人性　négritude　193

后结构主义　post-structuralisme　276，277，283

互文性　intertextualité　276，277，286

话语诗　poème-discours　238

极简主义　minimalisme　28，123，124，150，434，518

简练手法　ellipse　11

她者　elle-autre　75

介入文学　littérature engagée　18，239

离题话　digression　64，67，496，540

女性科学　féminologie　74

女性主义　féminisme　70，71，77，94，114，276，278，279，283
平实写作　écriture plate　162，164
潜对话　sous-conversation　478，479，480
潜在文学工场　OULIPO　403，457，460
嵌套　mise en abyme　158，416，504，539
强制诗学　poétique forcée　196，197，198
轻骑兵　Hussards（Les）　17，42，43，110，111
去领土化　déterritorialisation　88
全面艺术　art total　120
日常戏剧　théâtre du quotidien　119，533，534，535
如是　Tel Quel　99，174，249，275，277，500，501，502，506
社会自传　auto-socio-biographie　162
摄影小说　roman-photo　212
身份自我生成　autobiopoïèse　99
神话传记　mythobiographie　326，329
诗学　poétique　4，5，33，43，70，74，77，85，92，97，99，194，196，197，198，226，237，238，240，241，242，243，276，279，283，317，372，373，457，522
室内戏剧　théâtre de chambre　439
述体　instance　242
瞬间诗　poème-instant　238
私人戏剧　théâtre privé　121
私小说　shishosetsu (Watakushishosetsu)　179
通感　correspondence　430
同质多像性　forme polymorphe　286
外网　externet　251
伪小说　pseudoroman　458
文本写作　écriture textuelle　501
我小说　roman du je　179
物象主义　Objectivisme　226
想象的传记　biographie imaginaire　346
向性　tropisme　477，478

新小说　Nouveau Roman　18，47，128，150，151，153，304，341，342，343，367，443，444，446，447，471，478，479，480，495，497，501，515，516，518

新新小说　Nouveau Nouveau Roman　150，516

延异　différance　71

言说的身体　corps parlant　276

艺术戏剧　théâtre d'art　121

异化　aliénation　27，29，30，66，76，83，195

意指　significance　222，226，277

阴性书写　écriture féminine　70，71，76，77

原生话语　parole brute　354

再领土化　reterritorialisation　88

在场　présence　33，34，35，80，86，175，177，242，278，416，418，519

中性　neuter　2，5，71，73，229，390，405

自然诗学　poétique naturelle　196，197，198

自我书写　écriture de soi　128，305，414

自我消隐　effacement de soi　241

自撰　autofiction　18，91，92，128，129，130，179，305，307

附录四　作品译名对照表

A

Abbés　《神父》

Abîme　《深渊》

Accident de la circulation　《交通事故》

Accident nocturne　《夜半撞车》

Accueils, Journal Ⅳ　《迎接》

A ce qui n'en finit pas　《致无法结束的》

A cor et à cri　《大喊大叫》

A côté, jamais avec　《在旁边，从未在一起》

Actes　《行动》

Acte sacramentel de Calderon　《卡尔德龙的神圣行为》

Adam Haberberg　《亚当·阿贝尔伯格》

A défaut de génie　《无才》

Adieu Andromède　《永别了，安德罗美德》

Adieu, vive clarté　《永别了！光明万岁》

Adolescence et Crise　《青春期与危机》

Aerea dans les forêts de Manhattan《曼哈顿森林里的阿莱拉》

Affûts　《潜伏》

Aimer de Gaulle　《热爱戴高乐》

Aimez-vous Brahms...　《你喜欢勃拉姆斯吗……》

Airs　《风》

Aisha　《阿依莎》

Alain et le nègre　《阿兰和黑人》

A la lumière d'hiver　《在冬天的阳光下》

A la mémoire de ma planète　《回忆我的星球》

A l'ami qui ne m'a pas sauvé la vie　《给没有救我命的朋友》

A la renverse　《仰面朝天》

A la vieille Parque　《致年老的帕尔卡》

Alberto Giacometi, textes pour une approche　《阿尔贝尔托·贾科梅蒂，一种研究方式》

Album d'images de la villa Harris《哈里斯别墅图册》

Allégresse pensive: Michel Deguy　《思考之悦：米歇尔·德吉》

Allegria-Opus 147　《147号快板曲》

Aller aux mirabelles　《去看黄香李》

Alme Diane　《阿尔姆·迪亚纳》

Amen　《阿门》

Âme sœurs　《知己》

Analyse formelle de l'œuvre poétique d'un auteur des Tang, Zhang Ruo Xu　《唐代张若虚诗之结构分析》

André Breton　《安德烈·布勒东传》

Angélique ou l'enchantement　《昂热丽克或迷醉》

Angélus　《晚祷》

Angst　《抑郁症》

Anne-Laure et les fantômes　《安娜–劳尔和幽灵》

Anne Marie　《安娜·玛丽》

Anthologie de poèmes inédits de Belgique《比利时新诗选》

Anthologie nomade　《流浪诗选》

Apocalypse Bébé　《末日宝贝》

Approches　《靠近》

Après vous　《您先请》

A quoi rêvent les loups　《狼群在想什么》

A quoi sert le théâtre ?　《戏剧何用》

Aragon　《阿拉贡》

Araki enfin. L'homme qui ne vécut que pour aimer《荒木经惟：只为爱活的人》

Archaos, ou le Jardin Etincelant《阿尔卡奥，或闪烁的花园》

Arrière-fond　《深处》

Art 《艺术》

Arthur Rimbaud et la liberté libre《阿尔蒂尔·兰波与自由的自由》

Art poétique 《诗艺》

A travers an vergar 《穿越果园》

Attente en Automne 《秋天的期待》

Au bonheur des ogres 《食人魔的幸运》

Au château d'Argol 《在阿尔戈古堡》

Au commencement était l'amour《人之初是爱情》

Au-dessous du volcan 《在火山下》

Au Jugé 《估计》

Au monde 《在世上》

Au Plafond 《天花板上》

Au plaisir de Dieu 《上帝的喜悦》

Aurora 《欧若拉》

Autobiographiques, De Corneille à Sartre《自传体种种：从高乃依到萨特》

Autoportrait (à l'étranger) 《自画像（在外国）》

Autour des sept collines 《七丘陵周围》

Autres 《他人》

Autres jeunes filles 《少女续篇》

Au verso des images 《图像背面》

Aux chiens du soir 《致夜狗》

Aux fruits de la passion 《激情的果子》

Aux heures d'affluence 《高峰时刻》

Avant, pendant, après 《前、中、后》

Avec 《与》

Avec Henri Michaux 《与亨利·米肖一起》

A voix basse 《低语》

B

Bacon le hors-le-loi 《法外人巴孔》

Bagatelles végétales 《植物零碎》

Baise-moi 《强暴我》

Balzac et la réalité 《巴尔扎克与现实》

Barcelone 《巴塞罗那》

Basse besogne 《贱工》

Beatabeata 《至福至福》

Beau ténébreux 《黑暗之美》

Benjamin Jordane, une vie littéraire 《本雅明·若尔当的文学一生》

Berlin, ton danseur est la mort 《柏林，你的舞者是死亡》

Beyrouth 《贝鲁特》

Biefs 《河段》

Biffures 《删改》

Blesse, ronce noire 《伤害吧，黑莓》

Bleu comme la nuit 《蓝如夜》

Bocaux, bonbonnes, carafes et bouteilles 《广口瓶、大腹瓶、玻璃瓶和细颈瓶》

Bonjour tristesse 《你好，忧愁》

Boomerang 《飞去来器》

Boucherie de nuit 《夜间屠宰场》

Boulevard 《林荫大道》

Boussole 《罗盘》

Bouvard et Pécuchet 《布瓦尔与佩居榭》

Bram Van Velde 《布列·凡·威尔得》

Bratislava 《布拉迪斯拉法》

Brefs 《简论》

Bref séjour chez les vivants 《在活人之中短暂停留》

Broussailles de prose et de vers 《散文与诗的荆棘》

Brûlez-les tous! 《把他们全烧死！》

Bye Bye Blondie 《拜了金发妞》

C

Cabale 《阴谋》

Cadou Loire intérieure 《卡杜，内卢瓦尔河》

Cahier 8 《册8》

Cahier Louis-René des Forêts 《路易–雷内·德弗莱手册》

Ça ira（1）Fin de Louis 《会好的（一）路易的终结》

Cairn 《石冢》

Campagne anglaise 《英国庄园》

Camus 《加缪》

Canard au sang 《血鸭子》

Candy Story 《糖果物语》

Caprices 《心血来潮》

Carnac 《卡尔纳克》

Carnac ou le prince des lignes 《卡尔纳克或线条王子》

Carnets noirs 《黑色笔记》

Cartaya 《卡尔塔亚》

Carthage, encore 《迦太基依旧》

Cartier-Bresson, l'œil du siècle 《卡迪耶·布列松：世纪之眼》

Carus 《卡卢斯》

Cavalier, passe ton chemin 《骑兵，走自己的路》

Cendrier du voyage 《旅行的烟灰缸》

Ce pays de silence 《寂静之地》

Ce que le jour doit à la nuit 《黑夜孕育了白天》

Ce que voient les oiseaux 《鸟瞰》

Ce qui fut sans lumière 《无光的东西》

Ce qu'ils disent ou rien 《他们所说的，或一无所有》

Certificats d'études 《学业证书》

Ces deux-là 《这一对儿》

C'est aujourd'hui toujours 《今日即永远》

C'est beau 《真美》

C'est bien 《这真好》

C'est Gradiva qui vous appelle 《格拉迪瓦在呼唤您》

C'était bien 《挺好的》

Cette Camisole de flammes, 1953-1962 《这件火焰外套：1953—1962》

Chagrin d'école 《上学的烦恼》

Chambres 《房间》

Chants d'en bas 《人间之歌》

Charlotte 《夏洛特》

Château de Cène　《圣餐堡》

Château en Suède　《瑞典的城堡》

Chercher une phrase　《觅句》

Cherokee　《切罗基》

Chien des os　《啃骨头的狗》

Choses de la poésie et affaire culturelle　《诗歌的事和文化的事》

Chroniques glaciaires　《冰河纪事》

Churchill 40 et autres sonnets de voyage　《丘吉尔四十及其他旅行十四行诗》

Chu Ta: le génie du trait　《朱耷：笔划的天才》

Cinq études d'ethnologie　《民族学研究五篇》

Claude Louis-Combet, mythe, sainteté, écriture　《克洛德·路易–孔贝，神话、神圣、写作》

Cœur blanc　《白心》

Cœur élégie rouge　《心灵·哀歌·红色》

Coma　《昏迷》

Combat de nègre et de chiens　《黑人与狗群的搏斗》

Comédie classique　《古典喜剧》

Comme le feu mêlé d'aromates《如掺香烈火一般》

Comme un poème encore　《还像一首诗》

Comme un roman　《宛如一部小说》

Conspiration　《密谋》

Conversation　《对话》

Conversation après un enterrement《葬礼之后的谈话》

Conversation et sous-conversation　《对话与潜对话》

Conversations sans paroles　《不说话的对话》

Cordon bleu　《蓝带》

Corneille et la dialectique du héros　《高乃依和英雄的辩证法》

Corniche Kennedy　《肯尼迪海滨》

Corps du roi　《国王之躯》

Corps perdu　《迷失之身》

Corse　《科西嘉》

Coudrier　《榛树》

Coup-de-Fouet　《鞭打》

Course d'amour pendant le deuil《服丧期间的爱情追逐》

Court Serpent　《短蛇号》

Cousine K　《K表妹》

Cracovie à vol d'oiseaux　《直通克拉科夫》

Credo　《克雷多》

Creusement　《挖掘》

Croisière en mer des pluies　《雨海巡游》

Crue　《涨水》

Cyprès　《柏树》

Cyrano de Bergerac　《西哈诺・德・贝热拉克》（又译《大鼻子情圣》）

D

Daewoo　《大宇》

Dans ces bras-là　《在男人的怀抱中》

Dans la solitude des champs　《孤寂棉田》

Dans le café de la jeunesse perdue　《青春咖啡馆》

Dans le labyrinthe　《在迷宫里》

Dans le leurre du seuil　《在门槛的圈套里》

Dans les laboratoires du pire　《在最糟糕的实验室里》

David et Olivier　《大卫与奥立维》

Début et fin de la neige　《雪的始末》

Décor ciment　《水泥布景》

De l'individualisme révolutionnaire《论革命的个人主义》

Dedans　《内部》

De Dostoïevski à Kafka　《从陀思妥耶夫斯基到卡夫卡》

Dégradation générale　《全面退化》

Degrés　《度》

Dehors　《外面》

De la littérature à l'alittérature　《从文学到反文学》

De la scène de l'inconscient à la scène de l'histoire　《从潜意识这一幕到历史的那一景》

Demain, une fenêtre sur rue　《明天，一扇朝街的窗》

De nul lieu et du Japon　《论无处与日本》

Depuis toute la vie　《整个一生》

Dernière recherche de l'âme, demain《灵魂的最新探索，明天》

Dernier Royaume　《最后的王国》

Derniers remords avant l'oubli　《忘记之前的最后内疚》

Derrière l'épaule　《肩后》

Des aveugles　《盲人》

Des bleus à l'âme　《灵魂之伤》

Des Chinoises　《中国妇女》

Des chrétiens et des maures　《基督徒和摩尔人》

Description de San Marco　《圣•马可的描写》

Des enfants et des monstres　《孩童及怪兽》

Désert　《沙漠》

Désespérance, déposition　《绝望，废黜》

Des hommes illustres　《名人们》

Désincarnation　《非肉体化》

Des inconnues　《陌生的女子们》

Des Oranges et des ongles　《橙子和指甲》

Des pronoms mal transparents　《不透明的代词》

Dessin: couleur et lumière　《绘画：色与光》

Dessin sur un trottoir　《一条人行道的素描》

De Tel Quel à l'Infini, nouveaux essais　《从〈如是〉到〈无限〉，新文论》

Deux étages avec terrasse et vue sur le détroit　《有露天阳台和海景的三层楼》

Deuxième Testament　《遗嘱集二》

Devant la parole　《在话语面前》

Dialogue avec la sœur　《和姐姐的对话》

Dialogue des figures　《脸的对话》

Dialogue intérieur　《内心对话》

Dictionnaire de la Commune　《巴黎公社词典》

Diego　《迭戈》

Diktat　《强制》

Dimanche　《星期天》

Dissident, il va sans dire　《异见分子，他不说话》

Dit Nerval 《奈瓦尔》

Donnant donnant 《有来有往》

Dora Bruder 《多拉·布吕代》

Dorénavant 《今后》

Double chant 《双歌集》

Doublures 《替角》

Drame 《戏》

Drames brefs 《短剧集》

Dreyfus... 《德雷福斯……》

Du côté de chez Jean 《在让家的那边》

Du domaine 《域》

Du hérisson 《论刺猬》

Du Mouvement et de l'immobilité de Douve 《论杜弗的动与静》

D'une seule main 《用一只手》

Du sens de l'absence 《论缺失的意义》

Du théâtre et de l'air du temps 《论戏剧与时代气息》

Du vivant de l'auteur 《作者活着时》

E

Eau de feu 《烧酒》

Ecart 《间隔》

Echancré 《凹形》

Eclipses japonaises 《日本日蚀》

Ecrire est une enfance 《写作是一种童年》

Ecrire pour t'aimer 《为爱你而写》

Eden, Eden, Eden 《伊甸园，伊甸园，伊甸园》

Eléazar ou la Source et le Buisson 《埃莱阿扎尔或泉水与荆棘》

Elégiades suivi de deux méditations 《〈哀歌〉附〈两种沉思〉》

Elégies 《哀歌》

Eléments d'un songe 《梦想的元素》

Elle est là 《她在那里》

Elle et Lui 《她和他》

Elle marchait sur un fil　《她走在一根线上》

En avant, calme et droit　《前进，安静直走》

Encoches　《槽》

Encore heureux qu'on va vers l'été　《夏天到了依然快乐》

En descendant les fleuves—Carnets de l'Extrême-Orient russe　《沿河而下——俄罗斯远东手册》

En famille　《在家里》

Enfance　《童年》

Enfantasme　《儿童幻影》

Enfants de Yalta　《雅尔塔的孩子》

En l'absence des hommes　《由于男人不在了》

En lisant en écrivant　《边读边写》

Enregistrements pirates　《秘密记录》

Entre source et nuage　《水云间》

Entretiens sur la poésie　《关于诗歌的对话》

Envois　《献词》

Epître aux jeunes acteurs　《给年轻演员的信》

Epodes ou poèmes de la désuétude　《长短格抒情诗或过时的诗》

Equatorial　《赤道》

Ernest et Célestine　《艾特熊和赛娜鼠》

Espèces d'espaces　《空间种种》

Eternité, zone tropicale　《永恒，热带》

Etier　《潮沟》

Etoile errante　《流浪的星星》

Etrangers à nous-mêmes　《对我们来说的陌生人》

Etre avec　《与之同在》

Et si c'était vrai...　《假如这是真的》

Et toi, mon cœur, pourquoi bats-tu ?　《我的心儿，你为什么跳动？》

Etty Hillesum　《艾悌•希尔萨姆》

Etudes de silhouettes　《剪影研究》

Etxemendi　《埃特泽芒迪》

Euclidiennes　《欧氏几何》

Euridyce ou l'Homme de dos　《欧律狄刻》

Exécutoire 《行刑》

Exils, Rêves de Kafka 《放逐，卡夫卡的梦》

Exposition 《展览》

Extension du domaine de la lutte《角斗场的扩展》

Extraits du corps 《身体节选》

F

Face à l'immémorable 《面对不值得记忆》

Faire l'amour 《做爱》

Fastes 《大事记》

Faux journal 《伪日记》

Femmes 《女人们》

Féroé la nuit 《夜晚费罗埃》

Fibrilles 《小纤维》

Figures de nuit 《夜的面容》

Figures qui bougent un peu 《微动的脸》

Fils 《儿子》

Fin d'été à Baccarat 《巴卡拉的夏末》

Flammes noires 《黑色的火焰》

Fmn 《女性—男性—中性》

Fonds de miroirs suivi de Maurice Blanchot tel que je l'ai connu 《镜子的基础，以及我所知的莫里斯·布朗肖》

Forever Valley 《永远的山谷》

Formation 《培育》

Fouilles 《挖掘》

Fourbis 《乱七八糟》

Fractures 《断裂》

Fragiles 《脆弱》

Fragments 《片断》

Fragments de Lichtenberg 《利希滕贝格断片》

Fragments du cadastre 《地图册的残篇》

Françaises Français 《法国女人，法国男人》

Francis Bacon　《弗朗西斯•培根》

Franz et François　《弗朗茨和弗朗索瓦》

Frédérico Sanchez vous salue bien　《弗里德里克•桑切斯向您致敬》

Frêle Bruit　《微弱之声》

French Lover　《法国情人》

Fuir　《逃跑》

G

Gagner　《获得》

Gardiens et Passeurs　《守卫者与摆渡人》

Gaspard, Melchior et Balthazar　《四博士》

Gaston Gallimard: un demi-siècle d'édition française　《加斯东·伽利玛：半个世界的法国出版风云》

Génitifs　《所有格》

Giacometti　《贾科梅蒂》

Gilles et Jeanne　《吉尔与贞德》

Gisants　《死者卧像》

Glossaire j'y serre mes gloses　《词汇表，我来注释》

Graal théâtre　《圣杯》

Grâce à mes yeux　《因为我的眼睛》

Gravir　《攀登》

Guerriers　《战士》

Guet-apens　《伏击》

Guillaume d'Ockham le singulier《独特的吉约姆·多克阿姆》

Guitare　《吉他》

Gulliver　《格列佛》

Gyroscope　《陀螺仪》

H

H　《*H*》

Hammerklavier　《锤子键》

H. P. Lovecraft: Contre le monde, contre la vie 《罗夫卡特：反对世界，反对生活》

Harrison Plaza 《哈里森饭店》

Haut mal 《癫痫》

Hervé Guibert, l'homme qui disait tout ? 《艾尔维·吉贝尔，他说出了一切？》

Heureux comme Dieu en France 《幸福得如同上帝在法国》

Hier régnant désert 《昨日笼罩荒漠》

Hilda 《伊尔达》

Histoire 《历史》

Histoire de la lumière 《光的故事》

Histoire de la poésie française 《法国诗歌史》

Histoire de Tel Quel（1960-1982） 《〈如是〉史话（1960—1982）》

Histoire du Juif errant 《永世流浪的犹太人史》

Histoire d'un ange 《一个天使的历史》

Histoires d'amour 《爱情传奇》

Histoires de France 《法国历史》

Hommes entre eux 《男人之间》

Hommes et idées d'aujourd'hui 《今日的人和思想》

Hors d'atteinte 《不受打击》

I

Ici 《这儿》

Ici ou ailleurs 《此处或他处》

Idylles suivi de Cippes 《〈牧歌〉附〈石柱〉》

Il avait plu tout le dimanche 《一直下雨的星期天》

Il faut tenter de vivre 《要活下去》

Illa 《伊拉》

Illusions comiqnes 《喜剧幻觉》

Illustrations I 《彩图集（一）》

Immensités 《无边》

Impairs 《奇数》

Impératif catégorique 《绝对命令》

Inclus　《附内》

Indétectable　《测不到的人》

Index　《食指》

Infernaux Paluds　《地狱沼泽》

Intime　《私密》

Introduction à une mystique de l'enfer　《地狱神秘性导论》

Inventaires　《盘点》

Inversion de l'idiotie: de l'influence de deux Polonais　《傻瓜的倒置：两个波兰人的影响》

Iphigénie Hôtel　《伊菲革涅酒店》

Isaïe, réjouis-toi　《以赛，高兴起来》

Isma　《伊斯玛》

Ismail Kadaré, Prométhée porte-feu　《伊斯梅尔•卡达莱：盗火的普罗米修斯》

Ivre du vin perdu　《醉于失去的酒》

J

J'abandonne　《我放弃》

Jacques et son maître　《雅克和他的主人》

J'avance masqué　《我戴着面具往前行》

Jean Genet, le poète traversti　《伪装的诗人——让•热内》

Je bâtis ma demeure　《我造我家》

Je m'appelle　《我的名叫……》

Je marche sous un ciel de traîne《我行走在灰暗的天空下》

Je m'en vais　《我走了》

Je me souviens　《我记得》

Je ne veux jamais l'oublier　《我永远不想忘记她》

Je pense à autre chose　《另有所思》

Jérôme Lindon　《热罗姆•兰东》

Je suis　《我是》

Je suis écrivain　《我是作家》

Je suis le gardien du phare　《我是灯塔的守护人》

Je suis vivant et vous êtes morts　《我活着而你们死了》

J'étais dans la maison et j'attendais que la pluie vienne 《我在家等着下雨》

Je tremble 《我颤抖》

Je vais passer pour un vieux con et autres petites phrases qui en disent long 《我会被当成老笨蛋》

Joan Miró 《胡安·米罗》

Jordane intime 《若尔当秘闻》

Jordane revisité 《重访若尔当》

Journal 1922-1989 《1922至1989年日记》

Journal de Chine 《中国日记》

Journal du dehors 《外部日记》

Journal d'un corps 《身体日记》

Journal d'un homme heureux 《一个快乐男人的日记》

Jours de colère 《愤怒的日子》

Joyeux animaux de la misère 《悲惨中的快乐动物》

Jules César 《凯撒》

Jusque-là tout allait bien en Amérique 《直到那时美国一切都好》

Juste la fin du monde 《恰巧世界末日》

K

Kamo et moi 《加莫和我》

Kamo: L'Agence Babel 《加莫：巴别塔办事处》

Kamo, l'idée du siècle 《加莫，世纪之智》

Kampuchéa 《柬埔寨》

Kennedy et moi 《肯尼迪和我》

Kiki l'indien 《印第安人吉吉》

King 《金》

King Kong Théorie 《金刚理论》

Kiwi 《奇异果》

Kong-souen Long, Sur le doigt qui montre cela《公孙龙，关于指“这”的手指》

Kub Or 《金汤块》

L

LA　《那里》

La Banlieue de l'aube à l'aurore—Mouvement brownien　《从拂晓到晨曦的郊区——布朗运动》

La Bataille de Pharsale　《法萨尔之役》

La Belle au lézard dans son cadre doré　《镀金像框中的蜥蜴美人》

La Belle Hortense　《漂亮的奥尔当丝》

La Bibliothèque de Warburg　《瓦尔伯格的藏书》

La Bibliothèque d'un amateur　《一个爱好者的图书馆》

L'Abîme　《深渊》

L'Abolition de l'art　《废除艺术》

La Boucle　《环》

La Boutique obscure　《暗店》

Lac　《湖》

L'Acacia　《洋槐》

La Caracole　《马腾》

La Carte et le Territoire　《地图和疆域》

La Case du commandeur　《骑士的茅屋》

La Caverne céleste　《天穴》

L'Accord de paix　《和平协定》

La Célestine　《塞莱丝蒂纳》

La Chair de l'homme　《人的肉体》

La Chamade　《狂乱》

La Chambre des Enfants　《孩子们的房间》

La Chambre des officiers　《军官病房》

La Chambre de ton père　《你父亲的卧室》

La Chambre d'Ivoire　《象牙房间》

La Chanson des Mal-aimants　《错情者之歌》

La Chinoise　《中国姑娘》

La Cinquième saison　《第五个季节》

La Classe de neige　《雪中惊魂》

La Compagnie des glaces　《冰河公司》

La Compagnie des glaces, nouvelle époque 《冰河公司，新时代》

La Confession mexicaine 《墨西哥忏悔录》

La Corde raide 《钢丝绳》

La Création du monde 《创世》

La Crevaison 《破裂》

La Crève 《死亡》

La Décennie rouge 《红色十年》

La Délicatesse 《微妙》

La Demande d'emploi 《求职》

La Démence du boxeur 《疯狂的拳击手》

La Dernière des Stanfield 《斯坦菲尔德家族最后的女人》

La Dernière Nuit du Raïs 《暴君的最后一夜》

La Deuxième Mort de Ramón Mercader 《拉蒙·麦卡德的第二次死亡》

La Diane rousse 《红头发的狄安娜》

La Disparition 《失踪》

La Dispersion 《分散》

L'Adoptée 《养女》

La Duchesse 《公爵夫人》

La Durée d'une vie sans toi 《没有你的生活》

L'Adversaire 《恶魔》

La Fable et le fouet 《寓言和鞭子》

La Fée carabine 《持卡宾枪的老巫婆》

La Femme change en bûche 《变愚笨的女人》

La Femme et le violoncelle 《女人和大提琴》

La Femme gelée 《冷漠的女人》

La Femme parfaite 《完美女人》

La Fête à Venise 《威尼斯的节日》

La Fête des pères 《父亲节》

La Fièvre 《寒热病》

La Fin des alternances 《交替的终结》

La Folie de Saussure 《索绪尔的疯狂》

La Forme d'une ville 《城市的形状》

La Forme d'une ville change plus vite, hélas, que le cœur des humains. Cent cinquante poèmes 《唉，城市的形态变得比人心还快——150首诗》

L'Africain 《非洲人》

L'Afrique fantôme 《虚幻的非洲》

La Frontière 《边境》

La Fuite à cheval très loin dans la ville 《骑马远逃在城市里》

L'Age d'homme 《成人之年》

L'Âge de Rose 《玫瑰年代》

La Gloire de l'Empire 《帝国的荣耀》

La Gloire des Pythre 《皮特尔家族的荣耀》

La Goutte d'or 《金滴》

La Grande Beune 《伯恩大河》

La Grande éclipse 《大衰退》

L'Agrandissement 《扩大》

La Guerre 《战争》

La Guerre du goût 《趣味之战》

La Honte 《羞耻》

Laissé pour conte 《留待讲述》

La Jalousie 《嫉妒》

La Jeune fille, le Diable et le moulin 《女孩、魔鬼和磨坊》

La Jeune née 《新生女》

La Joie d'Aurélie 《奥蕾莉的喜悦》

La Langue morte 《死的语言》

L'Alcool et la Nostalgie 《酒与乡愁》

La Lenteur 《慢》

La Lenteur de l'avenir 《缓慢未来》

La Lettre au Capitaine Brunner 《给布伦纳上尉的信》

La Lézarde 《裂缝》

Lalibela ou la mort nomade 《拉里贝拉或游牧式死亡》

La Liberté des rues 《街道的自由》

La Lisière 《边缘》

L'Alittérature contemporaine 《当代反文学》

La Main blessée 《受伤的手》

La Maison de l'inceste 《乱伦之家》

La Maison de rendez-vous 《幽会的房子》

La Maison des morts 《死人屋》

La Maison Mélancolie 《忧郁屋》

La Maison piège 《陷阱之家》

La Malédiction d'Edgar 《埃德加的诅咒》

La Marquise sortit à cinq heures 《侯爵夫人五点出门》

Lambeaux 《碎片》

La Mélancolie des fast foods 《快餐的忧郁》

La Mélancolie de Zidane 《齐达内的忧郁》

La Mémoire brûlée 《燃尽的记忆》

La Mémoire ou l'oubli 《记忆或遗忘》

L'Amérique m'inquiète 《美国令我担忧》

L'Amérique un peu 《美洲点滴》

L'Amitié 《友谊》

La Modification 《变》

La Montagne 《大山》

La Montagne blanche 《白山》

La Mort & compagnie 《死亡为伴》

La Mort de Jean-Marc Roberts 《让-马克·罗贝尔之死》

La Mort du figuier 《无花果树之死》

La Mort est une enfant 《死亡是一个孩子》

La Mort propagande 《死亡宣传》

L'Amour des trois sœurs Piale 《皮亚尔三姐妹之恋》

L'Amour est un plaisir 《爱情是快乐》

L'amour extrême 《极致的爱》

L'Amour, roman 《爱情小说》

La Moustache 《胡子》

Landru 《朗德吕》

Langage Tangage 《语言 颠簸》

L'Année de l'éveil 《觉醒之年》

La Nuit au cirque 《马戏团之夜》

La Nuit juste avant les forêts 《森林正前夜》

La Nuit vient dans les yeux 《夜来入眼》

La Palace　《大酒店》

La Part de l'autre　《另外一面》

La Part du mort　《逝者之份》

La pensée de Zao Wou-Ki　《赵无极的思想》

La Perfection du tir　《完美射击》

La Petite Âme　《小灵魂》

La Petite fille de M. Linh　《林先生的小孙女》

La Petite herbe des mots　《词语的小草》

La Petite Marchande de prose　《卖散文的女孩》

La Place　《位置》

La Place de la madeleine: écriture et fantasme chez Proust　《马德莱娜的位置：普鲁斯特著作中的书写与幻想》

La Place de l'Etoile　《星形广场》

La Plaie et le couteau　《伤口与刀》

La Plaisanterie　《玩笑》

L'Apocalypse joyeuse　《快乐的启示录》

La Poésie, comment dire ?　《诗歌，如何说？》

La Poésie n'est pas seule　《诗不孤单》

La Porte du fond　《深处的门》

La Possibilité d'une île　《一座岛屿的可能性》

La Poursuite du bonheur　《幸福的追寻》

L'Appareil-photo　《照相机》

L'Apprentissage du roman　《小说的学徒》

La Première gorgée de bière et autres plaisirs minuscules　《第一口啤酒》

La Première Nuit　《第一夜》

La Presqu'île　《半岛》

L'Après-vivre　《活后》

La Prochaine Fois　《在另一种生命里》

La Promenade sous les arbres　《树下的散步》

La Quarantaine　《检疫隔离期》

La Raison poétique　《诗理》

L'Arbre-Seul　《单独的树》

L'Archange aux pieds fourchus, 1963-1964　《叉蹄大天使：1963—1964》

L'Archimandrite 《修道院院长》

La Recherche de la couleur 《寻找颜色》

La Reconstitution 《重建》

La Réfutation majeure 《主要的反驳》

La Règle du jeu 《游戏规则》

La Reprise 《反复》

La Réticence 《迟疑》

La Réunification des deux Corées 《朝鲜的统一》

La Révolte des anges 《天使之乱》

La Révolte intime, pouvoirs et limites de la psychanalyse II 《亲密的反抗，精神分析学的能力与局限（二）》

La Révolution de la Nuit 《夜的革命》

La Révolution du langage poétique: l'avant-garde à la fin du XIXe siècle 《诗性语言的革命：19世纪末的先锋》

La Robe mauve de Valentine 《瓦伦丁娜的淡紫色连衣裙》

La Ronde de nuit 《夜巡》

La Route 《路》

La Route des Flandres 《佛兰德公路》

L'Arrière-pays 《隐匿的国度》

L'Arrière-saison 《情感淡季》

L'Art du roman 《小说的艺术》

L'Art et L'Artiste 《艺术和艺术家》

La Sainte farce 《神圣的讽刺剧》

La Salle de bain 《浴室》

La Scène 《舞台》

La Semaison 《播种期》

La Servante 《女仆》

La Servante, histoire sans fin 《女仆，无尽的故事》

La Sieste assassinée 《被打扰的午睡》

La Solitude au restaurant 《餐馆的孤独》

La Solitude sonore du toreo 《角斗士喧嚣的孤独》

La Sorcière 《女巫师》

La Souris verte 《绿老鼠》

La Splendeur dans l'herbe　《碧草微华》

Lataume　《拉托姆》

La Télévision　《电视》

L'Atelier　《工场》

L'Atelier du peintre　《画室》

L'Atelier volant　《飞行的画室》

La Tentation des armes à feu　《火器的诱惑》

La Terre inquiète　《不安的大地》

L'Atlantique et les amants　《大西洋和情人们》

La Toison　《金羊毛》

La Tourne　《续前文》

La Transparence du pronom elle《代词"她"的透明度》

La Traversée de l'hiver　《穿越冬季》

L'Attentat　《攻击》也译作《哀伤的墙》

L'Attentat de Sarajevo　《萨拉热窝谋杀案》

Laura Mendoza　《劳拉·芒多扎》

Laures　《寺院》

L'Autre　《他者》

L'Autre chemin　《另一条路》

L'Autre faim, Journal V　《另一种饥饿》

Lauve le pur　《纯洁的洛弗》

La Vallée des roses　《玫瑰谷》

La Valse aux adieux　《告别圆舞曲》

L'Avenir　《未来》

L'Aventure　《历险》

La Venue à l'écriture　《写作的诞生》

La Vérité de parole　《话语的真相》

La Vie d'un bébé　《一个婴儿的生活》

La Vie errante　《流浪的人生》

La Vie est ailleurs　《生活在别处》

La Vie est brève et le désir sans fin　《人生苦短欲望长》

La Vie est clandestine　《地下生活》

La Vieillesse d'Alexandre, essai sur quelques états récents du vers français　《亚历

山大的老年，论法国诗歌的几种现状》

La Vie l'Instant 《一生一瞬》

La Vie me fait peur 《生活让我恐惧》

La Vie mode d'emploi 《生活使用说明》

La Vie réinventée, l'explosion des années 1920 à Paris 《生活重塑——巴黎1920年代的爆炸》

La Vie truquée 《伪造的生活》

La Vie voyageuse 《生命旅途》

La Voie des airs 《气韵之道》

La Voix d'alto 《中提琴声》

Le 6e continent 《第六洲》

Le Aïe aïe de la corne de brume《雾角悠悠》

L'Eau grise 《死水》

Le Babil des classes dangereuses《危险阶级的废话》

Le Bar de l'escadrille 《军中酒吧》

Le Bavard 《饶舌的人》

Le Bébé 《宝贝》

Le Bouddha se mit à trembler 《菩萨开始发抖》

L'Eboulement 《坍塌》

Le Bourrichon 《幻觉》

Le Chant 《歌》

Le Chat de Schrödinger 《薛定谔之猫》

Le Chef de Saint Denis 《圣德尼的首领》

Le Chemin familier du poisson combatif 《斗鱼的寻常路》

Le Chercheur d'or 《寻金者》

Le Cheval applaudit 《马儿鼓掌》

Le Chinois d'Afrique 《非洲华人》

Le Cinéma des familles 《家庭影院》

Le Cirque Pandor suivi de Fort Gambo《潘多马戏团，以及强壮的甘博》

Le Cœur absolu 《绝对核心》

Le Cœur net 《干净的心》

L'école du soir 《夜校》

Leçons 《功课》

Leçon de Musique　《音乐课》

Leçon des choses　《直观教学课》

Le Condor　《秃鹫》

Le Condottiere　《雇佣兵队长》

Le Coq de bruyère　《大松鸡》

Le Corps Clairvoyant　《洞彻的身体》

Le Corps inflammable　《易怒的人》

Le Crime de Buzon　《布松之罪》

L'écriture et la différence　《书写与差异》

L'Ecriture et l'expérience des limites　《极限的写作与体验》

L'Ecriture ou la Vie　《写作或者生活》

L'écriture poétique chinoise　《中国诗语言研究》

L'écrivain　《作家》

L'écrivain Siriex　《作家西雷克斯》

Lecture　《阅读》

Le Cygne noir　《黑天鹅》

Le Défi　《挑战》

Le Déluge　《洪水》

Le Démarcheur　《兜售商》

Le Dernier Sursaut　《最后的惊跳》

Le Dernier viking　《最后一个维京人》

Le Detroit de Behring　《白令海峡》

Le Deuil, entre le chagrin et le néant　《悼亡，在悲伤与虚无之间》

Le Dîner de Lina　《丽娜的晚餐》

Le Dîner en ville　《城里的晚餐》

Le Discours antillais　《安的列斯话语》

Le Discours aux animaux　《对动物的演讲》

Le Dit de Tyanyi　《天一言》

Le Don de langue　《语言的馈赠》

Le Drame de la vie　《生活的戏剧》

L'Elégance du hérisson　《刺猬的优雅》

Le Féminin et le sacré　《女性和神圣》

Le Feu d'artifice　《焰火》

L'Effraie et autres poésies 《苍鸮及其他诗》

L'Effraie 《苍鸮》

Le Fils du consul 《领事之子》

Le gardien des rosées 《露珠的守护者》

Le Gardien des ruines 《废墟守护者》

Le Général Solitude 《孤独的将军》

Le Génie du lieu 《地灵》

Le Génie féminin 《女性天才》

Le Goût de la cendre 《灰烬的滋味》

Le Grand Incendie de Londres 《伦敦大火》

Le Grand Voyage 《漫长的旅行》

Le Grésil 《霰》

Le Gué 《浅滩》

Le Haut-Pays 《高地》

Le Jardin des Plantes 《植物园》

Le Jour de la fin du monde, une femme me cache 《世界末日，一个女人藏起了我》

Le Jour S 《S日》

Le Libertin 《放纵者》

Le Lien 《纽带》

Le Lit de la merveille 《神奇的床》

Le Livre 《书》

Le Livre brisé 《破裂的书》

Le Livre de l'hospitalité 《好客书》

Le Livre de Promethea 《普罗米修斯之歌》

Le Livre des fuites 《逃遁录》

Le Livre des nuits 《夜之书》

Le Livre des questions 《问题书》

Le Livre des ressemblances 《相似书》

Le Livre du dialogue 《对话书》

Le Livre du partage 《分享书》

Le Livre du rire et de l'oubli 《笑忘录》

Le Livre qui n'existe nulle part 《乌有之书》

Le Lycée des artistes　《艺术家的中学》

Le Lys d'Or　《金百合》

Le Maître de maison　《一家之主》

Le Mal de mer　《晕海》

Le Malheur au Lido　《利多的苦难》

Le Marchand de sable　《沙子商人》

Le Marin d'eau douce　《淡水水手》

Le Marin perdu en mer　《迷失海上的水手》

Le Mausolée des amants　《情人们的陵墓》

L'Embrasure　《炮眼》

Le Médianoche amoureux　《爱情半夜餐》

Le Mensonge　《谎言》

Le Méridien de Greenwich　《格林威治子午线》

Le Méridien de Paris　《巴黎的经线》

Le Miroir qui revient　《重现的镜子》

L'Emission de télévision　《电视节目》

Le Monde à peu près　《近乎世界》

Le Monde est comme deux chevaux　《世界好比两匹马》

Le Monde est un tableau　《世界是一幅画》

Le Monstre　《怪物》

L'Empereur d'Occident　《西方皇帝》

L'Empire des nuages　《浮云帝国》

L'Emploi du temps　《日程表》

Le Mur de la vie privée　《私生活之墙》

Le Musée de l'Homme　《人的博物馆》

L'Enfance du verbe　《语言的童年》

L'Enfant de Noé　《诺亚的孩子》

L'Enfant d'octobre　《十月的孩子》

L'Enfant éternel　《永恒的孩子》

L'Enfant que tu étais　《曾经的孩子》

L'Enfer du décor　《装潢的地狱》

L'Enlisement　《受困》

Le Nouvelliste　《短篇小说家》

L'Enterrement 《葬礼》

L'Entraînement du champion avant la course 《冠军的赛前训练》

L'Entretien des Muses 《缪斯的对话录》

Le Nuage rouge 《红云》

L'Envol 《起飞》

Le Paradis des Orages 《风暴天堂》

Le Parc 《园》

Le Passage des princes 《王子们路过》

Le Pays lointain 《遥远的地方》

Le Péché d'écriture 《书写的罪恶》

Le Petit Chaperon rouge 《小红帽》

Le Petit œuvre poétique 《小诗作》

Le Pique-Nique de Lulu Kreutz 《露露·克鲁兹的野餐》

Le Pitre 《小丑》

Le Planétarium 《天象仪》

Le Plus haut miroir 《至高之镜》

Le Poème n'y a vu que des mots《诗只看见词》

Le Poète que je cherche à être 《我试图成为的诗人》

Le Portefeuille 《钱包》

Le Portique 《柱廊》

Le Potentiel érotique de ma femme《我妻子的情色潜能》

Le Premier Jour 《第一日》

Le Prénom de Dieu 《上帝的名字》

Le Procès-verbal 《诉讼笔录》

Le Protocole compassionnel 《同情记录》

L'Epuisement 《衰竭》

L'épuration des intellectuels 1944-1945 《知识分子的清洗（1944—1945）》

Le Quatrième Siècle 《第四世纪》

L'Equipée malaise 《出征马来亚》

Le Radeau de la Méduse 《美杜莎之筏》

Le Rapport de Brodeck 《波戴克报告》

Le Recours au mythe 《求助神话》

L'Ere du soupçon 《怀疑的时代》

Le Renard dans le nom　《名字中的狐狸》
Le Rendez-vous manqué　《错过的约会》
Le Repos du guerrier　《士兵的休息》
Le Rideau　《帷幔》
Le Rire de la méduse　《美杜莎的笑声》
Le Rivage des Syrtes　《西尔特沙岸》
Le Rôdeur　《游荡者》
Le Roi Cophetua　《科夫图阿国王》
Le Roi des Aulnes　《桤木王》
Le Roi du Bois　《森林之王》
Le Roi pêcheur　《渔夫国王》
Le Roman de Mélusine　《梅绿斯纳的传奇》
Le Roman, le je　《小说，我》
Le Roman, le réel　《小说，真实》
Le Roman vécu　《亲历的小说》
Le Ruban au cou d'Olympia　《奥林匹亚脖子上的丝带》
Les Absences du capitaine Cook《库克船长的缺席》
Les Accidents　《事故》
Le Sacre du printemps　《春之祭》
Les Agneaux du Seigneur　《主的羔羊》
Les Aimants　《恋人》
Les Allumettes suédoises　《瑞典火柴》（也称《奥立维系列》）
Les Allures naturelles　《自然风貌》
Le Salon du Wurtemberg　《符腾堡的沙龙》
Les Ames grises　《灰色的灵魂》
Le Sang rivé　《血脉相连》
Les Années secrètes de la vie d'un homme　《一个人的秘密岁月》
Les Armoires vides　《空空的橱柜》
Les Aventures de Paco Goliard　《帕科·高利亚奇遇记》
Les Boulevards de ceinture　《环城大道》
Les Cendres de mon avenir　《我未来的灰烬》
Les Champs d'honneur　《战场》
Les Chants des Adolescentes　《少女之歌》

Les Chemins nous inventent 《路创造了我们》

Les Chiennes savantes 《有才的荡妇》

Les Chiens à fouetter 《拦路狗》

Les Choses 《东西》

Les Commencements 《开始》

Les Commourants 《如垂死者》

Les Coréens 《朝鲜人》

Les Corps conducteurs 《导体》

Les Derniers jours de Corinthe 《科兰特最后的日子》

Les derniers jours de l'humanité 《人类的最后时日》

Les Dimanches blancs 《白色星期天》

Les Dingues de Knoxville 《诺克斯维尔的疯子》

Les Dix Mille Marches 《长征》

Les Dollars des sables 《沙漠美元》

Les Eaux étroites 《细水》

Le Secret 《秘密》

Les Egarements du cœur et de l'esprit 《心灵和精神的迷失》

Les Egarés 《迷失者》

Les Elégies 《挽歌》

Le Sel noir 《黑盐》

Les Enfants d'abord 《孩子优先》

Les Enfants de la liberté 《自由的孩子》

Les Enfants de l'été 《夏天的孩子》

Les Enfants du bon Dieu 《上帝的儿女们》

Le Sens de la marche 《行走的方向》

Le Sens du combat 《斗争的意义》

Le septième sommet 《第七座高峰》

Le Service militaire au service de qui 《兵役为谁而服》

Les Escaliers de Chambord 《尚博尔堡的楼梯》

Les Etats du corps 《身体状态》

Le Seul Visage 《唯一的面庞》

Les Fêtes solaires 《太阳的节日》

Les Fiancées du Diable 《魔鬼的未婚妻》

Les Fictions encyclopédiques. De Gustave Flaubert à Pierre Senges《百科全书式虚构：从古斯塔夫·福楼拜到皮埃尔·桑吉》

Les Fillettes chantantes　《唱歌的小女孩》

Les Flamboyants　《金凤花》

Les Forteresses noires　《黑色堡垒》

Les Fougères bleues　《蓝色蕨草》

Les Fruits d'or　《金果》

Les Géants　《巨人》

Les Géorgiques　《农事诗》

Les Gommes　《橡皮》

Les Grandes Blondes　《高大的金发女郎》

Les Grandes Murailles　《长城》

Les grandes vacances　《美好的假期》

Les Hirondelles de Kaboul　《喀布尔的燕子》

Les Huissiers　《执达员》

Le Siècle des nuages　《云端百年》

Le Silence des passions　《激情的沉默》

Les Imposteurs　《冒充者》

Les Incertains　《不确定》

Les Inconvénients du métier　《职业的不便》

Les Indes　《印第安》

Les Inoubliables　《难忘》

Les Jolies Choses　《漂亮东西》

Les Jours fragiles　《脆弱的时光》

Les Jumelles　《双筒望远镜》

Les Lumières fossiles et autres récits　《化石之光与其他的故事》

Les Marchands　《商人》

Les Mendiants　《乞丐》

Les Meurtrières　《女杀人犯》

Les Moins de seize ans　《未满十六岁》

Les "moments" de Marcel Proust　《马塞尔·普鲁斯特的"时刻"》

Les Moulins à nuages　《云磨坊》

Les Noisettes sauvages　《野榛子》

Les Nouvelles maladies de l'ame《灵魂的新疾》

Les Ombres errantes 《游荡的幽灵》

Les Orphelins d'Auteuil 《奥特伊的孤儿》

Le Souffleur d'Hamlet 《哈姆雷特的提词者》

Le Sourire aux lèvres 《唇边笑》

L'Espace du malentendu 《误会的空间》

L'Espace du rêve: mille ans de peinture chinoise 《梦的空间：千年中国绘画》

L'Espace furieux 《愤怒的空间》

Les Paradisiaques 《天堂之境》

Les Parisiens du dimanche 《星期日的巴黎人》

Les Particules élémentaires 《基本粒子》

Les Passants immobiles 《静止的行人》

Les Petites Eternités 《小的永恒》

Les Petits Aquariums 《小水族馆》

Les Petits enfants du siècle 《世纪之子》

Les Planches courbes 《弯木板》

Les Poisons délectables 《美味的毒药》

Les Poissons me regardent 《鱼儿望着我》

Les Poneys sauvages 《小种野马》

Les Prétendants 《觊觎者》

Les Pré-voyants 《先见者》

Les Quatre Saisons d'une ame 《灵魂四季》

Les Règles du savoir-vivre dans la société moderne 《现代社会的社交礼节》

Les Revenentes 《幽灵》

Les Rois mages 《四博士》

Les Ruines de Paris 《巴黎的废墟》

Les Samouraïs 《武士》

Les Serpents 《蛇》

Les Sirènes de Bagdad 《巴格达警报》

Les Souvenirs 《回忆》

Les Stances à Sophie 《献给苏菲的诗》

Les Stéfan 《斯蒂芬一家》

Les Tablettes de buis d'Apronenia Avitia 《阿普罗内尼娅·阿维西娅的黄杨木板》

Les Testaments trahis　《被背叛的遗嘱》

L'Estomac des Poulpes est étonnant　《惊人的章鱼胃》

Les Travaux d'Hercule　《赫拉克勒斯的功绩》

Les Travaux et les jours　《劳作与时日》

Les Trente premières années　《前三十年》

Les très riches heures　《丰富的时刻》

Les Trompettes guerrières　《战争的号角》

Les Troyennes　《特洛伊女人》

Les Voisins　《邻居》

Les Yeux chimères　《魅眼》

Le Tabor et le Sanaï　《塔布尔与西奈半岛》

Le Taureau, la rose, un poème　《公牛，玫瑰，一首诗》

Le Temps d'un livre　《一本书的时间》

Le Temps immobile　《静止的时间》

L'Eternité n'est pas de trop　《此情可待》

Le Testament de Vénus　《维纳斯的遗言》

Le Texte du roman: approche sémiologique d'une structure discursive transformationnelle《小说文本：转换话语结构的符号学方法》

Le Théatre des paroles　《话语戏剧》

L'Etoile des amants　《情人星》

Le Tour du ciel　《遨游太空》

L'étrange Voyage de monsieur Daldry　《伊斯坦布尔假期》

Le Tricheur　《作假者》

Le Troisième Corps　《第三个躯体》

Lettre à mon chien　《写给狗的信》

Lettres tombales　《墓信》

Le Tyran éternel　《永恒的暴君》

L'Europe buissonnière　《荆棘中的欧洲》

Le Vagabond immobile　《静止的流浪汉》

Le Vaillant petit tailleur　《勇敢的小裁缝》

L'évangile selon Pilate　《彼拉多福音》

L'Evanouissement　《消逝》

L'évasion de Kamo　《加莫出逃》

Le Veilleur 《值夜者》

L'Evénement 《事件》

Le Vent du soir 《晚间的风》

Le Vent Paraclet 《圣灵之风》

Le Vent, tentative de restitution d'un retable baroque 《风，重建巴洛克屏风的企图》

Le Vieil Homme et les loups 《老人与狼》

Le vingtième me fatigue 《二十区让我疲劳》

Le Visage d'Orphée 《俄耳甫斯的面孔》

Le Visiteur 《来访者》

Le Vœu du silence 《寂静的祝愿》

Le Vol du vampire: notes de lecture 《飞翔的吸血蝙蝠》

Le Voleur d'ombres 《偷影子的人》

Le Voyage à La Haye 《海牙之旅》

Le Voyage à Reykjavik 《雷克亚未克之旅》

Le Voyeur 《窥视者》

L'Exaltation du labyrinthe 《迷宫颂》

L'Exil de James Joyce ou l'art du remplacement 《詹姆斯·乔伊斯的放逐，替换的艺术》

L'Extase matérielle 《物质的沉迷》

L'Herbe 《草》

L'Heure des adieux 《告别的时刻》

L'Histoire terrible mais inachevée de Norodom Sihanouk, roi du Cambodge 《柬埔寨国王诺罗敦·西哈努克，一个可怕而未结束的故事》

L'Homme au chapeau rouge 《红帽男人》

L'Homme blessé 《受伤的人》

L'Homme de l'art: D. H. Kahnweiller 《凯恩维尔的艺术人生》

L'Homme du hasard 《不期而遇的男人》

L'Homme du texte 《文本的人》

L'Homme humilié 《被侮辱的人》

L'Homme noir 《黑人》

L'Homme-sœur 《灵魂男伴》

L'Horizon à l'envers 《倒悬的地平线》

L'Humeur vagabonde　《不羁的性情》

L'Humiliation　《侮辱》

Libères　《释放》

Liberté des libertés　《自由的自由》

Liberté grande　《大自由》

L'Identité　《身份》

Lieux et destins de l'image　《图像的所在和命运》

L'Ignorance　《无知》

L'Ignorant　《无知者》

L'Image fantôme　《幽影》

L'Image impardonnable　《不可原谅的意象》

L'Imitation du bonheur　《模仿幸福》

Limite　《界限》

L'Immortalité　《不朽》

L'Imposture des mots　《骗局》

L'Improbable　《不可能的事》

L'impromptu de Versailles　《凡尔赛即兴剧》

L'Inattendu　《意外》

L'Incessant　《无止无休》

L'Inconnu sur la terre　《大地上的陌生人》

L'Incurable retard des mots　《词语的迟到，不治之症》

L'Indiade ou l'Inde de leurs rêves et quelques écrits sur le théatre　《印第亚德或他们梦中的印度，关于戏剧》

L'Inexorable　《不可逃避》

L'Injonction silencieuse　《无声的指令》

L'Innocence　《无辜》

L'Insoutenable légèreté de l'être《生命中不能承受之轻》

L'Insuccès de la fête　《失败的节日》

L'Intention poétique　《诗的意图》

L'Invention de l'auteur　《创造作家》

L'Invention du corps de saint Marc　《圣马可身体的诞生》

L'Isolement　《隔离》

Litanies du scribe　《誊写人的连祷文》

Littérature à l'estomac　《厚脸皮文学》
Livret de famille　《家庭手册》
L'Objecteur　《反对者》
L'Obscurité　《晦暗》
L'Occupation　《占有》
L'Occupation des sols　《被占用的土地》
L'Œil se scrute　《自省之眼》
Loin d'Hagondange　《远离阿贡当市》
Lois　《法》
L'Olympe des infortunes　《不幸之巅》
Long séjour　《长住》
Longue vue　《望远镜》
L'Opérette imaginaire　《想象的轻歌剧》
L'Ordinaire　《平常》
L'Ordre discontinue　《间断的秩序》
L'Orgie, la Neige　《狂欢，白雪》
L'Origine rouge　《红色起源》
L'Oubli　《遗忘》
Louis-René des Forêts, roman　《路易-勒内·德弗莱，小说》
L'Ouverture de l'être　《存在的开放性》
Lueur après labour, Journal Ⅲ　《耕作后的微光》
Lumière du rat　《鼠光》
L'Un et l'autre　《共同经历》
L'Usage de la parole　《话语的使用》
L'Usage de la photo　《照片的用途》
Lutetia　《卢特西亚》

M

Ma chambre froide　《我的冷房间》
Madame Arnoul　《阿尔诺夫人》
Magnus　《玛格努斯》
Ma grand-mère avait les mêmes《我祖母有过一模一样的》

Ma guenille　《我的烂衣》
Maintenant　《现在》
Maître Objet　《物主人》
Maîtres et Serviteurs　《主与仆》
Malemort　《惨死》
Malgré Fukushima　《尽管福岛》
Mallarmé　《马拉美》
Mamie Ouate en Papoasie　《帕波阿西亚的棉花奶奶》
Manifeste de la poésie vécue　《亲历式诗歌宣言》
Manne：aux Mandelstams aux Mandelas《曼那：致曼德尔斯塔姆和曼德拉》
Maria est morte　《玛丽娅死了》
Mariage à la parisienne　《巴黎式婚姻》
Marinus et Marina　《马里努斯和玛丽娜》
Mathématique　《数学》
Matière du soufflé　《灵感的材料》
Ma vie avec Mozart　《我与莫扎特在一起》
Ma vie entre des lignes　《我的字里行间的生活》
Ma vie parmi les ombres　《影间生涯》
Mécaire le Copte　《科普特基督徒玛凯尔》
Mémoire de bouche　《嘴的记忆》
Merci　《感谢》
Mère des croyants　《信徒之母》
Mes amis mes amours　《我的朋友我的爱人》
Mes parents　《我的父母》
Messieurs les enfants　《孩子先生》
Mes trains de nuit　《我的夜间火车》
Meurtre à Byzance　《拜占廷谋杀案》
Meuse l'oubli　《马斯河畔的遗忘》
Milarepa　《密勒日巴》
Minuit sur les jeux　《夜半游戏》
Miroir de Léda　《勒达的镜子》
Miroirs du texte　《文本的镜子》
Miró sculptures　《米罗的雕塑》

Mobie-Diq 《莫比-迪克》

Mobile, étude pour une représentation des Etats-Unis 《运动体，美国描写研究》

Moments extremes 《极端时刻》

Mon ami 《我的朋友》

Mondo et autres histoires 《蒙多和其他故事》

Mon journal 《我的日记》

Monsieur 《先生》

Monsieur Ibrahim et les Fleurs du Coran 《易卜拉欣先生和古兰经之花》

Monsieur Jadis 《雅第斯先生》

Monsieur le Consul 《领事先生》

Monsieur Malaussène 《马塞洛纳先生》

Monsieur Toussaint 《图森先生》

Montecristi 《基督山》

Mordre au travers 《一路乱咬》

Mourir m'enrhume 《死亡使我感冒》

Mourir un peu 《暂时死去》

Mouvementé de mots et de couleurs 《词与颜色的起伏》

Musique secrète 《秘密音乐》

Mythologies d'hiver 《冬天神话集》

N

Nagasaki 《长崎》

Naissance des fantômes 《幽灵诞生》

Naissance d'un pont 《一座桥的诞生》

Neutre 《中性》

Neuvains du sommeil et de la sagesse 《睡眠及智慧的九行诗》

Nevermore 《决不》

Ni fleurs ni couronnes 《没有鲜花，没有花环》

Ni guerre, ni paix 《不战不和》

Nina, c'est autre chose 《妮娜，这是另一回事》

Ni singe ni Dieu 《既非猴子亦非上帝》

Ni toi ni moi 《非你非我》

Noises　《争吵》

Nombres　《数》

Nos séparations　《次次分离》

Nous, les héros　《我们，英雄》

Nous n'irons plus au Luxembourg　《我们再也不去卢森堡》

Nous trois　《我们仨》

Nuit d'orage sur Gaza　《加沙风雨夜》

Nuits sans nuit　《无夜之夜》

O

Objecteurs/Artmakers　《反对者/艺术制造者》

Oé Kenzaburô: légendes anciennes et nouvelles d'un romancier japonais　《大江健三郎，一个日本小说家的传奇》

O.K. Voltaire　《O.K.伏尔泰》

Olivier 1940　《奥立维在1940年》

Olivier et ses amis　《奥立维和他的朋友们》

Onitsha　《奥尼查》

On regarde un âne　《观驴》

Onzains de la nuit et du désir　《夜晚及欲望的十一行诗》

Oraisons funestes　《悲痛祷告》

Orion aveugle　《盲人奥利翁》

Orléans de ma jeunesse　《我青年时代的奥尔良》

Oscar et la Dame Rose　《奥斯卡和玫瑰夫人》

Ostinato　《固定音型》

Où est-tu ?　《你在哪里?》

Ouï dire　《听说》

Outrages aux mots　《冒犯词语》

Où vas-tu Jérémie ?　《耶利米你去哪里？》

Ouvrez　《打开》

P

Pages françaises　《法国篇章》
Pages grecques　《希腊篇章》
Palafox　《帕拉福克斯》
Panier de fruits　《水果篮》
Papa doit manger　《爸爸该吃饭了》
Paradis　《天堂》
Paradis de poussières　《尘埃天堂》
Parcours critique　《批评历程》
Par-dessus bord　《边缘之上》
Parfois je ris tout seul　《有时我独自发笑》
Parfums　《香味》
Parij　《巴黎施》
Paris l'instant　《瞬间巴黎》
Par la main dans les enfers　《地狱之手》
Parle-leur de batailles, de roi et d'éléphant　《和他们说说战争、国王和大象》
Parler　《言谈》
Paroi　《隔板》
Passage de Milan　《米兰巷》
Passion fixe　《固定的激情》
Passion simple　《简单的爱》
Paysages avec figures absentes　《具像缺席的风景》
Pays rêvé, pays réel　《梦想之国，真实之国》
Peintures murales de la France gothique　《哥特法国的壁画》
Pendant la matière　《在物质中》
Pensées sous les nuages　《在云下的思想》
Père Noël　《圣诞老人》
Peste et Choléra　《鼠疫与霍乱》
Petites formes en prose après Edison　《爱迪生之后的散文形式》
Petites proses　《小散文》
Petits Traités　《杂文集》
Philippe　《菲利普》

Philippe Sollers　《菲利普·索莱尔斯》

Pierre écrite　《刻字的石头》

Plateforme　《平台》

Poèmes de Samuel Wood　《萨缪尔·伍德诗集》

Poèmes du festin céleste　《天上的宴会》

Poésie　《诗歌》

Poésie 1946-1967　《菲利普·雅各泰诗选：1946—1967》

Poésie, etcetera, ménage　《诗歌，等等，家》

Poésies juvéniles　《青春诗钞》

Poétique de la relation　《关系的诗学》

Poétique naturelle, poétique forcée　《自然诗学，强制诗学》

Pôles　《极点》

Ponit cardinal　《基点》

Portrait de Dora　《多拉的画像》

Portrait de Jacques Derrida en jeune juif　《年轻的犹太人雅克·德里达肖像》

Portrait de l'artiste en jeune singe《小猴子艺术家肖像》

Portrait du Joueur　《玩家画像》

Portrait d'une femme　《一个女人的肖像》

Portrait d'un inconnu　《一个陌生人的画像》

Position poétique de l'école de Rochefort　《罗什福尔学派的诗歌定位》

Possessions　《占有》

Possibles futurs　《可能的未来》

Pour introduire à Zao Wou-Ki　《介绍赵无极》

Pour la musique contemporaine《论当代音乐》

Pour Louis de Funès　《为路易·德·福耐斯而作》

Pour Michel Leiris　《论米歇尔·莱里斯》

Pourquoi je vote Ségolène Royal《我为什么支持塞戈莱娜·罗亚尔》

Pourquoi la nouvelle critique: critique et objectivité　《为何新批评：批评与客观性》

Pour un autre roman japonais　《论另一种日本小说》

Pour un oui ou pour un non　《是或非》

Pour un théâtre des idées ?　《为了一种思想剧？》

Pour vos cadeaux　《给您的礼物》

Pouvoirs de l'horreur. Essai sur l'abjection　《恐怖的权力——论卑贱》

Précisions sur les vagues 《波浪的精密度》

Préhistoire 《史前史》

Premières et dernières nouvelles《最初的和最后的短篇小说》

Premier Testament 《遗嘱集一》

Premier Trimestre 《第一季度》

Prends soin de moi 《请关心我》

Préparatifs d'une noce à la campagne《乡村婚礼的准备工作》

Présence de Jordane 《若尔当的在场》

Prince des berlingots 《纸盒王》

Printemps au parking 《停车场之春》

Prison 《监狱》

Progénitures 《后代》

Projet pour une révolution à New York《纽约革命计划》

Prostitution 《卖淫》

Proust par lui-même 《普鲁斯特自评》

Pura Vida 《纯净生活》

Q

Qu'ai-je donc fait 《那我做了些什么》

Quai Ouest 《西码头》

Quand tu vas chez les femmes 《当你去女人家里》

Quant au riche avenir 《关于美好未来》

Quatuor 《四重奏》

Quel beau dimanche 《多美的星期天》

Quelque chose de mal raconté 《讲得不好的事情》

Quelque chose en lui de Bartleby《他身上的巴特勒比》

Quelque chose noir 《黑的东西》

Quelques uns de cent regrets 《一百个遗憾中的若干个》

Quel royaume oublié? 《哪个被遗忘的王国？》

Qu'est-ce que tu attends, Marie ?《玛丽，你在等什么？》

Qui se souvient de David Foenkinos ?《谁记得大卫•冯金诺斯？》

R

Racine et des dieux　《拉辛与众神》

Rapt et ravissement　《劫持与迷醉》

Ravel　《拉威尔》

Récitatif　《宣续调》

Recommandation aux promeneurs《给散步者的建议》

Relation　《关系》

Remise de peine　《缓刑》

Remonter l'Orénoque　《溯源奥里诺科河》

Renaissance　《新生》

Rencontres avec Bram Van Velde　《与布列•凡•威尔得交往录》

Rencontres avec Samuel Beckett　《与萨缪埃尔•贝克特交往录》

Renée Camps　《勒内•康》

Renvoi d'ascenseur　《退回电梯》

Réparer les vivants　《修复生命》

Répertoire I-V　《目录》

Requiem　《安魂曲》

Requiem pour Srebrenica　《斯雷布雷尼察安魂曲》

Rester vivant　《活着》

Retour à la citadelle　《回归城堡》

Retour au désert　《回到沙漠》

Rêver peut-être　《也许做梦》

Révolutions　《革命》

Riche et légère　《有钱的轻浮女》

Rien encore, tout déjà　《什么都没有，一切就已经》

Rien que Rubens　《只有鲁本斯》

Rimbaud le fils　《儿子兰波》

Rimbaud par lui-même　《阿尔蒂尔•兰波》

Rire et pleurer　《笑与哭》

Risibles amours　《好笑的爱》

Ritournelle de la faim　《饥饿间奏曲》

Roberto Zucco　《罗伯托•祖科》

Romance 《浪漫曲》

Romance nerveuse 《躁动的浪漫曲》

Rome 1630: l'horizon du premier baroque 《1630年的罗马：巴洛克最初的视野》

Ronde funèbre 《暗巡》

Rosebud, éclats de biographies《玫瑰扣子，又名传记碎片》

Rose Melie Rose 《罗丝•梅莉•罗丝》

Rosie Carpe 《罗齐•卡尔普》

Rue des Boutiques obscures 《暗店街》

Rue de voleurs 《贼街》

Ruines-de-Rome 《罗马废墟》

Ruines romaines 《罗马废墟》

S

Sade, concert d'enfer 《萨德，地狱音乐会》

Sahara 《撒哈拉》

Salomé 《莎乐美》

Sang et eau 《血与水》

Sans doute qu'un titre est dans le poème 《也许题目就在诗中》

Sans l'orang-outan 《没有猩猩》

Sans Retour 《一去不返》

Sarinagara 《然而》

Scènes dernières: histoires de vie-mort 《最后的场景：生死故事》

Seaside 《海滨》

Sèméiotikè: Recherches pour une sémanalyse 《符号学，关于符号分析的探究》

Sens et non-sens de la révolte, pouvoirs et limites de la psychanalyse I 《反抗的意义与无意义，精神分析学的能力与局限（一）》

Sentimentale journée 《感伤时日》

Sept jours pour une éternité 《七日永恒》

Sept passions singulières 《怪癖七种》

Se résoudre aux adieux 《与往事说再见》

Shitao: la saveur du monde 《石涛：世界之味》

Si ce livre pouvait me rapprocher de toi 《假如此书能让我接近你》

Si c'était à refaire　《如果一切重来》

Simulacre　《假象》

Sissy, c'est moi　《茜茜就是我》

Skinner　《斯基纳》

Soleil de la conscience　《意识的阳光》

Soleil noir. Dépression et mélancolie　《黑色太阳，抑郁和忧郁》

Somnambule dans Istanbul　《伊斯坦布尔的梦游者》

Sordidissimes　《秽物》

Sorgina　《索尔基纳》

Sortie d'usine　《工厂出口》

Sort l'assassin, entre le spectre　《杀手出去，幽灵进来》

Souffles　《呼吸》

Soumission　《屈服》

Sous l'horizon du langage　《在语言的视野下》

Souvenirs du Triangle d'or　《金三角回忆》

Sphère　《球》

Spleen de Paris　《巴黎的忧郁》

Splendid Hotel　《辉煌旅馆》

Stances　《诗章》

Stanislas Rodanski, une folie volontaire　《斯坦尼斯拉斯·罗当斯基，自愿的疯狂》

Suites Slaves　《斯拉夫人的后代》

Suivons l'oubli　《跟着遗忘走》

Surfaces sensibles　《敏感的表面》

Sur la scène comme au ciel　《在舞台上就像在天空》

Sur le jadis　《关于过去》

Sur un cheval　《在马上》

Suzanne et Louise　《苏珊娜与路易丝》

T

Taba-Taba　《友人嗒吧》

Tandis que j'agonise　《我弥留之际》

Tangente vers l'est 《切线东方》

Tatouages 《文身》

Teen Spirit 《少年心气》

Ténébres en terre froide 《寒地的黑暗》

Terraqué 《水陆》

Terrasse à Rome 《罗马阳台》

Terre à bonheur 《幸福之地》

Textes et labyrinthes: Joyce, Kafka, Muir, Borges, Butor, Robbe-Grillet 《文本和迷宫：乔伊斯、卡夫卡、缪尔、博尔赫斯、布托、罗伯-格里耶》

Théâtres 《戏剧》

Théâtres en présence 《存在的戏剧》

Théorie des exceptions 《例外的理论》

Théorie des tables 《桌面理论》

Thermidor 《热月》

Thomas et l'infini 《托马与无限》

Tir & Lir 《提尔和里尔》

Tissé par mille 《千织锦》

Tombeau pour cinq cent mille soldats《五十万士兵的坟场》

Tom est mort 《汤姆已死》

Topologie d'une cité fantôme 《幽灵城市拓朴学》

Toujours l'orage 《风雨依旧》

Tous les matins du monde 《世间的每一个清晨》

Tous les matins je me lève 《每天早晨我起床》

Toute la nuit 《纸上的精灵》

Toute ressemblance 《一切相似》

Toutes ces choses qu'on ne s'est pas dites 《那些我们没谈过的事》

Toutes les femmes sont fatales 《所有的女人都是致命的》

Tout est passé si vite 《往事如烟》

Tout l'amour du monde 《对世界的挚爱》

Tout le monde se ressemble, une anthologie de poésie contemporaine 《大家都是相似的——当代诗歌选集》

Toxiques 《毒》

Trajectoire 《轨道》

Transit A/Transit B　《转A/转B》

Trans-Paradis-Express　《穿越—天堂—快车》

Traques　《围捕》

Traversée de nuit　《穿越黑夜》

Treize cases du je　《我的十三个窝》

Trente-six poèmes dàmour　《情歌三十六首》

Triptyques　《三联画》

Trois anciens poèmes mis en ensemble pour lui redire que je t'aime　《放在一起的三首旧诗，为了再对她说"我爱你"》

Trois auteurs　《三作者》

Trois étoiles　《三颗星》

Trois jours chez ma mère　《在我母亲家的三天》

Trois poèmes aux démons　《写给魔鬼的三首诗》

Trois sucettes à la menthe　《三个薄荷味的橡皮奶头》

Trois versions de la vie　《生命的三个版本》

Trois villes saintes　《三圣城》

Tropismes　《向性》

Trouées　《缺口》

Truismes　《小姐变成猪》（又译《母猪女郎》）

Tsé-tsé　《舌蝇》

Tumulte　《纷乱》

U

Ultimes vérités sur la mort du nageur　《关于游泳者之死的终极真相》

Un amour déraisonnable　《不合理的爱》

Un amour de soi　《一种自爱》

Un an　《一年》

Un balcon en forêt　《林中阳台》

Un beau ténébreux　《阴郁的美男子》

Un certain sourire　《某种微笑》

Un champ d'île　《岛之地》

Un départ　《出发》

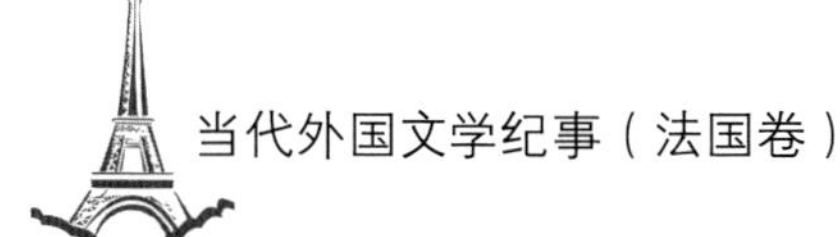

Une Allemande 《德国女人》

Une année sous silence 《沉默之年》

Une apparence de soupirail 《形似透气窗》

Une autre altitude《另一种海拔》

Une autre histoire de la littérature française 《法国文学别史》

Une autre idée du bonheur 《幸福的另一种含义》

Une biographie autorisée 《被授权的传记》

Une curieuse solitude 《奇特的孤独》

Une désolation 《荒芜》

Une exécution ordinaire 《一次普通的任务》

Une femme 《一个女人》

Une fête en larmes 《泪宴》

Une fin d'après-midi à Marrakech《马拉喀什的一个傍晚》

Une histoire française 《法国故事》

Une mère russe 《一位俄国母亲》

Une petite fille silencieuse 《一个沉默的小女孩》

Une révolution du regard 《一场目光的革命》

Une rose pour Morrison 《给莫里森的玫瑰》

Une transaction secrète 《隐秘的交流》

Une ville ou une petite île 《一座城或一个小岛》

Un fait divers 《社会新闻》

Un homme de passage 《一个过客》

Un homme de peu de foi 《一个没什么信仰的人》

Un homme qui dort 《一个睡觉的人》

Un malaise général 《大不安》

Un malin plaisir 《幸灾乐祸》

Un oiseau dessiné, sans titre 《画中鸟，无题》

Un pedigree 《家谱》

Un personnage de roman 《一个小说人物》

Un petit bourgeois 《小市民》

Un peu de soleil dans l'eau froid《冷水中的一点阳光》

Un privé à Tanger 《丹吉尔的一个私家侦探》

Un régicide 《弑君者》

Un rêve plus long que la nuit　《梦比夜长》
Un roi, une princesse et une pieuvre《国王、公主和章鱼》
Un roman russe　《俄国小说》
Un roman sentimental　《情感小说》
Un sentiment plus fort que la peur《比恐惧更强烈的感情》
Un singe en hiver　《冬天的猴子》
Un taxi mauve　《淡紫色出租车》
Un temps de saison　《季节的天气》

V

Vacuoles　《液泡》
Variété　《杂谈》
Vater land　《父之地》
Vendredi ou la Vie sauvage　《星期五或原始生活》
Vendredi ou les Limbes du Pacifique《星期五或太平洋上的灵薄狱》
Vénus et Junot, 1965-1969　《维纳斯和朱诺：1965—1969》
Vernon Subutex　《韦尔农·须卜戴克斯》
Vers les icebergs　《冰山行》
Vers toi terre promise (Tragédie dentaire)　《走向你，应许之地（牙医的悲剧）》
Veuves au maquillage　《化妆的寡妇们》
Vide et plein: le langage pictural chinois　《虚与实——中国画语言研究》
Vie de Joseph Roulin　《约瑟夫•鲁兰传》
Vie de mon frère　《我哥哥的生活》
Vie de Saint　《圣人传》
Viens dit quelqu'un　《来，有人说》
Vies de Job　《多面约伯》
Vie secrète　《秘密生活》
Vies imaginaires　《想象的生活》
Vies minuscules　《卑微的生活》
Ville　《城市》
Vingt ans et un jour　《二十年零一天》
Viva　《万岁》

Vivantes cendres, innomées 《活的灰，无名之物》

Voici venir le fiancé 《未婚夫来了》

Voiles 《面纱》

Volonté et Psychothérapie 《意志和心理治疗》

Vous aurez de mes nouvelles 《您将有我的消息》

Vous màvez fait former des fantômes《你们让我产生幻觉》

Vous plaisantez, Monsieur Tanner《您开玩笑，塔内尔先生》

Vous qui habitez le temps 《住在时间里的你》

Vous revoir 《与你重逢》

Voyage à Rodrigues 《罗德里格岛游记》

Voyage au centre de la ville 《市中心之旅》

Voyage avec deux enfants 《和两个孩子去旅行》

Voyage de noces 《蜜月旅行》

Voyage d'hiver 《冬日之旅》

Voyage du soir 《夜游》

Voyages de làutre côté 《另一边的旅行》

Voyage sentimental 《感伤之旅》

W

Wanted Female 《被通缉的女人》

Welcome to Paris 《欢迎来巴黎》

White 《白》

W ou le souvenir dènfance 《W或童年的回忆》

Z

Zébrage 《痕迹》

Zone 《区域》

Zone libre 《自由区》

Zoo 《动物园》

11 septembre 2001　《2001年9月11日》

21+1 poètes américains d'aujourd'hui《21+1个当代美国诗人》

25 lettres d'alphabet　《字母表的25个字母》

31 sonnets　《31首十四行诗》

49+1 nouveaux poètes américains　《49+1个美国新诗人》

6810000 litres d'eau par seconde　《每秒6810000升水》